力群文集

力群 / 著
薛芃 / 主编

山西出版传媒集团
三晋出版社

力群先生像(1912—2012)

力群小传

　　力群于1912年12月25日生在山西省灵石县郝家掌村，原名郝丽春，参加革命后改名力群。他自幼与农民的孩子相处，对农村生活很熟悉，这对于他后来的木刻画创作和文学写作颇有影响。1931年，力群考入国立杭州艺术专科学校，1933年2月与同学曹白等人组织进步美术团体"木铃木刻研究会"，开始从事木刻画创作。同年9月加入中国左翼美术家联盟，10月10日因"木铃"事被捕入狱。1935年出狱后，继续从事木刻画创作，木刻《采叶》《鲁迅像》等通过曹白寄给鲁迅，受到先生的指导与好评。

　　1937年7月7日抗日战争全面爆发后，力群从事救亡宣传工作，边搞木刻画，边写散文、小说。1938年初，曾在郭沫若领导的军委政治部第三厅美术科任少校科员。1940年初，到延安任鲁迅艺术文学院美术系教员，1941年加入中国共产党。1942年5月，参加延安文艺座谈会。抗日战争胜利后，到晋绥边区工作，任《晋绥人民画报》主编，并开始写文学评论文章。

1949年在全国第一次文代大会上,被选为主席团成员,并任中国文联委员、中国美术工作者协会常务理事。到太原后,与高沐鸿同志创建了山西省文联,被选为文联副主任,山西省美协主席。1953年调北京工作,先后任人民美术出版社副总编辑,中国美术家协会常务理事、书记处书记,《美术》杂志副主编,《版画》杂志主编等职务。

20世纪50年代,出版有《木刻讲座》《力群木刻选》《力群美术论文选集》和《访问苏联画家》等书。80年代,出版有美术论文集《梅花香自苦寒来》和《力群版画选集》以及散文集《我的乐园》、力群文学作品选集《野姑娘的故事》。《我的乐园》于1984年在上海少年儿童出版社出版后,被上海评为优秀作品,获儿童文学园丁奖。其版画作品曾多次在世界各国展出,并为英、法、苏、南斯拉夫等国家的陈列馆、图书馆和博物馆所收藏。因为力群在版画事业上的贡献,"日中艺术交流中心"于1988年12月14日特向他颁发了"贡献金奖"。1991年中国美术家协会、中国版画家协会为其颁发了"中国新兴版画杰出贡献奖"。

力群于1985年10月21日被作家协会书记处批准加入中国作家协会成为会员。1992年5月,山西省委、省政府授予力群"人民艺术家"称号,2003年9月,中国文联、中国美协授予力群"金彩奖"成就奖。力群晚年任中国版画家协会名誉主席、山西省文职名誉主席。

2012年2月10日,力群去世。

目 录

序 ……………………………………… 董其中 003

文艺思想

四十年的实践 …………………………………… 013

我感到光荣
　　——纪念《讲话》发表45周年 ……………… 019

延安文学艺术在整风后的新面貌 ………………… 022

延安文艺座谈会和鲁艺新气象 …………………… 029

文艺工作者的行动纲领 …………………………… 035

从美术为政治服务谈起
　　——在临汾地区美术草图观摩会上的讲话 …… 038

谈怎样欣赏现实主义的文学艺术 ………………… 045

艺术随感录 ………………………………………… 051

艰苦的艺术历程 …………………………………… 054

论创作自由及中国画是否已到了穷途末日？ …… 067

美术馆国庆美展巡礼 ……………………………… 080

从一则令我高兴的艺术消息谈起 …………………… 085
论建立有中国特色的社会主义美术
　　——读了江泽民同志在中国文联第六次全国代表大会
　　上的讲话之后 ……………………………………… 087
关于清除美术界的精神污染问题
　　——给××同志的一封复信 ……………………… 097
冷静的考虑
　　——从"倒爷艺术"谈起 ………………………… 101
从现代派美术谈起 ………………………………………… 105
我也和邢小群同志对话 …………………………………… 113
革命美术的精神永存
　　——驳否定革命美术的观点 ……………………… 122
对于"新潮"美术之我见
　　——就商于杜键同志 ……………………………… 127

版画

《晋绥解放区木刻选》前言 ……………………………… 141
谈版画与政治 ……………………………………………… 144
《董其中木刻选》序 ……………………………………… 153
中国新兴版画的童年时期及40年代解放区的成就 …… 161
全国解放后新兴木刻在山西的新成就 …………………… 175
为创作富有时代精神的版画而奋斗 ……………………… 179
麦绥莱勒和中国 …………………………………………… 183
《黑白木刻技法精论》序 ………………………………… 188
回忆"木铃木刻研究会" ………………………………… 192

中国新兴版画的骄傲 …………………………… 198
牛文的艺术道路 ………………………………… 211
反思与展望
　——在"全国版画艺术讨论会"上的发言 ……… 220
黄土高原上的山丹丹花
　——读董其中的木刻 …………………………… 226
谈牛林森的版画水彩画创作 …………………… 232
我与木刻画《林间》 …………………………… 235
全国第十届版画作品展观后 …………………… 238
《中国新兴版画精品集》序 …………………… 245
李允经著《中国现代版画史》序 ……………… 266
新兴木刻在八年抗战中的贡献 ………………… 273
生活的歌者
　——版画家曹美的艺术道路 ………………… 276
论姚天沐的版画艺术 …………………………… 280

中国画

阎丽川书画展观后 ……………………………… 288
《赵宁安的中国画》前言
　——勤奋的天才 ……………………………… 290
工笔画家赵志光 ………………………………… 294
《宋新涛画集》序 ……………………………… 297
黄土岭上梅先开
　——为《赵梅生画集》作序 ………………… 300
谈陕北画派的王有政 …………………………… 305

林风眠的际遇和成就 …………………………………… 308
耐人寻味的工笔画 …………………………………… 319
画家陈治华 …………………………………………… 324
尧都国画三秀 ………………………………………… 327
漫步在林风眠的作品中
　　——读画随笔 …………………………………… 330
《王步超中国画集》序言 …………………………… 334
追求壮丽和雄浑之美 ………………………………… 337
浓妆淡抹总相宜
　　——评裴文奎的花鸟画 ………………………… 341
前程似锦
　　——评狄少英的人物画 ………………………… 346
怀念一代艺术宗师李可染 …………………………… 349
赞美母爱的抒情诗
　　——评陈光健女士的工笔人物画 ……………… 360
《张思淮画集》序 …………………………………… 365

油画水彩

从风景画谈起
　　——看了"全国水彩、速写展览会"之后 …… 370
三晋之荣
　　——读了《卫天霖油画回顾展》之后 ………… 376
油画在起飞 …………………………………………… 383
写给路巨鼎同志的一封信 …………………………… 386

剪纸及其它

《山西剪纸大观》前言 …………………………………………… 389
美的享受
　　——看"新绛民间艺术展览"后 ………………………… 393
《静乐民间剪纸集》序 …………………………………………… 395
漫谈陶瓷 ………………………………………………………… 398
从一朵红色的萱花谈起 ………………………………………… 408
《文物史话》前言 ………………………………………………… 411
闲话《彷徨》封面 ………………………………………………… 414
装饰雕塑的奇葩
　　——评李志正的创作 ……………………………………… 417
我爱儿童画
　　——看"山西省首届少儿书画作品展" …………………… 421
略评《西夏魂》壁画 ……………………………………………… 424
从《圣经》说起 …………………………………………………… 428

文学评论

向鲁迅学习
　　——在山西省纪念鲁迅诞生100周年大会上的讲话
　　………………………………………………………………… 434
鲁迅与美术 ……………………………………………………… 449
谈鲁迅小说、杂文的思想性和艺术性 ………………………… 451
谈鲁迅的《故乡》 ………………………………………………… 462
鲁迅小说《肥皂》赏析
　　——为纪念鲁迅逝世50周年而作 ………………………… 468
愿他含笑九泉 …………………………………………………… 474

爱情悲剧《伤逝》赏析 …………………………………… 483

《鲁迅与中外美术》读后 ………………………………… 492

谈《李有才板话》 ………………………………………… 499

略论赵树理的人品和作品 ………………………………… 515

《赵树理小说插图展》评介 ……………………………… 529

赵树理是三晋人民的光荣 ………………………………… 532

评电影《流浪者》 ………………………………………… 536

正确评价民间文学的地位 ………………………………… 540

漫谈童话兼评《红宝石公寓》 …………………………… 545

略评《喜事》 ……………………………………………… 552

我与作家的对话 …………………………………………… 556

读《心儿，在飞扬》有感 ………………………………… 565

把美的情操奉献给人民

　　——从谢俊杰的小说谈开去 …………………………… 569

赞美工人阶级的歌手——贺小虎

　　——《我们工厂的三个女人》读后 …………………… 586

再读三毛的《哭泣的骆驼》 ……………………………… 592

一见钟情

　　——评珍尔女士的诗 …………………………………… 596

漫谈散文兼评温暖的《乐园寻梦录》 …………………… 603

论《抉择》的杰出成就和巨大的社会意义 ……………… 610

歌舞及书法评论

难忘的一次美的享受

　　——民族舞剧《丝路花雨》观后 ……………………… 621

富有泥土芳香的歌舞奇葩 ………………………………… 624
《马岱宗书法艺术》前言 ……………………………… 628
编后记 ……………………………………………… 631
图版目次 …………………………………………… 633
图版 ………………………………………………… 635

力群美术文学评论集

序

董其中

力群同志是著名的老一辈的美术家,从艺近70年来,一方面坚持版画和文学创作,近年又从事国画创作;一方面坚持美术和文学评论工作,他既是具有杰出贡献的著名版画家,也是有着广泛影响的著名美术评论家。在延安"鲁艺"时期,他就写过题为《美术批评与美术创作》和《关于新年画利用神像格式问题》的评论文章,先后发表于延安《解放日报》。

全国解放后,力群同志仍著文不断,已先后出版过《力群美术论文选集》和《梅花香自苦寒来》等评论文集。

这本美术文学评论集,选辑了力群同志改革开放以来20年间发表的文章92篇。其内容主要可分为美术评论部分(60篇)和文学评论部分(22篇),此外,还有舞蹈及其它评论部分(10篇)。

综观全部文章,贯穿着两个主要点:一是坚持毛泽东文艺思想,坚持邓小平建设有中国特色的社会主义文艺理论;二是抨击和批评了西欧资产阶级现代派美术和文艺领域里的其他不良倾向。

力群同志是延安文艺座谈会的参加者。他在几篇文章中详细地讲述了这次座谈会的召开情况及其伟大历史意义。他说:"1942年5月,党中央召开了延安文艺座谈会,毛泽东同志在会上作了两次讲话,第一次是5月2日讲的,这就是《在延安文艺座谈会上的讲话》中的《引言》部分。第二次是5月23日讲的,这就是《讲话》的《结论》部分。我是从头到尾参加了座谈会的,而后在讨论时还发了言,所以对这次座谈会有深刻印象。"

《讲话》之后,延安文艺界发生了深刻变化。力群同志更以亲身经历,畅谈了《讲话》给他带来创作面貌的改观,从而使他更坚信:"《讲话》是正确的,对其中的根本原则是万万不能动摇的"。并指出:《讲话》并未过时,他说:"历史证明毛泽东《在延安文艺座谈会上的讲话》是当今有志于文学艺术的青年必须学习必须遵循的文艺道路"。"《讲话》要求文学艺术为工农兵服务,为人民服务的精神是永远不会过时的,要求文艺工作者长期深入工农兵生活,熟悉工农兵,和他们打成一片从而改造自己的思想感情的教导也是永远不会过时的。我认为毛泽东《在延安文艺座谈会上的讲话》如果说在新时期感到有什么不足,那么邓小平同志于1979年在第四次全国文代大会上的《祝词》就作了很好的补充,而江泽民同志在1996年召开的中国文联第六次全国代表大会和中国作协第五次全国代表大会上的讲话,也是根据毛泽东的《讲话》精神而有所发挥,有所强调的。这都是当今从事文学艺术工作的同志们应当学习和实践的有指导意义的文献。"

　　改革开放后,我国各项事业迅速发展,取得了举世瞩目的巨大成就,文艺也不例外。但同时我们也要看到,国门大开,鱼龙混杂,一些不好的东西,如西方资产阶级现代派美术等精神垃圾也夹杂进来,干扰了我国社会主义美术的健康发展,对一些青年美术工作者和在校的美术学生造成了思想上的混乱。面对这种状况,特别是在资产阶级自由化思潮泛滥之时,力群同志以高度的社会责任感,挺身而出。接连发表了一系列战斗性的批判文章,批判了否定革命美术的观点,批判了资产阶级自由化和"新潮美术"中的不良倾向,批判了唯心主义的"自我表现"等等。指出"自由化就是指背离四项基本原则、背离马克思主义的文艺思想、背离党的文艺方向的一切言论和创作"。中国的"新潮美术""是一群贩卖脱离现实脱离人民的、既没有社会主义内容、又没有中国特色的'倒爷艺'",它"像临终病人所发的苦闷的叹声一般的无可救药的厌世和绝望的属于'世纪末'的情绪。这自然是一种对于中国人民的不可宽恕的严重精神污染"。同时,力群同志还就如何向外来艺术学习,如何创新等问题阐明了他的主张和看法,他说:鲁迅先生说过,我们"吃用牛羊"是为了"滋养及发达新的生体,决不因此就会类乎牛羊的"。他认为现在艺术上就存在着这种因吃了牛肉而变成牛的艺术品和艺术家。什么是创新?力群同志反对"新而不懂""新而不美""新而怪诞",认为"不见得新的就都是好的",这也就是说创新的美术作品必须是美的善的能懂的,"能使人乐于欣赏,得到益处"的。他还谈了关于建立有中国特色的社会主义美术的意见:"首先必须以马克思主义的艺术观为指导思想。其内容基本上应是以深刻反映现代化建设的现实生活,表现社会主义的时代精神,讴歌社会主义新人为其主旋律的美术作品;在创作上则应是以社会主义现实主义和革命浪漫主义相结合的创作方法为主流而容纳各种不同流派;其形式必须是民族的,即应有中国作风和中国气派。必须坚持党的'二为'和'双百'方针,形成既有主旋律又有多样化的繁荣局面。"

60多年来,力群同志在版画园地辛勤耕耘,成就卓著,对版画情有独钟,一直对我国新兴版画的发展给予了特别的关注——有回顾和展望,有鼓励和批评,也有忧虑和不安。他撰写了大量的版画史论和评论文章,这些文章中,他作为我国新兴版画运动的前驱者和亲历者,高度评价了新兴版画的辉煌历史功绩,他说:"中国新兴版画运动,一开始就是在中国共产党的领导下,高举'普罗艺术'的红旗走上中国艺坛的,沿着革命现实主义的创作道路,以反帝反封建为己任,和国民党的反动势力进行了不屈不挠的斗争,之后在抗日战争以及社会主义革命和建设中都起到了打击敌人、鼓舞人民,丰富人民精神生活的积极作用"。又说:"它经历了坎坷曲折的道路,终于由最初的少数几个先驱者发展成无尽的旌旗蔽空的大队,产生了很多世界知名的版画艺术家;由最初摹仿性很强的幼稚作品,发展为具有民族风味和中国特色的、感染力很强的众多成熟创作"。一些文章还阐述了版画与政治、版画与生活、内容与形式,以及版画如何继承传统、借鉴外来艺术、学习民间和姐妹艺术等问题上的正确主张和独特见解；同时，也指出了我国版画创作在不同阶段存在的问题，如1989年他就这样指出："目前我们的很多版画离开了它的优良传统，似乎在走向它的反面；逐渐背离了最初的现实主义，接受了西欧现代派的影响；逐渐离开反映现实，走向内容空虚、淡化社会生活，钻进了象牙之塔……很多作品不但不能感动读者，而且其形式也不能令人产生美感，这就是当前版画的总的趋势"。

这无疑是给我们敲响了警钟。

鲁迅作为新兴版画运动的导师，一个重要方面是他热情扶植和关怀木刻青年的成长，留下了大量关于版画的论著和通信。鲁迅与版画是一篇大文章。曾经得到鲁迅巨大关怀和亲切指导的力群，继承和发扬鲁迅精神，为提携后辈，为我国美术事业的发展和繁荣倾注了大量心血。他为许多老中青版画家、国画家的画集和各种专著作序写前言，发现和扶植了不少有才华的美术青年使其脱颖而出，他不愧为美术界的一位伯乐。

力群同志知识渊博，修养全面，兴趣爱好广泛。他还撰写了关于雕塑、陶瓷、壁画、儿童画、剪纸、装帧设计以至文物的评论文章；还撰写了关于舞蹈的文章。在这些文章中，力群同志以其独特的视角，抒发了他不同凡响的感受和见解。例如，他在谈舞蹈的文章中这样写道："如果说雕塑是静止的舞蹈，那么舞蹈就是活动的雕塑。这里展示了美术与舞蹈的密切关系"。他饱含激情谈儿童画："我爱儿童画。走进儿童画展厅，就像走进万紫千红百花争艳的花园,使我为之悦目,使我为之陶醉"、儿童画是"可爱的"、"美丽的"、"最自由的"、"爱憎分明的","几乎每一幅儿童画都有一个可爱的童话世界"。

力群同志还撰写了不少回顾自己创作经历和谈创作体会的文章,其中不乏肺腑之言和真知灼见。例如,他通过创作木刻《林间》体会到:"第一要对所描写的对象熟悉;第二要对所描绘的事物有深厚的感情;第三要有熟练的技巧。这样,才有可能产生动人的好作品"。谈到个人要获得事业的成功时,他认为需要有以下几个要素:一、坚持到底的决心。"为什么能坚持?就因为我认识到我所做的事对人民有益,并从心眼里热爱。没有这种热爱就不可能坚持","坚持就是胜利";二、正确的道路。"艺术家的成材,固然需要对艺术事业的坚持,但也要看是否选择了一条正确的艺术道路";三、个人的努力。"一个艺术家的成长总是和他所处的时代密切相联的。如果时代不需要你,就无法成材。但个人的努力也是非常重要的";四、一定的才华。"搞艺术的人除坚持外还总得有一定的才华","天才只有通过艰苦的劳动才会显现在艺术创作中";五、丰富的知识。"一个艺术家固然应刻苦学画,但也必须有丰富的知识"。他还认为:"一个革命艺术家在他的事业上取得成功,除了要解决世界观问题,生活问题,技巧问题外,还有一个形式风格的问题,也就是如何发挥艺术家的创作个性的问题"。力群同志的这些经验之谈,不论对文艺工作者还是对一般读者都是有启迪和裨益的。

力群同志作为一位作家也是当之无愧的。1985年他被批准成为中国作家协会会员。早在延安"鲁艺"当美术系教员时,由于他也爱好文学,便成了文学系的一名旁听生。周立波讲"名著选读课"时,他每堂不误。当选读高尔基的《我的旅伴》时,"我像学员一样认真听课,作笔记,也像学员似的大胆发言,评析小说里的人物。我的发言曾引起同学们的热烈争论,最后周立波同志作总结时肯定了我的见解"。

力群同志于1935年开始写文艺小品,1939年便在周扬主编的《文艺战线》上发表了小说《野姑娘的故事》,此后,有些年他停笔了,待文化大革命之后,又拿起笔来写作了,包括小说、散文、诗歌、报告文学和文学评论等。1984年上海出版了力群同志的散文集《我的乐园》,被上海儿童文学园丁奖委员会评为上海1984年优秀作品,并获"儿童文学园丁奖"。1991年北岳文艺出版社出版了力群散文选《马兰花》。著名老作家冰心女士为《我的乐园》作序,称赞说:"我一口气把这本稿子看完了,觉得他写得很好,感情真挚而浓郁。"

力群同志从青年时候起,就阅读了许多名家的名著,他先阅读了郑振铎著的《世界文学大纲》,按照大纲中提到的世界文学名著选其影响最大者阅读。就中国作品来说,"五四"以来被定为中国古代四大名著的,以及《儒林外史》《老残游记》《西厢记》《诗经》《楚辞》等他都读过。不难看出,他从事文学创作是有着相当的基础的。

力群同志除创作文学作品外,还撰写了大量的文学评论文章。他十分崇敬鲁迅,他说:"我始终没有看到活着的鲁迅,是我一生中的最大憾事"。毛主席说:"鲁迅是中国文化革命的主将,他不但是伟大的文学家,而且是伟大的思想家和伟大的革命家",是"文化新军的最伟大和最英勇的旗手","鲁迅的方向,就是中华民族新文化的方向"。力群同志认为"这是毛主席对鲁迅的最中肯的评价。我国文学史上和当代的任何作家,像鲁迅这样受到毛主席如此高的评价的还没有第二人"。并说:"要宣传鲁迅,让我国人民,尤其是青年一代认识他的伟大,从而认真地向他学习","最重要的就是学习他的'横眉冷对千夫指,俯首甘为孺子牛'的精神……我们今天做一个正派的人需要这种精神","不论做人做工作都要以鲁迅为榜样"。

力群同志还对鲁迅的一些杂文和小说进行了研究和赏析,在几篇论文中他赞叹:"《伤逝》有如散文诗,使我百读不厌","《故乡》是一篇脍炙人口的现实主义的短篇小说。我不知读了多少次了,每读都有不忍释卷之感。由于我曾经历了《故乡》的时代,所以读起来倍感亲切","今天,我们是愉快地生活在阳光下的,闰土和杨二嫂这样的历史人物已一去不复还,读着《故乡》又怎样不为我们的新的时代而感到自豪"。

赵树理是山西籍著名作家,是"山药蛋"文学流派的始祖,力群同志认真研究了赵树理的创作后,认为"从人品和作品而论,称他为当代伟大的革命文学家是当之无愧的","他在历史上的地位,将会和唐代的王勃、柳宗元等古晋文豪齐名,其成就有过之而无不及。我作为一个山西人,深感我省当代能有此伟大作家而引以为荣"。

力群同志还热情地评介了我省一些中青年作家,如谢俊杰、张平、温暖、贺小虎、郑渊洁等的小说、散文和童话。无论是对画家还是对作家作品的评论,始终坚持既谈作品的内容和主题思想,又谈作品的形式和艺术表现,坚持"革命的政治内容和尽可能完美的艺术形式的统一",使被评论者沿着正确的道路健康成长。

　　力群同志在文学方面的造诣和成就,在同辈美术家中是不多的,更是值得我们画界晚辈学习的。

　　在当今,开展文艺批评,需要眼识,更需要站在人民立场的胆量与勇气。人们不会忘记,1988年发生在山西的关于小说《永不回归的姑母》的讨论,是力群同志发表了《我与作家的对话》一文而引起的。力群同志对该小说的"乱伦故事"进行了严肃的批评,认为"这是中国文艺上的一种时髦病",是"文学上的堕落"。力群同志因此而遭到一些人的冷嘲热讽与谩骂。但马烽同志最后发表意见支持了力群同志的观点。

　　力群同志是我版画创作道路上的一位导师。50年代当我还是北京师范大学美术系二年级学生时,1955年10月我就版画问题冒昧给力群同志写了一封信,不到一个月,就收到他热情的回信。1958年我被分配到山西工作后,我们联系不断。1964年力群同志调回山西,从此我们一起工作在山西省文联,朝夕相见,我随时可向他请教,随时可聆听到他的教诲。这次他嘱我写序,我说我怎么能为您写序呢?他说你怎么不能写?现在终于在他的鼓励下,写下以上文字,算是第一个读者的读后感,并以此作为对力群老的这本新著问世的祝贺。

1998年5月,太原

·文艺思想·

四十年的实践

　　毛主席《在延安文艺座谈会上的讲话》已发表40年了,老一辈的革命文艺家学习它、实践它也有40年的历史了。我有幸参加延安文艺座谈会,亲聆毛主席的教导并实践了他的指示。实践是检验真理的惟一标准。我自己的和其他文艺家的经历和成就都证明《讲话》是正确的;对其中的根本原则是万万不能动摇的。40年的历史说明,认真按《讲话》的原则、方针办事:深入工农兵生活,和工农兵相结合,为工农兵服务,文艺创作就取得辉煌成绩。在文学上,晋冀鲁豫边区产生的伟大作家赵树理就是以《讲话》的基本原则、方针行动从而写出了《小二黑结婚》,接着又写出了《李有才板话》这些轰动中外的名作的。虽然赵树理写这两篇小说时,还没有读《讲话》①。此外,晋绥边区产生的马烽、西戎、束为、胡正、孙谦等作家则是实践了《讲话》之后写出了优秀作品的。而30年代

---

① 在《讲话》发表之前赵树理所走的文艺道路就符合《讲话》的精神,所以赵树理说《讲话》"批准"了他的要求。

就知名的作家如丁玲、周立波等也是深入工农兵生活后写出了著名的《太阳照在桑干河上》和《暴风骤雨》的。而违反了《讲话》的根本原则,违反了现实主义的创作方法,革命的文学艺术就必然衰退消亡。十年浩劫期间林彪、"四人帮"在文艺上的倒行逆施,搞主题先行,搞"三突出""高大全",强迫作家、艺术家创作打倒"走资派"的"反击右倾翻案风"的阴谋文艺,使我国的革命文艺遭到极大的摧残,即是一个惨痛的教训。

但由于在"文化大革命"中,毛主席犯了严重错误,因而有些人对他的《讲话》也发生了动摇,好像《讲话》已经过时了,不值得文艺工作者再按照它的精神继续实践了。于是在《美术》杂志上出现了抽象主义的油画并大谈其"自我表现"。好像这些舶来品都是什么了不起的新鲜货色。其实毛主席在《讲话》中早已对"自我表现"作了批评,他说:"他们是站在小资产阶级立场,他们是把自己的作品当做小资产阶级的自我表现创作的,……他们在许多时候,对于小资产阶级出身的知识分子寄予满腔同情,连他们的缺点也给以同情甚至鼓吹。"现在的所谓"自我表现"难道还能脱出"小资产阶级的自我表现"这个范畴吗?

在文学上也出现了令人不能理解的朦胧诗和让人摸不着头脑的"意识流"的作品,这都是实行自我表现,不考虑为工农兵——为人民服务的产物;都是违反毛泽东文艺思想的。

在创作中,我们并不否认有"我"的存在和作家的主观能动性。但如果把"我"和人民的生活隔绝起来,与人民对立起来,走向惟我的极端,那就不是我们所提倡的。

毛主席要求我们首先熟悉工农兵,而后再去描写他们,歌颂他们。这种提法是完全符合现实主义文学艺术的创作规律的。而这一指导思想则是根源于马列主义的辩证唯物论。辩证唯物论认为存在决定意识,而意识一旦产生也有对存在的反作用。基于这一认识,"作为观念形态的文艺作品,都是一定的社会生活在人类头脑中的反映的产物。革命的文艺,则是人民生活在革命作家头脑中的反映的产物"。因此不熟悉人民生活,革命作家就写不出反映人民生活的革命文艺。毛主席把文学艺术的创作工作,有时也说成加工工作。而加工正像一个工厂一样,是必须有原料的。没有原料就英雄无用武之地了。而原料又来源于生活源泉。总之,生活在文学艺术中是占着一个根本性的位置的。所以毛主席在《讲话》的《引言》中就特别强调"了解人熟悉人的工作却是第一位的工作"。

毛主席不仅在《引言》中把了解人熟悉人的工作看做是文艺工作者的第一位的工作;而且在《结论》中又强调:"中国的革命的文学家艺术家,有出息的文学家艺术家,必须到群众中去,必须长期地无条件地到工农兵群众中去,到火热的斗争中去,到惟一的最广大最丰富的源泉中去,观察、体验、研究、分析一切人,一切阶级,一切群众,一切生动的原始材料,然后才有可能进入创作过程。"这段话差不多是谈《讲话》的人都要引用的,就因为它是现实主义文学艺术创作的规律,是真理,是万万不能动摇的。写熟悉的生活,写感兴趣的生活,写感受最深的生活,这是古今中外所有现实主义作家艺术家成功的秘密。

曹禺的名作《雷雨》是怎样写出来的?他在谈《雷雨》的一篇文章中说:"《雷雨》这样的东西我写得出来,就因为我对这种生活太熟悉了。"听,不是一般的熟悉,而是"太熟悉了"。如何太熟悉呢?他说:"我出身在一个官僚家庭里,看到过许多高级恶棍、高级流氓,《雷雨》、《日出》、《北京人》里出现的那些人物,我看得太多了,有一段时期甚至可以说是和他们朝夕相处,因此,我所写的就是他们所说的话,所做的事。"

在当年解放区成长起来的作家,谁也比不上赵树理对农村和农民那样熟悉的了。赵树理无论犁地、摇耧,还是扬场、撒粪,没有一样能难住他的,此外还会编簸箕、箩筐和小篮。单就这些农事就不是一般写农村题材的作家能够做到的,而这正是赵树理熟悉农村的证明,同时也是和农民从思想感情上打成一片,成为农民的知心人的桥梁。因此赵树理写农村题材之取得成功,除了由于他的写作才华,文学修养等因素外,一个根本原因还在于他非常熟悉农民并同他们有深厚感情之故。如果说曹禺作品的主要人物,是由于作者对他们的憎,那么,赵树理作品中的主要人物,则是由于作者对他们的爱。鲁迅说:"能憎能爱才能文。"但不熟悉人物也就很难产生爱和憎。

对于年轻的文艺工作者,除了要写已经熟悉的生活,感兴趣的生活和感受最深的生活外,还有一个更为重要的任务,就是要把尚不熟悉的工农兵生活变为熟悉的、感兴趣的,感受最深的生活。为什么要提工农兵呢？就因为工农兵是人民中的大多数，又是四化建设的主力军。例如农民，中国十亿人口，他们就占八亿，这难道是可以轻视的描写对象吗？

老作家虽在工农兵的某一方面有所熟悉，但还应继续深入，因为人民的生活在不断的变化，新的情况要求老作家作新的了解，绝不是可以一劳永逸的。

当然，深入哪一种生活，首先必须自愿，是勉强不得的。同时我们强调描写工农兵，也不等于说别的方面的人民生活就不可以描写了，例如科学家、运动员、医生、教师、学生等等的生活都是可以描写的，也是应该描写的。但也必须熟悉了而后才能描写。

那么，是不是不熟悉的，毫无亲身感受的生活，就不可以描写了呢？当然不是，否则历史题材就没有人写了。但要描写，还是要首先进行艰苦的调查研究工作，把不熟悉变成一定程度的熟悉，而且还必须以切身感受的生活作参考和补充。虽然如此，其质量也还是比不上亲身经历过的有深刻感受的作家写出的作品。即使都是名著，也不能克服由此而产生的缺点。例如十月革命后在苏联出现的小说《铁流》和《毁灭》都是轰动世界的名著，但鲁迅论到《铁流》时就说："《铁流》之令人觉得有点空，我看是因为作者那时并未在场的缘故，虽然后来调查了一通，究竟和亲历不同。"而《毁灭》就没有这种空的感觉。因为作者法捷耶夫曾参加过西伯利亚对抗日军的游击队的生活，对他描写的生活有最深的感受。

鲁迅是一向反对木刻家刻画不熟悉的生活的，他给李桦的信中说:"现在有许多人,以为应该表现国民的艰苦,国民的战斗,这自然并不错的,但如自己并不在这样的漩涡中,实在无法表现,假使以意为之,那就决不能真切、深刻,也就不成为艺术。所以我的意见,以为一个艺术家,只要表现他所经验的就好了,当然,书斋外面是应该走出去的,倘不在什么漩涡中,那么,只表现些所见的平常的社会状态也好……如果社会状态不同了,那自然也就不固定在一点上。"

40年来的现实主义文艺创作生涯使我得出如下的结论:生活是根本,题材是骨肉,形象是生命,主题是灵魂,形式是仪表。而生活之所以是根本就因为没有生活就没有文艺的题材,没有生活就没有文艺的形象,没有生活就没有文艺的主题。高尔基说:"主题是生活暗示给作家的。"这就很好地说明了生活和文艺主题的关系。

深入工农兵的生活,不仅能解决题材、形象、主题诸问题,而同时也必须解决作家的一个立场问题。所谓立场,也就是对工农兵发生了爱,有了这种爱而后才能有力地歌颂他们,成为他们的代言人。而要做到这一点,就要认真执行"长期地无条件地全心全意地到工农兵群众中去,到火热的斗争中去,到惟一的最广大最丰富的源泉中去"的指示。为了在这一方面做得更好,下到农村、工厂担任一定的副职,为他们办些好事,能和群众经常同吃同住同劳动,则是打成一片,交朋友,熟悉他们的面貌,熟悉他们的心灵的最好方法,这也是四十年来实践《讲话》精神得到的宝贵经验。

1982年5月发表于《山西文学》

我感到光荣
——纪念《讲话》发表 45 周年

我自 30 年代参加左翼文艺运动以来,从事新兴木刻创作,就曾标榜过要为中国的劳苦大众服务,然而由于自己的立场、态度、工作对象、提高与普及诸问题没有解决,所以我们的木刻要为劳苦大众服务的美好愿望就只是一句空话。因为我们的欧化作品劳苦大众并不喜欢。这对于我来说,确实是一种苦闷。

毛泽东《在延安文艺座谈会上的讲话》中说:"我们知识分子出身的文艺工作者,要使自己的作品为群众所欢迎,就得把自己的思想感情来一个变化,来一番改造,没有这个变化,没有这个改造,什么事情都是做不好的,都是格格不入的。"并要求"我们的美术专门家应注意群众的美术"。指出"轻视和忽视普及工作的态度是错误的"。

我们开始对民间年画的研究和进行新年画的创作,就是

"注意群众的美术"的一种具体表现,也是对于普及工作的开始重视。其实要从"轻视和忽视普及工作"及不"注意群众的美术"状态中改变过来,这本身就是"把自己的思想感情来一个变化,来一番改造"的具体行动。

说良心话,我当时开始搞新年画创作,并非十分自愿,而是有些勉强的,也就是说我对于民间年画并不那么喜爱。但从理智上说,我又必须搞,因为我没有任何理由去反对搞美术的普及工作,况且创作新年画,本身就是对旧年画从内容到形式的提高。

于是我和大家一起进行了新年画的创作,终于在创作中对它发生了浓厚的兴趣,创作出著名的年画套色木刻《丰衣足食图》。其实这也就是毛主席所说的思想感情来了一番改造。我想这个改造确实是必要的。这种改造,也就是从对于西洋资产阶级美术的爱好走向对于中国民间美术喜爱的一种感情的转变。由于这种思想感情上的转变从而赢得了农民对于我的美术作品的喜爱。这为以下的一个故事得到了充分的说明。

1952年我参加了党中央组织的由杨秀峰同志领导的"毛主席的代表访问太行山老根据地人民"的访问团,从太原出发,走过子洪口不远,下起了倾盆大雨,吉普车也不能行动了,就暂时歇下来到老乡家里去避雨。我走进一家的窑里,发现贴灶王爷的地方贴着一张新年画,走近一看,竟是我的《读报图》。在这样的穷乡僻壤能看到自己的作品,我当时感到多么的光荣。我的新年画在农民灶头的出现,这既是一种移风易俗的事，也说明了农民对我的作品的喜爱。左翼时代的愿望至此才算实现。我怎能不为之高兴。可这是应感谢《讲话》的。

　　而今竟有一些为资产阶级自由化思潮所影响的画家，背离了《讲话》的精神，陶醉在西欧现代派的作品中孤芳自赏，群众看不懂他们的怪画，他们不但不以为耻，反以为荣。我真不知道这样的艺术家的存在，对我们的社会主义社会有什么好处。

　　　　1987年6月1日发表于《山西文艺界》

延安文学艺术在整风后的新面貌

延安的整风运动,是用马克思列宁主义改造干部的思想方法、工作作风的一次深刻的教育运动。

整风运动是以1941年5月毛泽东同志在干部会议上所作的报告《改造我们的学习》为序幕的;之后在1942年2月1日在中共中央党校开学典礼上又作了《整顿党的作风》的报告;接着又于2月8日在干部会上作了《反对党八股》的报告。这三个报告就成为延安整风运动的主要学习文件。我没有直接听毛主席的这些报告,而是由康生传达时听的。

1942年5月,党中央召开了延安文艺座谈会,毛泽东同志在会上作了两次讲话,第一次是5月2日讲的,这就是《在延安文艺座谈会上的讲话》中的《引言》部分。第二次是5月23日讲的,这就是《讲话》的《结论》部分。我是从头到尾参加了座谈会的,而且在讨论时还发了言。所以对这次座谈会有深刻印象。

党中央作了决定,发了指示,规定整风文件为22个。但因为我们是从事革命文艺工作的,所以鲁艺的师生在整风运动中除了重点学习《改造我们的学习》、《整顿党的作风》以及《反对党八股》三个文件外,还要认真学习毛泽东同志《在延安文艺座谈会上的讲话》(以下简称《讲话》)。因为《讲话》对我们来说是更为重要的文件,正像《反对党八股》对我们来说更为重要一样。延安文艺座谈会之后,《讲话》一直未见报,听说是毛主席把文稿分发给延安的文艺领导干部要他们提出修改意见。直到1943年的10月19日(鲁迅逝世日)《讲话》才在《解放日报》上正式发表。但现在我们在《毛泽东选集》中读到的《讲话》已和当年在《解放日报》上发表的《讲话》有所不同,虽然论点未变,但字句的修改是很大的,我曾做过对照研究,发现至少改动了三分之一。这大概是出版《毛泽东选集》之前,作者又作了大的修改的结果。

虽然《改造我们的学习》的问世可算是整风运动的开始,但真正在鲁艺有组织有领导地进入整风的高潮却是在延安文艺座谈会之后。

开始是认真的学习文件,领会文件的精神实质。对每个文件,都要精读,都要作笔记,并分组讨论,配合阅读《改造我们的学习》还必须学习毛主席的《"农村调查"的序言和跋》,这个文件中的"没有调查就没有发言权",对我们影响极大,后来竟成了日常生活中彼此批评的一个武器。此外配合学习《反对党八股》还发来了鲁迅的《答〈北斗〉杂志社问》,作为参考文件。

因为鲁艺是一个艺术教育机关,所以整风中特别讨论了当时的教育方针,由太行前线归来的艺术工作者批评鲁艺的教育路线是"关门提高",这给我印象很深。

总之,在整风之前延安文艺界脱离实际,脱离人民群众的现象是相当严重的,单以戏剧来说,经常上演的是外国的《马门教授》、《钦差人臣》、《带枪的人》,此外就是表现旧社会生活的《日出》、《上海屋檐下》以及京剧《杀院》等……在美术上则是讽刺边区和延安缺点的漫画,以及老百姓不喜欢看的欧化风的木刻画。以上所举的戏剧都是给当时延安的干部和学生们看的,老百姓看不上,我真不知道如果他们看了将会有什么意见。但鲁艺戏剧系也曾把三个契诃夫的小戏拿到乡下给农民看,这三个小戏是《蠢货》、《求婚》和《钟表匠》。结果是农民看不懂,搞得戏剧家们很扫兴。

当讨论《整顿党的作风》时,同志们特别注意这段话:

"他们应该知道一个真理,就是许多所谓知识分子,其实是比较地最无知识的,工农分子的知识有时倒比他们多一点。"

因为我们都是知识分子,听到毛主席这么说,心里当然很不舒服。但一细研究下面这段话,也就感到他说的真有道理。毛主席接着说:

"什么是知识?自从有阶级的社会存在以来,世界上的知识只有两门,一门叫做生产斗争知识,一门叫做阶级斗争知识。"这两门知识我们都应该承认很缺乏,例如生产斗争知识我们就很差,一不会种田,二不会杀猪,这样一想大家也就心悦诚服了。

对于我们文学艺术工作者,在《反对党八股》一文中认为都是"宣传家"。而我们都是不看对象的,"对于自己的宣传对象没有调查,没有研究,没有分析,"不去考虑他们对我们的作品是否喜闻乐见。例如我们的新木刻画,从三十年代初,一开始就标榜是为劳苦大众服务的,但由于我们照搬外国的明暗、刀法和审美趣味,所以多少年来劳苦大众并不接受。因为我们的思想方法是主观主义的,所采取的是一种艺术教条主义的创作态度,因此所谓"为劳苦大众服务"就成了一句空话。实质上就是没有真正解决为什么人的问题。而毛主席在延安文艺座谈会上的讲话中说:"为什么人的问题,是一个根本的问题,原则的问题。"

不看对象,其思想根源就是没有群众观点。由于我们在整风中受到了马克思主义的教育,加强了群众观点,所以我们的木刻作品在整风之后就有了新的面貌,受到了延安老百姓的欢迎。

其实这种不看对象的宣传作风是一直在我们的革命队伍中存在的。20年后的1964年,当我在山东省的曲阜县参加四清工作时,几乎每隔三天的夜晚都要开群众大会,在田里劳动了一整天的农民,对那些"又长又臭的懒婆娘的裹脚"似的讲话无可奈何,我看到有三分之一的人用睡觉来表示抗议。一天,领导指定我在夜晚的大会上讲国内外时事,我登台后首先向农民说:"咱们来个君子协定,第一你们大家不要睡觉,第二我知道你们劳动了一天很累,所以只讲一个钟点,行吗？""行！"下面异口同声地喊。"那好，一言为定，咱们都遵守这个君子协定。"我说。结果当真没有一个睡觉的，大家都在认真地听，而我也没有多讲一分钟。为什么有这样好的宣传效果呢？就因为我曾经受过延安整风的洗礼，对宣传对象有所了解，了解到他们急于想回家睡觉。毛主席说："'到什么山上唱什么歌'，'看菜吃饭，量体裁衣'，我们无论做什么事都要看情形办事。"可惜这些话并不为很多干部所注意。

鲁艺在整风之后教育方针有了很大的改变，这就是结束了关门提高，让学生下乡、下厂、下部队，和工农兵相结合，改造思想感情，了解服务对象，并获得创作的主题和题材。我作为一个文艺工作者，深感延安的整风运动对于鲁艺的文学艺术创作起了极大的推动作用，这首先是由于文学艺术家们改正了主观主义、教条主义的思想方法和创作作风，加强了群众观点、劳动观点，和一切从实际出发的实事求是精神。从而眼光向下了，重视了向民间文学艺术的学习，重视了普及工作，因此整风之后在戏剧方面产生了秧歌剧《兄妹开荒》、《夫妻识字》和歌剧《白毛女》等作品，这既是戏剧家们的新的成就，也是音乐家们的新的成就。在美术方面产生了新年画、新剪纸、新的泥娃娃；而木刻也有了新的面貌，放弃了以往画面上为群众不喜欢的黑块和人物面部的阴影，采用了民间年画的阳线刻法和色彩。创造了新的民族形式。特别令人感动的是，占元把他在整风前创作的《离婚诉》和《哥哥的假期》又以新的刻法重新创作，目的是为了群众乐于接受。以王式廓同志来说，他原是很喜欢荷兰画家伦勃朗描绘肖像的明暗法的，但整风之后，为了使老百姓对他的作品喜闻乐见，终于放弃了他艺术上的爱好，从而创作了有名的具有民族风格的套色版画《改造二流子》。

在延安的其他文艺单位，整风之后也有很大变化，在边区文协以石鲁同志为首掀起了创作"新洋片"的热潮，在陕北新解放区的"清算斗争"中起了很好的宣传作用。与此同时，边区文协的马健翎同志创作了著名的新秦腔《血泪仇》。李季同志创作了著名的长诗《王贵与李香香》，这是向民歌"信天游"学习的巨大成果。孙犁同志创作了著名的《荷花淀》。延安京剧院创作了《三打祝家庄》和《逼上梁山》等新剧目，都受到干部和群众的欢迎……

延安的文艺整风，对我来说具有深远的影响。日本投降后，我由延安来到当时的晋绥边区，首先是到新解放区孝义县收集民间剪纸，回到兴县后就一心一意地从事主编《晋绥人民画报》，一天郭生同志问我："力群同志，我真没有想到像你这样的大艺术家竟愿意做《人民画报》这样的普及工作？"是的，我当时感到能用美术为农民服务很有意义，也很光荣。除此之外，我在延安就开始画新年画了，回到晋绥边区后，也把年画工作抓起来，和苏光、牛文同志共同搞，因为年画也是为农民服务的。我曾经对同志们说：我画年画是先结婚后恋爱。因为一个人的习惯和艺术趣味，并不是一下子能够改变的。我学美术一开始就是学的西洋画，已经有了很深的感情，而对民间年画，延安文艺座谈会之后，从理智上说是应该重视的，但并不爱好，只是勉强画起来之后才逐渐有了兴趣有了感情的,所以说是先结婚后恋爱。全国解放后我进了太原,还是狠抓《山西画报》和新年画工作,因为这些普及的美术工作对我来说已经有了很大的兴趣,所以这时我刻的木刻就较少了。

发表于《支部建设》杂志 1988 年第 5 期

延安文艺座谈会和鲁艺新气象

1942年5月2日,中共中央宣传部在杨家岭礼堂召开了具有伟大历史意义的"延安文艺座谈会",对全延安的文艺界来说是一件大事,对全中国的革命文艺界来说也是一件大事。同志们把这次座谈会看做是延安革命文艺活动的一个分水岭。因为这次会议之后,大家实践了毛主席提出的为工农兵的文艺新方向,比起这之前延安的文艺活动和创作来,有了重大的变化和崭新的面貌。周扬同志在一篇文章中估价"……等于社会改造和思想改造的总和"。

5月2日,参加大会的有一百多人,大都是延安文艺界的领导、知名作家和鲁艺的教员。我荣幸地参加了这次大会,当毛主席和任弼时、洛甫、凯丰等中央首长进入会场时,响起了一阵热烈的掌声。之后毛主席在秘书陪同下和参加大会的一百多文艺工作者一一握手,并询问姓名和工作单位。这样的场面在延安是少有的,我们深深感到一种亲切和温暖。

毛主席和大家握手后，中宣部副部长凯丰同志就宣布开会，于是毛主席就讲了《在延安文艺座谈会上的讲话》的《引言》部分。之后就立即让大家座谈，毛主席用铅笔作笔记。

到开饭时，我们就和毛主席一起在杨家岭食堂吃饭，饭是很好的，有肉菜和白面馒头。饭后继续座谈。当谈到立场问题时，李伯钊同志说："有一篇小说，当描写一个红军战士向从国民党统治区来延安的女同志求爱时，竟说是癞蛤蟆想吃天鹅肉，这还有什么正确的立场。"她的话40余年来使我不忘。是的，毛主席在《引言》中一针见血地提出了延安文艺界存在的立场问题，态度问题，工作对象问题，真值得我们深思。

到5月16日举行了第二次座谈会，毛主席、朱总司令、林伯渠等中央领导同志认真听取大家的发言。待5月23日由毛主席作《结论》时，听的人就扩大了，礼堂里坐不下，就在礼堂外的篮球场上，在汽灯下继续讲。当太阳还没有下山时，吴印咸同志抢拍了一张参加大会人员的相片，留下了最宝贵的纪念。

第二年，也就是到了1943年的10月19日毛主席的《讲话》才正式在《解放日报》上发表，说明他对于《讲话》的发表，持非常慎重的态度。《讲话》中所指出的为什么人的问题和普及与提高的关系问题，一直是40余年来我的艺术创作的指南。我感到自古以来凡是有良心的艺术家总是力求自己的作品为大多数人欣赏的，而不是所谓的"自我表现""孤芳自赏"。因而我也非常同意邓小平同志于1979年讲的这句话:"人民是文艺工作者的母亲,人民需要艺术,艺术更需要人民。"这句话也是基于毛泽东文艺思想的。

经过学习毛主席《在延安文艺座谈会上的讲话》,又经过整风运动,加强了文艺工作者的群众观点、劳动观点,重视了文艺的普及工作,纠正了过去脱离实际、脱离群众关门提高等不正之风;认真实践了《讲话》的精神,掀起了向民间文艺学习的热潮;涌现出一大批各种形式的文艺作品。鲁艺戏剧部和音乐部创作了著名的《兄妹开荒》《白毛女》等。

1944年"延安中学"挤进了东山,鲁艺美术部的教员从东山搬到了礼堂西南面的两排平房里。这时和先后从太行鲁艺分校等单位归来的胡一川、彦涵、白燕、杨角、张晓非、华山、罗工柳、杨筠,以及从晋察冀边区归来的沃渣、刘蒙天、辛莽、从冀中来的李黑、阎素,从新四军来的莫朴,还有原在西山美术工厂的江丰、王朝闻、古元、华君武、安林、叶洛、夏风、张望、王流球、苏辉等同志都住在一个大院里,成为鲁艺美术人员的一次难得的大汇合。

在一种崭新的创作空气中,鲁艺美术部的创作特点就是向民间美术学习,从而掀起了一个史无前例的新年画创作热潮。当时不仅创作了各种新内容的年画,而且还经过王朝闻、江丰、古元、彦涵、胡蛮集体讨论由我执笔,写了一篇《关于新年画利用神像格式问题》的文章,发表于1945年4月12日《解放日报》。

与此同时,我创作了新年画《丰衣足食图》之后又刻成套色木刻,受到了当地农民群众的喜爱。当时,由于鲁艺的整风和抢救运动,我已有将近两年的时间未动画笔了,塑造人物形象感到异常生疏,但为了赶上大家,不致掉队,我能做到不耻下问,向学生学习。这样我才较好地完成了《丰衣足食图》的创作。

1944年后,延安举行了劳模大会和文教大会。在大会期间举行有关英雄人物生平和英雄事迹的连环画展览作为配合,大会筹备期间,动员鲁艺的师生为大会作画。两次大会我都参加了这一工作。其中为文教英雄陶端予(杨家岭小学的女教员)画的连环画,事后曾选取其中的一幅刻成黑白木刻——《为群众修理纺车》,并将给模范教师刘宝堂画的连环画也刻成了木刻连环画。

1945年1月18日《解放日报》发表了我写的《从展览会看美术工作》一文,总结了文教展览会中的美术工作。编者曾加按语,肯定了我对普及美术作品的表扬。

在鲁艺新秧歌剧创作和公演的影响之下,鲁艺所在地桥儿沟的老乡们创作了新秧歌剧《小姑贤》。我曾观看了他们的演出,颇感兴趣。事后该剧出版单行本时,请我作插图。我给刻了五幅小木刻,也就是现在流传下来的《小姑贤》木刻插图。刻成后曾在桥儿沟街头张贴的《桥儿沟壁报》上发表。这五幅用阳线刻制的插图,受到了群众的热烈欢迎。我从事木刻艺术以来第一次看到农民如此欢喜地欣赏我的作品,感到了无比的幸福并受到很大鼓舞。自1933年"木铃木刻研究会"成立时就标榜我们的版画艺术要为劳苦大众服务,但从来还没有看到过劳苦大众真正欣赏我们的艺术,这算是第一次,我怎能不为之高兴。

延安文艺座谈会之后,由于木刻家们考虑到群众对彩色画的喜爱,因而大大发展了套色木刻。最初搞套色木刻的是胡一川同志,他于1943年就刻了《牛犋变工队》,后来又刻了《胜利归来》,引起了大家的浓厚兴趣。于是古元刻了质量很高的套色木刻《战胜旱灾》,王式廓刻了他的名作《改造二流子》,彦涵刻了《把她们隐藏起来》,我在这空气中刻了《丰衣足食图》,之后又把《鲁艺校景》改刻成套色木刻。套色木刻的兴起,当时在全国来说,也是版画的"延安学派"的重要发展。

在这一阶段,鲁艺美术部的师生们不仅兴起了套色木刻,而且在黑白木刻方面也有新的创作,如古元的《人民的刘志丹》《减租斗争》,彦涵的《当敌人搜山的时候》,我刻的《为群众修理纺车》……都被认为是当时的优秀作品。周扬同志在解放战争年代出版的一本《延安木刻选集》的序言中写道:"这一艺术上的收获,不是轻易取得的,这不是作者们一个突然的作风转变,也不是一个优越的灵感的降临,对于文艺工作者来说,这一文艺新方向的实践过程是等于社会改造和思想改造的总和。我们能够说从《运草》到《减租斗争》的创造过程,仅仅是由于作者创作年龄上的差别么?我们能够说从《饮》到《为群众修理纺车》的作者,仅仅是由于表现技巧上的转变么?"接着他引用了茅盾先生的一段话之后说:"为人民服务必须要和人民共甘苦,深入生活还要具备正视生活的视角,只有在这样情形之下,产生的艺术,才能够与人民相结合,才能获得绵延不绝的创造力,饱和着生命的健康的创造力。"

新兴木刻"延安学派"的重大意义就在于在党的领导下,把鲁迅先生所培育的这一年幼的革命现实主义的艺术,推向了一个新阶段。它是在美术上最先实践了毛泽东文艺思想取得的重大成绩,从而又有力地证明了毛泽东文艺思想的无比正确性。

1992年发表于《山西文化》第3期

文艺工作者的行动纲领

抗日战争时期(1942年)在延安召开的文艺座谈会,迄今已有55年的历史了,这55年来,由于革命的文艺工作者忠心地实践了毛泽东同志在大会上讲话的精神,认真地深入了工农兵生活,因而产生了很多有历史意义的革命现实主义的优秀文学艺术作品,不但在中国而且在世界上也产生了巨大的影响。历史证明毛泽东《在延安文艺座谈会上的讲话》是当今有志于文学艺术的青年必须学习必须遵循的文艺道路。

但有人说《讲话》已经过时了,是的,其中的有些说法和要求由于时代的变迁确实过时了,如毛泽东要求文学艺术成为"打击敌人,消灭敌人的有力武器"的说法,这当然过时了,因为目前已不是抗日战争时期,而是一个社会主义建设的和平时代,是改革开放的一个新的历史时代,但《讲话》要求文学艺术为工农兵服务,为人民服务的精神是永远不会过时的,要求文艺工作者长期深入工农兵生活,熟悉工农兵,和他们打成一片从而改造自己的思想感情的教导也是永远不会过时的。我认为毛泽东《在延安文艺座谈会上的讲话》如果说在新时期感到有什么不足，那么邓小平同志于1979年在第四次全国文代会上的《祝词》就作了很好的补充，而江泽民同志在去年召开的第五次全国文代会上的讲话，也是根据毛泽东的《讲话》精神而有所发挥、有所强调的。这都是当今从事文学艺术工作的同志们应当学习和实践的有指导意义的文献。

在今天来说，文艺工作者深入工农兵生活仍然是一个重要的课题，但也并不是只限于到工农兵生活中去，在社会主义建设中，在有关改革开放的各个部门中，只要是和我们这个伟大的时代相关的生活，都是可以深入从而创造出富有时代精神的优秀的文艺作品的。

但能成为属于主旋律的文学艺术作品，大多是和工农兵生活有关的，例如在长江上的伟大的三峡工程，就基本上是工人的建设社会主义的劳动生活。当然除此之外，如在世界运动会上为祖国争光的体育健儿的训练生活，为祖国培养新人的辛勤的园丁生活都是可以去深入从而创造出具有时代精神的优秀作品的。

毛泽东在《讲话》中说："为什么人的问题，是一个根本的问题、原则的问题。"这个问题在延安文艺座谈会之后，在共产党领导的各个解放区，以及在全国解放之后的早些年，在文艺工作者当中有较好的解决，由于明确了文艺是为工农兵服务的，因而也重视了文艺的普及工作。但到今天，这个"根本的问题"在文艺界却又成为一个新问题了。因而与此有关的"继承和借鉴古人和外国人"的问题,就出现了《讲话》所批评了的文学艺术中"对于外国人的毫无批判的硬搬和模仿的""最没有出息的"现象,例如直到现在对于西方现代派美术"硬搬"的所谓"倒爷艺术"还是颇为流行就是一个最好的说明。因此对这些人来说,还有认真学习《讲话》的必要。

发表于 1997 年 5 月 23 日《太原日报》"艺苑"副刊

从美术为政治服务谈起
——在临汾地区美术草图观摩会上的讲话

目前,有的同志还受极左思潮的影响,搞一张创作,首先考虑为政治服务。30年来,很多人画画,要考虑目前是什么政治运动。不是从生活出发,而是从政治出发,甚至画面上还要加上许多政治标语和口号。问题是你有没有这种政治生活,画面需要不需要有标语。延安时期,古元同志刻了张《减租斗争》的木刻画,是根据报纸取材的。古元本人并没有参加过减租斗争会,但他有延安农村的生活,他熟悉陕北人民,他把这些人物画在《减租斗争》的画面上。可以说,这幅木刻画是从政治出发的。但因为他有农村生活,心中有人物,所以能根据想象刻出了《减租斗争》这样好的作品。我本人画过《丰衣足食图》,也是从政治出发的,但我有农村生活的本钱,过去在家乡,春节来临,妈妈都要给小孩穿新衣服。关于收南瓜,我也有生活。延安农民的家庭用具等,也是我所熟悉的。

所以，艺术为政治服务，从政治出发，不能说绝对不可以，就看你有多大的生活本钱，但通常来说，艺术创作总不应从政治出发，而应从生活出发。

剪纸属于工艺美术，没有必要硬加进政治内容去，只要变形好、夸张好，有装饰的美就行了。

有人要画学雷锋，他就空想地构思了个图：一个老大爷上公共汽车，小孩子主动让座，这种画能不能画好，就看你有没有感受，心中有没有人物。创作应该从生活出发，那就是把你在生活中看到的学雷锋的事迹，经选择，找一个感受最深，很动人的场面，这样画出的学雷锋的画就不一般，可能感动人，因为这是从生活出发的结果。我们过去搞创作受"为政治服务"的思想影响太深，画面加红旗，加标语口号，其实，根本不解决问题。最近上演的电影《牧马人》，处理得就很好。里边有情节，有故事，有爱国主义，让你看了受感动，让你笑，但是含泪的笑。美术创作不能光喊口号，不能变成图解政治。这些东西到了"四人帮"时代达到了登峰造极的程度。比如画《你办事、我放心》，我见到过五六幅。感觉都是闭着眼睛画的，不是从生活出发的。想想看，既然毛主席在画面上是那样健康，为什么不说话而要写个条子呢？实际上那时毛主席已经病得不能说话了，快要去世的人了，连写字都歪歪扭扭。有些人不敢如实的画，怕画出来挨批评，所以要画的健康一些，但这就很不真实，而在说假话。到了江青四人帮时代，号召美术工作者画打倒走资派的画，说头号走资派是刘少奇，可刘少奇现已平反，那么真的走资派到底是谁呢？你见过走资派吗？但有些人真的就画了,那就上当,变成了阴谋文艺。而这些画就都是所谓的"为政治服务"的。

古元同志在延安曾画过劳动模范吴满有,后来吴满有变节了,这幅画就完了。在山西我们过去好多人画"农业学大寨",画陈永贵,现在也不能用了。我们原计划出一本画册也出不成了,因为很多画是画"农业学大寨"的。我也刻过一幅《双庆》的木刻画,庆祝粉碎"四人帮",庆祝华国锋同志担任党中央主席、军委主席。现在要出我的画册了,由于历史的变化,这幅画也不便放进去了。今后类似这样的画,我绝对不画了。恐怕不画也不可能,只能尽量的少画。董其中同志画这方面的作品就少。为政治运动服务的美术作品,谁知道它的寿命如何呢?我曾经指导过画华主席领导农业学大寨的画,现在看来没有一幅好作品。原因就是首先是从政治出发,从空想出发,而不是从生活出发的结果。

现实主义的创作方法应该遵循以下几点:

(1)画你熟悉的。

(2)画你感兴趣的。

(3)画你感受最深的。

(4)画有意义的。

胡有章同志画过教员的生活,因为他当过教员。所以刻出了《桃李满山》这幅动人的木刻画。他只画了一个教员的背影,但由于画面形象生动感人,所以这幅画被选入"中国新兴版画五十年选集"中了。好画大都不是从政治出发的。搞美术创作的同志眼界要宽,知识要渊博。对姊妹艺术都应关心,并要善于向它们学习。

古元在延安刻了一幅《骡马店》，受到艾青同志的赞扬。关于骡马店，我比古元还熟悉，当年我家住在官道边，我常到骡马店里玩，但古元对骡马店很感兴趣，而我却熟视无睹不觉得它有什么美。古元是广东人，他对北方的农村生活感到新奇，因此，他刻出了《骡马店》，而我却没刻出来。这是他感兴趣的结果。

光感兴趣还不行，还要感受深，并且看它美不美，有社会意义没有。邓小平同志说："文艺除了教育意义外，还有娱乐性及使人得到美的享受的作用。"这样我们取材就广泛了。你们这里有些同志不善于取材，有个女同志画了个妈妈给小孩抬手的画就不感人。我去她家里时，她的小姑娘为我们跳舞唱歌，我想这就是个好题材，生活本身就惹人爱，描写新中国儿童的可爱、活泼，这就能感动人。这次在北京举行的美国收藏家韩默的藏画展，其中有美国一位女画家卡萨特的作品。她画了一辈子画，就画一个主题——母爱。她画过一幅妈妈给孩子洗脚的画，表现的就非常动人。还画过一幅在床上躺着的妈妈和身边的女儿，从画面中可以清楚的看出，母亲完全陶醉在家庭生活的幸福中了。卡萨特一生没有结过婚，她画面上的孩子完全是她姐姐的孩子的形象。她是后期印象派画家德加的学生，长期住在法国巴黎，前几期《美术研究》封底刊登过卡萨特的一幅母亲喂奶的画，同样吸引人。这些极平凡的生活，在卡萨特手下，画的那么不平凡，就因为她画了熟悉的生活，感兴趣的生活，感受最深的生活。

今后画画，一定要改变硬为政治服务的倾向。在座的领导不会硬逼你，如果在其他部门就可能不行。有些部队的剧团，要给歌舞硬加进政治去，而又没有舞蹈语言，结果竟使舞蹈变成了哑剧。舞蹈是从生活中高度提炼了的东西，而且要把生活舞蹈化。绝非立正、稍息、开步走。要是这样何必花钱去看它呢！我在乌鲁木齐看这种舞蹈时，看到一个鼓掌的人都没有。

我们这多年画画，不仅要为政治服务，就是画生产工具也要画先进的。北大荒晁楣同志刻了一张《北方九月》的木刻画，画面上一片高粱，一部分人割，一部分马车运。"四人帮"的人说为啥没有先进工具呢？为此晁楣后来就重新刻了一次，改成用拖拉机运高粱。到编选《新兴版画五十年选集》时，我和李桦、古元等同志一致认为改过来的有拖拉机的一幅还没有原来有马车的好。结果还是选用了先前刻的有马车的一幅。艺术的取材总不应单从"先进"出发，而不考虑入画不入画，形式美不美，这是美术家首先应考虑的事。但目前强调形式又过火了，几乎不讲究内容，成了形式主义的作品。山西离北京较远，这种形式风还没有刮过来，下面的同志还是要表现人民生活。当然，形式也是要讲究的，但不应成为形式主义的。目前可画的生活面宽得多，比如打排球、踢足球都是可画的。四川有一幅刻父亲学自行车，两个孩子在扶的木刻画，这幅木刻意义就很大。我们搞四化就是要有这种不怕摔打的精神，勇于克服困难的精神。而且这幅画很有趣味，看了令人发笑。生活题材是广泛的，问题是我们会不会取材。有一幅名为

《求索》的画，画蚂蚁吃花大姐，一个天真的小姑娘爬在地上看。看到小孩这种聚精会神的形象，就使我们联想到实验室里的科学家，棉田里的吴吉昌……如果让我投票的话，我投它金奖，而不投《父亲》。《父亲》画得也好，但形象是闰土，不典型，没有时代感，我不喜欢。《求索》画面很美，有日本工笔画的味道，作者反映的是她儿童时代的生活。

写文章和画画一样，没有熟悉的生活也是不行的。《山西日报》前些日子刊登了一位女作者的文章，她说：她曾写过二三十篇文章都被报刊退回来了，后来又写了一篇，写的是自己最熟悉的生活，一下子给发表了。马烽同志在《山西文艺通讯》上写了篇文章，同我的观点一样，也是强调要写熟悉的生活。马烽进城以后，也想写点关于妓院生活的文章，但不行。曹禺写《日出》，剧中正面人物就是他自己，曹禺了解了妓院，所以能写好。而马烽对妓院很不熟悉，所以写不好。还是写他的山药蛋派农村生活的文章有把握。鲁迅说："能憎能爱才能文。"赵树理小说中的人物大都是可"爱"的，曹禺剧中的人物大都是可"憎"的。都是由生活决定的。也是作者对生活中人物的感情流露。

下面再谈谈抽象和具象问题：民歌中的哎哟哟是什么意思呢？我问过音乐家张沛同志，他说："这是衬词，在音乐中起丰富音乐的内容，增加音乐的色彩，强化音乐形象的作用。"绘画当中有没有类似音乐的哎哟哟呢？我曾刻过一幅版画《山葡萄》，发表在《汾水》杂志封面上。以群青色为主，在黑的空处用圆口刀点了些点子，没有内容，但少了不行，这就是音乐中的哎哟哟，国画家李苦禅在画梅花时，周围也点些点子，这也是哎哟哟。黄永玉画荷花，荷花是具象的，叶子是半具象半抽象的，因为叶子是黄永玉用刷子乱刷的，有所变形，而背景的部分却都是"哎哟哟"，是抽象的东西。艺术中的抽象和具象很早就存在。如果整个画面都是哎哟哟，就成了抽象派绘画。音乐中的1．2．3．……都是抽象的，只有歌词中有形象。我们的绘画应以具象为主，以抽象配合一下还是可以的。这种抽象的东西在古代工艺美术图案中、剪纸图案中很丰富。比如猪身上的图案就是抽象的，所以说我们的同志们也要解放思想，最近吴冠中同志来太原也讲过这个问题，他强调以具象为主，结合抽象，"立足具象而吸收抽象"，对同志们有所启发。今天我就谈这些，供同志们参考。

1982年5月12日，宁积贤整理

谈怎样欣赏现实主义的文学艺术

在旧社会,"耍把戏"的人一开场就说:"会看的看门道,不会看的看热闹。"这话说得很有意思。

我想:对于文学艺术也是如此。但要从"看热闹"变成"看门道"即意味着从外行到内行,却不是一件容易的事。

所谓"看门道",就是看内在的东西,而不是粗粗的看个表面。要想对文学艺术有一定的欣赏水平,能够看出"门道"来,就要具备对每一件作品进行分析的能力。

下面我想谈谈如何欣赏美术名作的问题。也就是说对美术名作如何"看门道"。

美术作品,不论古代的现代的,不论中国的外国的,都是描绘人类的社会生活和人类的生活环境的。即使描绘的是神的生活,实际也是人的生活的一种反映,因为神也是人根据自己的形象创造的。

要想欣赏一件美术作品,要想对它进行分析,首先要懂得它所描绘的内容，否则你就无法"看热闹"，更谈不上"看门道"了，因而就不能感到趣味，不能理解它的好处。

古代的有名的美术作品，绝大多数是以神话和宗教为内容的，中国最有名的古代封建社会的美术，如山西大同的云岗石佛，甘肃敦煌的壁画，炳灵寺和麦积山的石雕和泥塑，以及四川大足的石刻等等，大都是以佛教故事为内容的，如果对《佛经》一无所知，看这些艺术品也就难免索然无味。又如希腊奴隶社会的美术，这是人类古代文化的精华，如果不知道希腊神话，也就难于更好地欣赏这些以神话为题材的希腊美术。就如有名的希腊雕刻《拉奥孔》，如果不知道特洛伊战争的故事，你就无法深入地欣赏这一著名的古代雕刻。

西欧文艺复兴时期的绘画和雕刻，是继希腊之后达到了很高水平的艺术，大都描绘的是《圣经》的故事。

大画家达·芬奇的《最后的晚餐》，描绘的是《新约》里耶稣和十二个门徒的故事；米开朗基罗的著名雕刻《大卫》和《摩西》塑造的是《旧约》里的英雄人物。你不看《圣经》，就看不懂这些伟大的作品。

世界上任何一个民族都要经过神话与宗教的历史阶段，因为那时的人类还没有能力科学地认识自然。当时生产力的水平很低，人对自然的认识非常有限，往往借助想象去解释周围的自然现象和生活现象，这样就产生了神话和宗教。

马克思说，"宗教是鸦片烟"。然而为了欣赏古代艺术，却不能不看看《佛经》故事，不能不看看《圣经》。你读《圣经》时当做神话和故事来读就不会受害了。我想生长在社会主义时代的青年，是不可能由于读了《圣经》就相信起耶稣上帝来的。

伟大的德国诗人歌德曾经大大称赞《圣经》的文学价值，说可以打60分的文学分数。《圣经》不但有神话故事，也有历史、小说和很美的恋歌，是了解西洋文化的必读之书，也是了解西洋文艺复兴时期美术的一把钥匙，不论欣赏中国古代还是外国古代美术作品，都应有一定的历史知识和文学知识。例如晋代有名的画家顾恺之画的《洛神赋图》，是根据三国时期魏国曹植的文学名著《洛神赋》画的，你没有读过《洛神赋》，又怎能更好地欣赏《洛神赋图》呢？相比之下，欣赏社会主义时代的美术作品就比较容易，因为我们就生活在这个时代。

以上谈的是欣赏美术作品所必备的知识。下面谈谈如何分析美术作品。

任何现实主义的文艺作品都包含题材和主题两个部分。题材是作品的肉体，主题是作品的灵魂。灵魂寓于肉体之内，主题寓于题材之中，两者是不可分割的。题材是具体的，可视的，主题却是抽象的，看不到的。无产阶级的伟大作家高尔基说：主题是生活暗示给作家的。当美术家创作一幅人物画时，是通过题材，通过人物形象，通过人物之间的相互关系，以及人物的思想感情来表达主题的，因此欣赏美术作品时，也应通过题材，通过作品的人物形象，通过人物之间的相互关系，以及人物的思想感情来研究作品的主题。主题是作家、艺术家要宣传给读者的一种思想，毛主席《在延安文艺座谈会上的讲话》中给革命的文学艺术所提出的"作为团结人民,教育人民,打击敌人,消灭敌人"的任务,就是靠文学艺术的主题思想来完成的。任何社会的现实主义的文学艺术都是有其特定的主题思想的,封建社会的文学艺术,大都宣传地主阶级的思想,资本主义社会的文学艺术,大都宣传资产阶级的思想。但也有例外,例如产生在封建社会的《红楼梦》就是反对封建家庭的婚姻不自由的。我们研究美术作品时,不但要研究其主题是什么,而且要研究主题是否正确。

一部长篇小说往往有主要主题和次要主题;一部古代的长篇小说,有的主题可能是香花,有的主题可能就是毒草。

通常一幅美术作品,其主题多半只有一个。分析一幅山水画或花鸟画的主题,有时候比分析一幅人物画的主题要困难些。而由于作家的立场观点不同,爱憎各异,同样的社会事物,也可能描绘成相反的主题思想。因此说主题有时是有阶级性的,高尔基说:没有主题的作品是自然主义。例如有的文学美术作品只描写社会现象,看不出作者拥护什么,反对什么,也就是看不出歌颂什么,暴露什么。由于这类作品无法看出主题思想,因此属于自然主义的。

看一部现实主义的小说,一部电影、一场戏剧,除了研究其主题思想外,还要看作品的构思如何,包括结构、情节、高潮等;此外还要看语言、对话是否生动美好等等。欣赏一件美术作品也有类似的问题。美术的构思包括构图是否新颖无瑕,人物形象是否美好生动,色彩是否有美好的调子,是否和谐……作品的美好的构思,既来源于生活,也取决于艺术家的才华和修养。构思好的就可能是思想性高的或较高的作品。与构思相关联的还有人物性格的刻画。人物性格多样、突出，具有典型性和个性的，艺术性就高。我国有名的小说《红楼梦》，其人物性格的刻画多么的多样、突出，多么的具有典型性和个性；我们的美术作品达到《红楼梦》描绘人物性格水平的还不多；像王式廓同志的《血衣》那样刻画人物性格的作品，还是少见的。作品中人物性格的刻画是否多样、突出，取决于作家艺术家的社会生活是否深入持久，是否有长期的观察体会。

美术作品中的人物形象和自然形象，以及其中的色彩，既来源于生活而又应高于生活，正如毛主席《在延安文艺座谈会上的讲话》中所说的："文艺作品中反映出来的生活却可以而且应该比普通的实际生活更高，更强烈，更有集中性，更典型，更理想，因此就更带普遍性。"不要以为美术作品中的人物形象和自然形象愈像照相就愈好，恰恰相反，愈像照相就会缺乏创造性，愈不能达到比实际生活更高，更强烈，更有集中性，更典型，更理想的目的。虽然毛主席讲这六个"更"时是包括内容在内的，但单以形式而论也是如此。应该了解到艺术虽来源于生活，但艺术的真实决不等同于生活的真实。中国美术的优良传统就特别强调传神，而不去机械地仿照自然，如实的描写。因此不要以为有立体感的合乎透视学的作品就都是艺术性高的，反之就是低的。决不能这样看。而要看是否有生动的形象和富有性格的典型人物，是否传神，是否表现了事物的特征，是否有创造性，是否有意境，是否有美感,是否有独特的个人风格。例如就色彩来说吧,也不是如实描写的色彩就是好的彩色,而是要看艺术家如何根据自然色彩加以提炼,从而创造富有个人独特风格的色彩,形成作品中的色彩的美的旋律,形成作品的情调、意境。好的绘画作品就靠形象和色彩所形成的动人的诗的意境和美感而感染读者的。

每种美术都有其独特的艺术性,欣赏油画除了形之外,就要看丰富多彩的色彩调子和流利的笔触以及油画家在处理形象、色彩和笔触时的创造性。而欣赏中国画的写意画就和欣赏油画不同,它的艺术性不决定于丰富多彩的色彩的变化和旋律感,而是看笔墨工力。就笔而言是看用笔是否老练苍劲有力;就墨而言则要看墨色是否丰富,所谓"墨分五色"就是指的这种丰富和变化;就整体而观,则要看画家运用笔墨所形成的画面的意境,气韵,气势和个人的独特风格。而欣赏木刻画,则看其运用黑白的美感以及刀味、木味等艺术性。

提高美术的欣赏能力,也和提高一切文学艺术作品的欣赏能力一样,既要多看名作,也要有人指导,同时也要多读有关美术的理论文章,日子长了,就可逐渐由"看热闹"而变成"看门道"了。欣赏能力的提高,一定有一个过程,而过程之长短,则由个人之努力程度而定。

社会主义时代的有文化的青年,不可能每个人都成为美术家,但每一个人都应成为会"看门道"的美术欣赏者。这关系到建立我们社会主义高度的精神文明的一个重要方面。

作于 1985 年

艺术随感录

要不要吃牛而变牛

我绝不反对向西方艺术学习。

鲁迅说：我们"吃用牛羊"是为了"滋养及发达新的生体，决不因此就会类乎牛羊的"。然而在艺术上就存在着这种因吃了牛肉而变成牛的艺术品。

谁都知道李可染是齐白石的大弟子，然而李可染的作品里却几乎连齐白石的影子也没有，说明李可染是真会"吃用牛羊"的艺术家。他绝没有因为吃了牛肉而变成牛。他只泄漏过一点消息，说是向白石老人学习了很多年，只学到一个字：慢。

"个性"的同义语

现在是大为提倡建立"现代艺术观念"的年头，在艺术理论上则大谈"自我表现"和"个性"。然而看看有些"个性"论者的创作,其实往往是过时了的西欧现代派的翻版。难道说创作者的"个性"就是"现代派"的同义语?难道说创作者的"个性"就是和西方艺术家一样的"个性"?

一个名叫李贵君的中央美术学院的学生说:"不要总想着你的作品是否现代,不要挖空心思与众不同来讲求什么'个性'。要紧的是不带任何成见地去看,去想,去表现,你的个性就在其中了,如果你是个具有现代意识的人,那么你的作品自然是'现代'的。"(见《中国美术报》总第 16 期)

有人说新老艺术家之间存在着"代沟",而我觉得这个第四代的艺术青年和我这个年过古稀的老人彼此之间的心就贴得很紧。他说出了经过苦思后的自己的艺术观念,也说出了我心里的话。

新的就是美的吗?

"你是否反对创新?"

"否,但我反对新而不美。"因为新的不见得都是美的,都是善的。

"我反对新而怪诞。"因为不见得怪诞的都能使人乐于欣赏,得到益处。

"我反对新而不懂。"不仅老百姓看不懂,连高级知识分子也看不懂,要它何用?有何美之可言?

何谓之美?

蜻蜓以草泽为美,蝴蝶以香花为美,同为昆虫,各有所好。我以民歌为美,我以窗花为美……我愿和人民有美的共鸣,我愿和人民有美的共同语言。

何谓之美?正面回答这个问题是美学家的事,但人民并非都是美盲,都有对美的事物的爱好。什么是美?总是以人民的观点为基础的吧。

我拥护的是新而美的作品。

我能欣赏古今中外艺术的美。但中国人的作品却应有中国的作风、中国的气派,正好像中国人的面貌有自己的特色和美一样。我以有中国民族特色的艺术而感到骄傲,以有中国民族气派的艺术而引以为荣。

1986年5月25日发表于《光明日报》副刊"东风"

艰苦的艺术历程

我今年整整 74 岁了,50 余年在艺术上的努力,赢得了一个"版画家"的光荣称号。这个称号之得来,当然也是很不容易的,主要的一点就是 50 余年来我坚持了这门心爱的艺术。除了在国民党监牢里受难,在革命队伍中搞政治运动及"十年浩劫"有多年不搞外,从未停顿过版画创作,即使行政工作和创作有了多么大的矛盾,我也要想尽办法坚持不断。

算来我一生中坚持了两项有意义的事业,一项就是在政治上坚持走共产主义的道路,在中国共产党的领导下干革命从来不动摇;一项就是在艺术上坚持了版画创作,为人民服务不辞辛苦,永不动摇。而这两项坚持也是彼此密切联系的。因为我跟共产党走就使版画工作有了方向,而坚持版画创作也使我的革命工作具体化了。

为什么能坚持?就因为我认识到我所做的事对人民有益,并从心眼里热爱。没有这种热爱就不可能坚持。我始终认为一个人活一辈子总应为人民做些好事并持之有恒，坚持下来。到了临死时也会觉得一辈子没有白混。

回想当年在国立杭州艺术专科学校，学画的同学有多少，但能坚持到现在的有几个？大都因为出了学校，没有在艺术上发展的客观条件而改行了，或者因为自己对艺术事业动摇而不干了。真能坚持到现在的寥若晨星。

可是也有人对他热爱的事业，由于所走的道路不正确，方法不对头，虽然也坚持了，结果勤勤恳恳一辈子，而毫无所成。例如有这么一位美术老师，在绘画上是非常努力的，坚持了一辈子，但没有留下一件给人有印象的像样的作品。因为他从来不懂得一个艺术家应熟悉人民的生活，应歌颂人民，也不研究美术理论，只是对古人的作品临摹临摹，不知道艺术应是一种创造性的劳动，不知道奋斗的目标是什么。

所以一个人一辈子要有所成就，也真复杂，真不容易。但坚持总是成功的一个重要因素。所以人们常说："坚持就是胜利"。毛泽东同志在延安的一次讲话中曾说："要做什么事，能否成功，就看你能不能坚持，例如一个人保存《解放日报》吧，只要你能从头到尾，一张不缺，坚持到底，就是一件大事。"是呀，如果一个同志，现在真能拿出一份完整无缺的《解放日报》来，岂不是一件无价之宝？

说实在的，搞艺术的人除坚持外还总得有一定的才华。但自觉是天才的人，又往往为"天才"所误，一事无成。天才好像燧石中内含的火种，要用有力的敲击才会迸发出星花来，天才只有通过艰苦的劳动才会显现在艺术创作中。

而我之从事艺术工作，却决不是自己感到自己有天才，而是自幼对画画就热爱。在高小时，我的图画课总是赢得一百分，这当然培养了我在绘画上的浓厚兴趣。而图画老师也总是把有关绘画的任务交给我，例如画人体内脏的色彩图，或有人求他画扇面，他也让我画，这实际上也培养了我在绘画上的才能。

1927年我考入了太原成成中学，有位留学日本的图画老师教我画写生画，画速写，画水彩，这就使我更加对图画有兴趣了。这之前在高小里学的是临摹画，每次上图画课，老师用粉笔画在黑板上，有时是马，有时是兔，让我们照上画，而今竟会看着实物画画了，感到非常高兴，而美术老师对我的写生画也还是给打一百分。这样我的兴趣就全摆在图画上了，对其他功课就大有应接不暇之势，平时就经常"爬黑板"，下不了台。因为我的记忆力又不好，而又缺乏下苦心复习功课的毅力。结果考试时英语、三角、几何都不及格，老师和同学都看不起，自己也很苦恼，这日子实在没法混了。因此没有毕业就决定去投考艺术学校。

当时我是怎样想的呢？在旧社会，知识分子要混饭吃，就要靠语文、英文、数理化，而我的这些功课都不好，靠不上，而且又没有亲戚做大官的，所以没有门路升官发财。怎么办？总不能让饿死吧；我想，我在美术上还有点办法，将来就靠卖字画也总能混碗饭吃。这就是我决定投考美术学校的原因。那时还根本没有想到学美术要为人民服务，不可能有这种觉悟。这说明我开始学美术也并无大志。

经过我的努力终于考上了国立杭州艺专的插班生。但开学不久就碰上个"九·一八",日本帝国主义军阀侵占了我国的东三省。那时搞学生运动,有个问题就提出来了:我学美术起初是为了混饭吃,那么亡国了怎么办?安心当亡国奴吗?于是我就不能不关心国家大事,我的爱国热情高涨起来了。因为日本帝国主义侵占了东三省啦,要亡国了嘛!起初希望国民党抗战,收复东北,后来经过学生请愿运动的种种不幸遭遇,血的教训终于使我认识到国民党是绝对不能依靠的,对它不能有任何幻想。蒋介石那时提出来的"攘外必先安内",就是说国难当头还要继续打红军,打内战。

我当时曾有一个时期陷入悲观彷徨的境地,思想上非常苦闷。终于在进步同学的指引下,读了一些进步的书籍。例如胡愈之著的《莫斯科印象记》就是其中的一本。那时胡愈之是中国的名记者,十月革命后,一个人就跑到莫斯科,他不懂俄语。但懂世界语,他到了苏联,就凭"世界语"解决了语言不通的问题,回国后写了一本书叫《莫斯科印象记》,看了以后,对我影响很大。后来又读了一本名为《世界往何处去》的书,告诉我世界是走向社会主义和共产主义的。这样我就把祖国的解放,人民的幸福寄托在中国共产党身上了。

由于思想上的进步,当时鲁迅先生提倡木刻画,我们就想学木刻。而那时在学校里却只有国画、油画、雕塑和图案等科目。版画在中国的艺术界还没有地位,被大艺术家们瞧不起。学校里学的那一套叫做"为艺术而艺术",与人民生活和社会没有关系,真所谓脱离群众,脱离实际。因此我们思想进步的学生就感到这不行,认为艺术应该表现人民的生活,人民的斗争。这样我们就于1933年春天在学校成立了"木铃木刻研究会"。这个团体的意图就是想通过木刻表现人民的饥寒交迫的生活和他们的反抗斗争,使木刻成为为劳苦大众服务的艺术。我现在应该感谢"木铃木刻研究会",虽然它的寿命很短,但它却使我在艺术事业上立下了大志,有了个奋斗目标,而不再是仅仅为了混饭吃了。虽然后来我因为参加"木铃木刻研究会"竟被国民党逮捕入狱,出狱后也不能再上学了,可还坚持了木刻创作而不悔。因为我自信,我的工作是正义的。

艺专当时连预科到本科要读八年。而我只学了二年就被学校开除了。以后就靠自学成才。虽然我为木刻而坐牢,但木刻也使我有个精神上的寄托,使我有奋斗目标,使我对革命事业有所贡献。"木铃木刻研究会"对我日后在艺术上的前进具有起步的重要意义,它不仅使我有了雄心壮志,也使我有了表现劳苦大众的创作实践。当时学校里的所谓创作与我们现在的概念不同。画一个裸体"模特儿"谓之习作,画三个裸女在一起就谓之创作。而我们的创作却是要表现劳苦大众的生活。于是首先就遇到个缺乏题材的问题,像一个炊事员要做饭,既无米面又无蔬菜一样。你想,我们平时既不接触劳动人民,也没有对他们进行过观察。不要说表现他们的思想感情了,就连他们的衣服也不会画。这不奇怪,因为一进艺专就画裸体,起先是画石膏裸体,之后又画活人的裸体,怎么会画穿衣服的人呢?于是我们走出校门,去到十字街头观察劳苦大众，画他们的速写。这样就开始了我们表现人民生活的创作实践，从而也懂得了生活对艺术创作的重要性。而这一点也是要感谢"木铃木刻研究会"的。没有表现人民生活的艺术创作实践，就难于看出一个画家的真正才华。我们曾经有不少留学法国的画家，当他们画裸体、画肖像、画静物、画风景时，显得他们很有才华，但全国解放后要他们创作有关工农兵的油画时，就显得束手无策了，哪里还谈得上什么"才华"。就因为他们毫无以工农兵题材为创作的实践，既没有接触过工农兵，也没有描绘工农兵的创作经验，更无这种创作的甘苦。因此毛泽东同志《在延安文艺座谈会上的讲话》中要求"中国的革命的文学家艺术家，有出息的文学家艺术家，必须到群众中去，必须长期地无条件地全心全意地到工农兵群众中去，到火热的斗争中去，到惟一的最广大最丰富的源泉中去……"历史证明，中国的革命的文学家艺术家，凡是沿着现实主义的艺术道路有所成就的，无一不是认真执行了毛泽东同志的这一教导的，所以艺术家的成材，固然需要对艺术事业的坚持，但也要看是否选择了一条正确的艺术道路；是否选取了现实主义，是否有深入工农兵生活的经验和表现他们的创作经验。

我因参加"木铃木刻研究会"，一共坐了一年的监狱。我在这一年中不能作画了，就读书，认真读了《圣经》、古代世界史、中国哲学史、《红楼梦》、鲁迅的《呐喊》和《彷徨》……丰富了我的知识，开阔了眼界。尤其是《圣经》和美术的关系很密切，因为很多世界有名的艺术品不少是取材于《圣经》的。我认为一个艺术家固然应刻苦学画,但也必须有丰富的知识。

当时,我从监狱出来就到了上海。在广告公司找了个职业,每天画广告画,有时还加班。因此,只能在礼拜天刻木刻。当时虽然国民党摧残版画,压迫我们,美术学校里也不设版画课,但鲁迅支持我们,上海的进步刊物也发表我们的版画作品,所以我们感到并不孤立。如果没有这种支持,我们的版画创作工作也是很难坚持下来的。当时木刻家大都过着非常穷困的生活,我有时失业,连给朋友写信的邮票都没有。但时常能遇到同志的帮助。所以我的精神是振奋的,斗志是昂扬的。一想到世界上有红色的苏联,中国有红色的江西苏区,身边有志同道合的同志就觉得中国会得救,自己生活的有意义、有前途。

一个艺术家的成长总是和他处的时代密切相连的,如果时代不需要你,就无法成材,但个人的努力也是非常重要的。1935年至1936年间,我从上海回太原,又从太原到上海,有时有职业,有时又失业,虽然生活很不安定,但我始终不放弃搞木刻创作。先后刻了《三个受难的青年》《拾垃圾的孩子们》《采叶》《流民》《日寇武装走私》、《鲁迅像》等作品。当我1936年夏离开太原到了北平时,还参加了"六·一三"学生游行示威,要求国民党停止内战,一致对外。后又从天津乘海轮到上海,为了省钱,我是作为水手们的走私品,而睡在鱼仓里到上海的。仓里鱼腥味难闻,又兼晕船,一路呕吐,有如大病一场。到上海后住在我的友人曹白所在之北四川路新亚中学,日夜刻木刻,由于劳累过度,一次步行在苏州河桥上时竟头晕昏倒了，雇了个黄包车才回到新亚中学。但我刻的《鲁迅像》寄给鲁迅时，却给予了我莫大的鼓舞。当鲁迅先生10月8日在大病之后去上海八仙桥青年会参观了由我们筹办的"第二回全国木刻流动展览会"时，我们是多么的感动。可惜他于10月19日就与世长辞了。

有鲁迅先生的支持与关怀，就使我们从事木刻工作的同志们感到从他那里得到了巨大的力量与信心。当代中国老一辈版画家的成材，任何人都是和鲁迅先生的培育分不开的。

这个期间鲁迅先生向我们介绍了很多外国版画，其中以苏联的最多，因此在我的创作中受苏联版画的影响较大。当时还没有意识到要创立个人的艺术风格。

从1933年"木铃木刻研究会"的建立到1936年，这期间我初步学习从劳动人民的生活中选取题材，但还没有认识到应有个主要的创作的生活源泉。

当时作为一个中国新兴木刻工作者，几乎无不负担两重任务，他既要创作出木刻作品，又要参与木刻的运动，例如在上海组织木刻工作者协会，抗日战争开始后，我们在武汉又组织"中华全国木刻界抗敌协会"。

总的说来，从1933年到1939年，是中国木刻的童年时代，我们每一个从事木刻的同志，大都处于模仿时期。初步得到了取材的经验和创作经验。这些经验是很可贵的，为我今后的成就打下了基础。为中国的革命现实主义美术事业的发展开创了道路。

1940年我到了延安，在鲁艺当美术系的教员，历时六载。

这六年来，我在艺术思想上和木刻创作上都有很大的提高，有以下的原因：

一、延安有一个相对的和平创作环境，有利于文艺工作者安心地学习和创作。抗日战争开始后，随着大片国土的沦陷，我就开始过着流浪的不安定的生活，先去安庆，在省立第一民众教育馆做抗日宣传工作，后又转移到太湖山中，又去了武汉，在军委政治部第三厅工作。之后又参加了抗敌演剧队第三队。接着又到第二战区的宜川，任民族革命艺术院美术系主任。但不到半年，反共的"十二月事变"发生了，我又跑到延安。这才有了个真正的安身之地。

二、延安鲁艺集中了很多全国有名的文学艺术家，有利于同志的互相学习共同研究。当时我虽为鲁艺美术系的教员，但同时也是鲁艺文学系的旁听生，因为我除了美术也爱好文学，所以当时作家周立波同志的"名著选读课"我每堂不误，而且还参加文学系同学们的名著讨论会。因为美术和文学都有共性，懂得文学也有利于提高美术创作。

总的说来，延安的学习空气非常浓。周立波上课只要带上个小板凳就可坐下旁听。当时旁听的不止我一人。此外周扬同志讲文艺理论课我也是去听的。

而在鲁艺美术系也有不少我所尊敬的美术家，他们经常给我的创作提供宝贵的意见。例如我就向王式廓同志学习过素描。王式廓同志的素描和速写是很有水平的。此外我也是向古元同志的木刻有所学习的。他的作品对我有不少启发。

孔子说："三人行必有我师焉"，我想一个好学的人，就应善于发现老师，虚心求教。这才有利于有所成就。骄傲自大的人是不可能成大器的。

三、延安是一个最好的学习马列主义的地方，而党也在有意识地用马列主义培养自己的无产阶级的文学艺术家。过去在国民党统治区，要读一点马列主义的书籍还得偷偷地读，弄得不好就有坐监牢的危险，现在来到延安大可以光明正大地学了。在这方面我真是"如饥似渴"，所以鲁艺的党课我去听，城里有关马列主义的报告我也去听。当时鲁艺在延安的桥儿沟农村，我们进城听一次课往返要走二三十里路。我当时只有三十来岁，跑点路并不感到累。

我在延安鲁艺工作的六年，等于在大学里深造了六年，不论在政治上、思想上、艺术上都使我较为成熟了。这是我一生中最难忘的岁月。也是我成为党的美术家最关键的年代。尤其是经过延安文艺座谈会，又经过整风，整个艺术空气转变了——重视向民间艺术学习，重视普及工作，建立了群众观点。

我在这个大熔炉中受到了深刻的锻炼。

我在延安的六年中不仅在版画上是丰收的，而且艺术质量也是大大地提高了的。在1942年的延安文艺座谈会之前，我刻了十余幅木刻，有《听报告》、《饮》、《给抗属锄草》、《伐木》、《延安鲁艺校景》、《削萝卜》、《打窑洞》、《女孩像》等。这些作品一面反映了延安的革命生活，一面也在摆脱苏联木刻的影响，建立了个人新风格。但还缺乏中国作风，中国气派。及至延安文艺座谈会之后，才真正明确了为什么人和如何为的问题,才使自己的木刻作品进一步民族化了,因而也就受到了农民群众的欢迎。例如我当时刻的年画风格的《丰衣足食图》及为秧歌剧刻的《小姑贤》插图,和桥儿沟的群众见面后就很为他们喜爱。自左翼时代我们就立志要使自己的木刻作品为劳苦大众服务,但从来也没有看见过劳苦大众喜欢我们的作品,现在居然亲眼看到了,其高兴的心境是难以形容的。

由于我自幼生长在农村,和农民有较深的感情,在延安的六年又处在农村,对农民有了进一步的接触和观察,因而很自然的我的木刻就形成了以农民生活为创作源泉的特点。直到解放战争到了晋绥边区以及参加了土地改革,无不和农民在一起。因此我一生中木刻创作的生活源泉就基本上是来自农民生活的。延安时期刻的《丰衣足食图》,晋绥时期刻的《送马》,全国解放后刻的《向李顺达应战订生产计划》。年画《读报图》《代耕好了》以及木刻《社干会后》《田间归来》《春到山区》《抗旱浇麦》……就都是表现农民生活的。艺术家总应该描绘他最熟悉的最感兴趣的,感受最深的人民生活。是否熟悉人民的生活,是关系着他在创作上的成败的。

一个革命艺术家在他的事业上取得成功,除了要解决世界观问题、生活问题、技巧问题外,还有一个形式风格的问题,也就是如何发挥艺术家的创作个性的问题。但这个问题又和向什么作品借鉴有关。我早期是向西欧的版画借鉴的。从延安文艺座谈会之后,开始向民间美术学习,全国解放后又向中国画和金石篆刻学习。总的说来,我虽经常向外国作品借鉴，但总是以周总理在借鉴问题上所说的："以我为主"为所本。所谓"以我为主"，就是以中国，以本民族为主，即洋为中用。这样才能保证自己的作品有中国民族的风格，并为群众所乐于欣赏。

　　一个艺术家在技巧上总应不断发现自己的缺点和弱点，从而努力克服，才能不断前进。我最初只会在画面上刻一两个人。不会搞群像和群众场面的构图。经过不断的努力，终于克服了这种困难。到《为群众修理纺车》就刻出了描绘群像的木刻。后来在创作中发现自己塑造人物的各种头像有困难，感到不够多样，不够丰富，包括老、中、青、幼以及各种侧面头像。我曾读过一个文学家的故事，说当年法国大作家福楼拜指导莫泊桑写作时，要求他描绘一百个人头。由此启发我在土改后期，熟悉了当地农民后，画了一百个不同的人头，使我在塑造人物头像方面获得了自由，如年画《选举图》就是画过一百个农民头像之后创作的。

　　总的说来，延安文艺座谈会之后，我在思想感情上起了变化，心目中真正有了农民群众，所以此后在艺术上的所作所为，以及自己的爱好和兴趣就都和以前不同了。例如1946年我和山西孝义县农村妇女石桂英合作的剪纸——《织布》，就是我向群众学习、尊重群众的一个典型的例子。

　　从延安回到晋绥，当了《晋绥人民画报》的主编后，能和苏光、牛文同志全心全意经营这个画报，就因为我真正重视了为农民服务的普及工作。全国解放以后我进了太原，一开首就创办《山西画报》，并抓了新年画工作，都是在这种思想指导下干的。

当我从太原调到北京工作后,也始终没有忘记毛泽东同志在《讲话》中说的"必须到群众中去"的教导。我虽然在北京做了人民美术出版社的副总编辑,还是硬争取到到太行山农民中去生活写生的机会,从而创作了著名的套色木刻画《黎明》等作品。《黎明》成为一幅最受群众喜爱的王牌。后来我又成为《美术》杂志的副主编,下乡的机会几乎没有了。但当大跃进后期迎来了三年灾害时,党中央号召在京干部万人下放,到农村整风整社,我立即响应,达到了到宁夏吴忠市整风整社深入农民生活的目的。这次下农村历一年之久,后来创作了木刻作品《春夜》《林茂羊肥》《雪后》《春到宁夏》《橹声响遍黄河岸》《新苗》等一大批新作,形成了我在木刻创作上的一次难得的高潮。1964年冬我又争取到去山东曲阜参加四清工作的机会。事后创作了黑白木刻《抗旱浇麦》。古人说:"开卷有益",而我作为一个艺术家则感到"下去有益"。下去当然比在城市里生活要艰苦得多,然而"作品要上去,作家要下去",这句话说得多好。你怕下去吗?那你的作品就不要想上去。

鲁迅早年说过:"美术家固然须有精熟的技工,但尤须有进步的思想与高尚的人格。"这进步的思想与高尚的人格就意味着他对于人民的态度。历史上伟大的艺术家都是热爱人民的,他们从人民中吸取营养,而后又为人民而创作,我想这样才是一个艺术家能够有大的成就的必由之路。

(1986年作)

论创作自由及中国画是否已到了穷途末日?

××同志:

来信接得,你问我对于创作自由是怎样理解的?毫无问题,我对于创作自由,自有看法,你既来信问及,我也乐于谈谈,目的是为了和你交换意见。

现在文学艺术界的人都拥护创作自由,正因为我们曾经经历过一个较长的,创作不自由的历史时代,自全国解放到十年浩劫,都是强调艺术必须为政治服务的,或者要求文学艺术为阶级斗争服务,在这个时代,创作当然是不自由的。我们山西的山水、花鸟画之未能繁荣昌盛起来,也正是当时创作不自由的结果。过去不是提出我们的文学艺术要表现工农兵,歌颂工农兵吗?因此要描绘非工农兵的题材,非政治性的内容,人们总是"心有余悸"的,怕批评、怕打棍子、怕戴帽子。至少也怕评选作品时,榜上无名。这种怕,就正是不自由的一种表现。例如，我在党中央宣布了百花齐放、百家争鸣的文艺政策后，创作了套色木刻《百合花》和《瓜叶菊》，马上就有人在报上批评，说力群是个共产党员，怎么刻一些花花草草？意思是说：一个共产党员艺术家就不应该刻非政治内容的题材。等到文化大革命时期，造反派竟把我的《瓜叶菊》和《黎明》打成黑画了，下了十八层地狱。其实就是很有政治内容的作品，有时也无中生有，说长道短，非置该作于死地不可。例如石鲁同志创作的《转战陕北》，本来是一幅成功地歌颂了毛主席在保卫延安的战斗中高瞻远瞩，气盖山河之作，硬说表现的是"悬崖绝壁"，"穷途末路"，这种对作品的胡说八道，竟使石鲁个人遭受政治上的严重打击，艺术上的无端摧残，肉体上的非人折磨。后来石鲁同志有一个时期神经不正常，几乎成了疯子，是和以上的情况有关的。我是亲身经历了那个创作不自由的时代的，也是深深经受了创作不自由之苦的，愿这个创作不自由的时代一去不复还吧！

　　创作不自由总是伴随着政治上的左的偏向和艺术上的不民主的。要求文学艺术家描写工农兵，歌颂工农兵，这本没有什么错，而且也是应该强调的。但强调到只限于这种题材范围，文学艺术家就感到不自由了，不民主了。因为人民的生活是极其丰富的，每一个文学艺术家所熟悉的生活范围也是多方面的，他们感兴趣的事物，感受最深的生活也是各不相同的，不一定都属工农兵范围之内。因此在文艺的题材上决不能为文学艺术家设圈圈，画框框，否则他就感到创作不自由。甚至有时还提出一些违反艺术创作规律的要求，例如什么写中心画中心之类。在这种创作不自由的时代,只能产生很多毫不感动人的所谓公式化概念化的作品。而这种作品是不受人民欢迎的,经不起时间考验的。因为这种作品是未曾"受孕"而产生的无生命力的"婴儿"。这种"婴儿"在现实生活中没有,但在文艺上则确实存在。更甚者如"文化大革命"时期,对尚未被打倒的美术家,初则要求他们创作有关打倒走资派的作品,继则要求他们创作"反击右倾翻案风"的绘画。在这种可诅咒的年代,那里还谈得上什么创作自由。

虽然在创作不自由的时期也曾产生过像王式廓同志的《血衣》、古元同志的《祥林嫂》、李唤民同志的《藏族女孩》、石鲁同志的《南泥湾途中》等佳作,但我回忆起那个时期来仍感到不悦。在那种创作不自由的空气中,既挫伤了很多文学艺术家的创作积极性和才华,也无从满足人民群众对文学艺术的多方面的欣赏需求。因此,一旦党中央提出创作自由的口号来,文学艺术家是无不拥护的。

粉碎"四人帮"后,当邓小平同志于1979年10月30日在中国文学艺术工作者第四次代表大会上致《祝词》时,曾说:"雄浑和细腻,严肃和诙谐,抒情和哲理,只要能够使人们得到教育和启发,得到娱乐和美的享受,都应当在我们的文艺园地里占有自己的位置。"这比以前只提"团结人民、教育人民、打击敌人、消灭敌人"要宽广和全面的多了。这就给我们的山水画、花鸟画以及工艺美术一个存在和活动的位置。因而也使从事以上画种的画家减少了压力,感到了自己工作的意义。除此之外,邓小平同志还引用列宁的话:"绝对必须保证有个人创造性和个人爱好的广阔天地,有思想和幻想,形式和内容的广阔天地"。又说:"围绕着实现四个现代化的共同目标,文艺的路子要越走越宽,文艺创作思想,文艺题材和表现手法要日益丰富多彩,敢于创新"。虽然邓小平同志没有明确地提出创作自由的口号来,但所谓个人爱好的广阔天地……所谓文艺的路子要越走越宽,题材和表现手法要日益丰富多彩,也就是意味着创作自由的。当我细嚼了这段文字,品味了其中的含义后,心情总是感到宽裕的。

还在这次大会上,胡乔木同志第一次提出"取消文学艺术必须为政治服务的口号",这也是意味着创作自由的。但明确提出创作自由来的,却是胡启立同志。他于1984年12月29日在中国作家协会第四次会员代表大会上代表党中央的《祝词》中说:

"文学创作是一种精神劳动,这种劳动的成果,具有显著的作家个人的特色,必须极大地发挥个人的创造力,洞察力和想象力,必须有对生活的深刻理解和独到见解,必须有独特的艺术技巧。因此创作必须是自由的。这就是说,作家必须用自己的头脑来思维,有选择题材、主题和艺术表现方法的充分自由,这样才能写出真正有感染力的能够起教育作用的作品。列宁说过,社会主义文学是真正自由的文学。我们党、政府、文艺团体以至全社会,都应坚定地保证作家的这种自由。"

这里虽指的是文学创作,但也完全适应于美术。因此美术家和文学家,对胡启立同志的讲话同样受到了鼓舞。

现在全中国的文学艺术家虽然都拥护创作自由,但对创作自由的理解和认识却各不相同。我不知道你是如何理解的?现在世界各国的文学艺术家都处在所谓创作自由中,那么我们社会主义国家的创作自由和资本主义国家的创作自由有没有区别呢?有的人认为都一样,毫无区别,那就是:你想画什么就画什么,你想怎么画就怎么画。而我却认为有很大的区别。如果社会主义文学艺术的创作自由和资本主义的完全一样,岂不是我们的文学艺术走向了自由化?然而自由化就是走资本主义道路,这是党中央所不许可的。

我认为世界上就没有绝对的自由,例如我们人有生存的自由,就没有不死的自由,自行车有行驰马路的自由,却没有在红灯下通越的自由,农民有承包土地的自由,却没有买卖土地的自由。资本主义国家的美术家有名义上的创作自由,却没有不受画商金钱支配的自由。俄罗斯有名的巡回展览画派如果没有特列嘉科夫这位有名画商的收购和支持,能够有那么大的成就吗?这都说明资本主义国家艺术家的创作自由也不是绝对的,可以不受画商的支配。列宁早已说过:"在以金钱的权力为基础的社会中,在劳动群众做乞丐而一小撮富人做寄生虫的社会中,不可能有真正的和实在的'自由'。作家先生,你能离开你的资产阶级出版家而自由吗?你能离开那些要求你作春宫画,描写卖淫来充实'神圣'舞台艺术的资产阶级观众而自由吗?要知道这种绝对自由是资产阶级的或者是无政府主义的空话……资产阶级的作家、艺术家和演员的自由,不过是他们依赖钱袋,依赖收买和依赖豢养的一种假面具(或一种伪装)罢了。"列宁的这段话,正是要告诉一些天真的美术家,不要以为资本主义国家的文学艺术创作有真正的所谓自由。

至于我们,既然处在社会主义社会,又是在共产党领导之下,所谓创作自由,首先就没有违反四项基本原则的自由。其次,我们既然处在社会主义社会,那就每做一事都应对人民负责,而不是对钱袋负责。因此,我们的所谓创作自由,就和资本主义国家的所谓创作自由不同,而必须考虑我们国家的特殊国情,必须考虑文学艺术的社会效益。也就是作家艺术家必须有社会责任心,必须对人民负责。因为我们的文学艺术,已明确规定,又被大家承认是为人民服务,为社会主义服务的。

邓小平同志说得好:"人民是文艺工作者的母亲。一切进步文艺工作者的艺术生命,就在于他们同人民之间的血肉联系。忘记、忽略或是割断这种联系,艺术生命就枯竭。人民需要艺术,艺术需要人民,自觉地在人民的生活中汲取素材、主题、情节、语言、诗情画意,用人民创造历史的奋发精神来哺育自己,这就是我们社会主义文艺事业兴旺发达的根本道路。"

如果一位社会主义时代的中国美术家用创作行动把自己和资本主义社会对人民不负责任的艺术家等同起来,不知你将如何评价?

鲁迅当年给木刻青年的信中说:"木刻和其他的艺术也一样,它在这长路上尽着环子的任务,助成奋斗、向上、美化的诸种行动。"

他给一位画家的信中说:"……'达达派'是装鬼脸,未来派也只是想以'奇'惊人,虽然新,但我们只要看马雅可夫斯基的失败(他也画过许多画),便是前车之鉴。既是采用,当然要有条件,例如为流行计,特别取了低级趣味之点,那不消说是不对的,这就是采取了坏的。必须令人懂,而又有益,也还是艺术,才对。"

在我们美术的创作自由中,我是非常拥护创新的,我自己的版画也在力求创新,但我认为在创新中既应重视作品"助成奋斗、向上、美化的诸种行动",也应考虑到"必须令人懂,而又有益,也还是艺术"。而目前有些所谓创新的美术作品则令人看不懂,也看不出有何益处,是否艺术就真难说了,因为实在无美之可言。至少我自己的创作是不屑如此的。但即使如此,我也充满了信心,相信在这可贵的创作自由的空气中定会使我们的社会主义美术事业更加繁荣昌盛。因为创作自由给我们的文学艺术家从心理上到创作实践上开辟了一个从未有过的广阔天地。

以上就是我对于创作自由的理解和认识,不知你以为然否?愿有所示教。

你的来信还要我对《江苏画刊》1985年第7期上刊载的李小山同志的《当代中国画之我见》发表意见,我也愿作为百家争鸣,谈点管见,目的也是和你商讨。

首先,我表示:读了《当代中国画之我见》非常高兴,为青年人的勇敢、大胆、毫无顾忌的精神而鼓掌。这篇文章发表之后的情况使我想起了少年时代在《今古奇观》上读过的《苏小妹三难新郎》中的对句:"投石冲开水底天。"

李小山同志的文章确实像一块大石投进了平静的中国画坛的湖面,激起了巨浪,真也像冲开了画坛的水底天。从这一点说,真是好事,它冲击了每个中国画家的思维,逼着你要思考李小山同志提出的问题。我虽然是搞版画的,但近七八年来也迈进了中国花鸟画的领域,所以也不能不面对冲击而袖手旁观。我相信美术界通过这一问题的百家争鸣,定有利于中国画在理论和实践上的发展。

李小山同志的文章一开头就提出了一个结论似的惊人话题:"中国画已到了穷途末日的时候。"是不是真的到了"穷途末日",似乎说这话还为时尚早,如果以"恨铁不成钢"的心情,根据现状,嫌中国画发展得还不够快,不够满意,那是可以谅解的。但从历史的观点来看,自全国解放以来,在短短的三十多年内,中国画的变化和发展则应说成绩还是很大的,前途还是光明的,没有悲观的任何根据。是否到了"穷途末日",一方面要看中国人民是否对它厌弃了。第二要看中国画家经营这块园地是否还有热情和信心。第三要看中国画家是否继承民族绘画的优良传统。第四要看中国画的描绘对象、意境和技法是否已山穷水尽。从这四方面联系起来考察,才能得出较为科学的结论。我认为人民对中国画的态度是中国画有没有前途的一个非常重要的标志。说实在话,中国画历史上只存在于地主、商人、官僚、帝王之家,还从来没有走进到广大的农民家庭中,近年来农民开始富裕起来了,中国画才历史地开始走进了农民的住室,我就亲眼看到一个万元户的农民用一百五十元买了三幅中国画原作。今后应大力在农民中培养中国画自己的观众。中国画还有市场就不会成为穷途末日。第二,近30余年来中国画发展的历程我还比较熟悉,因为我担任《美术》杂志的副主编达十年之久。一开始,我们遇到的问题是当时中国画已不再外师造化,而满足于因袭临摹,那真像走到穷途末日了。因此就大力提倡"回归自然",面向现实,要求中国画家到自然中观察、写生,到社会中去体验,以表现人民的新生活,求得中国画的山水、花鸟画和人物画获得新的生机。李可染同志是最早走向自然中去的,而且也取得了可喜的成绩,有他于1959年出版的《李可染水墨山水写生画集》为证。与此同时,我们也在理论上批判四王,肯定扬州八怪,其目的是要鼓励中国画家的创造性。接着就有关于中国画的"野乱怪黑"的争论。其实"野乱怪黑"也正是中国画家摸索创新的一个过程,同时也是有些同志还看不惯创新的一种贬词。以石鲁为例,他终于创造了表现陕北黄土高原的新的皴法与新的意境,使中国山水画别开生面,而石鲁也自成一家。我们对革新中国画的这种努力与成就必须肯定。中国画家在创新上每前进一步,我们理论工作者都应该表示欢迎和高兴。当然,在中国画领域创新有功,使中国画有所发展的画家还很多,如齐白石、黄宾虹、林风眠、徐悲鸿、刘海粟、潘天寿、傅抱石、蒋兆和、黄胄、郭味蕖、黄永玉、崔子范以及岭南派诸公,不管他们作品中的传统有多有少,他们在中国画界的影响是客观存在的。除此以外如舒传曦在花鸟画方面的探索创新也是给我们留下深刻印象的。现在有多少新起的中国画家,正在一面学习传统一面创新,令人感到中国画的生命力源远流长,中国画家在经营这块艺术园地方面是信心十足热情倍增的。第三,关于中国画家是否继承民族绘画的优良传统,我了解到的情况是在认真学习和继承的,只有少数青年人在叫喊要抛弃传统。但中国画的命运绝不会因为他们的叫喊而使传统断裂。因为传统的断裂就意味着中国画的消亡。第四,关于中国画的描绘对象,不论山水、花卉、人物,还有待人们去开拓新的题材,而并非除了荷花、老鹰、梅、兰、竹、菊……就再没东西可画了,自然界和社会的题材是非常丰富多彩的,我们表现这些新题材的意境、技法也会是不断创新的。我去年冬天在云南画院看到了王晋元同志的新山水画,在贵州看到了李君岳同志描写原始森林的宏伟巨作,非常激动,这些作品从表现内容到技法意境都使我感到中国山水画既有新的成就,也有待开拓的广阔天地,而绝不是已走向穷途末日。

当国画家陈白一同志看到从全国数以万计的作品中精选的九百余件参加第六届全国美展的中国画创作时说:"我是很激动的,很兴奋的,很受鼓舞的。我的总的感觉是:春天来了,百花齐放,面貌一新,充满生机。""三中全会以来……中国画出现了前所未有的新局面。""这次展览,题材之广泛,是十分可喜的。在形式、风格的探索上,更令人高兴,真是百花齐放,做到了多样化。尤其值得提出的,是出现了一代新人,许多不知名的青年新秀,表现出他们横溢的才华,这些都是历届美展所无法比拟的。"

另一位画家李世南同志说:"这次中国画展览反映了党的三中全会以来画坛上的崭新风貌,也展示了改革浪潮中千帆竞进、百舸争流的可喜形势;同时涌现出一大批中青年画家,展现了众多的探索性的作品,拓展了宽广的艺术领域,预示着即将出现一个划时代的新浪潮。"

为什么同一个中国画的现状,而看法竟有如此之不同呢?

我认为中国人民对中国画有着深厚的感情,只要人民存在,中国画也必然要存在,要发展。别林斯基说得好:"在所有的批评家中,最伟大、最公正、最天才的是时间。"那么中国画是否已到了穷途末日的时候,只能让时间这位批评家来作评定了。

我应该感谢李小山同志,由于他的发难,使我读了不少论《当代中国画之我见》的文章,真学习到不少东西。例如丁涛同志写的《当代中国画之我见》读后,以及蒋正义同志写的《传统与时髦》都是我所特别欣赏的。他们的立论,令人感到很有说服力,也感到作者很有修养,所有参与这次讨论的同志,大都涉及到传统问题。我想就这个问题略抒己见。

中国美术的传统非常广泛,包括壁画方面的,汉画像石方面的,民间美术方面的,中国画方面的,工艺美术方面的,雕塑方面的……其中有共性也有其个性。我们今天谈继承传统,既意味着创作的民族性,也意味着美术家的民族感情和爱国主义,更意味着我们的美术作品是否能在世界上独树一帜。因此，绝不应对传统抱虚无主义的态度，我虽然是搞版画的（这个画种来源于西欧），但全国解放以来我从祖国的美术传统中确实学习到很多东西。至于对中国画来说，那就更其重要了。我们中国美术传统的一个共性，一个重要方面就是绝不照相式的模仿自然再现客观，而是重表现，从内容上力求传神，形式上富于创造性。这是和西洋印象派以前的美术的一个重大的区别，例如云岗石佛的面部，绝不是人的面部的翻版，而是高度的概括和简化。表现在中国画方面或壁画方面，就是不去描写光暗，死扣透视，既可省略人物背景，也可有更多的理想。李世南同志也认为"这与纯客观的模仿对象是根本不同的，它是中国传统的灵魂所系"。我们自有自己民族特有的审美习惯和审美意识特点。就中国画来说，讲求意境，注重线条笔墨，富有文学性等特点都应重视，而不应作为枷锁把它抛弃。我很同意蒋正义同志说的："一种艺术传统，对于这种艺术本身的发展来说，具有两重性，底子厚、积累多，为发展提供了坚实基础。与此同时，底子厚，积累多，也可能变成负担而停滞不前。潘天寿先生曾说过'积累越厚，进步越难'，这句话对于认识中国画传统的二重性确实大有帮助。"又说："什么叫继承？继承本身就已包含着发展创造，没有发展也就没有继承。"这些论点都是有利于同志们正确理解传统和继承的。

总之，我们对传统采取虚无主义的态度是错误的，做传统的奴隶也是不对的。就目前来说，有不少青年同志"对深厚广博的中国传统的文化艺术精华往往研究得不够，有些作品还未能摆脱对外来艺术的模仿和生搬硬套",这也是事实。然而我们经过了长期的以探索新形式为禁区的历史时代之后,在今天创作自由的阳光下,出现以上情况也是很自然的,创新、探索的道路是艰难曲折的,正像科学家的实验一样,有失败有成功。但讨论是有益的,有矛盾就有利于发展。愿我们在创作自由、评论自由的新时代使我们的美术创作和理论工作双丰收。

发表于 1986 年《美术耕耘》

美术馆国庆美展巡礼

为了庆祝中华人民共和国成立 40 周年,在北京中国美术馆举行了盛大的美术展览,为我们的庆祝活动增加了光彩。其中包括中国美术馆的油画、雕塑藏品陈列——这是 40 年来我国美术家们辛勤劳动的可贵成就。还有第七届全国美展的获奖作品——这是近 5 年来中国美术家大都在新观念的支配下力求创新的成果。

这两个展览放在一起,无形中形成了一个鲜明的对照。我参观了两次,虽然是草草的巡礼,但也给我留下了极为深刻的印象。这就是美术馆所收藏的作品,绝大多数是以社会主义现实主义的方法精心创作的,表现了中国人民的美好的精神面貌,表现了不同历史时代的英雄人物的风采,歌颂了老一辈无产阶级革命家的崇高品质……其中如王朝闻的雕塑《刘胡兰》,潘鹤的《艰苦岁月》,吴伟显的《万水千山》,张德蒂的《日日夜夜》……又如广廷渤的油画《钢水、汗水》,李秀实的《疾风》，祝福新、周玉璋的《队日》，戈跃的《普通一兵》，李化吉的《火车，要到草原来》，沈加蔚的《红星照耀中国》，张京生的《没有共产党就没有新中国》……佳作不胜枚举。所有这些作品让人看了不但能提高人们的精神境界，而且也能获得美的享受。一些有良心的艺术家本着对人民负责的精神，创作了一些称得起优秀的作品。如油画中的《历史的残页——戊戌祭六君子》(杨参军作)、《金秋》(孙向阳作)、《瑰宝》(王胜利作)、《站在栅栏后的女人》(龙力游作)、《序曲》(孙浩作)；中国画中的《康有为》(伍启中作)、《魂系马嵬》(何家英、高云作)、《乡音》(董薇红作)、《山情》(郭明堂作)；年画中的《飒爽新姿》(金光远、奚天鹰、王一定作)；版画中的《孺子牛》(赵延年作)；壁画中的《生命》(薛雁群、马克辛、李争、郭晶霞合作)；漆画中的《四月的漫步》(陈思深作)；漫画中的《宝贝啊！妈妈真的受不了啦！》(蔡振华作)、《大买主》(杨昆原作)……这些作品大都能做到形象美好，主题明确，富有生活气息，令人看了为之感动，并有所启迪。

但除此之外，不少的获奖作品就难于不或多或少打上那个时代的烙印，那个历史时期的文艺特点就是：很多人背离毛泽东文艺思想，背离邓小平同志在四届文代会上的《祝词》精神；很多作品淡化生活，脱离人民，以全盘西化为荣，因此现代派艺术倒爷满天飞；理论上大讲其自我表现，创作上尽情丑化人民，以丑为美，以怪为佳；追求古老、落后、消极意境，表现愚昧、悲观、低沉情调；标榜令人看不懂的艺术为高层次的，看懂的就是低层次的。因此沾染以上艺术病毒的美术创作就有很多获奖从而出现在观众面前。

不过虽然有此情况，但总的说来，年画、连环画大都还是好的，漫画也是好的，能使我们看出美术家对于人民和社会的责任感，能看出年画在歌颂人民，漫画向社会提出了值得重视的问题。

而我非常不能理解的是油画中的《掰开的包谷——凝结了的种子》、《大玩偶——圣母子》《被遗忘的幻象》《互补系列》《春》《工作室》；雕塑中的《创造太阳》《夏之光之二十七》，这些不知所云的令人看不懂的作品，可能就是所谓的高层次的佳作吧。但当一位观众在我旁边看这些获奖作品时，却口口声声说："不知道有什么好！""不知道有什么好！"除此之外，中国画中的《马寅初的忧虑》本是一幅构思很好的作品，但把作为被歌颂人物的马寅初的形象却画得不能引人尊敬，至于《厚土》则更加丑化了其中的劳动人民形象。《雪花飘飘》令人有落后、悲观、凄凉之感；《归途西路军妇女团纪实》则表现得如此恐怖与绝望。而油画《烧窑女》与《小城印象》也同样是以尽情丑化人民形象为能事的。我从事版画工作已有五十多年了，因此难免特别关心获奖的版画作品，当我看了其中的《秋千》《物换星移》《魔境南方》《夜》《邑沙、牛》《榫接——楔》等令人无法理解的作品时却非常难过。还有一些作品是能看懂的，如《桌》《初夏》，但却不知道这些作品有什么思想性，对人民有什么益处。中国的新兴版画是有其光荣的革命传统的，鲁迅先生是它的培植者和导师，他曾要求新的艺术"必须令人能懂，而又有益，也还是艺术……"我真不知道以上版画的作者面对鲁迅先生的要求作何感想？

所有这些令人看不懂的、丑化人民的、无思想性的、具有悲观恐怖情调的……获奖作品，不论油画，不论中国画，不论版画，都是在追求"创新"的意图之下产生的，我想创新固然非常需要，但也要看是为什么人而创新，这种新作的社会效果如何，不见得新的就都是好的。当列宁谈到西欧现代派的美术作品时就曾说："为什么只是因为'这是新的'，就要像崇拜神一样来崇拜新的东西呢？那是荒谬的，绝顶荒谬的！"因此我认为这些受西欧现代派艺术影响的所谓新作实在也是一些非常荒谬的东西。邓小平同志在《祝词》中曾要求我们"认真严肃地考虑自己作品的社会效果，力求把最好的精神食粮贡献给人民"。我想所谓获奖作品总是意味着在美术界起示范作用的，是我们所提倡和鼓励的，它们就理应具有好的社会效果，理应是贡献给人民的好的精神食粮，而以上一些美术劣品、次品竟然获奖并展出于庆祝中华人民共和国成立40周年的严肃的展览会上，实不相称。这固然表现了那些作者艺术思想的可悲，但评奖的评委们也是对人民不负责任的。

爱伦堡在《最后的拜占庭人》一文中论及法国的上流社会文学家之后说："一面是庄严的工作，另一面却是荒淫与无耻"，用这样的话来形容美术馆收藏的佳作和七届美展获奖作品中的劣品和次品固然不当，但说一面是严肃的创作，一面有愧于人民，总是可以的吧？一位美术家看了画展说："如果不是有美术馆收藏的作品陈列，我来一趟真会感到后悔。"

因此如果说我国40年来的美术上的巨大成就，那就只能以美术馆收藏的作品为代表。因为美术馆收藏的那些佳作，够得上是献给人民的美好的精神食粮，而七届美展中获奖的劣品和次品只能算是给予人民的谷糠和草根，那是谈不上什么精神营养价值的。

　　应该说这些获奖的劣品和次品的作者都是资产阶级自由化思潮泛滥期间的受害者，他们未曾受到马列主义文艺思想的教育，盲目崇拜西洋资产阶级的腐朽艺术，造成了不应有的损失，应该作为严重的历史教训。我希望他们能认真地反思，认真地向美术馆收藏的佳作学习，把艺术为什么人的问题彻底解决，把人民放在心中，真正认识到如邓小平同志说的："人民需要艺术，艺术更需要人民。"

　　　　　　　　　发表于1990年《美术》第2期

从一则令我高兴的艺术消息谈起

我在中国美术家协会主办的 1994 年第 7 期《美术家通讯》上偶然读到一则艺术消息,真使我高兴,也真使我惊异,像看到太阳从西边出来似的惊异,我不妨把它摘录于下,让艺术界的同志们共赏:

"据香港及法国报刊消息,法国朝野近期掀起一次巨大批评现代派各种流派及后现代主义的浪潮。首先提出质疑批判的是新闻界和艺术界。近日已发展到万炮齐轰的局势。各界对于这类自己不知所谓,观者一头雾水的'创作'发出积蓄已久的不满。有文章引述一位现代派剧作家的名言:我的剧本只是'手淫'而已。认为这些所谓突破传统艺术的'艺术',实际是为所欲为的脱缰野马,这种只要用脑筋就能变幻出来的作品和现象,长久以来在政府资助下变成了一头怪兽,充斥在博物馆、美术馆、私人场所、公共建筑群。人们纷纷撰文,普遍认为这种皇帝新衣现象再也不该继续下去。值得注意的是有些专业文章对毕加索、马蒂斯以及梵高等人的艺术和现代派艺术起源发展作了深入剖析，对毕和马提出新的定位和评价问题。"

我感到以上的艺术消息，意味着"物极必反"这个哲学道理。实际上是西欧现代派艺术已走到了穷途末路，再混不下去的境界了。据蔡若虹同志说他在巴黎参观了蓬皮杜文化艺术中心的国立艺术博物馆，看到参观者寥若晨星。而在"卢佛尔博物馆"参观时，却看到观众人山人海。这就说明那些"皇帝新衣"式的所谓现代派艺术不为群众所欢迎。到现在"发展到万炮齐轰的局势"，说明了新闻界艺术界再不能容忍了，他们觉悟了。

然而问题之所在，却在于欧洲的这匹"脱缰野马"，这"一头怪兽"竟闯到我们中国的艺坛"为所欲为"。而正是那些打着"新潮美术"、"前卫艺术"旗帜大喊"全盘西化""否定中国艺术传统"的人是引进这匹"野马"、"怪兽"的罪魁祸首。王琦同志已经提出对此"不能袖手旁观"。因此我们也应"万炮齐轰"把这匹"野马""怪兽"从中国土地上轰走，也应对毕加索和马蒂斯"提出新的定位和评价"了。

这就因为这匹"野马"、"怪兽"是与我们的"二为"方向对立的，是妨害我们的艺术家成为"人类灵魂的工程师"的。因此我们必须坚决反对它。

我真不知热衷于现代派艺术的先生们看了这则消息作何感想？我认为是应该迷途知返的时候了。

（1994年作）

论建立有中国特色的社会主义美术
——读了江泽民同志在中国文联第六次全国代表大会上的讲话之后

江泽民同志在中国文联第六次全国代表大会和中国作协第五次全国代表大会上的讲话中最后说："21世纪就在眼前,可以预料,这将是建设有中国特色的社会主义事业取得新的辉煌胜利的世纪"。中国美术理应是有中国特色的社会主义事业的一个组成部分。因此,建立有中国特色的社会主义美术就成为我们当今的一个重要任务。

我想,对国际来说,有中国特色的社会主义美术,就是要和世界资本主义国家的美术有显明的区别,其内容基本上应是社会主义的,其形式应是民族的;对内来说,其内容应对中国人民有教育和鼓舞,有娱乐和美的享受的作用;其形式应使广大人民群众喜闻乐见,从而达到更好地为人民服务,为社会主义服务的目的。

建设有中国特色的社会主义美术，应该看作是为了在世界上保持祖国艺术应有的尊严和光荣地位。

其实中国的革命文学艺术自延安文艺座谈会以来就是向着有中国特色的道路前进的。毛泽东同志《在延安文艺座谈会上的讲话》中要求我们的作品为工农兵服务，为群众所欢迎，所以延安文艺座谈会之后，当时的文学艺术家就一面深入工农兵生活，一面向民族民间的文学艺术学习，从而创作出很多为广大劳动群众所喜闻乐见的文学艺术作品，例如大家都熟悉的《兄妹开荒》、《白毛女》等等，因为它们都是继承了中国民族和民间的优良艺术传统而创作的，所以既为工农兵所欢迎，又是具有中国特色的。

以美术而论，由于中国的新兴木刻一开始是无批判地向西欧版画家学习的，学习德国的珂勒惠支，学习苏联的法服尔斯基，因此早期的中国新兴木刻就有比较严重的欧化风，还谈不上有中国特色。但自从1942年革命的版画家学习了毛泽东《在延安文艺座谈会上的讲话》之后，为了使自己的作品能为工农兵喜闻乐见就开始向民间年画学习，从而创作了不少新年画新的木刻画，实践证明这些向民间美术学习而创作的作品是受到群众的欢迎的。这就因为这些作品很富有中国特色。

全国解放以来，中国的新兴版画进一步向民族民间美术学习，发展了祖国的水印套色木刻，从而产生了四川版画家吴凡的《蒲公英》以及江苏的水印套色山水画，和黄永玉的《阿诗玛》插图，这些都是很有中国特色的版画作品。《蒲公英》于1959年在法国莱比锡国际版画比赛会上荣获金质奖，除了由于其内容切合"给世界以和平"的要求外，也由于其水印套色和作品的艺术形式是最富有中国特色的缘故。此外油画家董希文创作的《开国大典》也是向中国民间美术学习的成果，所以形成了一幅有中国特色的油画。东北的雕塑家们在大跃进时期创作的现在陈列于北京农展馆门前的《人民公社万岁》，由于继承了中国雕塑的优良传统，所以也是很有中国特色的。虽然今天"人民公社"已被取消了，但《人民公社万岁》这件雕塑还是一件优秀作品。

具有中国特色的美术作品，包括继承了民族传统的中国画，如其中的人物画和山水花鸟画，在全国解放后创作得非常多。特别应该提到的是李玉滋和冯长江继承中国绘画传统而创作的描绘抗日战争的大画《血与火》，于1982年参加法国春季"沙龙"美展，获金质奖章。我想这幅中国画如果不是具有中国特色，未必能获奖。

既然全国解放以来，中国的社会主义美术就是沿着有中国特色的道路前进的，为什么现在又重新提出"建立有中国特色的社会主义美术"这一问题呢？这就因为中国的社会主义美术经过文化大革命极左思潮的摧残，于八十年代对外开放以来，在一种逆反心理和资产阶级自由化思潮泛滥的影响之下，美术界有些人提出了"全盘西化"的错误口号，"新潮"美术家们借此在中国艺坛兴风作浪鼓噪一时，又得到当时的《美术》杂志、《中国美术报》以及《江苏画刊》的支持，于是使中国的很多美术作品变成了西欧资产阶级腐朽艺术的附庸的缘故。因此,这一新的问题和口号是在特定的历史条件下提出的,是富有针对性和战斗性的。

关于"新潮"美术,有一位评论家曾说:"中国的'新潮美术家'是一群'艺术倒爷',他们所贩卖的是一种'倒爷艺术'。"我很欣赏。这"倒爷艺术"是脱离现实脱离人民的,既没有社会主义内容,也没有中国特色。但"新潮"美术在中国的广泛流布,却在人民群众中传播了一种"像临终病人所发的苦闷的叹声一般的无可救药的厌世和绝望"的属于"世纪末"的情绪。这自然是一种对于中国人民的不可宽恕的严重精神污染。新潮美术家们背离了毛泽东同志《在延安文艺座谈会上的讲话》精神,认为《讲话》过时了,僵化了。他们置党的"为人民服务为社会主义服务"的文艺方向于不顾,而一意孤行,把西欧资产阶级的一些艺术垃圾——诸如什么"现成艺术"、"行动艺术"、"捆包艺术"、"性意识艺术"以及一些令人看不懂的形式主义的艺术倒贩到中国来,败坏了祖国光荣的艺术传统,遭到了广大群众的唾弃。一位观众在《中国现代艺术展》的留言簿上说:"乱七八糟大杂烩,什么东西都有,就是没有真正的艺术品。"为此江泽民同志在中国文联第六次全国代表大会的讲话中说:"如果丧失自己的创造能力,盲目崇拜,照搬西方资本主义的价值观念,结果只能是亦步亦趋,变成人家的附庸。历史和现实都告诉我们国家要独立,不仅政治上要独立,经济上要独立,思想文化上也要独立。植根中国社会主义现代化建设的实践,反映中国人民创造自己新生活的进程和中华民族自强不息的精神,是中国社会主义文艺的立身之本,只有首先赢得中国人民的喜爱,具有中国风格、中国气派,才能堂堂正正地走向世界和屹立于世界文化之林。"这一段话讲得非常精彩,也正是对于那些主张"全盘西化"者的严正批评。

为了拯救祖国的社会主义美术,力求把真正的艺术品,最好的精神食粮贡献给人民,因此我们向全中国爱国主义的美术家呼吁,向有良心的美术家呼吁,团结起来,清除于人民有害的"新潮"美术中的垃圾,发展有中国特色的对人民有益的社会主义美术!

那么如何发展有中国特色的社会主义美术呢?我认为发展有中国特色的社会主义美术首先必须以马克思主义的艺术观为指导思想。其内容基本上应是以深刻反映现代化建设的现实生活,表现社会主义的时代精神,讴歌社会主义新人为其主旋律的美术作品;在创作上则应是以社会主义现实主义和革命浪漫主义相结合的创作方法为主流而容纳各种不同流派,其形式必须是民族的,即应有中国作风和中国气派。必须坚持党的"二为"和"双百"方针,形成既有主旋律又有多样化的繁荣局面。

总的来说,我们的有中国特色的社会主义美术,必须具有教育、认识、审美、娱乐等社会功能,而同时为人民所喜闻乐见。所谓教育,就是指美术家有责任通过自己的作品用社会主义、爱国主义从思想上去教育人民,并提高人民的精神境界。而从思想上教育人民又是要通过作品的主题思想对观众起潜移默化的作用。

我国从仰韶文化算起已有七千年的艺术文明史了,祖国的艺术遗产极为丰富,真是取之不尽,用之不竭。所以发展有中国特色的社会主义美术,就应弘扬民族优秀文化,首先从祖国的艺术遗产中去批判地继承与借鉴,因为没有鲜明的民族特征就谈不上"中国特色"。例如中国仰韶文化彩陶上的从鸟抽象而形成的美的图案,就是最富有中国特色的抽象画,比西欧的抽象派绘画不知要高出几倍,而这却是新石器时代中国先民的杰出创造,令我无比钦佩。此外,还应特别重视弘扬和发展"五四"以来的革命文化传统。革命文化传统对于我们发展具有中国特色的社会主义文学艺术来说,更是非常宝贵的财富。而"新潮"美术理论家们却认为中国美术要想不甘落后,和国际"接轨"符合世界潮流,就只有沿着西方现代主义、后现代主义的道路去急起直追,以为社会主义美术的发展不能离开吸收西欧现代派美术这一过程,这显然是一种错误的理论。

我们当然不应排斥向外国美术借鉴,毛泽东同志在《讲话》中说:"我们必须继承一切优秀的文学艺术遗产,批判地吸收其中一切有益的东西,作为我们从此时此地的人民生活中的文学艺术原料创造作品时候的借鉴。有这个借鉴和没有这个借鉴是不同的……所以我们决不可拒绝继承和借鉴古人和外国人,哪怕是封建阶级和资产阶级的东西。但是继承和借鉴决不可以变成替代自己的创造,这是决不能替代的。文学艺术中对于古人和外国人的毫无批判的硬搬和模仿,乃是最没有出息的最害人的文学教条主义和艺术教条主义。"

这里所说的"文学艺术中对于古人和外国人的毫无批判的硬搬和模仿,乃是最没有出息的最害人的文学教条主义和艺术教条主义",却正是对于上面提到的作为"艺术倒爷"的"新潮"美术家们的最严正的批判。

为了丰富和提高我们的社会主义美术,我们一定要向西欧资产阶级的艺术借鉴,但必须分别资本主义上升时期的文化和帝国主义时期的腐朽文化,而我们选择借鉴的对象也主要应是前者而不是后者,因为前者具有健康的现实主义的绘画和雕塑,而后者则基本上是些反现实主义的腐朽艺术。但即使如此,也不等于说就毫无可取之处。

为了发展有中国特色的社会主义美术,决不仅仅是一个艺术的形式问题,更重要的是一个社会主义内容的问题。如果我们的艺术家脱离实际脱离人民,钻进新的"象牙之塔"里空谈"有中国特色的社会主义美术",在创作实践中仅仅在民族形式上兜圈子玩花样,还是不可能产生属于生活主旋律的"有中国特色的社会主义美术"的。为此就必须深入到现代化建设的生活实际中去。我认为我们的美术家应该具有两个观点,一个是群众观点,一个是劳动观点。毛泽东同志《在延安文艺座谈会上的讲话》也就是以崇高的群众观点为其中心思想的。作为文艺家的赵树理是最有群众观点的,体现在他的作品里就使他的小说受到广大工农群众的热烈欢迎。我们深入劳动群众,就是要使我们的思想感情和工农兵大众的思想感情打成一片,达到列宁所要求的"我们应该经常把工人和农民放在眼前",从而建立群众观点。一些"新潮"美术家正因为没有把工人和农民放在眼前,所以他们就拾取了西欧资产阶级的腐朽的艺术垃圾要在中国贩卖。

我们深入工农兵的第二个目的,就是要建立劳动观点。"劳动创造了世界",这是我们马克思主义者对社会历史的正确认识。但在旧社会,劳动人民却最没有社会地位,很多人看不起他们,因而把劳动也看作是一种不光彩的行动。我们必须在和工农兵相结合中改变这种剥削阶级的旧观点,从而尊重劳动,尊重劳动人民,把劳动看作是光荣的,把劳动人民看作是社会的栋梁,从心眼里热爱他们。这样,我们的艺术家才有可能在创作时"把工人和农民放在眼前",乐于在作品里歌颂他们,而不是丑化他们,或专门描绘他们的落后、愚昧。要在创造作品的风格形式时考虑到他们的喜爱和审美趣味。

假使我们能由于和工农兵的交朋友,看到中国劳动人民的朴素善良、勤劳勇敢等高贵品质,看到中国的社会主义大厦基本上是他们的两手建造起来的,从而发现社会主义建设中的新人,我们就不仅能在形式上创造有中国特色的为广大群众喜闻乐见的社会主义美术,而且也同时能够创造属于生活主旋律的在内容上有中国特色的社会主义美术。

作为一个人民的艺术家,要建立群众观点和劳动观点,单单有和群众相结合的感性认识是不够的,还必须读马列主义的书籍,建立历史唯物主义和辩证唯物主义的世界观,从理性上有所认识,才能巩固群众观点和劳动观点,才能自觉自愿地去歌颂劳动人民,才能自觉抵制资产阶级自由化思想和西欧现代派艺术的干扰,并把人民喜闻乐见的最好的精神食粮贡献给他们。在这方面画家刘文西是一个最好的榜样,他受了多年的马克思主义的思想教育,而又40余年坚持深入陕北农民生活,所以他的作品绝不会沾染西欧现代派艺术的臭味,而是力求创造为劳动人民喜闻乐见的属于生活主旋律的国画。

今天看来,培养刘文西式的有马列主义教养,乐于自觉地经常深入实际,不脱离劳动人民的艺术家就是一个重大任务。

属于主旋律的美术作品的产生难度是较大的,需要花费更多的劳动,更多的心血,更多的时间。目前属于主旋律美术作品之难产,就因为我们许多美术家不学习马列主义毛泽东文艺思想,不学习邓小平的理论,已长期不深入现代化建设的现实生活,或根本没有深入过的缘故。有的人甚至怕花费过多精力,怕吃苦,而愿走捷径搞西方现代派的创作。有一个曾经在抗日战争年代从事过生活主旋律创作的画家,现在竟改弦换辙,变成了现代派的追随者。他说过去好久才能创作出一幅版画,而今一天就能创作很多幅。这就是一个很好的现身说法。据说达·芬奇的名作《蒙娜丽莎》画了4年,怕多花精力搞主旋律的作品,显然是一种懒汉思想。同时也说明这种画家为人民服务的责任心不强。因此我们大家都有责任从各个方面为画家创作属于主旋律的作品铺平道路,包括从精神上的鼓励,从物质上的帮助。我们希望美术家们——既多多创造出属于主旋律的力作,而同时也是富有中国特色的。虽然我们特别强调创造属于主旋律的社会主义美术,但绝不因此而轻视发展属于多样化的美术作品，因为两者都是能为人民服务，为社会主义服务的。

1998年发表于《美术》第6期

关于清除美术界的精神污染问题
——给××同志的一封复信

××同志：

　　来信和大作都收到了，你要我对美术界的精神污染问题谈谈自己的看法。我也刚开始学习党的十二届二中全会的文件，现在只能谈一点粗浅的认识。我认为在美术界存在的精神污染现象，也和其他文艺方面存在的精神污染现象一样，不外两化，这就是自由化和商品化。

　　自由化就是指背离四项基本原则，背离马克思主义的文艺思想，背离党的文艺方向的一切言论和创作；商品化就是"一切向钱看"，使文艺成为牟利的手段，而背离了为人民服务、为社会主义服务的方向，玷污了文艺家作为"人类灵魂工程师"的光荣称号。

　　我们对这种现象，既不要草木皆兵，也不要熟视无睹，它对我们建设社会主义精神文明是一种消极的因素。在美术领域里首先不要把美术院校正常的课堂作业——画裸体模特儿所产生的作品——裸体画，与黄色淫秽的下流画混为一谈。因为前者来源于西欧，是表现人体美的，是艺术品，而非宣传色情引人堕落的毒草。其次是不应把正常的美术品的展销和美术创作的商品化等同起来。所谓商品化就是不顾作品的质量，为了赚钱，违背了艺术是一种艰苦的创造性的精神劳动的总则。如果不看作品的质量而认为大凡是卖钱的绘画，就都是商品化，那就错了，这么一来，北京"荣宝斋"就应停办。"荣宝斋"既是向国内外卖画的一个单位，也是宣扬中国文化和艺术的场所，这两者是分不开的。

目前，不论在全国也不论在我省，美术上最严重的问题就是西欧资产阶级现代派美术对我国社会主义艺术的精神污染。理论的中心思想就是所谓"自我表现"。什么是"自我表现"呢？"自我表现"是属于主观唯心主义哲学"存在主义"体系的，是反马克思主义的，他们认为艺术家只要关起门来，画他内心世界的活动就行了。他们强调"艺术即做梦"，因此用不着深入人民生活，用不着表现人民的感情、思想和意志，用不着表现新的时代，用不着通过作品去提高人们的精神境界并鼓舞他们去建设四个现代化。一句话，就是艺术家想画什么"梦境"就画什么"梦境"，高兴怎么样画就怎么样画，丝毫不考虑艺术的社会效果。他们画下的作品连自己也说不清，而谓之你看是什么，就是什么。由于有这种艺术理论的思想指导，因此在现代派崇拜者的笔下，就画出了一些人们看不懂的，或者是奇奇怪怪形象的，或者是丑化了劳动人民的作品。有的是调子低沉的悲歌,有的是令人感到绝望的图景。显然这些作品是不能为人民服务、为社会主义服务的,对我们的美术界是一种精神污染,是解除我们美术创作的战斗性的毒素,同时也在污染我们的社会主义社会。毛泽东《在延安文艺座谈会上的讲话》中早已反对"把自己的作品当做小资产阶级的自我表现来创作"。因此"自我表现"实在也并不是什么新东西,好东西。

你寄给我的版画我看过了,看了半天也看不出你刻的是什么东西。显然你的作品也是受了现代派的影响的,属于"自我表现"的产物。你信上说现代派是艺术上最新的东西,是"电子、原子时代"的产物,你为了创新画出了这些作品。

当蔡特金回忆列宁时,曾有如下的记载。列宁说:"我有勇气指出我自己是个'野蛮人'。我不能认为表现派、未来派、立体派和其他各派的作品是艺术天才的最高表现。我不懂它们,它们不能使我感到丝毫愉快。"老实说,我面对你的作品也有"野蛮人"的自感。你的作品"不能使我感到丝毫愉快"。我相信广大的工农兵群众也不能从你的作品中感到丝毫愉快。这就值得你注意,你的作品究竟是给什么人看的。作为一个社会主义社会的艺术家,这个问题不能不考虑。

列宁说:"我们的工人和农民理应享受比马戏更好的东西。他们有权利享受真正伟大的艺术。"而你的现代派绘画,那些歪歪扭扭丑化了劳动人民、丑化了大自然的木刻,不客气地说,那是连马戏都不如的作品,因为马戏至少还能使人看了感到有趣,感到愉快。当然你首先是一个精神污染的受害者，而同时又反转来对别人进行精神污染。

我劝你多读点马列主义的文艺理论，这对于你的创作会有好处。例如对于"新"和"旧"的问题，请你听听列宁的意见。列宁说："即使美术品是'旧'的，我们也应当保留它，把它作为一个范例，推陈出新，为什么只是因为它是'旧'，我们就要撇开真正美的东西，抛弃它，不把它当做进一步发展的出发点呢？为什么只是因为'这是新的'就要像崇拜神一样来崇拜新的东西呢？那是荒谬的，绝顶荒谬的！这里有很多虚伪，当然，也有对于在西欧占统治地位的艺术风气的不自觉的尊敬。"不知你读了列宁的这段话有何感想。我劝你把毛泽东同志《在延安文艺座谈会上的讲话》和邓小平同志《在中国文学艺术工作者第四次代表大会上的祝词》认真地读一读，有人说《讲话》过时了，这种论调本身就是一种自由化的言论，是属于精神污染的性质。

为什么列宁、毛泽东、邓小平在艺术上的根本观点是如此一致呢？就因为他们都认为艺术是属于人民的，而不应属于"自我"。列宁说："艺术是属于人民的，它必须在广大劳动群众的底层有其最深厚的根基。它必须为这些群众所了解和爱好。它必须结合这些群众的感情、思想和意志，并提高他们。"我想，为了改正你的作品的错误，就必须首先想到我们的作品是为千千万万的劳动人民服务的，应该使他们了解和爱好，并不忘记"提高他们"。

发表于 1983 年 11 月 22 日《太原日报》副刊《双塔》

冷静的考虑
——从"倒爷艺术"谈起

近来,我常感到美术界多年来严重失去党的思想领导变成放任自流而不安。

很多人认为,这十年来虽然文艺界取得了很大成绩;但"这几年来文艺界在思想上、理论上确也出现了许多混乱现象,主要原因就是没有一贯地坚持四项基本原则,反对资产阶级自由化。真正坚持马克思主义的同志往往被斥之为极左、僵化,有些鼓吹资产阶级自由化的人却被吹捧为领导新潮流的'英雄',以至于在文艺界非理性、非社会、非道德的思潮一时泛滥成灾"。这种严重情况其实美术界也毫不例外。

我劝关心中国美术事业的人读一读《中国没有现代艺术》(《文艺报》4月8日)一文。它针对去年在中国美术馆举办的"中国现代艺术展"发表了精彩的意见,我很欣赏。作者王端廷指出:"这里除了极少数作品显示了艺术家的创造性并具有中国艺术的品格外,大多数展品是对西方各现代主义流派的搬演,这使人很难不得出一个结论:中国没有现代艺术,中国没有中国的现代艺术;中国的'新潮美术家'是一群'艺术倒爷',他们所'贩卖'的是一种'倒爷艺术'。"几句话就准确地表达了事物的真相。

我国目前处于社会主义的初级阶段,正在建设一个有中国特色的社会主义社会。理所当然,在文学艺术上也相应地应创造具有中国特色的社会主义文学艺术,作为用社会主义思想教育人民、建设高度的社会主义精神文明的有力武器。我们所要坚持的四项基本原则,其中就要求坚持毛泽东思想,当然也包括毛泽东的文艺思想。而正是这批"倒爷艺术家"抹煞了中国社会主义艺术和资本主义艺术的界限和区别,并把毛泽东《在延安文艺座谈会上的讲话》的思想抛弃到九霄云外了。他们只知道西方人有什么就跟着干什么,大言不惭地说:"外国有了我们也要有。"这里所说的外国当然不是指苏联等社会主义国家,而是指西方资本主义社会。因此好长一个时期形成了资产阶级的现代诸流派艺术对于中国社会主义艺坛的冲击和占有,而这种"倒爷艺术"产生的历史背景却正是有些人为资产阶级自由化大开绿灯的必然结果。

目前"倒爷艺术"基本上占据了中国美术的一个重要月刊和一张报纸,搞得我们的社会主义艺坛充满了乌烟瘴气。虽然美术界还不乏坚持走正路的艺术家,但他们的文章和创作是较难在这些报刊上发表的,有时发表一点也不过是一种点缀。而正是这批鼓吹资产阶级自由化的"倒爷艺术家"却被吹捧为新潮流的"英雄"。而坚持毛泽东文艺思想的,坚持革命文艺传统的艺术家却被目为"过时"、"极左"、"僵化"。

有一个时期大喊什么"宽容"呀,"宽松"呀,究竟是要求对什么东西"宽容""宽松"呢?自然不会是要求对马克思主义的文艺思想和文艺创作表示"宽容"、"宽松",他们所大喊大叫的是对资产阶级自由化的文艺理论和文艺作品实行"宽容"和"宽松"。于是在这种"宽容"、"宽松"的空气中新潮美术在中国艺坛大大泛滥起来了,他们否定中国的优良艺术传统,否定艺术的民族形式,宣扬反动的世界主义。而当今这些高呼反传统口号的新潮美术家却并未走出模仿的老路,只不过换了个对象,一头拜倒在西方这个"洋祖宗"的脚下,既失去了作为中国艺术家的民族自尊心,同时也背离了创造具有中国特色的社会主义艺术道路。这决不是有志气的青年艺术家所应遵循的途径。

"倒爷艺术"美其名曰自我表现,但实际是对西方资产阶级艺术的全然模仿,其特点就是脱离现实、脱离生活,任意变形,丑化人民,既无爱无恨,也多半无法看懂,既不对观众有感情交流,也不能令人萌生美感,和毛泽东文艺思想全然背道而驰,也为广大人民群众所不喜闻乐见。我真不知道这些"倒爷艺术"如何为人民服务,如何为社会主义服务。

周恩来曾说:"在中外关系上,我们是中国人,总要以自己的东西为主。"即"以我为主"。并说:"吸收外国的东西要加以溶化,要使它们不知不觉地和我们民族的文化溶合在一起。这种溶合是化学的化合,不是物理的混合,不是把中国的东西和外国的东西'焊接'在一起。"如果以这段精彩的论述来观察"倒爷艺术"就觉得从事这些美术的作家似乎是一群不用脑子的懒汉。

可悲的是具有革命传统的中国新兴版画在资产阶级自由化的浊浪中也受到严重的污染。三十年代中国革命的版画家曾号召有良心的青年艺术家走出象牙之塔,同社会革命潮流相结合,承担进步艺术的社会责任。而今在资产阶级自由化思潮的影响之下,中国的版画艺术有很多不仅又开始脱离现实走回了象牙之塔,而且也和"倒爷艺术"同流合污。这是一个不能否认的现象,也是一种历史的倒退。

我想我们美术界也应该冷静地考虑一下过去,并冷静地考虑一下未来。我们大家都有责任改变被资产阶级自由化污染了的艺术空气。我们生活在中国的社会主义历史时代,既有灿烂的历史文化的过去,和辉煌的民族艺术传统,又有丰富多彩的社会主义时代的人民生活,邓小平当年在中国文学艺术工作者第四次代表大会上的《祝词》中曾要求——"认真严肃地考虑自己作品的社会效果,力求把最好的精神食粮贡献给人民。"我想这就是我们美术家在未来努力的目标。

发表于 1989 年 7 月 21 日《天津日报》第 5 版《满庭芳》

从现代派美术谈起

一

一般说,人老了思想就保守、顽固、不能接受新事物。爱留恋已逝的过去……

我今年已 76 岁了,确实看不惯《美术》杂志上刊载的那些所谓的"现代派"的美术作品,人不人,鬼不鬼,天晓得是些什么玩意儿。有的画丑化人民,以丑为美;有的画变形求怪,以怪取胜,有何美之可言!广大人民群众是无法欣赏的,他们不可能对这些作品发生兴趣。但我有时也自问:"我是不是属于艺术上的保守派呢?是不是我的头已变成花岗石似的顽固脑袋了呢?所以看不惯那些时髦的美术品。"想了想,觉得自己在艺术上决不是保守派。自然,在那些迷恋于西欧现代派的青年艺术家看来,力群确乎是保守派。这,我并非不知道。在我看来,所谓"保守派",就意味着反对改革,而我则既不反对改革,也不反对前进,更不反对创新。然而,难道新的就一定是好的吗?我看不一定。艺术当然需要不断的创新,但如何创法也还值得研究,我认为艺术上的创新基本上应以广大人民群众是否能够接受,是否对他们有益,是否雅俗共赏,作为考虑的。广大人民群众(包括艺术专家在内)认为不美的,不欢迎的,就未必有什么存在价值。至少,一般是如此。而不能认为凡是新的,时髦的,就一定是好的。当然可能也有例外,在文学上比如鲁迅的作品,当广大人民还是文盲,或文化程度不高时,是无法看懂无法接受从而感到美的。但历史终于对鲁迅的文艺作品做出了公正的评价。现在有文化的农民也很喜欢读鲁迅的小说。在艺术上也存在一种一般群众还暂时不易接受,待他们文化水平提高了之后就会欢迎的作品。但这绝不包括前面所指的那些现代派的绘画。因此看不惯那些不为广大人民接受的现代派美术作品,就不能认为是保守,是顽固,所以我不承认自己是艺术上的保守派、顽固派,因为我是站在广大人民群众一边的。这当然有个立场问题。

我当学生的时候,在左翼文艺运动的影响之下,是要求美术表现社会生活,表现人民的疾苦,而反对脱离人民、脱离现实的西欧现代派绘画的;而现在美术学校的学生却在要求艺术远离生活,脱离人民,而热衷于西欧现代派。历史在走回头路,这真是一种悲哀。

我对于西洋美术绝不是一概排斥的,我能接受从文艺复兴到后期印象派和野兽派的美术作品,而且对那些著名的油画和雕刻很崇拜。例如后期印象派的梵·高和高更,他们的作品我就非常喜欢,就是马蒂斯的作品我也能够欣赏,从绘画史来说,这都算新派了。在中国我也喜欢林风眠的画,他也是中国的新派画家。因此我并不是不分青红皂白、是新派的绘画都反对的顽固派。

但目前,除了美术,一些文学现象我也非常看不惯,那些丑恶的热衷于性描写的作品就不用说了,最近读了一篇小说,发现省略了很多应有的标点,因此句子长得使人感到读起来很费力。据说这是我们的一位部长先生的创造。本来半天可以读完的一篇小说,因为少了很多标点,现在要花我一天的时间才能读完。如果这也算文学上的一种新事物,我可不敢领教了。

打开电视机,一遇到音乐家在唱歌我就颇为头痛,因为那繁琐奇怪而又晃眼的灯光背景真使我讨厌,这绝对不是对于正在歌唱的音乐家的支持,而是在干扰,在破坏,在捣乱,不知有何美之可言!如果这也算什么新事物,见鬼去吧!因此我深感自己太不能适应这些艺术创新了,只好把电视机关掉,或走开。

但在社会上,目前姑娘们流行的披肩发、马尾发,以及游泳的三点式装饰……却并没有看不惯,说明我对这些新事物还能够接受,思想并不顽固。

二

人们随着年龄的增长,文化水平的提高,艺术知识的丰富,对于艺术的爱好和兴趣也在不断变化。开始时特别欣赏自然主义的美术作品,要求画得和照片一样的真实。他们说:"画得真像,真好!"似乎"像"就是"好"的同义语。因此就非常欣赏月份牌画中的美人画,认为"画得和真的一样"。可是等到在艺术上逐渐有了修养,提高了欣赏力,月份牌绘画作品就不能使他感兴趣了。因为月份牌作品画得固然很"像",但颇庸俗,没有艺术的创造性,没有艺术应有的风格,也没有色彩美感,缺乏艺术家的个性,却充满了脂粉气,到这时他就逐渐能够欣赏齐白石的写意画了。认为"有味道""带劲"。齐白石的画并不完全写实,他的追求是:"作画妙在似与不似之间。"这句话我很欣赏,因为绘画既要有一定的夸张,变形,变色,就必然不能太似,但又不能全然不似。所以他说:"太似为媚俗,不似为欺世。"但也不能由此得出结论,认为"似"的都不好。又似又好的作品多得很,如文艺复兴时代达·芬奇的《蒙娜丽莎》,拉斐尔的《西斯廷圣母》、古典派画家安格尔的《泉》、写实派画家米莱的《拾穗》……都是所谓又"似"又好的世界名画。这些画都有艺术家的风格和个性。又如中国的工笔人物画和工笔花鸟画,五代顾闳中的《韩熙载夜宴图》,宋代张择端的《清明上河图》,以及宋徽宗赵佶的工笔花鸟画也都是属于又"似"又好的绘画作品。不论是以上所举的西洋油画还是中国的工笔画,虽然它们对描绘的事物很似,但不同于月份牌,它们的共同点就是雅俗共赏。其实中国的工笔画已经不是照相式的如实描写了,虽写实却不表现明暗,虽求似,却又有所强调。

时代在发展,一来由于西洋人看腻了写实的作品,二来由于发明了照相机,加之在艺术理论上要求个性解放,自我表现,于是就出现了不那么写实的美术作品。艺术家认为愈远离照相愈好,从而一发不可收拾,由表现派而立体派,由未来派而抽象派,到末了在作品里连事物的形象也看不到了,而只有不表现任何事物的色彩和线条,这就是抽象派。所有这些总名之曰"西欧现代派"。这些现代派的绘画,虽然也有标题,但实际已没有主题,没有内容了,基本上是绘画形式的一种游戏。虽然我从事艺术已有五十多年的历史了,但这些作品对我来说,它们不能使我感到丝毫愉快。因为看不惯。

绘画没有艺术家的创造性,没有艺术家的个性,像照相一样真实固然不好,但舍弃主题内容而一味在形式上玩花样,令人看不懂,从而脱离群众,也是谬误。这结果就是使艺术走向穷途末路。

从10月2日起,"德意志民主共和国现代绘画展"在太原市开幕了,这对我们太原人民群众来说,是一次难得的机会,让大家有幸开开眼界,知道所谓现代派绘画是怎么一回事。开幕的那天我去参观了,它们不能使我感到丝毫愉快。

在8月18日的《参考消息》上曾有一篇该报记者文有仁写的报导,说在波兰举办了一个"苏联现代派艺术展",展出了二十三位苏联画家的82件油画。文有仁说:"许多作品,我这个门外汉看了简直不知所云,只看到各种颜色涂抹在画布上。"

在展览会的留言簿上,观众留下了从赞扬到批评的各种各样极不相同的意见。有的人写道:"出色极了""坚持下去!"另一些人则写道:"这是没有前途的!""这是些十分陈旧的货色!"还有人责问:"谁同意组织这样的展览?"一个来自苏联乌克兰共和国哈尔科夫市的旅游团在留言簿上集体留言说:"别往苏联脸上抹黑!"这就是现代派绘画在观众中引起的反响。我想这次"德意志民主共和国现代绘画展"在太原观众中引起的反响也不会太好。因为我相信那些作品也不会使他们感到丝毫愉快。

三

我一生的艺术道路就是:由我为自然的奴隶到自然为我的奴隶,由照相式的如实描写到随心所欲的大胆创造,由自然主义到现实主义。

我一开始是学西洋画的,不论画石膏像和人体,不论画水彩画和油画,都是追求忠实于对象的,在初学美术阶段,作为一种基本功的训练也确实是需要如此的。但后来竟养成一种习惯,好像艺术的任务就是再现自然,再现生活。心中无"创造"二字。后来到进行艺术创作时也不敢违反这种教条。天空是蓝色的,荷叶是绿色的,荷花是粉红的,都觉得这是上帝的规定,不能违反。那时还不知道愈是如实描写就愈没有创造性。可是后来读了毛泽东同志的《在延安文艺座谈会上的讲话》,其中说:"文艺作品中反映出来的生活却可以而且应该比普通的实际生活更高,更强烈,更有集中性,更典型,更理想,因此就更带普遍性。"我对这几句话非常重视,有好长时间的琢磨、研究,终于有所领悟。从此之后我首先是观察各种艺术,研究生活的真实和艺术的真实之间的差异,也就是研究艺术品比普通的实际生活、客观的自然,有了多么大的不同。即如何能比实际生活更高、更强烈、更有集中性、更典型、更理想。最初发现能达到这种要求的是我们的传统戏剧。如果用话剧和实际生活相比,就觉得彼此差异不太大,而传统戏剧如京戏就不同了,角色一出场迈着台步,而我们在日常生活中是不能用台步走路的,如果真的用台步走路,别人一定认为你是疯子。可是作为一个京戏演员,你在舞台上用日常走路的步法出场也不行,那就没戏了,不能配合丝弦音乐了。其次是唱、是舞、是哭、是笑,都不同于实际生活了。比如《苏三起解》中的苏三,按生活的真实,她应该蓬头垢面,像个囚犯,因为她绝没心情在囚房里搽粉抹脂。然而在舞台上出现的苏三的形象,却是像新娘子似的美人,连颈项上那面枷也加工成两条珠光宝气的鱼了,因为这是艺术而不是生活本身。我认为所有这些就是所谓的比实际生活更高、更理想、更强烈……之所在。而这也就正是戏剧艺术的创造性。它能够使观众得到美的享受,得到娱乐。

其次是对音乐的考察、研究,音乐是一种抽象艺术,它本身就和生活有着很大的距离,然而它也表现生活,例如广东音乐《雨打芭蕉》,它比实际的生活有了多么大的升华,文学上要求嬉笑怒骂皆成文章,而音乐上则要求嬉笑怒骂皆成音乐。如果都像《百鸟朝凤》那样的如实描写,自然主义式的再现鸟叫，那也就比实际生活高不了多少，从而也很难感到音乐家的创造性了。

在李白的诗里，有与实际生活不同的"白发三千丈""黄河之水天上来"以及"燕山雪花大如席"的诗句。然而这是艺术。

就美术来说，齐白石画荷花，不画绿叶，而画水墨色，不画粉红的花而用西洋红，然而群众看画却从来没有提出"不真实"的责难。

以上种种，都给予我的版画创作以很好的启示，使我的艺术思想得到了解放。使我敢于在套色木刻中把《山葡萄》的叶子搞成群青色，敢于在套色木刻《春到洞庭湖》里把白帆印成绿色，敢于把《北国早春》的天空套成土黄色，敢于对《林间》中的松鼠尾巴给以夸张……

林风眠曾说："真正的艺术家犹如美丽的蝴蝶，初期只是一条蠕动的小毛虫，要飞，它必须先为自己编织一只茧，把自己束缚在里面，又必须在蛹体内来一次大变革，以重新组合体内的结构，完成蜕变。最后也是很重要的，它必须有能力破壳而出，这才能成为在空中自由飞翔，多姿多彩的花蝴蝶。这只茧，便是艺术家早年艰辛学得的技法和所受的影响。"

这是林风眠从艺多年的心得，而我却深感破壳而出成为一只花蝴蝶却真不容易。但我终于也成了一只能够自由飞翔的现实主义的花蝴蝶了。

（1989年发表于《火花》第5期）

我也和邢小群同志对话

当1989年第5期《火花》发表了我写的《从现代派美术谈起》一文的同时也发表了邢小群写的与力群先生对话的《艺术欣赏的几个问题》。

我想,中国作为一个社会主义国家,它的文学艺术总是应该和西方资本主义国家的文学艺术有所区别的。判断文学艺术上的是非,就应以毛泽东文艺思想为依据。马列主义的文艺观既是指导文艺创作的明灯,也是批评文艺现象的准绳。

第一,邢小群不同意我在文艺批评和文艺鉴赏方面沿用毛泽东用惯了的"人民"或"人民群众"的字眼,主张用"读者层"、"观众层"、"欣赏者层"等字眼。我觉得首先"人民"这个字眼彼此既已用得习惯了,没有改的必要;其次是我们的文艺政策中就明确规定"为人民服务"。为人民服务,当然也就包括为人民所鉴赏,同时也包括站在人民的立场进行文艺批评。所以"人民"这个字眼还是必须用的,否则"名不正则言不顺"。

邢小群还说:"我觉得一个真诚的务实的艺术家、评论家,最好以'我'出现,无需硬把自己扮作'人民'的代言人。"这个观点我不能苟同。在我看来,一个共产党员的艺术家、评论家就应该站在党的文艺政策的立场上,力求作为人民的代言人进行文艺批评。就是一个非党的艺术家和评论家也是应该力求站在人民的立场上的,而现在发生的文艺问题,恰恰就出在不少艺术评论家不是站在广大人民群众的立场上,即不是站在广大工农兵和广大脑力劳动者的立场上,而是站在什么个人的立场或极少数人的立场上。所以他们未能做到真正的人民的代言人,而却把我们社会主义的文艺批评界搞得是非不分,异常混乱。这归根到底是应该归罪于支持资产阶级自由化泛滥的某些领导同志的。

我们马列主义者认为,作为意识形态的文学艺术,是有阶级性的。西方现代派艺术,连毕加索的作品在内(虽然他名义上是一位共产党员)也是属于资产阶级的。而文学艺术作品一经发表、展览,就属于社会的了,因为它不可能不对社会发生作用。有的好作品能起教育人民,鼓舞人民,给人民以美的享受的作用;不好的作品则能毒害人民的精神,瓦解和涣散人民的斗志,使人民的奋发、进取精神失落。作为一个人民的艺术批评家就有权进行赞扬或加以批评指责。

邢小群说:"在艺术面前,喜欢什么,不喜欢什么,完全是欣赏者自己的事,在艺术面前人人平等。"是的,作为欣赏者应有这种喜欢什么,不喜欢什么的自由;但作为一位人民的艺术批评家,也有自由和责任对那些颓废的,下流的,腐朽的,黄色的,进行精神污染的不健康的艺术品提出批评,因为它们造成人们意志的沦丧,奋发、进取精神的失落。正好像国家对于贩卖鸦片和吸毒必须干涉禁止一样。因为自由不是绝对的,也有限度,在社会主义的中国就没有贩卖鸦片和贩卖精神鸦片以及吸毒的自由。

是的,我们老一辈的革命文艺工作者,都经常说要"深入生活",不要"远离生活",或者说不要脱离人民,脱离现实,都是一个意思。现在有些人听到就非常反感,他们说:"难道我们的生活不是生活吗?"自然我们所说的这个"生活"的含义是来源于毛泽东《在延安文艺座谈会上的讲话》。所谓"生活"就意味着工农兵生活,因为他们的生活,他们的思想感情更易于代表一个时代,更易于看出历史向前发展的主流。因此我们曾经力求和工农兵相结合,因而也创作出不少反映工农兵生活的动人的优秀文学艺术作品,我认为这样做并没有错。如果延安的木刻不表现边区劳动人民的和平民主幸福生活,不表现敌后军民的英勇抗日斗争,而只表现艺术家的身边琐事,家庭生活,能有那么大的国内外影响吗?试想,如果没有反映抗日战争的文艺作品,我们的后代将如何了解那个人民战争的伟大时代?

但艺术家只能表现他所熟悉的生活,感兴趣的生活,这是文艺创作的规律。可是为了更好地反映惊天动地的人民时代,也应主动到火热的生活斗争中去,把不熟悉的生活变成熟悉的生活,把不感兴趣的生活变成感兴趣的生活。这种熟悉,当然应该全然是自愿的。但有时也有被迫的被动的,例如有的作家所描写的右派的非人生活,他们对右派生活的熟悉就是很不自愿的,全然被迫的。自然今天看来,当时提工农兵生活,未免有点不够全面,不够广阔,而这是必须用历史的观点来看待这个问题的,绝不能因此说,提深入工农兵生活就错了。自从《讲话》发表以来,我切身为之实践历40余年,深感"生活是艺术的惟一源泉"是无可争辩的真理。也有人说:"到处有生活",但不见得到处的生活都有意义,都值得描绘。并不是吃饭、睡觉、拉屎、尿尿都能成为文章。就是《红楼梦》中经常描写吃饭吧,也不过是借着吃饭描写人与人的关系,描写人物的性格。文艺既有教育的功能,也有给人以知识的功能,还有使人娱乐的功能,所以所谓生活也就是具有以上功能的生活。而邢小群对这个问题是怎样看的呢?她说:"从那教条主义主宰的年代过来的,是不难理解先生所说的'生活'内涵的。在强调工农兵是主体的年代,工人做工,农民种田,解放军搞军事就是生活,而其他社会生活方式都被划在生活之外,今天这个问题已不值得深究细研了,很多人著文将过去所谓含混不清的'生活'概念彻底否定了。"所以她主张"最好不要把脱离生活,远离生活,深入生活这样的概念拿到艺术文学领域了"。这里必须弄清楚,第一,毛泽东的《讲话》并没有把"其他社会生活方式都被划在生活之外",而我们也没有这样理解,我们仅认为工农兵是社会的主体,"是中华民族的最大部分",因为他们人数最多,又和我们祖国的命运关系至密,所以我们很重视深入工农兵生活。其次,她说的"很多人著文将过去所谓含混不清的'生活'概念彻底否定了",实际上是只有受资产阶级自由化思潮影响的人才把"生活"的概念彻底否定了,并非"很多人"。所谓"含混不清"也只是邢小群个人的看法,而我们这些当事者倒是从来就感到非常明确清楚的。

更为严重的问题倒是邢小群竟然把毛泽东的《讲话》发表以后相当长的一个历史时期,笼统说成"教条主义主宰的年代"加以贬斥。

为了研究邢小群的艺术思想,我又特意拜读了《火花》1989年第6期上她和丁东、陈坪三人合写的《中国现代艺术大展三人谈》一文。

总的看来三人对于今年春季在北京中国美术馆举行的《中国现代艺术展览》是完全肯定的,赞扬备至,不愧是中国现代艺术的拥护者。然而今年4月8日《文艺报》发表的一篇王端廷写的《中国没有现代艺术》一文,却对这个展览持否定的态度。文章说:"这里除了极少数作品显示了艺术家的创造性并具有中国艺术的品格外,大多数展品是对西方各现代主义流派的搬演。这使人很难不得出一个结论:中国没有现代艺术;中国没有中国的现代艺术;中国的'新潮美术家'是一群'艺术倒爷',他们所'贩卖'的是一种'倒爷艺术'——虽然这不是一种严格的艺术批评的语汇,但它却准确地表达了事物的真相。"同样是这个展览会的观众,其看法却决然不同。但我却非常欣赏作者王端廷的论述,因为起码是一个并非崇洋媚外者的中国人的观点,虽然他还没有说这是资产阶级自由化在美术界泛滥的产物,也没有说是和毛泽东文艺思想背道而驰的。但他总是站在爱国主义的立场说出了真话。我们中国美术家协会的副主席蔡若虹同志也是看了这个画展的,他说:"在展览会上,不但出现了枪声,而且出现了荒诞不经的行动艺术表演,美术变成了丑术,引起了很多观众的惊奇和不满。本来是西方资产阶级腐朽艺术的残枝败叶,一搬到我们社会主义的中国,就被吹捧者捧为鲜花,尽管吹捧者为数不多,可是他们招摇过市,蔓延成风,对广大的青年美术爱好者危害极大。"

而邢小群等三人却正是蔡若虹同志说的"对广大的青年美术爱好者危害极大"的"吹捧者"。

那么,他们是怎样吹捧这些所谓的"倒爷艺术",所谓的"西方资产阶级腐朽艺术的残枝败叶"的呢?请看下面的引文:"中国的艺术发展到今天,以这么完整,这般庞大的规模来表现一种背叛精神确实还是第一次。它可以说是十年来中国现代艺术的一次检阅和总结。它也显示了中国现代艺术开始走向成熟。""现代艺术,越阐释不了的,越让人觉得意味繁复,回味无穷。"又说:"换个说法,在培养对反传统艺术的宽容精神和欣赏态度上,这次展览功不可没。"接着就是离开"艺术"向社会提出的政治要求,他们说:"现代艺术展览""是对社会生活,政治生活民主化所必须具备的国民基本心理素质的一次训练。很难想象,在艺术趣味上都不宽容的人,怎么可能在社会生活,政治生活中真正渴望实现民主。"

那么,具有"这么完整"的"背叛精神"的和"回味无穷"的中国现代艺术究竟是些什么货色呢?

"我印象极深的一件作品是悬挂着的用塑料材料制作的一串串肠肠肚肚及蛔虫之类的玩意儿,相当逼真,让人看之欲呕。你很难想象出有比这更为恶心的东西了。这种东西,连作者本人也未必愿意挂在他家里的墙壁上欣赏。这应该理解为一种有意为之的极端行为,目的就是为了对既成艺术观念和艺术理解起根本的颠覆、刺激和破坏作用。你们不是认为艺术应该怎样怎样么?我偏偏把这些玩意吊上去。你与其傻里傻气地去质问这些作品什么意义,不如通过作品去揣度作者所持的艺术观念是什么。"又说:"作者的表现意图很明确,他就是要让你感受恶心。""他显然对艺术一直担负着传教士的使命非常反感,所以反其道而行之。我理解作者是急于要破坏社会习惯心理平衡。""除了破坏艺术的说教性、宣传性、陶冶性外,它还要破除一些东西。"这段话的真正意思究竟是什么内涵呢?说穿了,不论"现代艺术"也好,不论邢小群等三人也好;又不论画画也好,写文章也好,就是要破坏他们深恶痛绝的所谓"教条主义"的毛泽东文艺思想及其指导下的革命现实主义艺术。

为了要破坏马克思主义的文艺思想,他们大胆地宣传如下的艺术观点:

"这次现代艺术大展给我们的最大感受是艺术并不一定要表现美,而且这种作品本身具有的感性力量也是令人信服的。"又说:"丑大量进入艺术是现代艺术的一个特点。""所以他们(指现代派艺术家——作者注)热心去表现人的苦闷、困惑、恶心、自嘲和自谑。参加这次现代艺术大展的一个画家就把艺术创造比做精神排泄,把艺术比做使用过的手纸,把去美术馆、音乐厅、电影院欣赏艺术比做上厕所。"这真是前所未闻的新奇观点。接着又说:"这些独白是尖刻的自嘲和讽刺,却充满了智慧。我们也应该幽默地看待它并留意它的弦外之音。""实话说,这次展览的大部分作品是外国人干了的咱们又干了一遍。"

从这些话里我们就不难理解邢小群她们所赞扬和吹捧的是些什么货色了。这样的货色要硬塞给人民,人民群众怎么能接受呢?!但邢小群还不高兴我说"人民不喜欢"。她责备道:"尤其是有的人喜欢以人民的代言人自居,他不喜欢就是人民不喜欢,他看不懂就是人民看不懂。"然而就是在邢小群等三人的文章一开头,提到人体艺术大展时也不自觉地为我的观点提供了佐证,他们说:"人体艺术大展中古典的写实作品前看的人特别多,而对具有现代表现手法的作品人们大多是匆匆而过。"难道这还不足以说明"人民不喜欢"你们所吹捧的现代派艺术,同时也证明我力群能"以人民的代言人自居"吗?我想这次文艺界的反对资产阶级自由化,就是必须坚持四项基本原则,必须坚持创造有中国特色的社会主义文艺,反对"外国人干了的咱们又干一遍",从而使中国社会主义的文艺和资本主义的文艺同流合污,毫无区别;更要反对文学艺术家脱离人民、脱离现实;就是要坚持社会主义文艺的教育性、宣传性、陶冶性和娱乐性。所有这些都是绝对不允许让坚持资产阶级自由化的人来破坏的。

1989年发表于《火花》11月号

革命美术的精神永存
——驳否定革命美术的观点

人们都认为资产阶级自由化思潮的泛滥,文艺界是个重灾区,文学、音乐、戏剧、电视……无不受其害。美术也不例外,不仅在这一时期出现了很多模仿西欧现代派颓废美术的"倒爷艺术",而且也出现了一些受资产阶级自由化影响的美术理论文章。一方面是为"倒爷艺术"之类作鼓吹,为它们的问世和繁衍铺平道路,作理论根据;同时也是对毛泽东文艺思想与革命美术的否定和挑战。

1989年某美术刊物上,有一篇以《重建中国的精英艺术》为名,否定抗日战争和解放战争中的美术功绩,否定延安文艺座谈会以来革命美术巨大成就的文章。文章的作者对"精神形而上的思索和个性情感的悲欢体验渐渐让位于'国家兴亡,匹夫有责'和'走出象牙之塔'呼声,投笔从戎,宣传鼓动,文化下乡,中断画室书斋的创造,一切都服从于救亡之需"表示惋惜。并认为这样的美术活动是不坚持五四精神了。因此他说:"那么,五四精神还坚持不坚持呢?"这个问题就很值得我们重视和探讨,究竟什么是五四精神呢? 这位理论家认为五四精神的特点就是:"以科学、人文理性为背景的新的个性主义世界观、人生观和价值尺度……用开放的心灵面对存在,把西方近代艺术作为主要参照系,并呈现出多元、探索、新旧杂陈、朦胧清新的资质。"在另一个地方他又说五四精神是:"对外开放,个性解放,自由创造,独立精神性追求。"而郭沫若在《北方木刻》的序文中则说:"五四运动前后是近代意识,主要是资产阶级意识的觉醒,反帝反封建,欢迎德先生和赛先生。"因此,谈五四精神如果只谈科学、民主而把反帝、反封建的内容抛弃,就等于对五四精神的阉割。难道不反帝、反封建反而有民主? 这显然是一种舍本逐末的妄想。由此而对抗日战争和解放战争时期的革命美术活动得出那样不正确的结论也就毫不为怪了。

  在我看来,抗日战争和解放战争时期的革命美术决不是不坚持五四精神,而是在反帝的方面发挥了更大的作用和贡献,更加弘扬了五四的爱国主义精神。在抗日战争和解放战争时期的美术,几乎是以中国的新兴木刻为主流的,所以郭沫若说:"木刻作家们在中国人民解放的斗争中确确实实是走在最前头了。"又说:"他们的努力实在是惊人,尤其在对法西斯日本抗战的八年中,他们呈出了超级的贡献。对于这些惊人的努力和成绩,不仅我们中国人民业经予以承认,就是苏、美、英、法等盟邦的朋友们也一样的承认了。"这种中国新兴木刻的反帝精神难道不正是坚持了五四反帝反封建的精神而更加发扬光大了吗?

我们必须指出,这位理论家对于抗日战争和解放战争时期的中国革命美术的看法和评价至少是一种非历史主义的观点,同时也是违背当时中国人为人的道德的。其实当时的中国艺术家就是不"投笔从戎,宣传鼓动,文化下乡"也是无法安心进行"画室书斋的创造"的,因为大半个中国国土的不断被日寇侵占,迫使他们经常在逃亡和流浪中度日。而就是处在大后方的重庆、成都、桂林等地的艺术家在经常的警报、空袭中也难于安心以"精神形而上的思索和个性情感的悲欢体验"在画室书斋中进行创造的。所以这位理论家的惋惜实在是非常不符合历史情况的。而当时有良心的美术家"投笔从戎,宣传鼓动,文化下乡"本来也是理应受到后来的爱国的美术理论家的充分肯定和赞扬的。如果反而加以非难与否定,就真使我想不通作者究竟是站在什么立场上在说话了。

这位理论家还认为自毛泽东发表《在延安文艺座谈会上的讲话》以来,直到70年代,"以普及为圭臬,以宣传为目的,以'喜闻乐见'的形式为特色"的"一些'为工农兵服务'的'大众化'的作品,竟是那么千篇一律,空洞和苍白",因此这段时期不可能有精英艺术。而"当中国进入毛泽东以后的时代……与改革开放同时出现的"星星美展、新潮美术、"前卫"的艺术,由于"怀疑、批判、挑战,背起历史的重负,体验生命的悲剧情境,凝聚成新的精英力量。精英艺术的复苏与重建,势在必然"。

究竟什么才算"空洞和苍白"的艺术呢?我想只能指那些

毫无生活气息，不表现甚至歪曲人民的英雄形象和高贵品质，只表现个人的哀愁、冷漠、颓废、悲观、厌世情绪，不能引起广大读者的共鸣，没有感染力的，专门玩弄离奇古怪的形式花样，以至令人看不懂的作品。而这类作品恰恰又是那些醉心于模仿"新潮"美术、"前卫"艺术的大量产物。因为从事这些创作的艺术家大多是脱离生活、脱离人民而一味片面地追求自我表现、而且是一味尾随在别人后面亦步亦趋的。这样的艺术，20年代就有过，30年代和40年代也有过。

毛泽东同志正是为了反对这种"空洞和苍白"的艺术，反对那样的空头艺术家，所以才要求为人民大众服务的美术家"必须长期地无条件地全心全意地到工农兵群众中去，到火热的斗争中去，到惟一的最广大最丰富的源泉中去"，古元是忠实执行了毛泽东文艺方向的一个代表，他于40年代在延安创作的作品，连徐悲鸿看了都认为发现了"中国艺术界一卓绝之天才，乃中国共产党之大画家"，"中国新版画界已诞生一巨星"。诗人艾青论到古元40年代的木刻作品也说，"他的艺术的根须，深深地扎进了农民生活里"，"中国广大人民的善良的、忠厚的、诚朴的风貌，都在他的作品里得到了十分适切的表现"，并说："古元同志是和新中国一同成长的画家，他是新中国的杰出歌手之一。"难道古元这位"为工农兵服务"的艺术家的作品也是属于"千篇一律，空洞和苍白"的吗？其实"为工农兵服务"的"大众化"作品，不仅有古元的，还有胡一川、彦涵、王式廓、罗工柳、石鲁……等一大批画家，彦涵表现抗日斗争的作品《当敌人搜山的时候》，王式廓反映陕甘宁边区人民生活的《改造二流子》，表现土改运动的《血衣》以及罗工柳表现抗日斗争的《地道战》都是已有定论的佳作。如果把这些40~70年代的革命现实主义的美术作品说成是"千篇一律，空洞和苍白"，无疑是一种恶意的攻击和污蔑！

这位评论家写这篇文章的用意还包含了对20世纪中国美术格局变迁进行再认识的内容。认识的结果，竟是指责抗日战争和解放战争时期的革命美术没有坚持五四精神，并认为40~70年代"一些'为工农兵服务'的'大众化'作品，竟是那么千篇一律，空洞和苍白"。可是作者反倒把30年代的艺术浪子们"狂飙一般的激情"，以至更晚一些美术家对为艺术而艺术、纯艺术、"前卫"艺术的追求认为是"都折射着五四的启蒙精神"。这就表明他对五四启蒙精神的认识和我们之间存在有多大的分歧。

所有以上出奇的评论都使我难于理解。但我终于还是在毛泽东同志所说的"资产阶级对于无产阶级的文学艺术作品，不管其艺术成就怎样高，总是排斥的"这一段话里得到启示，因而对以上难于理解的问题也有所醒悟。

现在看来，今天有些人所谓"精英"艺术的重建和倡导，实际上所起的都是否定革命美术在中国美术史上应有的地位，和排斥社会主义文艺的作用。因而，不论是提倡所谓"精英"艺术，或否定现代革命美术，或主张全盘西化……这些论调在客观上都是与我们当前提出要建设具有中国特色的社会主义美术的奋斗目标背道而驰的。

1991年发表于《美术》第1期

对于"新潮"美术之我见
——就商于杜键同志

《文艺报》于 1990 年 6 月 2 日发表杨成寅同志的文章《"新潮"美术论纲》；12 月 29 日又发表了杜键同志的《对〈"新潮"美术论纲〉的意见》。《文艺报》的"编者按"希望广大文艺工作者、读者踊跃来稿，就杨、杜二文章提出的问题展开深入的探讨。我是曾经参加过当年延安文艺座谈会的一个美术工作者，想以毛泽东《在延安文艺座谈会上的讲话》精神参与这一讨论。

一、应从实际出发

毛泽东同志在《讲话》中说："我们讨论问题应当从实际出发。"那么，近些年来的中国美术的实际是一种什么情况呢？由于资产阶级自由化思潮的泛滥，"新潮"美术的广为传播,已经使中国社会主义的美术事业大受其害。举一个令人痛心的例子:去年西安美协为了纪念《讲话》发表48周年,特举行李桦、古元、彦涵、王琦和我的五老版画家的木刻画联展。事后我和古元同志到了久别的延安,在革命圣地应邀参观了一个延安地区的版画展览会。出发前,我心想,这个版画展览会一定是继承了延安精神,继承了当年延安美术的革命传统的,结果竟大失所望,几乎全然是一些既不真实地表现陕北人民生活,又不歌颂工农兵的"新潮"美术。这些作品既背离了《讲话》精神,也毫无美感之可言,真使古元和我看了哭笑不得。我俩一言未发而痛心地离开会场。这就是中国"新潮"美术侵蚀到革命圣地延安的一个实例。其实在杨成寅同志的文章中已经举了很多惊人的"新潮"美术活动的实例了。如果不看到这些严重的实际,不从"新潮"美术泛滥的社会效果讨论问题,是难于抓住问题的要害的。

由于我是从实际出发的,所以也颇欣赏从近些年中国美术实际出发的杨成寅同志的《"新潮"美术论纲》。虽然他在论述抽象绘画时有小小的失误,但我读了他的文章不但不"很失望",而且很得益处。因为杨的文章帮助我较全面地了解了"新潮"美术在中国的创作面貌,帮助我较多地了解了"新潮"美术的理论状况,从而进一步认识了"新潮"美术对党的"二为"文艺方向的严重危害。

我感到杜键同志的文章虽然也说了些"新潮"美术的弊病,但实质上是不看重实际而是硬为有危害性的"新潮"美术辩护的。

二、怎样评价中国的"新潮"美术？

我想，我们讨论问题既要从客观实际出发也应从中国人民大众的立场出发。由于立场不同，所以对中国"新潮"美术现象的看法也就不同。例如杜键同志就认为中国的"新潮"美术是对西方资产阶级现代派美术的"借鉴"，从它得到的"启发"，不同意杨成寅同志所说的"翻版"。而我也认为是一种"翻版"。事实上是"翻版"而硬要说成是"批判地吸收"，这就不是一种严肃对待问题的态度。

马克思主义者，在文艺问题上从来不反对借鉴，却不赞成翻版和照搬。如果认为我和杨成寅同志的看法还不够客观，那么，请再看看 1990 年 4 月 8 日《文艺报》发表的王端廷同志的《中国没有现代艺术》一文吧。王端廷的文章是他看了 1989 年中国美术馆举办的《中国现代艺术展》而写的。他说："中国没有中国的现代艺术，中国的'新潮美术家'是一群'艺术倒爷'，他们所贩卖的是一种'倒爷艺术'。"从杨成寅同志和王端廷同志的词不同而意同的看法中，可以肯定杜键同志为之辩护的"借鉴"和"启发"论是站不住脚的，是不合乎实际的。中国的这些"倒爷艺术"不但脱离人民生活，而且人民也大都看不懂。一位干部看了《美术》杂志上发表的"新潮"美术作品说："这些人不人鬼不鬼的东西，有什么意思？！""新潮"美术家学习西方现代派艺术根本谈不上"以我为主"，而是"全盘西化"。他们的作品既走进了远离尘世的"象牙之塔"，也不能从精神上给人以鼓舞。可是杜键同志却要给他们脸上贴金,美其名曰"借鉴""启发"或是什么"批判的吸收"。

关于这个问题,其实毛泽东同志早在《讲话》中就说过:"文学艺术中对于古人和外国人的毫无批判的硬搬和模仿,乃是最没有出息的最害人的文学教条主义和艺术教条主义。"而中国的"新潮"美术家却正是毛泽东同志所指的那种最没有出息的最害人的艺术教条主义者。

由于彼此立场观点的不同,对于如何评价中国"新潮"美术现象也就有了分歧。杨成寅同志认为"新潮"美术是"一小股不健康的暗流",对于我们"有害无益"。杜键同志就很不同意,他说:"问题的复杂性在于'新潮'美术还有符合党的文艺方向,遵循艺术规律和有利于社会主义精神文明建设的积极的一面。"在我看来,杨的意见没有错,我根本看不出所谓"现成艺术""行动艺术""捆包艺术"……对我们有什么益处?什么地方符合党的文艺方向?什么地方有利于社会主义精神文明建设?例如男"艺术家"坐在稻草上作孵小鸡状,如果是小孩子在那里玩,倒还觉得天真得可爱;而一个成人做这种事,居然称之为"艺术",就真不知天下有羞耻事了。老实说,我根本不承认所谓的"行动艺术"和"现成艺术"为艺术品,如果这算艺术,那我们所有的艺术院校都可关门大吉了,学素描课、讲色彩学都是多余,因为每一个人的行动本身和每一件客观实物就都是艺术,其结果就是彻底否定了艺术的创造。又例如枪击《电话亭》的所谓创作,这只能看作是一个疯子在胡闹。如果这也算做艺术,真是中国艺术的末路,中国艺术的堕落,人民是绝对不能承认这些胡闹是艺术的。难道杜键同志真能从《电话亭》中找到什么对伟大的社会主义事业有益的东西吗?还有在浙江《1986年最后一次画展》上出现的《男性生殖1号》和《女性生殖1号》,我真不知道观众看了两公尺高的男性生殖器立体浮雕和一公尺见方的女性生殖器浮雕,作何感想?如果是野蛮人干的,我真无话可说,恰恰竟是具有两千多年文明史的中国人干的,这只能说明是对庄严的社会主义艺术的亵渎和作者的无耻!而有关单位也竟允许这些货色和观众见面!所有这些离奇古怪、遭到观众唾弃的东西,只能当做垃圾加以扫除。如果也把这说成是艺术,那就不成其为精神文明建设,而是人类已倒退到野蛮。

在我看来,虽然杜键同志对"新潮"美术似乎想摆出一副公允和客观的态度,也曾说了些"新潮"美术的缺点,而实质上是属于"小骂大帮忙"之类的吹捧者。

我对于陷入"新潮"美术泥塘中的青年是很同情的,因为他们正是资产阶级自由化思潮在中国泛滥影响之下的受害者。"新潮"美术的流布,糟蹋了不少有才华的美术青年,我很难过;而杜键同志却为此而辩护,我不能赞同。我想,我们的责任就在于把他们从那个泥塘里扶出来,欢迎他们自愿地走上革命现实主义艺术的康庄大道,使他们用优良的作品为人民服务,为社会主义服务。

问题在于口口声声说要建立有中国特色的社会主义美术的艺术家,究竟应该如何看待这种"消极新潮"派的美术?为什么要为这些腐朽的东西辩护?明明是"与党的文艺方向相背离的",明明"在社会效果上是不利于社会主义精神文明建设的",而却硬要把这种正确的论断说成是"把一个复杂的问题简单化、片面化了",反过来还说"新潮"美术还有"符合党的文艺方向、遵循艺术规律和有利于社会主义精神文明建设的积极的一面"。其实提到更高的角度来讲,各种消极的"新潮"派美术在我国的兴起,正是混淆了资本主义国家的艺术与社会主义国家的艺术的应有界限,客观上是为杜勒斯的"和平演变"效劳的。如果不是这样,那我们现在又何必提出"一手抓整顿,一手抓繁荣"的口号呢?我们就是要整顿掉那种不利于社会主义美术繁荣的"新潮"美术的泛滥和传播,因为它是有害的。难道我们今后还允许在中国美术馆再出现孵小鸡,再出现枪声吗?我们的《美术》杂志还允许再出现"人不人鬼不鬼"的"新潮"美术作品吗?

还有一个问题必须弄清楚。杜键同志说:"西方现代主义艺术,已有百余年的历史,在当代世界人们的精神生活中,已占有不容忽视的位置。"这种夸大它的影响的说法,是不符合历史实际的。如果说,在当代世界美术界有不容忽视的位置,是正确的。而说成是"在当代世界人们的精神生活中"就不是事实。蔡若虹同志在巴黎参观了各种美术馆之后说,他在陈列现代派美术的"蓬皮杜文化中心"就发现参观的人寥若晨星;而陈列古典美术的卢佛尔美术馆则参观的人拥挤不堪。这正说明人们不喜欢现代主义艺术,它不可能"在当代世界人们的精神生活中,占有不容忽视的位置"。

三、"新潮"美术是不可避免的历史现象吗？

杨成寅同志认为"新潮"美术在中国的出现是被"一些同志""推出"的；而杜键同志却认为这种看法肤浅。他说："80年代中国新潮美术的出现是一个不可避免的历史现象。"也不是"我国美术的倒退现象"。理由是"因为中国当代文化和社会现实，是产生'新潮'美术的根据"。

事物的产生和发展当然都有内因和外因，外因是变化的条件，内因是变化的根据，外因是通过内因起作用的。当1989年政治风波发生后，邓小平同志曾说这是由于国际的大气候(外因)和中国国内的小气候(内因)造成的。在我看来，"新潮"美术在中国的泛滥，当然也是由于国际的大气候和国内的小气候造成的。然而当杜键同志论述我国出现新潮美术的社会背景，亦即国内的小气候时，却一概不提资产阶级自由化思潮的广为流行。

与此有关的是，这一时期一些文艺部门不再组织艺术家深入生活接近工农兵了。这种失误也正是西欧现代派艺术乘机而入的一个原因。如果我们的艺术家经常把工人和农民放在眼前，他们就不会接受为工农兵所不欢迎的现代派艺术。我曾见到两位澳大利亚的女画家，以为她们一定是搞西欧现代派绘画的，但当我看到她们的作品时却全然是民间风味的绘画，问其原因，她们说，一天到晚和工人在一起，知道他们不喜欢现代派艺术。这就愈加使我坚信，心目中有工农的画家与现代派艺术无缘。

基于以上情况,我认为新潮美术在中国的泛滥并不是不可避免的历史现象,而肯定是一种倒退,是对党的文艺路线的干扰,是对一些青年美术工作者的毒害。

当杜键同志站在支持"新潮"美术的立场上,叙述其产生的必然性时还说,文革后"在一部分人中引起对社会主义信念的怀疑和动摇,乃至否定。在一些青年中出现苦闷、彷徨和价值观念的混乱","这就使反映资本主义社会矛盾、主要表现精神苦闷或逃避现实的西方现代艺术,在青年中极易产生共鸣,一些青年很容易在其中找到寄托自己情思的方式"。而在我看来,一部分人对社会主义信念的怀疑和动摇乃至否定,以及青年的这种苦闷、彷徨,固然也可能有社会本身的一定因素。但最重要的还是一个时期以来,我们的一些部门、一些同志放弃了对群众、尤其是对青年人的政治思想教育,使得资产阶级自由化思潮泛滥,传播了要否定四项基本原则的思想的结果。因此绝不能说成是"中国当代文化和社会是产生新潮美术的根据"。

但杜键同志也毕竟说出了他的真心话,这就是:"作为社会主义文化自身发展的一种需要,我们对西方资本主义文化的吸收、消化也是不可避免的。""新潮美术的实践,不论其是否自觉,都是在实现这一任务不可超越的阶段中的产物。"这里杜键同志不分西方资本主义上升时期的文化和帝国主义时期的腐朽文化,而主张都去吸收、消化的办法也是不正确的。在我看来,如果我们选择吸收,其对象也主要应是前者而不是后者，因为前者具有健康的现实主义绘画和雕塑，而后者则基本上是些反现实主义的腐朽艺术。

四、如何看待建国后十七年的美术

我不赞成杜键同志为了给"新潮"美术的产生扫清道路，不惜把建国后17年的美术说成是"左"的，并把我们所坚持的"革命现实主义"的创作方法说成是"机械反映论"而加以否定。他还说："为了建设有中国特色的社会主义，批判'左'倾僵化思想，一直是这些年思想战线的主要任务。"

我认为将建国后17年的美术活动，不加分析地一概视为"犯了'左'的错误"，一概是"机械反映论"，并都是在"左"倾僵化思想指导之下的产物，这就不仅是一种"简单化""片面化"、非常"粗糙的"看法，而且是有意的对革命美术的歪曲。

王琦同志在全国美协工作会议上就针对这种"简单化"的看法发表了意见，他说："我不同意有人把五六十年代的作品说成一无是处，都看成是'左'的思潮的影响，是'左'的教条主义思想影响下的产物。那时期的美术创作，尽管受到一些'左'的思想的影响，出现过一些缺乏真情实感的作品，那主要是由于没有认真贯彻'二百'方针的结果，也是某些领导和作者违反艺术规律造成的结果。但这仅仅是局部的问题。从总的方面来看，五六十年代的美术创作所遵循的方向道路，基本上是正确的，出现的缺点和不足，应看做是我们在前进路上遇到的困难和曲折……"我很同意王琦同志的这段话。在资产阶级自由化思潮泛滥时期,有人就说过毛泽东同志的《讲话》过时了,应当作一种僵化了的文艺思想而加以排斥。我不知道杜键同志的所谓"僵化"是否也是指《讲话》?而我认为《讲话》基本上是正确的,决没有过时。首先是《讲话》要求艺术为工农兵服务(现在叫为人民服务)没有错,要求"有出息的文学艺术家到群众中去"也没有错,而17年中我们忠实执行了这些要求也没有错。但《讲话》也存在着不足,例如把文学艺术的任务和功能仅仅说成是"团结人民,教育人民,打击敌人,消灭敌人的有力的武器,帮助人民同心同德地作斗争",就不够全面。但在抗日战争的历史年代强调这一面也是可以理解的。后来邓小平同志在第四次文代会的《祝词》中补充了以上的不足。他说:"雄伟和细腻,严肃和诙谐,抒情和哲理,只要能够使人们得到教育和启发,得到娱乐和美的享受都应当在我们的文艺园地里占有自己的位置。"这就把社会主义文学艺术的作用和功能说得很全面了。

五、怎样评价"天书"《析世鉴》?

《析世鉴》是中国正楷方块汉字的摹制品,刻了近两年,有两千来字,曾铺天盖地地在中国美术馆公开展出过,但据说连作者本人和所有观众没有一个人能认识其中的字意,我看了也不例外。因此人们谓之"天书",杨成寅同志认为是"鬼打墙"。然而竟有北京的一些艺术权威们大为捧场,说"'天书'是当代思想意识困惑的真实反映,这种表现是基于艺术上高层次的探索",又说:"他独辟蹊径,以奇特的布展方式,巧妙的艺术语言,对茫茫大千世界,悠悠人间沧桑作了一个深刻的总结。"而杜键同志也认为是"以执著、严肃的态度,以富有智慧的创造精神、深厚的功力和巨大的规模来表现这些的。其中蕴含着作者顽强的毅力、虔诚的追求的宏大的气度,这又在精神上给人以某种积极的影响。作品表述的哲学思想,反映了当前一些青年人精神上的迷惘和惶惑,但其艺术语言之纯、精美又令人感佩"。

我感到制作《析世鉴》既荒唐而赞扬者也是说了些疯话。读着这些赞语,就使我想起安徒生的童话中大臣们对"皇帝的新衣"的赞词。真没想到中国美术界的有些评论家对于作品的表扬竟廉价和肉麻到如此程度。我曾在一个公开场合对此发表过意见:这好比一个人不慎溺水,岸上的人不去拯救反倒叫好。

由于《析世鉴》既没有可视的形象,也不能令人得到愉悦和美的享受,更谈不到使人得到教育和启发,所以我既不认为它是版画,也不承认它是艺术。

《析世鉴》既然是谁也看不懂的"天书",人们就只能从"析世鉴"三个字的含义中去胡猜,于是就"仁者见仁,智者见智",到底谁说得对,既然是"天书"就只有天知道了。在我看来,其实大可不必花那些心思去研究它的内涵。我感到人们只要想想在展厅里孵小鸡,对电话亭开枪,就不难理解《析世鉴》产生的动机了。多少年来,世界资产阶级的艺术家愈接近其本阶级的没落时代,他们的所谓艺术创作就是要把谎言说成真理,而把已经离开艺术很远的东西硬说成是艺术。他们竭尽标新立异之能事,总想与众不同,一鸣惊人,获得资本家的欢心和赞赏,从而用谎言欺骗大众。中国的"艺术倒爷"们所辛苦做的也就绝不会使他们的"倒爷艺术"显得更加高明。

六、结尾语

我很高兴地看到,杜键同志在与杨成寅同志的论战中以马克思主义者自居,这就有利于我提出两个马列主义者应有的基本观点。

马克思主义者观察和评价世界的艺术现象时,既不能离开群众观点,也不能抛弃阶级观点。尤其对于西欧现代派艺术,更应如此。因此就不应不看它对中国广大人民有什么好处,他们是否能了解并爱好这些东西;也不应不看到它们的主流是有毒害的。

列宁说:"艺术是属于人民的,它必须在广大劳动群众的底层有其最深厚的根基。它必须为这些群众所了解和爱好。它必须结合这些群众的感情、思想和意志,并提高他们……我们应该经常把工人和农民放在眼前。"这是列宁在艺术问题上的群众观点,同时也表明无产阶级对于艺术的要求。

而列宁对于美术作品的"新"旧以及西欧现代派艺术(亦即中国的新潮美术所摹仿的)又是怎样说的呢?他说:"即使美术品是旧的,我们也应当保留它,把它作为一个范例,推陈出新。为什么只能因为'旧'我们就要撇开真正美的东西,抛弃它,不把它当做进一步发展的出发点呢?为什么只是因为'这是新的'就要像崇拜神一样来崇拜新的东西呢?那是荒谬的,绝顶荒谬的!这里有很多虚伪,当然也有对于在西欧占统治地位的艺术风气的不自觉尊敬。……我有勇气指出我自己是个'野蛮人',我不能认为表现派、未来派、立体派和其他'各派'的作品是艺术天才的最高表现。我不懂它们,它们不能使我感到丝毫的愉快。"这是列宁以阶级观点,也就是代表无产阶级对西欧现代派艺术的评价。我想,既然杜键同志自认是马克思主义者,就应考虑自己对待西欧资产阶级现代派艺术以及它的翻版——"新潮"美术,和列宁有什么共同点。

把建国后17年的人民喜闻乐见的现实主义美术冠以"左",并说它是"僵化"思想指导下的产物,企图一脚踢开,而对于西欧资产阶级腐朽艺术的"翻版"——"新潮"美术则百般为之辩护,爱之不肯撒手,硬要说它有什么"积极的一面",难道这也是马克思主义者应有的立场和态度吗?

最后我想谈谈如何建立有中国特色的社会主义美术问题,这是杜键同志的文章中一再提到的。我认为建立有中国特色的社会主义美术,首先必须以马克思主义的艺术观为指导思想。其内容基本上应是社会主义的,其形式应该是民族的,在创作上应是以革命现实主义和革命浪漫主义相结合的方法为主流而容纳各种不同流派的。必须坚持党的"二为"和"双百"方针,使作品为广大人民群众所喜闻乐见,符合于邓小平同志在《祝词》中对艺术的要求。

我国从仰韶文化算起已有七千年艺术文明史了，祖国的艺术遗产极为丰富，真是取之不尽，用之不竭，所以建立有中国特色的社会主义美术，就应弘扬民族优秀文化，首先从祖国的艺术遗产中继承与借鉴。因为没有鲜明的民族特征就谈不上"中国特色"。此外，还应特别重视弘扬和发展"五四"以来的革命文化传统。革命文化传统对于我们建设的具有中国特色的社会主义文艺来说，更是非常宝贵的财富。而"新潮"美术理论家们却认为中国美术要想不甘落后，跟上时代，符合世界潮流，就只有沿着西方现代主义、后现代主义的道路去急起直追。而杜键同志的主张竟和他们如出一辙，认为社会主义美术的发展不能离开吸收西欧现代派美术这个过程。我在前面已经说过，就是吸收也主要应从资产阶级上升时期的现实主义美术中去吸收，即列宁所说的"旧"的美术，而不应对资产阶级后期的所谓"新"的现代派美术像崇拜神一样地去崇拜它。

"实践是检验真理的惟一标准"，近些年来"新潮"美术家学习西欧资产阶级现代派艺术的实践，出现了那些离奇古怪叫人们看了目瞪口呆，得不到广大观众欣赏反而遭到唾弃的事实，难道还不足以说明这种所谓的"吸收"是"好事或坏事"吗？

发表于1991年3月30日《文艺报》"艺术评论"

·版 画·

《晋绥解放区木刻选》前言

中国的新兴木刻,是伟大的文学家鲁迅先生一手提倡、培植起来的,从一开始就有明确的目的,他说:"当革命时,版画之用最广,虽极匆忙,顷刻能办。"基于这个想法,从30年代初期他就举办木刻讲习会,介绍外国版画,举行外国著名版画家的画展,为中国青年木刻家指导作品,出版新生的中国木刻选集,向国外推荐中国革命版画……像母亲对于她的幼儿一样,如此关心,如此哺育,费尽心机。其目的就是希望版画这门新生的艺术在中国的土壤上能够开花结果,为革命事业有所贡献。

鲁迅先生是很有预见的,中国的革命木刻工作者也未曾辜负他的愿望。将近50年的中国革命版画史有力地说明了木刻在抗日战争、解放战争中所起的积极作用。

当时延安鲁迅艺术文学院的美术系,其创作课程就只有两种,即木刻和漫画。各解放区的美术活动也主要是木刻。就是漫画,想要在报纸上发表也要通过木刻。

晋绥边区在抗日战争时期最早坚持木刻工作的是李少言同志,他不仅能够自制木刻刀,从事木刻创作,而且还为《晋绥日报》经常刻插图、刻地图,为边区刻邮票、粮票,令人感动。此外还有赵力克、刘正挺同志也用木刻为抗日战争服务。解放战争初期力群、苏光、刘蒙天、吕琳等同志从延安"鲁艺"来到晋绥边区,增加了美术力量,使晋绥边区的木刻、年画创作有了新的发展。

李少言同志在抗日战争时期创作的《八路军一二〇师在华北》连环木刻画,《重建》等作品是很有影响的。前者描绘了八路军和日本帝国主义的艰苦战斗,后者描绘了军民合作在战后重建家园。在解放战争期间他又创作了《黄河渡伤员》《攻城战》,都是较好的作品。

从解放战争开始,晋绥边区就出版了《晋绥人民画报》和晋绥《战斗画报》,这两个画报的出版,大大促进了美术的活跃和木刻创作的繁荣。当时在《晋绥人民画报》社工作的有力群、李少言、苏光、牛文、侯凯、刘正挺等同志。力群的《送马》《公祭关向应同志》,苏光的《翻砂》《秋收》,李少言的《黄河渡伤员》《攻城战》就都是在《晋绥人民画报》上发表过的。当时贺司令员为了帮助贫农抗属发展生产,提出把部队的编余马匹无偿送给他们,《送马》就是描绘这一内容的。此外,安明阳和阎风同志的木刻也曾在《晋绥人民画报》上发表过。

《战斗画报》是为部队服务的画刊。当时在该画报社工作的有刘蒙天、林军、吕琳等同志,他们的木刻作品就经常在《战斗画报》上发表。吕琳同志当时曾刻了连环木刻故事《纪利子》,较有影响。

牛文同志在晋绥边区参加了土地改革之后,创作了《丈地》、《领回土地证来》等较好作品。充分说明画家深入革命的火热斗争的重要性。

晋绥边区的木刻,在延安文艺座谈会之后,有了很大变化,既有个人风格,又有简洁明快的共性。其所以形成这种艺术风貌,是面向群众而又重视了民族美术传统的结果。

这本选集的出版,既有利于通过作品的内容了解当时解放区军民的生活,也有力地证明鲁迅先生所说的"当革命时,版画之用最广,虽极匆忙,顷刻能办"的意义和中国新兴版画对于革命的贡献。

1979年2月23日于太原

谈版画与政治

艺术与政治的关系是目前文艺界重新考虑的一个大问题。有的领导同志认为最好不提"艺术从属于政治"这个口号，但又说不要使艺术脱离政治。怎样正确理解这个问题呢？今后我们的版画创作应该如何正确处理与政治的关系呢？为了版画不脱离时代，不脱离人民，为了版画创作的提高与繁荣，需要我们对这个问题进行认真的讨论。作为百家争鸣，我谈谈自己的看法。

回顾我们的新兴版画艺术，自1931年诞生以来迄今已将近50年的历史了，这50年的新兴版画史，可能说基本上就是一部版画艺术为无产阶级政治服务的历史。在它诞生的那个时代，中国处于半封建半殖民地的悲惨境地，国势日衰，民不聊生，而国民党政府却贪污腐化、卖国求荣。及至"九一八"事件发生，日本帝国主义节节侵蚀中国领土，而国民党还坚持"攘外必先安内"的反动国策。全国人民反对内战、要求一致抗日的爱国运动,有如激怒的潮水冲向蒋介石的独裁统治政府。

当时的艺坛基本上是死水一潭,不论国画,不论油画,绝大多数作品是脱离政治的,不关心人民疾苦的。对那些描绘山水风景、花鸟虫鱼和裸体美人的国画和油画,处在水深火热、饥寒交迫中的广大劳苦大众,不但无权欣赏,而且也实在没有闲情去欣赏。那些仅供玩赏的作品,也只能为少数官僚、地主、资本家等有闲阶级所有。

自"五四"运动以来,鲁迅即提倡为人生的艺术,叫喊的艺术,其实也就是要求为政治服务的艺术。当时的中心政治就是反帝、反封建。民主革命这个本来是中国资产阶级应该担负、应该完成的历史任务,却由于它的软弱而担负不了,也完成不了。1921年诞生的中国共产党肩负起这个伟大的历史使命,高举反帝、反封建的革命大旗,崛起于东方。

在中国共产党的领导下,左翼文艺运动诞生了。左翼文艺运动是明确地为无产阶级政治服务的,也就是为反帝、反封建的政治任务服务的。在鲁迅倡导和培育之下成长起来的中国新兴木刻,经过许多进步美术青年的热心努力,日益成长壮大起来,作为左翼美术运动而出现在当时的画坛。因为它是革命的,是为反帝、反封建的政治服务的,所以受到国民党反动政府的压迫和摧残,同时也受到某些艺术大师们的歧视。但当时广大的进步青年和进步文化界是支持它的。其所以支持它,就是因为它反映了中国的现实,描绘了中国人民的灾难和抗争,说出了广大人民要说的心里话。及至抗日战争和解放战争时期，不论在前线和后方，中国的版画艺术也都未曾脱离反帝、反封建这一总的政治任务。版画家深入地参与了抗日救国、反蒋、反霸等革命斗争的生活，所以作品的生活气息和战斗气氛更浓了，人物形象更真实生动了，艺术的感染力更强了。这不论是当时延安的木刻还是重庆等地的木刻，不论是各解放区的木刻还是尚待解放地区的木刻都是如此。

自从毛主席《在延安文艺座谈会上的讲话》发表以来，中国的新兴版画艺术，就是沿着毛主席所指示的方向为无产阶级的政治服务的。在全国解放后，在社会主义革命和社会主义建设的新时期，中国的版画艺术也还是尽力为新时期的政治服务的。

根据50年来的经验，最重要的一条，就是版画为无产阶级的政治服务，绝不应违反艺术创作的规律，否则就不能产生艺术性和思想性较高的作品，而只能产生图解政治的、说教的、公式化和概念化的作品。而这种作品是难于感动人，难于起较大的宣传教育作用的，因而也就不可能更好地为政治服务。

马列主义的辩证唯物论认为：存在决定意识，而不是意识决定存在，因此在艺术创作问题上必然是先有生活而后才能有反映生活的艺术，之后才会有艺术对于生活的反作用。艺术为政治服务，是通过对社会生活的描绘来完成的。因此，当版画家还未曾熟悉某方面的政治生活时，他是无从描绘某方面的生活的，也就无法为政治服务。这是常识，也是艺术创作的基本规律。

回顾50年来的中国新兴版画史，其作品本身就有力地证明了这一点。

在新兴版画诞生的初期，大家缺乏了解工农的生活，缺乏创作版画的技巧，多半凭有限的生活和热情，模仿外国作品进行创作，所以当时表现工农劳苦大众的作品，虽然也起了一定的摇旗呐喊的作用，但大都是比较软弱无力的。当然也有个别的例外，如铁耕的《母与子》，张望的《失所》等，由于作者对他们所描绘的生活和人物比较熟悉，对描绘对象充满了同情，因而这些作品就较有感人之力。可惜这样的作品并不多见。

在解放区的版画工作者古元同志，当他深入了延安川口区的农村生活后，接连创作了不少歌颂陕甘宁边区新农村生活的作品，生活气息浓厚，人物形象朴实而富有生命，给人留下了深刻的印象。彦涵同志较长时间参加了太行山区敌后军民的战斗生活，回到延安后，他接连创作了不少歌颂敌后军民抗日斗争的动人版画，作品中强烈的战斗气氛，生动的人物形象，同样给人留下难忘的印象。李桦同志在解放战争时期亲身经历了人民群众反内战，反饥饿，争民主的运动，并由于他对国民党军队有八年之久的了解与观察，因而创作了不少揭露国民党反动派的暴行和反映白区革命斗争生活的版画。这些作品比起左翼时代的版画在艺术性和思想性方面都大大提高了，其主要原因在于它们的产生是完全符合艺术的创作规律的，它们比起左翼时代的作品显然有更加感人之力,因而能更好地为政治服务。

搞艺术创作是从生活出发呢,还是从政治概念出发呢?这是作品成败的关键。有了生活,有了人物,作者对生活和人物又有了爱憎,同时能运用马列主义的思想观点分析生活,把生活所暗示给画家的主题加以强化和深化,而不是使作品图解政治,把政治硬塞给生活,强加给作品,这是一种符合于创作规律的创作方法。另一种创作方法是从政治概念出发,为了宣传某种政治、政策思想,先确定主题,即"主题先行",而后到生活中临时搜寻材料,搜寻人物,图解政治。这种用单薄的生活和单薄的人物拼凑起来的作品,好比是用纸糊成的纸人纸马,必然是没有艺术的迷人之力的。

近来居然有人把作家、艺术家是否应描写他熟悉的生活也作为一个问题提出来了,好像作家、艺术家应该描绘不熟悉的生活似的。这种观点和"主题先行论"同出一辙。

我们只能要求作家、艺术家把不熟悉的生活变为熟悉的生活而后描写。在四届文代会上提出的"作品要上去,作家要下去"的口号,也就是要作家下去把不熟悉的生活变为熟悉的生活,有所感受而后写出好作品。对于我们版画家来说,也是如此。

艺术家是必须描绘他最熟悉的,最感兴趣而又感受最深的,有着强烈爱憎,经过深思熟虑的生活的,而后才有可能创作出为政治服务的质量高的作品,这就是五十年来版画运动得出的一条真理,一条重要的经验。如果艺术家没有某一方面的生活,只因为"艺术从属于政治""艺术为政治服务",出于政治的需要而要求艺术家创作某一方面题材的作品,这是违反艺术创作规律的,艺术家有权不接受这样的要求。不是曾经有人建议鲁迅创作有关二万五千里长征的作品,鲁迅说他不在那样的"漩涡"中因而不能创作吗?

如果对一个女人没有怀孕就要求她生一个孩子,谁也觉得这是笑话。可是在我们的文艺界,类似的情况却是常有的。曾经有一个时期,为了强调艺术为政治服务,不问艺术家是否有这方面的生活就提出写中心、画中心、唱中心的口号;艺术家根本无法和大寨的社员接近,却不得不创作歌颂大寨的版画。把文艺和政治的关系,狭隘地理解为仅仅是要求文艺作品配合当时当地的某项具体政策和某项具体政治任务,这种违反艺术创作规律的作法,显然是应该重新考虑的了。文化大革命期间,"四人帮"要求版画家创作与搞所谓右倾翻案风的走资派作斗争的版画,居然也有人下手创作了,请问你见过真正的走资派吗?今天连被人强加以"头号走资派"罪名的刘少奇同志也得到了平反昭雪,这还不够说明问题吗?这样的为政治服务,不但是违反艺术创作规律的,是对艺术的摧残,而且是为篡党夺权的反革命政治服务的,是阴谋文艺!不管你主观上是否理解,客观上就是如此。

列宁同志一面要求"文学事业应当成为无产阶级总的事业的一部分",可是马上又说:"无可争论,文学事业是不能作机械的平均划一,少数服从多数。无可争论,在这个事业中,绝对必须保证有个人创造性和个人爱好的广阔天地,有思想和幻想,形式和内容的广阔天地。这一切都是无可争论的,可是这一切只能证明,无产阶级的党的事业的文学部分,不能同无产阶级的党的事业的其他部分刻板地等同起来。"我认为列宁同志是很懂得艺术创作的规律的。"艺术从属于政治"以及"艺术为政治服务"的提法,实践证明常常容易被某些人借用来抹煞列宁所说的艺术创作上的"广阔天地",把艺术创作同无产阶级的党的事业的其他部分刻板地等同起来,而要求艺术从属于临时的、具体的、直接的政治任务。

这两个口号有很多弊病,对百花齐放的文艺方针和人民对艺术的多样的要求和兴趣是相抵触的。我们下乡下厂后,看到一些有趣的题材,往往因为与政治无关而放弃了,而与政治有关的事物又不是那么容易构成版画题材——有的适宜于文学表现而不适宜于造型艺术。因而有时候下一回乡毫无创作,弄得非常苦恼。与政治无关而画家感兴趣的题材,有不少是可以创作出来提高人民的思想情操,满足人民精神生活的多方面的需要,满足人民的,为什么不可以创作呢?

当然我国社会主义时代的人民生活不少是和政治生活密切相关的,但怎样密切也比不上抗日战争和解放战争时代,而即使那个时代的政治生活也决不能和人民的全部社会生活等同起来。事实上,人民的社会生活比政治生活在任何时候都要丰富得多。因此要求"艺术为政治服务"必然限制艺术家去描写人民的多方面的生活,也不能满足人民对艺术的多样的要求。多少年来存在着这样的怪现象,为政治服务的美术作品只出现在展览会上和杂志上,而很多干部的家里挂的却是与政治无关的山水花鸟画,农民的家里挂的多半是美人、胖娃娃。就是党的领袖的会客厅里挂的也是《迎客松》，而不挂《血衣》和《开国大典》。这样说，决没有贬低《血衣》和《开国大典》的意思，也不能因而得出结论说50年来版画为政治服务是走错了路，更不能得出艺术应脱离政治实行自由化的结论。这只是说各种艺术有各种艺术的用途和作用。人民有各种各样的对于艺术的要求和爱好。事实上政治也好，艺术也好，都是上层建筑，都是为社会主义的经济基础服务的，它们都有相对的独立性，但又应合作、联系，而不是绝对服从的关系。就是说成服务吧，也只能是为一个很长的历史时期的总的政治服务，如为反帝、反封建的民主革命的政治服务，为社会主义时期的四个现代化的任务服务，而决不是为一时一地的具体的政策服务。

用共产主义思想教育人民的版画，提高人民社会主义觉悟的版画，提高人民的精神境界的版画，培养社会主义新人的版画，满足人民精神生活需要的版画，赞美高尚的美好情操的版画，使人民得到娱乐和美的享受的版画，都是人民所需要的。我们的版画创作的路子应比三十年代、抗日战争、解放战争时代要越走越宽，艺术创作思想、艺术题材和表现手法也要日益丰富多彩，敢于创新。我们的口号应该是：为人民服务，为社会主义服务。

我们是社会主义国家，我们的版画艺术理应反映社会主义时代的人民生活，理应描绘有关四个现代化的题材，鼓舞人民为实现四个现代化而奋斗。这些内容无疑应成为我们版画艺术的主流。只有这样，我们的版画才不会脱离时代，脱离人民。因此不提"艺术从属于政治"和"艺术为政治服务"的口号,不等于放弃继承版画艺术的革命传统,不等于版画艺术今后应脱离政治。但版画艺术的发展与繁荣却必须坚持百花齐放的文艺方针,创造出有中国特色的艺术作品。

让我们的版画家在社会主义"广阔天地"里自由飞翔吧。

发表于《版画》1980年第1期

《董其中木刻选》序

我担任《版画》杂志主编的时候,收到了一幅为湖北民歌创作的插图。民歌的内容是:

层层梯田像高楼,
离天只有九尺九;
半截伸在云里头,
白米要在天上收。

插图用浪漫主义的手法和装饰风的画面表现了民歌的浪漫主义诗情。画中的人物和流云的刻法,既有民族绘画的风味,又有黑白交织的美感。我很喜欢这幅木刻,于是就作为目录题画发表在1958年第4期的《版画》杂志上。这位木刻作者就是青年版画家董其中。

董其中在成长过程中,他的作品所显露的装饰风愈益鲜明。1963年他刻出了一幅富有剪纸趣味的装饰风木刻《送春肥》，以夸张与变形的手法表现人和毛驴，既有事物的特征，又有木刻的力之美，很有创造性。我很喜欢这幅木刻画，把它发表在1963年第5期《美术》杂志的封面上。

我想，当杂志主编的固然要选载好作品，但更应善于发现艺术上的"千里马"。

董其中本是江西人，于1935年5月生于泰和县一个偏僻的山村。1958年在北京艺术师范学院美术系毕业后，即到山西艺术学院任教，经过几次的下乡，他就爱上了山西农村，爱上了黄土高原层层梯田，爱上了一排排的窑洞，爱上了头包羊肚肚毛巾、身披光板板皮袄、脚穿牛鼻鞋的老农民，爱上了身穿绒线衣、脚穿解放鞋的小伙子，爱上了额留马鬃鬃、身穿灯芯绒的纯朴姑娘，爱上了头扎小辫辫、身穿花袄袄的小女娃，爱上了灰毛驴和羊群，爱上了山村的枣树和柿树……同时也爱上了农村妇女的剪纸，爱上了民间的木版年画。董其中说，山西农民"是那样的憨厚，健美，天真"。又说："山西农民形象是美的，他们的心灵更美，更可爱。"

可以肯定地说，如果没有这些爱，就不会有董其中的感人的木刻画。事实上他所爱的这些人和物，都以美的形象出现在他的作品中。董其中的创作道路，说明了画家下乡绝不是像采购员似的收集画材，不是；而是首先去熟悉人民，对人民发生感情，对人民发生爱，从而发现人民的心灵的美，而后才能把这种爱和心灵的美反映在作品中，成为艺术品的精神，成为艺术品的灵魂。

由于他把对人民的爱作为创作的基础，1961年创作了表现山西农村生活的《晒玉米》，这是董其中在木刻创作上的一大飞跃。这幅套色木刻，抒情地歌颂了劳动之美。晒玉米的姑娘们虽然都是些背影，但从她们的生动的动作中可以感到她们在丰收中的愉悦心情，如其说她们是在走，倒不如说是在飞，如其说是在劳动，倒不如说是在舞蹈。作品的构图是新颖的，套色较少而很和谐，充分发挥了不同色彩在这幅版画中的作用，并富有黑白的旋律美感。这幅作品的装饰性减少了，但生活情趣和诗意增多了，显示了董其中除了有装饰风的艺术才华外，还有描绘动势美的能力。董其中对待作品是严肃而不苟的，不论右下角的一枚图章，不论画面上所留的刀痕，都令人感到富有匠心。我很喜欢这幅木刻，所以选入1965年外文出版社请我编选的《中国现代木刻》中。

作者在《生活哺育了我的创作》一文中说："我在北京上学那几年，由于学院条件的关系，观赏舞蹈和音乐的机会最多，使我懂得了舞蹈语言是动作，是来自生活并经过提炼美化了的动作，作为可视形象的绘画，也离不开美化了的动作。舞蹈和绘画所不同的一点是：前者是瞬间的连续动作，而后者则是静止的动作。我创作《春播》和《晒玉米》时，为了表现妇女劳动时的愉快和抒情，便强调了舞蹈语言的特点。"董其中的这一段话，透露了他从姐妹艺术中学习精华的秘密，同时也有助于我们更好地欣赏《晒玉米》中的艺术形象。

李桦同志看了《春播》和《晒玉米》后给作者写信说："我很喜欢你的作品，它给人一个鲜明愉快的感觉，带有抒情和诗意的艺术感染,对欣赏者来说是一种艺术享受。"

董其中在继续成长,继续从山西民间艺术中吸取可贵的营养。1964年创作的《排演新节目》和《打酸枣的孩子》,从内容上表现了他对山村儿童的爱,从形式上反映出他对山西民间年画学习的成果。我认为董其中对农村生活的步步深入的发掘和对民间艺术的步步深入的探索是一条非常正确的艺术道路(当然不是惟一的道路)。沿着这一条道路深入前进,将保证董其中的作品在中国艺术界的别开生面和版画形式的不断创新。

《排演新节目》以侧面描写的手法歌颂了新农村的欢乐景象,虽然没有画出演奏的锣鼓乐器和排演新节目的演员,但反比画出来更丰富,更能引起我们的想象和联想。这样的构思决不是对农村不熟悉和对儿童缺乏兴趣的画家所能为的。

《打酸枣的孩子》所描绘的是董其中所爱的额留马鬃鬃、身穿花袄袄的纯朴的小姑娘,这样的女娃在目前偏僻的山村还能看到。而打酸枣也正是每年晚秋这些女娃们所喜欢干的事。

我始终认为中国民间艺术的宝藏也和中国民间文学的宝藏一样丰富,对文学艺术家来说都是取之不尽用之不竭的,可惜的是认真研究探索的人少。有些人为欧洲近代美术诸流派所迷惑,而瞧不起自己民族的艺术遗产,这绝不是正途。我不是抱残守缺的国粹主义者,并不反对向外国艺术借鉴。我认为借鉴是必要的,但应"以我为主"。这是周总理的名言。他说:"在中外关系上,我们是中国人,总要以自己的东西为主。"鲁迅先生在1933年也说过:"采用新法,加以中国旧日之所长,还有开出了一条新的路径来的希望。"董其中的艺术探索,在这方面开出了一条新的、可贵的路径,是应该受到支持和鼓励的。

董其中沿着自己的道路,近几年来,以旺盛的创作热情刻制了一大批木刻画,其中水印套色木刻《春》和《春光》两幅姐妹篇是富有新意的佳作,我认为这是他学习民间艺术所获得的新成就,是在民间艺术的土壤中所培育的新的花朵。一个侧面和一个正面的姑娘,一看就是山西型的,这回却不是农村的了,是城市知识分子的风度。而所采用的在白色的脸颊上晕染以桃红色的画法,正是晋南民间年画之所长。这种画法,使少女显得白嫩,令人想到李白的"云想衣裳花想容"的诗句。董其中用以描绘姑娘眉目鼻嘴的线,绝不是旧年画的照抄,而是鲁迅所说的"新法",这新法也不是一蹴而就的,而是董其中多年从事木刻的一种创造,既有木刻的特色,又有中国作风。

以上提到的大都是董其中的套色版画,近些年来他还刻了不少优美的黑白木刻,如《山村秋景》《山村晨曲》《巧编图》《蔗乡》《鸣泉》等。《山村秋景》和《山村晨曲》有异曲同工之妙,可看做姐妹篇,前者以有如高楼的山村房舍、院落、窑洞为背景,配以忙于秋收的人物和毛驴,在每家门前出入,有如蚂蚁忙忙碌碌在洞前,组成了富有山西地方特色的装饰风木刻,富有童话风趣。它所表现的是山区农村的真实情景,然而通过艺术家的集中概括，在一定程度上夸张变形而美化了。《山村晨曲》用出圈的羊群、上学的儿童、出勤的社员、拖拉机，表现了山西农村早晨的忙碌景象。不论前者或后者，董其中都用饱满的构图、黑白的旋律织成了欢乐生动的生活图景，展示给我们以生活的情趣和诗意以及单色木刻黑白旋律的美感。《巧编图》所表现的是农村的副业题材，右边那个戴花头巾正在编织的姑娘刻画得真美，整个作品的人和物的安排做到了乱中有序，简洁美观，充分发挥了黑白木刻的能事，但又富有民族风味。《蔗乡》是去年冬天作者从广州参加"北京、广东、山西版画联展"座谈会归来后创作的。董其中的感受非常敏锐，他把广东水乡农民的生活，通过图案化了的甘蔗和装饰化了的人物、游鸭、河水，以饱满的构图织成了一幅南国人民忙于生产的抒情木刻。《鸣泉》以最经济的用刀表现了一个弹奏琵琶的姑娘，她那全神贯注的神态是美而动人的。古人作画要求"惜墨如金"，董其中在黑白木刻中做到了"惜白如金"。这幅木刻令人想到我国古碑拓片中的人物画，但又不是拓片的翻版，而是鲁迅所说的"采用中国的遗产，融合新机"的产物。近些年来，我有一种设想：在黑白木刻中经济用刀，经济用白，使作品更明快，主题更突出，但还没有实践，董其中却如我之所愿刻出了《鸣泉》。这幅画单纯而不简单，简洁而不空虚，大大突出了姑娘的美的容貌和纤纤嫩手，令人好像听到了琵琶声和泉声。我和董其中相处的日子里，深知他在创作上既刻苦又要求极严，有的木刻发现缺点而重刻，竟达四次之多，一般也在两三次。这种有如俄罗斯19世纪巡回展览画派的画家们搞"变体画"的精神,使我极为欣赏,好的作品不下这种苦功是很难产生的。

董其中力求自己的作品像民歌那样,酣畅地表现农民淳朴真挚的感情。为此,在艺术上努力向民族民间艺术学习,从中汲取营养,使作品更具有乡土气息、抒情情调和装饰风。作者的这些愿望不论在他的套色木刻还是黑白木刻中,已很好地实现了。鲁迅说:"有地方色彩的,倒容易成为世界的,即为别国所注意。"由于董其中所走的是一条正确的艺术道路,重视了创造乡土气息和地方色彩,因而这些年来,他的作品不但在全国美术界引起重视,而且在国际上也赢得好评。

董其中认为:"作品的地方特色应包括内容和形式两个方面。在内容上,要反映出当地劳动人民的思想感情、性格、气质,乃至习俗、风貌。在形式上,要具有广大劳动人民在漫长的历史进程中,形成并不断发展的审美趣味和爱好。"由于他对民间艺术的爱好与认真研究,民间木版年画和剪纸所具有的构图饱满、稳实、对称,人物造型完整、优美,色彩鲜明、对比强烈,以及浓厚的装饰性等特点,便成为他在作品中创造地方特色之所本。

有的人在艺术形式上进行探索时,忽视了生活内容的感人;有的人重视了生活内容的真实,却忽略了在艺术形式上的创新。而董其中始终能做到作品内容的感人与形式的新颖,使作品既表现了来自生活的人物的心灵美,又创造了富于装饰风的艺术的形式美。他的木刻,既是抒情的,又是民族的;既有地方色彩,又善于向外国作品学习。这就是董其中的版画艺术的特色。

　　董其中还年轻,来日方长,我衷心祝愿他在这条自己摸索出来的正确艺术道路上取得更加辉煌的成就。

1981年6月于太原

中国新兴版画的童年时期及40年代解放区的成就

一、中国新兴版画的童年时期(1931~1937)

本世纪30年代初出现在中国的新兴木刻,是由于革命的要求,伟大作家鲁迅的提倡与扶植,进步美术青年的努力,广大群众的支持而产生成长起来的。新兴木刻运动从一开始就在中国共产党的领导之下,高举反帝反封建的旗帜走上了中国艺坛,和国民党的反动势力进行了不屈不挠的斗争;之后在抗日战争、解放战争以及社会主义革命和建设中起了鼓舞人民、打击敌人的积极作用,到现在已有50年的光荣历史了。

"五四"以来,中国的文艺界,以鲁迅为首高举民主革命的大旗,进行了"文学革命",使中国的文学有了崭新的面目。但美术界,除了在北伐大革命时期出现过大量的战斗性很强的漫画作品外，大革命失败后，就基本上是死水一潭。不论国画、油画还是漫画，绝大部分是脱离现实、脱离群众的，与中国人民的火热的革命斗争没有关系。

　　伟大的十月社会主义革命后，苏联无产阶级文学在中国的流布，对中国文艺界产生了巨大的影响。随着当时中国左翼文艺运动的兴起，受到了马克思列宁主义思想教育的美术青年，在鲁迅的提倡、支持和中国左翼美术家联盟的直接领导下，像雨后春笋一样先后组成了许多革命木刻团体，如1930年的"上海一八艺社""野风画会"，1932年在上海成立的"MK木刻研究会""野穗木刻社""春地美术研究所"，1933年在上海和杭州成立的"未名木刻社"、"木铃木刻研究会"，1934年在广州成立的"现代版画研究会"和在北平成立的"平津木刻研究会"，有的兼顾油画和绘画，有的就是专攻木刻的团体。这些组织的成员在国民党的白色恐怖下，用自己的创作和行动积极地参加了反帝反封建的新民主主义革命运动。那些用革命现实主义方法描绘了中国人民饥寒交迫的生活，表现了民族灾难和抗日斗争，充满了反抗情绪的作品，真实地反映了当时的中国现实，揭露了国民党的黑暗统治，反对了日本帝国主义的侵略，鼓舞了中国人民的斗志，促进了民族民主革命的发展，在反对国民党的文化围剿中发挥了积极的战斗作用。因此受到了国民党反动派的压迫。他们用禁止、逮捕、判刑等镇压手段来摧残新兴木刻，企图在中国土地上消灭这一新生的革命的艺术花朵。但当时的革命木刻青年并没有在这种高压之下低头和退却，他们团结一致，终于在深重的黑暗统治下,在艰苦的革命斗争中,克服了种种困难,取得了初步成绩。使中国的新兴木刻成为中国革命美术的先锋队、主力军,奠定了它的发展基础,为中国现代美术史写下了光辉的篇章。

鲁迅像中国新兴木刻的母亲一样,他的养育之恩使我们永远不能忘怀。他为了中国新兴木刻的成长,不仅于1931年夏在上海举办了最早的木刻讲习会,而且从1929年开始就不遗余力地相继出版了《艺苑朝华》《木刻士敏土之图》《引玉集》《凯绥·珂勒惠支版画选集》等画册,把西欧的进步版画介绍给中国革命美术青年,供他们在创作上作参考。为了提高他们的艺术思想水平,还翻译了苏联卢那察尔斯基和普列汉诺夫的《艺术论》及其他文艺理论书籍。与此同时他还和很多木刻青年书信往还,进行指导。"饮水思源",中国新兴木刻之所以能有今天的巨大成就,怎能不感谢鲁迅在这方面所花的心血。

在早期的新兴木刻运动中,涌现了不少较好的木刻作品,其中有陈铁耕的《母与子》(见图1)《法网》插图,张望的《负伤的头》《失所》,曹白的《卢那察尔斯基像》,黄新波的《推》,兰伽的《黄包车夫》,李桦的《怒吼吧中国》(见图2)《开路女工》,郭牧的《1935年12月24日》,陈烟桥的《苦战》,江丰的《码头工人》《囚》,力群的《采叶》《鲁迅像》,刘仑的《河旁》,野夫的《搏斗》,罗清桢的《逆水行舟》等。当时活跃的木刻工作者除了以上提名者外,还有胡一川、何白涛、段干青、赖少其、温涛、马达、刘岘、王寄舟、林夫等人。

由于中国新兴木刻在早期还处于童年时代,虽然个别木刻青年也曾努力与工农接近,但总的来说,因为国民党的反动政治的阻碍以及本人的认识水平所限,他们还未能真正深入工厂和农村了解劳动人民及其生活;在创作上既缺乏经验,又缺乏坚实的素描基础;加以没有专业师资,惟一的参考品就是鲁迅所介绍的那些外国版画,因而他们的作品在题材上难免有狭窄与空泛之病,在人物刻划上难免有概念化与欠真实之感。同时,早期的木刻工作者由于学习外国作品时偏重于模仿,因而形成了在艺术表现上的欧化倾向,缺乏中国风格,难为劳动人民所接受。所有这些缺点都是革命的新兴木刻在童年时代还不够成熟的表现。

二、中国新兴版画四十年代在解放区的成就(1937~1949)

中国的新兴木刻在抗日战争和解放战争中,随着革命形势的变化而有了极大的发展。尤其是在解放区,在中国共产党的直接领导下,木刻工作者在革命根据地参加了农村工作,在敌后参加了武装斗争,和革命队伍与人民群众有了密切的结合,木刻队伍扩大了,作者在党的教育下思想水平提高了,木刻作品和革命工作有了密切的配合,数量和质量都有所提高,从而对革命事业有了较大的贡献。

抗日战争爆发后,由于沿海一些大城市被日本帝国主义所侵占,许多原来在上海等城市从事木刻艺术的同志,分散到全国各地作抗日宣传工作,因此木刻运动遂在各地迅速地开展起来。

1937~1940年间,武汉失守前后,许多革命文艺工作者纷纷来到延安,延安已成为解放区的文化中心。当时来到延安的木刻工作者先后有温涛、胡一川、沃渣、江丰、陈铁耕、罗工柳、马达、陈九、力群、刘岘、张望等人。他们成为延安木刻工作蓬勃发展的骨干和动力。

中国共产党于1938年春天在延安创办了"鲁迅艺术学院",根据抗日工作的需要,培养了革命文艺的新生力量。"鲁迅艺术学院"内设美术系,来到延安的木刻工作者,大都在那里工作和学习。"鲁艺"在党的领导下,自始至终都是以马克思主义的文艺理论作为学生艺术创作的指导思想,并要求创作与革命实践相联系,为抗日战争服务。要求素描为创作服务,素描与创作同时并进。而美术的创作课,主要是木刻和漫画,在"鲁艺"先进的艺术教育方针的实施中,先后培养出焦心河、彦涵、古元、夏风等优秀的青年木刻家。

延安是党中央所在地,各抗日民主根据地的后方,有一个比较安定的环境。木刻工作者除了参加生产和学习外,还经常深入农村、部队,然后回到机关驻地进行木刻创作。因此延安的木刻活动是非常活跃的,木刻创作是非常繁荣的。

古元于1940年在"鲁艺"毕业后,即深入延安川口区念庄乡工作,经过将近一年和农民的共同生活,共同劳动,对农民有了深厚的感情,对农村有了深入的了解,从而创作了《羊群》《选民登记》《哥哥的假期》《离婚诉》等优秀作品。这些木刻歌颂了陕北农村在共产党领导下经过土地革命后农民所过的新生活。

1941年春焦心河到内蒙体验生活,回来后创作了一批反映当地人民生活的作品,《牧羊女》就是其中的一幅。这之前他曾创作《制军鞋》,在木刻的民族化上取得了一定成就。

力群来到"鲁艺"后,于1940年冬亲自到劳山观察了"鲁艺"师生烧木炭的生活,于次年创作了烧炭组画,《伐木》是其中一幅优秀的作品。此外还创作了《帮助抗属锄草》、《鲁艺校景》、《饮》等木刻,这些作品,在取材和风格上和他以往的都有了显著的不同,逐渐脱离了苏联版画对他的影响。

总的说来,"延安文艺座谈会"之前,延安木刻创作就很活跃,比之左翼时代有了显著的进步,作品表现了新的主题思想,人物的形象有了真实感,作品的生活气息浓厚了,感染力加强了。但其缺点是取材不广,紧密结合当时边区的革命斗争和人民生活的创作不多。西洋木刻的影响还存在,民族新风格尚未形成。

自1942年毛泽东同志的《在延安文艺座谈会上的讲话》发表之后,又经过了整风运动,延安木刻工作者从思想上提高了认识,明确了文艺为工农兵服务的方向和如何服务的途径;由于革命根据地为实现毛泽东文艺方向具备了充分的有利条件,因而延安的木刻,随着整个文学艺术的变化而有了很大的变化;随着木刻工作者与新的群众的进一步的结合而有了木刻作品与新的群众的相结合。《在延安文艺座谈会上的讲话》的发表,不仅是延安文学、戏剧、音乐发展史上的一个分水岭,而且也是延安木刻发展史上的一个分水岭,它的意义是深远而巨大的。

座谈会之后不久,文艺工作者纷纷深入农村,延安的整个文艺界掀起了一个向民间文艺学习的浪潮。毛泽东同志在《讲话》中要求文艺工作者重视民间故事、群众美术和群众歌曲;要我们先做群众的学生然后做群众的先生。这样做就使我们逐步解决了文艺如何为工农兵服务的问题,解决了文艺的普及与提高的问题。

当时,许多在前方经过了几年战斗实践的木刻工作者,如胡一川、陈铁耕、彦涵、沃渣、罗工柳、刘蒙天等,先后回到了延安"鲁艺"。他们在敌后武装斗争和各种群众工作中积累了丰富的创作素材,回来后又经过对毛泽东文艺思想的学习,在认识上获得了提高。加上原先的创作力量,于是在"鲁艺"形成了一支强大的木刻创作队伍。他们互相促进、互相学习,掀起了热烈的木刻创作高潮。这种创作力量的集中,是当时产生一大批优秀木刻作品的重要因素。

首先,与新秧歌、新民歌同时出现的,在美术方面有一批为群众喜闻乐见的新年画。其中有不少是通过木刻表现的。如沃渣的《五谷丰登,六畜兴旺》,江丰的《念书好》。彦涵的《军民团结》《抗战胜利》,古元的《拥护老百姓自己的军队》等。当时群众把新年画称为"翻身年画",说明新年画是受群众欢迎的。

最早从事油印套色木刻的是胡一川,他在延安附近的农村工作了一个时期之后,回来创作了套色木刻《牛犋变工队》

等,这样就引起了大家热衷于搞套色木刻。这并不仅仅是个人一时的兴趣和爱好,而是木刻工作者加强了群众观点的结果。因为群众喜欢看有色彩的图画,所以为了使自己的木刻为群众所喜闻乐见,就搞起套色木刻来。当时古元创作了《战胜旱灾》,力群创作了《丰衣足食图》,戚单创作了《学习文化》等优秀作品。彦涵是从敌后归来在创作上非常活跃的后起之秀,他创作的套色木刻《担架队》《把他们隐藏起来》和许多优秀的黑白木刻,反映了敌后军民可歌可泣的艰苦生活和英勇斗争,显示了他在创作上的才华,受到了同志们的称赞。

值得特别提到的是,由于木刻家向民间美术学习与面向农村的结果,产生了一批很美的剪纸风的新木刻画,其中以古元与夏风刻得较多,那些富于民族风味的装饰木刻,雅俗共赏,也是延安文艺座谈会之后的重要收获之一。在黑白木刻方面,自延安文艺座谈会之后,也有很大的成就,如江丰的《清算斗争》,古元的《人民的刘志丹》《离婚诉》《部队秋收》《减租斗争》,力群的《毛主席像》《帮助群众修理纺车》《小姑贤》插图《劳动英雄赵占魁像》,马达的《推磨》,沃渣的《夺回我们的牛羊》,夏风的《瞄准》《从敌后运来的战利品》,彦涵的《当敌人搜山的时候》《帮助移民建家立业》《不让敌人抢走粮食》《奋勇突击》《狼牙山五壮士》,张望的《八路军帮助蒙民秋收》,石鲁的《改造西洋景》,罗工柳的《马本斋将军的母亲》,戚单的《防旱备荒》,王秉国的《植树》插图……这些木刻比文艺座谈会之前的作品,不论思想性和艺术性都有了提高。以古元的作品为代表,不仅加强了战斗性,而且我们从中看到了更加生动朴实的、富有生命和感染力的陕北农民形象。这之前,大家都喜欢采用西洋的明暗法来表现人物,文艺座谈会之后,由于考虑到农民的欣赏习惯,开始运用中国人物画的传统表现法,创造了人民群众喜闻乐见的民族新形式。以上所提到的作品,不仅是延安木刻工作的一次大丰收,而且也是整个解放区和全中国木刻工作的大丰收。不仅在国内有影响,而且在国际上也极为重视,获得好评。

周扬同志在解放战争年代出版的一本《延安木刻选集》的序言中写道:"……这一艺术上的收获不是轻易取得的,这不是作者们一个突然的作风转变,也不是一个优越的灵感的降临,对于文艺工作者来说,这一文艺新方向的实践过程是等于社会改造和思想改造的总和。我们能够说从《运草》到《减租斗争》的创作进程,仅仅是由于作者创作年龄上的差别么?我们能够说从《饮》到《为群众修理纺车》的作者,仅仅是由于表现技巧上的转变么?茅盾先生在一篇杂感里说:'他们(指延安的木刻工作者)不但生活在和平劳动的人民中,不但与人民合抱,他们自己也干着生产、教育、卫生、破除迷信等等工作,他们也是和平劳动的人民,不是站在斗争圈外的清高雅人……'这是一个最恰当的说明,说明了为人民服务必须要和人民共甘苦,说明了深入生活还要具备正视生活的视角,只有在这样情形之下产生的艺术,才能够与人民相结合,才能获得绵延不绝的创造力,饱和着生命的健康的创造力。"

总的说来,由于延安的木刻工作者在毛泽东同志的《讲话》之后有了共同的思想,共同的爱好,共同的创作目的,以及他们所积累的丰富的革命人民的生活,所以他们的作品虽然也有作者各自的风格,但同时也形成了它们共同的特点。这就是新的主题思想和鲜明清朗的画面;新的劳动人民的形象和新的民族形式。它们是艺术与劳动人民相结合,艺术与新的群众的时代相结合,从新的现实沃土中产生同时又散发着现实的芬香的新的艺术花朵。

在抗日战争时期,中国共产党领导之下的解放区,除了陕甘宁边区外,还有晋冀鲁豫边区、晋察冀边区、晋绥边区以及新四军所在地等抗日民主根据地。在解放战争时期又开辟了东北解放区等新区。

鲁迅于1930年在《新俄画选》的《小引》中曾说:"当革命时,版画之用最广,虽极匆忙,顷刻能办。"解放区的木刻活动实践,有力地证明了他的预见是正确的。

各解放区的木刻工作者,由于大都处于敌后,在战争的环境中奋斗,所以比起延安的木刻工作者,无不过着极其艰苦的生活。因此对于他们在革命事业中所作出的贡献绝不能低估。

1938年冬党中央号召延安干部到敌人后方去开辟根据地,以胡一川为团长的"鲁艺木刻工作团"就在这时开赴前方。他们到达晋东南后,大部分被分配在"新华日报(华北版)"工作。经常刻报头、插图、政治漫画,以及连环图画、战争地图等,并编辑了一种《敌后方木刻》画报,作抗日宣传工作。1940年春节,鲁艺木刻工作团响应党的号召,为了进一步打开宣传工作的新局面,开始试作水印套色木刻新年画。曾吸收民间艺人参加工作,向他们学习印刷技术,在春节前日夜突击共刻印了一万余张,受到了领导上的表扬和群众的欢迎。这些新年画的内容主要表现战斗和生产。如胡一川的《军民合作》《开荒生产》,彦涵的《保卫家乡》《春耕大吉》,罗工柳的《一面抗战,一面生产》,陈铁耕的《抗日人民大团结》,杨筠的《织布》等。除此之外,他们还出版各种政治宣传画、定期彩色画报,以及彩色连环画册等。这些作品在战斗异常紧张而频繁的情况下,送到各个战线上去,密切地配合了战斗、生产等各项工作。如通过"武工队"带到敌占区散发,用箭把木刻宣传品射到敌人的碉堡里等,都曾收到很大效果。

艰苦战斗的年代里,在晋东南根据地工作的木刻工作者,除上面提到的作者之外还有邹雅、艾炎、华山、黄山定、赵在青、刘韵波等人。邹雅刻的《帮助老百姓扬场》是一幅优秀的木刻。当时赵在青、刘韵波同志在战斗中为革命光荣牺牲了。

1939年7月,延安"鲁艺"配备了一批美术系的师生,由沃渣带领赴晋察冀边区工作。在敌我犬牙交错的游击区,历尽艰苦,开展木刻工作。他们用枪通条自制木刻刀,用石头磨光木板,蹲在战壕里刻木刻。有的同志在《晋察冀日报》社,经常深夜在排字房里突击工作,配合社论刻插图,刻地图、漫画、连环故事画等。此外还用木刻搞壁报、传单、画报,张贴到敌人的炮楼上、城墙上;甚至贴到从保定开来的火车上。

当时在晋察冀边区创作的较优秀的木刻作品,有沃渣的《八路军铁骑兵》,徐灵的《日兵之家》,陈九的《运输队》等,这些作品曾先后获得边区鲁迅文艺奖金。

在晋察冀边区工作的木刻工作者除上面提到的而外，还有刘蒙天、刘旷、娄霜等。陈九和唐炎同志在和敌人战斗中壮烈牺牲了。

晋绥边区是一个生活贫苦、文化落后的地区，从 1939 年底到 1940 年初，才有一批延安"鲁艺"的学生和华北联大文艺部的美术工作者随军到达晋西北工作。这些同志就是开辟晋绥木刻工作的有生力量。晋绥的木刻工作者，在整个抗日战争时期和解放战争时期，也是处在农村，打起仗来就帮助农民坚壁清野，掩护群众转移。反"扫荡"结束后，帮助群众修窑洞、盖房子、修农具等，亲如一家人。

李少言在晋绥边区是始终坚持了木刻工作的，他为同志们制作木刻刀，他自己在反"扫荡"战斗中刻成了约一百幅的组画《一二Ｏ师在华北》。他不怕敌后作画条件的困难，夜里在麻油灯下刻，下雨窑里光线暗，就打着伞在雨地里刻。

日本投降后，力群、苏光、吕林、林军等从延安"鲁艺"来到晋绥，增加了晋绥的木刻创作力量。他们当中有不少同志参加了土改工作，丰富了创作的生活源泉。

晋绥在抗日战争和解放战争中先后产生的优秀作品，有李少言的《重建》、《黄河渡伤员》；力群的《送马》，牛文的《丈地》，苏光的《秋收》，吕林的木刻组画《纪利子》，林军的《不朽的战士》等。

当时在晋绥工作的木刻工作者除以上提到的外，还有赵力克、侯凯、安明阳、刘正廷、陈岳峰、李济远等。

在南方新四军所开拓的解放区内，木刻运动也非常活跃。1942年春天，新四军二师的木刻工作者吕蒙、莫朴、程亚君三同志创作了一套110幅的长篇连环画《铁佛寺》，反映了当时敌后我军与一批流氓地痞、散兵游勇、恶霸土匪、汉奸特务所进行的复杂的斗争。虽因每天以三至四幅的速度刻制，人物加工不够，显得粗糙，但其影响颇大。当时的木刻工作者们，尽管处于艰苦的环境中，但仍结合解放区人民群众的减租减息、参军、战备、冬学、春耕等政治、经济、军事、文化各方面的活动，在环境许可的条件下创作木刻作品。有时还刻钞票、邮票、地图、书籍封面、插图、美术字等。现在留存下来的较好作品有邵宇的《开会》，屠炜克的《替群众扎伤口》，黎鲁的《向群众告别》等。当时在新四军工作的木刻工作者，除以上提到的外，还有赖少其、沈柔坚、芦芒、杨涵、关夫生诸同志。

1943年在反"扫荡"中，木刻工作者项荒途和他的爱人在战斗中光荣牺牲。林夫则被国民党反动派所杀害。

日本投降前后，延安的木刻工作者一部分到东北解放区，一部分去张家口后至冀中解放区，革命的木刻艺术就在那些地区流布发展起来。

自东北解放区的建立到1949年中华人民共和国成立，在3年多的解放战争中，木刻艺术在许多地区有了极广泛的流布，同时也培养了不少新生力量。由于木刻工作者们参加了土地改革等各种革命工作，因而创作了不少反映革命斗争生活的木刻作品，东北解放区有古元的《烧毁地契》《发土地证》《秋收》《起枪》《人桥》《鞍山钢铁厂的修复》，沃渣的《挖财宝》，夏风的《挖穷根》《诉苦》《翻身秧歌》等。华北地区有彦涵创作的《向封建堡垒进军》《诉苦》《审问》《豆选》《黄河从此非天险》等。西北地区有石鲁创作的《说理》《打倒封建》等。

  各解放区的木刻工作者，在极其艰苦的战争环境中，创造性地发挥了木刻为革命事业服务的作用。很多工作如刻邮票、刻粮票、刻地图、刻钞票、刻传单、刻报头……虽非艺术创作，但为革命所必需。而他们的艺术创作，由于既要及时配合革命工作的需要，又无延安那样较为安定的环境，其中有些作品难免显得粗糙，但其紧密结合实际的战斗精神是十分可贵的，他们全心全意，不辞辛苦为革命服务的高贵品质永远值得赞扬，他们为革命服务的经验将永远是革命人民的宝贵财富。

  （原载上海人民美术出版社1981年出版之《中国新兴版画50年选集》）

全国解放后新兴木刻在山西的新成就

全国解放初期，从各解放区进入太原的木刻家有力群、张怀信、药恒等人，1951年力群创作了套色木刻《向李顺达应战订生产计划》，发表于《人民日报》并加了按语，给予表扬。张怀信刻了套色木刻《秋》和《山村晚景》，后者曾发表在《版画》杂志上。由于当时的木刻工作者多致力于年画和《山西画报》的工作，所以木刻创作较少。而且就全国来说，当时木刻的活动也是比较沉寂的。以后，从各高等艺术院校毕业分配来我省的版画作者逐渐增多，同时，1958年我省也有了专门的艺术院校，开始培养版画人材，加上山西各解放区汇集到太原的老木刻家，于是我省的版画创作活动就逐渐活跃起来，陆续创作了一批较好的作品，如谢劳的《汾河两岸》，药恒的《三槽出钢》《夏收》，聂云挺的《水力采煤》，程曼的《矿山敬老院》，董其中的《新渠小景》《晒玉米》《山村秋景》《排演新节目》，姚天沐的《丰收喜讯》，肖惠祥的《铁水奔流》，张顺清的《合力》，张明堂的《干部和社员》，王宗训的《书记下井》，胡有章的《桃李满山》，白崇易的《滴水必争》，金以云的《种子迷》，李增产的《玉米授粉》等。其中以董其中的《晒玉米》《排演新节目》，胡有章的《桃李满山》较出色，受到全国美术界的好评。以上所提的作品有的参加了全国展览，有的参加了地区性展览，而且每次展出的作品逐渐增多。例如：1958年我省参加全国版画展览仅有两件作品(作者1人)，到1964年全国美术作品展览，入选的版画作品就增加到21件(作者17人)，到了1965年华北地区年画版画展览时，入选的版画作品已达到29件(作者34人)。我们的版画队伍扩大了，除了以上提到的作者外，还有宁积贤、仝献普、范金鳌、郭效诚、赵荆、曹美、任俊英、胡桢、李日敬、李万茂、王慧德、刘向金、周回锁等。

　　1959年美协山西分会成立了版画组，以后便有组织地开展了一些版画创作活动，先后邀请《力群版画展览》《新波、纳维版画展览》《北大荒版画展览》和第三、四、五届全国版画展览等来我省展出，版画家新波、力群、李平凡等也相继来我省讲学，版画组及时组织我省版画工作者进行座谈和学习，这对繁荣我省版画创作都起到了积极作用。这一时期，业余版画创作活动也甚为活跃，太原市一些大厂矿成立了工人业余版画组，太原市工人业余文化部门对工人业余版画创作也做了许多工作，如请版画家为业余作者讲课、辅导，在刊物上选登业余作者的版画作品，请版画家予以讲评，都收到了很好的效果，当年的一些业余作者已是今天版画创作的骨干，如侯杰等。

在十年浩劫中，我省版画创作遭到极大摧残，但阳泉的一些工人仍然坚持业余版画创作，出现了一些好的作品，如叶欣的《从群众中来，到群众中去》、刘继德的《工人新舍》等。

粉碎"四人帮"，版画得解放。特别是近三年来，在十年浩劫中被林彪、"四人帮"打散了的版画队伍又重新集合起来，搁刀多年的版画家又拿起了木刻刀，我省版画创作开始复苏，走向繁荣，形势发展十分喜人。目前已创作出了一批优秀作品，如力群的《林间》《清泉》《天山之夏》《春风》《春到洞庭湖》等，董其中的《山村晨曲》《春光》《春》《秋》，王宗训的《信念》《织女》，姚天沐的《满院春光》，胡有章的《鲁迅与汉刻》，冯霞的《道路的性格》，宁积贤的《岗位》，霍耀中的《战斗在黄河上》组画等。其中《道路的性格》获得1980年全国第二届青年美展二等奖。

我省的版画在不断地发展和提高，1980年选出60件作品参加了《北京、广东、山西版画联展》。不少作品被全国报刊和出版社选用。一些作品还被选送到法国、日本、新西兰、澳大利亚、朝鲜、罗马尼亚等国展览，在国际文化交流中起到应有的作用。

为了庆祝中国新兴版画诞生50周年，目前，我省的版画工作者正积极创作，准备以最好的作品参加第七届全国版画展览。

我认为我省版画今后的发展除了继承中国新兴版画的

革命传统外,还应该进一步向民间年画、壁画、剪纸以及民族传统绘画学习,以形成山西版画的特色。鲁迅先生曾说:"择取中国的遗产,融合新机,使我们的作品别开生面是一条路。"董其中同志在向民间美术学习中已取得可喜成绩。他走的正是鲁迅先生所指的路。这条路是应该有更多的版画家来走的。

发表于1981年6月《山西版画选》第3辑

为创作富有时代精神的版画而奋斗

粉碎"四人帮"以来,尤其是党中央的三中全会之后,我国的版画园地很活跃,取得了较大成绩。主要表现在版画品种除了木刻外逐渐繁多了,题材范围扩大了,技法多样了,个人风格突出了,创新之作像雨后春笋,使我们的版画园地有了新的面貌,与此同时新人辈出,大大壮大了版画的创作队伍。

但也不能否认,除了少数地区的作品外,较普遍地存在着内容空虚的现象,很少看到富有社会主义时代气息的新的人民生活的作品,主要描绘的是一些身边琐事闲情淡逸的内容,有的看不出主题思想,也不能令人感到愉快。最近看了全国中青年版画家的《姑苏之秋版画展》目录,从其中介绍的部分作品来看,就严重地存在着这种现象。有的作品甚至描绘了羊交配。这就不仅是内容空虚,已在进行精神污染了。当李桦同志评全国八届版画展时也提出"作者缺乏生活,有体验生活不深的缺点"。因此这既是个普遍的现象也是个十分严重的问题,关系到我国版画艺术是否属于社会主义性质。

特别值得注意的是近些年来,西方资产阶级"现代派"艺术思潮对我国版画园地的污染,有的青年版画家对"自我表现"的谬论颇为欣赏,身体力行。因而创作出一些奇形怪状,令人难于理解的以及丑化了劳动人民的作品,这就背离了由鲁迅先生一手栽培起来的中国新兴版画的革命传统。

我们的版画必须创新,形式风格必须多样化,这是人民的要求,但创新却不应失掉中国气派和民族特色;不应脱离广大人民群众的喜爱,更不应脱离社会主义内容。

近些年来我们的版画不大重视内容而特别重视形式,首先和作者脱离现实,脱离人民生活有关,但也和在美术界流行的一种错误理论难分,这种来源于西方现代派文艺思潮的理论认为文艺的中心问题是形式而不是内容,甚至认为艺术就是形式。形式决定内容。

我们的很多青年版画家其所以热衷于搞现代派艺术,就因为他们没有建立一个正确的艺术观,而把艺术看成是艺术家的"自我表现"。其结果必然背离了党的为人民服务、为社会主义服务的根本方针。

我认为艺术家的思想解放,决不是意味着从左的枷锁中解脱出来又进入右的枷锁,而应是能够按照现实主义艺术的创作规律,更好地反映我国人民的社会主义现实,成为鼓舞人民斗志提高人民精神境界的精神食粮。艺术家应名副其实地成为"人类灵魂的工程师",而不应是搞精神污染的害群之马。

邓小平同志在中国文学艺术工作者第四次代表大会上的《祝词》中向我们文学艺术工作者提出"要塑造四个现代化建设的创业者,表现他们那种有革命理想和科学态度,有高尚情操和创造能力,有宽阔眼界和求实精神的崭新面貌。要通过这些新人的形象,来激发广大群众的社会主义积极性,推动他们从事四个现代化建设的历史性创造活动"。又说:"我们的社会主义文艺,要通过有血有肉,生动感人的艺术形象,真实地反映丰富的社会生活,反映人们在各种社会关系中的本质,表现时代前进的要求和历史发展的趋势,并且努力用社会主义思想教育人民,给他们以积极进取、奋发图强的精神。"用这种要求来检查我们的作品,实在是相距太远了。这就不能不引起我们的思考。每一个版画家都应该用这种尺度来衡量一下自己的作品。

党中央严正地号召我们在文学艺术界抵制与清除精神污染,我们每一位版画工作者也应检查一下自己的创作,有没有属于精神污染的作品?有没有认为文学艺术的最高目的就是"表现自我"的思想?有没有创作阴暗的、灰色的、咀嚼个人内心的烦闷和痛苦的作品?如果有,我们就应该到此为止,并深刻认识到这种作品对人民进行精神污染的毒害性。我们每一个版画家都应该用自我批评的精神对待自己。

我想经过这次大张旗鼓的对于文艺领域精神污染现象的清除,不仅要达到文艺作品的净化,更要使我们的版画创作面貌有个根本的改变。我们需要有能够振奋人民群众的革命精神，推动他们勇敢献身于祖国各个领域的建设和斗争，具有强大鼓舞力量的作品。

当然我们仍然需要既能使人们得到教育和启发，也能使人们得到娱乐和美的享受的作品。

我自己自愧，近些年来虽然也搞了不少创作，但属于能够振奋人民群众的革命精神的作品很少。这就因为我较长一个时期没有深入农村，而我们的农村在前进，在变化，新的献身于社会主义事业的英雄人物层出不穷，而我却不熟悉他们。因此就无法创作出密切联系社会主义现实的作品。当然，表现新的人民和新的时代，应该首先寄希望于身强力壮的中青年版画家，但我虽年过古稀，尚有"老骥伏枥志在千里，烈士暮年壮心不已"之气概，愿同大家一道深入劳动人民的生活，并一道改变我们版画创作的现状。

我想在1984年举行的全国美展中，我们每一个版画家都能贡献出具有社会主义时代精神的，能够鼓舞人民斗志的版画作品。我们努力的方向应该是：社会主义的内容，民族的形式。

作于1983年

麦绥莱勒和中国

当我于1933年开始学木刻画时,能够看到的参考画册,就只有鲁迅介绍的德国版画家《梅斐尔德木刻士敏土之图》及几本《近代木刻选集》。当时还没见过比利时版画家法朗士·麦绥莱勒的木刻画。所以我们那个"木铃木刻研究会"同仁们的作品里就找不出麦绥莱勒木刻作品的影响。最多的是向梅斐尔德学习,有的人简直是向他的木刻模仿。对于《近代木刻选集》中的作品,似乎学习得较少,也不知是由于不喜欢呢还是由于难于学习,也很难说了。但现在看来,《近代木刻选集》中真有一些好作品,而且风格也是多样的。

1935年我从国民党的监狱里出来,到了上海,虽然曾为木刻而坐牢,但仍"死不悔改",我又开始关心木刻,而且,又动手刻起来了。这时在北四川路内山书店里偶然看到了上海良友图书公司出版的麦绥莱勒的《一个人的受难》《我的忏悔》《没有字的故事》和《光明的追求》,感到新鲜、有力,人物既刻画得简洁明快,黑白对比也很美,于是,我把这四本小画册一齐都买了。

当时我正下手刻《三个受难的青年》,有意学麦绥莱勒,但是学不成,因为他的人物穿的都是西装,他创造了一种表现西装的特定刀法,完全不能用他的表现方法处理我的木刻画中的人物。结果还是用我的刀法刻出了我的木刻,但在黑白上可能受麦绥莱勒木刻的一些影响。总之我是很喜欢他的作品的,尤其喜欢《一个人的受难》(见图3),这也许和鲁迅作序有关。我对这本画册不知读了多少遍。

后来也看到中国有些木刻青年学习麦绥莱勒。最明显的如当时温涛刻的《五叔之死》连环图画,以及陈铁耕刻的《母与子》,野夫刻的《搏斗》等,都能看出麦绥莱勒作品的影响。尤其是《五叔之死》中的有些人物手臂的处理,就完全是麦绥莱勒人物手臂的照搬。这种对外国版画的照搬与模仿,在30年代几乎是一种普遍现象,这大概是当时中国的新兴木刻还处在童年时代的缘故。真没想到我能在中华人民共和国成立之后,在北京目睹麦绥莱勒木刻的原作展览,并会见麦绥莱勒本人,这是我一生最难忘的日子,因为在艺术上他不仅是我的先辈,而且也是我所尊敬的导师。当时他已是69岁的老人,而我只不过47岁。

1958年秋,麦绥莱勒应中国人民对外文化协会的邀请,来我国访问,并在北京、上海和武汉三市巡回举办了《麦绥莱勒画展》。这次展出比较全面地介绍了他的油画、水彩画和版画方面的成就,由于他的作品在内容上的进步性,丰富的想象力,艺术风格上的创造性,在当时北京的艺术界引起了强烈的反响,留下了深刻的印象。尤其难忘的是麦绥莱勒和他的女友洛尔·玛尔克列还和我们在他的画展厅前留下了一张非常珍贵的合影,北京美术界的重要人物大都在场了。

当时陈毅副总理曾代表中国政府和人民会见了麦氏并与他进行了友好的谈话。还赠送了礼品。礼品中包括当年上海良友图书公司出版的《一个人的受难》等四本木刻连环画。他十分激动地说:"这不仅仅是四本书,而是全人类四分之一的人民对我的艺术的支持。"

他在我国访问期间,还同中国的版画家进行过多次晤访和座谈,对国际版画运动的发展情况和创作问题交换了意见,他对我国的版画艺术曾热情地作了高度评价,同时也介绍了他自己的创作经验。

在马克和卜维勤编的《麦绥莱勒木刻选集》的序言里说:他到上海访问时,曾特地到虹口公园向鲁迅墓呈献了花圈,并在墓前默哀停留良久。他深情地向陪同人员说:"我能够站在伟大的鲁迅墓前,非常感动。"这朴素的语言,既表示了他对鲁迅战斗一生的敬仰,又流露了一种感激的心情。

麦绥莱勒这次访问中国曾画了很多速写,回到欧洲后,根据自己的速写和感受创作了《回忆中国》组画,有四十余幅之多,表现了他对中国人民的友谊,和对中国的怀念。这些作品曾先后在比利时和法国、荷兰、德国、瑞士等国家巡回展览,并在德国出版。

1959 年在德意志民主共和国德累斯顿出版了一本名为

《给世界以和平》的画册,从当年在莱比锡举行的国际版画比赛会上选入了中国版画家吴凡的《蒲公英》,李桦的《根治黄河》,力群的《帘外歌声》。此外还选入了毕加索的《居里像》,麦绥莱勒的《罗曼·罗兰像》以及其他各国爱好和平的美术家的版画和绘画。这是中国版画家的作品第一次和导师麦绥莱勒的创作在同一世界性的画册里出现。我们以此而深感光荣。

1972年1月3日麦绥莱勒在夏威农他自己家里与世长辞了,享年83岁。他一生创作的木刻作品数以万计。这真是无愧于人民的一个惊人的数目。而我竟连他的十分之一也没有。难道是我不努力吗?算了一下,我一生中的时间,将近有三分之一都消磨在会议中了。有些会,当然是必须开的,但有些会却完全是对于生命的糟践。例如,大跃进之后,整说老实话人的所谓反右倾的会,十年浩劫中的对于人的人格的凌辱,对于人的肉体的残酷摧毁的会议,都说明了一个中国艺术家作品数量之少的可悲原因。为此,艾青同志于1980年给我算了一笔账之后,深有所感地说:"在这漫长的39年中,相当多的时间处于各种政治运动中。由此可以看到力群同志是相当勤奋的。"这固然是对我的一种安慰,然而怎样也消灭不了当我想到麦绥莱勒的产量时所深深感到的遗憾。

我没想到1986年的12月里,麦绥莱勒的遗作画展,竟然在太原展出,给予我再次向他的原作学习的可喜机会。

我觉得这次麦绥莱勒画展在中国的举行,比1958年的展出似乎意义更大些。那时中国美术界正燃烧在"苏联热"之中，画家们不但认真地向苏联社会主义现实主义的美术学习，而且也沉醉在19世纪俄罗斯批判现实主义的作品中，这种"一边倒"固然也有其片面性，但对中国美术在革命现实主义的道路上前进深化，也是大有好处的。在那种时代，我们看到麦绥莱勒的作品也就不会觉得有更多的特殊性，也是很自然的。而这次就不同了，当前中国美术界有相当一部分人正处在西欧现代派热的高潮中，看了麦绥莱勒作品就会提出这样的问题：麦绥莱勒一生正处在西欧形形色色的现代派绘画的风云变幻中，而为什么他竟没有躲在现代派艺术的象牙之塔里，以玩弄线和色为乐趣，而却以清醒的头脑走向十字街头，坚定地沿着现实主义的艺术道路前进，以艺术家的良心和责任感揭露资本主义社会的黑暗，歌颂光明，同情于被污辱与损害的妇女，为工人阶级的解放事业奋斗，坚决反对帝国主义战争，这就值得每一位社会主义时代的艺术家为之深思。而这却是和一个艺术家的世界观和艺术观难于分开的。

历史会作出最公正的评判，麦绥莱勒和他的作品将会永远活在爱好和平的世界进步人民的心中。

1987年发表于《美术耕耘》

《黑白木刻技法精论》序

中国的新兴木刻,自诞生以来,已有50多年的历史了,半个世纪多的历程,产生了很多优秀的木刻家和优秀的木刻作品,并积累了丰富的创作经验,已经出版过不少谈论木刻技法的书。包括黑白木刻和套色木刻的创作技法。但较深入而又理论性较强的专门论述黑白木刻技术的书籍尚不多见。

鲁迅先生是中国新兴木刻的倡导者,他曾说:"木刻究以黑白为正宗。"因此每一位学习木刻的青年,首先掌握黑白木刻的技法,是非常必要的。就是套色木刻也应以黑白木刻为基础。不论黑白木刻或套色木刻都有自己的独特天地,忽视这种天地,就会失去自身和姊妹画种的区别,从而丧失作为木刻艺术存在的价值。

我个人是黑白木刻和套色木刻都有所涉猎的,深感要搞好一幅黑白木刻比搞好一幅套色木刻更难。因此初学者就更应在黑白木刻上多下些功夫,多学习些技法,以求创新。

俞启慧同志是一位在黑白木刻创作上很有才华的中年版画家,最初引起我对他的注意,是他刻的《鲁迅与瞿秋白》。这幅现实主义的黑白木刻,不仅在表现鲁迅与瞿秋白的革命友谊关系和两人的表情动作方面刻划得好,而且在这幅作品的黑白关系的处理上也很到家,显示了他对黑白木刻的精心研究与成就。但他二十余年来的精力却主要是放在教学方面了,现在他根据自己长期的创作经验和教学经验,写了这本《黑白木刻技法精论》,在目前来说,是一本学习黑白木刻技法难得的好书。将有助于初学黑白木刻的青年较好地掌握这方面的技法,从而提高创作水平。

作者给我的来信中说:"这次写《黑白木刻技法精论》是我此生两大夙愿之一,即是出一本技法书,将自己二十余年的教学经验总结出来,留给后人,算是未白活了一世,在版坛上留下一点'痕迹'。"从这里可以看出俞启慧同志是如何重视这本著作的了。我读了之后也深感他的治学态度是十分严肃认真的。因此他要我为此书写序,不仅乐于从命,而且也感到荣幸。

作为一个从事黑白木刻的艺术家,平时就应养成一副用黑白灰观察事物的眼睛。我从事木刻五十余年,单从技术上说,其创作经验就是和如实描写作斗争。因为客观世界的丰富复杂的色彩,用版画的黑白灰诸色作如实描写是万万做不到的,就是用套色木刻也做不到。而且,作为艺术也没有必要做到。虽然木刻的黑白变化多半基于客观现实,但黑白木刻毕竟不同于黑白照相。而且艺术家的主观能动性的发挥和艺术作品创造性的显现,就正是战胜了如实描写的结果。因此就要求我们要善于用黑白灰概括大千世界,用黑白灰诸色创造版画艺术特有的美感。像音乐家用七个音符谱写出美的乐曲似的。

俞启慧同志的这本《黑白木刻技法精论》其最大的好处和特色就是图文并茂,用世界各国的著名木刻典型,示范地论述了黑白木刻的特点;黑白木刻的形式美感;黑白木刻的各种处理方法;以及黑白木刻的制作过程和刻作技法;最后还论述了黑白木刻的常见病及其诊治。读起来既不感到枯燥,也能给人留下深刻印象。既是一本论述黑白木刻的较有理论性的书籍,同时也是一本对世界各种黑白木刻名作进行分析欣赏的读物。

有一个时期我曾认为木刻的画面太黑,易于形成洋味,只有多用阳线,少用黑块才会有利于创造民族风味的格调。后来注意到我国古代的石碑拓印画,就改变了以上的看法,如杨纳维刻的《借来南海风千片》和李桦刻的《和平》虽然以黑为基调,却反而更有民族特色。这说明同样是以黑为基调,因为用法各异,也可以产生东西方不同的风味和格调。关于这,俞启慧同志在本书中谈到"以黑当白"时也有所论述。

对于黑白的处理,这在单色木刻中确实是一个极为重要的课题,处理得好,就可能成为一幅优秀的版画,并显示出作者在黑白画方面的修养和才华。俞启慧同志写道:"如果说,刀法赛如中国画的用笔,那么,黑白处理就如同国画的用墨,国画要求墨分五色,而黑白木刻也要求黑白灰之间产生协调而有节奏的变化。"这比喻是很好的。我深感黑白的关系,是一种"相反相成"的关系,亦即矛盾统一的关系,这种关系的处理,不论中国画或黑白木刻画都是形成画面节奏感和突出主体的一个重要手段。

　　作者根据对世界黑白木刻的研究,指出了黑白变化的依据由四个方面形成:一是依据自然光线的变化;二是依据物质本身固有色的深浅;三是依据物体的结构变化;四是依据创作意图和画面需要。这些分析都能帮助初学者对黑白形成的理解和运用。事物总是在不断的发展中,版画艺术亦然。有一位中国画家说:对初学中国画的青年来说,传统好比上马石,但一旦上了马,传统就可能成为绊马石。版画的技法对于学艺的青年又何尝不是如此。愿有志于黑白木刻创作的青年,在技法上既尊重成规,又不墨守成规,而能有新的创造。

1987 年 7 月于太原

回忆"木铃木刻研究会"

由于鲁迅先生的大力提倡,30年代初在上海、杭州、广州等地先后产生了很多从事木刻艺术的团体,从而也就在中国的土地上出现了最早创作的现代木刻。

新兴木刻之在中国出现,不仅是一个美术新品种的增添,而是继"五四"文学革命与革命文学同时掀起的一项革命艺术。它一产生就是在党的领导及其外围"中国左翼美术家联盟"的组织下,高举"普罗艺术"的红旗走上中国艺坛的。所以它一开始就被国民党反动派视为眼中钉,给予了无情的摧残和迫害。然而,各个木刻团体仍然"野火烧不尽,春风吹又生",之后经历了抗日战争和解放战争的炮火洗礼,终于发展成今天的旌旗蔽空的版画大军。

而在国立杭州艺专,早在1931年就有"一八艺社"的社员胡一川、夏朋、汪占非等人开始从事木刻工作,表现对社会的不满,描绘人民的苦难,抗议日本帝国主义的侵略和暴行。

以后的"木铃木刻研究会"就是在这样的历史背景下诞生的。

"木铃木刻研究会"产生于1933年2月。记得那天正在上李苦禅先生的国画课,同学们因为手冷,搁起画笔围着火炉闲谈。有人提议要组织一个纯粹研究木刻的艺术团体,于是就众口同声表示赞成,这样就宣告了"木铃木刻研究会"的成立。

为什么取这么一个名称呢?在杭州,凡有点傻头傻脑的人,人们就会叫他"阿木铃"。正因为我们这一群思想进步的青年,在某些"聪明"的同学们的眼里被看做是"阿木铃",所以就伸出双臂,决意接受人家对我们的看法作为会名。我们的回答是:"是的,聪明的先生们,我们就是'阿木铃'!"于是在第一本《木铃木展》画册的开头说:"以木造铃,明知是敲而不响的东西,但在最低的限度上,我们希望它总有铮铮作巨鸣之一日的。"

可没想到,当年10月10日国民党因"木铃木刻研究会"而把曹白、叶洛和我逮捕后,法院的起诉书上竟说:"希望它总有铮铮作巨鸣之一日",乃"示无产阶级必有专政之一日也……"于是就这样凭老爷们的想象上纲上线定罪,真有点像多少年后的"红卫兵""造反派"给老干部定罪一样可笑!

至于我们这个木刻团体的使命,在《木铃木展》的开头写得清楚:

"……木刻是最经济、便利,而且更为普遍性的艺术。"

"……使大众能从这简单的东西里面得到些甚么,这就是我们的目的……"

"木铃木刻研究会"在盛行"印象派""野兽派""立体派"的"艺宫"里,为了探索创造新的为劳苦大众的艺术而组织团体,自然是非常引人注目的。当时"一八艺社"搞木刻的胡一川、夏朋、汪占非等人已有的逮捕,有的开除,我们步其后尘也搞起革命的木刻来,其命运如何也就可想而知了。然而我们这些风华正茂,"粪土当年万户侯"的青年,是无所畏惧的。

其实"木铃木刻研究会"的成员思想水平也并不一致,有的也并非有志于为劳苦大众创造艺术,而不过为了好玩;不少同学则受到正在读的苏联的《土敏土》《铁流》《毁灭》等"普罗"文学作品和马克思主义的经济学、哲学以及卢那卡尔斯基的《艺术论》等书籍的思想影响。我们当时仅模糊地知道无产阶级的新美术是新写实主义的,可是和旧写实主义究竟有什么不同,以及艺术如何为政治服务,新的艺术家对生活究竟应持怎样的态度等根本问题却弄不清楚(这些问题一直等到毛泽东同志《在延安文艺座谈会上的讲话》之后才彻底解决)。我们所有的仅是热情和一些起码的进步思想,其中最宝贵的就是要求艺术不脱离现实、不脱离劳动人民,反对为艺术而艺术。

"木铃木刻研究会"成立后,推定许天开同志给我们和当地铁匠接洽打木刻刀,同时给大家买黄杨木板。一切办妥后,大家便开始尝试,都感到新奇和创造的欢乐。

这样,不到两月,于1933年4月1日,我们在本校第六教室就开了个木刻展览会,并且都主张出一本木刻集。但考虑到我们作品太幼稚,经济上也有困难,出版工作只好由会员们自己动手。记得当时是飞虫萦绕电灯光的初夏之夜,大家合唱着京戏"金沙滩……"墨手墨嘴地干,饭厅变成了我们的小工场。每人先是把自己被选的作品手印一百二十份,印好之后大家又动手装订。可怜得很,当时竟连个装订的蜈蚣机也弄不到,就靠买来铁丝用剪刀剪成小节来装订,一直干到子夜才把一百二十本木刻集赶制出来。等到完工,我们的手指都给铁丝扎破了。

第二天,这一百二十本《木铃木展》以每本十四枚铜元在展览会上销售,居然这汗与血的成果仅两个钟头就告罄,卖完了还有人来买。

当时在展览会上展出的木刻有许天开、曹白、叶洛、肖传玖、力群、叶寒玉等的作品六十七幅,其中以曹白的《卢那卡尔斯基像》为优秀之作(见图4)。这种纯粹是木刻的展览会在杭州要算创举,只是我们的作品大都相当幼稚,有如现在看到童年时的赤屁股照片。然而在展览会的批评簿上也还有许多人给以鼓励,我们从他们那里得到了支持和勇气,但对这些爱护我们的人,总是感到有所遗憾的。

展览会闭幕后,我们便决定加紧创作,要在放暑假前开一个更隆盛的展览会。果然,我们的计划如期实现了。1933年6月15日,我们在杭州城内民众教育馆和"白杨绘画研究会"①联合展出,除"木铃木刻研究会"的六七十幅木刻外,还有油画、水彩、木炭画……共计二百余幅,一共展览了三天。

---

① "白杨绘画研究会"也是当时国立杭州艺专的一个由同学们组织的画会。

当时又出版了一本《木铃木刻集》。这次是由杭州一个印刷局承印的。

这次参加展览会和收进《木铃木刻集》的作品有：曹白的《休息》和《小贩》，叶洛的《街市战》和《斗争》，许天开的《囚》和《宝石山风景》，肖传玖的《憩》和《月台上之小贩》，力群的《午餐》和《病》，以及其他会员的《猪猡之群》《没落》《饥饿》《散工》《讨乞》《追击》《码头》《失业》《讨论》《五月之回顾》《恐怖》《到前线去》等。其中较优秀的作品为力群的《病》[②]。

从这两次展览会上的作品可以看出，当时这些艺术青年是力求描绘现实生活中的题材的，尤其想描绘工人的生活和斗争，以此来表现作品的革命性。可惜这种良好的意图，限于他们对其描绘对象不熟悉，加以素描和木刻的技巧还未很好掌握，全凭想象和热情而创作，因此，作品显得空虚、苍白和粗糙是很自然的。当时他们刻木刻既无老师指教，又无创作经验，惟一的参考品就是鲁迅先生所介绍的《近代木刻选集》、《新俄画选》和《梅斐尔德木刻士敏土之图》。有不少人的作品是模仿《士敏土之图》中的形象和刻法的，但也有一些作者描绘了日常生活中比较熟悉的事物，因而这些木刻就显得有一定的生活气息。此外也有一些会员的作品，是从外国油画中抄袭来的。"木铃"的会员们在上海"左翼"美术运动思潮的影响下所进行的这种自发的革命美术创作活动，经过半年的实践，深深感到了生活贫乏和在艺术理论和创作上得不

---

② 两次出版《木铃木刻集》，作者名字多半非真名，这里已由我把其中一部分写成该作者的真名及现在用的名字了。

到正确指导的苦闷,也同时感到了教室中所学的那套脱离现实、脱离人民的资产阶级的艺术理论和方法与他们现在的所为之间的严重矛盾。但这些问题在当时是无法解决的。

这半年来,"木铃"在学校里以训育主任张彭年为首的特务们的毒眼的视线下工作着③,我们用苦干、自信和勇敢维持着自己的艺术生命。等到暑假开学,不料一部分人离开了我们的队伍,削弱了我们的力量。当我们正准备重整旗鼓、招兵买马来发展我们的革命版画事业时,想不到当年10月10日早上,我们的三个会员——曹白、叶洛、力群被学校的特务们以莫须有的罪名送进了监狱④,其余的会员大多被开除,"木铃木刻研究会"被宣告了死刑。虽然这样,"木铃"在中国近代版画史上仍然占有重要一页,它的消失却赢来了中国新兴版画事业的不断壮大,随着中国整个革命形势的发展,它为中华民族的彻底解放,为中国劳动人民的彻底翻身,作出了较大的贡献。这是应该首先感谢作为中国新兴版画艺术之父的鲁迅先生的。

对我来说,我应感谢"木铃木刻研究会",是它奠定了我日后从事现实主义版画艺术的基础。

1988年3月发表于浙江美术出版社出版之《艺术摇篮》

---

③ 据说当时校内已有国民党的特务组织。
④ 被捕后的情况请参阅鲁迅的《写于深夜里》一文。

中国新兴版画的骄傲

在庆贺北大荒版画创作三十周年之际,我想到陆游的一句诗:"山重水复疑无路,柳暗花明又一村。"

我感到三十年来北大荒版画创作的发展道路似乎就是如此。三十年来,北大荒版画在国内外享有盛名,所以能如此,其主要原因就在于北大荒的版画家们,从第一代到第三代,都始终未离开垦区的火热的生产斗争生活,较好地表现了垦区的开拓者和建设者们在和大自然斗争中的英雄主义和集体主义精神;表现了创业者们无畏艰苦,征服荒原的气概;表现了他们的胜利和收获,使我们受到鼓舞,使我们分享了欢乐。

第一代北大荒版画家,如晁楣、张祯麒、张作良、杜鸿年、张路、刘洛生等,他们不仅是北大荒改天换地的目击者,而且是北大荒的创业者、拓荒者。他们大都是50年代十万转业官兵奔赴黑龙江北大荒的成员。

三十年来北大荒版画的创作继承了中国新兴版画的革命传统，同北大荒生动的不平凡的现实同步齐飞，与时代紧密相联，始终在中国版画界领先，我感到这是中国新兴版画的骄傲。

北大荒这块祖国的肥沃土地，既为祖国贡献了丰富的财富，也为祖国培育了很多版画艺术的优秀人才。从第一代的晁楣诸同志起，到第二代的陈明、赵雁朝、赵晓沫、张朝阳、周胜华，以及第三代的蒙希平、刘向荣、李元军、于广夫、李福茂、赵湛江、于承佐、王晓林、张学诗、杨少军、张春喜、张良武、李军、赵勇、陆中华、刘宝……尽管每一代的版画都有不同的题材内容和不同的形式风貌，以及不同的美感，但都有一个鲜明的共同点，这就是作为最可宝贵的版画艺术的生命，都孕育于北大荒的丰富的生活之中，也就是根植于荒原沃土。

北大荒的新老版画家们不论怎样创新，但他们的作品总是能够令人看得懂的，而且总是有着浓郁的泥土气息和动人的生活情趣。从而使我们受到感染而有所共鸣。不像近些年受了西欧现代派艺术影响的有些美术作品，所描绘的艺术形象以丑为美，以怪为佳，甚至令人看了不知所云。艺术要走到这样的地步算是够可悲的了。

看了北大荒三代版画家的作品，那广阔无垠的北大荒原野和热气腾腾的北大荒生活的动人可爱，以及北大荒人的英雄气概与创造精神，使人有一种油然而生的向往之情，这正是北大荒版画的成功所在。

第一代北大荒版画描绘的对象，不是社会主义时代的由个体经济走向集体化的农民，而是由战斗部队走向农业战线的转业军人；也不是曾经有过集体化的人民公社，而是在荒原中新开辟出来的全民所有制的国营农场；不是古老的或是一般的改良出来的农业工具，而是全部现代化的生产手段，所以这里的劳动者，与其说是农民，倒不如说是工人。由于他们来自部队，具有较高的思想觉悟和纪律性，所以他们在北大荒的土地上，与其说是在劳动，倒不如说是在战斗。这些描绘的对象在老一代版画家的创作中也就形成了北大荒木刻富有战斗性的内容特点。就艺术表现来说，北大荒老一辈版画家们的作品一般能做到构思宏伟、意境深远；就艺术风格来说，大多是多色的套色木刻，由于他们受苏联油画的影响较深，所以色彩浓重鲜明；而刀法却粗犷豪放。所有这些特点，形成了第一代北大荒木刻的特殊风貌。

　　由于版画家们所处的自然环境的相同和思想感情的相近，以及生活和艺术趣味的类似，并在创作中相互影响，所以从北大荒第一代版画家晁楣、张祯麒、杜鸿年等人起就开始形成了一个北大荒版画学派。既有别于四川版画家们描绘藏民生活的内容与形式，也有别于江苏版画学派描绘江南水乡的水墨味横溢的水印版画。

　　晁楣是中国新兴版画北大荒学派的佼佼者，他于1960年创作的表现创业者们初进荒原的《第一道脚印》的问世，就引起中国版画界的注意。我在《晁楣作品选集》的序言中写道：

"《第一道脚印》是一幅激动人心的木刻,它描绘了转业军人进军'北大荒'初探荒原的情景。有限的画面表现了生活的广阔境界,给人以丰富的联想。这幅画的主题思想是歌颂新的创业者不怕困难的精神和征服自然的雄心斗志。它的成功之处就在于作者构思的深刻,取材的聪明,好像在长白山上一镢头下去就挖到了人参一样,真是抓到了生活中的重要环节和生活中本质的东西。通过创业者在深厚的雪原中踏出的脚印,和他们在昏夜寒风中前进的英雄形象,显示了他们的今天与明天,令人想到即将来临的一场剧烈的战斗。作者在前景上安排了两个人正在点火抽烟的情节。其中的一个人手里还拿着临时捡到的一根手杖,这些情节的描绘大大丰富了作品的内容,令人想到他们长途跋涉的疲劳和吸烟后的再接再厉……"

今天看来,《第一道脚印》在艺术上还远不如他创作的《黑土草原》和《北方九月》成熟,但从历史的观点来评价,它在当时仍然是难得的好作品。

《黑土草原》所表现的就已经不是人们征服自然时的艰苦,而是创业者们的胜利和喜悦。请看,茫茫荒原已驯服地为人们支配。在这样优美、肥沃的黑土上和野花芳香的环境中劳动,是战斗,也是一种享受。这种对于经过改造了的大自然的赞美,也就是对人的劳动的歌颂。在黎明前就进入劳动岗位的拖拉机和忙于加油的工人的出现,仍令人感到劳动者的辛勤。画家在这幅作品中所表现的"北大荒"早晨的清新润泽之感,和在露水中盛开的野花,生气盎然,令人神往。这是一幅具有时代精神,反映了我国朝气蓬勃的社会主义建设新气象的风景画。

作者于 1964 年创作的《北方九月》(见图 5)以广阔无垠的红色高粱的海歌颂了北大荒喜气洋洋的丰收。画面以灿烂的色调和宏伟的气势给我们以深刻的印象。这幅画在黑白的处理上既突出了人物,又充分发挥了版画的特色。整个画面是辽阔的,抒情的,生活气息浓郁而意境深远,既是北大荒生活的赞歌,也是中国新兴版画的新成就。令人赞叹的是从《第一道脚印》到《北方九月》短短的四年时光,晁楣在版画艺术上就有了如此惊人的进步,实在令我高兴。

这之后晁楣创作的《长河行》也给人留下了深刻的印象。此画以大胆奇特的构图,大胆的黑白处理而令人感到版画艺术的特色和画面的美。

今天,晁楣已是中国新兴版画界非常成熟的作家了。他的版画作品从内容上说,从来不给人空虚之感,总使你感到他对生活的储备非常充足,而在画面上也从来没有矫揉造作和不自然之感,总令人读了感到舒适,感到充满气势,感到生活的动人,艺术的魅力。

中国新兴版画北大荒学派的著名版画家还有张祯麒。他于 1961 年创作的《冰江上》是一幅很出色的套色版画。其内容也是描绘北大荒的创业者们的生活的。张祯麒说:"沃野、林莽、牧场、渔村是我常涉足的地方。"看来他对捕鱼之类的生活很感兴趣。所以他刻的有关捕鱼的木刻据我所看到的就有两幅,除了《冰江上》,还有文化大革命之后于 1979 年创作的《皎皎江上月》。前者描绘的是北大荒人将要去冰江上破冰捕鱼的艰苦生活,富于战斗性,虽然还没有进入战场,但能令人感到即将来临的在数九寒天中的一场苦斗。后者描绘的是夏日的月夜,捕鱼者经过一番战斗胜利归来的情景,富于抒情性。那美丽的江上明月,那被惊而起飞的天鹅群在夜空中的点缀,以及江岸积水中的人影,构成了整个画面的诗意,令人感到江上月夜的美和捕鱼者们胜利的喜悦。张祯麒的创作是辛勤的,近年来他创作的《银辉》《夕》《恋秋》《白夜》等都是很有诗意的作品。其中《夕》是描绘渔民生活的。《恋秋》很抒情,《白夜》也很美,给我们展示了北国的奇景。杜鸿年也是北大荒学派的著名版画家,他的版画以歌颂北国冬日森林之美而给人留下难忘的印象。他刻了不少赞美北大荒一带严冬森林的作品。他爱大自然,爱林木,尤其爱冰天雪地亭亭玉立于寒风中细枝颤动的白桦树。他早在 1962 年刻的《春的喧闹》,是一幅早春森林的赞歌。这幅版画以抒情诗的画面,欢悦的情调,饱满的感情,打动了读者的心。那即将呈现绿意的白桦树林,那初醒的碧色欢畅的春水,那迎春出动进行春播的拖拉机群,那行将融化的雪原,那喧闹于天际的欢乐的野禽……组成了一曲《春的喧闹》的交响乐。我最初看到这幅版画就很喜爱,选入由我编的法文版《中国现代木刻》集中(1965 年由外文出版社出版)。之后于 1974 年杜鸿年又创作了歌颂早春森林的《山林之歌》,成为《春的喧闹》的姊妹篇。这幅套色版画,不论构图,不论树林,不论雪原,不论情调,都与《春的喧闹》相似,所不同的是拖拉机群不是去播种,而是运输木材,描绘林业工人紧张的劳动。比较起来,杜鸿年在这幅作品中刻画的白桦树更多、更美,把读者带到了一个意境深远,充满了欢悦之情的北国林海中。之后杜鸿年又刻了赞美白桦树的黑白木刻《春晓》,赞美冰干银枝森林的《冬》。之后又刻了歌颂白桦的《桦林深处》和《千重山万重林》……看来他对于冬日的北国森林有说不完的话,道不尽的情。好像森林是他用情歌赞美不完的少女。我完全可以理解杜鸿年对森林的爱,因为我也是爱林如子,对森林具有浓厚感情的。我俩曾在黑龙江边面对金色的桦林写生,倾诉过彼此对桦林的深情。

张路是北大荒学派中别具一格的版画家,富有装饰性版画创作的才华,可惜他死得太早了,只活了58岁。他原是在北京人民美术出版社担任连环画编辑,被错划为右派后,充军到北大荒的。因此,他之来北大荒与晁楣诸同志不同,是背负着右派的精神重负而去劳动改造的。但他并没有被重负压倒,不久就发表了套色木刻《虹》和《找缝插针》而引起我的注意。前者表现了北大荒的炎夏,大雨过后在黑云衬托下出现了彩虹,画面颜色灿烂浓重,富有油画的味道,天空的黑色云层似在飞动,好像在酝酿着一场更凶的倾盆大雨。用套色版画描绘这样的风景,实在是难度很大的,但张路处理得却很成功,既没有因用色多而搞得画面繁琐杂乱,也没有因虹的出现而搞得画面不统一。天空的白云和屋顶的白色相呼应,一支旗杆上飘动的红旗又和彩虹相辉映。画面既整洁统一又生动美丽。《找缝插针》表现的是北大荒人珍惜土地,不因面积小而废弃的情景。这幅画的绿色和孔雀兰并用,颇具匠心,使画面大增光彩。那条河的相近的两色也用得很得体,使画面具有和谐深厚之感。而所谓的插针之地也同样处理得好,有两个人在劳动像画龙点睛,使画面生动起来。

张路的套色木刻《羊群》(发表于法文版《中国现代木刻》)是一幅装饰性很强的版画。他给予羊只以适当的变形,使其特征更为明显,羊有黑色、白色和花白色的,都令人感到可爱。近景有几块青黑色大石,画面以灰绿色为主调,把白色的羊只衬托得更加突出。张路此画在当时是木刻领域里很成功的创新作品。

北大荒第一代著名的版画家还有张作良和刘洛生。张作良于1961年创作的套色木刻《排障》和刘洛生在同时创作的《建设者》都是描绘创业者们在开辟荒原时的艰苦劳动的。给人留下难忘的印象。

第一代的北大荒版画家,成绩是卓著的。以浓郁的北国乡土气息、瑰丽的画面色调和气势宏伟的构图,形成了扬名中外的北大荒学派,在中国新兴版画史上写下了光辉灿烂的一页。

第二代北大荒版画,有微弱之势,令人有"山重水复疑无路"之感。虽然有陈宜明的套色木刻《老班长》、《归歌》和赵晓沫创作的《金色的海滩》,但毕竟在国内影响较小,不像第一代之声势浩大。

但到第三代,却具有"柳暗花明又一村"之感。

首先要提到的是郝伯义,他本是和晁楣等一起来到北大荒的,属垦区的元老,然而他并未在60年代知名中外。而是在80年代第三代北大荒的版画家们兴起之时才大露头角的。像同时播种的树种,有的早出土有的迟出苗,但都长成大树了。郝伯义真是个了不起的人物,他既在版画创作上大显身手,又写了不少论述北大荒版画的好文章,同时还是第三代北大荒版画家们的组织者和领导者。

第三代北大荒版画,在新的历史条件下又形成了新的北大荒学派。其特点是:版画的内容已不再是创业时代所表现的英雄业绩和创业的英雄,已不再是创业的艰苦和开辟荒原的战斗。由于时代不同,参加垦区工作的新一代人员在生活上和心情上的变异,使他们热衷于歌颂北大荒人的幸福生活和生活中的有趣风情。因此,他们的版画创作,已不再是气势磅礴的进行曲,而是一些逗人喜爱的轻音乐。就版画的形式而言,已不再用浓重的油色拓印,而改为轻快的水印印制。脱离了油画的影响而具有东方色彩。

由于这新的一代所处的正是西欧现代派向中国社会主义美术进行挑战的时代,因此第三代北大荒版画家就面对着一个严重的考验。然而令人高兴的是领导者的头脑是清醒的,并没有因此而随波逐流。郝伯义说:"前几年,当社会上泛起一股'自由化'思潮时,有些人声称文艺创作不需要生活,只表现自我。我们北大荒的版画作者没有受这种思潮的影响,坚定地立足于垦区,忠实于生活,深入理解生活,不断地创作出具有乡土气息的作品。"这些话令人感到宽慰。

郝伯义是多产的。近些年来,他像流不尽的春水似的,创作了很多好作品,如《春流》《惊蛰》《开江了》《山珍》《雪乡》……这些版画像一首首小诗,虽非重大题材,但也不是单单玩弄形式。它们真实地揭示了生活中感人的情趣和诗意,给人以美感。而作品的形式既不同于老一辈的晁楣和张祯麒,也不同于杜鸿年和张路。印制技术和作品的面貌也都是崭新的。既改变了如实描写,又有了恰到好处的夸张变形,既有东方风味,又有时代气息,令人乐于欣赏。他们的作品大都取材新颖,用色讲究,富有创造性,使人耐看。如《雪乡》描写野鸡在雪原中觅食;《山珍》描写北大荒人在森林中采猴头;《惊蛰》描写野鸭在初春的冰窟中游荡。这些作品色调淡雅清新,逗人喜爱。所有这些特点,当然并非郝伯义的作品独有,新起之秀如张良武、赵勇、陆中华、刘宝、蒙希平……等人的作品也都具有。

这第三代北大荒版画家,真令人感到气势逼人!正如浩浩荡荡的大军走上了中国的新兴版画画坛。

我对于新军中张良武的版画《轻舟载深情》和《丫儿》、《玉米香》等都感兴趣。这些作品中的姑娘,朴素无华,健康自然,既没有像有些版画家故意丑化人物,或弄得古怪难堪,也没有为了美而描绘娇羞作态或充满脂粉气。我想画家对于生活,既不应歪曲,也不应粉饰,应求其自然之美。赵勇的《驭手,你早》和《入冬》都很好,尤其是《驭手,你早》中的三个提热水的小伙伴,描绘得生动而有趣。令人感到生活的生气勃勃及其欢乐之情。通过这幅作品,似乎听到了作者的心声,感到他对生活的爱。刘向荣的《荒原上》《秋的旋律》和于广夫的

《我爱荒原》《爽风》、张春喜的《盛夏》、刘宝的《踏雪行》、蒙希平的《孩子,妈妈》和《初雪》、杨凯生的《蛙戏山泉》、周胜华的《暖冬》……都使我喜欢。这些作品都有一个共同特点,显示了作者们都善于在最平凡的不引人注意的生活中发现版画的不平凡的题材。这些题材既不像《排障》那样打动人心,也不像《建设者》的搭桥造路那样引人注目,例如《我爱荒原》所描绘的晒衣服,不是最平凡的生活吗?然而一到画家的笔下,平凡就变成了神奇。其所以能如此,就因为作者真的爱荒原。鲁迅说:"能憎能爱才能文。"对画家来说,就是"能憎能爱才能画"。这些因素再加上印制技术上的考究,于是使我在它面前久久不忍离去。再如《孩子,妈妈》这题材不是更加平凡吗?然而一经蒙希平创作出来,并加了动人的标题,于是就使人们乐于欣赏并感到乐趣。这幅版画简练到了再不能简洁,真正做到了主题明确,形式新颖,引人喜爱。

还有一幅北大荒的套色木刻,是邵明江刻的《冬韵》,也是在第九届全国版画展览会上看到的。它表现的是蒲棒在冬日冰雪中摇摆的风姿,蒲棒呈咖啡色,以雪白的冰垛和碧水相衬,并有小麻雀在蒲丛中飞动,别有一番情趣。画面色调淡雅新颖,我非常喜欢。

人民对艺术的欣赏是多样的,既需要进行曲,也需要轻音乐。通过我50年的创作实践,并研究了30年来北大荒版画的成就,深深感到生活总是不亏待文艺家的,你对它深入的久暂,总是和你收获的题材和灵感的多少成正比例的。我已说过,没有北大荒的生活就没有北大荒的版画。而且在这生活的沃土中耕得愈深，收获得就越丰厚。以晁楣而论，他有一个时期也曾有一段新疆之行，而且也创作了不少描绘新疆人民生活的作品，然而和他描绘北大荒生活的作品比较起来，其感人的程度就差了一筹。因为毕竟他在新疆的时间较短，走马观花，不过看一个表面。这些，作品本身都如实向我们诉说了。例如他的《南疆帽市》就不能和他的《歇晌》相比。这其中既有个对生活的熟悉问题，也有个作家的感情问题。因此郝伯义同志认为："表现熟悉的生活，是我们艺术实践的准绳。"这是完全正确的。

当今天在全国文艺界刮起一股不重视生活的歪风之际，为此而隆重纪念北大荒版画创作30周年就具有特殊重要的意义。

这样说，并不意味着轻视艺术家的才华和艺术技巧。对创作来说，艺术家的才华和艺术技巧是需要的，也是重要的。但我们中国有句谚语，谓之："巧媳妇难为无米之炊。"因此艺术家的才华也只有当艺术家在生活中有了丰富的感受，有了加工对象，对生活有了正确的评价之后，才能在创作中发光。而艺术技巧也只有在艺术家不断地表现人民生活，表现人民的新的精神面貌、新的思想感情的时候，才能得到锻炼和提高。

30年来北大荒版画的成就，除了生活的赐予以及艺术家的才华和技巧外，还有一个创作集体的作用，这个作用是万万不能轻视的。我曾有一种感受，这就是当年在延安时，冬天在家里烧木炭火，炭盆里放上一块燃着的木炭，一阵就熄灭了，如果放上许多块木炭就彼此愈烧愈旺。创作群体也是如此。因为北大荒版画家们从第一代到第三代都是在群体中走过来的，所以他们的创作成绩就越烧越旺。

郝伯义同志也说："探索离不开集体的智慧。在集体中，谁有创造性，谁的作品就会引起人们的注意和研究，并对别人产生影响，从而激发了另一些人的想象力，达到共同提高的目的。"这都是精彩的经验之谈。

发表于1988年北大荒版画30年论文选集《吞吐大荒》

牛文的艺术道路

牛文同志多年来担任美术方面的领导工作,但他始终坚持了版画的创作,固然是他会挤时间,但最根本的还是由于他对版画创作事业的热爱、执着,可谓"锲而不舍,金石可镂"。

牛文同志并未在正规的艺术院校学习过,根基较差,但他努力,认为热爱就是最好的动力,善于克服这些弱点,从而在版画事业上取得了较大的成绩。

一个人成年后所从事的事业,通常难免和童年时代的环境、习染、爱好有关,但人的命运有时也是无情的,他的爱好有如出土的幼芽,也许气候、雨水适宜,终成大树,也许适逢干旱之年,竟然扼死在摇篮中。牛文同志童年所处的虽是文化落后的山区,但民间的剪纸、年画、门画以及箱柜上的描金装饰画……却不乏观赏。这些民间美术,无形中影响了他后来从事艺术的兴趣和爱好。更为幸运的是他在童年时代的这种爱好艺术的幼芽,并未扼死在摇篮中,而后来竟能在革命队伍中得到培养和发展。像树木的幼芽遇到了风调雨顺终成大材一样。

牛文同志于1922年诞生于山西灵石县的一个贫农的家庭里,1931年"九·一八"事变,日寇占领了东三省,民族危机严重,激于爱国热情,1937年4月就结伙投奔了共产党领导的军队。时年只有15岁。他参军后就做了宣传员,演戏、唱歌、画画什么都干,可以说是第一天学画,第一天就以画为革命事业服务,虽然他对于艺术道理还一无所知。现在看来,也许是不可思议的,但在当时却是出于革命的需要。然而这种在革命工作中学习、锻炼的途径也终于培养出一大批土生土长的革命的文学艺术家。自然,他们一旦有机会进入艺术学校,就会在艺术上迅速提高。

这样的机会终于到来了,1940年牛文同志有幸进入了延安鲁艺美术系,总算得到了一个坐下来安心学习艺术的良机。虽然这里学习条件还很不完善,课外活动也过多,但对牛文同志来说已经是求之难得的了。他在鲁艺学习了素描,接触了木刻画,得到了一些起码的艺术知识。还读了当时所能找到的马列主义哲学、政治经济学著作和中外文学名著。尤其是毛泽东同志《在延安文艺座谈会上的讲话》对他的教育很深。所有这些为他后来从事革命艺术事业,都是必要的修养。

但牛文同志正式从事版画艺术,却是在解放战争时期的晋绥边区,当时他从山西的崞县代县参加土地改革工作归来,有了较为丰富的火热的革命斗争生活的体会,以高度热情创作了《领回土地证来》,接着又创作了《丈地》。从前者到后者,可以看出牛文同志在木刻上的进步,不论作品的人物形象和木刻的刀法的运用,《丈地》比《领回土地证来》都有了显著的提高,虽然还较嫩弱。但可贵的是它洋溢着革命的生活气息,反映了一个翻天覆地的中国农村的新时代。

延安文艺座谈会之后,解放区的革命艺术家都积极地深入到群众的火热的斗争生活中去,与群众同呼吸共欢乐,力求在作品中反映从生活中来的社会新气象,力求表现新时代新主题。艺术家的创作理应表现他所熟悉的生活,感兴趣的生活,和感受最深的生活,这是现实主义的艺术创作的规律。但他为了歌颂新的人民新的时代,也有责任把不熟悉的群众的革命斗争生活变为熟悉的、感兴趣的、感受最深的生活。《丈地》的产生就正是以上艺术思想的具体体现。今天社会主义时代的艺术家还应把这种艺术上的优良传统继承下来。

一个艺术家的生涯,就是不断丰富他的生活经验和创作经验的过程。所谓生活经验就是在生活中如何同群众打成一片,如何观察生活,如何收集创作素材,如何在平凡的生活中发现不平凡的创作题材……的经验;所谓创作经验就是如何使生活变成艺术,如何集中概括突出主题……的经验。而牛文同志在晋绥时期,正是积累生活经验和创作经验的一个开端,它关系着今后的发展。应该说牛文同志在晋绥时期为后来的创作事业打下了一个良好的基础。

全国解放后,牛文同志从北国的晋绥边区调往南方的四川工作，为使作品有所开拓，他立志把藏族地区当做创作的新基地，以木刻作品反映藏族人民解放后的新生活、新命运和新希望。这个想法固然很好，但因此也就又给他提出一个把不熟悉的生活变为熟悉的生活、感兴趣的生活和感受最深的生活的任务。完成这个任务并不是一件容易的事，因为他对于藏族民情不熟，语言不通，加以在民主改革前的各种因素，使他不容易和群众接近。因此完成这一任务其困难之大，不亚于要熟悉一个外国地区的人民的生活。

但牛文同志在这个艰巨的任务面前，没有知难而退，从50年代开始他和李焕民同志一道，十余次往还于藏族地区和四川的藏族自治区，每次半年，经历了数年时间终于熟悉了藏族劳动人民，熟悉了他们的生活习惯和思想感情。

但熟悉是一回事，要把生活感受转化为艺术作品，表现什么？如何表现？又是一回事，是用革命的现实主义和革命的浪漫主义相结合的方法来表现呢，还是用批判现实主义的方法来表现呢？当牛文同志和李焕民同志了解到西藏农奴制社会的黑暗及其无比残酷的大量事实后，使他们十分震惊，胸中充满了藏族人民的苦难和怨愤之情。在这时，牛文同志最初的创作理想，碰到了现实的无情巨壁，发生了矛盾。是揭露藏族地区的黑暗呢，还是歌颂藏族地区的光明呢？如果要揭露藏族地区的黑暗或描绘藏族人民的落后的生活，其题材简直俯拾即是，下笔即景；而要是歌颂呢，则有如沙里淘金，难度极大，但他们经过思考还是决定歌颂光明。

牛文同志在《谈李焕民的版画创作》一文中说："就50年

代初,西藏和藏族地区的形势来讲,创作揭露性的作品还不适宜。只能在黑暗中寻求光明,予以歌颂。当时虽然农奴制尚未触动,但毕竟解放军来到了藏区,党的阳光已照射到了康藏高原,必然会对现实生活引起许多新变化,创作颂扬光明的作品,有它的现实依据。"在这种情况下,牛文同志创作了《北京大学的新生》《康藏道旁》《草原上的牧民》等歌颂光明的作品。我认为这样做是对的。

艺术,不管作者是否有意,总是有其宣传作用的,对外国人来说,尤其如此。现实中有光明和黑暗,先进和落后,外国人对我们的艺术,由于政治立场的不同,有的欢迎歌颂光明描绘新事物的作品,有的就喜欢暴露黑暗和描绘落后生活的绘画。作为一个艺术家当然决不应说谎,但就在这歌颂光明和揭露黑暗的选择上,就关系到作者的政治修养和艺术思想的问题。可我决不主张在"四人帮"黑暗统治的特殊时期,艺术家也要歌颂所谓光明。那样搞就是说谎。然而作为社会主义的中国,在正常的情况下,尤其在党中央的政策实践已证明是正确的时候,难道我们不应歌颂光明吗? 不应向国外宣传我国人民的新的生活新的思想面貌吗? 但这是目前似乎还是个值得讨论的问题。

牛文同志和李焕民同志在西藏民主改革前就是主张歌颂光明的,而且他们也这样做了,并非说谎。待民主改革后,西藏人民在共产党领导下彻底翻身了,由农奴制社会一下子走向了社会主义社会,现实中的光明面扩大了,黑暗面在缩小,藏族人民不论在政治上不论在经济上都得到了解放。牛文同志目睹了这些变化，无比激动，随以满腔热情歌颂了藏族人民的新生活，新命运和新希望。于是产生了他的非常成熟的作品：《吉祥如意遍地锦》和《欢乐的藏族儿童》(见图6)。这两幅木刻不论构思和描写的新颖，人物形象的生动美好，不论刀法的流畅有力，黑白处理的舒服，以及套色的典雅简洁，都达到了较高的水平。说实在的，有些人的作品，在一定政治气候下觉得还不坏，但隔了十年二十年再看，就往往感到站不住脚了。而牛文同志的这两幅作品隔了较长时期也还是经得起推敲的。其所以如此，就因为不仅有思想性，也很有艺术性，有审美价值。

艺术不应机械地为政治服务，更不应成为政治的奴隶，但作为一个社会主义时代的艺术家，能够对生活有政治敏感还是可贵的。否则就无法从平凡的生活中看到它内含的时代意义。《吉祥如意遍地锦》是牛文在拉萨斗争中看到妇女在大地上洒白灰画图案，祝愿来年丰收万事吉祥如意的古老风俗，而有了形象感受的，之后又经过了长期的艺术构思和加工而完成的。作者在这幅图画中赋予古老的风俗以崭新的含义，表现了藏族人民在民主改革后翻身的喜悦，表现了藏族人民在党的领导下，以主人翁的身份开始创造美好生活的感情，它象征着解放了的人民要在这一穷二白的土地上画出最新最美的图画——社会主义的锦绣前景。

《欢乐的藏族儿童》是牛文同志在川西阿坝藏族自治区，看了托儿所的孩子们唱歌跳舞后得到启发而加工创造的。牛文同志想：阿坝的今天就是整个藏族地区的明天。因为他能通过这一平凡的题材创造出大大超过了仅仅描绘托儿所生活内容的作品。

以上两幅木刻都是有政治意义的,都是在要求艺术为政治服务,艺术从属于政治的左的时代产生的,但却决不是从政治出发图解政治的说教作品,而是作者从生活中有所感受,从生活的土壤中培育出的新的花朵。

十年动乱后,牛文同志拿起刻刀,重新耕耘他久已荒芜了的版画园地,但这时,艺术上的极左思潮虽已在清算,而盲目学习西欧近代派美术的风气却颇流行,牛文同志在一次会议上说:"咱们不能老是抱着金碗讨饭,自己民族的精华不学,跑去拣人家的零碎。"又说:"如果谁能把中国民族民间艺术和西方的艺术有机地结合起来,创造出既有中国特色,又有时代特点的艺术品,那就好得很。"他不仅这样说,其实近些年来正是本着这种精神在干的。他没有走版画向素描看齐的路子,这样做是很容易消减掉版画自身的特点而难于发挥它的创造性的。他一头扎在我国民族民间的艺术中,力求创新,近年来创作的《草地新征》《芳草地》《朝阳》《赛马图》就是这种艺术思想的实践。

我认为一个艺术家,对他的创作总应不断探索,不断创新,做到"山重水复疑无路,柳暗花明又一村"。这才会令人感到他在前进,他在发展,而不是固步自封虽生犹死。探索就是试验,正如科学试验一样,自然不会一次试验就成功。牛文同志说:"试验失败了,不要灰心,坚持干下去,就有成功的希望。"

他的以上作品主要是在形式上的探索试验,虽还不能说已很成功,完美无缺,但却令人感到形式的新颖和线条的秀美,其风味是富有民族特色的,整个画面有清新淡雅之风,明快秀丽之貌。因此这些木刻就受到了中国群众和国际友人的喜爱。

牛文同志创作的这几幅作品,是向我国明清的徽派木刻学习的结果。徽派版画是一种复制版画,但其刻工之细腻圆润、隽秀婉丽,在中国版画史上享有盛名,可惜一向不为我国从事创作木刻的版画家们所重视。而牛文却能对此感兴趣,为之青睐。他研究了那些版画的黑白关系,也研究了唐代绘画的用线,他的理想是创造出明快、清新、秀丽、高雅之作。为此就必须抛弃形体的光暗感、立体感,在造形上进行改造,并做到一定程度的夸张变形。他去过西双版纳,那里的妇女的服装也使他感到兴趣,这些都是牛文同志在探索和试验时追求的意境,从而创作出了富有民族特色的新风格的木刻。这些作品不但令人感到在中国新兴版画大花园中出现了奇葩,而且也说明我们不应"抱着金碗讨饭"。

但令人遗憾的是,直到现在中国美术界还有不少人存在着不论在认识上,不论在创作实践上对伟大的中华民族艺术应有的独立性认识不足。

1996年10月江泽民同志指出:"一个民族只有努力发展经济的同时,保持和发扬自己民族的文化特色,才能真正自立于世界民族之林。"这段话很重要。我想,我们绝不应在学习外国的口号下,做人家的附庸(当然,没有人反对学习外国的好东西,问题是学什么？怎样学？)。周总理早就提出："学外国要以我为主。"因而要有自己的民族特色。我认为这种理论上的认识是每一个中国的艺术家都应有的。否则他就难于创造出具有中国作风,中国气派的艺术品。

牛文同志虽已进入老版画家之林,但他尚精力充沛,斗志不衰,相信他在今后创造民族艺术特色的努力中定会取得新的成就。

作于 1988 年

反思与展望

——在"全国版画艺术讨论会"上的发言

中国的新兴版画,在伟大导师鲁迅先生的辛勤培育下而于1931年诞生以来,已有59年的历史了,经历了坎坷曲折的道路,终于发展成"无尽的旌旗蔽空的大队",产生了很多世界知名的版画艺术家,创作出无数具有民族风味和时代色彩的优秀版画作品,受到国内外版画爱好者的赞扬。

中国的新兴版画艺术从一开始就是高举革命现实主义的旗帜走上中国艺坛的,它与当时中国的油画和国画相比其显著的特色就在于关心中国劳动人民的命运,紧密结合祖国苦难的现实,真实地反映了在水深火热中挣扎的受苦受难的人民群众的不幸生活,因而得到当时中国进步文化界的热情支持,使受国民党百般摧残的这株新生的幼小艺术之苗得以日益壮大繁荣。

我们非常清醒地认识到,中国的新兴版画在其发展的历史阶段,随着中国革命政治的要求和中国整个革命文学艺术所走的道路,曾有单纯重视内容而忽略了形式多样及创新的偏向,如果说这是中国新兴版画艺术在其发展历程中的一个缺点,那也是历史和时代使然,而且任何革命文学艺术的诞生都是首先重视内容,力求其与当时的革命思潮合拍的。

由于我们的新兴木刻,是在西欧创作木刻的影响之下成长的,所以在它的童年时代难免有模仿外国作品和欧化的缺点。但自延安文艺座谈会之后,就有了显著的变化,为了力求劳动人民对新兴木刻喜闻乐见,出现了不少具有中国民族特色的木刻。尤其是全国解放以来,曾经掀起了一个向民族和民间美术学习的浪潮,从而产生了一大批更具有中国作风、中国气派的优秀的版画作品,因此赢得了广大人民群众的喜爱,和国际艺术爱好者的欣赏。这是应该倍加肯定和双手赞扬的。

以上,我以粗线条描绘了中国新兴版画发展的简史,无可非议,它将以革命艺术的光荣称号载入中国的美术史册。

党的十一届三中全会以来,在开放、改革和创作自由的良好空气中,版画家们的艺术思想比任何时候都大为解放了,开创了版画领域的不少新品种,在技法上也有了显著的发展,大大丰富了版画园地的艺术花朵,形成了万紫千红的灿烂图景。一方面令人感到百花齐放文艺政策的真正落实,盛况喜人,但另一方面也有不少版画家有如走向十字街头,发生目光缭乱彷徨无主之感。他们看到有的作品为了发挥画家的"自我表现",结果其画面搞得令人百思不解;有的版画为了追求变形，把人物刻画得那么丑陋；他们也看到有的虽然取材于现实的人民生活，但作者的兴趣并不是为了歌颂人民，或揭示生活中的诗情画意，而是借助生活，表现构图的奇特和形式的不凡；有的作品所精心描绘的题材内容和当今的社会以及改革的时代毫不相干，这些作品看不出其中的主题思想，不知道它要向读者倾诉些什么高深的哲理；于是就怀疑这是不是方向？在这种情况下甚至有的青年版画家不敢反映现实，怕人家说他还是左的一套。

很多内容如此苍白的作品，而且标题则如鲁迅先生所说的："故意题得香艳、飘渺、古怪、雄深，连骗带吓，令人觉得似乎了不得。"并以此掩盖内容上的空虚。以上这种版画创作上的混乱现象，美其名曰"多元互补"。有些艺术上追求时髦的青年，甘愿俯首就俘，跟着行事，于是造成了目前版画世界的可悲景象。

总的说来，目前我们的很多版画离开了它的优良传统，似乎在走向它的反面；逐渐背离了最初的现实主义，接受了西欧现代派的影响；逐渐离开反映现实，走向内容空虚、淡化社会生活，钻进了象牙之塔；改变了不重视形式创新的偏向，而又走向片面在形式上做文章的极端。很多作品不但不能感动读者，而且其形式也并不能令人发生美感。这就是当前版画的总的趋势。这种趋势意味着我们的版画艺术脱离了人民，它不再被广大群众喜闻乐见了，仅为极少数人所欣赏。

在这样的情况之下，就有必要反思，回顾一下我们的导师鲁迅先生当年提倡木刻的初衷。

当年鲁迅先生苦心提倡木刻是要它成为"好的大众的艺术的"。希望它能够对人民起"助成奋斗,向上,美化"的作用。他认为不管你怎样采用外国的版画,"必须令人能懂,而又有益,也还是艺术"。这就已经是较低的要求了。而目前我们的有些所谓创新的版画,令人看不懂者有之,看不出有什么益处者亦有之,究竟是否艺术也真难说了。

目前,我们的版画艺术走向了一个新天地,真正创作自由的新时代,自然是令人高兴的。然而艺术究竟为什么人欣赏,是为多数人还是为少数人,这本来是一个已经解决了的老问题,但今天又变成一个新问题,很值得我们反思。因为创作自由也总不能离开为人民服务,为社会主义服务的党的文艺总方向。

鲁迅先生当年致李桦同志的信中曾虑及新兴木刻脱离内容的充实,"陷入徒然玩弄技巧的深坑里去"的危险。在创作自由的今天,这已经不是什么"危险"了,而是已经成为不可否认的事实。虽然不是大多数,但也是一个严重的倾向,今天虽然时代不同了,人民的欣赏要求也不同了,但总还有个"内容的充实"问题吧,这一内容之充实,是和前面提到的"助成奋斗、向上、美化"的要求密切相关的。也是和是否"有益"密切相关的。

最近,中共中央宣传部提出:文艺在多样化的发展中应强化主旋律。这很值得我们的版画家们加以重视。其所以提出这一问题,就因为我国的文艺,包括美术在内,在资产阶级自由化思潮的侵蚀中,由于有人大力提倡"全盘西化",因而已与西方资本主义国家的文艺基本上没有什么区别了,给社会带来了严重恶果。为了改变这种精神污染现象,我们的版画家就应创造出具有社会主义时代精神的作品,其特点是从形式到内容都应是富有中国特色的——形式是民族的,内容是社会主义的。从而使我国的版画艺术和资本主义国家的版画艺术具有鲜明的区别。这不仅是民族自尊心的应有表现,而且也是达到为人民服务,为社会主义服务的正确途径。

主旋律的中心内容,是在坚持四项基本原则的前提下,以马克思主义观点为指导,在版画创作中主要反映社会主义生活、创造社会主义的新人形象,从而去提高人们的精神境界,振奋人们建设社会主义的斗志。为了达到这一目的,我们的版画家们就要有庄严的历史责任感和神圣的艺术使命感,到劳动人民的生活中去,不断开拓生活的视野,提高自己的艺术素质。因为如果版画家们不能从现实生活中感受到社会主义的现实生活的主旋律,又怎能创造出版画艺术中的主旋律呢?为了满足不同群众的精神生活的多种需要,我们的版画作品既是有主旋律的而同时也应是多样化的。两者应统一起来。

作为人类灵魂工程师的艺术家,应永远不忘记邓小平同志于1979年10月30日在中国文学艺术工作者第四次代表大会上的《祝词》中的名言:"人民,人民是文艺工作者的母亲","人民需要艺术,艺术更需要人民",从而使我们永远不脱离人民,"用人民创造历史的奋斗精神来哺育自己",创作出无愧于前人,无愧于时代,有启于后人的具有主旋律的优秀作品。

我想：每一位有良心的艺术家都应"认真严肃地考虑自己作品的社会效果，力求把最好的精神食粮贡献给人民"。

1989年发表于《美术耕耘》第二期

黄土高原上的山丹丹花
——读董其中的木刻

董其中的版画艺术特色是具有浓郁的山西地方风味和浓厚的装饰趣味，从而赢得了广大中外艺术爱好者对他的作品的欣赏和赞扬。

董其中的艺术，首先是植根于深厚的"爱"的土壤之中。他所爱的黄土高原和黄土高原上的农民都以美的形象出现在他的版画作品中了。这种爱反映在他的作品中成为艺术品的灵魂。如他在1961年创作的《晒玉米》，1963年创作的《打酸枣的孩子》，1964年创作的《排演新节目》以及1979年创作的《巧编图》等，就都能感到这种对人民的炽热的感情，炽热的爱。

自然，仅凭这种爱还不足以保证创作出像样的作品，正好像人们靠单一的蛋白质的营养还不足以保证身体的健康一样，作为一个艺术家还需要在生活中进行诸多的学习。

董其中不仅从舞蹈中学习，他也从民间剪纸、民间皮影、民间木版年画和中国古碑拓片中学习。董其中之热爱民间美术，有如他之热爱山西民歌。他曾在《爱之弥深，表现弥重》一文中说："我对于那些由劳动人民创作的表现了他们情绪、理想和愿望的民歌和剪纸,也有了深切的了解和感受。……民歌,这是无形的剪纸,那贴满家家户户雪白透明窗格上的各种剪纸(窗花),像一首首优美的民歌,这是无声的民歌,寄托着劳动人民的深情。它单纯、洗炼、质朴,使我百看不厌,爱不释手。我品味民歌的旋律节奏,体会民歌的思想内蕴,琢磨剪纸的艺术手法,完全陶醉在美的享受之中。像民歌和剪纸那样朴实无华地开掘生活中的美,酣畅地表现劳动人民的思想感情,是我多年来在作品中所努力追求的方向。"这就是我所指的他所走的一条正确的艺术道路。例如他的《送春肥》、《收获》和《山村晨曲》都不同程度地从民间剪纸中吸取了营养。而《排演新节目》、《打酸枣的孩子》则富有民间年画鲜艳色彩的特色。《春光》中的染色法,是学习了晋南民间木板年画的新成就。这些作品一面从民间美术中吸取营养,而同时也都具有朴实无华的生活中的美,以及劳动人民的思想感情。

民间的美术是以装饰风为其特征的,董其中作品中的浓厚的装饰趣味,和他爱好民间美术,学习民间美术不无关系。

我想任何艺术都有它自己的特殊语言,如果说舞蹈的艺术语言是美化了的动作,那么木刻的艺术语言就是黑白和刀法的美感。而董其中的作品却始终能自由运用木刻的这种特殊艺术语言,即使向姊妹艺术学习也不因此而丧失了自己艺术语言的特色。

董其中三十多年来创作了很多优秀版画,在我看来他的代表作是早期的《晒玉米》和《排演新节目》,中期的《鸣泉》、《春光》和《山村晨曲》,近期的《绿色之窗》和《鸣春》。《晒玉米》作为一幅套色木刻,是非常优秀的,它热情地歌颂了劳动之美。其中的姑娘们虽然都是背影,但从她们生动的体态中可以感到她们在丰收中的愉悦心情。作品的构图是新颖的,套色较少而很和谐,富有旋律感。《排演新节目》是一幅具有民间年画风味的套色木刻,是在王朝闻提倡侧面描写的背景下创作的。既显示了董其中对山西农村生活的熟悉和热爱,同时也表现了天真的孩子们对于排演新节目所感到的乐趣。这种乐趣也在感染读者。它富有浓厚的山西地方色彩,因而也"倒容易成为世界的,即为别国所注意"。因此它在北京中国美术馆的画廊中被外宾购去的竟有十几幅之多,成为画廊展销数较多的一幅。《鸣泉》(见图7)以最经济的白和用刀,刻画了一个弹琵琶的姑娘,她那全神贯注的神态是美丽动人的。这幅画单纯而不简单,简洁而不空虚,大大突出了姑娘的美的容貌和纤纤嫩手。令人好像听到了"大珠小珠落玉盘"的琵琶声和淙淙的泉鸣声。看到这幅木刻,我就想到宋玉形容东家女所说的"增之一分则太长,减之一分则太短,著粉则太白,施朱则太赤"。在黑白处理上做到了恰到好处。这幅木刻令人想到了古碑拓片中的人物画,但又不是拓片的翻版,而是一种成功的创造。《春光》是一幅富有新意的佳作,这是作者学习晋南木版年画染色法的新收获。既有民间美术的风采又有创作木刻的特色。作者所采用的在姑娘白色的脸颊上晕染以桃红色的画法,正是晋南民间木版年画的一种创造。从而显得少女特别白嫩清秀。《山村晨曲》创作于1978年,到1983年又重新刻过,有较大的改变,把原有的上学儿童删去了而以羊的出圈和拖拉机出村成为画面的主体。重刻过的这幅木刻比起早先的更加完整了，这幅作品从内容上反映了山西农村的繁荣景象，从形式上给人以黑白两色的美的节奏感。构图是非常饱满的，那么多东西挤在一个画面上而不令人感到繁琐，反而觉得井然有序，处理得当。诚属成功之作。

近年来董其中在中国美术界于形式上大做文章的潮流中，也想在自己的版画创作内于形式上有新的建树和突破。因而创作了不少装饰风更浓的作品。《绿色之窗》曾送联合国展出。作者通过这幅风景木刻画想表现"和平"的主题，是响应联合国规定的"国际和平年"，借以呼吁全世界人民共同创造一个人类赖以生存的和平安宁的环境而创作的。董其中没有再用老一套的和平鸽来表现，而借窗外刚刚吐绿的一株壮大的椿树和窗台上的一盆小花描绘和平环境象征和平之可爱。董其中对他画中的这棵椿树具有深厚的感情，他在一篇《创作札记》中说："窗外七八米外，长着一棵椿树，当我们搬进楼时，它只不过三层楼那么高，像是亭亭玉立的一位少女。如今长得和我们这座五层宿舍楼一样高，像是个大姑娘，越来越丰满了。"又说："春天，树枝萌发出新芽，充满勃勃生机，树下部那些下垂又翘起的枝桠，在暖暖的春风中，婀娜多姿，活像芭蕾舞剧《天鹅湖》中白天鹅舞动着的双臂，轻盈、柔美而富有诗意……椿树成了我们朝夕相见的好朋友，它给我们带来了绿色之窗——生命力和希望之窗。"我想一个画家不仅应爱他表现的人民，也应爱他描绘的草木，只有这样才能使读者对他的作品产生爱。《鸣春》描绘早春的一棵大树上挂了三个鸟笼。鸟在彼此对歌欢迎可爱的春天。这幅构图十分饱满的黑白木刻更具有剪纸的味道。各种直线和曲线,黑白变化的菱形树叶与黑的树干和白的空间的有机组合,构成了画面不同形的对比和黑白色的对照,使人感到作为黑白木刻的力之美。但从那嫩枝上的绿叶和萌芽,却能感到春意盎然,令人读之如身临春境。《山风》是作者根据在交城山里画的几株野生植物的速写而创作的。正值仲秋,植物上长着红果子,山风吹动着植物的叶子和红果,给画家以一种美的意境,于是他就刻成了木刻,创作时汲取了中国画的构图特点,使人有亲切之感。欣赏这幅作品,有如把我们带到了山野之间,沐浴在山风之中。《秋实》是作者根据在晋南农村的感受而创作的。画面上是一株高大的柿树,叶已落,但还挂满红柿,十分好看。整个柿树的形象像一位农民,具有憨厚、敦实的性格。主人在树上采柿子,妻子和小女儿在树下拣果实。董其中独创的具有笨拙和傻劲之美的毛驴又出现在树下了,等待着把秋实驮回家中。这幅画既有农家乐的气氛,也能令人感到木刻的力度和金石味。《秋收》是以黄河岸碛口镇的房屋为其描绘背景的。作者感到这些建筑物很不一般而产生了兴趣。他特别为那些祖祖辈辈在黄河两岸耕作的农民那种坚韧不拔的精神所感动。他们从黄河滩边担水,爬上陡峭的石岸,他们背负一捆捆沉甸甸的谷子,窄窄的小巷道很自然地把他们排成了一行,一步步地往坡上攀登,仿佛可以听到他们"哼哟"的号子声,他们要往地下流淌多少汗水。劳动是艰苦的,又是欢乐的。看到妇女们扬下的那些金黄色的谷粒,令人感到她们在为丰盛的秋收而欢笑。

　　董其中的版画令我感到有如黄土高原上的美丽的山丹丹花。

1989 年发表于《名作欣赏》第 3 期

谈牛林森的版画水彩画创作

在山西戏剧界的大花园里,近年出现了任跟心、宋转转那样的有如牡丹花似的新的花朵,多么令人高兴。

山西版画的园地里,虽然还没有产生像任跟心、宋转转那样灿烂的花朵,但也还是出现了一些新秀的。牛林森就是其中之一。

牛林森于1942年生于山西高平县,曾就学于山西艺术学院。

1965年毕业后,一直从事美术教育、美术辅导及美术创作等工作。本人喜爱版画、水彩,曾多次参加全国性的美术展览,许多作品出国展出。由于他的版画成绩显著,并多次入选全国性美展,所以能荣为中国美术家协会和中国版画家协会会员。

牛林森的版画作品,大都为纸版画,这是版画领域中的一个新品种,我省搞纸版画的人并不多,但也产生了一些较好的作品。然而纸版画的能量和优越性有多大,是直接关系到它的生命力的。这就有待于纸版画家们的探索和努力了。在我,是期望着有更多的纸版画佳作出现的。

牛林森这个名字最初引起我的注意,是由于他创作的纸版画《秋牧》。这幅作品只用了两个颜色而构成了秋色。其成功处就在黑色山羊在画面秋林中的穿插和得当的散布,疏密有致,远近妥帖,虽有透视而并不强调,形成了作品的装饰味。羊的形象虽只是些剪影,但令人感到逼真而生动。说明画家对山羊有细致的观察。

由于《秋牧》具有一定的艺术性和美的情趣,所以能在第八届全国版画展中入选,并赴日本展出,还在上海《版画艺术》杂志上发表。

继《秋牧》之后,牛林森又创作了纸版画《河边》。我感到这幅作品比《秋牧》有所提高,更有意境。这回在画面上出现的不再是黑色的山羊了,而是些在河边吃草的白马,作者以大片的黑色表现了平静的河水,以灰绿色表现了河岸,加上点点的白马,形成了画面色彩旋律的美感。其实作者只用了两个颜色,却令人感到彩色的典雅与丰富。由于这幅版画的较为成功,而得入选于第六届全国美展,后又到日本崎玉县展出。

《河边》里白马的尾巴,作者都处理成黑色的了,这在实际中是没有的。画家这样处理也未始不可,但处理成白色尾巴也不见得就不好看,尚可考虑。

这之后,牛林森还以塑料版画《激流》入选于全国体育美术展览,以纸版画《广厦》获省职工美展三等奖,并赴日本展出。

牛林森的水彩画也画得不错。有一幅名《归帆》的为国外收藏。在我看到的他的水彩画中较喜欢《春曲》。描写别致,春意盎然。前景绿柳和隐约于柳枝间的远山,成烟雾朦胧的效果。令人有"杨柳青青江水平","渔舟点点迎春风"之感,富有诗意。愿作者今后能注意深入到工农群众中去,使自己具有人民的感情和深厚的生活基础,从而使作品获得感人之力。说到底,艺术始终是客体和人民生活的反映。缺乏人民的生活,作品就必然显得苍白空虚。

当今艺坛由于很多青年艺术家脱离人民脱离实际,成为西欧现代派美术的俘虏,形成了严重的重形式轻内容之偏向,使我国社会主义现实主义的艺术传统渐趋泯灭,应使真正有志于为人民服务的艺术家引以为戒。

愿牛林森今后有更多佳作问世。

1991年8月3日发表于《文艺报》

我与木刻画《林间》

美术创作也和文学创作一样,第一要对所描绘的对象熟悉,第二要对所描绘的事物有深厚的感情,第三要有熟练的技巧。这样,才有可能产生动人的好作品。

我生长在山西的山区,自幼就常见"毛圪狸",我逮过它,喂养过它。我非常熟悉"毛圪狸"的生活,也非常喜爱它。

1978年我去新疆归来。路经甘肃,参观了麦积山。由于麦积山很暖和,所以深秋了"毛圪狸"还在落光了叶子的树上玩。归来后我就根据这一印象创作了黑白木刻《林间》(见图8)。初稿出来后钉在墙上,我的小姑娘看了说:

"爸爸,你画的松鼠不可爱!"于是我进行修改,并对松鼠的尾巴加以夸张。小姑娘又看了说:"这回你画的松鼠可爱了。"

既然我的小姑娘批准了我的创作稿,我就一口气刻出来。

在安徽黄山召开的中国版画家协会成立大会上,我把《林间》和《清泉》《春风》交出。他们挂在墙上,因为每个参加大会的版画家都要交出至少一幅新的创作。人们看了《林间》说:"力群不老!"我听到这个评语很高兴,实际我当时已68岁了。

当我在太原举行"力群版画展"时,正值全省美术家代表大会召开,我给参观我的画展的大会代表发了一百本目录,希望他们把最喜欢的版画做个记号,然后把目录交还我。这是一次无记名投票。后来查票,得票最多的是《林间》,共得90票。从此,知道我的作品中,《林间》是最受群众喜爱的。

后来,油画家李天祥来太原,一见面就向我提出,希望我能送他一幅《林间》。由于一再要求,我估计他是真的喜欢,因此送给他一幅。

此画之所以成功,首先是由于我太熟悉"毛圪狸"了,同时也由于我太爱"毛圪狸"了。它刻于1980年,是我在版画上积累了多年的创作经验之后刻制的,只用一把圆口刀,一气呵成。画面的刀法非常统一,一只小松鼠正从这枝飞向那枝,很生动。《林间》于1983年为法国国立图书馆收购,并于1987年发表于"法国木刻协会"季刊(LE BOIS GRAVE)第一期封面上。

1987年1月27日,由法国"欧亚文化协会"与"法国木刻协会"在巴黎蓬皮杜文化中心举办《中国当代木刻展》时,《林间》是参展作品之一,十月又参加了法国马赛举办的《中法现代木刻展》。还由中国展览公司组织赴坦桑尼亚、加纳等六国展出，也在美国展出过。1985年选入《中国新文艺大系》的《美术集》。

当《林间》在北京琉璃厂"松筠阁"代售时，被一个日本人买走了。可第二天他又来了，说这是假画，理由是和他所见的《林间》上的图章不同，退掉了。当时"松筠阁"的老板无法解释，写信来问我。我说：由于第一版印得多，版坏了，我又照样重刻了一次，改刻了图章中的"力"字的篆文，因为第一次刻的"力"字篆文不标准。

我真佩服日本人对我的作品了解之深。

1991年发表于《火花》11期

全国第十届版画作品展观后

一

全国第十届版画作品展览于1990年11月至12月先后在杭州、武汉、北京、青岛巡回展出,我荣幸地于12月29日在军乐声中为青岛的开幕典礼剪彩,并同青岛市委书记等党政领导同志共同参观了画展。

全国第十届版画展的作品观看之后,令我高兴,比起1989年庆祝建国40周年全国美展中的版画作品有了很大的进步,虽然受资产阶级自由化思潮影响的那些不知所云、难于读懂的、奇形怪状的作品还有少量残留,但绝大多数是健康的、美的,有些是歌颂了祖国社会主义建设的属于主旋律的作品。有人问我:"比起延安时代的版画如何?"我说:"无法比,因为十届版画展的作品有无比的多样性,有很多版画在套色的工艺上精益求精,在版画的品种上也更加丰富,除了木刻画、石版画、丝漏版画、铜版画外,艺术家们还创造了新的品种:如吹塑版画、综合版画、浇铸版画、纸浆版画、纤维版画、塑胶版画、纸版画,有的印在过滤纸上,有的印在薄布上,真够名目繁多。而延安当时的版画却只有木刻画一种。但要和延安时代的木刻所表现的生活的深度来比,却还未必能比得上。因为近些年我们的版画家在艺术形式上花的心思较大,而在艺术内容上花的心思较少。而有些版画家长期脱离人民,脱离火热的斗争生活,所以他们的作品比起延安时代的木刻来,就显得空虚、苍白。而延安时代的木刻家却是真正深入了边区的农民生活的。"

但非常可喜的是展览会上出现了很多有才华的新手,显示了中国的新兴版画后继有人。而且有不少版画家在石版画的人物塑造上表现了很高的素描功力和写实的本领,这是特别令人高兴的。

二

全国第十届版画作品展的384件作品,是从全国各地选送的1517件作品中精选出来的,是老中青版画家的协奏曲。很多优秀的版画令人看了受到鼓舞,获得美感,有的使我惊叹其技艺上的成就。

上海的老版画家邵克萍的油印套色木刻画《南浦建大桥》表现了社会主义的雄伟建设,描绘了在熊熊的火光隆隆的机声中工人紧张夜战的图景。这是一幅近些年难得见到的用写实的手法,宏伟的场面,灿烂的色彩歌颂祖国在蒸蒸日上的属于主旋律的优秀版画作品,荣获银牌奖。

浙江的青年版画家王正钧用黑白木刻描绘了《同志的葬礼》,画面笼罩着悲哀的气氛,是一幅革命历史题材的版画。好像是 30 年代党中央以毛主席为首共同为东渡黄河牺牲在前线的刘志丹同志抬棺送葬,这也是一幅难得的以毫不变形的人物用写实的手法创作的具有严肃场面的现实主义的优秀版画,荣获银牌奖。

浙江的老版画家赵延年的《恶梦系列》勾起了我内心的多么大的悲痛。他描绘了在文化大革命期间一个老干部在遭受造反派的无情折磨,脖颈上带了很重的写着"黑帮"或"反动权威"字样的大木牌,痛苦地在示众。他用平刀很熟练地表现了人物的痛苦面貌,显示了作者在素描和木刻技术上的成就。看了这幅版画令人为之泪下,因为我们都有共同的惨遭凌辱的感受。

北京的吕仲寰是版画界的一位新手,他的套色木刻《初雪》歌颂了一群工人于下雪的冷天里在高空作业的紧张劳动情景。当一些艺术家在远离政治淡化生活的迷途中徘徊时,就显得吕仲寰的主题明确的版画是特别可贵的。这样的画面是能鼓舞人们为社会主义的建设英勇献身的。

解放军的版画家刘俊才的套色木刻《东方的闪光》以四色套版组成了画面的美的色调,用纯熟的刀法刻划了我国在原子科学上的成就——天空出现了蘑菇云,地面上也有冲击波……这样的作品是能引起人们对于祖国的自豪感的。

云南卢汝能的套色版画《捻线》荣获金牌奖。作品表现一个站立的少数民族妇女在捻线,作品以其在黑色版上套印厚重的色彩获得油画效果而形成美的画面,其工艺性是惊人的,把中国的油印套色画推向一个新的高阶。这一美的套色工艺为云南色彩版画的共性。

青年版画家陈一文的具有童话趣味的黑白木刻《山雨》荣获铜牌奖。他画了三个从山上归来在雷雨中奔跑回家的小姑娘,其一在篮里放着从山上采的蘑菇,另一个还抱着两只小羊,有四只飞跑的山羊随行。此画虽变形而仍显示了小姑娘的可爱,尤其是四只山羊因变形而更美了。这幅木刻令人看了深感情趣。变形并不是容易的事,成功的变形既要因变形而突出事物的特征,而又要因变形不失事物之可爱和画面的美感,在这方面《山雨》做得较好。

云南杨德华的大幅套色版画《母与子——山风》表现了一个藏族的母亲身背儿子在山路上牵马行进,以丰富的套色赢得了画面灿烂缤纷的色彩美感。据说他本人是一位油画家,他要使油画和版画结为良缘,使作品具有新的面貌,此种探索是成功的,这样的作品的出现,使版画花园更加万紫千红了。我感到如果把孩子的天真可爱的容貌面向观众,可能有更大的魅力。而今孩子完全是个背影,我寻了半天才算把这个"子"寻出来,很遗憾。

山西青年石版画家李晓林的《黄河船工》是一幅非常写实的黑白石版画,显示了作者在素描上的深厚功底。它在展览会的石版画中具有代表性。

苏州的中年版画家王勉创作的《洞庭红》是以较厚重的色粉，用水印的方法塑造了其中的三个采橘姑娘和背景橘林。丰富的色彩构成了非常协调的装饰风的画面，给人以美的享受。三个美丽的姑娘形象也足以使读者多停留在画前徘徊。在我看来这幅成功的版画是有资格得一块金牌的，因为它的艺术成就并不比获得金牌奖的《秋水》差。在目前，当正确表现人物的版画尚不多见的时候，更有必要对这幅版画给以表扬。

　　除此之外，新疆版画家关维晓获奖的灿烂的套色木刻《秋色赋》，云南版画家的富有装饰美的套色版画《滇中古风》，黑龙江版画家刘长富获银牌奖的富有雄伟气势的《古老的森林》，江西版画家任秋华创作的富有诗意的套色木刻《秋日》……都是在展览会上能给观众以深刻印象的佳作。

　　十届版画展的评奖工作，比起已往要好得多了。但也还难于完全避免一些不正常现象，从中依然可见重形式轻内容，重变形轻写实的美术空气不仅弥漫于创作者之间，也多少弥漫在评奖者之中。

三

　　资产阶级自由化思潮的泛滥，在版画界刮来的西风不仅妄图吹散毛泽东文艺思想，而且也吹得一些得很有艺术才华的版画青年昏头转向。例如四川省的青年木刻家康宁，他过去创作的黑白木刻《幼林》和《养老院》是非常出色的，给我留下极为深刻的印象。而这次出品的黑白木刻《泉》却使我看了好久才看出在草丛中有个隐身的裸体女人在泉水里冲洗头发,由于追赶变形的时髦,使画中的主体不但辨认不出,而且也毫无美之可言。但还获得铜牌奖。当然,也应该指出他的草丛却刻得很美。又例如云南很有才华的女版画家李秀,自从她的不平凡的《毕业归来》问世以来,曾接连不断地创作出一些表现生活的版画佳作。但这次她和陈绕光合作的《轮回、祥云之三》却使我不禁失望。说实在的,连标题带作品都十分难解。

现在美术界有种貌似正确的理论,说画家的作品应既不同于别人,也不同于自己的昨日。我想力求不同于别人的风格这无疑是正确的,但要做到今天不同于昨日,明天不同于今天这就非常之难。试观米开朗和米莱的作品,珂勒惠支和麦绥莱勒的版画,其风格不是基本上一贯的吗?鲁迅和赵树理的小说风格也未曾一天到晚在改变,而是一贯的。但内容的变化却是必要,因此祥林嫂不同于阿Q,阿金不同于闰土。然而齐白石就连内容也在重复,他的虾和牵牛花就画了一辈子。当然版画的内容和中国画的花鸟画不同,理应是不能重复的。可是以上的理论却害得很多版画家在形式风格上拚命求变,忙得喘不过气来。诚然中国的新兴版画也曾有由摹仿西洋的欧化风转变为具有中国作风中国气派的过程,但这种变化是必要的,正确的。它由不为广大人民所欣赏而变得为人民所喜闻乐见,这有什么不好呢?可今天的一些版画家却是由可贵的中国风转变为西方的现代派,由群众喜闻乐见,变向了脱离群众孤芳自赏的"象牙之塔",这是可悲的。全世界也只有一个毕加索在一天到晚地变,在无止境的玩形式花样,他是一个真正资产阶级的形式主义画家。难道毕加索就是我们必须崇拜的上帝?我想,人总应该有点傲骨和自信,不应妄自菲薄,不应随波逐流。

最后我想用伟大诗人陶渊明在《归去来兮辞》中的话以诚挚的心意献给那些有才华而误入迷途的青年版画家,作为本文的结束:

悟已往之不谏,
知来者之可追。
实迷途其未远,
觉今是而昨非。

我虽然代表中国版画家协会在青岛的全国第十届版画展的开幕典礼上剪彩,而这篇文章却不代表中国版画家协会发言,仅以千万个观众中的一员,并以从事中国新兴木刻事业将近60年的一个毛泽东文艺思想的遵从者发表个人意见,作为百家争鸣中的一鸣。

发表于1991年3月6日《中国文化报》第3版

《中国新兴版画精品集》序

一

在本世纪 30 年代出现在中国的新兴木刻,是伟大导师鲁迅先生应中国革命的要求而辛勤培育出来的。自 1931 年诞生以来,迄今已有 60 多年的光荣历史了。

60 年来它经历了坎坷曲折的道路,终于由最初的少数几个先驱者发展成"无尽的旌旗蔽空的大队"。产生了很多世界知名的版画艺术家;由最初摹仿性很强的幼稚作品,发展为具有民族风味和中国特色的感染力很强的众多成熟创作。这本《中国新兴版画精品集》,就是从 60 年来各个历史时期产生的优秀作品中挑选出来的,都是在群众中经受考验得到好评的具有代表性的佳作。中国的新兴版画运动,一开始就是在中国共产党的领导之下高举"普罗艺术"的红旗走上中国艺坛的,沿着革命现实主义的创作道路,以反帝反封建为己任,和国民党的反动势力进行了不屈不挠的斗争,之后在抗日战争、解放战争以及社会主义革命和建设中木刻作品都起了打击敌人、鼓舞人民、丰富人民精神生活的积极作用。这本反映了时代精神,弘扬了主旋律的《中国新兴版画精品集》,其中所选的380幅最具人民性的作品,既体现了中国革命艺术的成长壮大历程,同时也是中国近60年来革命历史和社会主义建设的生动形象图卷和壮丽诗篇。我想:以它作为一束无比美丽的鲜花献给新兴版画之父——鲁迅先生,他在九泉之下定会为之喜笑颜开的。

"五四"以来,中国的文艺界,以鲁迅为首高举民主革命的大旗,进行了"文学革命",使中国的文学有了崭新的面貌。但在美术界,除了在北伐大革命时期出现过大量的战斗性很强的漫画作品外,大革命失败后,就基本上是死水一潭了。不论国画、油画还是漫画……绝大部分是脱离现实、脱离广大群众的,与中国人民的火热的革命斗争没有关系。

伟大的十月社会主义革命后,苏联无产阶级文学在中国的流布,对中国文艺界产生了巨大的影响。随着当时中国左翼文艺运动的兴起,受到了马克思列宁主义思想教育的美术青年,在鲁迅先生的提倡、示范、指导和中国左翼美术家联盟的直接领导下,像雨后春笋一样,先后组成了许多革命木刻团体,如1932年在上海成立的"MK木刻研究会""野穗木刻社",1933年在上海和杭州成立的"未名木刻社""木铃木刻研究会",1934年在广州成立的"现代版画研究会",和在北平成立的"平津木刻研究会",这些组织的成员描绘了中国人民饥寒交迫的生活，表现了民族灾难和反抗斗争。那些充满了革命精神的木刻作品，真实地反映了当时的中国现实，揭露了国民党的黑暗统治，和日本帝国主义的侵华罪行，鼓舞了中国人民的斗志，促进了民族民主革命的发展。因此受到了国民党反动派的残酷压迫和无情迫害。他们用禁止、逮捕、判刑等镇压手段来摧残新兴木刻，企图在中国土地上消灭这一新生的革命现实主义的艺术花朵。但当时的革命木刻青年并没有在这种高压下低头和退却，真是"野火烧不尽，春风吹又生"。他们团结一致，不屈不挠，终于在深重的黑暗统治下，在艰苦的革命斗争中，克服了种种困难，取得了初步成绩，使中国的新兴木刻成为中国革命美术的先锋队，主力军，奠定了它的发展基础，为中国现代美术史写下了光辉的一页。

鲁迅像中国新兴木刻的母亲一样，他为了这一革命艺术的发生和成长，不仅于1931年夏在上海举办了最早的木刻讲习会，而且从1929年就开始不遗余力地相继出版了《艺苑朝华》《木刻士敏土之图》《引玉集》《凯绥·珂勒惠支版画选集》以及麦绥莱勒的《一个人的受难》等画册，把西欧的进步版画介绍给中国的革命艺术青年，供他们在创作上作参考。从而成了他们学习创作木刻的师资。因此当时的木刻具有欧化风也是很自然的。

鲁迅为了提高艺术学徒的思想水平，还翻译了苏联卢那察尔斯基和普列汉诺夫的《艺术论》及其他文艺理论书籍。与此同时他还和很多木刻青年书信往还，进行具体指导。饮水思源，中国新兴木刻之能有今天的巨大成就，怎能不感谢鲁迅先生在这方面所花的心血。

在早期的新兴木刻运动中,涌现了不少有生活气息的较好的木刻作品,其中有陈铁耕的《母与子》,刘岘的《贫困》,张望的《负伤的头》,曹白的《卢那察尔斯基像》,新波的《推》,李桦的《怒吼吧中国!》,郭牧的《1935年12月24日》,陈烟桥的《苦战》,力群的《鲁迅像》,刘高的《河旁》等。当时活跃的木刻工作者除以上提到者外,还有江丰、胡一川、夏朋(女)、野夫、罗清桢、何白涛、段干青、赖少其、温涛、马达、王寄舟等人。

由于中国新兴木刻在早期还处于童年时代,虽然个别木刻青年也曾努力与工农接近,但总的来说,因为国民党的反动政治的阻碍以及本人的认识水平所限,他们还未能真正深入工厂和农村了解劳动人民及其生活,在创作上既缺乏经验,又缺乏坚实的素描基础;加以没有专业师资,惟一的参考品就是鲁迅先生所介绍的那些外国版画,因而他们的作品,除了极少数具有生活感受而较优秀外,大都有取材的狭窄与表现的空泛之病,在人物刻划上难免有概念化与欠真实之感。同时早期的木刻工作者由于在艺术表现上的欧化倾向,缺乏中国风格,难为劳动人民所接受。所有这些缺点都是革命的新兴木刻在童年时代还不够成熟的表现。

二

中国的新兴木刻在抗日战争和解放战争中随着革命形

势的变化而有了极大的发展,不论当时的国统区,不论解放区都有好作品产生。尤其是解放区,在中国共产党的直接领导下,木刻工作者在革命根据地参加了农村工作,在敌后参加了武装斗争,同革命队伍和人民群众有了密切的结合。木刻队伍扩大了,作者在党的教育下思想水平提高了,木刻作品和革命工作有了密切的配合,对革命事业有了较大的贡献,而作品的质量也有了很大的提高。

1937—1940年间,武汉失守前后,许多30年代在上海从事新兴木刻工作的同志先后来到延安,他们是温涛、胡一川、沃渣、江丰、陈铁耕、马达、力群、刘岘、张望等人。这就成为延安木刻工作蓬勃发展的骨干和动力。

中国共产党于1938年春天,在延安创办了鲁迅艺术学院,"鲁艺"内设美术系,那时来到延安的木刻工作者,大都在那里工作和学习。"鲁艺"在党的领导下,自始至终都是以马克思主义的文艺理论作为学生艺术创作的指导思想,并要求创作与革命实践相联系。即为抗日战争服务。当时美术系的创作课,主要是木刻和漫画。在"鲁艺"先进的艺术教育方针的实施中,先后培养了一些优秀的青年木刻家,如焦心河、彦涵、古元、夏风等人。

延安是党中央所在地,各抗日民主根据地的后方,有一个比较安定的创作环境,木刻工作者除了参加生产和学习外,还经常深入农村部队,然后回到机关驻地进行木刻创作,因此延安的木刻活动是非常活跃的。

总的说来,"延安文艺座谈会"之前的木刻创作比之左翼时代，有了显著的进步，表现了新的主题思想，人物的形象有了真实感，作品的生活气息浓厚了，感染力加强了。其中的优秀作品有古元的《羊群》《哥哥的假期》《离婚诉》《选民登记》，焦心河的《牧羊女》，力群的《饮》《伐木》《延安鲁艺校景》等。

当时的木刻存在的缺点是：取材不够广泛，还有西洋木刻的影响，民族新风格尚未形成。

自1942年毛泽东同志的《在延安文艺座谈会上的讲话》发表之后，又经过整风运动，延安木刻工作者从思想上提高了认识，明确了文艺为工农兵服务的方向和如何为法的途径；由于革命根据地为实现毛泽东文艺方向具备了充分的有利条件，因而延安的木刻，随着整个文学艺术的变化而有了很大的变化；随着木刻工作者与新的群众的更进一步的结合而有了木刻作品与新的群众的相结合。《讲话》的发表不仅是延安文学、戏剧、音乐发展史上的一个分水岭，而且也是延安木刻发展史上的一个分水岭，它的意义是深远而巨大的。

座谈会之后不久，文艺工作者纷纷深入农村，延安的整个文艺界掀起了一个向民间文艺学习的浪潮。《讲话》要求文学艺术工作者重视民间故事、群众美术和群众歌曲，要我们先作群众的学生然后作群众的先生。这样就使我们逐步解决了文艺如何为工农兵服务的问题，解决了文艺的普及与提高的关系。

当时，许多在前方经过了几年战斗实践的木刻家如胡一川、陈铁耕、彦涵、沃渣、罗工柳等，他们在敌后武装斗争和各种群众工作中积累了丰富的创作素材,回到延安后又经过对毛泽东文艺思想的学习,在认识上获得了提高。这时,加上原先的创作力量,于是在"鲁艺"就形成了一支强大的木刻创作队伍。他们互相促进,互相学习,掀起了一个热烈的木刻创作高潮,这些创作力量的集中,是当时产生一大批具有感人之力的优秀木刻作品的重要因素。

由于延安的木刻家,根据美术与群众相结合的经验,深知群众是喜欢看有色彩的图画的,所以大家为了使自己的作品为群众所喜闻乐见,就搞起套色木刻来,这样就产生了一大批反映敌后军民战斗生活和陕甘宁边区人民幸福生活的套色木刻,如彦涵的《担架队》《把她们隐藏起来》,古元的《战胜旱灾》,力群的《丰衣足食图》等。

而在黑白木刻方面,自延安文艺座谈会之后也有了很大的成就。这些木刻比之文艺座谈会之前的作品,不论思想性和艺术性都有了提高。这之前大家都喜欢采用西洋的明暗法来表现人物,学习了《讲话》之后,由于考虑到农民的欣赏习惯,开始运用了中国人物画的传统表现法,创造了人民群众喜闻乐见的民族新形式,形成延安新的木刻画的大丰收。其中的优秀作品有彦涵的《当敌人搜山的时候》,古元的《人民的刘志丹》《离婚诉(变体画)》《区政府办公室》,马达的《磨豆腐》,力群的《帮助群众修理纺车》,张望的《八路军帮助农民秋收》,戚单的《防旱备荒》,王流秋的《宣传卫生》等。这些作品不仅在国内有很好的影响,而且在国际上也极为重视,获得好评。

总的说来,由于延安的木刻工作者在毛泽东同志的《讲话》之后有了共同的政治思想,共同的艺术方向,以及共同的爱好和共同的创作目的,加以他们积累了丰富的革命的人民生活,所以他们的作品虽然也有每一个作者的个性和风格,但同时也形成了它们的共同特点。这就是它们具有共同的新的主题思想,有共同的鲜明清朗的画面,并具有新的劳动人民的形象和地方特色。其主题基本上是歌颂的,其形式是有了中国作风和中国气派。它们是艺术与劳动人民相结合,艺术与新的群众的时代相结合,从新的现实沃土中产生同时又散发着现实的芬香的新的艺术花朵。我把它谓之"新兴木刻的延安学派",其代表人物是古元。

"延安学派"也应包括共产党所领导的各抗日民主根据地的木刻创作。

在抗日战争时期,中国共产党领导之下的解放区,除了陕甘宁边区外,还有晋冀鲁豫边区、晋察冀边区、晋绥边区以及新四军所在地等抗日民主根据地;处于敌后的各解放区的木刻工作者,由于大都在战争的环境中奋斗,所以比起延安的木刻家,无不过着极其艰苦的生活,因此,除了少数优秀作品外,一般的创作难免显得粗糙,但他们在革命事业中所作的贡献却绝不能低估。

由于敌后的木刻工作者,大都处在战争环境中,有时要蹲在战壕里刻木刻;为了配合报纸的社论,要刻插图、刻地图、刻漫画、刻连环画;除此之外还要刻钞票、邮票、粮票、传单。为了工作之急需,处在晋绥边区的李少言同志经常要在夜里的麻油灯下刻木刻,天下雨,窑里光线暗,就打着伞在雨地里刻。他们的这些木刻大都并非艺术品,然而为革命所需,必须完成。但李少言同志在抗日战争中于1942年创作的《重建》却给我们留下难忘的印象,它较好地反映了日寇扫荡后,军民重建家园的景象。此外处在晋冀鲁豫边区的邹雅同志于1942年所刻的《支援群众打场》也是一幅优秀的木刻作品。

日本投降后,延安"鲁艺"的木刻家大都离开革命圣地分散到各解放区,在解放战争中,有的和当地的木刻工作者一同参加了伟大的土地改革运动,留在陕甘宁边区的木刻工作者也参加了土改工作。这样就产生了一批反映土改运动表现农民翻身斗争的优秀木刻创作,其中有古元的《烧毁地契》,彦涵的《审问》《向封建堡垒进军》,牛文的《丈地》,石鲁的《打倒封建》《说理》等。这一时期产生的其他内容的优秀木刻有王式廓的《改造二流子》,李少言的《黄河渡伤员》,黎鲁的《告别》,徐灵的《攻城》等。

三

在抗战八年和解放战争三年的艰苦岁月里,国统区的版画工作者虽经历了反动派的三次反共高潮,给予木刻运动增添了很多困难,但在整整十二年中,木刻运动还是一直沿着三十年代鲁迅先生所开创和指引的道路不断前进的,获得了极大成果。

在抗日战争时期,最大的政治是抗日救亡,在解放战争时期,最大的政治是反内战,争民主,解放全中国。随着客观政治形势的发展,国统区的木刻运动,即使遭到多大的困难,也是始终坚持以上革命立场,进行各种形式的斗争的。不论在策略上和作品的内容上,都没有偏离这个大方向,木刻作者的革命意志和战斗精神是十分坚定的。

1938年6月,木刻家在武汉首次建立了自己的全国性的组织——"中华全国木刻界抗敌协会"(简称"全木协"),从此就有了一个领导全国木刻运动的核心组织。"全木协"成立后,继鲁迅先生的《木刻纪程》在武汉出版了一本《全国木刻选集》,大都是有关抗日救亡的作品。

"全木协"于1938年武汉沦陷前迁至重庆后,活动就很不自由,到了1941年"皖南事变"后,终于被国民党反动派借故查封了,于是到1942年又在重庆成立了"中华木刻研究会"(简称"木研会")。"木研会"建立后又重新把全国的木刻家团结在自己的周围,努力作战直到抗战胜利结束。

日本投降后,1946年5月"木研会"迁回到木刻的策源地上海,又改名为"中华全国木刻协会"。12年来,木刻运动的全国性的组织虽经几次改名,但它一贯是团结全国木刻作者的核心,领导全国木刻运动的中枢。因此能使广大的木刻家在国民党的反动统治下坚守阵地,艰苦战斗,取得成绩。

12年来,国统区木刻运动的规模有了很大的发展。作品已深入到战时的人民生活中,为群众所支持和爱护,产生了相当大的社会影响。考其原因,主要是由于我们的木刻始终不脱离人民,沿着鲁迅指引的革命现实主义的艺术道路前进。木刻表现了人民的生活,作者成为人民的代言人,人民就不会忘记它。革命现实主义的木刻植根于人民生活的沃土中,所以能发展得如此蓬蓬勃勃。

12年来周恩来同志代表党对国统区的木刻运动的关怀和指导也起了极大的促进作用。

这时期木刻作品所反映的是战时各个方面的现实生活,综观那些木刻作品,好像翻开一本战争年代国统区人民生活的形象历史,我们可以在那里看到天灾横行,饿殍遍野的悲惨世界;呈现着败瓦颓垣、残肢断体的烽火战场,在战争中流离失所的难民,以及所谓"自行失踪"的爱国志士;那里有抢米与挤兑,又有卖儿与鬻女;那里有人民的反抗与斗争,也有日伪土特穷凶极恶,官僚地主贪污腐化的景象。国统区的统治者过的是荒淫无耻的生活,而人民所作的却是严肃的工作。这些既是当时中国的现实也就是这时期革命现实主义木刻的内容。正因为这样,中国的木刻才能在人民中间广泛地引起共鸣,受到爱护,也为国际人士所称赞,而木刻运动也发展得更加深入了。

拿12年中的国统区的木刻与30年代的作品相比较,就看出木刻创作的题材范围扩大了,生活真实感加强了,质量和数量都有所提高,它已经进入了逐渐成熟的阶段。由于同时又有延安木刻的借鉴,又有国际关系的促进,国统区的木刻无论在运动上还是作品上都取得了较大成就。已为全国解放后木刻的大发展打下了深厚的基础。

12年来,国统区的优秀木刻作品有李桦的《怒潮》组画、

《粮丁去后》《民主的行进》、新波的《卖血后》、朱鸣冈的《台湾生活》组画、邵克萍的《街头》、李志耕的《抓丁》、赵延年的《抢米》、张漾兮的《人市》、蔡迪支的《桂林紧急疏散》、王树艺的《自行失踪的人》、麦秆的《放回来的爸爸》等。

国统区的木刻运动虽然有了很大发展，但由于政治环境的限制，还存在着许多难以克服的困难。木刻工作者活动很不自由，反动派造成他们与广大人民群众，尤其是工农的隔绝。他们主要的活动地区是城市，而由于大多出身于城市知识阶层，生活面不广，所表现的题材比较狭窄。又因大多受过西方美术教育，也缺乏延安的政治环境，不能像延安木刻家们那样去实践毛泽东《在延安文艺座谈会上的讲话》的精神。所以其作品不易更好地解决艺术大众化，创造木刻民族形式的问题。

12年来，虽然国统区的木刻家们经历了各种困难，但他们在"全木协"和"木研会"的领导下，还是做了很多工作的，除了创作还进行了多次的展览，出版了木刻画册，举办了木刻函授班。展览和出版都是使木刻创作和群众见面，进行社会宣传的有力手段，是推动木刻运动的重要形式。但在国统区举办展览会却不是一件容易的事，它要冲破政治的和经济的两道难关。然而由于木刻家们有坚强意志和"全木协"的领导，也由于有社会进步力量和广大人民群众的支持，以及运用一切合法的和非法的手段，12年来一共举行的展览有十次之多。其中影响较大的有1946年由"全木协"在上海举行的《抗战八年木刻展》。这次展览会后由开明书店出版了《抗战八年木刻选集》，次年由高原书店出版了《北方木刻》，这是一本解放区的木刻专集。这两本画册的出版产生了很大的社会影响。

12年来，国统区的木刻家很重视使中国的新兴木刻打出世界去，扩大国际影响。曾由"全木协"先后把中国木刻选送苏联、印度、美国、日本、英国、法国、新西兰等国，受到好评。提高了它在世界艺术中的地位，使各国通过中国的先进艺术对中国人民和中国革命有所了解。

四

从新中国诞生那天起，新兴版画结束了多年来被国民党反动派压迫歧视的状态，取得了公开的合法地位，国统区的版画家和解放区的版画家形成了大联合。由于党和人民政府的关怀和领导，给版画艺术事业提供了极为有利的条件，版画成了我国社会主义文化事业的一个重要的组成部分。许多版画家参加了新成立的统一的组织——中国美术家协会。

1956年在北京和上海联合创刊了《版画》杂志，在团结全国版画家，推动版画创作实践，培育新生力量，发展版画理论和评论，以及交流各地版画活动的情况及经验等方面，都发挥了十分重要的作用。可惜它出版至1960年6月即因故停刊。

全国解放后的中国新兴木刻，由于丰富多彩的生活激发了作者的创作热情，一扫以往的旧主题，歌颂了我们国家在社会主义建设中的伟大成就和新中国人民的创造性劳动,歌颂了工农业战线上的丰硕成果和人民解放军的战斗生活,以及各民族的友爱团结和生活中的新生事物。那些宏大规模的工矿地区,壮丽雄伟的水利工程和基本建设工地,浩然无际的广大农村平原和苏醒了的矿山,以及蕴藏了无尽财富的森林地带和美丽的边疆……都常常是版画家们涉足之所在。他们从那些地方看到了人们的忘我劳动精神、看到了人类改造自然的巨大力量,而力求以新颖、生动、强有力的艺术形象把它表现出来。我国劳动人民再不是30年代的版画作品中以被侮辱与被损害者的形象出现,而是以国家主人翁的姿态出现在版画作品中了。这是艺术创作上的划时代的变革,这类题材的作品在建国以来的版画创作上占有重要的地位,并多以丰富、美丽、生动的艺术形象感染着广大读者。同时成批的版画新军参加了我们的版画大队,他们的作品无论在思想内容和艺术技巧方面都赢得了老版画家们的赞赏。其中包括一些工农兵版画家。

由于党的百花齐放的新的文艺方针的鼓舞,我们的版画除了歌颂社会主义的属于主旋律的作品外,也产生了一些美丽的风景静物版画,使我们的版画园地有了丰富多彩的艺术花朵。

50年代后期,中国版画界掀起了向民族美术传统学习的热潮,企图使中国的新兴版画作品进一步民族化,取得了显著成绩,使中国新兴版画发展到一个新的阶段。表现在这一方面的最突出的成绩就是水印套色木刻的兴起。

在这一热潮中,当时中央美术学院,浙江美术学院和四川、江苏的版画家们都不约而同地动手攻水印套色这一关,企图创造版画的民族新品种新风格。例如木刻家黄永玉为了取得线刻的技术和水印套色的本领曾到北京荣宝斋向老工人学习,从而创作了令人感到耳目一新的一扫外国作风而具有中国特色的套色木刻组画《阿诗玛》。

文化大革命之前,四川省的版画创作在李少言、牛文等同志的领导之下,始终在全国处于领先地位,他们的新老版画家不怕艰苦深入到藏民生活中去,从而创作了很多歌颂西藏奴隶得到解放,过着新生活的木刻画,其中给人印象较深的有牛文的《欢乐的藏族儿童》《吉祥如意遍地锦》《草地新征》,李焕民的《初踏黄金路》《情满草原》,徐匡·阿鸽的《主人》等,四川的版画家在水印套色木刻方面也很有成绩,如吴凡的《蒲公英》,李焕民的《藏族女孩》。《蒲公英》于1959年参加在德意志民主共和国莱比锡举行的国际版画比赛会曾获金质奖。《藏族女孩》发表后得到了美术界的一致赞扬。

此外,四川版画家在采用传统的拓片法印制木刻方面也有可喜的成绩,如吕琳的《桑园》,徐匡的《丰收》,可惜浅尝即止,未能坚持下去。

其他题材的优秀作品还有李少言的《老街新貌》,吴强年的《雷锋像》《我们大队的支部书记》,鄂中铁的《大江东去》《山河新貌》,吴凡的《小站》,徐匡的《乡村小学》都是在当时得到好评的木刻。

新中国成立后,在祖国的东北,出现了一个中国新兴版画的北大荒学派,以版画家晁楣、张祯麒、杜鸿年、张作良、张路为代表,他们继承了中国新兴版画的革命传统,创作了很多反映北大荒人的创业、丰收和北国的大自然景色的动人图画。这个学派的特色是以油画似的深厚套色,歌颂了北大荒人的英雄业绩和创业的英雄。

由于版画家们所处的自然环境的相同和思想感情的相近,以及生活和艺术趣味的类似,并在创作中互相影响,所以从北大荒第一代版画家晁楣等人就开始形成了一个北大荒学派,既有别于四川版画家们描绘藏民生活的内容与形式,也有别于江苏版画学派描绘江南水乡的水墨味横溢的水印套色版画。

第一代的北大荒版画家生活在垦区的火热的生产斗争生活中,很好地表现了垦区的开拓者和建设者们在和大自然斗争中的英雄主义和集体主义精神,表现了创业者们不畏艰苦征服荒原的气概,使我们受到鼓舞;表现了他们的胜利和收获,使我们分享了欢乐。

尽管北大荒每一代的版画家都有不同的题材内容和不同的形式风貌,以及不同的美感,但都有一个鲜明的共同点,这就是作为最可宝贵的版画艺术的生命——形象和主题都孕育于北大荒的丰富的生活之中,也就是根植于荒原沃土。

北大荒老一辈版画家们的作品一般能做到构思宏伟,意境深远;就艺术风格来说,大多是多色的油印套色木刻,由于他们受苏联油画的影响较深,所以色彩浓重鲜明,而刀法却粗犷豪放。所有这些特点,形成了第一代北大荒木刻的特殊风格。

北大荒的老版画家们不论怎样创新,但他们的作品总是能够令人看得懂的。而且总是有着浓郁的泥土气息和动人的生活情趣,从而使我们受到感染有所共鸣。不像近些年受了西欧现代派艺术影响的有些美术作品,所描绘的艺术形象以丑为美,以怪为佳,甚至令人看了不知所云。艺术要走到这样的地步算是够可悲的了。

我对于晁楣于1964年创作的《北方九月》(不是后来又刻的变体画)非常欣赏,作者以广阔的红色高粱的海歌颂了北大荒喜气洋洋的丰收。画面以灿烂的色调和宏伟的气势给我们以深刻的印象。这幅木刻在黑白的处理上既突出了人物,又充分发挥了版画的特色。整个画面是富有气势的,抒情的,生活气息浓郁而意境深远,既是北大荒劳动生活的赞歌,也是中国新兴版画的新成就。还有他的《黑土草原》也给人以美的印象。此外张祯麒的《牧归》《艳秋出猎图》,杜鸿年的《春的喧闹》《山林之歌》,张作良的《排障》等都是优秀之作。

张路也是北大荒学派别具一格的版画家,富有装饰性版画创作的才华,他创作的《找缝插针》是一幅很美的风景画,但又有生活内容,可惜他死得太早了,只活了58岁。

郝伯义本是和晁楣等一起来到北大荒的,属垦区的元老,然而他并未在60年代知名中外。而是在80年代第三代北大荒的版画家们兴起之时才大露头角的。像同时播种的树种,有的早出土有的迟出苗,但都长成大树了。郝伯义真是个了不起的人物,他既在版画创作上大显身手,又写了不少论述北大荒版画的好文章，同时还是第三代北大荒版画家们的组织者和领导者。

第三代北大荒版画，比起第二代来有了很大的进展，在新的历史条件下又形成了新的北大荒学派。其特点是：版画的内容已不再是创业时代所表现的英雄业绩和创业的英雄，已不再是创业的艰苦和开辟荒原的战斗。由于时代不同，参加垦区工作的新一代人员在生活上和心情上的变异，他们热衷于歌颂北大荒人的幸福生活以及北大荒人生活中的有趣的风情。因此他们的版画创作，已不再是气势磅礴的进行曲，而是一些逗人喜欢的轻音乐。就版画的形式而言，已不再是浓重的油色拓印，而改为轻快的水印套色，脱离了油画的影响而具有东方色彩。但也有少数作品受了西欧现代派的影响，离开了现实主义，在玩弄形式花样。

第三代北大荒版画家的作品给我留下美的印象的有郝伯义的《春流》，邵明江的《雪姣》，李亿平的《林区检查站》，蒙希平的《孩子·妈妈》，杨少军的《隆冬》等。

与北大荒学派并存的还有江苏的水印套色版画。它是新中国版画界掀起向民族美术传统学习热潮中的产物。我把它叫做中国新兴版画的江苏学派。其特点是：以水墨淋漓的画面表现江南的水乡和秀丽的山川，是中国新兴版画向我国传统的水墨山水画学习的成果。我曾说过："其不艳而有淡雅之风，不洋而有民族特色，揉水墨、金石与木味为一体，熔国画写意与版画刀笔为一炉，具有清新的风格和韵味。"他们的作品所描绘的具有诗意的江南水乡、森森郁郁的高山河流，烟雨苍茫的湖光江面,春风又绿了的桑园和富有江南特色的农舍……无不给我们留下难忘的印象。吴俊发、黄丕谟、朱琴葆、张新予等版画家的作品,为我们的风景版画开拓了新的领域,其中的优秀作品有吴俊发的《高岚》,张新予朱琴葆合作的《绿遍江南》《晚秋》,朱琴葆的《山涧》,翁承豪的《春江初霁》,黄丕谟的《春风春水江南》。

江苏的水印木刻画也有以人物为主的优秀作品,大都富有地方色彩,如王勉的《洞庭红》,陈汝勤的《幽魂一缕》,杨明义的《姐妹们》都给我留下难忘的印象。

40年来,中国新兴版画所产生的优秀作品是很多的,除了上面已经提到者外,还有老版画家李桦的《一楼盖成一楼又起》和《征服黄河》,古元为鲁迅的小说《祝福》所作的插图《祥林嫂》和《刘志丹和赤卫军》及《绍兴风景》,新波的《年轻人》,力群的《春夜》《林间》,王琦的《北海之春》《海滨之夏》,赵延年的《1933年鲁迅到法国领事馆提抗议书》;新起之秀的优秀版画有俞启慧的《鲁迅与瞿秋白》,李习勤的《社干会上》,赵宗藻的《四季春》,莫测的《江畔》,董其中的《山村秋景》《山村晨曲》,韩惠民的《胜似春光》,李秀的《毕业归来》,袁庆禄的《孤儿》,吴燃的《猎》等。

近四十余年来,中国的新兴版画除了在队伍的壮大以及作品的质量和数量上有了很大的发展和提高外,在各种不同版画种类、体裁、样式方面也有很大发展,为建国以来的版画创作形成了繁荣景象。过去当我们提到"版画"两字时,几乎指的只是木刻,而今在版画的品种上更加丰富了。除了木刻画、石版画、丝漏版画、铜版画外，艺术家们还创造了新的品种：如吹塑版画、综合版画、浇铸版画、纸浆版画、纤维版画、塑胶版画、纸版画。有的印在过滤纸上、有的印在薄布上，真够名目繁多。而且在套色的工艺上也更加精益求精。使中国的版画增添了新的光彩。

1979年在全国第四届文学艺术工作者代表大会上，出席会议的版画家代表提出了恢复全国性版画家的组织和恢复《版画》杂志出版的倡议，得到绝大多数版画家的热烈支持。经过半年多的筹备，于1980年4月19日至25日在安徽黄山召开了中国版画家协会成立大会，来自全国各地的六十位具有代表性的版画家参加了大会。中国版画家协会是在粉碎了"四人帮"之后的一片大好形势下诞生的，它的成立，标志着我国新兴版画运动的新阶段，大大鼓舞了中国版画家的创作热情。十余年来，在它的领导之下，团结了全国版画家，举行了多次全国性的版画展，促进了中国版画的繁荣，加强了版画对外交流活动，培养了版画的新生力量。

令我们感到高兴的是上海人民美术出版社于1981年出版了一本《中国新兴版画50年选集》，它的"编辑委员会"是由中国新兴版画最有权威的版画家们组成的，所选的作品也是最有代表性的。它的问世是中国新兴版画的一个新的里程碑，既有历史意义，也更能鼓舞中国的版画家沿着社会主义现实主义道路前进。

由上海人民美术出版社于1980年创刊的《版画艺术》和北京人民美术出版社于1983年创刊的《版画世界》对于促进

中国新兴版画的繁荣也都起了良好的作用。

80年代中期，在全国刮起了一场资产阶级自由化的西风，文学艺术界深受其害，影响所及《美术》杂志上出现了大量属于西欧现代派的美术创作，矛头所向，在于否定毛泽东文艺思想，他们叫嚣："《在延安文艺座谈会上的讲话》过时了"，要求"自我表现，远离生活""否定传统""全盘西化"……在这种不良的艺术空气中，有的版画作品为了发挥画家的"自我表现"，结果其画面搞得令人百思不解，有的版画为了追求变形，把人物刻画得那么丑陋。

而当一大批中青年版画家误入西欧形式主义的泥潭而不能自拔时，在"版协"先后组织的三次工业版画展中却出现了很多出于工人之手的富有生活战斗气息的革命现实主义的版画创作，这是多么令人高兴的事。

这本精品集，是继承了中国版画革命传统的版画家深入群众，深入生活，而后创作出来的源于生活，高于生活，较好地表现了人民，能够鼓舞人民的优秀作品。它们大都反映了时代精神，弘扬了主旋律，是无愧于精神文明建设的。愿这本精品集的问世能对新的青年版画家和美术家有良好的启迪，走上为人民服务，为社会主义服务的革命现实主义艺术道路。

1994年作

李允经著《中国现代版画史》序

李允经是一位知名的鲁迅研究家,曾出版过《鲁迅与新兴木刻运动》、《鲁迅与中外美术》等专著。这说明他是继承了鲁迅先生所关心的中国美术和中国新兴版画的艺术事业的。而更使我高兴的是他不仅已涉足于美术领域,而竟由一位一般的美术爱好者变成了中国现代版画的了不起的"里手"。因此他能成功地写出这本出色的《中国现代版画史》。

在中国现代美术史上,版画艺术是起了革命艺术的先锋作用的,是以艺术的形式表现了现代中国的革命和战斗的魂魄的,是最富有时代精神并和人民群众的喜怒哀乐、悲欢离合、理想追求血肉相连。因此为中国现代版画写史,就应紧紧把握时代的主旋律,将众多版画家的艺术成果,作为一个个响亮、优美的音符,谱写成一曲动人的交响乐章。李允经的这部版画史是显示了他较好地完成了这一伟大乐章的。

作者以中国新兴版画的萌芽期、成长期、发展期、灾难期及繁荣期这五个时期作为本书的总纲和经，又以版画运动、版画家和他们的作品、中外版画交流、版画的理论建设为纬来论述不同时期的中国新兴版画的活动和发展。因此这本书既是中国新兴版画六十年的发展缩影，也是六十年来中国新兴版画创作的剖析的鉴定。虽然作为文艺史家是理应忠于中国新兴版画发展的客观历程的，但如何评价版画家和他们的创作，就可能由于作者的艺术观的不同和用心的各异，而有不同的选择和不同的侧重，更会有不同的褒贬。而李允经是始终以鲁迅和毛泽东的文艺理论为其指导思想的，因而也是始终以现实主义为立论的基本立场的。

我很仔细地读了他长达三十万字的书稿，就总体而言，他的治学态度很严肃，全书章节布局有清明之感，叙述版画运动也要而不繁，没有流水账似的罗列，对书中所评的版画家的优秀作品竟有百分之九十以上和我的想法和看法不谋而合；也和版画界公认的情况符合。如评论李桦后期的创作时，特别赞扬了他的《一楼盖成一楼又起》以及《征服黄河》；论述古元的作品时特别赞扬了他的《祥林嫂》；评论晁楣的创作时特别赞扬了他的《北方九月》；论述李焕民的作品时特别赞扬了他的《藏族女孩》和《初踏黄金路》……凡是被赞扬的作品，都具有代表性。而他的文字也精练生动，分析作品相当深入，能做到郑板桥所说的"入木三分"而非"隔靴搔痒"，显示了他不愧是研究我国现代版画艺术作品的出色"里手"。

苏联女作家L·绥甫林娜在她的小说里描写到播种时，谓之土地在"受孕"。这比喻得非常好。而我们的文学艺术家当创作一件成功的作品时,也有一个"受孕"的过程,但这个过程局外人是不知道的,只有作家自己知道,正像一个女人"受孕"别人无法知道一样。因此当评论家研究他的作品时,要想获得关于作品"受孕"过程的资料就不是一件容易的事。而李允经在论述李焕民的《藏族女孩》这幅优秀的版画创作时竟然得到了李焕民创作这幅作品时"受孕"过程的资料,或者谓之从生活中的感受过程吧。总之这是不大容易取得的资料。作者在书中引用牛文的话说:

李焕民深入藏区时,"常常发现一些天真无邪的儿童在他住的帐篷口悄悄地看,孩子们是那样的真挚可爱,眼睛里充满对美好生活的憧憬。可是当人们去抱她时,又突然逃走了。过了一会儿又悄悄地站在那里。这种反复出现的诱人的形象,曾给作者很大感动,激发了许多联想,促使他观察体验更多的儿童,从脸到动态,从眉宇到嘴角,感受渐渐具体和丰满起来,于是创作了水印木刻《藏族女孩》"。

我想这个"受孕"过程一定是李焕民对牛文讲的,否则牛文又何从得知。但能够为李允经发现,就足见他写这本书时在搜集资料方面所下的苦功。因为要查找和阅读许多作品和文章,才能像海里捞针似的,找到于自己有用的资料。从这里可以看出一个人的治学精神。我不过仅仅举了一个例子,他写的其他优秀作品的"受孕"过程还有不少。有没有这个过程,是非同小可的,这既有利于增加读者的阅读兴趣,也有利于美术青年们从中认识到进行现实主义的版画创作时从生活中获得感受的重要性。

当李允经论述版画家们的作品时,也能做到一分为二,既赞扬优点也指出缺点。毛泽东曾说:"金无足赤,人无完人。"而我们的即使是成功的版画创作吧,也不可能全是美玉无瑕。例如作者论述老版画家牛文时说:

新时期的牛文,"他的版画创作有新的突破和飞跃,被版画界誉之为'花甲变法',这在四川画派的老版画家中是绝无仅有的一位。他的毅然将先前黑白色块的传统技法扬弃,转向古典版画的线刻,将古刻中细腻、清新的东方韵味与现代版画黑白强烈对比的特点相结合,创造了一种主要由线刻而形成的明快,秀丽的新风格"。"这种风格在《草地新征》中开始形成,后来又创作了《芳草地》《朝阳》《惊雷》等新作。""由于这些作品充分展现了线的韵律美,创造出一种不同于已往的新风格和新风貌,因而获得了较高的评价和普遍的赞扬。但是,古典的东方韵味如何和现代的生活相结合?作者似乎还没有获得理想的解决。"后来又说:"牛文的'花甲变法'得失参半。所得者,是对于形式美和装饰感的自觉追求和颇具东方情味的新风格的创造;所失者是人物内心的开掘和揭示显得逊色。牛文本是长期深入藏民生活的版画家,对藏胞有着深刻的理解,因此,他的所失不应视为生活之源的枯竭,而是在借鉴传统的创新过程中,反被传统束缚了。这恰如鲁迅所说:'古文化之裨助着后来,也束缚着后来。'这种得失参半的情形,在艺术史上并不鲜见。由此可见,借鉴传统而又能突破传统的束缚乃是艺术创作者的神圣使命。"我感到李允经论述牛文作品的这段话是"入木三分"地指出了作品存在的问题的。

当李允经论述老木刻家彦涵时说:"如果说彦涵先前的版画重于现实主义的写实,那么他的70年代后期和80年代前期的作品,则是浪漫主义的抒情写意,充分显示了版画大师的风采。

"《春潮》这幅黑白木刻,向人们报告了他风格的转变;即由写实到抒情写意,由情节描绘到激情喷发的鲜明变化。这幅作于1978年的新作,是他落实政策,平反昭雪后苦尽甘来,时来运转的愉快心态的表露。画面所表现的是迎着海浪在空中展翅飞翔的海鸥。这海鸥恰似作者的化身,象征着他政治上和艺术上的重新起飞。彦涵说:他之所以喜欢画海鸥,因为那是'坚强、勇敢、力量、自由的象征',人生大海的急风骤雨没有折断他的翅膀,他正抖落身心的创伤,飞向了自由的太空。

"80年代中后期,彦涵改变了当年延安时代的艺术作风,冲破了原有的艺术观念,锐意追求现代派风格,作品步入抽象和前卫领域。他以更加强烈的主体意识去分解和组合画面图像,驱使线形的走向,表述内心的追求……也因此,彦涵被国内外人士称之为'中国新时期的新潮流画家'。但是,一些与他同辈,恪守版画革命传统的名家,对他的晚年变法,多持困惑不解,瞠目结舌之态度。但彦涵是义无反顾的,他说:'我不能总吃小米加步枪那碗饭'。但另一方面,是他的这些新作,尽管别具一格,却也为普通的观者难以理解了。"

而这也是从艺术的"十字街头"走入"象牙之塔"的一个

例证。

中国的现代版画创作,由于在后期受到欧洲现代绘画诸流派的影响,一面固然也多样化了,繁荣了,但同时也不像早期创作的那么单纯而变得复杂化了,可谓派别繁多,良莠杂陈。一些人离开了鲁迅先生提倡木刻的初衷和毛泽东《在延安文艺座谈会上的讲话》的精神,产生了严重脱离生活现实、脱离人民的现象。作为鲁迅学生的美术史家,对此种种创作现象绝不应"有闻必录",一齐叫好,从而把天书似的《析世鉴》和自然主义地描绘一个椅子和桌子的版画也津津乐道,似乎这都是了不起的创作。如果是这样,则既是不严肃的也是对人民不负责任的。而李允经则既有人民的立场,也不人云亦云。作者虽未着力去批判它们,但决不苟同,因此在这本艺术史的著作中没有肯定它们的地位,这是一种对人民负责的态度。

写史,对待历史资料绝不应真伪杂陈,"捡到篮里的都是菜",而是需要艰苦地寻觅,认真地核实和鉴别的,然后才能作出正确的答案。在这方面李允经是非常认真严肃的。例如当年延安"鲁艺"的建立,在《中国新兴版画50年选集》中写的是1938年10月1日"鲁迅艺术文学院"在延安成立。而李允经把它改正为"1938年4月10日",就说明他的细心认真了。按说《中国新兴版画50年选集》里的资料是相当可靠的,其中的有关年月也似乎不容怀疑,但也难免有错。还有关于1938年在武汉成立"中华全国木刻界抗敌协会"的情况,就有各种不同的记载,而李允经却终于从木刻家沙清泉保存的报纸中找到了真实的记载。

我相信李允经这本花了 5 年光阴认真严肃的著作定会在美术界和社会上受到好评的。

1994 年 11 月于京华写出初稿,回太原后又修改而成。

发表于 1995 年《鲁迅研究月刊》第 2 期

新兴木刻在八年抗战中的贡献

当鲁迅先生向中国美术青年介绍外国的创作版画时,曾在《新俄画选》中的《小引》里说过这样的话:"当革命时,版画之用最广,虽极匆忙,顷刻能办。"历史证明鲁迅先生真是有远见的,在八年的抗日战争中,中国的新兴木刻画真是起了极为重要的作用。当时不论延安的《解放日报》或晋绥的《晋绥日报》,其中的图画、地图无不要通过木刻在报上和读者见面,例如有时发表漫画,也是要让木刻工作者刻成木刻然后才能上版的。至于木刻家反映生活的木刻创作,也都要用原版上报,这都证实了鲁迅先生所说的"当革命时版画之用最广"这句话了。

中国的美术,自"五四"以来传入了西洋的油画和水彩画等,大大丰富了中国美术的品种,但当时美术学校里培养出来的学生,却大都只能画油画的裸体女人和风景静物,而善于用创作来反映人民生活的艺术家则真如凤毛麟角,即使是留学法国的画家也是如此。原因就在于他们是沿着"为艺而艺术"的美术道路从事绘画工作的，而不是走现实主义的艺术道路。换另一句话说就是这些艺术家是躲在"象牙之塔"里作画的，一向远离政治、远离生活，所以到了抗战的年代，要画抗日内容的作品，他们就大都无能为力了。就是从事中国传统绘画的画家也是如此，因为他们所画的是山水、花鸟、古装仕女之类，要表现抗日的现实生活，就有如要京剧演员演话剧，其难好比要鸭子上架。因此在抗战八年中就显得木刻家最吃香，原因是中国的新兴木刻从它诞生的那天起就是在革命现实主义道路上前进的，反映人民生活的疾苦，描绘东北抗日义勇军的战斗，是其职责。因此在八年的抗日战争中就大大显示了它的优越性，因而创造了辉煌的成绩。所以郭沫若先生在《北方木刻》集的序文中说："木刻作家们在中国人民解放的斗争中确确实实是走在最前头了。他们的努力实在是惊人，尤其在对法西斯日本抗战的八年中，他们呈出了超级的贡献。对于这些惊人的努力和成绩，不仅我们中国人民业经予以承认，就是苏美英法等盟邦的朋友们也一样的承认了。"

在八年的抗战中，不论国民党统治的大后方，还是共产党领导的解放区，木刻家们都沿着现实主义道路创作了很多反映生活歌颂战斗的优秀木刻作品，尤其40年代在解放区涌现了如古元和彦涵那样的优秀木刻家，使中国的新兴木刻进入了一个新的成熟的阶段。古元深入陕北农村后，创作了反映陕北人民和平民主新生活的木刻画。如他的《羊群》、《选民登记》、《哥哥的假期》、《区政府办公室》、《离婚诉》都令人感到是中国新兴木刻的新成就,既产生于真实生活的土壤中,又创造了有血有肉的陕北人民的生动形象。由于彦涵曾深入了敌后太行山根据地,亲身经历了军民和日寇之间的残酷斗争,所以他回到延安后创作了很多歌颂太行山军民英勇战斗的优秀木刻作品,为八年抗战的历史留下了可贵的史料和艺术珍品,如他的《把敌人抢去的粮食夺回来》、《护送伤员的民兵》、《当敌人搜山的时候》都是他的很成功的作品,而其中表现军民关系的《当敌人搜山的时候》(见图9)实属力作。作者生动地表现了一个八路军和老乡们同生死共命运的感人场面。

解放区的木刻家李少言的《重建》、邹雅的《支援群众打场》、胡一川的《胜利归来》、夏风的《从敌后运来的战利品》……也都是八年抗战中的佳作。

在国民党统治区,当"八·一三"上海抗战开始后,木刻家马达就刻了《轰炸日本出云舰》,力群刻了《抗战》,到40年代乃有林仰峥的《神圣的教堂》和蔡迪支的《桂林紧急疏散》,前者表现了日寇进入教堂强奸妇女的罪行,看了令人惊心动魄,后者纪录了国民党地区桂林紧急疏散时的纷乱景象,看了令人心寒。所有这些木刻作品都有利于后人了解八年抗战中中国人民所经受的苦难和进行的斗争。

发表于1995年8月25日《太原日报》"艺苑"副刊

生活的歌者

——版画家曹美的艺术道路

曹美是一位继承了中国新兴木刻传统,沿着现实主义道路行进的中年版画家。30多年来他在版画园地里探索追求,用汗水灌溉了他每一个时期的版画禾苗,终于获得了丰硕的艺术成果。曹美曾有6年的岁月是在解放军中度过的,他在部队紧张的战斗生活中,一手拿枪一手拿木刻刀,在出色地完成部队的各项战斗任务的同时,坚持了版画创作。部队的新生活给他提供了新的创作源泉,他的作品从不同角度反映了部队火热的战斗生活,为部队的文化建设和精神生活做出了贡献。

曹美1962年在山西艺术学院学习期间,作为毕业创作就刻出了山西最早尝试水印套色的处女作《马蹄莲》,显示了他在艺术上的才华。这幅作品也引起了社会上的关注,不论构图、刀法、色彩、黑白的处理都令人感到新颖、独特。对一个初登版画之门的青年来说,是难能可贵的。

曹美入伍不久创作的黑白木刻《休息的时候》,以其取材的别致和表现的生动而赢得观众的赞扬。1964年在北京"第三届全军美展"中看到这幅作品时,就给我留下深刻的印象,并把它发表在我当时主编的《美术》杂志上。作品表现的是部队火热的战斗生活的一个侧面,但却充分反映了战士生活的活跃和欢乐。这张木刻荣幸地获第三届全军美展的优秀奖,并被中国美术馆收藏,后来又被选送参加联合国教科文组织举办的第十三届国际巡回美展。除此之外,他在部队时创作的反映军营生活的版画《解放军叔叔来了》《总理夸咱打得好》也曾被选入1964年"第三届全军美展"。

1968年曹美由部队转业到山西,被安排在专业创作的岗位上。从此,他开始新的艺术生涯。他接连创作了很多反映日常生活中的具有诗意的作品,其中《雪中情》《早春》《春到黄河》等成为他这一时期的代表作。《雪中情》以一种童心表现了小姑娘对于小鸟的爱。下雪后,小鸟们无处觅食了,小姑娘在林中扫出一块空地,以谷米喂鸟,引来了一群从树上飞下来的小麻雀,富有一种童话般的美的意境。一般说来,麻雀与人并不存在信任。按实情,麻雀是不敢飞到小姑娘脚下的,即使它们很想吃。也只有小姑娘离开有谷物的场地时,它们才敢飞下来争食。画家在作品中的处理是希望麻雀能信任小姑娘,鸟与人类成为亲密的朋友。从而创造了一个美好的诗的画面。

《早春》和《春到黄河》都是表现清明时节人们植树造林,

绿化祖国的劳动场面的。不同的是前者为黑白木刻，后者为套色木刻，前者是在黄土高原上植树，后者是在黄河之滨植树。《早春》把人物安排在中景，以早年植的树已成林为近景，形成了画面风景之美；并以天上飞过的乱阵之大雁表示阳春来临，这幅木刻以黑白处理与树木阳刻阴刻之变化形成了画面的美感。《春到黄河》则以人物为近景，两个男女青年正从手扶拖拉机上把由苗圃运来的树苗一捆一捆地搬上渡船，船头站的一个船工正面向彼岸，意味着将把船开到那里去进行造林工作。这幅木刻的构思之不凡与所刻的黄河水流之真实感以及套色之美而赢得观众的寻味。《早春》曾于1984年参加第七届全国美展，而《春到黄河》则于1991年参加了第八届全国美展并获省美展金牌奖及省绿色明珠美展特别奖。

除此之外，他还创作了《清水上高垣》《打靶》《晨》《月到中天》《瓜乡》等优秀作品，尤其是《打靶》和《月到中天》更富有抒情性，前者套色美好，而后者则更有装饰美。

总的说来，曹美处于中国画坛受到西欧腐朽的现代派绘画风污染之际，他始终没能远离人民生活，始终没有丑化人民形象，而是坚持中国新兴木刻之现实主义传统，歌颂人民，歌颂社会主义建设，实属难得。

曹美的木刻有一种厚重的朴实感，形成他特有的风格，并洋溢着乐观主义的健康情调，给人以鼓舞。他的木刻大都有山西的地方特色，善于从日常生活中发现诗意和情趣，这都是值得称赞的。

由于30多年来曹美在版画艺术上的成就，他荣幸地获得了中国版画家协会1996年向五六十年代优秀版画家颁发的"鲁迅版画奖"。我为此向他表示庆贺。

1997年3月5日发表于《人民日报》"大地"

论姚天沐的版画艺术

姚天沐是福建人，自从来到北国，考入东北的鲁迅美术学院，于1955年毕业后分配到山西，就像当年来自广东的古元热爱上苦寒的陕北似的，近40年来，他爱上了山西，对山西的黄土高原发生了浓厚的兴趣，产生了深厚的感情。他在一篇《创作琐谈》的文章中说："我深深地体会到，外表质朴、内蕴深厚的黄土地，有着一股无限的内在力量和恢宏博大的气魄，人置身其间，自觉何其渺小！而那浑厚朴实不加任何雕饰的外表，显露出她本来面目的自然之美，给人以思古之幽情和人世沧桑之感，我迷恋着黄土地，似醉如痴。"

从以上这段话，就不难窥见姚天沐之所以迷恋上黄土高原的原因了。因此山西吕梁山一带的山山水水，一草一木和在这片土地上生活的勤劳的农民，就成了姚天沐艺术创作的生活源泉。与此同时姚天沐也就成为了北国黄土高原的一位出色的歌手。姚天沐继承了中国新兴版画的革命传统，沿着现实主义的艺术道路,近40年来在版画的艺术土地上辛勤耕耘,用人民群众喜闻乐见的美术形式,创作了很多具有山西地方风味而同时也是富有中国特色的版画艺术,取得了可贵的成就,受到了中外人民的喜爱。近些年来姚天沐用鸟瞰的高瞻远瞩的视野一连创作了属于黄土地系列的《山脊梁》《这方天地》《山凤凰》《古塬秋韵》《黄河腹地》《秋塬》《奋蹄》等歌颂黄土高原的版画姊妹篇,只要看其中的《黄河腹地》的创作过程,就不难看出这位版画艺术家的创作艰辛,和对于黄土地的恋情,他说:"去年春,我再次冒着弥天风沙徒步深入到山西与内蒙古交界的一个偏僻地方——黄河老牛湾,河水急流中一座数公里长,数十米高的石山,宛若躺在河中的卧牛,尽管河水有惊涛拍岸之势也不得不绕过它咆哮而去,这就是闻名于世的老牛湾。这里地广人稀,没电缺水,祖辈生息在这块土地上的勤劳而善良的农民们,以最大的奉献最小的回报默默地劳作着,这不正是与老牛的品格相一致吗?那座老牛山就是这种品格的化身和写照,与那蜿蜒在黄土地之间,不怕曲折,勇往直前的黄河,不正是象征着我们华夏民族精神和民族气质吗!这景象,构成一幅壮丽的图卷,久久使我不能平静!"这段话既有利于我们更好地欣赏《黄河腹地》这幅版画,也说明画家对他所描绘的黄河和两岸黄土地的深情与热爱。这虽然是一幅展现黄河和黄土高原的风景版画,未曾有人物出现在画面,但它能令人想到数千年来这九曲黄河和两岸贫瘠的黄土地锻炼了这片土地上的多少人民具有坚强而耐劳的可贵品格。《黄河腹地》曾获第十二届全国版展银奖,第八届全国美展优秀作品奖,第七届国际版画及素描双年展优秀奖,后为中国美术馆收藏。

在黄土地系列的版画作品中,如《山脊梁》《古塬秋韵》《山凤凰》等,就都有人物出现了,让我们能看到这片黄土高原上的人民在怎样劳动,怎样生活,社会在怎样慢慢地发展。而这些人物的活动虽然仅是画面的一种点缀,但也无不流露着作者对他们的爱。

这之前,姚天沐曾用平视的构图创作了几幅表现黄河两岸人民生活的版画。如《枣乡秋》《黄河枣乡》《黄河岸》等。《黄河枣乡》是一幅很美的关于黄河的风情画,作者用水印套色形成了画面的淡雅韵味,让我们看到黄河岸上那坚实的砖石建筑和明朗的窑洞人家,看到了农民正在用竹杆打枣、用筐收枣并把这可贵的红果实运回家中的场面。这生活情节既丰富了作品内容,也令读者感到一种美的生活情趣。而黑色的房顶又构成了画面色彩的旋律感。这幅北国特有的风情画,使我久看不厌感到亲切。它是姚天沐这一时期的一幅难得的佳作,这幅具有中国特色的木刻画曾参加南斯拉夫卢布尔雅那举行的第八届国际版画展,受到好评。《枣乡秋》描绘的是黄河岸人家在大石上晒枣的情景,那枣林,那河水都具有北国特有的地方情调,人们说:"靠山吃山,靠水吃水。"这里能告诉读者黄河岸边的人家是如何靠山吃山和特有的甜蜜丰收的。《黄河岸》以近景的构图和水印的技法表现了牧羊人在枣树林里放牧的情景。有些羊急忙从土崖上下来到黄河里饮水,有鸟在天际飞翔,这也是一幅富于高原情调的作品,表示了画家对这种放牧生活的浓厚兴趣。作者用五合板的木纹表现流动的黄河水达到微妙的效果。整个画面显示了画家在创作上的匠心，只要看土崖下在黄河里露出的那块石头，就看出画家如何在经营这幅画的构思。此画也是曾经参加过南斯拉夫卢布雅那第八届国际版画展的。

姚天沐曾于80年代和90年代先后把北国的窑洞作为作品的主体，描绘了黄土高原人家的收获、娱乐和院景等画面，好像从鸟瞰的黄土高原景观把视线落到了窑洞人家，这些作品我很喜欢其中的一幅黑白木刻《收获》，在这幅木刻里作者用心地刻画了以大石块建制的窑洞和窗棂的图案以及晒在窑壁上的大枣，而那三个挑担负重登阶的收获者虽是个背影，但也能看出他们急于进院的欢快心情。我特别欣赏画在高处院内露出枝杆的那落了叶的枣树和门顶的建筑细节。近些年来有不少画家特别欣赏北国农家的落后颓废，破旧荒凉等景象，因此他们的画面就散布一种凄凉无望的悲观情绪。而姚天沐则特意描绘了黄土高原人家的整洁、美观的新气象，给人以乐观振奋和富有希望的健康心情。《山村夜色》描绘黄土高原的农民通过层层窑阶在月色下去看露天电影。但我更欣赏那幅富有装饰味的《枣林深处》，它表现了黄土高原人家的窑洞外景，给人一种美的感觉，画家把门墙和窑面刻得那么明朗，反而显得富有工艺味的较黑的窗棂很突出。在院外的两条黑色的大牛和小牛既使画面的色彩有了变化，又增加了画面的生气。姚天沐作为一位版画家在"文革"之前就曾创作了《今年更比往年强》等作品，受到李桦同志的赞扬。但他在版画创作上引起我的特别注意的则是"文革"之后于1980年刻的《满院春光》(见图10),这幅作品是他从事版画创作以来的一个飞跃,他在我省平凡的人民生活中找到了一个很不平凡的题材。这样平凡的环境,这样平凡的生活,以不平凡的构图出现在版画作品中,真令人感到新鲜,感到美。

在一个整洁的院落的照壁下,有三个儿童在专心一致地完成作业,一只白猫闲散地卧在门槛上,院里有夏天阳光照耀下的正房和侧房,门口有白色的母鸡领着一群白色的小鸡觅食,整个院落,从照壁顶端到门口两侧和上方都为花草所装点,为开着黄花的瓜藤所缭绕。令人感到居处的安逸,空气的清新和生活的美好。从版画艺术来说,仅套四个色版而形成了画面的美的意境,既有统一的主调,又有色彩的微妙变化。而白色又利用得如此经济适当,用在房壁上令人感到了后院的深远与明朗,用在女孩上衣上,既是白色的分布,也使人物突出,尤其是把灰色作为光阴用在房檐下非常巧妙,这么一来,就令人感到有阳光照在房壁上,产生了炎夏院景的效果,因此我是很喜欢这幅成功的版画的。

我们山西出生的艺术家,是应该去表现山西的特色从而使作品富有浓郁的地方性的。然而本山西土生土长的倒往往由于过于熟悉当地生活,反而会形成"熟视无睹"。结果往往是发现不了感兴趣的美的题材,反而想求助于外省和异地,有如"老鹰不吃窝下食,兔儿不吃洞边草",反而从福建来到山西的姚天沐,他倒从平凡的生活中创造了不平凡的《满院春光》,令人感到了别样的芬香。

艺术家就贵在善于从平凡的生活中发现不平凡的题材，从而创造出不平凡的美的作品。

在我看来法国浪漫派的大师们虽然表现了那些不平凡的惊险的绘画题材，倒不如现实主义的米莱所描绘的那些农村的平凡题材更亲切更耐人寻味而富有诗意。

这之前姚天沐的早期作品《今年更比往年强》《育种试验》《丰收喜讯》等木刻，都是在要求艺术必须为政治为生产服务的时代创作的。好心的艺术家总是力求自己的作品适应这种要求，姚天沐苦心费力地刻出了这些木刻画，虽然也受到了当时人们的表扬，但若和"文革"之后在三中全会精神鼓舞之下创作的《满院春光》相比，就觉得那些类似为政治作图解的作品，有如报纸上的新闻报导，即使其中较好的《丰收喜讯》也逃不出这种命运。

而到了创作《满院春光》，已是不要求艺术直接为政治服务的时代了，艺术家从这种"紧箍咒"中解放出来，感到了创作上的自由，因而他走到农村，其着眼点就落在生活中感人的事物，美的事物上，落在具有诗情画情的题材上了。然而这些作品难道就没有政治性了吗？有，但不是飘在浮面，而是潜在深处，是在作品的意境和气氛中自然流露出来。

也许是看厌了蓝色的大海，看厌了平静的江湖的人，会更喜欢我们的泥沙俱下惊涛骇浪的黄河的，姚天沐正是这样的一位艺术家，你看他对黄河多么有兴趣，创作了《黄河枣乡》，又创作了《黄河岸》，但不管前者和后者，都是具有明显的"黄土高原内在的特色和美感"的，作者所采用的表现手法,也是富于中国民族和民间艺术的风味的。不像有些画家的作品一味学习西欧现代派。据说日本友人很喜欢这两幅木刻,这也是很有道理的。因为《黄河枣乡》既是一幅黄河为背景的描绘黄河人家的风景画,也是一幅描写秋后打枣的人民生活的风情画。另一幅水印套色的《黄河岸》,不论取景,不论套色,不论放羊人和羊群都更显得是典型的黄土高原的风光,画家在这里所刻画的冬日的枣林和羊群都能把黄河流经山西的特有环境表现出来。

姚天沐除了刻院落,刻风景之外,也刻人物,他在1984年创作的《棉花姑娘》,也是一幅美的水印套色版画,很有水印所产生的韵味。姑娘的黑色的头发和花黑色的衣裤衬托得她的面部更加白皙娟秀,她的身影和动作都有一种山西农村姑娘的朴素美。在目前流行以怪为佳,以丑为美的绘画空气中,看到姚天沐以"朴素,明了、易于群众接受的艺术语言"所描绘的《棉花姑娘》倒觉得愈加可贵。

我感到姚天沐不仅在油印和水印套色木刻上是能手,他在黑白木刻上也是能手,如1991年创作的《战士身上衣》和1993年创作的《窑洞小学》都是难得的佳作。前者所刻画的是历史题材,但却能如实地再现抗日战争年代妇女为前方战士赶制寒衣的热烈场面。这幅木刻在人物安排和黑白的处理上都富有匠心,而那个作为中心人物的妇女,她一面双手缝衣,一面听旁边一个女人和她说话的神情非常动人,而她的面貌也刻得很美丽。这幅木刻曾获《正义、和平——反法西斯战争和抗日战争胜利50周年国际美展》特别奖。而《窑洞小学》则不论取材,不论人物的刻画,以及整个画面的黑白处理,在 90 年代的中国版画界来说,真是少有的佳作,那白色门帘的用刀,那作为灰色窗户的精心设计,那老师的热爱儿童的美的形象,那儿童的天真可爱身影,都描绘得美而传神恰到好处。这幅木刻在黑白处理上更具有无比的艺术性,而整个作品则既是最富有地方色彩的而同时也是最有中国特色的。

除此之外姚天沐在 90 年代前后所刻的《流水人家》《雨里烟村》也是很有韵味和诗情的。

以上提到的这些版画,不仅在全国性的美展或版画展览中展出,而且也在日本、罗马尼亚、朝鲜、南斯拉夫等国展出过,受到了国内外的好评。

1998 年作

·中国画·

阎丽川书画展观后

我高兴地观赏了老友阎丽川在太原市举行的书画展。他的作品清新朴实,如他的人品一样令人喜爱。他在自己书写的一首诗中说:"半架图书路八千,神仙富贵等云烟,历尽沧桑通变理,风光无限夕阳天。"形象地概括了自己的生平和思想风貌。

阎丽川现任天津美术学院教授。他是太原人,现年72岁。青年时曾在太原省立第一师范读书,热爱美术,受教于赵延绪先生。1930年考入杭州艺术专科学校,次年,我在他的帮助下考为该校插班生,与他成为同学。他勤于作画,勤于读书,对我深有影响。他读的书岂止半架,十架也装不了。当时他既画水彩,也画油画。"一·二八"事变后又转学到上海新华艺专。1935年后,我在上海谋生,和他常有交往,抗日战争爆发后即失掉联系,但他在我的记忆中总是一位难忘的挚友。

全国解放后他一面任教于天津美院,一面研究中国美术史，出版了《中国美术史略》，成为全国知名的美术史家，引起同道者们的重视。近年来他虽体衰多病，仍致力于书画。这次在故乡展出的除了山水、花卉等中国画外，还有书法、旧体诗、水彩画，总共一百余幅，老友们惊叹他在这些方面的新成就，看了为之鼓舞。

在中国画方面，阎丽川的作品中山水画较多，这是因为近年来他涉足于黄山、华山、麦积石窟、赤壁古迹以及故乡的五台、晋祠等地。祖国的壮丽河山激发了他旺盛的创作欲，他既写诗又作画，取得了两方面的成就。我很喜欢他画黄山的一幅山水画，此画用笔苍劲，气势雄伟，一气呵成，似有雨后清湿之感，实属难得之作。在花卉方面，我很喜欢"蕉荫攻读"和名为"白凤"的梅花。前者墨色润泽，用笔流畅。蕉下小几上放了两卷古书，颇有新意。后作用笔如神，大有气势，显示了作者的功力。

在诗作方面，阎丽川也很有造诣，如五台山游杂咏等诗给人以健康有力、奋发向上之感，通俗易懂，又富于韵味。在书法方面，他也是很有功力的，如"天堑变通途，高峡出平湖"，"山花迷古道，野水接长天"，既有魏碑味，又显示出鲜明的个人风格。至于水彩画方面，由于他在学校求学时就下过功夫，功底很深，这次展出的作品说明，他在这方面的兴趣不减当年。

我看了老友的这一百余幅作品，不禁想起曹操的诗句："老骥伏枥，志在千里；烈士暮年，壮心不已。"愿以此共勉。

发表于1981年10月25日《太原日报》"星期天画刊"

《赵宁安的中国画》前言
——勤奋的天才

如果说我是美术领域里的伯乐,那么赵宁安就是我所发现的一匹千里马。所谓千里马,就是意味着美术"天才"。

但天才并不保证一个人的成就,有天才而又刻苦努力,学习有方,才能成为一名出色的画家。否则,就可能为天才所误,落得一事无成,所谓"少壮不努力,老大徒伤悲",自古以来,这样的事例,难道少吗?

天才好比一块火石,只有经过有力地锤击,才会迸发出灿烂的火花,天才又好比一块玉璞,只有经过精心雕琢,才能成为辉煌的玉器。赵宁安是既有天才而又非常刻苦钻研的,他的成功是和名师的指导及自己的艰苦努力分不开的。

1962年,我在银川为宁夏文联举办了一个短期的版画学习班,利用晚上和星期天上课,既然都是业余学习,学员们就大都不可能有较高的绘画基础,又由于当时条件的限制,故绝不能从练习素描、静物、人体入手,而是一反当时业余美术学习班的惯例,从一开始就让学员们进行创作,"画你们最熟悉的,画你们最感兴趣的事物。不要害怕"。我说。

赵宁安是这个学习班中最小的一个学员,当时还只是一名高中学生,他按照我的指点,出乎意料地刻出了闪烁着才华的《初雪》《收获》《三秋鱼肥》等木刻画,成为整个学员中创作得最多,而又属于上乘的一位。当为这个学习班出版《宁夏木刻选》时,赵宁安入选的作品共有三幅,并且后来又都参加了全国美展,是学员中的佼佼者,十七岁的赵宁安已达全国美协会员资格。从这个学习班上我最先发现了这个具有美术天才的青年。当我离开宁夏时,对当地领导同志特别强调了希望大力培养赵宁安,我说:"他是你们的天才,他是大有前途的。"

18年后的1980年,我在上海参加《中国新兴版画50年选集》的评选工作时,看到赵宁安参加全国版画展览会的套色木刻《丰收了》被评委们一致通过,心中暗喜,我想,他没有辜负我对他的器重,不愧是我当年发现的一匹千里马,此时的赵宁安已考取中央美院研究生。

自60年代我把赵宁安引荐于李苦禅和黄胄门下,到1979年考入中央美术学院成为李苦禅教授的研究生,十几年间艰苦奋斗、笔不停挥,又因工作之便他跑过全国许多地方,得到了许多名家的指点,而最终有机会深造,却又显示了他志在中国画方面的发展。赵宁安依靠自己的刻苦努力和天分,在数百名竞争者中脱颖而出,从文化土壤贫瘠的西北边疆考入中国美术的最高学府,得近名师,实现夙愿,多么难得,我听到这个喜讯后,多么高兴!

现在人们都看到了出于苦禅门下而又有个人创造性的赵宁安风格的花鸟画成就(见图 11),但未必知道他曾经刻过木刻、画过漫画、连环画、人物画、搞过插图、剪纸、幻灯,并且均有大量的出版,更不知道他曾被派往四川复制过全部泥塑《收租院》。当我看到有关这一事件的记载时,不禁独自大声惊笑起来,我笑他居然敢于承担这个非他所能承担的任务,但所有这些分外事并不都是无益的。作为一个艺术家,这正是使他成为大器的难得的锻炼。所以艾中信同志说他"进行着美术领域多方面的锤炼,是一个主要靠勤奋自学作出功绩的多面手"。是的,他真是一块经过锤击而迸发出灿烂火花的火石,也是一块经过琢磨而变得晶莹可爱的玉璞。

最初引起我注意的是赵宁安画的大写意的小羊羔,他用纯熟洗炼的笔墨画出了小羊的稚气和神态,非常逗人喜爱,这种题材在国画中还不多见,而羊羔的眼睛,赵宁安能画得正确,不像有的画家把羊目画成牛眼睛。我想,可能是赵宁安童年时就特别熟悉,特别喜爱小羊,所以笔下能有如此的趣味和深情。鲁迅先生说:"能憎能爱才能文。"对艺术家来说何尝不是能憎能爱才能画。赵宁安当然不止熟悉小羊,麻雀、八哥、家禽、游鱼、天鹅等等,这些都是常见之物,他都能信手拈来,画得形神兼备,达到笔墨舒畅地挥洒,形成意境清新的格调,赋予真挚的感情。

赵宁安既爱读书又勤思考,他的艺术创作广采博取,善于吸收,既重传统又师造化,精微致广卓见成效,近年来他的作品在国内外不断地出版、展览、获奖和被收藏。1986年陪同吴作人先生出访新加坡举办联展,1988年赴法国考察讲学和办展,博得广泛的赞誉,赵宁安现为中央美术学院副教授[①],42岁,成就可观,惟其年轻,则前途更加无量。

1988年作

---

① 后已提升为教授了。

工笔画家赵志光

我国的花鸟画,有悠久的历史。宋代以徽宗皇帝赵佶为首,下至徐熙、黄筌、吴炳都是著名的工笔花鸟画家。到了元代,颜辉、钱选、陈琳在工笔花鸟画方面也颇有成就。明代以吕纪为代表,张宏、王维烈、张士元诸人也是以工笔花鸟画大显身手的。清代的邹一桂、余省、徐杨、王武诸人,继承了古人工笔花鸟画的优良传统,并使这一画种有所发展。这时虽然已有明代林良、徐渭开写意花鸟画之先河,并在清末有扬州八怪诸家以写意花鸟画名扬四海,之后又有吴昌硕、齐白石诸大家使写意花鸟画发展到极盛的时代,从者甚众,但并不因此能以写意代替工笔,而工笔花鸟画比起写意花鸟画来,更为广大人民群众所喜闻乐见,因此民国以来,有于非闇、陈之佛、谢稚柳、俞致贞、田世光诸辈在工笔花鸟画方面继往开来成为名家,其作品受到了广大人民群众的欢迎。

赵志光同志现年49岁,河北省怀安县人。他于1963年毕业于天津美术学院,师承张其翼、溥佐、李智超、孙其峰等先生，毕业后被分配于中共山西省委从事美术编辑工作。1970年调山西人民出版社美术编辑室，仍操旧业。1975年任美术编辑室副主编，1984年任美术编辑室主任，1988年任山西人民出版社副总编辑。

他在工作之余，善于抓紧时间勤学苦练，使绘画水平不断提高。我曾看过他近十余年来在农村各地画的速写，其量之多难于数计，其不辞辛劳的程度令人钦佩，不论是画农舍的片片房瓦，还是画山峦的层层崖石，无不以工笔出之。尤其在花鸟方面更为突出。在他的笔记本上画了许多花鸟、山水、人物的构图，有的是他自己琢磨画下的，有的是他学习别人构图的记录，可见他学习之勤奋。

有一本由河北美术出版社为赵志光出版的《白描花卉》画册，足可看出他在工笔花卉方面的功力。白描是工笔画的基本功，用白描作画又以书法的蝇头小楷为基础，读了赵志光的《白描花卉》就更能感到书法和中国工笔画之间的密切关系。他用毛笔所画的线，像用硬铅笔画出的那样，细致有力，有如发丝。于非闇是以宋徽宗的瘦金体题画的，而瘦金体写得好则更有利于作工笔画。其实作工笔花卉的白描，也是对于一个工笔画家的毅力和耐心的磨炼，没有这种毅力和耐心的人肯定画不好工笔花鸟画。而赵志光的楷书虽非瘦金体，但也较工整清瘦。因此他能在白描花卉上显示出自己的工整细致的笔力，同时也正是他多年修炼的非凡的毅力和耐心的说明。

赵志光的工笔花卉，基本上是采用淡彩的画法，如《牡丹》《唐菖蒲》《山茶花》《马蹄莲》等，其淡雅清秀如隔纱观景，别有风韵，能令人得到美的享受。我特别喜欢其中的《牡丹》，似香溢出，神采昭然，此绝非一日之功。他的《清香图》曾于1986年在中国漆画展中荣获优秀作品奖，也正由于他在工笔花卉上的功力。除了上面提到的《白描花卉》外，还由山西人民出版社和天津美术出版社分别出版过《百花苑》和《百花谱》，后者虽为多人所绘，但其中的白描即使未写姓名也能看出何者为赵志光的手笔。因他的风格是鲜明的。此外他画的连环画《灵泉洞》、插图《郑板桥的故事》《杏花村里酒如泉》《红楼梦探佚》(封面)等作品均参加过全国性的美展，受到观众的重视。

在漫长的艺术道路上，赵志光对自己的要求是：一、必须扎根于生活；二、用艺术抒发自己对大自然和生活的爱；三、要用传统和别人在技法上的长处来营养自己，所以要多读，多看，多琢磨别人的作品；四、要有自己的个性。我想这些要求虽属赵志光个人的努力目标，但也可供一切有志于绘画事业的青年所遵循。

赵志光现为中国美术家协会会员，山西美术家协会理事，中国连环画研究会常务理事，山西工艺美术学会理事。

我对赵志光的工笔花鸟画是很欣赏的。当中国画坛大大流行不为人所理解的西方现代派画风时，赵志光能不为其所惑，仍扎根于民族传统的工笔花鸟画并有所成就，更使人觉其可贵。愿雅俗共赏的中国工笔花鸟画大展生机。

（发表于1989年第3期天津《迎春花》）

《宋新涛画集》序

宋新涛同志的中国花鸟画作品,不论构图,不论笔墨,不论气势,都令人感到是大家风度,不可多得。

多年前,在烟台"芝罘宾馆"画廊里,宋新涛画的一幅白鹭使我止步注目。当时他也住在"芝罘宾馆",由画相识,他赠我一幅《藤萝》,我们也就成为朋友了。

去年,我到济宁参加中国版画家协会扩大常务理事会议,与六十多位我国著名的画家、美术理论家一起参观了由中国美术家协会艺术委员会、中国版画家协会、中华艺术大展委员会、中央美术学院联合在8月15日为宋新涛同志举办的个人画展。这次展出作品三十八幅,是我看到他的作品数量最多的一次,真是大饱眼福,觉得他在中国花鸟画方面的成就值得祝贺。

参观时,我国著名工笔人物画家潘絜兹同志对我说:"宋新涛的作品,很重气势。"我也有同感。古元同志说:"宋新涛的作品很新,很美,充满生命力,看他的作品是美的享受。"王琦同志评论:"新涛的画功底深厚,笔力苍劲,画风新颖。"大家对宋新涛同志的绘画艺术给予了很高的评价,认为这次画展是很成功的。

新涛的绘画,远追青藤、八大,近师苦禅诸家。深领绘事三昧,继承传统,又独辟蹊径,不落窠臼。形成了自成一家的雄健豪放风格。

新涛作画,胸有成竹,造型精炼生动,运笔果断酣畅,气势雄浑,潇洒豪放,故有一气呵成之势。他的画既传造化之神韵,又有清雅质朴之格调。

新涛善画乔木,也很善画梅,喜欢表现傲风斗雪的寒梅,以追求其可贵的气质。我见到他画的多幅梅花,都很欣赏,觉得他画的梅花枝杆交叉自然得体,获梅之神魂。在完整富有气势的画面上,简直难以发现瑕疵,由此可以得见他的寒窗之苦。蔡若虹同志为他的画展曾题"梅花香自苦寒来"句,想必亦有同感。

新涛同志重视传统,也在不断地开拓新的视野。他曾描绘了在春风中繁花怒放的《泡桐》和《槐香》,又将无人入画的山花野卉收入画中,这在我国花鸟画界是很少见的。他画的乔木、山花野卉,重形似,更重气质,故其画满纸洋溢盎盎生气,给我留下了深刻的印象。著名美术史家金维诺同志评价他的画:"新涛画师苦禅,自有新意。"我认为中国画的创作,除了在构图笔墨上显示新意之外,在挖掘题材方面也是一个重要课题。新涛在这个课题的探求中,可以说是慧眼独具。

宋新涛同志1930年生于山东莱阳。幼时家贫，小学毕业即辍学务农。因天性嗜画，农暇从当地画师研习丹青，资质聪敏，甚得器重。他十六岁参军，翌年加入中国共产党。1949年随部队进青岛。后潜心绘事加入中国美术家协会。历任中学校长、青岛工艺美术学校校长、山东纺织工学院中国画教授、中国美术家协会山东分会副主席、青岛市美术家协会主席、青岛画院院长等职。他的画作多次在省内外展出发表，人民美术出版社曾出版《宋新涛画辑》，山东美术出版社曾出版《宋新涛画选》。近年曾先后赴日本、加拿大进行艺术交流访问，其作品深受国内外观众赞赏。

宋新涛同志未逾花甲之年，已取得如此成就，来日方长，其前途无量也。

1997年8月4日于太原

黄土岭上梅先开

——为《赵梅生画集》作序

一

赵梅生同志的画集就要出版了，我为它和广大群众的见面而感到衷心的欢喜。

赵梅生同志1925年生于山西闻喜县，是美术教育家，又是漫画家和花鸟画家，由于历40余载在美术教育方面的创造性劳动，1989年9月荣获国家级"人民教师"金质奖章，被评为全国教育系统劳动模范。

赵梅生同志的业余艺术创作活动最初是画漫画，他在50年代发表漫画作品近千件之多，其中的《虚心接受》不仅参加了全国性的漫画展览，且光荣获奖。他的漫画代表作《气功》曾参加了第六届全国美展，我国著名漫画家李滨声对此画给予高度评价，他的漫画之所以得到好评，是因为立意新并富有情趣和幽默感。

赵梅生同志的主要艺术成就是中国花鸟画，他于1960年放下漫画之笔，就把兴趣转移到中国传统的花鸟画方面来，近30年来他在花鸟画方面的奋斗，获得了优异成绩，他的作品先后选入《当代中国花鸟画集》和《当代中国花鸟画大观》等画集中，这意味着他的作品已得到了社会的承认和赏识。1983年他的花鸟画在日本崎玉县展出，1979年应香港海鸥出版公司之邀，他的作品参加了东南亚诸国巡回展览，并不断流传到英、法、美、德、意、苏、瑞典、新加坡、巴西等十多个国家，其作品曾载入日本出版的《当代著名中国画家作品选集》，1988年12月他的花鸟画《十月岭上梅先开》获"牡丹杯"国际书画大赛奖。现在赵梅生之大名已列入大型美术辞书《美术之林》和《中国美术辞典》，1989年被确定选入国际组织出版的《当代天下名人传略》丛书。所有这些都说明画家赵梅生的中国花鸟画已为国内外所重视，其所以能达到这样的地步，正是他近30年来在中国花鸟画园地辛勤劳动并不断探索求新的结果。

二

赵梅生同志在艺术上有其自己的见解，他主张传统的中国画应该变，时代在变，艺术不得不变。其内涵应与时代同脉搏；他主张艺术要新，艺术创新，贵在不穷的探索，作品要相异于彼此，迥异于古人，殊异于同道，而这也正是他本人在花鸟画创作上的指导思想，而我也认为没有探索就没有创新，但如何创新却也不是一件容易的事，因为有时新的也不一定就是好的，新不等于好，今日所谓创新就意味着创造新的风格。而吴冠中却认为风格是自然的流露，不应去追求，我基本上同意他的观点，可目前又有多少画家不是在拼命地追求个人的新的风格呢？这已成为一种艺术思潮，一种艺术风气，正像姑娘们当时行披肩散发时就都把双辫解散了一样，但艺术的问题又比这复杂得多，我认为创造新的艺术风格既是自觉的，也应是自然的流露，满足于现状，固步自封不行，而急于求成，拼命追求新风格也易于使作品有斧凿之痕，而令人有勉强做作之感，更其甚者则会远离事物的真实感，令人看不懂。

已故大画家齐白石对于绘画也是有他的见解，即"作画妙在似与不似之间，太似为媚俗，不似为欺世"。这既是他的主张，也是他作画的行动指南。其实太似不仅是媚俗，而且也就难于有什么创造性，如自然主义的"月份牌"绘画，就是一个最显明的例证。我就很难在"月份牌"画家之间看出"相异于彼此""殊异于同道"。而不似也不仅是欺世，同时也就脱离了广大群众，那些西欧的现代派绘画之所以不为群众所赏识就是这个道理。似乎齐白石为画家们的创新规划了一个范围，虽然都在"之间"，但彼此的创造性的天地还是很广阔的，不会因都在"之间"而彼此雷同。问题是如何理解这个似与不似"之间"，我认为艺术家如果不是纯客观的如实描写，其中有"我"在，就必然对他描绘的事物有所夸张、有所变形，有的由于巧妙的夸张变形而强调了事物的特征从而也更能传神、更加美，令人感到更加真实，而有的由于不适当的夸张变形违反了事物的真实感，应算失败。前者如山东嘉祥武氏祠汉代画像石中的马的造型、陕北汉代画像石中的虎豹的风采，就都是夸张变形处理的最好的，也就是似与不似之间的最富于创造性而又是最美的艺术。那马既富有对象的神魂，又富有艺术装饰性，所以鲁迅赞美说"汉人石刻气派深沉雄大"。不像现在受了西欧现代派影响而创作的那些夸张变形的作品把人和物画得又丑又怪，既失去了事物的特征，也就不能传神，实无美之可言。如果说这也是属于似与不似之间的创新之作，这种"新"就不值得赞扬。

艺术除了形式风格的新，还包涵内容的新，这就涉及到题材和思想的新，如目前在我省出现的新的黄土高原的山水画，就既有新的笔墨情趣，也有新的山水风貌，这就创造了内容和形式俱新的富有山西特色的新的山水画。

三

应该说赵梅生同志的作品也是在似与不似之间"不穷地探索"的，其风格还可能再变，通过《赵梅生画集》中载入的近几年来他创作的五十二幅中国画，可以看出画家在画法中力求紧随时代，其实也就是力求紧随追求个人新的风格这一艺术思潮和艺术风气的，因此他的作品在同道者中显示出"新"的风貌，为其特色。

画集内容涉及面广,有他技法娴熟的梅花、牡丹,笔墨简洁的鸟禽,用笔豪放富有朝气的花卉,有他独具画风的山水和塞北风土、南国景物,以及甚难入画的异国现代建筑,尽收眼底。

画家的画风泼辣,构图新颖,用笔挥洒自如,用墨酣畅淋漓,总的来说,赵梅生同志的作品的最大特色就是令人感到一气呵成而富有气势,这也是艺术品的一种可贵的品格。

我认为赵梅生同志的花鸟画还在探索的途中,富有潜力,并未到头,风格尚未定型,因此前途还是无量的,愿他的艺术途程是:"山重水复疑无路,柳暗花明又一村。"

发表于1990年7月16日《太原日报》

谈陕北画派的王有政

在1990年6月22日的《光明日报》上,以头版头条报道了陕西省的画家刘文西,说他32年来根扎黄土地,上千幅画描绘出群英谱。认为是"陕西的骄傲、延安的骄傲"。作为一个崇尚延安革命美术传统的画家,我也为此而衷心感到高兴。报道中还说:"他同弟子们已创出了令人瞩目的陕北画派。"在我看来一直描绘陕北人民生活的王有政同志也应算在这个光荣的陕北画派之中。

王有政的画对我具有强烈的感染力,他在早些年创作的《悄悄话》就给我留下较为深刻的印象。最近又看到他为庆祝《陕西日报》创刊50周年创作的《姐弟》(标题是笔者加上的)和为庆祝《山西日报》创刊35周年创作的《童年》,都使我喜欢。这些画的共同特点就是以热烈的爱表现了陕北人民的日常生活。也许是由于我在抗日战争年代在延安生活了六年之久的缘故,对陕北人民像对故乡亲人似的具有深厚的感情,所以从王有政的作品中看到陕北人民的纯朴形象就特别感到亲切。

他早些年画的《悄悄话》(见图 12) 曾获得全国美展颁发的奖,所描绘的是小孙女高兴地从学校归来趴在正在编筐的爷爷耳边悄悄地报告学习成绩的一个有趣的场面,孙女的好成绩使爷爷喜笑颜开。图中的一老一少画得多么美好,多么动人。《姐弟》所描绘的是小姑娘把弟弟抱在怀里,正给他穿鞋;《童年》所描绘的是一个小姑娘正站在类似桌子似的一个东西旁边认真地伏案做作业。由于衣裤不太合身,她的小肚皮竟露在外面……这两个陕北小姑娘画得多么美好,多么可爱。这两幅画中所描绘的那些极为平凡的陕北人民的生活,一到王有政的笔下就变成了富有诗情的作品。当我在早些年评论古元在延安时期的木刻创作时曾说:"他真有把陕北的黄土变成金子的本领。"现在用来评价王有政的作品也是极为合适的。当着目前中国美术界有人提倡"远离政治""淡化生活"时,而王有政却能以具有浓厚生活气息的作品回答他们的无理挑战,使我感到高兴。

近些年来由于资产阶级自由化思潮的泛滥,一群反毛泽东文艺思想的画家活跃在美术舞台上,他们搞得我国社会主义的美术花园乌烟瘴气,于是"倒爷艺术"满天飞,以怪为美,以丑化人民为能事,以令人看不懂而自鸣得意,然而陕西省的刘文西和王有政诸画家却不为这种时髦所惑,不甘心同流合污。他们坚持走毛泽东文艺思想所指引的艺术道路,热情歌颂人民,力求其作品为人民喜闻乐见,诚属可贵。

世界上不论古今中外,凡是脱离人民,脱离生活,脱离自然而强调自我表现的文学艺术，大都不能引起我的兴趣；而那些热爱人民，热爱生活，热爱大自然的艺术家们的作品却大都能深深地打动我的心，在我的脑海里占有难忘的地位。如法国的米莱、德国的珂勒惠支、比利时的麦绥莱勒等。而米莱却算是一位善于点铁成金、化平凡为神奇的杰出的画家，他画的《喂食》《母子》虽然描绘的是19世纪法国农村日常的平淡生活，而却是在中国的村庄里也经常能看到的生活景象，因此也最能引起我这个出身于农村的人的共鸣。《喂食》所描绘的是一个母亲在门口喂三个可爱的小孩吃食，犹如老鸟之喂小鸟。《母子》所描绘的是一个妈妈正扶着她的小儿子在门口小便，墙边还有一个小姑娘回头观看。这是多么平凡的农村生活。然而一到米莱的笔下，就成为如此动人的艺术品。这难道不是表现了人民生活的艺术的魅力？然而王有政的作品也正如米莱的作品似的打动了我的心。

我想：一个艺术家如果不热爱生活，不热爱人民，也许靠在艺术形式上玩花样能一时哗众取宠，但总是不能从感情上真真打动观众的心，从而引起共鸣的。邓小平同志说："人民是文艺工作者的母亲。一切进步文艺工作者的艺术生命，就在于他们同人民之间的血肉关系。忘记、忽略或是割断这种联系，艺术生命就会枯竭。人民需要艺术，艺术更需要人民。"愿王有政同志今后坚持走陕北画派的道路，像米莱、刘文西似的热爱人民，熟悉人民，创造出更多的有中国特色的社会主义艺术，历史是会公正地给予各种画家以应有的评价的。

（发表于1990年8月9日《陕西日报》）

林风眠的际遇和成就

一

当我作为一个北方的中学生，于1931年准备投考美术学校时，只知道当时中国最著名的大画家刘海粟、徐悲鸿、林风眠三人。我决定投考国立杭州艺术专科学校，与其说是校长林风眠的大名对我的吸引，倒不如说是美丽的西湖对我的诱惑。

其实我当时还没有能力评论三位大画家的作品，仅知道刘海粟的油画很有名，徐悲鸿的素描画得好，而关于林风眠却还说不清他画的什么为佳。

我考上了国立杭州艺专，在临湖的校部大厅里第一次观赏了林风眠从法国带回来的大油画《摸索》和《平静》等作品。此外还看到用水粉画的在草丛中行走的老虎，是一幅横幅。对我来说，这些画只是使我大开眼界，还说不上喜欢或不喜欢。总之它们都给我留下了较深的印象。

第一次看到林校长,是在学校的大门口,他和他的法国太太以及那五六岁的女儿在一起,感到他是高等华人。这时还说不上对他的尊敬或不尊敬。

我们有时也请林校长来指导我们的课外习作,大都是些水彩画,也有少量的油画。多半是同学们在湖滨的写生或一些静物。林校长颇赞赏高班同学王肇民描绘湖畔楼舍的风景水彩画,说他画得结实,有质感。他对我的水彩画则摇摇头,说有点像月份牌。虽然林校长对我的画不感兴趣,而且讲话不多,但那面部的和善笑容却使我感到他平易近人,诚实可亲。

在校内的展览会上,有时也展出林校长的静物油画,给我的印象是既讲究色彩,也讲究笔触,更重视水果的质感,他画的梨如铁球,似乎有后期印象派塞尚的风味。同学们对他的画是喜欢的,连我在内。

经过较长时间对林校长的接触了解,感到他沉默寡言,与人无争,不像刘海粟和徐悲鸿在《申报》上对骂,一个说对方是"艺术绅士",另一个又回敬他是"艺术流氓",而且也感到他很不会顺势逢迎,巴结权势,完全是一位倾心于艺术不问政治的艺术家。他甚至从来没有在大会上向我们训话。而讲话较多的倒是教务长林文铮。因此后来学校把曹白、叶洛和我因组织革命美术团体"木铃木刻研究会"而送进监狱,我们也没有责备过林校长。深知这是国民党特务训育主任张彭年干的,与林校长无关。对这事他实在也做不得主。

1935年春出了监狱,我离开学校后,就一直从事左翼的革命艺术工作,要求艺术为革命的政治服务。在那个历史时代,不论刘海粟,也不论林风眠和徐悲鸿,在我们眼里都认为是资产阶级的画家而作为对立面。待到抗日战争时代毛泽东同志《在延安文艺座谈会上的讲话》把文学艺术的任务规定为"团结人民,教育人民,打击敌人,消灭敌人的有力的武器,帮助人民同心同德地和敌人作斗争"时,林风眠的作品就无形中被这种对艺术不够全面的过高要求而加以否定,因为他的绘画既难于"团结人民",也无法"打击敌人",这对林风眠来说,自然是一种历史的悲剧。

林风眠既不会奔走于权势者之门,又不和张道藩表示友善,也不善于自己宣传,他怎样能在国立杭州艺专的校长宝座上稳坐十年之久呢?人们都知道这全靠教育界的权威蔡元培先生对他的赏识和支持,同时也靠他为人的正直以及在艺术上的勤奋和成就。今天看来,应该承认蔡元培真是一位识才的伯乐,令人尊敬。

二

全国解放后,党中央提出了"百花齐放"的文艺政策,而林先生在新中国艺坛还是得不到一个应有的地位,直到1958年人民美术出版社才勉强出版了一本很寒酸的名为《林风眠》的画册。1963年4月14日由中国美术家协会在北京中央美术学院展览厅主办了"林风眠画展",受到美术界多数人的热烈欢迎和高度评价。

可在这之前,当画家米谷于1961年第5期《美术》杂志上发表了《我爱林风眠的画》一文后,事隔3年于1964年的《美术》杂志第4期上编辑部就组织了石崇明其人的文章对米谷进行了批评,题目是《为什么陶醉——对〈我爱林风眠的画〉一文的意见》。在此文开头还加了编辑部的按语。按语的内容一方面是编辑部发米文的检讨,另一方面也为了引起读者的重视,为什么米谷的文章发表了3年之后又回头来批评呢?这和当时中国的政治形势有密切关系。

石崇明名义上是批评米谷,而其实质也就是批评林风眠,可谓"一箭双雕"。由于米谷对林先生的《夜》《秋鹜》《野泊》等画大为欣赏,备加赞扬,说"它们像一杯杯醇香的葡萄酒,使我陶醉于美好的艺术享受与想象中"。石文就指出林风眠的这些画"表现了一种孤寂荒凉的情调","和社会主义时代人民群众的情感意趣是格格不入的"。批评米谷"是以个人的喜爱来代替群众的喜爱了,就是用非劳动人民的东西来化大众……"

当《林风眠画展》在京举行之后,《美术》杂志上未曾发表评论文章,颇为冷落。仅仅在当年8月15日第4期《美术》上发表了《林风眠画展观众意见摘录》,其中有赞扬也有批评。一位名叫杨东屏的科学工作者说:"我感到林先生的画,艺术水平较高。"另一位电影工作者徐开成说:"意境深奥而耐人寻味,画中有你永远看不完的情趣,高于生活而又不脱离生活,断不是生活真实的再现。"一位名叫沈方晓的医师说:"林先生以其独具的慧眼和匠心,看出了别人没有看出的形,感觉出别人没有感觉出来的色,发现了别人没有发现的趣。充分发挥了艺术家的主动性、创造性,创造了这种浓郁明畅、痛快淋漓、醇厚优美的风格,画出了对象的'神',畅抒了画家的情。其中三张《戏》看了叫人拍案叫绝,画中多少有点装饰风味,用得真好。"另一位未留名的观众说:"画上几只栖息的麻雀,互相依偎,那种寻食之后的疲倦贪睡的感觉,很像天真顽皮的孩子,使人想起作品中抒写的画家的感情。还有许多鸬鹚、猫头鹰等也是如此,几幅《戏》的人物描写,讲求直线结构,这里有民间皮影戏造型的味道,可看出书法给他的影响。"我认为这些非艺术专家的评论和赞美,其水平并不低于艺术专家。但也有王大有等学生有不同的看法,他们说:"我不喜欢林先生的画,我敢说如果把他的画拿到农村去,农民是不会喜欢的。从他的画中可以看出不是属于中国民族绘画传统的,是近似外国没落的绘画流派的……在林先生的画中虽然有'某种艺术性',很讲究'一些东西',但是却犹如把人带到一种与世隔绝的环境中去。作品给人一种压抑、低沉、沉重、冷涩、孤僻之感,简直有点厌世,使人透不过气来……"

我当时也是参观了林先生的展览会的,说真心话,我也像米谷一样是爱他的作品的,但鉴于要冒风险,因而没有勇气写歌颂的文章。

中国历史上的伟大诗人,如陶渊明吧,既有"采菊东篱下,悠然见南山",也有"愿在裳而为带,束窈窕之纤身","愿在丝而为履,附素足以周旋"。又如李清照吧,既有"寻寻觅觅、冷冷清清、凄凄惨惨戚戚"的寂寞孤苦的词句,也有"生当做人杰,死亦为鬼雄"的豪情壮怀之诗。而林风眠作为一个旧时代的艺术家,也既有孤寂荒凉的《孤鹜》和《孤夜》,也有热烈如火的《大理花》《鸡冠花》;既有压抑、低沉、郁闷如《海》的,也有明快、淡雅、轻逸如《仕女》的。但即使是《夜》和《鹜》吧,也决不会像石崇明说的"和社会主义时代人民群众的情感意趣格格不入","用非劳动人民的东西来化大众"。

我看到林先生的风景画《秋艳》《春》《堤柳》《农舍》(见《林风眠画集》)等作,就联想到日本名画家东山魁夷的图画。东山魁夷作品中的宁静、安逸的意境,正适应了日本人民经过战争的动乱,遭受了原子弹的惊恐,要求有一个和平、宁静天地的心情。而林先生的以上作品,那充满了恬静的抒情诗一般画面,曾使我久久凝视而销魂。经过文化大革命的十年动乱,久为造反派的叫嚣声和高音喇叭的刺耳声所苦,我是多么喜欢欣赏描绘恬静、孤寂、荒凉情调的图画啊!即使是《夜》那样的作品,我也愿意陶醉其中,有如久处沙漠的人愿意看到绿洲的图画一样。如果说这也是一种不健康的感情,那是应该归罪于万恶的文化大革命的。这大概是当年的石崇明先生所未料及的。这不仅不是格格不入,而且是使我共鸣,使我联想到唐代诗人王勃的名句:"落霞与孤鹜齐飞,秋水共长天一色",那是多么美的意境!

农民不会喜欢林风眠的画,也是可能的,这,毛泽东同志《在延安文艺座谈会上的讲话》中已明确指出文学艺术有"阳春白雪"和"下里巴人"之分,虽然他是提倡"下里巴人"的,但他自己的诗词就是"阳春白雪",农民是无法看懂的。由于中国人民的文化教养和艺术趣味的不同,看来"阳春白雪"和"下里巴人"还必须并存,农民不喜欢的艺术作品,不一定就是坏作品。而林先生的画自然也是属于美术上的"阳春白雪"的,我相信虽然今天的农民看不懂,明天也许会喜欢。因为林先生的画毕竟不是难于理解的"抽象派"之作。

当米谷评论《林风眠》画册中的作品时,未曾提到其中的《水鸟》,而我是非常喜欢这幅创新之作的。如果说风景画《秋艳》《春》和静物《大理花》《黄花鱼盘》的油画味显重,洋味较浓,那么这幅《水鸟》的民族绘画传统就应该说是较多的,两只水禽的用线流畅而不油,生动而不野,毫无斧凿痕。这种熟练的线,令人想起古代民间陶瓷上的装饰画。我认为采用这种非"屋漏痕"式的线条作画,其难度是较大的,任伯年曾用类似的线画了《双猫》,不但很生硬,而且也颇油,成为败笔(见《荣宝斋三十周年纪念册》),而林风眠用这种线则达到了炉火纯青。这幅画清新而淡雅,笔简而富有灵味,既表现了水鸟的特征,也画出了羽毛的质感,堪称传神之笔,雅俗共赏。它悬挂在荣宝斋的画廊内,有如鹤立鸡群,峰出群山。另一幅《舞》也是异曲同工的作品,成为《水鸟》的姊妹篇。

应该说,在三位大画家中林比起徐悲鸿和刘海粟来,是更讲究形式的,但冠之以"形式主义"并不公正。这就因为林的画既有生活来源又有意境,如果说是形式主义,那么责备他的画具有孤寂荒凉的情调岂不自相矛盾,因为孤寂荒凉就是内容问题。真正的形式主义是西欧的立体派和抽象派。但也并不否认他的戏剧人物如《宝莲灯》者,与其说是要表现剧情,倒不如说是要表现戏剧人物所构成的线和色的形式美。《宝莲灯》如此,另一幅《戏曲人物》也如此,然而也决不能因此而抹煞它们所具有的中国传统戏曲的民族情调。

没有想到林风眠本人比他的作品的际遇还要不幸,十年浩劫中他竟陷"四人帮"冤狱近五载,文革后期我因事去上海,同曹白去拜望时,他才出狱不久,看到他孑然孤处的冷落情景,想到他在杭州艺专风华正茂的当年,令人难过。他告诉我们法国夫人到南美洲巴西女儿家长期居住了,因此他独自住在上海……

在三中全会之后,上海人民美术出版社总算出版了一本新的《林风眠画集》,不论开本、纸质都较早些年出版的《林风眠》为佳,我作为他的学生,看到这本像样的画册自然是无比高兴的。我想这也是对处于不幸后半生的林先生的莫大慰藉吧!在这本较为丰富的集子中,我特别爱好如油画的《秋艳》,那金秋的灿烂的色彩,厚重的调子,用逆光表现阳光透过树林让树叶镶上一道道耀眼的金边的画面,加上近景的一池秋水和粗壮的树干的倒影,给我们创造了多么美的宁静的意境。林先生是很善于使用白色的,那水边的一笔白线,既和树后的房舍的白色墙壁相呼应,也为画面增加了光彩。如果说前面提到的《水鸟》有如身穿白纱的少女,那么这幅《秋艳》就好像是身穿金衣的壮汉。

三

　　任何有成就的艺术家,虽不一定通过长篇大论的文章以表达他的艺术思想,但片言数字往往也是可贵的。例如齐白石的名言:"作画妙在似与不似之间,太似为媚俗,不似为欺世"。而林风眠也不例外,他曾对学生说:"真正的艺术家犹如美丽的蝴蝶,初期只是一条蠕动的小毛虫,要飞,它必须先为自己织一只茧,把自己缚在里面,又必须在蛹体内来一次大变革,它必须有能力破壳而出,这才能成为在空中自由飞翔,多姿多彩的花蝴蝶,这只茧,便是艺术家早年艰辛学得的技法和所受的影响。"

　　1962年8月间,当《美术》编辑部和美协上海分会在沪联合举办水彩画家座谈会时,林风眠在会上发言,他指出:水彩画和其他画种一样,脱离不了三性,就是民族性,时代性,个性。最后说:"我虽没画水彩画,但我画画的方法从水彩画中吸取了很多,最早我是学中国画的,后学西画。我很想把写意的更写实些,如中国画表现水和天,常留空白,我就画天画水,画法是吸取了水彩特点的。有时觉得太透明,就把水粉加上去。我要表现什么,是从效果出发,不受什么限制,需要加什么就加什么,我是炒杂菜的。总之,希腊的是希腊的,中国的是中国的,民族性非常强,我们的时代的艺术特点是革命现实主义和革命浪漫主义相结合。而每个画家,应该一拿出作品来就看出这是潘思老的,那是张眉老的,有这三性,可以大大发挥创造(注:潘思老即潘思同,张眉老即张眉孙)。"

我择引以上的两段有关林先生论画的记载,既有利于了解他的艺术思想,也有利于研究他的创作;既是艺术家在创作道路上的追求,也是他的作品的注释。

毫无问题,林风眠为改革中国画,一生的奋斗无疑已经变成了一只能够在空中自由飞翔,多姿多彩的花蝴蝶了。他在艺术上的巨大成就是无可非议的。但我们的社会对他却未免太不公正了,以刘海粟、徐悲鸿、林风眠三大画家而论,近些年来有的被捧到了天上,其作品不厌其烦地推荐已经到了令人反感的地步,而有的却颇为冷落。在这种情况下,有识之士就愈加替林先生深表不平。

一次我和美术史家阎丽川通信谈到了对于林先生的评价。他来信说:

"对于现代名家,特别是刘、徐、林的艺术成就,彼此看法一致,最近应晚报之约还写了几句'忆林风眠的画',特别提到当今美术界对他缺乏研究,也没有给予应有的评价。洪毅然也有此看法,……几年来对徐的吹捧确实有点过头了,最近又大为刘树碑立传,而且也有些不够实事求是,我看那些电影,传记,都有此感,相形之下,确实对林太冷淡了,不无宗派门户之见,论人论画,我看林都应高一招。"

其实也不仅阎丽川和我对林的作品有较高的评价。1980年12月,当我到广州参加"北京、广东、山西版画联展"座谈会,在广州美院和画家王肇民谈起林风眠时,我问他"林风眠和徐悲鸿相比,谁高谁低?""三个徐悲鸿也比不上一个林风眠。"他说。"是的,我很同意你的看法",我立刻接着说。自然,我对徐悲鸿先生在艺术上的成就也是肯定的,尤其对于他在艺术教育上的贡献以及他在政治上的作为(于国民党统治区就大胆赞扬延安的木刻)表示尊敬。但如何评价他的绘画作品,实在是不愿意发表违心之言。在这些问题上,评论家之间也应是百家争鸣吧。

所可庆的是邓小平同志于1979年10月在中国文学艺术工作者第四次代表大会上的《祝词》对毛泽东同志《在延安文艺座谈会上的讲话》给文学艺术规定的任务作了可贵的补充。他说:"我国历史悠久,地域辽阔,人口众多,不同民族,不同职业,不同年龄,不同经历和不同教育程度的人们,有多样的生活习俗、文化传统和艺术爱好。雄伟和细腻,严肃和诙谐,抒情和哲理,只要能够使人们得到教育和启发,得到娱乐和美的享受,都应当在我们的文艺园地里,占有自己的位置。"这样,林风眠的使我们能够得到美的享受的创造性的艺术作品,总算在中国的艺术园地里从理论上给予了一个合法的位置,然而他在中国美术家协会还未曾有一个应有的席位,但我相信历史将会给林先生一个公正的席位,正像今天的文学界对"五四时代"的作家沈从文先生给予新的评价一样,别林斯基曾说:"在所有的批评家中,最伟大,最公正,最天才的是时间。"我想,时间对林风眠先生将会是公正的。

发表于浙江美术学院出版社1990年出版之《林风眠论》

耐人寻味的工笔画

我曾经怕中国工笔人物画由消沉走向灭亡，因此近些年看到它的复兴就特别高兴。

由于前些年资产阶级自由化思潮在中国画坛上泛滥，要求全盘西化，否定传统之风曾盛极一时，似乎一切写实的美术作品，不论油画和中国画都吃不开了，惟有那些奇形怪状全然西化的，不反映人民生活的，以丑为美的，令人看不懂的作品风行于世，一些青年人感到时髦，趋之若鹜。因此连曾经盛行革命美术的延安都流行开这种所谓"现代派"的美术了，所以我以上的对中国工笔人物画命运的担心也不是毫无根据的。

但我并没有忘记最早产生于中国土地上的绘画，既不是写意画，更不是"现代派"的画，而是为人民喜闻乐见的工笔人物画。因此曾出现了杰出的五代顾闳中的《韩熙载夜宴图》和宋代张择端的《清明上河图》等传世之作。

其实一种绘画是否灭亡，最终还是由人民来决定的。人民不喜欢的东西迟早要灭亡，人民喜闻乐见的东西也不怕它暂时的消沉。因此，我当初的担心恐怕也实在有些多余。

陈白一的工笔画展前几年先后在香港、澳门、广州、北京等地轰动美术界，盛况空前，到处一片赞扬声，这绝不是偶然的。它既说明陈白一继承了传统的作品具有很高的艺术成就，同时也说明工笔画很有群众，很有前途，绝不会消亡。因为它和中国人民血肉相连，可以做到雅俗共赏。那些所谓现代派的"倒爷艺术"是不能和它同日而语的。工笔画是我们中国真正的民族绘画。

可惜陈白一的个人展在北京举行时，我在太原，未能目睹他的大作，深感遗憾。后来他寄给我一本《陈白一新作选》和一本《杰出的工笔画家陈白一》，我细读了他的作品，感到是一次难得的美的享受。

陈白一在《漫步在宁静的美的世界里》一文中说："在继承传统的基础上，努力学习民间艺术，吸收西方艺术之精华，把传统、民间、西方艺术三结合，表现现代生活，是我画工笔的创新之路。"又说："创新只能在生活中创新，一切新的内容，新的表现形式，只能从生活中来。只有在中国的土地上，才能生长出中国工笔艺术之花。"我认为他在工笔画创作上所走的"创新之路"是一条非常正确的路；他对于美术"创新"的认识也是非常正确的认识。而有些画家却认为所谓"创新"就是要作品有点西欧现代派的风味才能算新，我不能认为这是对的。周总理曾说，学习外来艺术要"以我为主"。总理的话是内涵着爱国主义的思想感情的，值得我们特别重视。

陈白一在文章中曾宣称："我力求在我的画上，塑造一个美的形象，一个美的环境，一点美的情趣，造成一个美的意境。我喜欢表现劳动的美，它是最纯朴，最真挚，也是最有力量的美。"那么陈白一在创作实践中有没有实现了他所追求的美呢？我读了他的很多工笔人物画之后，应该肯定地说，他实现了他的愿望了。否则他的个展就不会轰动京华，不会获得一片喝彩声。

陈白一的工笔人物画应属于中国的工笔仕女画之类，但和旧的仕女画之不同，就在于他不是描绘林黛玉式的贵族才子佳人之美，而是描绘湘西苗族和瑶族现代劳动妇女之美和劳动生活之美，这就是陈白一作品的一个共同的可贵主题。也是他的作品令人感到新之所在。陈白一曾在湘西苗族和小沙江瑶族的农村生活过，和这些地区的劳动人民有了感情，熟悉了她们的生活，因此令人感到他的这些作品散发着苗瑶农村的泥土味和劳动生活的芳香。那些可爱的人物具有美的情操，她们都生活在诗情画意中。

我感到陈白一像一个抒情诗人，他作为一个画家是很会选取题材的，而且善于从极平凡的农村生活中发现别人不注意的生活中的抒情诗意的情趣。而这也是基于他对苗瑶妇女的劳动生活具有精细入微的观察的结果。他的不少作品如《夏夜》《喜雨》《蝴蝶泉》《山里人家》《小伙伴》《听壁脚》《回娘家》等都表现了农村生活中的抒情诗意和情趣。而我却对《听壁脚》(见图13) 这幅画特别感兴趣，它更洋溢着生活情趣。"听壁脚"在我们山西谓之"听房",我认为这是封建社会"父母之命,媒妁之言"构成的不合理婚姻的产物。因为入洞房之前,男女双方未曾见面,是否相爱?做父母的放心不下,因此就迫不及待地想知道洞房中的好消息,于是有了"听房"之举。现在已经是自由婚姻了,听不听都一样。恐怕现在的"听房"也仅仅是一种风俗的残存了,无非是想听听新郎新娘的一些有趣的悄悄话吧。我真没想到兄弟民族瑶族也有这种风俗。画家选取这一题材是别具慧眼的。它是一幅洞房生活的侧面描写,然而反倒比正面描写有味得多。通过作品那个小姑娘动情的笑容,和捂着嘴的小手,可以感到她已听到了有趣的悄悄话了,她想笑而不敢笑。这真是一幅富于含蓄的耐人寻味之作。这幅画在构图上把两个热心"听壁脚"的姑娘画在画面的一角,而在另一角画了一个大红喜字,以表示这里是洞房花烛夜。当中用那么多的空间描绘了瓜藤,既美化了环境,也留给读者以更多的想象余地。画家没有采用西洋画的手法来描绘夜色,而用的是京剧《三岔口》的舞台效果。这是具有中国特色的表现夜的手法。除此之外《小伙伴》也是一幅富有风趣的画。那三只小狗,令人感到也是三个天真可爱的儿童,这就是这幅画特别逗人喜爱之处,说明画家对于这些小生命多么富有感情。而吃饭的那儿童也画得真够味,她大概也实在饿极了,狼吞虎咽,竟忘了身旁的三个小伙伴。这比起法国大画家米莱的《喂食》来也真毫无逊色。那儿童拿筷子的小手也画得很在行。难怪这幅画获得了七届全国美展铜牌奖,其实获金牌奖也无愧。

我不能一一论述陈白一每一幅作品在艺术上的成就,虽然每一幅歌颂劳动妇女的作品都使我动情。论者承认陈白一表现了少数民族妇女劳动生活的美,因此应该说他是一位少数民族劳动妇女的杰出歌手,如果在旧时代,要表现中国农村劳动妇女的生活,其中心主题无疑要表现她们的贫困与悲愁,苦难和不幸。像鲁迅小说中的祥林嫂、子君、单四嫂子等等。我们早期的新兴木刻也是充分描写了这些苦难的历史题材的。然而在社会主义的初级阶段,中国人民已开始走向比较富裕的小康生活,新的时代向画家提出了新的主题,陈白一的描绘社会主义时代劳动妇女的画,就是通过少数民族农村妇女的日常劳作和行动,歌颂了她们的和平安逸的具有诗意的幸福生活的。因此有人说陈白一是社会主义美术的一个代表,是名副其实的。我为他的杰出的艺术成就表示庆贺。

发表于湖南美术出版社 1993 年出版之《陈白一》

画家陈治华

我和陈治华认识至今已有十余年,那正是他调离戏剧界开始国画生涯之时,这位土生土长的三晋画家诚实、厚道、豪爽的性格给我留下了深刻印象,更可贵的是他凭着刻苦钻研、勤奋学艺的"拼命三郎"精神成为近年来中国画艺苑中成绩卓著的中年画家。穷乡僻壤的小山村哺育了他,但他没有嫌弃家乡贫瘠,对家乡充满无限的深情和思恋,这在去年省美术家协会为他举办的个人画展作品中已得到了充分的体现。他学习中国画时间虽短,但作品之多、提高之快,确实令人叹服。他的作品不但富有浓厚的乡土气息,而且气势恢宏博大,作品中既有"平淡天真"的淡、雅、静之趣;更力求深沉、恢宏、悲壮之美。这丰硕成果的背后又有谁会知道他付出了多少艰辛。他没有"家传"可继承,正如他画展自序中所述:"出身于祖辈务农的布衣之家,世代无书香,自幼酷爱绘画……"由于他对艺术执着的追求,经常不畏艰险只身入太行,踏吕梁，啃干粮，喝山泉，攀峭壁，住破庙……在山村农舍里，和乡亲们拉家常，立志在这片古老的土地上，建立自己的艺术基地，寻找自己的艺术生命。

"搜尽奇峰打草稿"。生活是艺术创作的源泉，陈治华经常深入生活，在沟壑里穿行，在黄河两岸跋涉，不仅为了师造化，更为了培养自己对大自然的深情，他深入观察、探索、理解其奥秘之所在，挖掘人杰地灵的三晋大地乡民们的伟大品格，在大自然中寻找自己，寻找黄土高原内在精神之美。"衣带渐宽终不悔，为伊消得人憔悴。"他起五更睡半夜，废寝忘食，锲而不舍地默默耕耘，力求做到："吐弃到人所不能吐弃为高，含茹到人所不能含茹为大，曲折到人所不能曲折为深"。高者，精神境界之高；大者，含量无穷之大；深者，思想内涵之深。陈治华将自己朴素的真情实感播种于丹青世界，他的画会实实在在地告诉您。已过不惑之年的他，年近40才和笔墨有了缘分，被真情带入艺术世界，在学艺过程中，深得著名画家中央美院教授贾又福先生的厚爱，收为弟子，长期教诲，使他受益匪浅。两年前他克服重重困难，毅然考入中央美院深造，当上了"大学生"，实现了梦寐以求的夙愿。

读他的作品，那大岳雄风的《山骨》，苍茫润泽绵亘荒古的《塬上》，晚风婆娑的《故乡》，云烟缭绕朦胧中的《仙居图》，离离原上之《牧》、幽静、清澈透明的山涧小溪中的《圣洁》《清音》，皑皑银装的乡间《小路》……如同一首首的古老歌谣，吟唱出了充满生命希冀的赞歌，而且唱得那样深情，唱得那样纯真。讴歌这片热土，他认为是自己的义务和天职。

他能认真研究传统，了解掌握历代绘画大师的艺术思想、技法本领，又追求现代审美意识，其作品总给人一种富有三晋风情的情真意切之感。

他爱柳，喜画春，揭示了这些被很多山水画家冷落了的树木之美，从而给我们写下了由柳树组成的一首首抒情歌。

他爱黄土地，爱得那么深沉，在那里寻找着自己表达的语言，决心为这古老的热土呐喊。他将具象通过净化提炼，成为情景交融一体的大自然的传神写照，他深深懂得，越丰富的越含蓄，越浑厚的越沉静，他的淡墨之作，静中欲动，淡而不薄，墨明镜清；重墨之作，苍黑、深沉、苍茫，润泽华滋深不可测，使意境更加博大致远。从他众多作品中可看出他在虔诚地追求笨拙、原始之美，苍茫润泽之美，浑厚博大之美，粗犷豪放悲壮之美，阳刚之美……他的作品不但富有个性语言，而且力求表现现代审美意识，能给人一种新鲜感。

"梅花香自苦寒来"。这位具有北国风韵的山水画家的作品曾多次在国内外展出并获奖，他现为省美协会员，山西山水画研究会秘书长，被列入《中国现代美术家人名辞典》、《中国美术家年鉴》，这无疑是对他艺术成就的评价和鼓励。我相信在艺术征途中不懈努力的陈治华会有更多更好的作品问世。

以上是我于1993年3月14日发表于《太原日报》上评论陈治华作品的文章。而他竟不幸于1995年12月6日因病与世长辞了，仅活54岁。英年早夭，令人悲痛，今将上文作为悼念他的纪念吧。

尧都国画三秀

在我的心目中，山西临汾地区的中国画坛有"三秀"，这就是裴玉林、张思淮、单华驹。他们的作品在山西全省来说算得上是第一流的。裴玉林今年整50岁，张思淮今年56岁，单华驹今年也50岁了，他们都是中年画家，和全国的同龄中国画家相比，似乎也并不弱于何人。他们的共同特点是继承了祖国绘画传统而有所创新。

裴玉林生于晋南襄汾县，为中国美术家协会会员，现任临汾市政协副主席兼文联副主席，为副研究馆员。文革期间曾涉足于油画，水粉画。1979年开始攻中国花鸟画，既不轻视传统而又重视创新。曾在中央美术学院国画系花鸟研修班进修一年，得益匪浅。他喜欢画葡萄、丝瓜、葫芦之类，作品尚意趣，重抒情，其特色是善于用水，能使作品有笔墨酣畅、水墨淋漓之感，且清丽而富有韵味之美。而这也就是他的作品的独特风格。他的花鸟画曾先后在"全国国画牡丹大赛""全国首届书画大赛""牡丹杯国际书画大赛""全国丰收杯中国画大奖赛""国际中国画展览大赛"等全国性展赛中九次获奖。国画《秋高图》在中日合办的《中国的四季》美术展会上获铜牌奖。并参加了四、五、六、七、八届《当代中国花鸟画》邀请展,以及中国画研究院1991年花鸟画邀请展。作品《小院秋深》入选中国美协举办的首届中国花鸟画展。曾参加过"海峡两岸中年书画家联展"和台湾主办的《中国当代名人画展》,作品多次赴日本展出,他的花鸟画在国内美术界有较大影响。

张思淮出生于晋南临猗县一个农民的家庭,现任临汾地区书画院院长,为二级美术师,山西美术家协会会员。他在运城康杰中学读书时在美术老师指导下,刻苦学习中国写意花鸟画,采集各类虫鸟作标本,反复体味传统花鸟画的笔法和内涵。近10年间,张思淮不断有佳作问世,他画的梅花给我留下深刻的印象,感到他继承传统有方,用笔苍劲有力,形象厚实凝重,有大家风度。除了梅花,他也画牡丹、丝瓜等,这些作品都富有生命力,令人感到他在中国花鸟画的创作上已成熟。其作品《梅》、《秋韵》分别入选《当代中国花鸟画集》,他的《奇香不老》入选"庆祝建国40周年全国书画大联展",获二等奖。并被李可染旧居艺术陈列馆收藏。1991年他有近100幅作品先后在全国和省地展获奖,并有20余幅作品选送到日本展览。现张思淮的传略已载入《中国美术家大辞典》。

单华驹1942年生于晋南襄汾县古城镇,早期他未能得到在美术院校学画的机会,而纯属自学成才,在临汾铁路文化宫的宣传工作中,培养了他多种多样的绘画技能,不仅能画国画,而且能熟练地掌握素描、水粉、油画等画种的技巧,而终于在山水画的创作上获得较高成就。为了师造化,他利用休假,曾游历华山、黄山、庐山、太行山等名山大川,也曾涉足江南水乡。他画的《西岳华山图》,参加了英国广播公司为纪念对外广播五十周年而举办的环球听众绘画比赛,荣获二等奖,《人民日报》曾报导了这一消息。他画的长达16米的黄山长卷,画家董寿平看了赞口不绝,欣然题写"黄山览胜"四个大字,后来这幅《黄山览胜》长卷在全国铁路美展中获得优秀作品奖。为了在艺术上进一步提高,单华驹终于在1985年有幸跨入中央美术学院国画系进修,从此笔墨功力大有进步。离开学校后,1988年他画的《幽居图》参加了中国美术家协会主办的"中华杯国画大赛",受到评委和专家们的一致好评,荣获这届大赛的佳作奖,并在中国美术馆展出。这幅作品的成功,标志着单华驹的美术创作达到了一个新的水平。他的作品重视继承传统手法,尤其学习了山水画大师黄宾虹的笔墨后,多用重墨写山,形成了自己深厚浓重的艺术风格。1992年他的《漂远长流图》参加中共中央宣传部举办的《五月的风》画展,在中国美术馆展出,并获优秀作品奖。单华驹现为中国美术家协会会员,北京铁路局文联常务理事,国家二级美术师。

愿"三秀"有更高成就,誉满神州。

发表于1994年8月27日《文艺报》第8版

漫步在林风眠的作品中
——读画随笔

林风眠是一位纯粹的艺术家,他一向不问政治,但并不因此而不是一位爱国主义者。

不幸的是"四人帮"非要强加给他"政治",竟说他是"国际特务"来陷害他,使他在那可诅咒的时代身受数年冤狱之苦,然而他竟毫无怨言。

他真是一位值得我们同情而尊敬的艺术家!

我捧着一本由吕蒙作序的《林风眠画集》愉快地漫步在他的作品中,是欣赏也是为了看"门道"。

既想到多少如烟往事,也在我面前出现了他从四人帮的狱中出来后留给我的悲苦的身影——像一个老僧人似的在上海过着孤独的晚年生活,和当年他当我的校长时那风华正茂的仪表相比,使我有说不尽的惆怅!

他终于带着悲苦的灵魂在香港离开人间了,但他留给我们的他的绘画作品却使我感到有如青春年华似的富有生命力,焕发着时代的光彩。

在已故的油画家中,卫天霖是研究印象派很有成就的一位艺术家,他的静物花卉令人感到色彩丰富,灿烂如锦,是中国老一辈油画家中很少有人能比得上的。但走进他的油画展览会场,从题材到画面色彩却有千篇一律之感,似乎看上一幅也就够了。但走进林风眠的画册中,却不是这样,而是丰富多变,令人有"山重水复疑无路,柳暗花明又一村"之感。林风眠的画挂在展览室使观众感到"百花齐放"。其色彩凝重者,像铜铁所铸——如《秋艳》,其色调淡雅者像轻纱所织——如《仕女》(见图 14),其用线流畅者,像行云流水——如《舞》,其用笔沉滞者,像乌云之密布、行将暴风雨大作——如早些年北京"人美"出版的《林风眠》画册中的《海》,而其画面明丽能给人以心情舒畅之感者——如《池畔春色》。但林风眠绝不是在玩弄色彩的游戏,每幅画都浸透着画家的深沉的感情,示人以美的意境,有的给人以诗情之美,有的给人以装饰的美。

我是木刻家,对于画面的黑白似乎有特别的敏感。我感到林风眠画面的黑白是用得非常好的,有如画龙之点睛,如轻纱似的《仕女》一画,画家把黑的头发作为画面的最强音,在《大理花》(见图 15)中又以花瓶的底座部分用黑白处理而成为此画的最响亮处,如果把《大理花》比作艳装的美女,这底座的黑白就令人感到有"美目盼兮"之工。假如没有《仕女》一画中的黑发,没有《大理花》画中的黑座,岂不是像画龙无睛,像黑夜的天空无月,其效果是"平板"。正如吴冠中所说林的画有"惜墨如金"和"惜白如金"之妙。如《农舍》一画中房屋墙面的白和树后湖水之白,用得多出色,如暗室之有明媚的窗户,如美人秋波显示动人的眼白。自然,这白也是由于黑的树干,黑的屋顶,黑的远山相衬的效果,所谓"相反相成"。

我特别喜欢《农舍》《秋艳》等画的厚重,但也特别欣赏《仕女》和《池畔春色》等画的明快,以及《大理花》等画的灿烂艳丽。

在表现人民劳动生活的作品中,最好的是《捕鱼》,那紧张的气氛,令人感到是一场战斗,然而是愉快的战斗。但诗意最浓的却是《秋鹜》,寄人以无限遐想,这是林风眠的一出"保留节目",他多次画都是成功的。林风眠画古装仕女,看来他绝不是想表现仕女的性格和内心世界,而是要通过古装仕女表现一种美术情调。除了《仕女》我也喜欢《端坐》一画,如果说前者要表现弹琴的情调,那么后者表现的却是一种稳定的静止的美和装饰美,画面用曲线和直线以对比的效果构成了线的旋律美。

当我读《秋艳》时,好像在读苏轼"关西大汉,执铁板"歌唱的"大江东去";读《仕女》时又好像在读"十七八女孩儿,执红牙拍板"歌唱柳永的"杨柳岸晓风残月"。同一个画家的作品而其意境竟有如此之不同,正说明林风眠作品风格之多样不凡而耐人寻味。

在艺术上,时下有人要否定中国传统,全盘西化,其结果只能产生一些崇洋媚外的"倒爷艺术"。而林风眠虽然主张东西方艺术要互相沟通，企图创造中西合璧的作品，但还是以自己的民族文化为基础，而后吸取他民族之所长，发展新的中国艺术的。据吕蒙说林风眠喜爱隋唐的青绿山水，研究和临摹过敦煌的石窟壁画，甚至向宋代瓷器，汉代石刻、战国漆器、民间木版年画、皮影等学习，就可以看出他的爱国主义精神。周总理谈到文艺时曾说："在中外关系上，我们是中国人，总要以自己的东西为主。"即"以我为主"。而林风眠所走的道路和总理以上的论点却不谋而合。但在艺术实践的尝试探索中，又难免有时西洋味浓些有时中国味强些。林风眠有很多画是采取了中国写意画的手法的，如《渔舟》《秋鹜》《江畔》等最为明显，《舞》却又有古民间瓷器上绘画的魂灵。而《秋艳》《黄花鱼盘》等作却又有如油画，但不论哪一种都是脍炙人口的。

在静物画中，《黄花鱼盘》实乃别开生面之力作，为了画面的形式美，画家超然于透视之外，那简洁而不繁琐的构图，色调沉着冷暖相宜的画面，真令人感到匠心独具。宋玉在《登徒子好色赋》中形容一个美女时说："增之一分则太长，减之一分则太短，著粉则太白，施朱则太赤……"我想，用以上的话来论述《黄花鱼盘》也是确当的。

1994年作，载入1995年出版之《林风眠研究文集》

《王步超中国画集》序言

8年前,当王步超同志评美术职称,请我作鉴定时,我曾在鉴定书中写了以下的话:

"王步超是一位在艺术上有才华的画家,通过40年的艺术实践,他不仅在漫画创作方面,而且在中国画创作方面都取得了引人注目的成就。近年来,他创作的中国画《秋夜》、《思乡曲》、《纳凉图》、《济公》等等作品,颇有新意,给我留下了深刻的印象。这些作品,不仅在笔墨上有传统的技法,而且具有自己的特色,追求洒脱、高雅。他在中国人物画和漫画相结合上走出了一条新路,形成了独有的风格。"

以上是前些年王步超同志的中国画给我留下的印象。

近年间当我某次参加山西美术展览会的评选工作时,发现王步超的中国画新作《晨之歌》和《漫山红》,使我感到大有"士别三日便当刮目相看"之感,我对于其中的《漫山红》特别喜爱,步超在这幅画里画的是山西山野里见惯了的"醋柳柳",亦即"沙棘果"。这幅画处理得既有深度又有意境,他把橘红的醋柳柳作为主体,点点红果显得特别耀眼。这种题材,在中国画中还实在少见,看惯了红梅、绿荷之类的作品,就显得这沙棘果既新颖而又耐人寻味。

我总觉得中国花鸟画之创新,不仅应在形式上做文章,而且也应在题材上开阔视野,画些新事物,不应老是梅兰菊竹,而步超同志把山西的"醋柳柳"画在画中,难道能不算创新吗?

最近他请我为他行将出版的《王步超中国画集》写序,于是又给我看了不少新作,既有关于中国名山大川的写意之笔,也有在日本旅游时画的富有异国情调的风景,其中的《江南水乡》《姬路城堡》(日本风光)《九龙头》《苏州虎丘》《黄鹤楼》都是令人神往之作。

应该说王步超在艺术上是努力的,探索的,求新的,没有这种在艺术上执著的耕耘精神,要想取得辉煌的金色成果是很难的。

王步超的中国画近作,有如林风眠似的,喜欢用方形构图,它不像中国画常用的条幅较受拘束,方块格式的好处较自由。这也是王步超中国画的一种特色。

王步超虽然是以画漫画出名的,但他在中国画方面也曾下过苦功,决不是一蹴而就取得成绩的,他曾学习过古代诸家之长,青年时代临摹过北宋范宽的《溪山行旅图》,南宋梁楷的《寒山拾得图》,明代唐寅的《山路松声图》,清代黄慎的《抱琴图》等名家之作,但他却不愿陷在古人的旧窠臼中而不能自拔,他要走自己的路,认为大自然才是真正的范本,是取之不尽的源泉,因此当他涉足于祖国的大好河山名胜古迹之地时,每到一处,都要把那美好感人的景色收到自己的速写本里,这个画册中的山水画,无一不是从速写本中加工提炼出来的。

步超的山水画有的吸取了西洋画在色调处理上的长处,以及在空间感和空气感方面的强调;但也吸取了中国传统作品中追求意韵的特点,强化了作品的美感,这也和步超喜欢读书善于思考有关。由于采用了方形格式,不少作品在章法上更显得突破了古人的构图。他的山水画和人物画皆有着笔墨苍润厚重之特色,步超在用墨上注重干湿,在焦墨、破墨、浓墨、泼墨中见功力,达到浑厚滋润之效果;并力求"出新意于法度之中,寄妙理于豪放之外"。

步超年方花甲,比起当年的齐白石和今日之朱屺瞻老先生来,尚属年轻,因此他在中国画方面还有远大前途,祝他前程似锦。

发表于 1995 年 12 月 21 日《太原日报》文艺副刊《文园》

追求壮丽和雄浑之美

听说王夬同志于今年7月回故乡菏泽举行个人展,竟不幸倒在他的展览会场上,从此和我们永别了,这一噩耗传来,真使我惊异而悲痛。

王夬原来是从事版画艺术的,善于用黑白木刻表现生动的战争场面,这是由于他在40年代曾在八路军中当过战士,熟悉部队生活的缘故。

王夬于1925年生于苦难深重的旧中国,故乡在山东菏泽地区。1937年抗日战争爆发后,在日本鬼子的铁蹄踏进县城时,他上中学还不到一年,就不得不辍学回家。起初,他参加了一个抗日的学生文化活动团体,从事歌咏、话剧演出,为了唤起民众与日寇作斗争。后又参加了八路军,开始在宣传队任宣传员。上级发现他有画画的天分,选送他到军区美术训练班学习绘画。在将近两年的苦练中,他掌握了绘画技术,并学会了刻木刻画。王夬在一篇自述的文章中说:"而后,在我的手中便有了两种武器——步枪和刻刀,这一切为我的艺术生涯铭刻下永生难忘的印记。刻印战地油印画报,画驻地墙画、写标语、印小型木刻画,用以鼓舞军民斗志,瓦解敌军。"他又说:"在那残酷的战争年代,我目睹一个个英勇的战友在进攻和突围中倒下,我真正体会到了什么是血与火的洗礼,战士们的英雄形象和事迹永远感召和激励着我。由此而渗化支配着我的审美倾向——追求艺术中的壮丽、雄浑之美。我爱画战斗的悲壮场面,皆源于此,我始终认为,这些人类历史上为正义而战的壮烈场景,是人间最美的画卷。在人类文明史中表现这些雄伟之美,当是艺术创作不会过时的永恒主题。"

以上这段话,正好作为王朶表现抗日战争、解放战争场面的木刻作品的最好的注释。

到 70 年代,王朶因眼疾障碍,而不得不放下刻刀转入中国山水画的创作。20 年来,他努力探索着山水画的创作道路,这就是他想通过山水画表现雄奇壮阔的气势和深远的意境。这种追求阳刚壮美的美学观念,与他的生活经历有着千丝万缕的联系,也正和他在版画上追求壮丽雄浑之美是共通的。而这种追求,据他说:"最能与我的思想性格、气质相谐合。"

学中国画,自然有一个对传统的是否重视的问题,而王朶是非常重视传统的,他说:"那种妄谈打倒传统的人,不是出于盲目崇洋,便是出于对祖国遗产的无知。"我认为这种认识正是王朶在中国山水画上取得成绩的先决条件。但他也不是以前人的作品作为山水画创作的源泉,对于文学艺术家来说,人民的生活才是创作的源泉。对于一个有创造性的山水画家来说,他的艺术源泉是大自然,亦即所谓之"造化"。为此他重游当年随军野战走过的太行山、长城和黄河,速写画了近千幅。

他在山水画创作的实践中认识到:"国画之笔墨线条既是表现主观情感和客观生命的意象,又是作者画外之含蕴与画内之功力的具体体现,是高于生活的造境写意。从而表现出祖国山河雄伟绮丽之意象美。"

由于王奂对创造中国山水画有正确的理论认识,加以多年来以"外师造化,中得心源"为身体力行之准绳,终于创作出像《太行雨霁》《太行山之脊》《太行旭日》《狼牙山颂》《太行松》《黄河飞瀑》《黄崖洞胜景》等优秀山水画,这些作品既表现了描绘对象的形神、也内涵了雄伟壮丽之美的灵魂。在《太行雨霁》一画中不仅虚实相宜而且画面黑白对比也较强烈,令人感到似有木刻上的黑白对比之美,从而使雄伟之群峰更为突出有势。《太行松》在山石用笔上的有力、松树在云中的雄姿、以及云横山腰的变化,都使作品具有生动雄奇之美感。

近年来我曾在北京中国美术馆观看了很多山水画展,有的作品不分远近,而忽视了山水画应有的空间感,有的作品徒在笔墨上追求流畅潇洒,而不注意山水之神采与魂魄,而在我所提到的王奂以上作品中是没有这些缺点的。

现在,王奂同志和我们永别了,而他的这些具有雄伟气势的山水画却永远印在我的心中。

发表于 1996 年 9 月 27 日《太原日报》"艺苑"副刊

浓妆淡抹总相宜
——评裴文奎的花鸟画

宋代诗人苏东坡咏西子湖时,有这样的诗句:"欲把西湖比西子,浓妆淡抹总相宜"。当我读裴文奎的中国画作品时,不论工笔、不论写意、不论花鸟、不论山水,也总有"浓妆淡抹总相宜"之感。我欣赏他画的牡丹,细读他画的梅花,研究他画的墨竹……无不给我一种舒服感,愉悦感。而且由于作品所具有的那种强烈的气势和生动,能给人一种精神上的鼓舞,感到生命的焕发,花木的欢唱。而其笔墨之苍劲流畅及其洋溢的韵味,则又令人感到有大家风度,真是一种艺术。

裴文奎于1949年生在山西侯马,1967年毕业于山西轻工业学校美术专业;1981年进修于景德镇陶瓷学院美术系;曾任山西省陶瓷研究所艺术室主任。1991年进修于中央美术学院国画系,现任太原画院专业画家,高级美术师。中国美术家协会会员。他的名字已被收进《中国当代美术家名人大辞典》《中国当代美术家人名录》等多种辞书。

裴文奎自幼喜欢画画。上中学时,为语文课本的每一个小故事配插图。上外语课时,在课本上给老师偷偷画像。学校毕业后,曾经当过司机,每次出车都要带上速写本,安全行车20万公里的过程中,雁北的山山水水、关外的朝霞落日也尽收笔底。业余时间,他看画史、读画论、画头像、做雕塑,油画、版画、水彩、国画无不涉猎。这都说明他在绘画上的努力与勤奋。

裴文奎今年还不到50岁,刚刚走出青年的藩篱,进入了中年的门槛,然而他的那些美好的作品却大都创作于青年时代。一个青年人能画出如此老辣成熟的作品也真属难得,令人惊喜。

裴文奎的中国画既不乏笔墨传统,也不乏新意。例如,他画的墨竹(见图16),就既不像郑板桥也不像董寿平,比起他们来更放得开,真乃潇洒自得,而不为传统所拘,却又不脱离翠竹之特征,笔墨之淋漓,令人感到或风或雨皆成佳品。处处都显示了他在绘画上的才华。

裴文奎在艺术上所走的道路是很正确的,既不脱离中国画的优良传统,也不为目前在中国艺坛泛滥的西欧现代派所污染。我们是中国艺术家,理应有崇高的民族自尊心。但这不等于说,外国的优良艺术不应学习,周总理在谈到艺术的遗产与创造问题时曾说:"在中外关系上,我们是中国人,总要以自己的东西为主。"即"以我为主"。我认为这种提法非常正确。只有这样做我们的作品才能使中国人民喜闻乐见。

而我们有些画家则以创新为名,盲目学习西欧现代派艺术的糟粕,自以为是一种时髦,殊不知这是自绝于中国广大人民群众的一种错误的行径。

裴文奎的作品告诉我们,既表现了描绘对象的形神,而又不作自然的奴隶,充满了画家的灵感和事物的生命力。所谓"外师造化,中得心源"。

裴文奎是善于向别人学习的,我感到他画的葡萄似有他的老师吴德文的味道,而其中的一幅名为《醉春》的工笔花卉,又似乎受到他另一位教师谭兴渠的影响。还有一幅《傲霜》画的繁菊,也许是学点靳及群画家的风味,因为靳及群当时担任太原画院的领导,而裴文奎是该院的画家。但所有这些我都不认为是裴文奎作品的缺点,因为裴文奎作为一个青年画家正需要像蜜蜂似的采摘百花之精英,而后酿造自己的蜜。过早人为地创造自己的风格,就难免有不自然的做作之感。因为画家的风格是在不断地浏览百家,不断地外师造化,不断地艺术实践中随着个人性格的左右而自然形成的。否则就可能像一碗半生不熟的米饭送上餐桌。

作品的优劣总有共识。出类拔萃的艺术品也会有更多的知音,因此裴文奎以工笔描绘葡萄丰收的《月光曲》能被选入"中国当代工笔画二届大展",于1993年画的《惊梦》入选于"首届全国中国画展览",并编入《首届全国中国画展览作品集》。他画的墨牡丹《夏风》被选入"第八届全国美术作品展览",我当时作为评委,看到这幅山西的作品入选感到非常高兴。他画的另一幅《墨牡丹》曾获"全国牡丹竞选国花画展"优秀作品奖。裴文奎善画风牡丹,所以他的牡丹不是静止的,而是动的。他的作品《鸣春》《山涧》《傲霜》和《万花一品》分别参加第六、八、九、十届全国花鸟画邀请展,又有一幅《牡丹》参加了在台北举办的"亚洲第二届国际水墨画大展",《硕果》《春风》《秋菊》参加了在日本静冈举办的"中国当代美术精品展"。10余年来,裴文奎的作品除参加国内外展览之外,还被美、英、法、日、德、新加坡、马来西亚等国家及港澳、台地区的不少团体和个人所珍藏。

上面提到的那幅《惊梦》似乎是我所看到的裴文奎的花鸟作品中惟一在石头的灰色中,采取了"特技"手法的一幅。目前在中国画中颇流行各种"特技",运用得好颇能增加作品的特殊效果,令人感到趣味。但毕竟是一种"取巧",而非艺术家硬梆梆的笔墨功力,这就是我对于"特技"的看法,既不反对,也不提倡。

应该说裴文奎在中国画方面是一位多面手。他的写意画之出色就不用说了,而对于他的工笔画我还说得较少,他的一幅名为《鸣翠图》的工笔风景画我非常喜欢。唐朝伟大诗人杜甫在《绝句四首》中曾有"两个黄鹂鸣翠柳,一行白鹭上青天"的诗句,在这幅画中于一片绿色的树丛中飞来了两只黄鹂,颇有诗意,画面树丛的疏密、浓淡显示了画家的匠心,而两个黄鹂的进入画中又形成了强烈的动静感,以《鸣翠图》为画题,使我们能想起"两个黄鹂鸣翠柳"的千古名句。除此之外裴文奎画的工笔画《醉雪》《醉春》《暖冬》《月光曲》也都是喜人之作。

我很少见裴文奎的山水画,而仅仅看到的一幅《萧萧黄叶落无声》就高于时下的一般山水画家。此幅四方形构图的小品,不论画面墨色的浓淡、虚实都是无懈可击的。

　　我作为裴文奎绘画的知音,情不自禁地对他的作品写了很多赞美的话,愿这些赞美能成为一种前进的动力,使他今后在漫长的艺术征途中取得更加辉煌的成就。

发表于《美术》1996 年第 11 期

前程似锦
——评狄少英的人物画

我第一次看到狄少英的中国人物画,是在"晋德迎新春中国书画拍卖会"上,他的一幅《仕女赏梅图》引起我的注意。人物很传情,梅花也画得笔力苍劲。

这次和少英见面,他带来两大本他的山水、人物、花鸟画近百幅的影集,浏览之后,首先给我的印象是狄少英是一位既有才华而又勤奋的青年画家。在人物画中他既画古代人物,如屈原、陶渊明、杜甫、林逋、陆游等,也画民间传说中能捉鬼的钟馗以及八仙之类,但我却特别喜欢他画的古装仕女,尤其是其中的一幅"月上柳梢头,人约黄昏后",我觉得这幅画富有传统,而且也很完整,洋溢着诗意。他在很多古装仕女画中,善于用兼工带写的笔法完成,令人感到完美统一。而且在人物画中他还有以裸女为题材画的一些颇为工整的作品,在这些女裸体的背景上,不再用写意的花木衬托了,而是以西双版纳的热带植物为陪衬,形成工笔画的装饰美,亦颇有新意。同时他还以工笔画法画了一些描绘西双版纳傣族姑娘生活的作品,也很成功。《人约黄昏后》更富现实感,也很有美的意境,耐人寻味。狄少英不论画古装男人还是画古装仕女或傣族现代妇女,其衣纹用线都能做到简而不繁、畅而不油。他不像有的人物画家,只管运笔之流畅泼辣,诈诈唬唬,不管线条之含蓄耐看,结果所画衣纹飘浮纸上,显得油而不实。在狄少英的花鸟画中,我看到他画的荷花、菊花、梅花、牡丹、水仙等,种类虽多却有样样不凡之感。

在山水画方面我看了他十几幅作品,实不弱于时下的一般山水画家,有的作品似有石涛味。

总的来说狄少英的作品有多于继承传统而少于创新之感,尚未形成自己的固定风格。但这并非他在艺术道路上的缺点。处在他的年龄,正应像蜜蜂似的从百家的作品中吸取精髓,而后再酿造自己的蜜,齐白石也好,石鲁也好都是老年变法而形成自己的独特风格的,过早人为地创造自己的风格,总难免有些不自然的生硬感。吴冠中在《石鲁的腔及其他》一文中说:"未成曲调先有情,腔调不是先主观的设计,风格只是作家前进道路中留下的脚印,是后果,不是前因。"我很同意他对风格的观点。我相信狄少英在他前进的艺术道路中会自然形成自己的独特风格的,而不必过早地去主观设计,人为地创造。

每一个画家都在努力创新,但创新之法则大异,有的闭门造车,任意乱涂,画出的作品令人不知所云;有的抛弃中国绘画的优良传统，一心模仿西欧现代派绘画，这都是不可取的。我认为创新之道，不仅是形式风格之新，而也应注意到取材与内容之新。其次，创新应以"师造化"为主导，因为造化本身即可暗示画家以新机。第三，创新绝不能违反事物之特征，如果画的牡丹与荷花难分，木本与草木雷同，就不是正确的创新之道。第四，创新不应离开中国绘画的传统基础，因为我们是中国人，理应热爱本民族的文化。第五，创新不要忘了人民群众，因为我们的作品总是给广大人民群众欣赏的。因此就要考虑到他们是否能够看懂，并乐于欣赏。文学上最忌"陈词滥调"，绘画上有没有"陈词滥调"呢？有，这就是构图和人物背景的一再重复，表现方法的一再使用，人云亦云，都可成为陈词滥调。因此，为了作品有新意，这都是应该避免的。

令人高兴的是狄少英不论对于古装仕女或傣族现代女性，在他的作品里都不丑化怪化而是画得较美的。而且他的作品和西欧现代派无缘。据说他为了获得传统绘画技巧下过苦功，不仅多次临摹《八十七神仙卷》，而且还到芮城临摹过永乐宫壁画。因而他的作品中处处显露出扎实的传统功力，自然会得到广大群众的喜爱。狄少英的作品现已有100余幅被国内外艺术馆收藏，《中国美术家》、《中国现代美术家大辞典》等20余部大型辞书收录了他的传记。

狄少英还年轻，来日方长，我相信在他的勤奋努力之下，当会有似锦的前程的。

1996年3月15日发表于《太原日报》副刊《艺苑》

怀念一代艺术宗师李可染

一

1931年夏,当我考入国立杭州艺术专科学校后,经常看到一对情人半躺在西湖孤山下的如茵的草地上憩息,他们旁若无人,恬静地置身于湖上大自然的美丽风光中。与我偕行的一位老同学告我:这青年名李可染,不但油画画得好,而且拉的一手好胡琴,其水平可在上海公舞台为京戏伴奏。并说他的爱人很会唱京戏……

那时,我初入艺校,而李可染是艺专的研究生,我不但无缘听他拉胡琴、听他爱人唱京戏,而且也未曾和李可染说上一句话。只能是我认识他——他不认识我。

但不久我终于在学校里偶然看到了李可染曾发表在《一八艺社1931年习作展览会画册》上的油画原作《失乐园》,这是一幅倾向于暖色的灰调子作品,说实话,对于我这个初踏艺术学府门槛的青年来说，还不懂得它好在哪里。但应感谢人民美术出版社，他们于1981年竟出版了一本《一八艺社纪念集》，我能在这本集子中重新阅读李可染的《失乐园》感到无比高兴。将近60年的岁月过去了，它在我面前的再现，竟然闪烁着令我惊叹的艺术光芒，深感李可染于青年时代在油画《失乐园》中所显示的艺术才华。

《失乐园》本是西欧文艺复兴前后画家们惯画的题材，但李可染别开生面，没有画亚当夏娃同行被上帝逐出乐园，而画的是以夏娃为主体躺在土坡上，把亚当以透视的小小身影画在背景上，表现两人失乐园后的悲哀。那蛇本来是在乐园中出现的，但李可染却让它活动在裸体夏娃的身旁，大概是要表示它是他们失乐园的祸根。可同时也是画面的一个必要的配衬，否则那个角落就显得空得不舒服。

李可染既没有用全然写实的手法描绘夏娃，而是有一点变形，使她单纯化，但也没有因为变形和单纯化而失去人体应有的美。整个画面能令人感到背景的山丘和女裸体的协调，以及作品的完整感。

李可染当时的油画，在艺专里是很有影响的，单以《失乐园》的艺术性而论，在一八艺社的作品中就有鹤立鸡群之感。有的同学如汪占辉、王肇民就喜欢学习他，似乎形成了一个小小的李可染画派。可惜由于"一八艺社"的惨遭摧残，所以这个画派的寿命也极短暂。

1932年，由于一八艺社成员的思想进步，该社为校方勒令解散，其社员如季春丹(力扬)、胡一川先后被开除，王肇民、杨澹生、汪占辉被逼转学北平。李可染乃一八艺社的著名人物,也遭受了勒令退学被逼离校的横祸,有如亚当夏娃之被逐出乐园。校长林风眠对李可染很器重,当年研究部招生李可染就是林风眠破格录取的。他本拟让李可染毕业后留校任教或出国留学,而现在也无能为力了。因为训育主任张彭年代表省党部对校长林风眠施加压力,林风眠也无可奈何。

二

听说李可染离开杭州艺专后,就回到他的家乡徐州,从此放下油画工具,拿起了中国画的毛笔;他一面在一个私立美专任教,一面专攻国画。我曾从一位徐州同学处看到过李可染给他画的国画作品,画的是人物,颇有新意。

真没想到抗日战争爆发后,我能和李可染于1938年在郭沫若领导之下的军委政治部第三厅同室工作。那时军委政治部的副部长是周恩来,第三厅的厅长为郭沫若,下设艺术处,由田汉任处长,我们在艺术处领导之下的美术科工作。科长为徐悲鸿,但一直未到任,由倪贻德代理。科员有李可染、王式廓、叶浅予、王琦、力扬、罗工柳、卢鸿基、常任侠……等美术家。

当时我和力扬、罗工柳、卢鸿基、常任侠在武昌昙花岭共同住在一座楼内。由于李可染和力扬(季春丹)曾经是当年"一八艺社"的老友,所以他就常来我们住处看望力扬,因此我和他也就逐渐熟悉起来。那时李可染的爱人苏娥女士已去世,所以他成了一个单身汉。平时李可染沉默寡言，但和我们在一起时就好像他的性格也变了，我们无所不谈，谈"一八艺社"，谈林风眠，也谈艺术创作和德国女版画家凯绥·珂勒惠支，他对这位女版画家崇拜至极，尤其喜欢她的组画《农民战争》中的《磨镰刀》，认为那饱尝苦楚的女人，充满着极顶的憎恶和仇恨的细小眼睛描绘得至为深刻感人。对于艺术创作的构图，他认为尽可能空当中占四边，这样画面就会显得开阔而不闷塞，令人感到画内有画，画外也有画。五十年来我每着手构图总会想到他的教导。

当"七·七"卢沟桥抗日战争一周年纪念日到来时，三厅举办了一个盛大的纪念画展，美术科的每一位画家都献出了自己的创作，李可染好像是用木炭条画了一幅人物画，表现为日机炸死的难民。当杭州艺专的一位在艺术上很有修养的老同学——孙澍兰路经武汉来三厅参观画展时，我问他对画展的意见，他说：就数李可染那一幅画得最好。

这之后我就到了延安鲁艺任教，关于李可染同志的情况便音讯全无了。

三

北平和平解放后，我作为西北代表团的成员于1949年夏参加了中华全国文学艺术工作者代表大会，李可染作为平津代表第二团的成员参加了大会。我和可染同志已有11年之久未见面了，经过抗日战争和解放战争的胜利，这次在北平全国文代会上相见其高兴是难于形容的。会议期间可染邀请参加大会的三厅时代的一些老友在他家欢度晚宴,那时他住在大雅宝胡同美院的宿舍里。当我看到他新建的家庭和夫人邹佩珠女士时非常高兴,我们追叙三厅时代的往事和彼此别后的情况,颇感畅快。这次欢聚却以未能拜读他的新作而深感遗憾。

全国解放后,北京中央美术学院掀起了新年画创作的热潮,可染同志也画了一幅劳模游北海公园的年画。1953年我从山西调到北京后有幸看到了这幅很不一般的年画,非常欣赏。我曾暗自研究过可染对此画在取景上的匠心,他对白塔下的加以艺术改造了的树丛和对远景的省略使之虚幻的处理,都使我受益。由于当时过于看重人物画,因此可染的这幅富有创造性的风景年画并未引起应有的重视。

我调到北京工作后和可染同志见面的机会较多了,那时我很想得到齐白石老人的一张画,可染同志欣然愿领我去见老人。这大概是1955年的夏天,到了老人家里,可染把我介绍给他,并说明来意。老人看到可染很高兴,但问我是中国人还是外国人,可染提高嗓音告他说:"是中国人!"这时老人已九十五岁了。我接着也高声说:"请您老给我画一幅牵牛花吧!"老人就动手给我作画,可染同志站在旁边给老人磨墨,我站着亲眼看到他作画的缓慢动作,给我一种严肃感。画完成了,那红色的牵牛花如迎着朝阳生气勃勃地开放在纸上,我非常高兴。于是按画例付款,老人收下。我对可染低声说:"我们可以走了吧?"老人好像听到了,马上说:"不要走,在我这里吃饭。"这使我很意外，悄悄对可染说："作画还给钱，怎应反倒吃他的饭呢？""他让你吃，你就吃，不吃他会不高兴的。"于是老人派人叫来一桌湖南菜。饭后老人给我们看他最近画的一幅大画，他把画钉在院里的墙上，和我们一同站在较远的距离端详。这就是1963年"人美社"出版的《齐白石作品集》中的《百花与和平鸽》。画面非常丰满而色彩富丽，不仅在花下有三只安详的和平鸽，而且树上还有两只生动的喜鹊。可染与我都连声说好，老人很高兴。

据我所知老人真正的得意门生只有两人，这就是李苦禅和李可染。李可染曾对他的学生们说："我向齐白石老人学画多年，学到一个'慢'字。"大概李可染作画颇慢是与此有关的。

四

中国的山水画，从五代到宋元形成了高峰，到明清已走下坡路了，所谓四王，由于违反了"外师造化、中得心源"的名言，纯以临摹古人为能事，已使其作品徒有山水之躯壳与笔墨，而无大自然之血肉与神韵。所以徐悲鸿先生说："我是厌恶董其昌和四王山水的。"说他们不懂写生，不懂造化，使作品毫无生气。李可染有鉴于此，遂于1954年开始决心到祖国各地写生，他溯长江西行，踏遍江南各省，沿江作画，在三峡、峨眉、天都峰、雁荡山等处留下了他的足迹，历数年之久，行程十数万里，得画稿数百幅，终于能在1959年为庆祝建国十周年以崭新的面貌在京举行"李可染山水写生画展览"。我观看了他的画展,非常喜欢。尤其喜欢其中的《初夏》《千年银杏》和《鱼米之乡》等作。这些画都是李可染用思想感情画出来的。既有创新更有意境,令人神往。《初夏》作于1956年,画的是杭州里西湖的景色,上题"湖边杨柳"四字。也许是我也曾经在此作过画,也许是那些景物最能唤起我对往事的回忆,所以我特别喜欢它。但可染画的这两棵杨柳,也实在够美的了。那远处的白壁楼舍以及郁郁森森的远山真使人陶醉。李可染这幅写生山水画之不同于一般的写生水彩,就在于它有中国画的深厚的笔墨功底,你看那杨柳的树枝,多么具有骨力,而那表现树叶和远山的用墨,又多么具有层次和韵味。两树的右角画了一个重墨的长椅,在构图上多么得体。我之所以喜爱《千年银杏》是因为它似乎具有19世纪法国伟大的风景画家柯罗作品的抒情风味,画面上那疏朗的树枝和银杏的层层树叶形成了一种金秋的美的意境。我想可染这幅画和柯罗作品的偶然接近,还由于柯罗的风景画就很有中国山水画的味道。但李可染这幅画比起柯罗的作品来在抒情中还带有一定的刚健性。《鱼米之乡》的生活气息很浓,构图新颖,笔墨苍润健拔,富有江南水乡情调。画家本人选它作为人民美术出版社于1959年出版的《李可染水墨山水写生画集》的封面(以下简称《写生画集》),说明是他自己很满意的作品。

李可染是一位对待艺术非常严肃的画家,对自己作品的要求十分严格。他曾说:"我不依靠什么天才,我是困而知之,我是一个苦学派。"为此他总是把从写生得来的画稿不断地提炼，使其不断升华，使作品更加完美。例如在《写生画集》中有一幅《蜀山春雨》，作于1957年，在我们看来这已经够好的了，但他于1972年又重新画过。相比之下后者比前者就更美了，意境更浓了。他在这幅画的中景处减少了一部分房舍，剩下的让它们向远处推移。并加强了房舍旁边的杏花，江面也画得宽阔了，杏花抒情地从岸边垂在江中。在近景处却增加了一些房屋，比起原来的江岸来它有了起伏变化。更引人注意的则是把远景的重山加浓了，因而增强了雨意，并衬托得中景房舍非常醒目，江中的黑色倒影也加浓了烟雨朦胧之感。现在把这幅画叫做《杏花春雨江南》也是确切的。又例如《写生画集》中有一幅横幅的《万寿山谐趣园》，作于1955年。他后来于1963年又画了一幅立幅的《谐趣园图》，两者比较，我感到后者更升华了，跳出了写生的局限，强化了画面的色彩变化和黑白对比，突出了水中的绿色荷叶及其空间感，使作品更加单纯而意境盎然。

五

我有一本英文版的《中国水墨画册》，大约于1954年前后出版于香港，其中除了任伯年、吴昌硕、林风眠、黄宾虹、陈半丁、徐悲鸿、李苦禅等人的作品外，竟有齐白石的50幅，有李可染的17幅。在这17幅中，有仕女、钟馗、漓江山色、江南水乡、风雨归牧等。通过这些早年的尚未形成李可染固定风格的作品，对于研究可染的山水画的发展过程大有帮助，值得注意的是其中竟有两幅不同的山水都题名为《春雨江南》，可见画家是非常喜欢描写这一题材的。但都不写创作年月。此外还有两幅类似的山水。就其内容观之，这些画都还徘徊于前人山水画的旧域，未能创造新意，距离前面提到过的已非常成熟的于1972年所作《杏花春雨江南》的境界很远。此外，还有两幅《渔村烟雨》《春游寄畅园》，都还显得笔墨生涩缺乏意境，达不到《写生画集》的水平。在对待民族绘画传统上李可染曾说："以最大的功力打进去，以最大的勇气打出来。"看来，他此刻已打进去，但还没有打出来。这正好说明李可染为了打出来于1954年起多次到大自然中观察写生，行程十数万里，为发现前人没有发现的新的规律，以求有新的创造之必要与可贵。

在这17幅中竟有三幅是画《秋风吹下红雨来》，其中两幅有牧童和水牛在树下。我们知道可染一生中不知画过多少幅《秋风吹下红雨来》，说明他对石涛这一诗句之爱好。但我对这17幅中的《江南水乡》（见图17）却特别喜爱。这幅小景，以寥寥数笔画了数株春柳，画得自然轻快水墨淋漓而生气盎然。柳梢有一帆船轻移，岸边有两童垂钓，令人感到画家作此画时信手挥笔毫不经意，真乃少见的淡逸神品。但无年月，不知作于何时。

从传统打出来之后的李可染的成熟的山水作品每每出现在展览会中，总令人感到特别醒目而超群，对周围的他人的画幅颇有压力。那浓重的笔墨，黑中透明暗中见亮而具有空气感的山峦和逆光的树丛，显得大有深意，令人感到作品的重量为挂钩所难承,似乎就要从壁上坠下来。那发表在《中国新文艺大系》《美术集》中的《树杪百重泉》就很有这种感觉。

李可染除了在描绘牧童的画中画水牛外,还单另画过一张《五牛图》。他生在水牛之乡,自幼就和水牛为友,他真是够爱牛的。然而他本人也真像一条牛,具有牛的朴实、稳重、忠厚、耐劳、富有毅力的特性,这种特性体现在他的作品中,就成为他的艺术的雄伟、深厚、浓重、质朴、凝炼的可贵品格。

李可染除了在绘画上的巨大成就外,他在书法方面也是很有创造性的。五年前"山西美术院"成立时,想请李可染先生写牌匾,他们知道我和可染有友情,来求我,我派小儿持函到京求见,可染为此书写了七八张,选了一幅满意的交卷,但怎也不肯收下美术院给他的报酬。现在这个牌匾竟成了可染留给"山西美术院"的一件可贵的纪念品了。

1986年5月,山东潍坊举办"国际风筝会"和"国际风筝会名人书画展",有关方面请李可染先生题字,由我负责把他的字放大使用后,我当珍宝把它们收藏起来。现在也成为可贵的纪念物了。

综观李可染在艺术上的辉煌成就,就在于他把山水画看作是对祖国对家乡的歌颂,真正做到了洋为中用,古为今用,以"可贵者胆,所要者魂"的精神突破了前人成法,创造了中国山水画的新天地和诗的意境,使它从历史上起死回生,具有了新的生活气息和时代精神,形成了李可染特有的艺术风格;从而在世界艺坛闪闪发光;并创造了中国山水画的"李可染画派",形成一代宗师。

李可染同志于1989年12月5日和我们永别了,我很怀念他,愿中国一代艺术青年能从李可染的生平和艺术中得到教益。

1995年作,发表于1998年1月号《美术观察》

赞美母爱的抒情诗
——评陈光健女士的工笔人物画

世界上有一些杰出的女艺术家使我崇拜,如德国的伟大女画家凯绥·柯勒惠支,前苏联的伟大女雕塑家穆欣娜,以及美国的杰出油画家卡萨特,她们的作品都以不同的内容感动着我。如柯勒惠支作品的悲壮、穆欣娜作品的雄伟、卡萨特作品中的母爱。不同的时代和不同的社会土壤培育了不同的女性艺术家。但她们都称得上人类灵魂的工程师。

我国当代杰出的女画家中,其作品特别使我欣赏,特别振动了我的心灵而使我感到美的,首推西安美术学院的女画家陈光健教授。由于她生活在幸福的社会主义中国,和她特有的性格,使她的绘画既不像柯勒惠支的作品之令人看了感到悲苦和压抑,也不像穆欣娜的作品看了令人振奋,她的作品在描写母爱这一主题上很像卡萨特,但却更能让我们感到母亲和儿童生活的幸福。陈光健不在艺术创作上赶时髦,像有的女画家把人物故意画得丑陋、怪诞,令人看了难过。而总是继承了中国工笔人物画的优良传统,用一颗爱心把人物画得美好可爱,从而赢得了中外人民群众的赞赏并屡屡获奖。

陈光健于1936年出生于广西南宁,原籍四川,1958年毕业于浙江美术学院中国画系,受业于潘天寿大师。1959年调西安美术学院中国画系任教。60年代开始赴陕北深入农村生活。从此她像著名国画家她的爱人刘文西似的,也爱上了苦寒的陕北,并不辞辛苦地和他多次跋涉在陕北的黄土高原上。从此她的艺术的情节和人物形象就获得了可贵的创作源泉。1991年,由于她创作与教学方面的特殊成绩晋升为西安美术学院教授。

我最初在展览会上看到陈光健的作品是她深入陕北农村后创作的《窑洞小学》,这幅富于陕北地方特色的作品,给我留下深刻的印象,使我感到亲切、别致、富有陕北农村的泥土芳香。这就因为抗日战争时期我曾在陕北生活了六年,熟悉陕北农村,深感作者善于在平凡的人民生活中发现不平凡的美。

后来我在由吴作人题名的陈光健的目录性图片上一连读到她二十余幅作品,而其中于1994年创作的《慈母手中线》(见图18)首先打动了我,我一看到它就发出会心的笑声,使我久读而不愿释手,这是一幅别开生面的工笔人物画,画中描绘一个可爱的小女蹶起小屁股让妈妈给她缝缀开裂了的裤裆,妈妈以充满爱和幸福的心情含笑引线劳作。那儿童的天真、调皮和妈妈的母爱赢得了我的赞赏。比起卡萨特的关于母爱的作品来,尤为动人。而这既是女画家歌颂母女情的一首美丽的抒情诗,也是赞美家庭幸福生活的一支动人的歌。我想如果不是女性,我们男性画家则未必能够发现这样的题材而描绘得如此情深。此作曾参加过国家教委举办的全国教师美展,获优秀作品奖。

和《慈母手中线》同样打动了我的,是陈光健于1984年画的《西去列车》,这里的上下卧铺上虽描绘的是一些西去开发大西北的人,但其重点还在于描绘下铺上那个伏在母亲腿上的幸福地含笑的儿童和他的幸福地含笑的母亲。为什么这幅画打动了我?就因为那个天真活泼的儿童画得太可爱了。而这幅画我感到实际上也是在表现母子情和母爱的,不过不像《慈母手中线》那么鲜明而较含蓄,虽其表面上画的是母亲和父亲在看地图,车厢的中铺上所表现的都是父女情和父爱。只有上铺上是一个单独的听收音机的少女。此作曾入选"第六届全国美展"获优秀作品奖。

1984年继《西去列车》她和爱人刘文西又合作了年画《爱洒人间》,这幅作品因为是年画,所以色彩更加灿烂夺目。这里所描绘的是一个傣族托儿所的阿姨正在摆动绳系屋顶的很多摇篮,让孩子们入睡,这些摇篮不是一般的木制的,而是用荆条之类编织的筐子做成的,富有地方特色。这个漂亮的阿姨穿一身淡红色的民族上衣和带花的深红色的围裙。从她含笑的面容能看出她是以一种伟大的母爱洒向这些祖国的小小花朵的。这幅赞美母爱的年画在当年杭州举行的全国年画展览中获三等奖。

在这个目录性的图片上，还印着一幅于1992年创作的《绿色边疆》，在作品的题字中说：写新疆塔什库尔干塔吉克民族生活。而也是描写母爱的，不过不再是描写陕北妇女的母爱，或傣族女性的母爱，这回是描写塔吉克族女性的母爱了。画面是一个身着民族服装的美丽的少妇，守在吊床中的婴儿之旁，正专注地低头编织绣品，而她的两眼虽然不看着她的小宝贝，却令人能感到她的一颗爱心正放在孩子身上。这也是一幅动人的表现幸福生活和母爱的不可多得的工笔人物画。画面色调清新而富有诗情。此作曾于1994年全国第八届美展中获得优秀奖。

此外，我在1991年的《西北美术》杂志上还看到陈光健于1989年创作的一幅描绘母爱的《独苗苗》，也非常动人。年轻的母亲正坐在炕上，抱着她的独苗苗欣赏，显示了她内心的幸福与满足。这也是以陕北人民的生活为创作源泉的。

通过以上我所赞赏的五幅工笔人物画，我把此文名之为《赞美母爱的抒情诗》。

但陈光健不仅用女性的爱心创作了不少以母爱为主题的具有中国特色的杰出工笔人物画，她还以一颗母爱的心画了不少非常生动可爱的单独表现儿童的画，如《旱鸭子》、《我的女儿》、《白马藏族小姑娘》、《童趣》等。都是一些富有生命力的佳作。而另一幅描绘中日《友情》的画也是一幅难得的生动可爱的好年画。曾于1984年全国第三届年画展中获三等奖。

最后还必须提到陈光健近些年来画了不少汉唐舞姿和

少数民族的美的舞蹈人物。如果说叶浅予画舞具有力的健美,那么陈光健的舞姿则更多柔情而优美动人。在这些舞姿上也同样看出她的才华。

当陈光健于1987年后赴新加坡、加拿大等国举办夫妇国画联展时,曾受到各国艺术家的高度赞誉,并荣获世界艺术大师的光荣称号。我想,如果不是她的工笔人物画以其美的形象感动了异国观众,并富有中国特色,这个光荣称号是未必能够得到的。因此我认为中国艺术家的作品第一必须是美的,并必须具有中国特色,第二必须能以其内容感动人,如此才能得到荣誉,并成为人类灵魂的工程师。

但目前中国的画坛,却很少有像陈光健似的具有浓厚生活气息并具有中国特色的感人之作,在当今中国女画家的作品中,也很少有像陈光健描绘母爱的如此感人的佳作,在目前流行丑化人物的时代,也很少有像陈光健的作品中的人物如此美丽可爱,这就是我之所以赞扬杰出的女画家陈光健的工笔人物画的原因。

愿我们的女画家能继续从生活中不断挖掘出像《慈母手中线》似的动人之作。

发表于《美术》杂志1999年3月号

《张思淮画集》序

张思淮是一位很有成就的中国花鸟画家，他的作品我很欣赏。

1994年8月27日我在《文艺报》第八版上发表了一篇名为《尧都国画三秀》的美术评论文章，所谓三秀是指临汾市的三位中国画家——裴玉林、张思淮和单华驹。关于张思淮的画，我当时是这样评论的："近10年间，张思淮不断有佳作问世，他画的梅花给我留下了深刻和印象，感到他继承传统有方，用笔苍劲有力、形象厚实，凝重，有大家风度。除了梅花，他也画牡丹、丝瓜等，这些作品都富有生命力，令人感到他在中国花鸟画的创作上已臻成熟。"

为此，我曾经劝张思淮出版一本个人画集，让他在艺术上的成就得到社会的认同。听说他和出版社联系了，但他个人没有足够的资金，画册就难于问世。这件事我一直挂在心上。

张思淮于 1936 年 10 月出生于晋南临猗县一个普通的农民家庭。自幼酷爱绘画,聪明好学,读书听故事能一遍不忘,乡人称他为"神童"。青年时曾在运城康杰中学就读,在美术老师指导下,刻苦学习中国写意花鸟画。采集各类虫鸟作标本,反复体味传统花鸟画的笔法和内涵,勤学不辍。"天道酬勤",他终于在中国花鸟画方面颇有成就。现为临汾地区书画院院长,高级美术师,山西美术家协会会员。

张思淮学画,从来不临摹历代名家作品,而是精读,从中领会汲取营养,以求自成一家。他说:"我在对中国写意花鸟画的艺术探索中,走的是雅俗共赏之路,专家点头,群众欢迎。"又说:"画最终是给人看的。应该给人以一种健康向上的美的享受。如果故弄玄虚,让别人看不懂,单纯追求自我表现,自我陶醉,那还谈何艺术,谈何为社会主义服务,为人民服务,只能是自欺欺人。只有在继承传统的基础上才能谈得上发展与提高,否则只能是天方夜谭。"我对他以上的艺术观非常欣赏,而这也正是张思淮的艺术实践和成功的指导思想。

最近,他有条件出版《张思淮画集》了,并在董寿平先生生前就求他写了画集的题名,我为此衷心欣喜。他邀请我写序,我是乐于接受这个邀请的,就因为我很欣赏他的花鸟画。

我是多年从事版画创作的,但近 20 年来也画起中国画,不论松竹梅,不论月季和牡丹都有所涉猎,从而也就难免有所研究;深感画竹之成败,首看叶;画梅之成败,首看杆。如果梅的枝杆画得不好,梅花画得再好也扯淡。以此来观赏张思淮画的梅杆,就觉得不仅苍劲有力,而且他善于用飞白,这就显得他的梅花的枝杆特别生动有灵气,而不死板。加以他特别讲究用墨点点缀,从而使画面有一种丰富感,而不单调。总的说来,他画的梅花的枝杆是天然成趣的。不像当今有的画梅名家,他的某些作品其枝杆大有人工斧凿之痕,匠气十足,形成做作之感,有时感到呆笨难耐,毫无美之可言。这些毛病在张思淮画的梅花里是难于找到的。同时他画的梅花也不像某位画梅名家以繁取胜,不画倒梅,好像画了"倒梅"就要"倒霉",这真是艺术的悲哀。而张思淮是不管这些邪门歪道的。他的梅花疏密有致,繁简得体,其枝杆该倒则倒,该竖则竖,天趣妙成。

而我之所谓"画梅之成败首看杆",也包括梅花枝杆之交叉。当我的童年,祖父教我画梅时说:"画梅不离女。"所谓"女"亦即枝杆之交叉也。这是古人观察实物之心得,而非主观臆造。因此,梅花画的成败,也同时看枝杆之交叉是否自然得体,而张思淮画的梅花在这方面也是经得起推敲的。

当宋玉在《登徒子好色赋》中形容东家女之美时说:"增之一分则太长,减之一分则太短,著粉则太白,施朱则太赤。"我想,我们的文学艺术作品也都应有这种恰到好处之美。而张思淮在本画集中的《梅品》(见图 19)、《春语》《暗香浮动》《寒香》等佳作,不仅可为我以上对他的梅花的赞美之辞作证,而且这些作品在构图,在用笔用墨方面也大有东家女似的品味,具有恰到好处之美。

本画册还有一幅丈二长的名为《奇香不老》的大幅梅花,

是为天安门城楼画的。画这么大幅的大画对画家来说,其难度也是大的。古人说:"远看势近看质。"用今天的话说,大概就是远看作品的整体感和气势,近看作品的局部和细节。这既是看画的方法,也是对画的要求。以此来欣赏《奇香不老》,其成功处就首先觉得气势雄伟,笔墨淋漓酣畅,有一气呵成之感。画家的笔有如天马行空,抒发了作者内心的激情和浪漫的胸怀。能给人以鼓舞,能给人一种和困难作斗争的精神力量。而看其质,也是基本上成功的。

除了梅花之外,我也很欣赏这本画集中张思淮画的月季花——《淳季》。此画之成功首在于他用红色画的花朵。用这种没骨渲染的画法画较大的牡丹则易,画较小的月季花则难。恐怕这只有画过月季花的画家才能体会。而张思淮不但把花画得那样美,而且构图也不凡,枝杆和叶也画得精彩,堪称佳作。与此相媲美的还有作者画的《丹珠点秋容》,也是一幅可爱之作。这里作者画的是北方山野里的酸枣。似梅非梅,却有梅之精彩。那只远飞的小鸟也画得奇特。还有一幅精品是《石榴图》,此画不论构图,不论枝杆和榴叶、果实,以及两只麻雀,都画得不多不少,尤其是那个裂开的石榴的红色籽在画面上形成了高潮,而雀头的褐色和石榴的颜色也有巧妙的呼应。此作也有如东家女之美,恰到好处。

除此之外我对于张思淮画的《风竹》也很爱好,他的风竹,别具一格,既不像郑板桥的,也不似董寿平的,也算是他在画竹方面的创新。

综观张思淮的花鸟画作品,我感到是能够达到雅俗共赏的,他的笔墨是有独特的个人风貌的。1996年由国际美术家联合会,中国书画美术研究院,世界华人书画专家教授美术促进联盟等单位联合审定授予张思淮《世界书画艺术名人证书》是当之无愧的。

现在,张思淮在处理好画院繁忙的院务工作之余,未曾间断过他的花鸟画创作。作品曾在国内外许多大展中参展获奖。如1989年作品入选"庆祝建国40周年全国书画大联展"获二等奖。此外,他多次参加当代中国花鸟画邀请展,多幅作品入选《当代中国花鸟画集》《天安门珍藏画集》《中国当代名人书画选集》等大型画册。有些作品被法国博物馆,新加坡银河集团国际文化交流中心等纪念馆博物馆所收藏。他的传记载入国家和世界美术家大辞典。

张思淮现年已花甲有余,在艺术上赢得了丰富的创作经验和荣誉,相信今后定会有更精美的花鸟画问世,为祖国精神文明建设贡献新作。

1998年8月作

·油画水彩·

从风景画谈起
——看了"全国水彩、速写展览"之后

"老王,你看了这些画有什么意见?"老张和老王看了"全国水彩、速写展览会"之后一同走出会场,一边走就一边谈起来。

"我是外行。"老王说,"可是看起来还满有兴趣,只是我不懂展览会中的风景画对我们有什么教育意义?你是画家,请你谈谈吧。"

老张本来是想听取老王对展览会的意见的,但经老王这一回问,他倒不得不首先发表意见了。

"你问得很好,"老张说,"全国解放以来,举行这样内容的展览会,还是第一次;人们对于以反映人民生活为主要内容的图画可能比较容易理解,而关于描绘风景,描绘祖国河山的图画可能还不容易理解……"

"是的,我就不大理解。"老王打断老张的话。

"让我先来一段'插曲'吧:我听得一个朋友讲,在苏联的卫国战争期间,忘记了是在列宁格勒还是在莫斯科,画家们曾举行了一个风景画展览会,在未开幕前曾有人提出疑问,觉得在战争极其紧张的关头,开这样的风景画展览会是否妥当。但这个展览会还是开幕了,并且有很多群众来参观,其中有不少人是从前线归来的红军。你想他们对展览会有什么样的意见呢?据说他们不但没有对这个展览会加以非难,而且看了非常感动。他们说,看了展览会里描绘祖国美丽风景的图画,更增加了他们对祖国的热爱;他们说,为了保卫祖国美丽的河山不被敌人破坏,他们要更勇敢更无情地打击敌人。从这里我们可以知道,好的风景画并不是没有意义的。在现实主义造型艺术的绘画里,虽然描绘人的社会生活和社会矛盾是画家们的重要主题,但描绘风景、描绘祖国的锦绣河山,也是不可缺少的画题。

"现实主义并不排斥艺术家去描绘与人的生活有密切关联的自然环境。取材于人的社会生活的现实主义美术作品,在于通过人们的欣赏去教导人们认识生活,向生活学习,向生活中的正面人物学习;那么,取材于自然的艺术作品也在于通过人的欣赏从而提高人的精神生活,引起人们对于祖国的热爱。不过,取材于人的自然环境的现实主义艺术作品,对人所起的作用,不像前者所起的作用那么直接、显著、强烈,它不是通过社会典型人物和社会矛盾的刻划来影响人的思想感情,而是通过画家的思想感情以表现自然的精神状态和自然的性格特征来影响人的思想感情、丰富人的精神生活的。"

"对对。"老王听到这里,急于插嘴道,"我完全同意你的意见,那么我们可不可以多派些摄影师到祖国的名山大川多拍些美丽的风景照片,回头举行个展览会,不是也可以丰富人们的精神生活并宣传爱国主义思想吗?"

"好的风景摄影当然也可以宣传爱国主义思想"老张说,"但是摄影不能代替美术,摄影有它自己的特点。摄影师可以在选取镜头时表现他的爱好,表现他对于哪些景致喜爱,对于哪些景致不喜爱,从而把他认为好的风景拍下来。但他决不能根据从自然所取的素材重新加工创造;而绘画却是完全能够这样做的,也必须这样做。因为作为现实主义的风景画,决不是自然的翻版,必须经过一番提炼的工夫,必须是去了糟粕之后留下来的精华。而且画家应该把这种精华通过他自己的思想感情、通过他自己的美学观点加以适当的夸张和美化。因此,你不要把现实主义的风景画和风景照片混同起来。

"就拿这个展览会里的风景画来说吧,当然并不是每幅作品都可以称得起是现实主义的作品,但好的风景画还是不少的,你说你曾经在西湖住过,因此看了赵琦的两幅《西湖残雪》,便引起你旧地重游之感。我没有去过西湖,但我也同样爱好这两幅画,觉得西湖虽在冬天也很美丽。那幅以苏堤为中景的雪景,不但画出了优美的西湖在雪后的风采,而且画出了西湖在雪后被阳光照耀着的美丽的景色;本来雪后是寒冷的,然而画面的色调却给人以暖意;而这正是有雪的西湖在太阳照耀下的真实情景。这两幅风景都比较真实地画出了西湖的优美,两幅画都各有各的好处,但你能说这两幅画和西湖的风景照片一样吗?显然这两幅画比起一般的西湖风景照片来,就会显得更加单纯有力,更加美丽,看了使人愉快,使人胸襟开阔,使人面对这些风景感到祖国湖山的可爱。这两幅画不仅有西湖本身的美,而且也有了画家赵琦通过自己的感情对于西湖的歌颂。与此同理,我们古代画家画的那些属于现实主义的山水画,也同样是画家对于我们祖国古代河山的歌颂,因此那些画使我们感到比我们所见的真山水还要美。"

说到这里,老王表示很心服地连连点头,可是接着他又提出一个新的问题来:"关于风景画经你这么一谈我就懂得很多了,但展览会里的水彩画却并不都是风景,还有画丁香花的,有画鱼的,有画蔬菜的,这又作何解释呢?"

老张想了一想说:"在我看来,作为造型艺术的绘画,凡是人民所喜爱的事物它都可以描绘。人们的生活是多方面的,既需要工作,也需要在工作之后散步,游公园;既需要吃饭,也需要喝茶;在自己的家里不但需要在庭前摆几盆花,而且还需要在墙上挂几幅美丽的画;总之,人们需要有多样的物质生活,也需要有多样的精神生活。因此,画里的丁香花也同样能起丰富人的精神生活的作用。我们不能设想,新中国的工人阶级就只懂得在机器旁边工作,不懂得欣赏美的风景和美的花草。我们的古代画家从宋代以来就特别喜欢画花卉,直到今天,齐白石也还以花鸟之类为他的作画题材,这就因为不但画家喜爱花卉,而且看画的人也爱看花卉,因此画花卉的画家也就得到社会的拥护、支持和鼓励。今天我们的美术同样是提倡'百花齐放,推陈出新'的,这不仅指各种画种可以共同发展,而且在取材上也提倡广泛,广泛到凡是人民所爱好的事物都可以画。我问你,展览会里萧淑芳画的那张丁香花你不喜欢吗?你不想把它买来挂在自己的家里吗?你看到美丽的花正在蓬勃地开放,不感到生命焕发的欢喜和可爱吗?当然,我们画家画静物,有时是作为一幅创作来处理;有时也作为一种习作、一种素材来处理的,就像展览会里的速写一样,它是为了画家的创作做的一种重要准备工作。因为一幅创作里有人物,就要有人所活动的环境背景:人是在野外,画家就要在背景上画风景;人是在家里,画家就要在背景上画静物。所以画家什么也要画,有的是为了给别人看的,有的是为了熟练技巧和为了自己将来创作时作参考用的。这个展览会里的作品属于这两种的都有。虽然画家画速写主要是为了画家创作时参考用的,但好的速写也可以展览出来供人欣赏,虽然它表现的只是生活中的一鳞一爪,但取材好,表现好,也同样可以感动人。例如展览会中黄胄画的速写,他把维吾尔族器乐家的乐观、健康、诙谐的精神面貌和性格生动地记录下来,把藏族人民的美好善良的形象和健康纯洁的灵魂表现出来,就能加强我们对于兄弟民族人民的了解和热爱。

"总的来说,这种性质的展览会还是首创,但它的举行,对于中国美术的蓬勃发展将起到良好的推动作用,对于人民群众对水彩画和速写的欣赏力也将能够提高。不知你对于这个展览会的看法怎样？"

老王说："我没有什么不同的看法，总之，经你给我这么一讲，一个外行也变成内行了。"

1954年作

注：由中国美术家协会主办的"全国水彩、速写展览会"于1954年8月6日起在北京故宫博物院承乾宫正式开幕。展出期间共17天。

三晋之荣

——读了《卫天霖油画回顾展》之后

从北京来并负责《卫天霖油画回顾展》的章文澄同志要我为画展写几个字,以留纪念,我写了"三晋之荣"四个大字,算是我读了回顾展之后的表态。

真的,我省能出现卫天霖教授这样的老一辈卓有成就的油画家和艺术教育家,真是山西的光荣。可惜山西人在这之前,连他的家乡在内,却很少知道,更不要说欣赏他的作品了。因此,这次的回顾展是很有意义的,不但使三晋人民能知道卫天霖其人,也能使他们有幸欣赏和学习他的色彩灿烂的油画作品,真是非常难得。

可惜的是仅仅展出了三十九幅,这样少的作品,难免会有"管中窥豹"之感,有什么办法呢,十年浩劫中,卫天霖数以百计的油画作品,都被红卫兵、造反派认为"充满毒素"而加以销毁了,这竟使这位古稀老人肝胆俱裂、痛不欲生。然而就这难得的三十九幅也还是可以看出他在油画上的功力和成就的。

社会对待艺术家,有时也是很不公平的,有的成就并不大的画家声名倒捧得很高,而真有成就的艺术家,他倒反而得不到与其作品相称的荣誉,而卫天霖正是后者。我想,现在是应改变这种不公正的状况的时候了吧!

卫天霖教授是我省汾阳县人,1898年出生于一个诗书门第之家。在文化大革命中因饱受林彪、"四人帮"的残酷迫害于1977年在北京含恨默默去世,享年79岁。他早年与我省老画家赵缵之先生大约同时留学日本,考入东京美术学校绘画系,毕业后任该校研究员。1928年回国后,曾任北平大学、中法大学和北平艺术学校等校教授。他受到国民党反动派的迫害,因而于解放战争初期即克服重重困难,转入中国共产党领导下的解放区,任华北大学文艺学院教授。全国解放后,任北京师范大学美工系主任。后历任北京艺术师范学院、北京艺术学院副院长及中央工艺美术学院教授等职。

卫天霖教授早年多画肖像画和风景画,晚年的静物画尤为出色。他吸取了西欧印象派在色彩上的特点并融合我国民间美术和工艺美术的装饰性特色,创造了自己色彩绚丽的油画风貌。他作画采取层层积色的手法,使画面不仅色彩丰富灿烂,而且笔触斑驳苍劲,具有中国书法篆刻之美,我们欣赏他的油画感到是一种莫大的精神享受。

但要欣赏卫天霖的作品,就应对法国印象派艺术有所了解。法国的绘画发展到19世纪印象派,形成了一次在色彩上的革命。这之前,不论古典派、浪漫派、写实派的画家们全都是在室内作画的,他们的作品固然也很美,但画面的色彩多半显得灰褐阴暗,到印象派的画家们则走向大自然,在室外作画。他们根据太阳光谱所呈现的七种色相——赤橙黄绿青蓝紫,注重表现大自然灿烂的阳光和鲜艳的色彩变化而在画面上构成形式美感。卫天霖在日本师事从法国归来的印象派画家藤岛武二教授,因此他的油画就接受了印象派的画法。他是中国最早用印象派的技法作画而取得卓越成就的艺术家。

我认识卫天霖教授始于1949年初春,那时北平刚刚和平解放。我从山西先到天津,而后又来到这个古城看望江丰同志,他当时领导了一个华北大学的美术工作队刚刚进城,我住在工作队所在地北池子草垛胡同,队员中除了彦涵、洪波、邓澍、顾群、冯真诸同志外,其中就有卫天霖教授。他说的一口汾阳话,我们一见如故。他喜欢侃侃而谈,烟斗不离嘴边。从谈话中得知他是留学日本学油画的,但可惜当时我还不能目睹他的大作。这之后,待全国解放,我也从山西调到北京工作,和他就常在艺术界的会议上相见,并终于参观了他的油画展览会。那色彩艳丽、笔触苍劲的静物花卉给我留下了深刻的美的印象,迄今难忘。深感他在油画上的功力之深、成就之大。

但人们毕竟要问,卫天霖教授在油画上既有如此之高的造诣,而为什么在当时的北京美术界竟没有引起足够的重视而赢得应有的社会地位呢?这是因为虽然当时中央已提出百花齐放、百家争鸣的文艺方针,但左的艺术思潮还统治着艺坛,表现工农兵生活为政治服务的较好作品很容易得到社会的赞扬,而描绘山水花鸟和静物的美术作品即使出色也很难引起重视。因为它们不能直接为政治服务,只有已具盛名如齐白石者他的作品可以例外。当时是一个艺术上重内容轻形式的时代,同时也是政治上艺术上一边倒向苏联的时代。美术界的领导同志对法国的印象主义是持否定态度的。在这种历史条件下,当然卫天霖学印象派的静物画不为当时社会所重视是理所当然的。再加上他本人又不会自我宣扬奔走权门,因而也就难于获得很高的声誉和很高的社会地位了。

然而艺坛大师刘海粟却是很欣赏卫天霖的作品和人品的。他俩是同时代人,虽然生前未曾见面,但却是卫老难得的知音。他在卫天霖逝世十周年纪念会上的讲话,真是一篇热情洋溢、真情实感、有识有据的动人文章(见 1987 年 11 月 7 日《山西日报》美术副刊),我欣赏他的讲话有如欣赏卫天霖的作品。

他对卫天霖的油画有很高的评价,也知之较详,他说:"卫天霖在日本时的成绩高于同辈人,使东邻的同窗感到羡慕、惊奇。"又说:"卫老继承了印象派之长。他最成功的作品,尤其是后期的静物,其色彩的丰富,情绪的饱满,对美的把握能力,可以说不比任何日本画家逊色。即便和老师比较,也有他个人特点,有更多的书卷气。那是中国民间艺术陶冶,傅山草书的启示,长期与人民同甘共苦的深切体验,所以有青出于蓝而胜于蓝的地方……卫老的画法,有浓郁的乡土诗情,只有用诗人的眼光来看待世界的人,才能默默地画出那么多好作品。他又吸收了塞尚的构图原理,凡·高的热情,高更的厚朴。他又得天独厚地是中国人,东方文化之美,滋润着他的创作。所以比起法国、日本的印象派是有所前进、有所独创的。仅仅重复西方任何一个画家,成不了卫天霖。"

而刘海粟对卫老生前未能享受应有的荣誉也深表不平,他说:"在国内,他也未享受到应得的光荣,知名度和他的作品质量不相称。我们要尽最大的努力达到相对的公平。"最后他赞扬卫老的人品说:"不打击别人抬高自己,不依附名人以求闻达,卫老可谓身体力行。"

其实不仅刘海粟大师对卫天霖的艺术评价很高,而且日本的艺术家也是非常推崇他的。当卫天霖教授的遗作于1982年~1983年东渡赴日,在东京等地巡回展出时,评论家称他是"中国近代油画界的先驱者,把终身的生涯贡献给油画创作的中国伟大的油画家"。并说他有"辉煌的成就"。当《每日新闻》文艺刊评论他时说:"卫天霖先生这位中国近代油画的开拓者,其所以伟大,就在于他无论受到什么样的迫害,也从不改变自己的艺术道路,一直在继续描绘他的花,他的静物和风景。在学习油画的许多同事中,不少人都在中途转到东方绘画方面去了,但他却始终没有放弃自己的油画的笔。"

当卫天霖教授在东京美术学校绘画系搞毕业创作时,以他的日本女友为模特儿画了一幅《闺中》。章文澄同志介绍这幅画时说:"画中的她安详、幸福地坐在床上,却着当时中国女大学生装束,下穿黑裙,衬着上身粉色开襟中式上衣,人物前方有插花一枝。整个画面给人以幽雅、娴静的感受,少女的形象则以浓艳的色调体现了人物的深情。这幅画的制作大部分时间是在他的公寓里,当移到画室接受藤岛先生指正时,先生赞不绝口,说:'这幅作品体现了你在日本学习的全部经历,你的构思和意境殊具东方的特色,你的构图与技法使东西方绘画语言得到极好的交融。'"并说:"藤岛先生兴奋之余,特意整装,身着礼服,同卫先生携手在画前留影。"

《闺中》这幅油画未能以原作在并展出,仅以一幅日本的印刷品出展在有关资料的镜框内,也算是观众的眼福。

当李瑞年同志在《试谈卫天霖先生绘画艺术的特点》时说:"在运用油画颜色方面,卫先生是下过一番苦功夫的。他经过实验总结出哪种颜色可以较长久地不变色,哪种颜色在什么条件下会变色,哪些颜色可以混在一起调,哪些不能,哪种颜色会透上来,哪种颜色可以覆盖等。所以他的作品中能出现色泽丰富、斑斓多彩的效果,绝非偶然,而是科学的必然。他的画经过多年也还颜色鲜艳。"

当吴冠中回忆卫天霖老师时,说他的作品:"既有印象派画面色彩的和谐、呼应和新鲜感,又具备中国工艺美术中华丽的装饰效果。印象派追求刹那间的印象,重视即兴的手法,卫老与此截然相反,他刻意推敲,一如贾岛的苦吟。卫老一幅画经常要画上十天、八天、二月三月,层层积色,组成斑驳陆离、错综复杂的色彩效果。当他感到某一幅旧作不满意时,他又在其上覆盖作新画,提提他的画试试,画也够重的,画下有画,心压着心,他少有知心!"

卫老生前曾说:"画家的传记是用他的作品写出来的。"而我觉得,他的传记则不但用杰出的油画作品所写,而且也为他的教学贡献和高尚的人品所写。

卫天霖不幸逝世已经十年了,"回顾展"在他的故乡所取得的巨大成功,将使他含笑九泉。

他的成就真是三晋的光荣。

1988年发表于《火花》第1期

油画在起飞

山西的油画在起飞，令人高兴。

我省的油画过去是一个比较薄弱的环节，近些年来中年作者更加成熟了，一大批青年作者脱颖而出。入选全国美展的油画一次比一次多。并有获奖的作品，有的还选送出国展出。

去年，在山西省首届油画展览会上，展出的一百多幅油画作品，取材非常丰富广泛。有描写工厂的，有描绘农村的，有画历史题材的，也有画英雄人物的。此外还有女裸体画、风景画、静物画；而且表现手法也极其多样，有非常写实的，也有非常夸张变形的，有画面色彩灰暗的，也有色彩强烈鲜艳的，令人感到了油画艺术的百花齐放，欣欣向荣。

在当今存在着淡化生活、轻视内容的艺术空气中，在"山西省首届油画展"中居然出现了张国凡和王大德歌颂我省早期杰出的革命英雄人物高君宇和"五四"时代的女诗人石评梅的两幅作品,真使人觉得眼明,看了他们的形象令人肃然起敬。作者们的创作态度是认真严肃的,值得称道。

展览会上的优秀作品是很多的,观众对于整个展品,会各有各的爱好。而我所爱好的作品则有武尚功的《黄河行船》,梁力强的《秋》,马洪琪的《篝火》,韩植墨的《肖像》等。这些油画有的描绘了劳动人民的高尚品质,有的给人以诗的意境,有的具有迷人的情调,有的显示了描绘人物的油画功力。除此之外,展览会上展出的李汝信的《秋实》《小红果》和王默的《铜器》,这些静物油画也都是较有质量的。

描绘山西黄土高原的景象和黄河人家的风情以及黄河船夫生活的作品,有鲜明的地方特色和高原的泥土气息,可惜的是不少作品流露出作者对黄土高原古老、荒凉、落后、苦寒滋味的浓厚兴趣,而极少去发现十一届三中全会以来我省农村在改革中的繁荣景象。因此就使作品缺少应有的时代感。

现在有种错误的艺术观点,认为艺术的现代感就是专指作品所受的西欧现代派的艺术影响而言,这种单从形式上理解现代感的看法我是不以为然的。我认为,只有表现了中国人民在改革中的新生活和新的思想感情的作品才称得起有时代感。

我们十分需要富有艺术感染力的油画作品,但艺术的感人之力虽然离不开形式的美,更重要的还是内容之能够打动人心,引起观赏者的共鸣。有如一个人,仪表固然要美,但更重要的还是心灵的美。就油画来说,人物形象的美,意境的美,色彩形式的美,构成了强有力的感染力。

愿我们的油画继续起飞,飞向既有地方特色、个人风格,又有强烈的时代感和思想性的艺术境地。

1988年5月15日发表于《山西日报》"美术"副刊

写给路巨鼎同志的一封信

路巨鼎同志：

你好，首先向你表示歉意。接得你的两封来信都很久了，因忙未复，请谅；其次是在京受到你的热情接待，向你表示感谢。

最近我到北京，为了去八宝山与古元的遗体告别，前日才归来，仍然很忙。

你的油画展于本月 24 日 ~30 日在中国美术馆展出，为你庆祝，祝其成功。可惜我不能去看了，好在我在你的画室已多半看过了。

我认为你选择的这条现实主义的艺术道路是非常正确的，你的作品定会流芳百世，就因为它表现了中国人民的生活，表现了时代。人们看美术作品，除了看形式的美，同时也是要看内容的，读者为之共鸣，为之感动的是内容而非形式。我们自己看画时也有这种感受。我对米莱和列宾的作品喜欢,它们使我永不忘怀,就因为他们的作品里有人民的生活,有人民的真实形象,而且有鲜明的主题思想。如果艺术家的作品是为生活中或自然界的事物所感动而进行创作的,就一定会有主题,所以,高尔基说:"主题是生活暗示给作家的。"因此主题就一定包涵作家的爱和憎,没有爱憎的作品是不会感动读者的,自然主义的作品是不痛不痒的作品。

有一种说法谓之"主题性的作品",我不同意,因为任何优秀的作品都有主题。例如我的静物《百合花》,其主题就是百合花的纯洁美,当晁楣评论它时说:"他的《百合花》体现了纯洁高尚的情操",明显地指出了《百合花》的主题,可见它的主题是鲜明的,所以为晁楣指出。就是中国的山水画也是有主题的,有的表现山的雄伟,有的表现自然的幽静,有的表现自然的辽阔……看不出主题思想的作品,大都是自然主义的作品;就是花鸟画也有主题,画牡丹表现花的艳丽美,画兰花表现花的高雅美……

听到你说:有的画家认为表现主题已过时了,落后了,真使我吃惊。这些人学艺术真白学了,他哪里知道艺术没有主题,等于一个人没有灵魂,那就是"行尸走肉"。

我认为一个文学艺术家必须心里有"人民"。米莱也不是共产党员,但他心里有人民,这就是他的画为中外读者喜欢的原因。他画里的人物不是概念的,不是空想的,而是从生活中来的,令人有真实感、亲切感。我们应向他学习。所谓心里有"人民",就是每画一幅都应考虑到广大人民是否看得懂,是否喜欢?而今,那些现代派的画家的作品,连我都看不懂,有如"皇帝的新衣"，是骗人的，这种"时髦"不能学。例如米罗，不知道他画的是什么。蔡若虹同志去了趟巴黎，他说卢佛尔宫看画的人，人山人海，而现代派作品的"蓬皮杜"画廊却"门可罗雀"。这是人民对古今艺术的态度。

目前中国油画家的作品，能像你的《千里迢迢》(见图 20)在我的心上占有一块位置的还找不到第二人。愿你有更多的《千里迢迢》问世。

最后，希望你的展览会成功。

祝秋安

力群

1996 年 9 月 15 日于太原

发表于《美术家通讯》1996 年 11、12 合刊

·剪纸及其它·

《山西剪纸大观》前言

　　山西的民间剪纸,是既丰富而又多彩的,多少年来,默默地流传于广大的农村,像野花悄悄地开放在山野之间,不被历代的宫廷画家和艺术史家所重视。然而正如古书中所说的"芝兰生于山林不以无人而不芳",她们虽不为历代有名的大艺术家们所欣赏,却并不因此而减少了她们作为野花的芳香和魅力。因为她们是真正劳动人民的艺术,为劳动妇女所创作,也自有劳动人民所欣赏。虽未登大雅之堂,却流传于民间的广阔天地,世代不衰,自成花园。

　　在人民的新时代,受压迫的劳动人民翻身了,被蔑视的劳动人民的艺术也翻身了,这是理所当然的。最初重视了民间剪纸艺术的,是当年延安鲁艺的美术家,他们像在陕北的山野里发现了红艳艳的山丹丹花似的,在陕北农村的窗户上发现了粗犷美丽的窗花。诗人艾青同志在《西北剪纸集》的序言中说:"比起中国其他的民族艺术来,剪纸要算是最健康,最纯朴的艺术了。这些作品,画出了中国农民对于物体的直觉的印象,在单纯化了的形体里保留了各个物体的特点——这正是纯真的艺术品的必要条件。在剪纸里,很少发现那种出于士大夫阶级的作品的颓废格调;它流露了中国农民的善良的健康与愉快的情感。我们的艺术必须发扬这种情感。"这是最初肯定了剪纸艺术价值的卓越评论。而今窗花剪纸艺术不但已登大雅之堂,为中国的广大人民和艺术家所欣赏,而且也在国际上受到了欢迎,像我们的女乒乓球运动员似的,显示了中国妇女的智慧和才华,为祖国争得了光荣。窗花剪纸艺术与一般绘画不同,其特点是它的强烈的装饰性和奇迹般的夸张与变形,然而所表现的事物又是传神的。离开了这些特点就等于自己取消了自己的存在,自己宣布了自身的灭亡。可是全国解放以来,为了强调剪纸配合中心任务,强调为政治服务,剪纸的发展却曾走过一段弯路,这就是蔑视了剪纸艺术的特点,把剪纸变成了复制绘画的工具。这都是一些好心的不懂剪纸艺术的美术工作者干的。真正的农村妇女剪纸能手,决不做这种傻事,她们懂得剪纸艺术的特长和它所能承担的政治含量。历史不是证明了吗,到现在那些复制绘画的所谓剪纸都烟消云灭了,像根本没有存在过似的不存在了,真是一个悲剧。决不能要求剪纸具有油画的丰富内涵,也不能要求剪纸具有国画的笔墨趣味。剪纸的根本任务就是要美化人民的生活,并让人民得到创造的乐趣和美的享受。过去如此,现在也如此。那些附加在剪纸中的思想内容也必须首先尊重以上的根本任务和剪纸的特点才能存在，否则就无从发挥剪纸艺术的特长。

自古以来，民间剪纸都是彼此临摹，互为增益，代代相承而流传下来的，实际也就是死人和活人，河东和河西的集体创作。因此，吕梁的剪纸也说不定会有来自陕北的根苗；太行的窗花又难说不会有冀西的血缘。真正的剪纸花样的最初创造者倒成了无法寻根的无名英雄了。可也不乏新的创作能手，所以总有新品种的出现，但生活总是一切艺术创造的源泉，客观存在总是艺术诞生的温床。虽然你善于飞剪走纸，但离开对生活和事物的观察和熟悉，也是难于创作出新的动人的窗花剪纸的，正像巧媳妇难为无米之炊一样。所以，代县84岁的剪纸能手王拉弟就总结出这样的话："天上飞的地下跑的，平素留点心，铰时不费劲。"这"平素留点心"就是平素要对事物细致地观察。她的话正确地说出了艺术和生活的关系。

山西的民间剪纸大都是妇女的作品，但也有男性所作。有的就是图案，有的类似皮影人物，有的优美，有的粗犷，但都有创造性和地方特色，都有浓厚的装饰风味和剪纸艺术的特殊语言，而绝非绘画的翻版。过去出版的也不少，如《闻喜县民间剪纸选》《民间剪纸》《中国浮山剪纸集》《孝义县民间剪纸集》《新绛民间美术丛书》《静乐民间剪纸》……多半是以县为单位的。虽然也有以《山西民间剪纸》名义出版的，但也篇幅较少，读起来很不过瘾。这次的却不然，丰富多彩，真够洋洋大观了。既是丰富的研究资料，也是很美的欣赏对象。相信它的问世定会使山西妇女获得荣誉,也会为我国社会主义的精神文明建设增光添彩。

愿山西民间剪纸艺术发扬光大。

作于1986年

美的享受

——看"新绛民间艺术展览"后

我看了"山西新绛民间艺术展览"后,非常高兴,非常激动。因为有很多作品实在太好了,像看了晋南蒲剧任跟心的表演,简直使我陶醉。

我很惊异,晋南蒲剧和晋南民间艺术竟有如此密切的关系。不论剪纸,不论刺绣,不论面塑,很多都是以蒲剧为创作内容的,例如《卖水》《教子》《杀庙》《拾玉镯》《蝴蝶杯》等戏剧内容,是民间剪纸艺术家和民间刺绣艺术家一再描写、各显其能的艺术题材。这一方面说明了那些剪纸、刺绣艺术家对于蒲剧的爱好和欣赏;另一方面也说明了蒲剧之家喻户晓,深入人心。但这些剪纸刺绣又不仅仅是对蒲剧情节的再现,而是艺术的再创造。它们既能使人重温剧情,又能欣赏工艺美术的装饰美。这些作品既是绘画,又像图案;既传神传情,又能使人得到艺术的享受。

画家黄永玉曾说:"伟大的民间艺术,它是我们一切艺术的母亲。"是的,敦煌造像、云冈石窟、永乐宫壁画……以至新绛的民间剪纸、刺绣,都是伟大的民间艺术,都值得我们去认真学习和研究。尤其是目前,当西方现代派艺术在我国画坛大为泛滥,依傍与模仿之风大为流行之际,提倡向我国的民间艺术学习则更为重要。

新绛的剪纸真使人喜爱。要看作品的优美和人物表情的动人吗?请看段冬生剪的《卖水》吧。那二相公挑水的姿态多么生动有情,丫环的动作多么传神而感人。要看作品的厚实壮丽吗?请看常苟女剪的《寇准背靴》和《舍饭》吧,能令人感到作品的重量和安稳,风格的纯朴和简洁。要看作品的夸张变形吗?请看谢玉翠剪的《拾玉镯》(见图21),那姑娘手拿的玉镯敢于夸张到像月亮那么大,然而令人感到是舒适的。要看作品的豪放泼辣吗?请看苏兰花剪的《秦英》吧,那表现手法和秦英的性格多么和谐。要看作品的奇拙和有趣吗?请看辛百巧剪的《穆桂英和木瓜》,那作为武旦的穆桂英和作为丑角的木瓜别是一番风味,令人感到好笑。

总的说来,像新绛民间艺术展览中的剪纸之有味还不多见。我能从这些作品中感到晋南人民的气质和性格,就好像从蒲剧中感到晋南人的气质和性格一样。愿新绛民间艺术更加发扬光大。

发表于1986年8月26日《太原晚报》

《静乐民间剪纸集》序

在我们山西,正像每一道山里都有野花盛开一样,每一个农村也都有妇女们创作着窗花,在新年时使自己的窗户上闪耀着快乐。

在我的童年时代,就曾经看到姐姐们用小剪刀剪窗花,她们都不用底稿,随心所欲而作。但也看到大姐出嫁后的婆婆家的姑娘用刻刀"剜花花",她们却是根据底稿来"剜"的。

这些窗花,大都表现一些花花草草,家禽走兽;或者是吉祥如意,富贵有余;或者是莲生贵子,多福多寿……它们在农村的流行,既是妇女们的一种艺术创造,也是她们的一种生活乐趣;既是她们的文化活动,也是她们的美的享受。

当我在小学里读书的时候,曾看到镇上外乡人腊月里在街上卖窗花,其中就有表现拉洋车的作品。因当时正流行东洋车。这说明窗花的内容也随着时代的变迁而发展。

然而我当时对于这些东西,正像对于山里开放的野花一样,还没有发生多大的兴趣,认为那不过是些妇女们的玩意儿,所以还不懂得爱好和重视。

当我长大成人后,从事了美术工作,又经过延安文艺座谈会,毛主席要求我们"注意群众的美术"并"向他们学习"。因而逐渐地对民间的窗花剪纸发生了浓厚的兴趣。于是也就开始重视起来。

当时"鲁艺"有些美术家已开始采集陕北剪纸,正像发现了开在山野里的红艳艳的山丹丹花的美丽一样,他们发现了陕北窗花的纯朴粗犷之美,有如陕北民歌之耐人寻味。

1945年后,我从延安回到山西,曾在孝义县收集了不少剪纸,而且还和农村妇女石桂英合作了《织布》,没想到这个窗花竟成了剪纸名作而流行国外。至今我还像宝贝似的珍藏着那些孝义妇女的作品。正像我感到了山花之香,这时我真正懂得了窗花之美。

张宗载同志要我为《静乐剪纸集》写序,因而有幸欣赏静乐妇女们的有如山花似的剪纸。

我深感不论陕北窗花,不论山西孝义、静乐剪纸,都不像江南剪纸之较为纤细秀丽,而都存在着北方剪纸之特色,兼有较为纯朴、厚实、粗壮之美。但细看起来,则又各有各的地方色彩。静乐剪纸既不像陕北剪纸之粗犷,也不像孝义剪纸的丰满与秀丽,而粗中有情,野中有味;虽土而工,别具一格。尤其是静乐剪纸中还有一种名为"墙花"的品种,张贴于屋内墙壁上。它和窗花之不同,在于不受窗格之所限,篇幅大小随意,无论是窑洞还是平房都可自由展贴,美化家室。

高转英和辛芙英两位老太太都是静乐农村的剪纸能手。高转英已六十多岁了,她曾剪了十二幅属相图,但我更喜欢她的《做饭》,这既是她自己的劳动写照,也是晋西北人民生活的反映,富有生活情趣。辛芙英今年八十多岁了,早年曾剪过一幅《姥爷送外甥》,表现了外公坐车辕持鞭赶车,回首的动态和外孙张开手臂要找外公的样子,把晋西北山区人民的生活描绘得生趣横溢,作品很有创造性,也有稚拙味,令人久看不厌。

在静乐妇女的剪纸中我特别喜欢梁兰畔的《猫》,孟仙凤的《凤凰》和《老鼠闹葡萄》,张永梅的《双鸟》,有白则的《鸡和莲花》。这几幅剪纸的表现手法新颖,形象生动有趣,艺术形式精致,逗人喜爱,堪称静乐剪纸中的佳作。

正像我现在喜爱山花一样,静乐剪纸使我获得了一种山花似的美的享受。

发表于《火花》1987年2月号

漫谈陶瓷

一

我对于陶瓷发生兴趣开始于60年代。当我还在北京工作时,一次应宣化市文化馆的邀请,去那里为业余美术工作者讲学,顺便参观了宣化陶瓷厂,当我看到瓷厂的美术工作者在瓷器上描绘山水画时,就颇不以为然,我认为在工艺美术品上搞装饰,理应用图案,而不应用绘画,因为图案和工艺品本身很协调。远在新石器时代,我们的祖先搞彩陶时,就已经懂得了这个道理。所以他们在仰韶文化的彩陶上,创造了至今都令人惊奇的杰出图案。而今硬要把绘画摆在工艺品上,怎么也不能使我感到舒服。由此我想:有机会我也要搞搞陶瓷,按我的心愿做几件称心的陶瓷工艺美术品。

这种愿望能不能实现呢?说实在的,自己也知道很渺茫。但从此也就开始留心陶瓷,想了解更多的关于陶瓷的情况和知识。

其实,我作为一个美术家,接触陶瓷的机会是很多的,但由于未曾引起爱好,所以也就过目了之。例如,1957年在莫斯科参观"东方文化博物馆"时,就看到在中国文化部分中陈列的明清陶瓷,在日本文化部分中除了浮世绘也有很多近代陶瓷,初步印象是日本陶瓷大有创新,而中国的却都是古物,浮光掠影,就留下这么一点印象。如果要是现在,我可要好好地研究一番。

"文化大革命"后期,当我回乡插队,终日忙于搞家乡的植树造林工作时,有一天附近的南关陶瓷厂派人来邀我到该厂设计陶瓷品。来人说:"你是全国有名的艺术家,一定能够给我们设计出好的产品来。"我说:"去是可以去的,但我从来没有搞过这玩意儿,怕搞不好。"他说:"一学就懂,你来吧。"

这可算多年怀在心里的愿望有机会实现了。渺茫终于要成为现实。好像南关陶瓷厂已经猜到我有此种愿望似的,他们竟登门邀请,天下的事有时也是很巧遇的。其实我对于这种工作真叫"一窍不通",仅仅有一种愿望而已,能给人家设计什么,真是毫无把握。但就这样,我终于撂下林业工作跑到南关陶瓷厂搞起陶瓷设计工作来了。这在我真是万万没有想到的。

我两手空空来到南关陶瓷厂,先是到各车间参观,而后就是向老师傅学习。过了一段时间,我终于对陶瓷的制作过程有所熟悉。一次到北京,又买了些搞雕塑的工具,我就开始创作陶瓷工艺品。

最初创作的是陶瓷工艺品《松鼠烟缸》——一个两手正抱着东西吃的松鼠坐在烟缸上，烟缸以带形图案装饰之。在老师傅们的帮助下，先是做出模型，之后注浆上釉，终于烧出成品。人们一看都很喜欢。

后来经过天津外贸口岸，转送广交会，竟被外商看中要求订货。据有关方面告我，外商说："有多少要多少。"但南关陶瓷厂只答应给十二万件，因为再多了生产不出来。后来我才了解到，《松鼠烟缸》每入一窑，最多有百分之四十合格，其余百分之六十算次品，在国内推销。因而我的这个《松鼠烟缸》竟在北京、成都等大城市都有了它的足迹。据说出口的大都到了东南亚，后来也看到广交会印的工艺美术品宣传画册上有了《松鼠烟缸》的彩色图片。现在在山西流行也较广，尤其在我们灵石，不少人家的桌上都摆着它。一般人家要摆就摆两个，作为对称的摆设品。有一次，游峨嵋山，看到在半山洪椿坪寺院里的客房中都摆着它，我当然很高兴。

最初《松鼠烟缸》烧制的是黄色，后来又烧成棕色，到后来又烧制成两色：松鼠是棕色，烟缸是黄色。瓷厂的人说：这是外商的要求。但我个人还是喜欢全棕色的。感到黄色太轻淡浮躁，两色的又有些庸俗，全棕色较庄重耐看。可是一般群众也和外商一样喜欢两色的，我也无可奈何。

我在南关陶瓷厂历时二年，除了《松鼠烟缸》还试做了一些用图案装饰的梅瓶，瓷罐之类，但都因为工艺讲究而无法大量烧制成为商品，只是后来在我的版画展览会上附带展出过。两年来，我对于陶瓷的兴趣愈搞愈烈，每每出窑失败，心不服气，再接再厉，欲罢不能，经常搞到深夜两三点钟。犹如上了赌场，赢了还想再赢，输了又想捞回来。这种滋味，局外人是难以知道的。以上就是我和陶瓷建立了关系的一段历史，同时也是我对陶瓷工艺美术由"看热闹"走向"看门道"的开端。

二

陶瓷分日用陶瓷和工艺美术陶瓷两种，日用的一般是普及的，工艺美术的一般是提高的。古代的工艺美术陶瓷都为宫廷和贵族家庭所占有，成为客厅的名贵摆设。这种陶瓷不论造型和色彩，图案装饰，其艺术价值大都是很高的。日用陶器也有少部分具有较高的艺术性，但大半是纯实用的。由于我对陶瓷工艺美术品的爱好逐渐加深，因而涉猎也较广，每有机会一定要参观陶瓷厂和陶瓷的陈列馆、展览会。这些年来曾参观过新疆地区、延安桥儿沟等地的陶瓷厂，参观过陕北古耀州窑的陈列馆，北京故宫的陶瓷馆，承德故宫陶瓷馆，甘肃博物馆的仰韶文化彩陶仓库……阅历渐多，对我国陶瓷的成就和发展也就有了一定程度的了解。此外，也读了一些有关陶瓷的书籍，知道了古代河北定窑、磁州窑，河南汝窑，浙江龙泉窑，陕北耀州窑等窑的盛况和其名贵产品。参观故宫博物院的"陶瓷馆"，对我最感兴趣，得益也最大，使我比较系统地看到了我国从仰韶文化的彩陶到清代的陶瓷发展史，看到了我国劳动人民在陶瓷工艺美术上所达到的非凡成就。

但从艺术的观点来看，感到现在的产品，有些还不如古代的。我非常惊异我们的祖先远在新石器时代生产力和文化都那么落后的条件下，竟在彩陶的造型、色彩和图案的创造上达到了那么高的艺术成就，真使人不能理解。

陶瓷发展到唐代就发明了"三彩"，使陶瓷在彩色上别开生面，从而创造了艺术价值很高的唐三彩马。唐代的文化在各方面都是光辉灿烂的。当时从"丝绸之路"上运往欧亚各国的商品，除了丝绸、茶叶外，就是陶瓷。但在唐代之前，白陶也是好看的，那种美的造型和刻花至今都使人喜爱。

陶瓷在宋元，多半是釉下刻花，彩色既美，刻花图案也有较高艺术水平。其古雅与厚重，在中国陶瓷工艺美术史上占有独特的地位。我个人也是特别喜爱的。

陶瓷发展到元明时，出现了青花瓷的盛世。青花瓷创始于宋代，但到了元明时始趋于精美，产生了许多艺术价值很高的工艺品；可是同时也就在陶瓷上出现了不少非图案的写实的花鸟与人物。写实花鸟人物的搬上陶瓷，一方面也算是陶瓷工艺美术的一种发展，但从其艺术性来看，我认为过分强调绘画就把瓷器仅成为绘画的载体，而失掉瓷器整体的美感，因绘画的造型和瓷器的造型并不调和。此风发展到清代达到高潮，不仅瓷品上的图案少了，而且人物也愈加写实繁琐，几乎把当时的绘画原封不动地搬上了瓷器，庸俗不堪。可是在古代却没有这种怪现象，除了新石器时期的彩陶不谈，我们就看看 1935 年在河南汲县出土的艺术珍品——战国时代的"水陆攻战纹铜鉴"吧，虽然铜鉴图中也有各种人物和鱼鸟的活动,但都图案化了。其夸张与变形之妙,生动性与装饰性之高度统一,都令人感到既新颖、完整又与铜鉴很协调。而明清之写实人物登上陶瓷又怎能不令人感到是我国工艺美术品在艺术上的下降和庸俗化呢!这种工艺美术品上的写实和繁琐之风一直延续到现在,使我们的陶瓷有今不如昔之感。而且有些工艺技术似乎也有些失传,例如豆青瓷器,我在各个瓷器商店寻觅,总没有发现令人满意的。到处所见总感到过于色嫩,没有宋代的深沉高雅,美观耐看。再如我们的特种工艺牙雕,就其模仿自然的写实本领说,真是巧夺天工。但就艺术性来说则完全是照相式的自然主义工艺品,其繁琐庸俗,令人无法欣赏,既无艺术家的个人独特风格,当然也就谈不上艺术的创造性了。而目前也有一些陶瓷的动物工艺品,如石湾陶瓷厂出品的小瓷马,在走牙雕的道路,既不夸张也不变形,以为愈像真的动物愈好。当然夸张变形亦非易事,既应表现事物的特征从而传神,令人喜爱,也应让人感到工艺品的形式美,否则夸张变形也未必比写实的好多少。

近些年我看到陕北铜川县恢复古耀州窑和浙江美院恢复古龙泉窑的新产品,已经把古耀州窑陶瓷的釉色、刻花和古龙泉青瓷开片的技艺恢复到当年的水平了,令人高兴。

三

我们山西在陶瓷艺术上曾有过光荣的历史,在万泉(今万荣县)荆村出土的两件仰韶文化的陶瓷,是远古工艺美术品的杰出成就。说明远在新石器时代,我们山西的劳动人民就已从事陶器的生产,并创造了艺术性很高的彩陶工艺美术品。不论陶器的造型和上面的图案,都令人为之赞叹。据历史记载,明代山西霍州(今霍县)、泽州(今晋城县)、蒲州(今永济县)以及阳城县赤峪村等地曾大量烧造过全国闻名的凸雕三彩瓷器——山西"珐花器",现在似乎失传了。琉璃砖瓦的使用,元代已经发达,到了明代,在我省非常盛行,大量用在庙宇等建筑上。尤其应该大书特书的是大同"九龙壁",也叫"九龙屏风"。它建造于明洪武九年(公元1376年),高一丈有余,长约十丈,属陶制工艺美术品,其上透雕九条不同姿态的巨龙,飞舞在惊涛骇浪中,光彩夺目,气魄雄伟,这是琉璃工艺的极高成就,也是当时的民间艺人的杰出创作。把九条姿态各异,彩色不同的巨龙组织成一幅大图案,谈何容易。它比起北京的"九龙壁"在艺术上高出数倍,恐怕这样的作品现在就搞不出来。

从山西的陶瓷发展史看,我认为有些产品还是比不上过去在历史上所达到的水平,这就值得我们社会主义时代的山西的工艺美术工作者认真注意。

我曾参观过怀仁、平定、太原、大同煤峪口、临县招贤等地的陶瓷厂。山西是一个出产黑釉陶瓷的地方,北京的美术家曾向我要山西的黑釉陶瓷工艺美术品,使我难于应付。这说明我们应重视黑釉陶瓷工艺美术品的生产,使之成为我省工艺美术品中的一个独特的品种。

我对于平定陶瓷厂出品的黑釉刻花梅瓶和大底的窑变

瓷瓶都极喜爱，作为工艺美术品是很有艺术魅力和特色的。它虽质粗，但朴实简雅，别有风味。摆在陶瓷展览会上，特别引人注意，像安娜·卡列妮娜穿一身黑衣服走进舞厅。

现在摆在太原迎泽宾馆西厅里的一个大梅瓶，原来在山西博物馆二部陈列，很早就为我所欣赏，是一件可贵的陶制工艺美术品。瓶用白底黑花组成朴实简雅大方的图案，其中的鱼、莲既生动而又不失装饰性。那么大而美的民间风陶制梅瓶，我还是有生以来首次所见，堪称珍品。但久久不知来历。一次我和陶瓷专家水既生同志闲聊，谈起这只大梅瓶时，我给予它以高度的评价，没有想到它竟是水既生同志在60年代初和工人们创作的，我对他顿时肃然起敬。

大同市矿区煤峪口美术瓷厂在美术陶瓷的创新和产品的多样化方面，给我留下了良好的印象。他们厂的历史很短，但成绩显著。在工艺师李志正同志的努力下，不断钻研，时出新品。由于领导重视工艺美术技术人材，重视创新，所以才有现在的声誉。他们的大象储蓄罐和玩具瓷是很受群众欢迎的，同时也是很有艺术水平的。有个陶制棕色仿古酒壶也很高级，我特别喜欢。此外，他们研制的白瓷开片也有所成就。据我所知，黑釉中的"油滴"（即雨点釉）好像只有山东淄博地区和山西临县招贤镇才有，为此我久久想要访问招贤陶瓷厂。有一年的冬天我去临县，想去招贤而未成，说雪封了去路，吉普车难于上山。去年我省美协在临县召开全省美术工作会议，我终于趁机访问了招贤陶瓷厂。

"油滴"陶器是陶瓷中的名贵品种，由于这种花色如雨点,也名"雨点釉"。可惜我们山西还不大重视自己的这个宝物,而日本人却是非常喜爱它的。所以山东淄博陶瓷厂用"雨点釉"陶瓷赚了许多日本人的外汇。

从临县城出发,我们乘车走八九十里,在一个山沟里找到了招贤陶瓷厂,发现瓷窑很分散,并非集中在一个村里。会见了瓷厂支部书记高凤岐同志,由他的介绍始知招贤陶瓷厂已有悠久的历史,远在金、元时就已出品陶瓷,直至今天。可惜由于各级有关部门对这个生产名贵"雨点釉"的小厂重视不够,所谓"有人要钱,无人管事",任其自流。目前已不再生产"雨点釉"陶瓷了,所生产的主要产品除了缸、盆之外,还做豆腐、粉条,可谓不务正业了,因此每年盈利只有六七万元。我听了非常难过。

但高凤岐同志说,这个厂也曾经有过光荣的历史,前些年"雨点釉"陶瓷也曾出口日本,为国家赚过外汇。例如,该厂出口的双耳花瓶和玉壶春,出口价比普通黑釉高十几倍到几十倍,这说明做"雨点釉"陶瓷比做缸和豆腐、粉条对国家、对人民的好处要大,可惜在一些置"雨点釉"陶瓷于不顾的干部领导下,以上产品现在都停止生产了。这里所说,是一年前的情况,但据了解,目前也依然如故。我想:如果有工艺美术专家并有上级的支持,把这个厂好好整顿一番,前途是大有可为的。

就全国的工艺美术品来说,30多年来有所发展,也很繁荣,满足了人民的需要,也为国家赚了不少外汇。这是成绩的一面。但缺点也是严重的,较普遍的现象是保守陈旧,写实繁琐。自然，也有不少工艺美术家在力求改变以上状况，努力创新，并做出了一定成绩，但阻力很大。甚至不论在染织领域、地毯领域、日用工艺美术品领域，陶瓷领域……都有一些保守势力在作祟，不支持创新，不肯采用工艺美术学校培养出来的专业技术人员，自以为是。我希望这种状况在我省能有所改变。陶瓷工艺美术品的提高既意味着社会主义的精神文明，也意味着我们的产品能在国际上争夺市场，为祖国赚来更多外汇。

陶瓷的设计要创新就有一个继承问题，即所谓"推陈出新"。我们的祖先在工艺美术方面给我们留下了非常丰富的遗产，真使我们取之不尽，用之不竭；但同时也必须放眼世界，洋为中用。在这个问题上既不能崇洋媚外，也不能闭关自守；要"以我为主"，善于学人。为长远计，现在就要开发智力，在培养人才上投资，因为我省有新的工艺美术修养的设计人员很少，我们需要有大批的，能够设计和绘制具有中国特色及世界水平的社会主义的新陶瓷工艺美术品的专家。

陶瓷工艺美术的提高，一方面有艺术水平问题，但同时也有技术革新和科研工作问题，这些都必须跟上，才有利于达到世界水平。

愿我的漫谈对我省陶瓷工艺美术事业的发展能有所促进。

发表于《山西工艺美术》1983年第4期

从一朵红色的萱花谈起

我在庐山碧树林中的云中宾馆避暑时,窗外有一个小小的庭园,其中生长着枝叶繁茂的法国梧桐,也有幼小的青松,但惟独在一片绿色的野草中,于微风中摇曳的一朵红艳艳的萱花,却显得特别耀目而醉人,令人感到这庭园生气盎然,颇有深意。用"万绿丛中一点红"来形容它,是最恰当不过了。我每每在读书休息时站在窗前,欣赏着这火红花朵的风姿,感到它是多么的惹人,多么的骄傲,多么的美丽。但当它凋谢时,这绿色的庭园就顿时感到黯然失色,空虚寂寞。可是,如果初次观赏这庭园时就根本没有这萱花,也许我不会产生黯然失色、空虚寂寞之感了吧?

假如一位高明的油画家把这"万绿丛中一点红"画成一幅风景画,我想是可以成为画中有诗的好作品的。但并不一定画成一朵红花,也可以是在绿色的草原中闲步的一位红衣姑娘,也可以是建筑在林海中的一处红顶的别墅……

可是假如有一个热衷于"四人帮"时代的要求"红、光、亮"的画家,硬要画成"万红丛中一点绿",请闭上眼想想看,是什么意境?什么滋味?还可能有什么诗意和美吗?因为绿色是一个象征着和平的色彩,它在红色的海洋中不可能有活跃的作用。红和绿,是两个对比的色彩,用得好,就有相反相成,绿叶扶红花的美的效果,但不适当的乱用,却会使美变成丑。"文化大革命"前,我曾在晋南一个小县的招待所里,看到满院都是红色的标语牌,大都是"念念不忘阶级斗争""念念不忘突出政治"之类,看了令人烦躁、不安,在火热的炎夏,就感到空气特别地热。"文化大革命"时,北京的店铺为了突出政治,把门面都油漆成红的了,令人有置身火海之感。古人曾说过,应"惜墨如金"。而我感到,一个画家倒应是"惜红如金"的。红是非常难用的一个颜色,也是一个很活跃的颜色,用得少而好,可以使画生辉,增加光彩,像宝石镶在王冠上。

在伟大的自然中,碧蓝的晴空中只有一个小小的太阳,但当它在朝晖中从大海中升起,当它在晚霞中从西山坠下,却是很美的。我们喜欢说大太阳,那是因为我们凭直观觉得它比星星大,比月亮大,它的威力大,它给人的印象大。其实,它在万里蓝天中,在无边碧海中我们会感觉到它是很小的。如果我们的天空中竟出现了成百的红太阳,那就不但不美,而且必然成为人类和万物的大灾难了。

日本画家东山魁夷的作品,我是很喜欢的,但他绝大多数画面根本不见一点红,倒常常出现"万绿丛中一点白"——一匹无拘无束的白马在碧绿的丛林中闲步。这白,犹如蔚蓝的天空有一片漂浮的白云，湛蓝的海上有一只轻飞的白鸥，是静中的动，是暗中的明，同样使画面生辉，增加光彩，令人感到美。这是一点白在画面中用得好的一个具体的例子。

　　自然，红色用得好，多用它，也绝不是不能画出好画来的。林风眠有一幅用红色花朵组成的有放射气势的静物画，那是很美的。但我最怕水墨山水画家在他的作品中动不动就画一个圆圆的大太阳，这和"万绿丛中一点红"决然无缘。如果作为迎合某种政治需要，也许有它的好处，也许有人觉得美，但作为一件艺术品，我却觉得是大煞风景，毫无美之可言。因为它是红的不适当的乱用，不但破坏了画面形式的美感，也破坏了画中的诗的意境。

　　　　　　　　　发表于1983年《山西美术》

《文物史话》前言

　　阎丽川同志是山西省太原市人,早年就学于太原第一师范学校,向赵缵之先生学画。1930年考入国立杭州艺术专科学校,后又转学上海新华艺专。他一面努力学习西画,一面博览群书,掌握了丰富的艺术的和社会的知识。这对于他后来从事中国美术史的研究是有很多帮助的。

　　1958年阎丽川同志的《中国美术史略》问世后,曾引起全国美术界的重视。1977年,他又主持编著了《中国古代绘画百图》。这本书是由人民美术出版社出版的。当时所署的编著者是"天津艺术学院理论教研组"。

　　阎丽川同志虽年老多病,但并不因此而影响他从事文化艺术研究工作的积极性,他除画中国画、练书法、作诗文外,现在又以《文物史话》问世了。这种治学精神,正像他的勤奋读书一样,使我深深感动。

　　《文物史话》可作为《中国古代绘画百图》的姊妹篇。后者主要是从艺术的观点通过有代表性的历代名画的分析，论述了中国绘画的发展、演变及其成就，从而介绍了中国绘画史；而前者则主要是以文物的观点，选取有代表性的艺术文物，论述了中国古代工艺美术和石刻彩塑等的发展、演变及其成就，从而介绍了中国的文物史。

我爱读历史，但更喜阅史话，因为它读起来不像一般历史书籍面面俱到，令人感到繁琐枯燥。我很欣赏此书的写法，既按中国历史朝代和社会发展史的阶段安排先后，而又选取各个朝代最有代表性的文物从历史价值和艺术价值加以论述。

《文物史话》是搜集了非常丰富的资料写成的。它的问世，将有利于丰富读者关于祖国的文物知识，有利于提高人们的爱国主义思想。本书书名叫《文物史话》，顾名思义，它基本上是一种介绍文物常识的书籍。

我们的民族是伟大的，我们的祖先是非常聪明能干的，既有丰富的发明创造，又有杰出的艺术创作。说到原始社会时代的彩陶，我就不能不为上面的惊人的图案而叫绝。那时的人类还处在新石器时代的氏族社会，文化是无比落后贫乏的，还不可能有什么艺术遗产供画家借鉴，而居然产生了像山西万泉荆村出土的和陕西长安五楼、王村出土的那样精美的彩陶。在这些彩陶上竟有如此高度艺术性的图案。为什么那时的天才艺术家一开手就能在彩陶上创作出从鸟和鱼等具体事物高度抽象了的单纯有力、完美大方的图案花纹？而在甘肃出土的不少彩陶上有的竟是几何形的图案，而不是写实的绘画？他们的成就使我们今天的工艺美术家相形见绌。这对我来说一直是长期不能解答的谜。到了商周时代，天才的奴隶们竟又根据走兽创造了那么生动美观的饕餮纹及夔纹等出色的图案。古代艺术家给我们留下了多么珍贵的图案艺术遗产啊，真值得为我们这个文明古国的文化而骄傲。所有这些，阎丽川同志都在本书中有所介绍和论述。

历年来阎丽川同志以病弱之躯，游历了祖国的不少文物名胜之地，说明他不以搜集到的文物资料为满足，而必须亲眼观赏原物，而后始能对他的研究对象有所感受和深入了解。此书之撰论实非易事。

祖国之大，历史之久，文物之丰富，绝非此书所能反映得全尽，何况地下所藏还在不断出土，这种介绍工作还有待所好者继续论述，而阎丽川同志的本书问世，无疑会成为这类史话之先导。

1985 年作

闲话《彷徨》封面

在各色各样的"五四"时代的新文艺书籍封面画中,鲁迅的《彷徨》的封面给我留下了最深刻的印象。作者陶元庆是一位年轻的画家,仅仅活了三十多岁就与世长辞了。然而他的作品却尚活在人间。鲁迅之赏识陶元庆也真有点像伯乐之与千里马。从鲁迅和陶元庆的通信中,知道陶元庆不仅给鲁迅作了不少封面画,而且别人也托鲁迅请陶元庆作封面画。在一次信上说:"我很希望兄有空,再画几幅,虽然太有些得陇望蜀。"鲁迅对陶元庆的作品是非常尊重的。在《彷徨》的扉页后,整面白纸上只印了"陶元庆作书面"六个字。在一次给陶元庆的信上提到《彷徨》的封面时这样说:"但听说第二版的颜色有些不对了,这使我很不舒服。上海北新的办事人,于此等事太不注意,真是无法可想。"中国的文学家和出版社,对于一位美术家作的封面画,像鲁迅这样尊重的还不多。我作为一个从事美术劳动的人,看到鲁迅这样尊重我们的劳动,从心眼里感到温暖。

有人很称赞《故乡》封面上的"大红袍",而我却特别喜欢《彷徨》(见图 22)封面上的图画。

《彷徨》的封面,在火热的橘红色的底子上,用深蓝画着三个坐着的舞装人,面对着一轮同样用深蓝画的昏沉沉的大太阳而彷徨。我曾想:为什么画家画了个大太阳呢?这大概和《彷徨》书首的题词有关。题词是引用屈原《离骚》的几句诗:

朝发轫于苍梧兮,
夕余至乎县圃;
欲少留此灵琐兮,
日忽忽其将暮。
吾令羲和弭节兮,
望崦嵫而勿迫;
路漫漫其修远兮,
吾将上下而求索。

这里的"日忽忽其将暮"是不是那个昏沉沉的大太阳的来历呢?大有可能。总之,这些封面画中的形象,既不是书中某篇小说的插图,也不是与书的内容毫无关联的装饰。它们是美化书籍的图案,而又是对小说书名"点题"的精心之作。仅仅从这个封面画中就看出陶元庆在图案上的修养和功力。

我觉得这样好的小说封面画,在"五四"时代是少见的。它单纯、浑厚、经久耐看。单看那个拙壮的大太阳就不是一般图案画家敢于那样画的。鲁迅在给陶元庆的信上说："《彷徨》的书面实在非常有力，看了使人感动。"可见鲁迅是非常满意的。鲁迅在《〈陶元庆氏西洋绘画展览会目录〉序》里有这样一段话："在那黯然埋藏着的作品中，却满显出作者个人的主观和情绪，尤可以看见他对于笔触，色彩和趣味，是怎样的尽力与经心，而且，作者是凤擅中国画的，于是固有的东方情调，又自然而然地从作品中渗出，融成特别的丰神了，然而又并不由于故意的。"这里所说的"东方情调"就是在《彷徨》的封面画中也自然而然地渗出了，这正是他的封面的可贵之处。

发表于时代文艺出版社1988年出版之《中外装帧艺术论集》

装饰雕塑的奇葩
——评李志正的创作

人和人的相识,有时是很偶然的,我和自学成才的装饰雕塑家李志正的交往就是如此。

"文化大革命"后期,于1974年秋天我被邀请到大同煤矿讲学,一天由武国发同志陪同到煤峪口街道瓷厂参观就认识了李志正。他那时正在大同煤峪口艺术瓷厂搞造型设计和生产工艺管理工作。听说我对陶瓷很感兴趣,就送了我三件由他创作的瓷器。之后他又与武国发同志陪同我去怀仁雁北瓷厂、陶研所参观。

李志正送我的三件瓷器,其一是豆青色的大象钱罐,象的造型很使人喜欢,身上有回纹,中央部位是万年青纹样,取太平景象,福寿连绵的吉祥之意。另一件是一只红眼睛的白兔玩具。一拿回来,儿女们就都想要。此外还送了我一只咖啡色的壶,他告我壶上的花纹选用古陶背水壶上的水纹样图案,壶形来源于古代的鸡首壶,但壶嘴上没用鸡头的形象。我感到它造型别致,富有古味,尤其是颈部选用的水纹样图案,简练生动。壶釉光泽照人,十分美观。我至今还作为一件不平凡的艺术品保存着。我当时也爱上陶瓷工作了,正埋头于家乡南关陶瓷厂的设计工作,因此我对于李志正的作品就特别欣赏,从此他就给我留下很深刻的印象,觉得他在工艺美术上很有才华。

这之后李志正同志因事来太原还送给我两个有关云岗石佛头的摹制品,这既是李志正对中国传统雕塑艺术的认真研究和学习,也显示了他学习的成果。我接受了他的赠品,同时也感到他在雕塑艺术上的成长。

过了几年他又送我一个仿大同下华严寺著名泥塑菩萨像的椭圆形浮雕半身像,至今挂在我的卧室里。他把下华严寺的那个著名的立体像变成斜侧面的浅浮雕,这也是一个创造性的劳动。从这个浮雕令我感到李志正是真正陶醉在民族的雕塑艺术品中了。他这个工作既为旅游业提供了纪念品,也宣扬了祖国的文化艺术。李志正曾在当地矿务局雁崖矿当过11年的矿工,在矿期间,自学美术,经常参加矿上的美术活动。后在煤峪口艺术瓷厂搞了11年的造型设计及生产工艺管理工作。他的陶瓷作品曾参加全国玩具展览,全国工艺美术作品展览,全国艺术陶瓷展览,终于在1984年荣获轻工部工艺美术作品百花奖和优秀创作设计一等奖。

李志正的一件名为《天歌》(见图23)的新雕塑作品是为大同"云冈宾馆"院内设计的,富有装饰趣味。装饰风的《天歌》不仅和周围的建筑物很协调,而且也美化了庭院。给人以诗一般的梦幻意境,那弹奏琵琶的天女,令人想起敦煌壁画中的飞天,看了这个雕塑深感李志正在艺术上的成熟和在装饰雕塑上的才华。

1989年秋,我到了大同,住在"云冈宾馆",从四面八方欣赏了《天歌》,真使我满意。

据李志正告我,这《天歌》也可叫《琴魂月梦》,但可能前者更贴切些。这是一座用玻璃钢制成的装饰雕塑,经过半年的构思探索,为了与宾馆的环境相谐调,在构图形式和表现手法上费了许多周折。如果采用人们用滥了的飞天形式,摆在十层高楼前,会产生一种飞不起来的压抑感。如果用两个飞天旋转的构图,又有碍于宾馆宁静的环境气氛。以一轮圆月为背景的形式吧,又会形成屏障,阻断了大门与主楼之间的空间和视线。最后改成月牙形,又在乐徽的启发下在月牙里装上琴弦,使其似月非月,似琴非琴,让手执琵琶的飞天从琴月下端飘过,给人以动的感觉。基座是两块错动的几何形体,为浮云的变形。雕塑力求为庭院创造"影中群像动,空里众灵飞"的宁静、梦幻、富有韵律感的仙宫境界氛围。现在凡来宾馆的客人大都在雕塑前留影,成了宾馆的标志。说明群众对《天歌》的喜爱。

在我看来,《天歌》不仅从敦煌壁画中得到启发,而且在手法上也是学习了西洋近代雕塑的单纯美的。在这次到大同的访问中,又看到李志正为大同齿轮厂门前设计的一座装饰雕塑《运转》。觉得颇有运动感,可与《天歌》相媲美。它构思新奇,造形美观,令人感到又是大同的一件优秀的城市雕塑。

李志正同志告我,《运转》是应该厂厂长之约而创作的,作为工厂的标志现安置在厂门口。他用寓意的手法来充实雕塑所要表达的内容,借助间接形象引出主导形象的雕塑语言,以两个夸张变形的女人体在圆环上的运转动势来表现职工的创造活动以及齿轮工厂的生产特征。圆环的基座是手掌式的几何体,也是为了加强动势。《中国环境报》为此曾作了专题报导,并作成了厂徽。

李志正说:他对云岗北魏石刻造像和华严寺辽代泥塑高雅而富有装饰味的艺术风格极为欣赏,并愿坚持数年根据这些优美的古代雕塑创作一些新工艺品,并试图在学习、借鉴的同时作些创新的尝试。我很欣赏他这可贵的志趣。

1989年12月发表于《美术耕耘》

我爱儿童画
——看"山西省首届少儿书画作品展"

我爱儿童画。走进儿童画展厅,就像走进万紫千红百花争艳的花园,使我为之悦目,使我为之陶醉……

我今年80岁了,是个老画家,然而我决然画不出儿童画,正像我不能再回到童年一样。

儿童画是可爱的,正如儿童的可爱一样,在他们的画里,充满了稚气,充满了天真,充满了童心。几乎每一幅儿童画都有一个可爱的童话世界,能进入这个童话世界是幸福的,能使你得到欢乐,感到趣味。

儿童画是美丽的,在他们的画里有大胆的构思,大胆的构图,大胆的造型,大胆的夸张和大胆的设色。我这老画家看了都为之惊讶。我要向他们的画学习。

儿童画是最自由的,他们作画时,没有任何条条框框,哪管你什么透视学,哪管你什么解剖学,我想怎么画就怎么画。

儿童画是爱憎分明的，也是浪漫主义和现实主义的结合。在他们的画里既有现实生活又有理想，他们歌颂自己之所爱，批评自己之不欲，而且是巧妙的批评。他们的作品充满了真诚，充满了美善。所以我特别爱看儿童画。

儿童的画大都是不违反现实主义艺术创作规律的，这就是他们画自己最熟悉的生活，画最感兴趣的生活，画感受最深的生活。我特别喜欢8岁女孩成娟的《真热闹》，她在这幅画里画了正月里闹红火的欢乐场面，其中有踩高跷的，还有那么多看客，真是人山人海。这本来是难度较大的群众场面，然而小娟娟画得非常动人，画面充满了欢乐的景象，她用暖色调子歌颂了她最感兴趣的生活。成娟有两幅作品入选，另一幅是《快跑吧》，人们把成群的大树伐倒了，吓得林中的动物乱跑。娟娟说："快跑吧！"看出她是多么关心动物。我想孩子们熟悉大象等动物，一面是参观了动物园，一面是从电视上看了《动物世界》，这是两个创作源泉。她从这两个源泉中有所感受，所以画了《快跑吧！》。她的画都很可爱，娟娟是很有前途的，希望她将来能成为一个女画家。

与《快跑吧！》成为姊妹篇的是6岁的石思涵画的《救救小鸟的家》。森林伐光了，小鸟们失去了家。她们在天空悲哀地乱飞，有的流下了眼泪。多么动人。石思涵是多么同情小鸟，同时也巧妙地批评了砍伐树木的人，把小鸟人格化了，他画得多有味！

还有一幅《呼拉圈大赛》是9岁女孩李靓画的，画中竟有一个女孩在身上同时转动着四个呼拉圈，说明这时髦的玩意儿是多么为孩子们感兴趣。

我看儿童画总感到那么有味,例如6岁的任毅画的《我帮妈妈加把劲》,他画妈妈骑自行车,他坐在背后,用力推妈妈,好像就能帮妈妈加把劲。多天真,多有趣。此外如5岁的张伯宇用纸版画创作了《阿姨打针我不哭》,画了个好大的针管,真有味。再看10岁女孩申峥嵘画的《卖羊肉串呵!》,她把维吾尔人画得多么可笑。还有画捏面人的,画卖拉面的,说明孩子们对这些生活特别感兴趣。还应该提到11岁的女孩崔彩虹画的《威震亚运的太钢锣鼓队》也是动人的好作品。

也有一些画是表现孩子们的理想的,属浪漫主义的作品,例如10岁的李东慧画的《天太冷了,我想……》想什么?他画了一个大太阳,孩子们在太阳里安家,学习,这就不冷了,想得多天真。

我喜欢的儿童画太多了,实在说不完。

应该感谢辅导这些好作品的老师们。

发表于 1992 年 6 月 6 日《太原日报》副刊"艺苑"

略评《西夏魂》壁画

作为民间艺术的我国古代壁画,曾经有过光荣的历史和辉煌的成就,但大多是以宣传宗教为其主旨的,如敦煌莫高窟和永乐宫等地的壁画就大都如此。但也有描绘社会生活的,如敦煌壁画中的《张议潮收复河西图》,实在是一幅很精彩的描绘历史人物生活的图卷,可惜这类的壁画流传下来的较少。

民国以来,壁画似有失传之势,战争年代虽也有过很多宣传抗日的壁画,但大都是一些匆忙完成、水平较低、难于流传的作品。

近些年来,由于我国在改革开放中经济日渐繁荣,许多高大建筑拔地而起,因此为壁画在中国大地上蓬勃发展创造了有利条件。1979年首都机场的壁画创作揭开了中国壁画艺术复兴之序幕。10多年来产生了不少新壁画的优秀之作,如李化吉的《白蛇传》就给我留下了难忘的印象。但也出现了一些粗制滥造的壁画，有如货架上的次品。而版画家韩惠民于1988年在宁夏创作的《西夏魂》却是以严肃认真的态度制作的。我看了之后，感到既有气势，也富有匠心，实乃近些年来不可多得的一幅较好的壁画。

我想，我国新生的壁画是既应有新而美的形式风格，也应有新的思想内容，这是时代的要求，也是社会的需要。

古城银川是距今900余年前西夏王朝的都城——兴庆府，离银川以西40公里的贺兰山下是西夏王陵的遗址。由于战乱和人为的破坏，以及经久的风雨洗刷，当今的陵苑已是一片废墟了。过去高筑的陵台和城垣，只剩下数十米高的土丘和残垣。近仿西夏古风建造的"西夏王陵接待处"就坐落在18号陵旁。《西夏魂》就是韩惠民为接待处绘制的一幅长达30米的大壁画。

《西夏魂》(见图24)对作者来说，是一幅命题之作，难度较大，但作者终于克服了一切困难，历时一年，如愿地实现了自己的创作意图。

大厅里，蓝色调子的壁画《西夏魂》占满了正墙和左右侧壁。正面的内容，紧扣陵区主要画题，表现了当年西夏陵的宏伟建筑群和盛大祭祀活动即将开始的情节。在绵延的贺兰山下，相拥如织的森林之内，陵台、献殿、瓮城、阙台、城廓、石人、碑厅及文武仪仗等在云带、香烟的缭绕之中，整个建筑显得庄重而雄伟，气氛森严而又肃穆。而韩惠民作为新时代的一个画家，虽然画面上将西夏盛世的升腾气象有所渲染，但他却把左右两则修建西夏陵而从事艰辛劳动的场面描绘得令人有"喧宾夺主"之感。为什么会有这种感觉呢？就因为画家描绘的正在进行凿石、运输、锻造、冶炼、放牧等奴隶的有声有色的各种劳动形象是整个壁画最精彩的部分。而这也绝非偶然，这是作者构思时内心拟定的《西夏魂》的主题所决定的。作者在《壁画〈西夏魂〉创作札记》一文中说：

"我想，通过西夏劳动人民艰苦卓绝的劳动，为统治者建造成辉煌宏伟的陵苑，在展示西夏王陵的成就之际，同时突出描绘这一内容：要把对劳动的颂歌作为这幅壁画的主旋律，从而告诉人们，是勇敢的西夏劳动人民创造了西夏的灿烂文化、光辉的历史。我必须在创作中处处都从这一主题着手。"我感到《西夏魂》能有这一唯物史观的主题是可贵的。这一主题不仅没有停留在作者的构思中，而且是已经由《西夏魂》画面的生动形象明显地展示给观众了。

新的壁画非常重视装饰性，这是应该的，这就因为它的任务基本上在于附丽建筑，而必须和建筑协调。但仅仅停留在装饰作用是不很够的，它应同时尽可能具有作品的思想性和教育作用。然而遗憾的是，目前的不少壁画大都在形式上做文章，看不出作者在创作构思时心目中除了形式美还有积极的崇高的主题思想。为此我就特别欣赏《西夏魂》。

《西夏魂》在形式的创造上也是颇具匠心的。整个画面的各种复杂的形象多而不繁，都统一在装饰性的美的形式中，既有变形而又不失事物的特征。如远景的森林以网状来表现，使我们还能看出是森林，近景的树木以半圆形笼罩，令人仍能看出枝叶的繁茂。它不像有的壁画过分强调了变形，画飞物看不出是飞鸟还是飞机，画人物令人看不出是男是女，画野兽令人看不出是虎是豹，画树木令人看不出是杨是柳。而《西夏魂》却没有这种缺点，有利于广大人民群众的欣赏。

《西夏魂》虽然汲取了西画之长，但更多的是继承了祖国民族民间绘画和古代壁画的优良传统，它用中国壁画中的云带缭绕在整个画面中，既有联系各种不同形象之效果，又有统一和美化画面之功能。

观众难免要问："为什么《西夏魂》要采用蓝色的调子呢？"这让作者来回答吧。

"我选择以蓝色基调完成《西夏魂》，蓝色是有幻梦感觉的色彩，宋、元的三青花瓷给我色彩的启迪……我力求从单纯、古朴的蓝色中，微妙的冷暖变化，版画黑白的约简，唤起观者怀古的悠思，进入画境的梦幻。"我想，画家为了表达他的作品的主题和理想，是完全有自由采用他喜欢的色彩的。这蓝色调子既成为《西夏魂》的特色，因而也形成了有别于其他壁画的画面。正像安娜·卡列尼娜进跳舞场穿一身黑一样，我倒觉得单纯中显得更加丰富。

1993年10月发表于《文艺报》"艺术评论"栏

从《圣经》说起

我想,每一位学者都有他的读书范围的,而这个范围则基本上由他所从事的事业所决定。例如我是从事文学艺术事业的,因此我所读的书就基本上逃不出这个范围。举例来说:法国丹纳著的《艺术哲学》我读过了,得益匪浅,但恐怕它的读者就基本上是学艺术的人。然而有的书就可能读者面非常广,例如《圣经》,固然学文学艺术的人必须读,所以也算我读书范围之内的书,但研究哲学的、神学的、研究古代史的,以及研究科学和地理的人也要读。世界上信仰天主教、基督教、耶稣教的人非常多,他们不但要到教堂里做礼拜,更不能不读《圣经》。据说这是一部流传千百年、影响亿万人的世界性著作。

而我是不信教的,所以自青年时代就讨厌教会,因而也讨厌《圣经》,例如在旧社会,太原街上经常有宣传《圣经》的书摊,我是从来连看也不看一眼的。有时生了病到教会医院去看病，但挂号之后不给看病，让你先坐在那里等候，等的有二三十个病人了，就来一个人面对病人读《圣经》，多么讨厌。

1933年我因从事革命的版画艺术工作在杭州被捕了，进了拘留所，无聊得受不了，看到一个难友有人给他送来一本《圣经》，我就向他借的看起来。

我读《圣经》不仅为了消磨这无聊的监牢里的日子，而且也因为有人向青年介绍十本必读书时，其中就有《圣经》。因此也想看看到底《圣经》有什么好，是带着一种好奇心读的。

我在牢房里从《旧约》到《新约》都读过了，改变了我对于它的最初的看法。虽然读起来有的地方很吃力，有的地方很繁琐，但我还是一篇不漏地读完了。读起来就不以为它是一本宗教书，而感到它是了解西洋文化的一本基础知识书，它既有神话故事，又有历史传说，此外其中还有很美的小说，如《以斯帖记》，也有很美的情歌，如《雅歌》。所以德国的伟大诗人歌德给《圣经》打60分的文学分数。而我读了它却增长了很多知识，它成为我了解意大利文艺复兴前后的美术的一把钥匙。有一些文学家曾以《圣经》中的故事作为创作题材，如17世纪英国诗人弥尔顿写的长诗《失乐园》，和19世纪英国的唯美主义作家王尔德写的剧本《莎乐美》就都是根据《圣经》题材创作的。而文艺复兴时期的大画家达·芬奇画的壁画《最后的晚餐》、米开朗基罗的雕刻《摩西》《大卫》……拉斐尔的《西斯廷圣母》无不取材于《圣经》，而画家画《莎乐美》的也大有人在。文艺复兴后西欧画家画《圣经》《创世纪》中的亚当和夏娃的就更多了。画《失乐园》，画耶稣钉在十字架上的画家也难计其数。这都说明《圣经》对艺术家的影响之大。我们中国画家又怎能对《圣经》无知呢？

正因为我对于《圣经》大有好感，所以当年北京一解放，我就到卖旧书的书店里买了一本《圣经》，因为我估计将来新中国的出版社是不会出版《圣经》的。我必须趁早抓一本。

作为一个艺术家也是不能不知道希腊雕刻的，而要认真欣赏希腊雕刻就必须阅读《希腊的神话和传说》这本书，因为希腊雕刻大都是表现希腊神话中的天神的。马克思说："希腊神话不只是希腊艺术的宝库，并且是希腊艺术的土壤。"我特别喜欢阅读希腊神话故事，就因为我感到它是世界上最美的神话，与其说那是一些神，倒不如说他们都是人。例如希腊最高的神宙斯，绝不像中国的玉皇大帝那么严肃得可怕，而是最富有人情味的。他有老婆，可是还经常找人间的美女寻欢。他们有爱和恨，也有忌妒和同情，争吵和斗争，像人一样。所以这些天神可以说完全是希腊奴隶社会生活中的有血有肉的人的一种反映。希腊雕刻的题材虽然大部分是取自神话，但都是些健康美丽的，精力充沛的，热爱生命的男女，希腊雕刻中那些神和半人半神的英雄的形象，实际上是希腊人理想中最完美的人的形象。

希腊雕刻中有不少是塑造女神雅典娜的形象的，她是属于智慧和勇敢之神，还有不少是塑造阿波罗的，他是太阳神和艺术之神，阿芙罗底德是从海里诞生的，被尊为美之神，她在罗马神话中就被称为维纳斯了，人们知道维纳斯的多，知道阿芙罗底德的少，其实是一种女神。希腊雕刻中有不少是塑造阿芙罗底德的裸体像的,而其中以美洛斯和叩伦纳的阿芙罗底德裸体雕像最美。到了文艺复兴期,画家波提切利画的《维纳斯的诞生》实际也就是画的阿芙罗底德。而世界上最有名的希腊雕刻《拉奥孔》也是描写希腊神话中的故事的。拉奥孔虽然是人,但他的不幸遭遇却又和神有关。

以上所提到的《艺术哲学》《圣经》《希腊的神话和传说》是我研究西洋美术得益最多的三本书。

我除了爱好美术,也爱好文学,写过小说、报告文学、散文和诗。因此也非常爱好阅读世界上有名的小说和诗歌。但我有个严重的缺点,就是阅读得过慢,而这"慢"和我读书时不是"看热闹"而是"看门道"也有关。因此我就不能乱读,必须有计划地读书,我曾读过郑振铎著的《世界文学大纲》,因此我就按《文学大纲》中提到的世界文学名著选其影响最大者阅读,西洋方面阅读的书的顺序为:希腊荷马的伟大史诗《伊利亚特》《奥德赛》,意大利但丁的《神曲》,薄伽丘的《十日谈》,德国歌德的小说《少年维特之烦恼》和诗歌《浮士德》,西班牙塞万提斯的《堂吉诃德》,英国作家笛福的《鲁滨逊飘流记》,法国作家卢梭的《忏悔录》,小仲马的《茶花女》,莫泊桑的短篇小说《羊脂球》和《项链》……这些书给我留下特别深刻的印象。此外还读过洛蒂的《冰岛渔夫》和纪德的《田园交响乐》。大概是由于受鲁迅先生的影响,所以我读的俄罗斯文学和苏联文学最多,如普希金、果戈理、莱蒙托夫、托尔斯泰、屠格涅夫、柯罗连科、契诃夫等人的作品都读了。其中以果戈理的《死魂灵》和《外套》我最喜欢。苏联的作家我读的高尔基的作品最多，对他也非常崇拜。此外还读过绥洛菲莫维奇的《铁流》，法捷耶夫的《毁灭》，肖洛霍夫的《被开垦的处女地》，拉夫列尼约夫的《第四十一》。这些书都鼓舞我走上革命的道路。除此之外还读过爱罗先诃、爱伦堡、左琴科等人的作品。美国的作家我读过辛克莱的《屠场》，海明威的《老人与海》。丹麦作家读过《安徒生童话选集》。日本作家我读过小林多喜二的《蟹工船》。

五四以来被作家们定评的中国的四大著名小说如曹雪芹、高鹗著的《红楼梦》、施耐庵的《水浒》、吴承恩的《西游记》、罗贯中的《三国演义》以及吴敬梓的《儒林外史》我都读过了。还读了刘鹗的《老残游记》、王实甫的《西厢记》，这些书，我认为不仅研究文艺的人应该读，而且作为一个中国人也是都应该读的，因为它们能帮助我们了解自己祖国的过去，其中如《红楼梦》作为文学作品来说，我认为是世界上不可多得的好作品，我为它而感到骄傲。

对于中国远古的书，如《诗经》、《楚辞》我也读过了。一本林汉达编写的《东周列国故事新编》我也读过。它们对我了解中国古代文学的成就和人民的生活有很大帮助。

很多书给予我生活知识，而近代中国伟大作家鲁迅的书却给予我生存奋斗的力量和做人的榜样。他的作品给予我的影响最大了。

而最明显地指导我作为一个艺术家应走的道路的是毛泽东的书：《在延安文艺座谈会上的讲话》。我今年已83岁了，坚持了毛泽东文艺思想已50多年，就因为艺术为人民服务是至高无上的,最光荣的。

发表于 1995 年《火花》

·文学评论·

向鲁迅学习

——在山西省纪念鲁迅诞生一百周年大会上的讲话

同志们,今天这个大会是鲁迅诞生一百周年在山西举行的纪念大会。

鲁迅是什么人?毛主席说:"鲁迅是中国文化革命的主将,他不但是伟大的文学家,而且是伟大的思想家和伟大的革命家。鲁迅的骨头是最硬的,他没有丝毫的奴颜和媚骨,这是殖民地半殖民地人民最可宝贵的性格。鲁迅是在文化战线上,代表全民族的大多数,向着敌人冲锋陷阵的最正确、最勇敢、最坚决、最忠实、最热忱的空前的民族英雄。鲁迅的方向,就是中华民族新文化的方向。"又说鲁迅是"文化新军的最伟大和最英勇的旗手"。

这是毛主席对鲁迅的最中肯的评价。我国文学史上和当代的任何作家,像鲁迅这样受到毛主席如此高的评价的还没有第二个人。而这些都是见诸文字大家所熟悉的评语。在延安时，有一次纪念会上，毛主席称鲁迅为鲁圣人。历史上曾有过一位孔圣人，那是封建老爷们的圣人，与老百姓不相干。毛主席认为鲁迅是当代的圣人，这才是人民大众的圣人。我认为所有这些评价，都是鲁迅当之无愧的，从人品和思想、从作品和对人民的贡献来说，他比起孔圣人来，不知高出了多少倍。斯大林论到列宁和彼得大帝时曾说：如果说列宁是大海，那么彼得大帝不过是大海之一滴。我想鲁圣人和孔圣人比较的话也是如此。

因此，当鲁迅诞生一百周年的今天，我们开会来纪念他，其意义就是无比重大的。既然是圣人，而且又是比孔夫子还伟大的圣人，那就不仅仅是从事文学艺术的人向他学习的问题，而且是作为一个中国人都应向他学习的。

单就文学而论，鲁迅已不仅是中国文学史上的一颗大明星，而且是世界文学史上的一颗大明星。他是和高尔基一样的活在世界人民心中的。因此鲁迅的名字就是中国人民的无比光荣。

我们今天开这个纪念大会，任务就是要宣传鲁迅，让我国人民，尤其是青年一代认识他的伟大，从而认真地向他学习。

一

首先谈谈鲁迅和我们党的关系。

毛主席《在延安文艺座谈会上的讲话》中曾说："有许多党员，在组织上入了党，思想上并没有完全入党，甚至完全没有入党。"那么有没有一种人思想上完全入了党，但组织上还没有入党？有，这就是鲁迅。肖三同志曾称鲁迅为"非党的布尔塞维克"，这就是说，鲁迅已完全够一个标准的共产党员了，仅仅是还没有履行组织手续。其实鲁迅虽非党员，但他为党所做的工作，比很多党员所做的更多更重要，贡献更大。在30年代的白色恐怖下，谁都不会想到鲁迅曾是我们党在上海的一个无比重要的联络站，为此，曹靖华同志曾把鲁迅比作一个"电工"，意思是说他是党的关系上的一个接线的"电工"。当时党中央已由上海迁到江西苏区，很多同志和党中央联系很不容易。例如我们的烈士方志敏同志当时被捕之后，想和党中央取得联系，就是通过鲁迅这个重要联络站联系上的。约在1935年春，方志敏同志被捕后关在南昌军人监狱中。他曾秘密委托监狱的一个同情革命的义士，把他写给党中央的一份报告和致鲁迅先生的一封信，交那位义士设法派其爱人送往上海交内山书店转鲁迅先生。这个秘密使命，那位义士的爱人终于顺利完成了。

又例如1935年后，北平学联秘书长姚依林同志要向党中央汇报工作和请示，也是通过鲁迅这个惟一的联络站而完成了联系任务的。

这样的事例是很多的。这些事例说明鲁迅决不仅仅是思想上入了党的一位马列主义者，或是党的一位同情分子，而实际上他是党的一个重要成员，是我们党的一位最可信赖的助手。

此外，鲁迅和瞿秋白同志的关系，实质上也是鲁迅和党的关系。许景宋先生在《瞿秋白与鲁迅》的一文中曾说："特别是鲁迅，由于得到秋白同志之助，得到党给予的力量，精神益加奋发，斗志更加昂扬地勇往直前了"。鲁迅曾给瞿秋白同志写了一副对联，内容是"人生得一知己足矣，斯世当以同怀视之"。许景宋先生也认为这副对联是"对秋白亦即对党的倾注心情"。

今天我们党内的同志关系，要能像鲁迅和瞿秋白的关系，就非常理想了。许景宋先生说："秋白与鲁迅之间，其友情真可谓深厚无与伦比了。"

鲁迅于1930年3月2日在左翼作家联盟成立大会上讲到《对于左翼作家联盟的意见》时曾说："我那时就等待有一个能操马克思主义批评的枪法的人来狙击我的，然而他终于没有出现。"但等到1932年，这个人终于出现了，他就是瞿秋白。瞿秋白同志编辑了一本《鲁迅杂感选集》，在《序言》中才真正用"马克思主义批评的枪法"对鲁迅进行了剖析，指出了鲁迅杂感的成就和缺点。他说鲁迅看得见"农民小私有者的群众的自私、盲目、迷信、自欺，甚至于驯服的奴隶性，可是，往往看不见这种群众的革命可能性，看不见他们的笨拙的守旧的口号背后隐藏着革命的价值"。其实鲁迅的以上缺点不仅存在于杂感中，而同时也存在于小说中。瞿秋白同志这篇光辉的评论鲁迅的文章一出世，就轰动了当时中国的文坛。甚至后来周总理在纪念鲁迅的会上也引用它。而鲁迅当时却感到了像搔到痒处似的心情愉快和钦佩。所以有"人生得一知己足矣,斯世当以同怀视之"的抒怀。我想我们也应像鲁迅先生似的虚怀若谷,愉快接受正确的批评的。可是到文化大革命,当"四人帮"之流对瞿秋白同志进行污蔑,横加罪名时,一些无耻之徒就一哄而起,说瞿秋白同志的这篇文章污蔑了鲁迅。这足以看出那些风派小文人的丑恶嘴脸。

至于鲁迅先生对中国共产党的公开表示拥护,则是1936年6月9日所写的《答托洛斯基派的信》。在这封有名的信中,他说:"那切切实实,足踏在地上,为着现在中国人的生存而流血奋斗者,我得引为同志,是自以为光荣的。"这里所说的同志就是指的当时以毛泽东同志为首的党中央。

通过一些杂文和通信了解到鲁迅对于30年代上海文艺界党内的不正之风是有所抨击的。例如当时党内的教条主义、左的思潮,以及宗派主义等不正之风鲁迅就进行过斗争。这就因为鲁迅比当时一般文艺界党内同志的思想水平高,而且是非分明,旗帜鲜明,绝不搞什么"小动作"。

在今天,我们党大张旗鼓地反对文化大革命以来遗留的不正之风,更应学习鲁迅敢于斗争,善于斗争的精神,实事求是地进行批评与自我批评。

二

通过平凡的形象和平凡的生活看鲁迅。

鲁迅是非常平凡的,但也是非常伟大的,在平凡中愈见其伟大。

我们看过鲁迅的相片,可以认识他的容貌。但这是非常不够的。鲁迅当时在上海,是一个非常平凡的老人,平凡到有时竟要受到有些人们的小看,甚至是欺负。当时在殖民地的上海,最不被人们小看的就是洋人,其次就是穿西装的"假洋鬼子",至于穿中国服的普通人,大都是被那个社会所轻视的。这些普通中国人有的穿长衫长袍,有的穿短衫,长衫大都是知识分子或店员,短衫大都是劳苦大众。而鲁迅正是属于穿长衫或长袍的中国人,自然也在被轻视之列。

有这么一个故事:有一天鲁迅到中外上流人物住的国际饭店去会一位外国人,他真是老虎下山一张皮,并没有因为会洋人就改变了他的服装,他到了饭店走进电梯对司机讲了他要到几楼,司机从上到下打量了鲁迅一番,不给开电梯,鲁迅以为他没有听到,于是重复报了要去的楼层,而那个司机还是不动,好像电梯内就根本没有进来鲁迅这个人。没办法,鲁迅只好走出来,一层一层地爬到他要去的地方。他和外国人谈话后走出来,外国人彬彬有礼地把鲁迅送到电梯内,还是那位司机,现在他看到洋大人居然如此有礼地把这位中国老人送出来,他很窘,但鲁迅却没有对他有任何表示,好像根本没有发生刚才的遭遇似的。从这个故事我们就不难看到鲁迅是怎么一个平凡的形象了。平凡到连电梯司机都欺负他。为什么鲁迅在当时会遭到这样的待遇呢?因为鲁迅除了穿长衫不穿西装外,也因为他穿橡皮底鞋而不穿皮鞋。这在当时的上海是理所当然要被人家冷落的。我当时也是穿长衫的,其中滋味也颇有领受。就是在鲁迅的家里,除了他写作坐的一个破藤椅外,连个沙发也没有。起先他睡的是一张木板床,瞿秋白同志心疼他,觉得他老了睡硬板床休息不好,因而送了他一副藤板床。鲁迅先生如此俭朴,不讲究穿戴,不讲究享受,是不是经济上很困难呢?也不是的。那么他所得的那么多稿费做了什么呢?他的稿费除了必要的生活费用外,都自费印书,自费印画册,或者帮助穷青年花掉了。例如《奴隶丛书》中的《丰收》《八月的乡村》《生死场》便是他出钱印的;为纪念瞿秋白同志,以"怀霜社"名义出版的两本精装本《海上述林》,是鲁迅先生和几个朋友合资出版印刷的;又例如前后用珂罗版精印德国版画家《梅斐尔德木刻士敏土之图》、苏联版画《引玉集》和德国革命女版画家《凯绥·珂勒惠支版画选集》,也都是他自费精印的。最后这一本画册只印了一百多本,不但是自己出钱印,而且是鲁迅先生不厌其烦地亲手用丝线一本一本装订起来的。从这一针一线中都贯穿着"俯首甘为孺子牛"的精神。这些书和画册出版之后并不是想捞一笔钱,而大都是连成本都收不回来,因为这些书和画册送给朋友的和送给穷青年的多(其中包括很多素不相识的青年);而放在书店里卖了的很少。像鲁迅先生这样全心全意为党为人民工作的好人,中国文艺界真不多见。可是还有人在背后加以讥笑。在《引玉集》的后记中鲁迅先生有这么一段话:

"目前的中国,真是荆天棘地,所见的只是狐虎的跋扈和雉兔的偷生,在文艺上,仅存的是冷淡和破坏。而且丑角也在荒凉中趁势登场,对于木刻的绍介,已有富家赘婿和他的帮闲们的讥笑了。但历史的巨轮,是决不因帮闲们的不满而停运的。我已经确切地相信,将来的光明,必将证明我们不但是文艺上的遗产的保存者,而且也是开拓者和建设者。"现在经过新兴版画50年的历史,它的发展和巨大成就,不是已证明鲁迅先生的预见的正确吗!不是已证明鲁迅是中国新兴版画的伟大的开拓者和建设者吗!

我想:看一个人固然首先要看他所做的不平凡的大事,而从以上所举的种种平凡的小事中也同样可以看出鲁迅的伟大来。

那么鲁迅先生这么一位平凡而又伟大的人物,他的一天的时间是怎样使用的呢?鲁迅自己曾说:"哪里有天才,我是把别人喝咖啡的工夫都用在工作上的。"但据已去世的女作家肖红同志回忆:

"鲁迅先生从下午两三点钟起就陪客人,陪到五点钟,陪到六点钟客人若在家吃饭,吃过饭又必在一起喝茶,或者刚刚喝完茶走了,或者还没走就又来了客人,于是又陪下去,陪到八点钟,十点钟,常常陪到十二点钟……

"客人一走,已经是下半夜了,本来已经是睡觉的时候了,可是鲁迅先生正要开始工作。

"全楼都寂静下去,窗外也是一点声音没有了,鲁迅先生站起来,坐到书桌边,在那绿色的台灯下开始写文章了。"

就这样一直工作到"人家都起来了,鲁迅先生才睡下"。"鲁迅先生刚一睡下,太阳就高起来了"。

据唐弢同志回忆:有一回鲁迅先生谈到三岁的海婴时

说:"有一天他跑来责问我'爸爸,别人都是白天工作,晚上睡觉,为什么你偏要晚上工作白天睡觉?!'"可见他的小儿子也对他的晚上不睡觉大有意见了。

我读着以上的记述非常感动,想到鲁迅先生一生熬黑熬夜,给我们留下那么多宝贵的精神财富,除此之外还要无休止地陪客,还要给青年人看稿、改稿、介绍稿子、校对文章、回信……又不知花费了多少心血。除了看青年人容易认的信,有时还要看一些太潦草的信。鲁迅对此是深恶痛绝的,他说:"字不一定要写得好,但必须得使人一看了就认识,青年人现在都太忙了……他自己赶快胡乱写完了事,别人看了三遍五遍看不明白,这费了多少工夫,他不管。反正这费的工夫不是他的。这存心是不太好的。"由于他的异常勤奋,异常辛苦劳累,而有些青年人又不心疼他的时间和心血,终于只活了五十六岁就与世长辞了,使我们多么难过。

三

以下我想谈谈我和鲁迅先生。

我读鲁迅的书始于1934年,这之后就欲罢不能,愈读愈感兴趣。几乎把他的小说和杂文、翻译和书简全都读过了,有的小说读了不知多少遍。感到思想深刻,文字精美。每当我被旧社会的黑暗压得透不过气来,从而有所苦闷和彷徨时,读鲁迅的杂文就给予我蔑视黑暗战取光明的力量。鲁迅成为了我在旧社会时代的精神上的支柱。可是我并没有看到过活着的鲁迅,只看到逝世后长眠在床上的鲁迅。但鲁迅在日记里也提到过我,在和曹白的通信中给我的木刻进行了指导,几乎是每寄给他一幅,都有赞扬或指出缺点的评语,而且很及时。给我的创作以很大的鼓舞。1936年当红军东渡,打到太原西郊时,土皇帝阎锡山大兴白色恐怖屠杀共产党人,而我当时也正在太原。鲁迅先生从曹白的信中得知我平安无事时,曾说:"关于力群的消息,使我很高兴"。我明白,这不仅仅是对我个人的关怀,而是对一代中国的革命青年,对中国从事新兴木刻的青年的关怀。

1936年我再次到了上海,当时在上海有位日本的进步女士名池田幸子,她是鹿地亘的夫人,由曹白介绍我认识了她。她们夫妇和鲁迅先生来往甚密。

一天池田对我说:"你想见鲁迅先生吗?我可以带你去见他。"我怎样回答的,现在一点也想不起来了,但当时的心情是:很想看看我所敬仰的导师,但又没有勇气去见他。因为他是一位伟大的人物,我去看他,既怕浪费他的宝贵时间,又不知应和他谈些什么好,终于不敢去。今天想来真是莫大的悔恨。

1936年10月8日,鲁迅先生久病之后突然出现在我们于上海法租界八仙桥青年会举办的第二届全国木刻流动展览会上。在场的有新波、陈烟桥、曹白、林夫、白危等。而我因给"上海世界语者协会"写标语,不在场。待我回到展览会上时,新波告我:"鲁迅先生来过了,刚走。"多么的不巧,我竟失掉了见到我所敬爱的鲁迅先生的一个好机会,而十一天后他就与世长辞了。鲁迅先生在他逝世前带病来参观由他一手培育起来的中国新兴木刻，说明了他对中国革命美术的成长多么的关心。他的到来，对我们是多么大的鼓舞。然而我竟无缘会到他，至今都感到遗憾。

1936年10月19日早晨，我当时住在上海西郊，刚起床还没有穿袜子、刷牙，就看到一辆银灰色的小汽车停在我们的门口，接着是一阵紧急的拍门声，同房间住着两位山西老乡，一位是现任的邮电部部长文敏生，一位是现任东北师范大学的党委书记车敏瞧，他们都是我省垣曲县人。文敏生不知什么问题由河南逃来上海，而车敏瞧却因阎锡山要抓他逃到上海的。此刻他俩听到拍门声又看到这辆意外的小汽车，以为要出事了。门开后才看到来的是曹白和池田女士，他们带来了不祥的消息，说鲁迅先生五点二十五分逝世了，要我马上去画遗像。于是我就急急忙忙带上纸和木炭条跳上汽车，一直到了大陆新村鲁迅先生的家里。一上三楼就看到我们敬爱的导师静静地长眠在床上了。一幅被子覆盖着他的遗体，过去从相片上看到的他那"横眉冷对千夫指"的锐利的目光，现在掩盖在深闭的眼幕之下，那熟悉的浓重的黑胡髭，增添了消瘦了的面容的慈祥感。在这慈祥的容貌里令人联想到他那"俯首甘为孺子牛"的精神。此刻全屋笼罩了悲哀，肖军伏在桌上痛哭，在场的还有周建人、胡风、黄源以及鲁迅先生的日本朋友鹿地亘、内山完造，景宋先生含着泪花接待客人，由池田把我和曹白介绍给她，彼此握了手。在窗台上放着内山完造送给鲁迅先生的一缸金鱼还在无知地游动，墙上挂着一幅鲁迅先生喜欢的苏联木刻——毕珂夫的《拜拜诺娃像》。她在静静地凝视着躺在床上的鲁迅先生。我怀着悲痛的心情含着眼泪用颤抖的手画了四张鲁迅先生遗容的速写。不久日本奥田杏花牙科医师来了,用石膏浆涂在鲁迅先生脸上翻了面模,这时已经是午饭时分了。我和曹白在鲁迅先生的图书室吃了午饭,下午大家把先生的遗体送到万国殡仪馆。此后我参加了守灵,并和广大群众一起唱着"哀悼鲁迅先生……"的挽歌,把先生的遗体送到万国公墓。在送葬的行列前,领先的有我们尊敬的宋庆龄、蔡元培、沈钧儒等先生。进了万国公墓的门,我搀扶着周建人先生到了墓地,在万国公墓的追悼会上听了宋庆龄先生的悼词。45年过去了,当时的情景犹历历在目。

鲁迅先生和我们永别了,但他永久活在我们的心中。

四

下面谈谈鲁迅在文学艺术上的贡献。

鲁迅的短篇小说,是五四以来任何作家都无法相比的,不论思想性和艺术性都非常高,经得起历史的考验。

他的小说的特色是主题思想深刻,文字简练,善于刻划人物的性格,创造典型形象。是古为今用、洋为中用、推陈出新的榜样,虽然在他写作的那个时代还没有任何人提出这样的口号。

我们知道鲁迅在日本留学,最初是学医的,后来又改学文学,是为了改变国民的精神。这一事实说明鲁迅从事文艺的动机决不是单纯地由于对文艺的爱好。而是怀着一个伟大的救国救民的改革大志的。正因为如此,他的作品不论小说,不论杂感都始终没有离开反帝反封建的重大主题;不论创作不论翻译都是为了振奋中国人民的精神,引导他们战胜黑暗争取光明的。虽然在思想的发展上初期进化论的时代和成为了马克思主义者的时代,其世界观有所不同,但热爱祖国,热爱人民,把希望寄托在进步青年一代的思想感情则是始终如一的。由于鲁迅从事文艺的动机是救国救民的,所以他的作品的立场也就始终是站在人民的立场上,始终把同情放在中国被压迫被污辱与被损害的人民一边。他曾说:"能憎能爱才能文",他爱的是闰土、祥林嫂、阿Q、孔乙己、子君、爱姑等人;憎的是赵太爷、鲁四老爷、七大人、慰老爷、四铭之类。因为他们代表封建势力。这一点是很值得我们重视的,也是很值得我们学习的。任何时代的文艺作品,如果离开了人民大众的立场,是绝不会伟大的。今天批判目前文艺上的自由化,实质上也是一个离开了人民大众的立场的问题,一个党员作家就是离开了党的立场的问题。

鲁迅的杂文,论者谓之匕首,这是很对的,因为它是很富于战斗性的。有些杂文是鲁迅先生用血和泪写的。总之,他的杂文也是鲁迅推陈出新的一种具有独特风格的文艺作品。

现在的青年读起鲁迅的作品来,感到困难,这主要是因为隔了一个时代的缘故。而鲁迅的小说和杂文却都是紧密地反映了那个时代的。因此要真正读懂他的作品,是以了解那个时代为钥匙的。而鲁迅的有些杂文却是鲁迅的小说、散文诗的注释；反过来，鲁迅的小说和散文诗则是杂文的形象化。

鲁迅除了创作出不朽的小说、散文诗、杂感外，还翻译了外国小说及外国的文艺理论等书籍，此外还提倡和培育了中国的革命美术——新兴木刻艺术。所有这些都是他对中国人民的贡献。

新兴木刻从他提倡到今天已有50年的历史了。它的成绩已为全国人民和全世界进步人士所公认。新兴木刻在国民党时代，是备受压迫和摧残的。只有在共产党领导下的延安"鲁艺"直到今天的艺术院校才作为一门主要科目被重视。

饮水思源，我们是绝不能忘记鲁迅先生在美术领域中所作出的这一巨大贡献的。

今天来纪念鲁迅先生，我们应该向他学习的地方非常之多，但总起来说，最主要的就是学习他的"横眉冷对千夫指，俯首甘为孺子牛"的精神。这是他后来成为一位伟大的共产主义革命家时写的。什么是"横眉冷对千夫指"？就是对敌人必须憎，决不屈服，以"打落水狗"的精神，与之战斗到底。什么是"俯首甘为孺子牛"？他在《两地书》中说："在生活的路上将血一滴一滴地滴过去，以饲别人，虽自觉渐渐瘦弱，也以为快乐"。这种毫不利己专门利人的精神，正是一位文艺工作者创作出伟大的作品所必须具备的高尚人格的精神。我们今天做一个正派的人需要这种精神，建设四化也更需要有这种精神。

愿我们大家都认真地向鲁迅学习,不论做人做工作都要以鲁迅为榜样。

1981年9月于太原

鲁迅与美术

鲁迅先生热爱美术,精通美术,重视美术事业。早在1913年就向当时的教育部提出《拟播布美术意见书》。1918年在一篇《随感录》中说:"美术家固然须有精熟的技工,但尤须有进步的思想与高尚的人格。……他的制作……其实是他的思想与人格的表现,令我们看了,不但欢喜赏玩,尤能产生感动,造成精神上的影响。"今天看来,他的话也是很正确的。

他不仅懂美术,而且能作画,例如苏联版画《引玉集》的封面就是他亲手画的。感到新而美。因此,他是文学家中最懂美术的,因而又是最尊重美术家的惟一的作家。如果说陶元庆是当时美术中的千里马,那么鲁迅就是当时美术中的伯乐,我们看了他和陶元庆的通信,就知道当陶元庆给他的小说作封面时鲁迅是多么尊重这位画家了。为此我非常感动。而五四时代最好的小说封面就要数陶元庆为鲁迅的《彷徨》所作的封面画了。鲁迅给陶元庆的信上说:"《彷徨》的书面实在非常有力,看了使人感动。但听说第二版的颜色有些不对了,这使我很不舒服……"这"很不舒服"四字中就说明了鲁迅对艺术家和他的作品的尊重。

当鲁迅后来创办《译文》杂志时,总是把外国木刻放在封面上,既介绍了欧美版画,又装饰了封面。今天回想起来,都感到大方美观。

而鲁迅对于革命美术的关怀尤为特出。这就是众所周知的他对于中国新兴版画艺术的提倡与培植。中国的革命美术——新兴版画艺术,经历了30年代国民党的压迫与摧残,经历了抗日战争和解放战争的艰苦岁月,50年来取得了辉煌的成绩,为中国人民和国外进步人士所赞扬。今年9月下旬全国各地举办中国新兴版画诞生50周年的纪念展览,而这也正是鲁迅培植的结果。

鲁迅在美术上的功绩,是他为中国革命文化贡献的一个重要部分。当我们看到中国新兴版画艺术在社会主义的百花园中开放出灿烂的花朵感到高兴时,也同时产生对于鲁迅先生的衷心的感谢。

1981年作

谈鲁迅小说、杂文的思想性和艺术性

"五四"以来,我国的短篇小说在文学革命的声浪中,出现了很多好作品,而鲁迅所达到的成就,是任何作家也不能比拟的。不仅是他的短篇小说,包括他的散文诗和杂感在内,其思想性和艺术性都达到了高峰。

我们都知道鲁迅当年在日本留学是在仙台医学专门学校学医的。那时正值日俄战争,他偶然在电影上看到一个中国人因替俄国做军事侦探,将被日军斩首而示众,而围着来赏鉴示众盛举的也正是同样的中国人。因此又觉得在中国医好几个人也无用。他说:"凡是愚弱的国民,即使体格如何健全,如何苗壮,也只能做毫无意义的示众的材料和看客,病死多少是不必以为不幸的。"于是他就想到当务之急是"改变他们的精神",而善于改变国民精神的是文艺,因而他就弃医改学文艺了。这一事实说明鲁迅从事文艺的动机绝不是单纯地由于对文艺的爱好,或其他别的原因,而是怀着一个伟大的救国救民的改革大志的。正因为如此,他的作品不论小说不论杂感都始终没有离开反帝反封建的重大主题;不论创作不论翻译都是为了振奋中国人民的精神以唤起他们战胜黑暗争取光明的信心。虽然在思想的发展上初期进化论的时代和成为了马克思主义者的时代其世界观有所不同,但热爱祖国,热爱人民,把希望寄托在进步青年一代的思想感情则是始终如一的。由于鲁迅从事文艺的动机是救国救民的,所以他的作品的立场也就始终是站在人民的立场上。始终把同情放在中国被压迫被污辱与被损害的人民一边。他曾说:"能憎能爱才能文",因此他的作品始终是爱憎分明的。他爱的是润土、祥林嫂、阿Q、孔乙己、子君、爱姑等人,憎的是赵太爷、鲁四老爷、七大人、慰老爷、四铭之类。这一点是很值得我们重视的,也是很值得我们学习的。任何时代的文艺作品如果离开了人民大众的立场,是绝不会伟大的。这是历史证明了的。

鲁迅在《呐喊》的自序中曾宣布自己的创作是"遵奉革命前驱者的命令"的"遵命文学"。从总的新民主主义反帝反封建的政治任务来说,鲁迅的小说和杂文无疑是遵了这个"命"的。但这个命却正和鲁迅当初不做医生而要从事文艺的动机相吻合。所以这个命是应该遵的,也是能够遵的。因为鲁迅当时所形成的改变国民精神的思想和积累了的文学素材,具备了创作"遵命文学"的条件。离开了这些条件的遵命就不可能。例如30年代也有人要他写关于红军长征的文学,而他却因为不在那个漩涡里而不能遵命了。1933年《致姚克》的信中说:"新作小说则不能,这并非没有工夫,却是没有本领,多年和社会隔绝了,自己不在漩涡的中心,所感觉到的总不免浮泛,写出来也不会好的。"这就正是后来他不能遵命写长征小说的说明。鲁迅要从事"改变国民精神"的文学在先,"遵奉革命前驱者的命令"在后。其实他即使不遵奉革命前驱者的命令也会写出《呐喊》和《彷徨》等作品来的,可能这"命令"起了催生和鼓舞的作用。因此决不能得出这样的结论:一个作家为了为政治服务,为了"遵命",可以把并"不在漩涡的中心"的生活作为小说的题材的。这样的遵命决定他不能产生好作品。因为首先就违反了现实主义文学的创作规律。现实主义的文学在任何时候也不能离开深厚的生活基础,即作家所处的生活"漩涡的中心"的。

由于鲁迅既有以文艺改造国民精神的大志,在从事文学之前又有很好的语文基础和对于中外文学的修养,再加上他在文学上的非凡的才华和积累下的生活素材,所以一旦走上作家的道路就写出那么多好的小说和杂感。虽然在五四时代还没有人提出过"古为今用,洋为中用,推陈出新"的主张,但鲁迅的作品,远在那时就成了这一方面的典范。熟悉五四时代文艺的人都知道那时热衷于向外国文学学习,不少作家写的小说简直像从外国作品翻译过来的一样,欧化得相当厉害。其特点是硬搬外国文学的表现方式,喜用华丽的词藻和堆砌的形容词,从而把句子拉得很长很繁琐。甚至在文法上用倒装句,生造难懂的形容词之类,使中国读者看了摇头。这种流风一直继续到30年代,我们有不少左翼作家写的小说也不例外。而鲁迅在那样的文艺空气中却能不受这些不良影响，使自己的作品保持了民族特色，犹如鹤立鸡群。我深感鲁迅作品中的语言虽然已不是文言，而是白话了，但那文风仍令人感到在血缘上是和司马迁、韩愈、姚鼐等一脉相承的，就是说他的文章在语言的运用上（不是内容上）是继承了我国文学的优良传统的。这就是语言的简洁生动，不大用华丽的词藻和堆砌的形容词。高尔基说："文学的第一个要素就是语言"，而鲁迅的语言令人感到像用筛子筛过的，像在水里淘过的麦粒，颗颗干净饱满，如珠粒之发光。但这样讲又不等于说鲁迅没有向外国文学学习，没有受外国文学的影响。可以肯定地说，他是曾经受了俄国作家果戈里、安得烈夫、契诃夫、屠格涅夫等人的影响的。但其成就恰如周总理后来要求我们的，而鲁迅早在那个时代就做到"以我为主"了。鲁迅学习外国既不是物理的混合，更不是中外的"焊接"，而是化学的化合。用鲁迅自己的话说，就是"恰如吃用牛羊，弃去蹄毛，留其精粹，以滋养及发达新的生体，决不因此就会'类乎'牛羊的"。鲁迅学习外国是这样，而在学习我国古人时，也没有死抱住文言不放，而是进行了文学革命的。鲁迅的创作是既有民族特色，又有独创的风格，他吸取了中外优秀文学作品的精华，溶化于自己的作品中，形成了继承与革新的统一。真正作到了"推陈出新"。

不要以为这是一件容易做到的事，实践证明这很不容易，直到现在在我们的某些文艺部门，如何学习外国文艺使之民族化的问题还有待继续解决。首先是一个艺术思想问题，但即使思想问题解决了，实践起来还有一段艰苦探索的过程。因此在这个问题上我们还应很好地向鲁迅先生学习。

鲁迅的小说《呐喊》和《彷徨》所反映的主要是中国从1911年辛亥革命前后到1927年之间的这段历史时期的社会生活。鲁迅的思想发展是从进化论到阶级论，从革命民主主义到共产主义。而《呐喊》和《彷徨》都是他的思想还处在进化论和革命民主主义时期写的。鲁迅使中国文学发生了根本的变化，他是第一个要求从根本上推翻封建主义在中国统治的作家，同时也是在我们的文学史上真正让农民成为小说中的主人翁的第一个作家。固然作家选取什么题材，不决定作品的高低，但在特定的历史条件下，把劳动人民作为同情和歌颂的对象，也是显示了作家的思想上的进步与创作上的革命的。为此毛主席《在延安文艺座谈会上的讲话》中就特别强调革命的作家去描写工农兵。

我们知道中国古代的文学大都是描写才子佳人的，有时农民在小说中的出现，不是跑龙套的配角就是被歪曲了的形象。像闰土和祥林嫂那样的富有典型性的值得同情的中国农民的真实形象，在中国文学史上是没有的。鲁迅即使在《社戏》中描绘农民的孩子们的形象，也是非常真实可爱的，这充分说明鲁迅对于当时农村的熟悉和对于农民的了解和爱。当瞿秋白同志论到鲁迅时曾说："他和农民群众有比较巩固的联系。他的士大夫家庭的败落，使他在儿童时代就混进了野孩子的群里呼吸着小百姓的空气。"这里就说明了他熟悉农民的根源。而且他深知中华民族的解放和农民的能否翻身是不可分割的。因此他不能不"哀其不幸、怒其不争"。

鲁迅描写封建地主阶级对农民的压迫，不着眼于对农民的肉体上的凌辱和饥饿等摧残以激动读者，而着眼于通过封建礼教，封建道德，和传统的习惯势力等对于农民精神上的重重重压，以表现农民的痛苦。而环境的冷酷和农民自身的愚昧也在无意中加重了农民精神上的重压和苦痛。所有这些都是更其可怕的。但由于几千年来就是如此，人们已麻木无知了，所以不知其痛。而鲁迅正是最早在思想界出现的一位觉醒者，他通过《狂人日记》喊出了"礼教吃人"，想唤醒麻木昏睡中的人们。这正是他作为精神界的战士的伟大之处。因此鲁迅的小说就令人感到其思想的深刻性大大超过了同时代的一切反封建主题的作品。这和鲁迅作为"绅士阶级的逆子贰臣"的处境是有密切关系的，因为他从敌人的旧营垒中来，能更加知己知彼。因而反戈一击也就特别有力。

鲁迅的作品当然不都是描写了农民的，也描写了知识分子。在五四时代有大量的小说是描写知识分子的自由恋爱的。但鲁迅在《伤逝》这篇小说中所描写的自由恋爱，却与众不同，他写了涓生和子君在自由恋爱中的悲剧，而造成悲剧的社会原因是封建势力的从中作祟。鲁迅在这篇小说中提出了一个社会问题，这就是社会的不解放，封建思想的不消灭就没有真正的个性的解放和婚姻自由。鲁迅虽在描写自由恋爱的题材但仍没有离开反封建的主题。这在当时的恋爱小说中是超人一等的。因此他给我们留下了难忘的印象。论文艺技巧，那是鲁迅更加成熟时期的作品，我每读它时就感到是一篇美丽的散文诗，其思想性和艺术性都不比高尔基的《二十六男和一女》差。

鲁迅写小说的一个最大特色就是善于刻划人物的性格，所以有人称他为"画龙点睛"的作家。是否能够突出人物的性格，往往是文学作品艺术性高低的一个重要标志。因而也是能否感动读者能否给人留下深刻印象的一个关键。我们读过很多只有故事情节不见人物的作品，总感到其淡如水，看过也就忘记了。其所以如此，就因为作品没有刻划出人物的性格来。人物性格的刻划固然和作家的才华和描写技巧有关，但决定性的还是作家是否真正熟悉他所描绘的生活。是否熟悉描绘对象的问题，文学是如此，美术也是如此。由于鲁迅非常熟悉他的描绘对象，尤其熟悉他们的灵魂，所以不仅把阿Q、祥林嫂、闰土、子君、爱姑等主角人物的性格刻划得真实鲜明跃然纸上，而且在《故乡》这篇小说中还把一个作为配角的豆腐西施刻划得那么富有个性，鲁迅好像并不费什么气力，只用了寥寥数笔——主要通过对话，就把她刻划得栩栩如生，好像就在我们的眼前，不仅看到了圆规式的站相，而且她说话的口气也那么耳熟。比起闰土来她并不引人喜欢。但她在小说中却是一个不可缺少的人物。她的过于灵活和巧于词令恰和闰土的麻木及沉默寡言形成了鲜明的性格对照，使《故乡》具有了丰富的人物形象而增添了艺术光彩。但不论麻木的闰土还是褪色了的豆腐西施却都是被那个残酷无情的社会所折磨而枯萎了的花木。如果《故乡》中没有豆腐西施的出现，将会是多么的单调而减色。

鲁迅决不企图用绘画的手法通过眉眉眼眼的细致描绘

来刻划人物，而是特别重视通过人物的对话来描写性格的。我们想到祥林嫂时就会想到她一再告诉人的小儿被狼吃的故事；想到闰土就会想到那一声"老爷！"只这两个字就描绘了闰土所处的地位和他的思想，也描绘了彼此的隔阂和悲哀；在《肥皂》中通过秀儿学舌的"咯吱咯吱"揭露了四铭和道翁等伪善的性格。这些都可算是"点睛"之笔。这种通过人物对话表现独特的内心世界和性格特征也是我国文学的传统手法。《红楼梦》中林黛玉、贾宝玉、薛蟠、王熙凤等人的性格描绘，除了她们的行动外就是依靠富有个性的对话来表现的。这一点非常重要。

这种刻划人物性格的本领，正是今天新的作家应向鲁迅认真学习的地方。

除此之外，鲁迅小说的特色还在于不像外国小说似的用大段的文字描写风景，风景总是和人物的行动紧紧关联，只几句却给读者留下了非常深刻的印象。如《故乡》的开头写道：从船舱的篷隙向外一望，"苍黄的天底下，远近横着几个萧索的荒村，没有一些活气"。只几笔就画出当时农村的破败景象。与小说的整个内容非常协调。在描写闰土小时候在海边的生活时，如"深蓝的天空中挂着一轮金黄的圆月，下面是海边的沙地，都种着一望无际的碧绿的西瓜"。也只几笔就描绘了一个美丽的海边夜景。又如《在酒楼上》描写废园时说："几株老梅竟斗雪开着满树的繁花，仿佛毫不以深冬为意；倒塌的亭子边还有一株山茶树，从暗绿的密叶里显出十几朵红花来，赫赫的在雪中明得如火，愤怒而且傲慢，如蔑视游人的甘心于远行。"既写出冬景,又抒怀了作者的心情。其次他也不采取主人翁出场后坐在那里用大段的文字描绘他的心理活动或回忆往事的手法,使读者感到好不沉闷。

这些在鲁迅作品中成为特色的也同样是中国旧小说的传统手法。例如《红楼梦》中新修建了那么大的一座"大观园",曹雪芹也没有用大段的笔墨专事描绘它。而是通过贾政带着宝玉和随从们的参观和宝玉的题字而向读者巧妙地介绍了"大观园"的。真是一箭三雕,既介绍了"大观园",又描绘了贾政和宝玉以及随从们的脸相。

还必须特别指出的是鲁迅是一位最富有幽默才华的作家,在平时生活中他的谈话就很幽默,因此在他的小说中幽默也很多,读起来总令人发笑,而这种笑又是含泪的笑,如描写阿Q临刑前在公堂上画圆圈,鲁迅是怎样描写的呢?他说:"阿Q伏下去,使尽了平生的力画圆圈。他生怕被人笑话,立志要画得圆,但这可恶的笔不但很重,并且不听话,刚刚一抖一抖的几乎要合缝,却又向外一耸,画成瓜子模样了。"

鲁迅如果活到现在,对我们山西的以赵树理为首的"山药蛋派"文学将会持怎样的态度呢?肯定的,他会大加赞扬。"山药蛋派"的最大特色就是语言文字更加群众化。1934年鲁迅和陈望道共同出版了一个刊物,名之曰《太白》。为什么叫《太白》呢?陈望道说:"根据当时我们提倡'大众语'的动议,认为对于当时已经有脱离群众语言倾向的'白话'必须进一步加以改革,使文学语言更加接近民众,更加有利于表现革命的思想内容。《太白》，也就是'白而又白'，'比白话还要白'的意思。"根据以上所述，今天的"山药蛋派"正是把鲁迅的希望变成现实了。所以肯定鲁迅会喜欢的。

鲁迅的杂文，论者谓之匕首，这是很对的。因为它是很富于战斗性的。其中《纪念刘和珍君》、《为了忘却的纪念》和《写于深夜里》不可不读。这是鲁迅先生用血和泪写出的，既是为中国革命青年的不幸牺牲和不幸遭遇的无比同情，也是他感到悲愤和难于容忍的控诉；既是对死者和受难者所表示的深切的爱，也是对敌人所表示的切齿的憎；既是对同志的哀悼，也是向北洋军阀和国民党政府的有力抗议。

鲁迅是最善于利用机会向敌人进攻的。当时日本帝国主义正节节侵华，而同时又大喊"中日亲善"，真是无耻。侵华是通过日军占领中国的领土，所谓"中日亲善"则是通过宣传欺骗中国人民。正在这时日本的《改造》杂志社社长山本实彦请鲁迅先后写了两篇文章，弄得不好，就会使中日人民感到是配合了"中日亲善"的花招的，鲁迅哪会做此蠢事，他的《在现代中国的孔夫子》和《我要骗人》不仅避免了这种嫌疑，而且巧妙地打到了日本帝国主义的家门。前一篇文章，鲁迅大胆揭露了日本帝国主义借在汤岛修圣庙，以尊孔作敲门砖，企图为侵华作欺骗宣传。后一篇则是公开指出"而到处的断头台上，都闪耀着太阳圆圈的吧，但即使到了这样子，也还不是披沥真实的心的时光"。意思是说当日军在中国土地上到处杀人，到处飘着太阳旗的时候，是不可能有真正的中日亲善的。许景宋先生曾说这些文章好比投在敌人本土的炸弹。

而鲁迅的《论'费厄泼赖'应该缓行》则是毛主席所说的在战斗中"最坚决"的明证。

我认为以上这些杂文是必须一读的，虽然给"改造"社写的两篇比较难读，但更应把它们读懂，不少论者都忽略了这两篇的重要性。岂不知它们是鲁迅杂文中不可多得的精品，不论战斗性，不论艺术性都是极高的。

现在的青年读起鲁迅的作品来，感到困难，这主要是因为隔了一个时代的缘故。而鲁迅的小说和杂文却都是紧密地反映了那个时代的。因此要真正读懂他的作品，是以了解那个时代为钥匙的。而鲁迅的有些杂文却正是鲁迅的小说散文诗的注释；反过来，鲁迅的小说和散文诗则是杂文的形象化。

由于时代的局限性和鲁迅当时还不是一个马列主义者，只是一位革命民主主义者，他的小说描写农民时正如瞿秋白同志论杂感时指出的：难免看到黑暗愚昧方面多，积极的革命的方面少，这固然和他的要"改变国民精神"的出发点有关，但也和他没有参加过农民的实际斗争有关，同时还由于他未曾认识到农民的愚昧和黑暗正是封建阶级数千年的剥削和压迫所造成。

以上的论述是否有当，愿得到研究鲁迅的专家们的指正。

参考书目：

陈涌《论鲁迅小说的现实主义》

陈尚哲《论鲁迅小说的艺术性》

1982年作，发表于1997年第12期《鲁迅研究月刊》

谈鲁迅的《故乡》

鲁迅的《故乡》是一篇脍炙人口的现实主义的短篇小说。我不知读了多少次了,每读都有不忍释卷之感。由于我曾经历了《故乡》的时代,所以读起来倍感亲切。

《故乡》写于"五四"时期,是在当时"文学革命"的新思潮中诞生的。它深刻地揭示了一个可诅咒的历史时代。反映了中国农民处于半封建半殖民地社会中的悲惨命运和麻木的精神面貌;鲜明地塑造了两个性格不同的主要人物,以浓厚的同情和热爱倾注于闰土这个淳厚的农民身上,哀其不幸,怒其不争。以简练的笔触画出了当时农村的萧索悲凉景象和海边夏日的美丽月夜,令人神往。

"五四"时代,有不少作家的小说存在着较为严重的欧化风,而鲁迅虽然也受北欧和俄罗斯作家的影响,但其文风还是以中国固有的文学传统为基调的,虽然写的已经不是文言而是白话了,不是章回小说体,而是崭新的结构和形式了,但还能令人感到和韩愈、苏东坡、欧阳修、姚鼐等历史大文豪一脉相承。

闰土在《故乡》里是一个主要人物,是旧时农民的典型,通过他童年的活泼可爱的小英雄形象和后来为生活折磨得变了形的麻木不仁的面貌,形成了一个鲜明对照,从而控诉了旧时代阶级社会的黑暗与残酷。尤其是闰土和小说中"我"之间的关系变化,由"迅哥儿"变成"老爷"的称谓,因而使"我"感到在他面前出现了四面看不见的高墙,将他隔成孤身,感到非常气闷。

闰土之所以变成那种模样,详细说来正如"我"的母亲所说:"多子,饥荒,苛税,兵,匪,官,绅,都苦得他像一个木偶人了。"用闰土自己的话说就是:"非常难,第六个孩子也会帮忙了,却总是吃不够……又不太平……什么地方都要钱,没有定规……收成又坏。种出东西来,挑去卖,总要捐几回钱,折了本,不去卖,又只能烂掉……"就是这"非常难"像一只吸血鬼,使闰土的身心受到了摧残,像一个木偶人了。

鲁迅最善于用最经济的笔墨刻画人物,我们看他是如何塑造了闰土这个农民的形象的。

"他的身材增加了一倍;先前的紫色的圆脸,已经变作灰黄,而且加上了很深的皱纹;眼睛也像他父亲一样,周围都肿得通红,这我知道,在海边种地的人,终日吹着海风,大抵是这样的。他头上是一顶破毡帽,身上只一件极薄的棉衣,浑身瑟索着,手里提着一个纸包和一支长烟管,那手也不是我所记得的红活圆实的手,却又粗又笨而且开裂,像是松树皮了"。——以上是初见面时对于闰土的外貌的描写,是客观的静的描绘,像一个油画家画一个农民的外貌肖像。

接着就描写闰土的动作和思想:

"他站住了,脸上现出欢喜和凄凉的神情;动着嘴唇,却没有作声。他的态度终于恭敬起来了,分明地叫道:'老爷……'"

这样的描绘,闰土的性格在我们面前就立刻突出了,立体化了,尤其是叫了一声"老爷"——这里是画龙点睛,写出了一个可悲的时代,写出了原本是亲密朋友之间的可悲变化。当我们已经知道了闰土的童年时代的可爱相貌和动人的言谈,以及他和"迅哥儿"的关系后,读到"老爷"这两个字时,也会如"我"在文中所说的:打一个寒噤;感到他们之间已经隔了一层可悲的厚障壁了。

鲁迅写了闰土诉说了生活"非常难"之后描绘他的动作道:"他只是摇头,脸上虽然刻着许多皱纹,却全然不动,仿佛石像一般,他大约只是觉得苦,却又形容不出,沉默了片时,便拿起烟管来默默地吸烟了。"——这样的描写,闰土的沉默寡言的性格及其内心的痛苦就更其突出了。

鲁迅之由学医改行从事文学,在《呐喊》的《自序》里说得明白,就是由于发现了国民"显出麻木的神情……"而立志要"改变他们的精神"的。而《故乡》中的闰土却正是一个"显出麻木的神情"的国民。所以若问《故乡》的主题思想,我看和鲁迅志在改变国民的精神,力求打碎他们身上的精神枷锁有关。但鲁迅决非仅仅揭示了国民的麻木神情面貌就算了事,而是探索了形成国民的麻木神情之社会根源的。这就是前面已经提到过的"饥荒、苛税、兵、匪、官、绅"的为害,然而这些社会现象却是由一定的社会制度产生的。鲁迅虽然没有明确地说出要推翻这种不合理的人吃人的阶级社会制度,但在后文却有这样的话:

"他们(指宏儿和水生)应该有新的生活,为我们所未经生活过的"。而且对这种新生活的希望坚信不疑。虽然鲁迅当时还是以进化论的观点期待着新的生活的,对应该有个怎样的合理社会制度还很模糊。但他还是在文末写出如下的警句:

"我想:希望是本无所谓有,无所谓无的,这正如地上的路;其实地上本没有路,走的人多了,也就成了路。"他给读者以希望,使他们对人生的前途不抱悲观。

我曾读过好几篇有关《故乡》的评论,但大都是在闰土身上做文章的,较少涉及"豆腐西施",其实她在《故乡》里是一个仅次于闰土的重要人物,她的出现打破了《故乡》的沉闷空气,丰富了小说的色彩与趣味,每当我读《故乡》时,对"豆腐西施"这个人物始终感到兴趣。鲁迅只用了寥寥数笔就活龙活现地塑造了她的形象,真是巨匠之笔呵!

"豆腐西施"是一个饶舌的婆娘,她能说会道,花言巧语,与闰土的笨嘴笨舌沉默寡言恰恰形成了一个明显的性格对照,显然鲁迅对于她讥讽多于同情,不像对于闰土那样一味疼爱。

闰土的性格是由于生活的重担与痛苦以及处于偏僻的海边农村的社会环境形成的。而"豆腐西施"的性格却是由于她的卖豆腐兼卖风流的生活和城市的复杂生活环境形成的。然而她和闰土一样贫困,都是无情的旧社会的不幸产儿。

鲁迅对于"豆腐西施"从一开头就用不敬的语笔,说她"张着两脚,正像一个画图仪器里细脚伶仃的圆规"。不言而喻,这是讽刺她的"三寸金莲"。

接着由于"我"不认识"豆腐西施"(或者说全忘却了),鲁迅描写道:

"然而圆规很不平,显出鄙夷的神色,仿佛嗤笑法国人不知道拿破仑,美国人不知道华盛顿似的,冷笑说:'忘了,这正是贵人眼高……'"

我每读到这种富有幽默感的描写,总要独自发笑。这种幽默本领,是一个作家最难得的才华。

但鲁迅对于闰土拣了香炉和烛台也是很难过的,虽然说是"暗地里笑他",其实是为他这种愚昧而悲哀。这种所谓"偶像的崇拜"难道不都是当时中国农民身上的一种精神枷锁吗!

谈到《呐喊》的艺术特色和成就,还必须指出:鲁迅不像西欧小说家那样,以大量文字去描写风景,他是沿着中国传统小说的习惯写景的,他在《故乡》里只用了寥寥数笔就描绘出给人以深刻印象的旧时农村景象。小说一开头描写道:

"从篷隙向外一望,苍黄的天底下,远近横着几个萧索的荒村,没有一些活气。我的心禁不住悲凉起来了。"这种描写的特点,是使风景和人物的行动以及思想感情融为一体,而不是互不相关。鲁迅之后,中国伟大作家赵树理也是沿着这种方法写风景的。这里所说的"悲凉"的气氛是贯穿着整个《故乡》的,形成了小说色彩的基调。当"我"第二日清晨到了家门口时写道:"瓦楞上许多枯草的断茎当风抖着,正在说明这老屋难免易主的原因。"这种描写又何尝没有悲凉之感呢?这种悲凉正是"我"的当时的心情的写照,所谓"情景交融"。

但当小说描写到闰土童年的生活时,就说:"深蓝的天空中挂着一轮金黄的圆月,下面是海边的沙地,都种着一望无际的碧绿的西瓜",写得多么美丽动人。这里没有悲凉之感了,因为这种描写要和一个十一二岁的少年,项带银圈,手捏一柄钢叉的闰土的童年心情及其英雄形象相协调。

《故乡》是最富有时代色彩的,除了整体的悲凉之感和所描写的"没有一些活气的农村"以及闰土称迅哥儿为"老爷"之外,单看"豆腐西施"和"我"的如下的对话也可感到浓烈的时代气息:"阿呀呀,你放了道台了,还说不阔?你现在有三房姨太太,出门便是八抬大轿,还说不阔,吓,什么都瞒不过我。"就令人感到这决不是现代人的言词,觉得《故乡》的时代和我们有了多么远。

应该说中国社会的历史时代要算变化得快的,鲁迅写《故乡》时是1921年,到现在不过60多年,但我们读《故乡》除了欣赏和学习它的艺术成就,也正好和我们现在的生活作一对照。今天,我们是愉快地生活在阳光下的,闰土和杨二嫂这样的历史人物已一去不复还了,读着《故乡》又怎样不为我们的新的时代而感到自豪。

发表于1986年4月《鲁迅研究动态》

鲁迅小说《肥皂》赏析
——为纪念鲁迅逝世50周年而作

鲁迅于1935年写的《中国新文学大系》小说二集序中,曾对自己的小说客观地进行了简评,论及《彷徨》中的作品时说:"……此后虽然脱离了外国作家的影响,技巧稍为圆熟,刻画也稍加深切,如《肥皂》,《离婚》等,但一面也减少了热情,不为读者们所注意了。"

我说客观地进行了简评,也不尽然,如用"稍为","稍加"等词就有自谦之嫌。要是《肥皂》《离婚》并非他自己的小说,我看就未必这样评。

单说《肥皂》吧,其实也还是颇有人注意的,例如周立波在延安鲁艺文学系讲"名著选读"课时,就曾作为名著让学生精读讨论。

我是很喜欢《肥皂》这篇小说的,它短小精干,结构完整严密,技巧非常圆熟,刻画也非常深切。

作者以肥皂作引线，构成了有趣的故事情节，同时也通过肥皂揭露了四铭这个封建人物的虚伪和灵魂深处的肮脏。这其实就是《肥皂》的主题。

肥皂在小说中出现，有如蜻蜓之点水，但点来点去，终于把四铭这个伪君子的嘴脸暴露无遗了。

《肥皂》写出了中国1924年前后这个历史时期，社会风气正在转变中的一个封建家族中的一场风波。在这个家庭里，当时已由皂荚改用洋肥皂，青年人也由布底鞋改穿皮鞋了；社会上已在提倡新文化，子女已在上学，并已有了中西折衷的学堂，学校了有英文课了。这就是《肥皂》这篇小说的历史背景。然而，作为这个封建家庭中的主宰——四铭，却什么也看不惯，他看不惯"什么解放咧，自由咧"，看不惯"女人一阵一阵的在街上走"，而且"最恨的就是那些剪了头发的女学生"，认为"搅乱天下的就是她们"其实，四铭当初也曾有过进步的光荣历史，他在光绪年间最提倡开学堂，当九公公反对女学的时候，他"还攻击他呢"。然而现在他也像九公公一样成了一顽固保守的历史人物了。而这正是《彷徨》时代一些人物的共性。

四铭这个封建人物，在过去的小说中令人能联想到《红楼梦》中的贾政，在后来的文学作品中令人能联想到《雷雨》中的周朴园，他们在家庭中也都威严得像"庙里的财神"，然而他们都是些伪君子。

我们读《肥皂》的时候，也很容易联想到鲁迅其他小说中和四铭类似的人物，如《祝福》中大骂其新党的鲁四爷，《离婚》中的七大人，《阿Q正传》中赵大爷之流，他们大都是当时农村中的地主和绅士，他们正是中国社会阻挡当历史前进的统治者，在鲁迅小说中，都是些令人憎恨的反面人物。

而鲁迅在《肥皂》中就是要通过一个十七八岁的所谓"孝女"，通过肥皂，照出四铭的假仁义和其灵魂深处不可告人的秘密。

不管四铭想怎样的装扮自己，而最后还是瞒不过醋意很浓的四铭太太，在"孝女"这个问题上，她是最敏感，也是最能洞察四铭内心的人。也一语道破了真情："我们女人比你们男人好得多，你们男人不是骂十八九岁的女学生，就是称赞十八九岁的女讨饭，都不是什么好心思，'咯吱咯吱'简直是不要脸。"

正在家庭矛盾发展到一个白热化高潮，使四铭感到狼狈不堪、无处逃身时，作品中出现了四铭的同流——道统的薇园，四铭犹如"遇赦"，矛盾为之缓和。似乎客人的到来，会使肥皂形成的艺术情节断线、离题。然而，这两个伪君子的出现，却从另一方面加重了小说的气氛，从他们自己的谈话中，批判了他们的虚伪和卑鄙。一方面他们要作诗表彰孝女，另一方面又说这个乞食的孝女要是能做诗，那就好了，并非常欣赏两个光棍说的："你只要去买两块肥皂来，咯吱咯吱遍身洗一洗，好得很哩。"四铭在同流面前大骂："竟不见有什么人给一个钱，这岂不是全无心肝……"而他自己却正是一个钱也没给孝女的"全无心肝"的人。虚伪到了如此地步，这真是鲁迅对他们的莫大讽刺。

虽然四铭这样的人物还没有勇气,也不敢真的买两块肥皂给孝女咯吱咯吱遍身洗一洗,但这买肥皂本身就正是这种思想指导下的一种下意识的行为。不过咯吱咯吱洗一洗的,最后并非"孝女",而是四铭太太。显然四铭无意中就把太太和孝女相混了,他全然把自己当做了那个孝女,这也可能是费洛依德精神分析学说对鲁迅的影响,属于性心理的一种变态的描写,但这种灵魂深处的性心理活动,显然是对四铭道貌岸然、正人君子的外表的一种讽刺,所以四铭太太骂他"简直是不要脸"。

四铭的家庭一共有五个成员,鲁迅虽然对其所用的笔墨有多有少,但都是小说中不可缺少的人物,每一个都围绕着四铭完成了不同的重要的使命,每一个都给我们留下深刻的印象。周立波曾说鲁迅是善于画龙点睛的作家。这种本领在《肥皂》中也全然能够令人感到。

四铭当然是这出家庭闹剧中的主角了,而四铭太太也是一个重要的角色,是她揭了四铭的底,使读者透过四铭在家庭中的尊严,揭开四铭的"道德"外衣,看到了他肮脏的灵魂。

儿子学程的登场,一面衬托出四铭在家庭中的地位,令人想到贾政在宝玉面前的威严,以及宝玉在贾政面前的窘态,一面也完成了使家庭矛盾激化的导火线的使命。

要不是学程在晚餐时无意中伸筷夹走了四铭早先看中了的一个菜心,引起四铭的一番庭训:"哼,你看,也没有学问,也不懂道理,单知道吃!学习那个孝女罢,做了乞丐,还是一味孝顺祖母,自己情愿饿肚子。"并硬逼学程解释"恶毒妇"

这个洋话,四铭太太也不会在餐桌上大为发作,说出下面醋意十足而又击中要害的话:

开始是说:"'天不打吃饭人',你今天怎么尽闹脾气,连吃饭时候也是打鸡骂狗的,他们小孩子们知道什么。"待四铭说出:"我也没有闹什么脾气,我不过教学程应该懂事些。"

于是,四铭太太就更气愤了:"他哪里懂得你心里的事呢,他如果能懂事,早就点了灯笼火把,寻了那孝女来了。好在你已经给她买好了一块肥皂在这里,又要再去买一块……""给她咯吱咯吱的遍身洗一洗,供起来,天下也就太平了。"又说:"你是特诚买给孝女的,你咯吱咯吱的去洗去,我不配,我不要,我也不要沾孝女的光。"最后竟骂四铭"不是骂十八九岁的女学生,就是称赞十八九岁的女讨饭,都不是什么好心思。'咯吱咯吱',简直是不要脸。"这样,由学程这个导火线引起的家庭矛盾就发展到高潮了。至此学程就基本上完成了他在这场闹剧中的任务。

秀儿和招儿在这场戏中虽是两个跑龙套的小人物,但也都扮演了有趣的角色。当晚餐桌上招儿带翻了饭碗,菜汤流得小半桌,也有利于描写"四铭尽量的睁大细眼睛瞪着看得她要哭,这才收回眼光"的威严,而更为有趣的是,当醋意很浓的家庭风波已经平息,作为余音的秀儿学舌。

当小说将近尾声,描写晚饭后秀儿和招儿都蹲在桌子下横的地上玩,四铭进家后微微听得秀儿在他背后说:"咯吱咯吱,不要脸,不要脸……"招儿还用了她两只小手的指头在自己脸上刮。

现在能让我们感到，秀儿的学舌和招儿的刮脸多么幽默。秀儿的学舌不但非常近情，而且也给小说增添了无穷的乐趣。更为重要的是，学舌使四铭太太一针见血的这句话在小说中再次出现，既能强化主题，也能给读者加深印象。这正是鲁迅技巧非常圆熟，刻画非常深刻之所在。

小说描写人物，并不见得花费笔墨多的就一定能给人以深刻的印象。有本领的作家，虽然寥寥数笔，也能使人物跃然纸上，使读者难以忘却。例如《红楼梦》中的焦大、傻大姐便是，这里，秀儿的学舌，也有这种令人难忘的效果。

发表于1986年10月20日《太原日报》副刊

愿他含笑九泉

一

谨以在多难的中国大地上生长55年的版画艺术之花献给导师鲁迅先生。

我想：如果先生之灵有知，当他看到由自己一手培植的新兴版画艺术竟开放出如此灿烂美丽的花朵时，定会含笑九泉的吧。时间过得真快，仿佛不久才悲痛地跟着他的遗体到上海万国公墓送葬，瞬间已过去整整50年了。在这不平凡的50年中，每每想到先生，总是倍加怀念的。自先生不幸离开我们之后，在中国文艺界就再也得不到像先生那样对于新生的中国版画艺术备加关怀热心培育的人了。

我每每翻阅先生当年给中国木刻青年写的信，就使我非常感动。自1933年7月6日直到他于1936年10月19日与世长辞，在他3年多的百忙的岁月中单给木刻青年就写了

113封信。通过这些信件和其他的资料,使我们知道,他为了培育中国的革命版画艺术,以一颗诚挚的心为艺术青年举办木刻讲习会,请日本木刻家内山嘉吉教导,而先生于炎热的"七月流火"之天亲自担任翻译;常常给艺术青年组织的木刻团体去讲话,并赠送木刻书籍,或捐款资助;想方设法托友人以高价从国外收购名家的木刻原作,多次托朋友用中国宣纸与日本抄更纸转赠苏联版画家换取他们的作品(这些作品都收集在《引玉集》中了);常常为中国艺术青年举办珍藏的外国名家版画展览会,与夫人共同装潢、布置展览。有时因"全力购买"镜框"方四出向朋友商借";为了鼓励木刻创作,先生在版画展览会上购买木刻青年的作品;曾收集中国左翼作家的绘画和木刻作品二百余幅寄往巴黎、柏林、莫斯科等地展览;煞费苦心出版《木刻纪程》,目的在鼓励木刻青年"不断地奋发","一程一程地向前走"。先生给木刻青年的复信中,总是不厌其烦地为他们的作品提意见,表扬好处,提出缺点;为他们设想如何继承与发扬祖国的优秀艺术遗产……并主动把他们的作品介绍到当时的文艺杂志上发表;曾托内山书店代售李桦他们的《现代版画》,主动把《现代版画》推荐到日本和苏联;还为木刻青年在国内购买木刻刀,在国外代购木刻画册;有的木刻青年甚至要先生"设法旅费"……所有这些先生都有求必应。这在当时,一般有声望的作家都是难于做到的。

先生于1929年和柔石等合资印刷的《艺苑朝花》木刻画册,与今天的版画复制品相比,其印刷质量已算够好的了,但先生给李霁野的信中竟说:"《艺苑朝花》印得不佳,从欧洲人来看,恐怕可笑。"因此当他后来自费出版《梅斐尔德木刻士敏土之图》、《引玉集》、《凯绥·珂勒惠支版画选集》时,就不惜工本,以高价用珂罗版精印。其所以如此,一来是由于他对西欧名家版画的珍爱,二来也是由于他像母亲一样,总愿把最有营养的食品给自己的婴儿吃。而且书成之后,不计收回成本,基本上是赠送给木刻青年了。因为他知道:"要买的无钱,有钱的不要。"在给曹白的信中已明说:"我并不是对于您特别'馈赠',凡是为中国大众工作的,倘我力所及,我总希望(并非为了个人)能够略有帮助,这是我常常自己印书的原因。"最使我感动的是为了把最好的精神食粮送给革命的艺术青年,当他出版德国伟大的女版画家《凯绥·珂勒惠支版画选集》时,竟在摄氏 38 度的酷暑天"自己一家人衬纸并检查缺页等"。据目击者说:先生带着严重的肺病在铺在地上的席子上劳作,汗滴滴答答地流在地板上,蹲的时间长了弄得头昏眼花,胸口阵阵作痛,稍微休息一下,抽支烟;擦擦汗,就又干起来。

先生为了革命的艺术事业,肯如此之辛劳而自我牺牲,是有一个崇高的共产主义思想在指导着他的。他在致章廷谦的信中说:"'梯子之论'①是极确的……倘使后起诸公,真能由此爬得较高,则我之被踏,又何足惜。"这种当"梯子"的精神,难道不使我们为之感动而感到应向他学习吗?

① 据收信人回忆,当时他曾写信告诉鲁迅,有人议论自身尚无自由,却参加发起中国自由运动大同盟,难免被人当作踏脚的"梯子"。

二

先生对于版画艺术的看法，不论在给木刻青年的书信中，或是为木刻画册所写的序言中，都屡有叙述，给人们印象较深的是："当革命时，版画之用最广，虽极匆忙，顷刻能办。"只此一点已为50余年的中国革命历史所证明了。而在给《无名木刻集》写的序文中则说："新的木刻是刚健，分明，是新的青年艺术，是好的大众的艺术。"

在给一位木刻青年的信中又说："木刻和其他的艺术也一样，它在这长路上尽着环子的任务，助成奋斗、向上、美化的诸种行动。"

给另一位木刻青年的信中又说过下面的话："木刻为近来新兴之艺术，比之油画，更易于着手而便于流传。"

给李桦的信中说："木刻究以黑白为正宗。"

以上点点滴滴关于木刻的闪光的论述，倒好像孔子在《论语》中流露的思想，使我们能够通过这些点滴论述看出他的立场和主张。其一是先生很重视版画艺术的功能和社会效益，所以说它"是好的大众的艺术"，要求"助成奋斗、向上、美化的诸种行动。"其二是讲木刻的特点的，说"以黑白为正宗"。

以上的这些观点对于30年代的中国木刻青年有其重要的指导意义，而对于今天也还是值得青年木刻家们重视的。

近些年来,不少新的木刻青年热衷于学习西欧现代派的艺术,这当然无可非议,但怎样学习,却还是应该研究的。鲁迅先生对此却有过很值得参考的论述,在致魏猛克的信中说:"新的艺术,没有一种是无根无蒂,突然产生的,总承受着先前的遗产,有几位青年以为采用便是投降,那是他们将'采用'与'模仿'并为一谈了。中国及日本画入欧洲,被人采取,便产生了'印象派',有谁说'印象派'是中国画的俘虏呢?专学欧洲已有定评的新艺术,那倒不过是模仿。'达达派'是装鬼脸,未来派也只是想以'奇'惊人,虽然新,但我们只要看Mayakovsky①的失败(他也画过许多画),便是前车之鉴。既是采用,当然要有条件,例如为流行计,特别取了低级趣味之点,那不消说是不对的,这就是采取了坏处。必须令人能懂,而又有益,也还是艺术,才对。"

我认为这段话的末尾几句更为重要。这就是"必须令人懂,而又有益,也还是艺术"。目前我们的新版画,令人看不懂者有之,看不出有什么益处者也有之,究竟是否艺术也真难说了。

目前我们的艺术走向了一个新天地新时代,是一个真正创作自由百花齐放的时代,自然是令人高兴的。然而艺术究竟为什么人欣赏?是为大众还是为小众?我想还是可以讨论的吧。因为创作自由总不能离开为人民服务,为社会主义服

---

① Mayakovsky 即马雅可夫斯基,苏联诗人,十月革命后,他配合自己的诗歌画了一些插图,其中有些画因受未来派的影响,令人难以理解。

务的党的文艺总方向。

先生致李桦的信中也曾虑及新兴木刻脱离内容的充实,"陷入徒然玩弄技巧的深坑里去"的危险。在创作自由的今天,这个问题难道不值得我们加以警惕吗?当年中国新兴木刻之所以能得到社会的支持,所以能在革命的年代繁荣滋长,难道不是因为它紧密联系人民群众,不脱离社会的斗争生活这一根本原因吗?今天虽然时代不同了,人民群众的欣赏要求也不同了,但总还有个"内容的充实"问题吧。这一内容之充实,是和前面提到"助成奋斗、向上、美化"的要求密切相关的,也是和是否"有益"密切相关的,更是和当前社会主义的物质文明的建设和精神文明的建设密切相关的。

三

读鲁迅先生于1927年写《当陶元庆君的绘画展览时》,有以下的一段话特别引起了我的注意:"他以新的形,尤其是新的色来写出他自己的世界,而其中仍有中国向来的魂灵——要字面免得流于玄虚,则就是:民族性。"

在这篇文章里还有一段更为有趣的话,也是很值得我们重视的:"他并非'之乎者也',因为用的是新的形和新的色;而又不是'Yes''No',因为他究竟是中国人。"

30年来,我们的美术创作(包括版画在内)实在是太不注意以新的形和新的色来写出"自己的世界"了,近些年来在艺术思想解放和创作自由的空气中,已扭转了这种不良倾向,这是非常可喜的。但应回头看看,当写出了自己的世界的同时,是否作品中"仍有中国向来的魂灵"呢?这很值得我们自省。在今日的版画界,应该肯定有很多地方的作品是有明显的民族性的,有的还有明显的"地方色彩",非常可贵。但也有一些作品当注意到写出自己的世界时却不见了"中国向来的魂灵"了。这不仅在实践上有此现象,而且还有一种"世界主义"从理论上否定民族性。

世界主义不论从政治上和文化上来说,都是反动的,是为垄断资本侵略扩张政策服务的一种反动的资产阶级思想,他们所宣传的民族虚无主义,同无产阶级的国际主义是根本对立的。我们有些同志可能不了解它的反动性,在学习现代派艺术时,无意中接受了这种思想也说不定。但总不应该忘记我们"究竟是中国人"。

东山魁夷在日本是很有声望的大画家,但他的作品不管里面采用了多少西洋绘画和中国绘画的东西,但却具有明显的日本向来的魂灵。因此它不但为日本人民所喜闻乐见,感到亲切,而且也为世界所珍视。鲁迅说过:"有地方色彩的,倒容易成为世界的,即为别国所注意。"这是真理。

从历史上看,印度的犍陀罗雕刻,虽然受了希腊艺术的影响,但并未失掉印度向来的魂灵。而我国的佛教艺术唐宋以来也曾受到印度艺术的影响,但能使佛像中国化,仍具有中国的民族性。这不论敦煌的绘画和麦积山的雕塑都可证明。而正因如此,所以才为别国所重视。因此我特别提出民族性的问题,愿引起版画界的注意。

四

我作为一个所谓的"老版画家",身处目前艺术思想大解放的创作自由的新天地中,一面感到百花齐放的盛况之可爱,一面也有走向十字街头,目光缭乱彷徨不定之势。今重温鲁迅先生生前对我们的教导,大有"温故而知新"之感。不但不再彷徨了,而且要遵照鲁迅先生的教导在现实主义的道路上"不断奋发,一程一程地向前进"。虽然年逾古稀了,还愿在版画艺术创作上"有一分热,发一分光",为祖国社会主义的精神文明建设有所贡献。也许有人认为鲁迅的时代已经一去不复返了,因此他的艺术思想也过时了,我看未必。诚然前人的有些艺术思想会过时的,这就需要我们加以研究,分清精华与糟粕,但古人所说的"外师造化,中得心源","远看势,近看质"……就没有因为时间的推移而失去生命力和光彩。

我读鲁迅先生的文章,总感到他的学问异常渊博,虽然他给木刻青年的信,一再谦虚地说他对木刻是外行,其实他并不外行,他的外国美术知识和本国美术知识都比我们知道的多,理解的深,我只有钦佩二字。由于他的学问的渊博,阅历之丰富,又有人民大众的立场,所以他就能站得高看得远。

现在当纪念先生逝世 50 周年之际,可以告慰先生的,我们除了有"无尽的旌旗蔽空的大队"从而使版画艺术开出了异常灿烂美丽的花朵外,还有了全国性的组织——中国版画家协会,这就实现了先生生前希冀的"木刻运动,当然应有一个大组织"的愿望。其次是已经有了两个全国性的版画杂志——《版画艺术》和《版画世界》,这也回答了先生一再提到的"真必须有一种全国木刻的杂志才好"的期望。最后要告慰先生的是:当年那种"并非因为有了木刻所以来开会、出书,倒是因为要开会、出书,所以赶紧大家来刻木刻,所以草率、幼稚的作品也难免都拿来充数"的现象已消灭了。而现在往往是开起展览会来,评选作品是从数千份中精选三四百张。这就说明我们的队伍之大创作之繁荣。

先生曾说,我们的版画能"打出世界上去,即于中国之活动有利"。今天我们不但已打出世界上去,而且得到了世界各国的欢迎和好评,这也是可以使先生含笑九泉的。

1986年10月发表于《版画艺术》第20期

爱情悲剧《伤逝》赏析

一

《伤逝》有如散文诗,使我百读不厌。

《伤逝》又是震撼人心的抒情悲剧,使我为善良的子君之死而悲哀。

鲁迅在《中国新文学大系》小说二集序言中论到他自己的作品时曾说:《狂人日记》之后的创作"脱离了外国作家的影响,技巧稍为圆熟,刻画也稍加深切",我认为《伤逝》也是属于这类"技巧圆熟"和"刻画深切"的作品之列的。

《伤逝》是鲁迅小说中惟一描写知识分子婚姻自主的一篇,以主人翁涓生的手记形式,通过回忆的写法而描绘了他和子君从恋爱、同居到失恋、分离的不幸过程,使读者感到了时代的无情和中国社会要向前迈进的艰巨。

"五四"时代有不少作家以自由恋爱为题材而创作了小

说,但多半停留在单纯地以歌颂个性解放、自由恋爱而问世。惟独鲁迅则通过觉醒了的涓生和子君的爱情悲剧揭示了封建势力对于婚姻自由的阻力和压迫。因此他的作品就以特有的深刻性而给读者留下了难忘的印象。它之所以深刻而具有巨大的社会意义,就在于《伤逝》不仅反映了五四时代青年人的爱情悲剧,而且通过这一悲剧说明了没有中国社会的彻底解放,青年人追求的个性解放也是没有出路的。

中国的知识分子在辛亥革命之后也曾有过一个短暂的富于理想和心情振奋的时代,而不久,由于辛亥革命的不彻底——未曾发动广大的农民群众、未曾对封建制度和封建势力有任何触动,因此都败下阵来,表现得动摇、消沉、颓唐了,这就是鲁迅在《彷徨》中所描写的知识分子的共性。表现在教育领域里的悲剧人物有小说《在酒楼上》和《孤独者》中的吕纬甫和魏连殳;而表现在自由婚姻领域里的悲剧人物就是涓生和子君。

吕纬甫当初也是曾经给学生教过算学和 ABCD 的,而后来就不得不改教"子曰、诗云"。受了易卜生、泰戈尔、雪莱等人革命思想影响的子君同涓生恋爱时也曾说过"我是我自己的,他们谁也没有干涉我的权利",这是多么彻底、透彻、坚强的思想。而最后却在现实中碰壁终于又回到自己严父的家里竟抑郁死去。

有人说,鲁迅杂文往往是他的小说的主题思想的注释,这话是很有道理的,他在《坟》里的《娜拉走后怎样》就指出:"可惜中国太难改变了,即使搬动一张桌子改装一个火炉,几乎也要流血；而且有了血，也未必一下能搬动。"这说明鲁迅对于当时中国黑暗的封建势力之顽固和强大，其感触之锐敏，认识之深切。因此在他的小说中，通过一些有志于社会改革的人物，在这种可悲的历史背景中终于败阵，从而把他的认识显示给读者。最近在电视剧《末代皇帝》中也有一幕精彩的表演，这就宣统皇帝的剪辫子，即使这么一点小事，并且他又身为皇帝，而仍然受到了保守的封建势力那么大的阻力。皇宫内的革新如此，皇宫外的革新就更加不容易了。因此涓生和子君的自由恋爱，就不但受到了子君父亲和叔父的干涉，而且也为周围环境所不容，看看那"鲇鱼须的老东西"和"加厚的雪花膏"的小东西的态度，以及"在路上时时遇到探索、讥笑、猥亵和轻视的眼光"，不就全都了然了吗？而最后涓生之被局里的辞退，在经济上给以致命的打击，也是那半瓶雪花膏的小东西在暗中造谣使坏的结果。在那个时代，涓生和子君搞自由恋爱就好像做了大逆不道的事一样，竟至弄到子君叔叔不再认她侄女，涓生也和几个给他以忠告或者竟是嫉妒的朋友绝交，这在今天看来就似乎难于理解。

因此《伤逝》的主题思想就是作者对于悲剧人物子君不幸命运的同情和对于造成爱情悲剧的封建势力的憎恨。而这悲剧却又决不仅仅是子君和涓生个人的悲剧，而同时也是中国社会新旧思想矛盾斗争的历史悲剧。

二

曾有不少研究《伤逝》的文章,大都是侧重于揭示作品的主题思想并分析悲剧的形成和时代的关系的。真正从艺术的角度进行赏析而令我满意的论文还较少见。

任何小说的构成都是离不开作者的生活基础的,不管是直接的生活感受或是间接的生活启示,都不可少。尤其对于现实主义的作家,生活更是其作品的生命来源。

鲁迅作品中的人物,大都能在现实生活中找到"模特儿"。而惟独子君和涓生难于发现生活依据,周遐寿(即周作人)在《鲁迅小说里的人物》一书里说:"《伤逝》这篇小说大概全是写的空想,因为事实与人物我一点都找不出什么模型或依据。"然而如果全是空想,鲁迅怎么能把涓生和子君初恋时的情人心理写得那么真实动人呢?

"在久待的焦躁中,一听到皮鞋的高底尖触着砖路的清响,是怎样地使我骤然生动起来呵!""子君不在我的破屋里时,我什么也看不见。在百无聊赖中,随手抓过一本书来,科学也好,文学也好,横竖什么都一样,看下去,看下去,忽而自己觉得,已经翻了十多页了,但是毫不记得书上所说的事。只是耳朵却分外地灵,仿佛听到大门外一切往来的履声,从中便有子君的,而且橐橐地逐渐临近——但是,往往又逐渐渺茫,终于消失在别的步声的杂沓中了。我憎恶那不像子君鞋声的穿布底鞋的长班的儿子,我憎恶那太像子君鞋声的常常穿着新皮鞋的邻院的搽雪花膏的小东西!

"莫非她翻了车么?莫非她电车撞伤了么?……"

我想:这段描写涓生焦躁地等待子君到来的不安心情,绝非不曾有过恋爱生活的人容易空想出来的。

鲁迅于1925年10月创作这篇小说时,已时年45岁,虽然他于26岁那年遵从母命和朱安结婚,却未曾享受过爱情生活。可1925年的3月11日他的学生许广平开始和他通情书了,之后也时有相会。他和许广平的爱情生活,无疑有助于他完成这篇描写爱情的小说,虽然许广平不是子君的模特儿。我感到上面摘引的这段刻画情人心理活动的入微描写,是很真实而深切的,具有使读者细致品味的魅力。岂止这段,就是整篇小说里描写子君的地方,刻画情人的悲欢心情也都是细微动人的,否则我为什么能百读不厌呢?

三

鲁迅写涓生和子君由相爱到不爱,其发展过程是非常自然的,像阳春之走向冬天,很难说从哪日起天气开始冷起来的。然而细加研究,他们的生活由安定到不安定,爱情由热而变冷是从涓生被局里解雇开始的。鲁迅在《娜拉走后怎样》一文中就严正地说:"自由固不是钱所能买到的,但能够为钱卖掉。""梦是好的,否则,钱是要紧的。"于是他大声疾呼要求娜拉"要经济权"。经济对于走出家庭的娜拉至关要紧,那么对涓生和子君新建的小家庭也同样至关要紧。因为"人类有一个大缺点,就是常常要饥饿"。

你看,自从涓生一被解雇,"那么一个无畏的子君也变了色",使他为之痛心。为此,当晚涓生"转眼去一瞥她的脸,在昏暗的灯光下,又很见得凄然"。涓生说:"我真不料这样细微的小事情,竟会给坚决的、无畏的子君以这么显著的变化。她近来实在变得很怯弱了,但也并不是今夜才开始的。"是的,这之前涓生已经有了对子君的"不快活"。怨她"管了家务便连谈天的工夫也没有,何况读书和散步",并且在坐中也给子君看一点怒色……而这些不快活和埋怨,怒色,却正是涓生对子君由爱到不爱的因子。这不能不说是他们之间爱情悲剧的开始。

即使涓生在被解雇之后还强打精神说些类似豪言壮语的话:

"我从此要在新的开阔的天空中翱翔,趁我还未忘却了我的翅子的扇动。"然而现实是无情的,由于失业后经济的威迫,他不但不能"在新的开阔的天空中翱翔,"而且菜冷又不够,"有时连饭也不够",就迫使他不得不首先把子君心爱的动物——油鸡们"逐渐成为肴馔"。接着为了减轻家庭的"很重的负担",又不得不把子君心爱的小狗阿随"用包袱蒙着头,带到西郊,推在一个并不很深的土坑里"。因为涓生和子君建立小家庭时经济基础就非常单薄,为了购买一些很简单的家具,就已经用去了涓生筹来了款子的大半,而且子君还卖掉了她惟一的金戒指和耳环。现在为经济贫困所迫,把阿随放掉,怎能不给子君的精神上以重大的打击。因此当涓生从西郊一回寓就看到子君的凄惨的神色,那是没有见过的神色,"到夜间,在她的凄惨的神色中,加上冰冷的分子了"。

饭已经不够吃,而子君不但把饭喂了阿随,有时还把近来连涓生也轻易不吃的羊肉喂了它。因此涓生发牢骚说:"自觉了我在这里的位置:不过是叭儿狗和油鸡之间。"

所有这些都加深了涓生和子君爱情之间的裂痕。而这裂痕的不断扩大,最终就导致涓生感到子君是他生活中的累赘——"倘使只知道捶着一个人的衣角,那便是虽战士也难于战斗,只能一同灭亡。"因此涓生说:"我觉得新的希望只在我们的分离。"终于向子君说出了:"我已经不爱你了!"

四

涓生为解脱生活的痛苦,找寻出路,已经无情地宣告不爱子君了。一天,当涓生不在家时,子君的父亲把她接走,回到了"烈日一般严威和旁人的赛过冰霜的冷眼"的环境里,不久就听说她在无爱的人间死去了。由于涓生深感道义上的重负与心灵上的创痛,沉浸在悔恨和悲哀中,这出爱情悲剧终于形成,《伤逝》这篇小说也似乎可以到此结束了。然而在一天的阴沉的上午,已经被推在西郊土坑里的阿随竟回来了,以疲弱的,半死的,满身灰土的悲惨相出现在涓生面前。我每读《伤逝》就怕读到这里,使我不寒而栗。我感到阿随好像是子君的化身,它的归来似乎就是子君鬼魂的出现。睹物思人,使我倍加难受。阿随是子君心爱的动物,是他们当初建立小家庭后从庙会里买来的,子君曾用食物引它打拱直立起来取乐,而今竟落得如此悲惨的结局。因此阿随的坎坷的经历,它的悲剧,也就很自然的成为涓生和子君爱情悲剧的一个有机的组成部分了。它的最后的出场,大大加重了悲剧的感人之力,同时也加重了作品的阴冷。所有这些都显示了鲁迅在小说创作上的所谓圆熟和深切。使我们不能不为他的高超的艺术而赞叹。

造成这个爱情悲剧的主要原因,如周围的封建环境和封建家庭的不容,以及经济的压迫,我都在前面谈过了,但除了这些外因也还是有内因可寻的。

有一位名叫刘丽华的作者曾在《鲁迅研究动态》上写了一篇《略谈子君悲剧的内因》,其中说:"在婚后子君的身上,我们实在难以再看到所谓'个性解放'的影子。她缺乏更高的生活追求,也没有同时代的先进女性们那种解放社会、解放自己的魄力。她仅仅满足于宁静的小家庭生活,除此之外,别无它求。"作者作出结论道:"未能彻底与封建传统思想决裂是造成子君悲剧命运的主要内因。""造成子君悲剧的决定性因素在于子君本身思想的弱点和缺陷。"我想这些论述都是很有道理的。

中国知识分子的婚姻自由,反映在文学作品中,在"五四"时代较多,而《伤逝》是最有代表性的,因为它真实地反映了中国的一个可悲的时代,具有高度的社会意义,正如刘丽华所说:"他们冲破了家庭的束缚,却逃不脱社会的樊笼。他们得到爱,却得不到爱的保证——生存权。"

虽然我们现在所处的已经是社会主义的历史时代了，又有国家的"婚姻法"，对青年的婚姻自主给予保证，但在不少人们的头脑里还残存着封建思想，直到今天也还不能说已经消灭殆尽，因此青年男女反对父母干涉自由婚姻的事，在小说作品中还有所反映。因此回顾《伤逝》的爱情悲剧，对我们今天的男女青年为争取婚姻自主的彻底胜利而言，并不是没有意义的。

写于10月19日——鲁迅逝世日，发表于1989年12月《鲁迅研究动态》

《鲁迅与中外美术》读后

李允经作为一位鲁迅研究者,近些年陆续出版了《鲁迅与新兴木刻运动》《鲁迅的婚姻与家庭》及《鲁迅与中外美术》等著述。其成绩是很可观的。其中除《鲁迅与新兴木刻运动》是和马蹄疾合著外,后两本都是他个人的精心之作,我读了之后无不留下深刻印象。通过这两本高质量的著述,不但使我们看到了鲁迅在家庭问题上的痛苦及其崇高的品质,也看到他作为中国新兴木刻的园丁,像母亲似的赋予这一革命美术从胎儿到襁褓以多么大的关怀与丰美的乳汁。我作为鲁迅先生所培育的一个中国新兴木刻的版画家,每念及此,总是怀着无比感激之情的。

李允经虽未曾住过美术学校,但他能靠自学继承了鲁迅对于美术的爱好和关怀,而今已进入艺术的殿堂,成为一位美术的"里手"而有所贡献了,这是非常难得的。

当王士菁先生为《鲁迅与中外美术》写《小引》时说:

"作者以经过长期细致深入的调查研究工作为基础,占有比较详细丰富确凿的材料,言必有据,对于古今中外许多美术家作了一些考证,然后写出了收入本书的一系列论文,不仅论述了鲁迅和新兴木刻运动的关系(这是书中的主要部分),同时对于鲁迅与中国美术遗产、苏联版画、日本浮世绘以及西方现代派绘画都有所论到。这一些论文也都是很有说服力的。也许有人不一定赞成作者所说的道理,但你却无法否定他所说的有根有据的事实,而事实毕竟是胜于雄辩的。"

王士菁先生是很了解作者的研究工作的,以上的介绍我感到很中肯,能帮助读者认识这本著作的价值。

本书在有关鲁迅和中国新兴木刻的部分,花的笔墨最多,这就因为60余年来,中国的新兴木刻,由幼苗成长为大树,由原先的少数人发展成"旌旗蔽空的大队",知情人都知道鲁迅先生晚年为了培育这株幼苗花了多少的心血。他说:"只要能培植一朵花,就不妨做做会朽的腐草。"鲁迅对于他所培植的这朵花,曾有非常精辟的论述,他说:中国的新兴木刻其所以谓之新,"决不是葬中的枯骨换了新装,它乃是作者和社会大众内心的一致要求……它所表现的是艺术学徒的热诚,因此也常常是现代社会的魂魄"。本书为此写了《鲁迅和中国新兴木刻运动》、《鲁迅的版画理论和中国新兴版画运动》等文。在前一文里作者叙述了鲁迅为什么要倡导新兴木刻运动,鲁迅是怎样倡导新兴木刻运动的,以及鲁迅在木刻思想和理论方面的贡献。所有这些都全面而详尽地论述了鲁迅和这一革命美术的血肉关系。作者的目的就是为了"阐明鲁迅倡导新兴木刻的初衷，回述他对这一运动所做的不朽贡献，重温他木刻理论的要点，对于今天来说，不仅有着重要的历史意义，而且也有重大的现实意义"。

其实就整本书来说，对于爱好美术的青年，都不仅有丰富的知识性，而且更为重要的是其中很多正确的艺术观点对于当前的美术现状也很有指导意义，这是应该特别强调的。

首先谈谈知识性吧，例如日本的浮世绘，我过去是曾见过的，但知之甚少。读了《鲁迅和日本浮世绘》一文，始知中国古代佛教木刻艺术在德川幕府时期就通过当时开放的惟一港口长崎流入日本，给浮世绘以相当的影响。浮世绘是以社会风俗和人情世态为题材的一种民间艺术。而以其民族特色和独特的艺术风格给十九世纪欧洲印象派和后期印象派大师如马奈、莫奈、梵高、高更等以极大的影响。使西方人士刮目相看，倍加赞赏，从而使浮世绘在世界美术史上获得了光荣的一席，而这对于鲁迅的"有地方色彩的，倒容易成为世界的，即为别国所注意"的艺术观点，是最有力的证明。

鲁迅对浮世绘的收藏和评价，则在1935年2月给李桦的信中可以看出消息，他说："日本的浮世绘，何尝有什么大题目，但它的艺术价值却在的。"

我只知道鲁迅对于德国伟大的女版画家珂勒惠支和比利时杰出的木刻家麦绥莱勒的推崇，这在本书的《鲁迅和珂勒惠支》及《鲁迅和麦绥莱勒》两文中可以得到证明。但没想到他对于后期印象派画家高更的作品也很欣赏。读了本书《鲁迅和高更》一文，才知道他称高更是"法国画界的猛将。"

而且曾下决心想翻译高更在南太平洋塔希提岛生活的纪录《诺阿诺阿》一书。可惜未找到满意的外文本终于没译成,使我们深感遗憾。鲁迅对于浮世绘和高更的作品的爱好,说明他的艺术趣味绝不狭窄,而是多样广博。但他又是有所侧重的,这就是对于珂勒惠支和麦绥莱勒以及苏联木刻家法服尔斯基的特别厚爱,原因就在于他们对于他一心培植的这朵可爱的花——中国的新型木刻艺术更有裨益。

"五四"是我国新文艺繁荣的一个可贵的时代。不仅产生了很多反映中国人民生活的优秀小说,而且也产生了一些为小说作封面画的优秀的书籍装帧艺术家。这就要首推陶元庆了,他为鲁迅的小说《彷徨》所作的封面,直到现在也远没见有人能超过他。当今的美术青年知道这位短命的天才艺术家的人可能很少了。作者在本书中特写了《鲁迅和陶元庆》一文。这既有益于新的美术青年了解陶元庆其人,而更有现实意义的是鲁迅对于陶元庆艺术的评价。陶元庆不仅是一位书籍装帧艺术家,而且他也作水彩画和油画,正如李允经所说:"在我看来,鲁迅在此后虽对许许多多中国的画家有所评论,但评价最高的,恐怕是莫过于陶元庆了。"作者对鲁迅给陶元庆的评价,既作了很好的概括,也作了很好的发挥。他说:"作为一个中国的现代画家,他应当像陶元庆那样,不断吸取本民族艺术的优长,而不是拜倒在前人的脚下,迷恋于往古的骸骨。他的艺术应当主要表现'现今想要参与世界上的事业的中国人'而不是主要去表现宽袍大袖的古人,丧失了时代性。其次,作为一个中国的现代画家,他应当像陶元庆那样,不断汲取世界各国艺术的营养,而不是对洋人顶礼膜拜,对西方现代派艺术五体投地。他的艺术应当具有鲜明的'民族性',而不是用全盘西化来'化民族'。第三,作为一个中国的现代的画家,他应当像陶元庆那样,'以新的形,尤其是新的色来写出他'自己的世界',以创新者的气魄在表现时代的同时,也表现自我的主观和情绪,形成独特的艺术风格;而不是把古人和洋人的艺术照抄,模仿,将它们当做新老桎梏套在自己的身上,扼杀了创新的锐气和精神。"我想,这段话对于当今中国的美术界是很有教益的,因为目前在有些人那里还存在着轻视"民族性"要求"全盘西化"对洋人顶礼膜拜,对西方现代派艺术五体投地的严重现象。

作者在书中写了一篇《鲁迅和现代派绘画艺术》——兼论当前我国现代派艺术的中兴。首先作者引述了鲁迅对现代派绘画的一些观点:鲁迅说:他们"尤其致命的是虽属新奇,而为民众所不解""破坏有余,建设不足"。又说:"一怪,即便于胡为,于是畸形怪相,逐弥漫于画苑。"而这正一针见血地也批评到目前中国美术界的一些"倒爷艺术"。

作者在这一论文的最后接着对开拓绘画艺术的"新观念"和创造"多元化"的艺术繁荣局面的问题也进行了正确的论述。他说:"迄今为止,马克思主义美学思想的绘画观念,并不是陈旧过时的东西;当然,它也还要不断丰富和不断发展的。我以为新观念的开拓,正是我们对于马克思主义美学理论的发展和完善,并不是对于它的厌弃。如果说绘画观念的'更新'是以资产阶级的'唯心论'来'更新'马克思主义的

'反映论',是以西方现代派的绘画理论来'更新'马克思主义的艺术论,那就不是'更新'而是'倒退'。"至于说到"多元化"的问题,作者说:"我认为,社会主义的艺术观念所说的'多元',应当是在马克思主义和毛泽东文艺思想的指导下,实现题材和风格的多样化。"

我认为这些观点都是正确的。

有趣的是本书介绍的两位世界著名的革命画家却都是在早期涉足于西欧现代派艺术的。其一是格罗斯,其二是里维拉。

鲁迅于1930年在他和冯雪峰主编的《萌芽》月刊一卷上就向中国读者介绍了格罗斯的讽刺画。在本书《鲁迅和格罗斯》一文中说:

"葛奥尔格·格罗斯,德国人,1893年7月26日生于柏林。在现在,他是西欧底无产阶级最可注意的一个美术家。他最初是个达达主义者,但达达主义者向右去,他却向左——在无产阶级革命中寻见自己的出路,成为无产阶级的美术家。他的作品,都是反对帝国主义底一切表现,反对皇帝及其强盗们,反对整个的资产阶级社会的东西。"

所以作者说:鲁迅"对格罗斯由破坏的同路人到革命转变自然是怀着敬意"。

关于墨西哥伟大的壁画家里维拉,鲁迅在1931年10月《北斗》月刊第一卷上曾介绍过他的《贫人之夜》。读了本书《鲁迅和里维拉》一文,使我知道里维拉在年轻时曾在巴黎卷入西方现代派的立方派绘画的行列。但不久他和来自祖国的西盖罗斯两人在自省和长谈中决定抵制欧洲现代派艺术,确认献身祖国民族艺术已是义不容辞的事。于是决定返回祖国,从事为人民的绘画工作。

作者说:"鲁迅对里维拉的评价是很高的。其一,是赞扬他毅然从现代派绘画艺术旋涡中脱身,'感于农工的运动,遂宣言与民众同在',成了有名的本地壁画家'。由此可以看出,一个艺术家倘不能与人民共同着脉搏,便会销声匿迹,一事无成,只有'与民众同在',才能在斗争中永生。里维拉的这一转折,对于外国和中国,过去和当今一切醉心于现代派的艺术家,都是一个深刻的启示。其二,是鲁迅将里维拉和那些为上流社会服务的沙龙艺术家们作了对比,并以里维拉为证,为艺术家们,尤其是中国的美术青年们指明了方向。"

鲁迅说:"里维拉以为壁画最能尽社会的责任。因为这和宝藏在公侯邸宅内的绘画不同,是在公共建筑的壁上,属于大众的。因此也可知倘还在倾向沙龙绘画,正是现代艺术中最坏的倾向。"

关于我读了《鲁迅与中外美术》想说的话都写在这里了。愿有志于艺术的青年能从这里得到点启示。

1994年发表于《鲁迅研究月刊》第7期

谈《李有才板话》

一、关于陈小元

关于《李有才板话》的评论文章,在张家口和延安已经有周扬、冯牧等同志先后写了不少,似乎用不着我再来啰嗦了。但这类文章我们晋绥还发表的不多,本刊编辑要我来谈谈,我就试来谈谈吧。可是本刊因篇幅有限,不许写长,我打算每期来谈一个问题。如果读者不讨厌我就多谈几次。

赵树理同志的《李有才板话》所以成为一篇有名的小说,一般人都公认它是把艺术性和政治性相当高度地结合起来了。而所谓政治性,也就是说:"对于我们的革命事业有指导作用,对于读者有教育意义。"现在我先从《李有才板话》里的陈小元谈起,算是这次谈的中心。因为陈小元的变化对于我们有教育意义。

陈小元本是老槐树底下"小"字辈里头和地主恶霸作斗

争的一员积极分子。但自从他从县里受训回来,当了武委会主任之后,就开始腐化、脱离群众;和人家在一起混,终于弄到他旧日的伙伴小顺给他编的歌"大家都念得烂熟"他还"在庙里坐着"不知道。这说明他的处境已经是孤立得够可怜了。

但陈小元是怎么腐化、脱离群众的呢?看吧,他穿起人家给的新制服,插起人家给的水笔,自命为官,已经把劳动当成丢人事。"割柴派民兵,担水派民兵,自己架起胳膊当主任"。结果弄得连地也不锄,草比苗还高。这能说不是一种腐化现象?因而他的脱离群众也就是当然的事。我们看看小顺给他编的歌吧:

陈小元,坏得快,
当了主任耍气派。
改了穿,换了戴,
坐在庙上不下来。
不担水,不割柴,
蹄蹄爪爪不想抬。
锄个地,也派差,
逼着邻居当奴才。

现在我们研究起陈小元"坏得快"的原因来,当然不能忘记这是老恒元的预谋。当广聚知道小元有权了,拿上公事去找恒元时,这老家伙不是说,"既然错了,就以错上来,以后把他团弄住,叫他也变成咱的人"吗!

但陈小元变坏的基本原因还不在此,基本原因就在于他本身的缺点:他爱占"小便宜",又觉得人家那一套好。而这些缺点又不幸为狡猾的老恒元洞悉,于是问题就发生了。恒元指示广聚说:"这只能慢慢来,咱们都捧他的场,叫他多占点小便宜,'习惯成自然',不上几个月工夫,老槐树底的日子他就过不惯了。"果然,事情就按照人家的铺排进行着,结局是小元全然失掉立场,从思想上向人家投降,因而被人家分化、腐化、同化,客观上成为人家的人。接着也就从自己旧日的伙伴当中孤立起来。这是多么可怕的结局啊!

因此,在《李有才板话》里,单以小元的变化来研究,对于我们的干革命工作的同志教育意义就是极大的。革命是和敌人作斗争,而我们的敌人一向是很狡猾的,人家有着多年的剥削统治经验,又善于投机取巧,钻营弄鬼,而我们本身如不健全,还有缺点,那就一不小心便会受害,便会落入人家的圈套,铸成大错。单看周家山的地主恶霸阎恒元就是明证:这老家伙不但诡计多端,而且知己知彼了解情况,所以人家就能够利用小元的缺点,让他不自觉的腐化,跟上人家混,也利用了马凤鸣的自私把他收买……我想小元是处在农村环境里,客观条件只允许他陪人家改穿、换戴、坐庙、闲谈、下棋,假如他所处的是城市环境,日子一久,他也可能跟上人家打牌、看戏、逛窑子……干些更加腐化堕落的事情的。因为他开始和人家打交道的时候,就不但毫无戒备,反而觉得人家那一套好,从思想上向人家投降,结果干出更加腐化堕落的事情来又有什么奇怪。但相反,如果小元一开始同他们接触就严加警惕,坚定立场,不受小惠,而且憎恶他们那一套,当然老恒元的计谋也就只有落得一个惨痛的失败了。

事后干部们给小元做的结论是很对的:"第一是穿衣吃饭跟人家恒元们学样,人家就用这些小利来拉拢自己,自己上了当还不知道。第二是不生产,不劳动,把劳动当成丢人事,忘了自己的本分。第三是借着一点势力就来压迫旧日的患难朋友。"这不是思想上已经向人家投降了又是什么?

当然陈小元这样的年轻农民,虽然犯了错误,我们还应该对他争取教育,事后领导上指出他的错误,进行了批评,但并没有撤职,这都是对的。

毛主席在《组织起来》的讲演中曾指出:"我们是处在——中国反动势力层层包围中,极端恶浊的官僚主义与军阀主义灰尘天天都向我们的脸上大批扑来。"因此,我们应该"时时批判自己的缺点,好像我们为了清洁,为了去掉灰尘,天天要洗脸,天天要扫地一样"。

现在我们根据《李有才板话》也就可以看出所谓反动势力的极端恶浊的灰尘是怎样地向我们干部的脸上大批扑来了。我们怎能不大加警惕。

当今天,在我们晋绥边区掀起反贪污腐化的运动浪潮之际,我们来谈陈小元的变化,是有很大的好处的,在《晋绥日报》上所揭发的那些铺绸盖缎、戴金戒指……的腐化现象,不也是由于向统治剥削阶级学样的结果吗?不也是那些同志失掉立场,思想上做了剥削阶级的俘虏,觉得人家那一套好的结果吗?因此我们就必须警惕起来,时常洗脸,进行批评与自我批评,使自己的思想纯洁起来,立场坚定起来。否则我们就有被人家分化、同化、腐化、终于成为革命的罪人之危险的。

二、章工作员和老杨

读了《李有才板话》的人,大概都不会忘记章工作员和老杨吧?两个人都在阎家山做群众工作,可是两个人的工作作风大大不同:一个来了不久就把群众发动起来,达到了翻身的目的;一个在这里工作了好久,竟没有发现问题。不但不能把群众发动起来,反而被地主恶霸团弄住了。

为什么老杨就能把群众发动起来,为什么章工作员不但不能,反而被人家团弄住呢?

关于这个问题,论述《李有才板话》的人都提到了,大家一致认为老杨之所以能够把群众发动起来,是因为他能深入群众,和群众打成一片,全心全意为群众服务的缘故。而章工作员之所以没有把群众发动起来,反而被人家团弄住,是因为他脱离群众,不了解下情,犯了官僚主义和主观主义的缘故。所以我们应该向老杨学习,而以章工作员为戒。

可是章工作员到底为什么会脱离群众形成官僚主义,为什么会不了解下情成为主观主义?而老杨又为什么会深入群众和群众打成一片为群众服务的呢?关于这些,我想来详细谈谈。

提起章工作员来,我们是会有很多感想的,他是我们的同志,他年轻,热情,连小保也承认"章工作员倒是个好人"。

当我们读到斗争阎喜富的一节,章工作员气得大瞪眼,向大家发命令道:"这个好村长,把他捆起来!"时,我们能不觉得大快心怀,感到他是一个好人吗?此外在工作上,就连老恒元也不是说,"章工作员这小子腿勤"吗!然而章工作员尽管人好腿勤,可是他没有把群众发动起来,没有壮大了人民的力量,这就使我们的工作受到很严重的损失。

在我看来,章工作员没有把工作搞好,不但是个作风问题,而同时也是个思想问题。首先他没有明确的阶级立场和分明的阶级爱憎,所以他就不能真正地全心全意地为群众服务。你看,他不把老槐树底的贫苦劳动者当成自家人,和他们接近来往,反倒"一来了就跟恒元们打热闹"(老杨指出的)"一来就叫人家团弄住了"(小保说的)。想想吧,一个革命的工作干部一来了不和穷苦人打热闹,却和地主恶霸打热闹,并处处听人家的话,并认为人家做的可靠,处处称之为"模范",毫不怀疑,毫不警惕(如丈地),终于"叫人家团弄住了",还说人家是"开明士绅"。这叫什么?这叫做没有立场,或立场不稳。

因此,在我看来,他的脱离群众的官僚主义的本质就在这里。假如章工作员的阶级立场明确,站得稳,能够真诚地热爱老槐树底的群众而憎恶老恒元这个封建地主,如鲁迅所说的"横眉冷对千夫指,俯首甘为孺子牛",那他就不可能和老恒元一来了就打热闹,也不可能和老槐树底的人们从来也不谈心的。那么他的"模范村"的笑话岂不是也就大可以免掉了吗?然而不幸的是我们的章工作员竟没有把屁股坐在劳动人民这方面,所以劳动人民有了问题自然不敢向他说,因而也就谈不上为群众服务了。

我们在章工作员的工作日程里,找不到"调查研究"这一条。他是毛主席所说的凭感想办事的人,是满天飞的"钦差大臣"之一。一切问题他都不花脑筋,从表面一看就立刻做结论道"丈地的模范",之后又把阎家山称为"模范村"。难怪群众要讽刺这个模范村了:"模范不模范,从西往东看;西头吃烙饼,东头喝稀饭。"章工作员的立场不稳,已经就非常严重了,再加上他遇事不调查研究,这就更加糟糕,假如不是老杨到来解决了问题,事情发展下去,阎恒元有机会把他出卖给日本人或国民党反动派,当他的头离开了肩膀时,他还会是莫名其妙的。你看,当老杨发现了问题通知区公所时,章工作员还在三番五次的说不是事实。他的主观主义的程度也就够可怕了。

章工作员是缺点颇多的一个干部,有了官僚主义和主观主义,也就一定有党八股,你看李有才讽刺的多好:"不论什么会,他在开头总要讲几句'重要性'啦?'什么的意义及其价值'啦"。此外,他在处理问题上事前不知布置,事后不知接受经验教训。例如阎喜富的问题发生后,因为他常在这里工作,从来也不会想到有这么多问题。曾经气得大瞪眼,可是这事过后对于他却毫无教训。这真是非常可惜的。

但我们看看另一种作风的老杨吧:老杨一到阎家山,不到三天功夫就使阎家山天翻地覆了(当然,实际改造一个村子的工作,恐怕也不是三两天能成功的事,这里,出现在小说里的过程是缩短了的)。周扬同志说老杨是:"在农村中实现无产阶级领导的骨干,没有这骨干,农民的翻身是不可能的。"

那么老杨是怎样做工作的呢?他为什么就能深入群众和群众打成一片,全心全意地为群众服务呢?

我觉得问题的中心还是一个立场问题,因为老杨的阶级立场坚定明确,有分明的爱憎,有"甘为孺子牛"的精神,没有个人打算,所以他的眼睛就特别明亮,他的心地就显得特别聪明。狡猾的老恒元在他身上的打算就都失败了。他坚决地执行革命制度,当广聚大讲俗套硬请老杨到他家去吃饭时,老杨不留情地给他个钉子碰:"这是制度,不能随便破坏。"

因为他热爱劳动人民,愿意全心全意地为群众服务,所以他就善于发现问题,只要听到"押地"两个字和秋收时"各顾各"他就全神注意,待到听了"模范不模范"的歌,他就开始接触了这"模范村"的秘密了。

老杨的立场是站得最稳的,我们从他一到阎家山起,就没有看到他和地主阵营里的任何人打热闹。相反,他总是热爱劳动人民,即使是落后的老秦,他也没有向他说过难堪的话,而总是为他们战斗。当广聚说:"跟他们这些人能谈个什么?……"老杨同志见他瞧不起大家,便立刻给他钉子碰:"跟他们谈话就是我的工作,你有什么话等我闲了再谈吧!"即使是一个字说得不对他也不能放过。当得贵说:"我是个老粗人……"老杨说:"什么粗人不粗人?农救会根本没有收过一个细人入会!"

由于老杨的立场稳,热爱群众,全心全意为群众服务,因此他就极其自然地能和群众打成一片,愿意帮助群众打场,割谷,愿意在群众中发现问题,解决问题,因此他就必然要向群众做调查研究工作,了解下情。因为他没有官僚主义,所以也就很不容易有主观主义。老杨是思想、作风、立场都非常正确的好干部。

除了以上所说,老杨值得我们学习的地方还很多:他老练,踏实,经验丰富,事前会布置,在斗争中有策略。在他的工作中贯穿着群众观点和群众路线的作风:例如他曾向小明说:"现在的事情,要靠大家,不只靠一两个人,这也跟打仗一样,要凭有队伍,不能只凭指挥的人。指挥的人自然也很要紧,可是要从队伍里提拔出来的才能靠得住。你不要说没有人,我看这老槐树底的能人也不少。"他在斗争中懂得充分利用矛盾,分化敌人营垒,争取中立,扩大统一战线,选择主要对象孤立对方,集中火力。因此他的工作就非常顺手。当小顺说:"我看连广聚、马凤鸣、张启昌、陈小元的材料都可以搜集。"老杨同志道:"这不大妥当:马凤鸣、张启昌不是真心顾老恒元的人,照你们昨天谈的,这两个人有时也反对恒元。咱们着个跟他说得来的人去给他说明利害关系,至少斗起恒元来,他俩人能不说话。小元他原来是你们招呼起来的人,只要恒元一倒,还有法子叫他变过来。把这个人暂且除过,只把劲儿用在恒元跟广聚身上。成功要容易得多。"这个策划是完全正确的。

关于谁是老秦的"救命恩人"的问题,老杨也有最正确的看法，这种看法是真正的马列主义的看法。当老杨把跪在他面前的翻身了的老秦拉起来时说道："你这老人家真是认不得事！斗争老恒元是农救会发动的，说理时候是全村人跟他说的，我们不过是几个调解人。你的真恩人是农救会，是全村民众，哪里是我们？依我说你也不用找人谢恩，只要以后遇着大家的事靠前一点，大家是你的恩人，你也是大家的恩人……"

让我们大家都向老杨同志来学习吧。毛主席教导我们，劳动人民要获得解放，要靠劳动人民自己的觉悟与团结，要靠劳动人民自己起来解放自己，老杨真正地掌握了毛泽东思想，老杨是一个具体的马列主义者。

三、阎恒元及其他

关于《李有才板话》，我们已经谈过其中的陈小元、章工作员和老杨。现在我想谈谈阎恒元和李有才以及这篇小说在艺术上的成就，作为收场。

读了《李有才板话》，我们的同志，谁也会憎恨那个恶霸地主阎恒元，一面读着，一面就在心里燃起了急于要打倒他的烈火。因为他当了十几年的村长，就欺压了村民十几年，吃了无数的黑钱不算，还霸占了人家八十四亩土地。而这些土地都是别人的命根子。抗战后并且经常在破坏着革命的政策法令，使它变质。后来虽然名义上不是他的村长了，但在幕后出主意、掌握实权的还是他，只要看他遇事不顺心还在说：

"非重办他几个不行!"就可以知道他的威风了。阎恒元不打倒,阎家山的劳动人民就没有翻身的可能。阎恒元和阎家山的劳动人民是势不两立的。

然而和阎恒元作斗争,却不是一件简单的事。我们做群众工作的干部谁要是轻视了他,谁就可能犯错误。这家伙老奸巨猾,诡计多端,你只要看虽然阎家山是在革命政权直接统治之下,而且阎家山这个村庄还时常来我们的工作干部,指导工作,可是人家就充分利用我们工作干部的没有经验,主观主义和官僚主义,利用群众还没有发动起来,而暗中偷天换日窃取政权,使我们的政策法令停滞、变质;并利用农民中的落后、自私,打击、分化、收买农民中的积极分子,实质上阎家山依然是封建恶霸的世界。造成这样的情况,一面固然说明我们章工作员的工作作风有毛病,但同时也就说明像阎恒元这类的家伙是很有一套反动办法的,我们万万不应轻视他。他和我们作斗争,懂得利用"合法",懂得利用我们的弱点,而且还懂得进行宣传攻势。真是"一肚肮脏计"。

我们读了《李有才板话》,通过阎恒元这个具体人物,对于中国农村里的封建势力就会有个适当的认识。这就是一种收获。同时,更大的一个收获,就是《李有才板话》更强烈地告诉了我们一个真理:对付像阎恒元这样的家伙,必须有坚定的阶级立场与充分的群众观点;就是说,谁要是能够把群众发动起来,就是再比他厉害百倍的家伙,也是要被斗倒的。

谈过了令人厌恶的阎恒元,我要换个题目来谈一位非常可爱的人物——李有才。他善良、忠厚,大家都喜欢接近他。

李有才是劳动人民的乐观主义的天才讽刺诗人。他的诗是真正的农民的诗：明快、朴素、尖锐、幽默，使我们读了一次还想再读。在我看来这与一般的所谓"快板"是有艺术品和非艺术品之差别的。虽然这些可爱的诗——所谓"板话"，实际上是赵树理所作，然而李有才这样的人在现实里是很多的。在中国的农村里几乎在每一个村庄上都可找到这样的类似人物。因此赵树理所创造的李有才也就有了现实的根据；因此李有才和他的板话也就愈加使我们感到亲切和真实。我们只要随便捡一段来读读，都是觉得很精彩很可爱的。例如描写阎家祥的一段快板道：

　　鬼眯眼，阎家祥
　　眼睫毛，二寸长，
　　大腮蛋，塌鼻梁，
　　说句话儿眼皮忙。
　　两眼一忽闪，
　　肚里有主张。
　　强占三分理，
　　总要沾些光。
　　便宜占不足，
　　气得脸皮黄。
　　眼一挤，嘴一张，
　　好像母猪打哼哼。

这样的好诗,真像一幅讽刺画像一样,不但描绘了阎家祥这个讨厌人物的活的嘴脸和灵魂,而且传达了阎家山农民对于这个人物的看法和情感。这样的诗实在是太生动太有趣了。

李有才真是一个天才的乐观主义的艺术家,他不但会作诗会唱戏,而且他的说话也是满够艺术的,如果我们在战斗和工作中能够有这样一个人做伴,真是一件愉快的事。例如他形容他自己的生活时说:"吃饱了一家不饥,锁上门饿不死小板凳。"虽然李有才的生活是很孤寂的,然而这样的生活对于他的情感倒毫无影响,他的情感一直是健康的,他是个经得起风暴的人民诗人,他是一个乐天派!他和小资产阶级的感伤诗人作比恰恰是一个很好的对照。

李有才身为雇农,受尽了地主的压迫,他阶级仇恨强烈,立场坚定,具有劳动人民的高尚品质,加上他特有的艺术才能,成了阎家山劳动人民的眼睛;阎恒元的真面目和一切阴谋诡计都通过他的板话给暴露无余了。

这样的属于劳动人民的天然诗人,自发的宣传家,一与无产阶级的领导(通过老杨)结合,就发挥了更大的战斗作用。

研究了李有才和他的板话,又说明了一个真理:要成为伟大的劳动人民的艺术家,没有坚定的阶级立场和强烈的阶级感情,以及马列主义的思想指导是不可能的。因为革命的艺术家应该是劳动人民的眼睛,劳动人民的感觉器官,劳动人民的代言人。

从《李有才板话》里的几个主要人物的研究，我已经指出了作品的政治性——亦即对于读者的教育意义。但这篇作品在艺术上的成就也是很可观的。

郭沫若先生最近论及解放区的文艺作品时，说他特别喜欢赵树理的《李有才板话》及《小二黑结婚》，与康濯的《我的两个房东》，邵子南的《地雷阵》，孔厥的《一个女人翻身的故事》。诚然这些小说都是经过群众考验为群众热爱，起了不小作用，并在艺术上颇有贡献的。

但这几篇比较起来，我还是更加喜爱赵树理的作品。很明显，他比任何作家都更了解中国解放区的农村，因此他的作品就比其他几位的更加深刻丰富，而不是仅仅依靠故事的传奇性，形式和手法的新颖而吸引读者的。只有他的笔才发掘到解放区农村生活的深处了。他是更加地道的解放区的歌手，他的作品是中国农村在变革中的纪念碑，他用了热爱和赤诚真正歌颂了解放区的新的时代和新的人物。

我认为赵树理是很好地学习到中国伟大文豪——鲁迅先生作品优点的一个。鲁迅作品的特质和光辉的思想性、深刻性、尖锐性、幽默性，现在在赵树理的作品里获得了新的土壤，吸取了新的营养而有了新的发展了。赵树理所学习到鲁迅的，不是作品的表面貌似，而是其精神及其魅惑力。由于时代的不同，在赵树理的作品里，已经不多看到在鲁迅作品中的消极的像阿Q和祥林嫂似的可怜人物，和阴暗的气氛。在这里出现了更多的崭新的人物和激烈的斗争，以及无产阶级的领导。因此他的作品就成为明快的像照在太阳光下的图景了。

周扬同志论到《李有才板话》时说:"作者在这里正确地处理了农村斗争的主题,写出了斗争的曲折与复杂性,写出了农村中的各种人物:地主、农民,包含积极的、中间的、与落后的;两种类型的工作干部。他没有把人物与行动简单化,没有只写胜利,不写困难,只写光明的一面,不写阴暗一面。他的笔是那样轻松,那样充满幽默,同时又是那样严肃,那样热情。光明的、新生的东西始终是他作品中的支配一切的因素。"

论及赵树理的人物的创造时又说:"作者在人物创造上,第一个特点就是:他总是将他的人物安置在一定斗争的环境中,放在这斗争中的一定地位上,这样来展开人物的性格和发展。每个人物的心理变化都决定于他在斗争中所处的地位的变化,以及他与其他人们相互之间的关系的变化。他没有在静止的状态上消极地来描写他的人物。"

关于第二个特点周扬同志说:"他总是通过人物自己的行动和语言来显示他们的性格,表现他们的思想情绪。关于人物,他很少做长篇大论的叙述,很少以作者身份出面来介绍他们,也没有作多少添枝加叶的描写。他还每个人物以本来面目。他写的人物没有'衣服是工农兵,面貌却是小资产阶级',他写农民就像农民。动作是农民的动作,语言是农民的语言。一切都是自然的,简单明了的,没有一点矫揉造作,装腔作势的地方。而且只消几个动作,几句语言,就将农民的真实的情绪和面貌勾画出来了。"

周扬同志所指出的这两个特点,都是鲁迅创造人物的特点，所以我说赵树理是鲁迅的好学生之一，就是在创造人物上也得到说明。

周扬同志又说："作者在处理人物上，还有一个特点，就是明确地表示了作者自己和他的人物的一定的关系。他没有站在斗争之外，而是站在斗争之中，站在斗争的一方面，农民的方面。农民的主人翁的地位不只是表现在通常文学的意义上，而是代表了作品的整个精神，整个思想。"我认为赵树理的作品更加显得爱憎分明，这一点也是极其重要的。

关于语言问题，周扬同志也曾论及，他说："在他的作品中，他几乎很少用方言，土话，歇后语这些；他决不为了炫耀自己语言的知识，或为了装饰自己的作品来滥用它们。他尽量用普通的，平常的话语，但求每句话都适合每个人物的特殊身份、状态和心理。有时一句平常话在一定的场合从一定的人物口中说出来可以产生不平常的效果。同时他又采用了许多从群众的生活斗争中不断产生出来的新的语言。他的人物的对话是生动的，漂亮的；话一到了他的人物的嘴上就活了，有了生命，发出光辉。"而在这语言问题上却正是赵树理比别的作家更特殊的地方。也正是他的作品使我数读不厌的重要条件之一。

关于赵树理的《李有才板话》也有人指出一些缺点：例如说小字辈的人物还是一些"跑龙套"的角色，不够主人翁化。又说后面的群众大会场面还可以展开……等等，当然这些意见也是很有道理的。但白玉都难免有瑕，赵树理的作品即使有这些毛病，也还是不失其为杰作的。

1946年发表于晋绥边区《人民时代》

略论赵树理的人品和作品

近些时我研究了赵树理,从人品和作品而论,认为称他为当代伟大的革命文学家是当之无愧的。

赵树理作为山西的作家,在历史上的地位,将会和唐代的王勃、柳宗元等古晋文豪齐名,其成就有过之而无不及。我作为一个山西人,深感我省当代能有此伟大作家而引以为荣。

我想从赵树理的人品和作品两个方面来论述,以观其伟大之所在。而同时也是我们应向他学习的地方。但这两方面又是骨肉相连而不可分割的;是互为因果而又互相辉映的。

人品,是指为人的思想和作风而言的;而作风又总是为思想所支配,不同的是:思想是内在的,而作风是外在的。

就赵树理的人品而论,首先要指出的是他的伟大的文艺思想。

我们知道当毛泽东同志的《在延安文艺座谈会上的讲

话》还没有发表之前,赵树理就已经产生了和《讲话》根本上相同的思想。真所谓无独有偶,难能可贵了。试问除了赵树理还有哪一位作家可与伦比?

在延安文艺座谈会之前,赵树理的志愿和努力方向就是决心用通俗化、大众化的作品,去启迪、教育群众,把农民从封建迷信和愚昧落后的状态中解放出来。他曾说:"我不想做文坛上的文学家,我只想上'文摊',写些小本子夹在卖小唱本的摊子里去赶庙会,三两个铜板可以买一本,这样一步一步地去夺取那些封建小唱本的阵地,做这样一个'文摊文学家',就是我的志愿。"这里,赵树理不仅为什么人的问题解决了,而且如何为的问题也解决了。请看,他为农民的解放而要写普及作品的思想是多么的明确,其志向又是多么的坚定。

当三十年代上海革命文艺界讨论文艺大众化问题时,鲁迅先生曾说过:"应该有为大众设想的作家,竭力来作浅显易解的作品,使大家能懂,爱看,以挤掉一些陈腐的劳什子。"这在当时来说,恐怕还只是鲁迅的一种理想,一种希望,尚非现实。而待立志于"夺取封建文化阵地",决心做"文摊文学家"的赵树理的出现,却已成为身体力行、百折不挠、终于取得辉煌成绩的真正"为大众设想的作家"了。他的有名的《小二黑结婚》和《李有才板话》等作品就有力地证实了赵树理实现了鲁迅的理想和希望。说他是全心全意"为大众设想的作家",是名副其实的。而这种文艺思想不就是毛泽东同志《在延安文艺座谈会上的讲话》中所具有的根本思想吗?

当我们一般的文艺工作者(包括左翼时代的作家)读了

毛泽东同志的《讲话》后，都异口同声地说：《讲话》像一个灯塔，照亮了我们从事革命文艺的方向。而赵树理读了《讲话》后却不同于一般文艺工作者的兴奋心情，他认为在文艺为工农兵服务的方向上，在与工农兵群众相结合上，在普及与提高的关系上，毛泽东同志"批准"了他的主张，支持了他搞民族化、大众化、通俗化的作品。难道在当时还有人不支持他搞民族化、大众化、通俗化的作品吗？有，据《赵树理的生平与创作》一书中提供的材料说：1942年以前，赵树理同志一直在摸索和提倡创作民族化、大众化的作品。他认为，只有深入群众生活，学习民众语言，运用民族形式，才能写出为广大工农兵群众所喜闻乐见的民族化、大众化的作品。可是，他的这些主张，一直没有为文艺界的多数同志所重视和接受。1942年1月，在八路军一二九师政治部与中共太北区党委联合召开的太行区文化界座谈会上，围绕通俗化问题的争论中，有人竟说通俗化就是庸俗化，甚至把主张通俗化、民族化的人叫做"旧派"。所以，在《讲话》发表之前，尽管他也曾写过一些大众化、通俗化的文学作品，投寄给当时的《华北文化》等刊物，但大都被退了回来。因此他的《小二黑结婚》在当时也竟然不给发表。真正的香花一时难得为大多数知识分子所接受，有时不仅认为是豆芽菜，甚至认为是毒草的事也是史有前例的。但赵树理并不因此而灰心改弦，真有"疾风知劲草"之气概。这种情况不正说明别人在文艺思想上的不够正确，"有眼不识泰山"，而赵树理在这一问题上思想人品的伟大吗？

赵树理曾说："毛主席的《讲话》传到太行山区之后，我像翻了身的农民一样感到高兴。我那时虽然还没有见过毛主席，可是我觉得毛主席是那么了解我，说出了我心里想要说的话，十几年来，我和爱好文艺的人们争论的，但是始终没有得到人们同意的问题，在《讲话》中成了提倡的，合法的东西了。我心里有一种说不出的高兴。因为这是关系到中国几亿读者的大问题。"

赵树理的这种伟大的革命文艺思想是如何产生的呢？当然不是从天而降，更不是娘胎里所固有，而是他自小生长在贫农家庭，长期与农民为友，真正了解农民的疾苦，出自无比浓厚的阶级感情所致；此后又受"左联"和鲁迅革命文艺思想之影响而逐渐形成。

其次在对待错误的潮流方面，赵树理也绝不像某些风派人物一样，随波逐流以求一时之荣。他敢于逆潮流而冒风险，敢于说真心话而坚持真理，即使在党的极左路线政策问题上，也敢于表示不同意见。最典型的是当大跃进期间猛刮浮夸风时，赵树理写下了有名的小说——《实干家潘永福》，这篇小说就正是为反对当时的浮夸风而作的。实际上赵树理本人就是一位实干家。赵树理的这种实事求是的精神在不实事求是的时代是很伟大的，是永远值得我们的革命者学习的。"实事求是"不应只是挂在嘴皮上，写在墙壁上，而应表现在行动上。二十余年来，我党吃这种不实事求是的亏，已经够十分惨痛的了。

但敢于实事求是，敢于说真话，在不实事求是的时代也是要遭受灾难的。"文化大革命"一开始,"四人帮"就说他的思想和彭德怀同志一样"反动",理由是彭德怀在1959年6月下旬,在党中央召开的庐山会议上"提出了一个彻头彻尾的反革命纲领",而赵树理于1959年8月"炮制"了一个"万言书"。因此说赵树理"跟彭德怀一个腔调"。今天看来,除了他们给赵树理和彭德怀扣的帽子是污蔑外,把赵树理比作彭德怀不仅是正确的,而且是赵树理的莫大的光荣。因为彭德怀在我们心目中是最值得尊敬的人,他是敢于说真话的英雄。他们二人含冤而死,都使有良心的中国人为之泪下。

赵树理的老友史纪言同志在《赵树理的生平与创作》一书的《序言》中说:"他主张农业政策要放宽,不要卡得太死,不要限制太多。他说,对于生产队的生产计划,国家只管国家征购的那一部分,其余部分由生产队自行安排。他主张对农民的疾苦要关心,要让农民能够休养生息,要让农民能够吃饱肚,有零钱花,要让农民从发展集体生产中真正得到好处。赵树理同志的这些主张,同我党现行的农村经济政策是多么一致呀!但是,在当时他的这些主张却同我们党的一个时期的'左'的错误作法发生了矛盾。他苦闷、彷徨,但他认定的理从来不会轻易改变。"

实践是检验真理的惟一标准,而历史也是判明是非的明镜,到现在,历史证明赵树理在以上农村经济问题上的看法是正确的。

赵树理作为一个作家,为什么敢于在这些问题上有所主张呢?就因为在中国当代作家中,很少有人像他那样真正了解农村,关心农民的了。他作为一个党员作家对党的事业的成败有责任感。

其实当他在合作化时代写《锻炼锻炼》时就已经提出了农业政策中的问题了,但未曾引起我党中央的注意。我曾在"文化大革命"中对这篇小说有过批评,教条主义地认为赵树理不应写农村的阴暗面,而应歌颂。感到这篇小说简直是毒草。没有想到他正击中时弊,提出了一个严重的农民以消极怠工、偷窃,对抗不正确的"左"的农业经济政策的问题。小说中说:"这几天,队长每天去动员人摘花,可是说来说去,来的还是那几个人,不来的又都各有理由:有的说孩子病了,有的说家里忙得离不开……指东划西不出来。"这还不严重?但有人认为这篇小说是反映了如何打击歪风邪气,巩固集体经济的。可试问如果"小腿疼"和"吃不饱"处在实行大包干责任制的今天,她们会有那种歪风邪气吗?我想:当我们规定农业的生产关系时,固然要考虑是否与生产力的水平相适应,同时也必须考虑群众的思想觉悟水平。今天看来,赵树理的这篇小说是很有意义的,表示出他观察问题的锐敏性。历史同样证明了真理在赵树理一边。这绝不是一个仅仅写出了真实生活的问题,而是赵树理作为一个党的作家,代表广大农民和党的错误路线作斗争的问题。他表现得多么勇敢,多么不惧风险,具有何等伟大的人品!如果赵树理今天还活在人间,看到党的三中全会之后的新的农业政策,看到今天全国农村的一片大好景象,他该是多么高兴!

赵树理出身于贫农家庭,小时放过牛、喂过驴、拾过粪、担过炭，并从父亲那里学得了各种农业和手工业技术。他不仅会犁地、摇耧、扬场，还会编篮、编筐。此外赵树理还跟上父亲学会了打鼓板、唱上党梆子，甚至会把一些旧戏的唱白台词全部背诵下来。至于民歌、快板、小曲等，他更是无所不爱，无所不会。及至赵树理当了干部，成为作家后，大凡回到家乡就一如既往参加各种劳动，并和农民同搞八音会。所有这些，一方面是他作为一个党员接近群众和农民交心的桥梁和纽带，显示了赵树理不忘本、平易近人、不脱离群众、热爱劳动、热爱人民的高贵品质；另一方面也是他作为一个作家，取得创作素材、建立群众感情、丰富群众语言、了解群众疾苦和心情的渠道。所有以上这些情况，全然透露了作为无产阶级伟大文学家的赵树理之所以能写出划时代的优秀作品、成了描绘农村的"圣手"的重要秘密，同时也说明一个作家的人品和作品的密切关系。

赵树理的老友王春同志在《赵树理是怎样成为作家的》一文中说，赵树理的这个家庭和他生长的农村环境，给他"带来了三件宝"，保证他一辈子使用不尽："头一宝是他懂得农民的痛苦"，"第二宝是他熟悉农村各方面的知识、习惯、人情等等"，"第三宝是他通晓农民的艺术，特别是关于音乐戏剧这一方面的"。王春同志的这个总结，更有利于我们了解赵树理是怎样成为一位伟大的作家的。当人们评论到俄罗斯伟大诗人普希金的成就时，总要提到他的农奴出身的保姆在民间文学方面对他的哺育和皇村生活对他的影响，而赵树理的这三件宝正好使我们了解到为什么他能和农民建立了同呼吸、共命运的血肉联系。劳动人民哺育了他,为他日后思想的发展和创作的成就打下了坚实的基础,也对他的崇高的人品的奠定起着决定性的作用。

狄德罗说:"真理和美德是艺术的两个密友,你要当作家,当批评家吗?请首先做一个有德行的人。"用狄德罗的话来看赵树理,不是更能够说明赵树理之所以成为伟大作家是和他的伟大的人品不可分割的吗?

赵树理的人品我是非常敬重的,而他的作品我更加崇拜。

高尔基认为:文学的第一个要素就是语言,语言是文学的主要工具。为此,"五四"时代曾进行了一次"文学革命",反对文言文,提倡白话文,以求中国文学能适应新的时代。当时的作家都用自己的作品实现了这一号召。但以白话而论,鲁迅的语言不如老舍的口语化,而老舍的语言又不如鲁迅的精炼。到三十年代才由"文学革命"进而提出"革命文学"的口号。左翼作家在努力实践这一主张。

发展到赵树理,可以说他在从事"革命文学"之际,对"五四"以来的白话小说又进行了一次彻底的"文学革命",彻底到不仅读起来要使农民绝对听得懂,而且还要使农民真正喜闻乐见。作品的思想内容及其表现出来的审美趣味都符合广大农民的需要。赵树理的小说语言既达到了比老舍的更口语化,而同时也兼有了鲁迅小说语言的精炼。我们读起他的小说来,在语言文字方面,就感到从司马迁到陶渊明、韩愈、鲁迅、赵树理有一条中国作风、中国气派的线。赵树理说:"小时候老师教我们读《庄子》，我们就学到庄子的句法；读韩愈的文章，又学到了韩愈的笔法。各种风格的文章都学，久而久之，我们学到了读别人的文章，说自己的话。"这说明赵树理在学习古人、继承民族语言的优秀传统方面是下过功夫的。但赵树理的不平凡就在于他善于古为今用。学习了古文而写出的小说却是真切、朴实、精炼、隽永而又富有音韵之美的口语。

"五四"以来还有另一条线，这就是欧化的线，在这一条线上的作品令人读起来有如翻译小说。我个人是反对这条非民族化的线的，因为它没有做到洋为中用、"以我为主"。郭沫若同志评论赵树理小说的语言时说："不仅每一个人物的口白适如其分，便是全体的叙述文都是平明简洁的口头语，脱尽了'五四'以来欧化体的新文言臭味。然而文法却是谨严的，不像旧时代的通俗文字，不成章节而且不容易断句。"

无疑的，人们都把赵树理认为是"山药蛋派"的始祖。但我认为"山药蛋派"的特点绝不是有人所说的在题材上的描写农民。这种看法未必正确，试问丁玲的小说《太阳照在桑乾河上》所描写的也是农民题材，我们能因此把她算作"山药蛋派"吗？不能。我认为"山药蛋派"的主要特征在语言方面，因为"文学的第一个要素就是语言"。"山药蛋派"竭力采用农民的语言，而使作品更口语化，形成了这一派小说的共同特色。

赵树理在《和工人习作者谈写作》一文中说："要照着原话写，写出来把不必要的字、词、句尽量删去，不连贯的地方补起来。以说话为基础，把它修理得比说话更准确、鲜明、生动。"并说:"我是山西人,说话非说山西话不可,而写书则不一定都是山西话,适当用一点是可以的。作品中适当用方言,使作品有地方色彩,乱用了也会搞糊涂的。"

但我们曾有一些作家,深入了陕北农村,为了夸耀自己熟悉农民语言,就不加选择地在自己的作品里采用方言、土语。如说"小孩"本可以使全国人民通晓,却偏要用"猴孩"。而另一些深入农村比较熟悉了农民的作家,为了夸示他在农村的收获,就在小说中大用其歇后语以至难听的下流语言。而无比熟悉农村的赵树理,倒反而少用方言和歇后语,根本不用下流话,保持了语言的纯洁性。这正说明赵树理在语言问题上的高人一等。

我感到赵树理作品中的语言有如用筛子筛过的麦粒,颗颗饱满如明珠,既无麦鱼也无麦衣,更不搀杂砂石和秕粒。读他的作品是一种精神上的美的享受。

有人认为赵树理作品的通俗化就是"庸俗化",岂不知赵树理作品之可贵就在于它既是普及的又是提高的,真正达到了雅俗共赏。这既是赵树理作品的创造性,也是他的小说的特色。

赵树理作品中的语言的动人,不仅由于民族化、通俗化,也由于它的丰富性,他除了汲取农民语言中的精华,古文造句的精炼,也汲取了中国古典小说中的有用的语言,如《小二黑结婚》写到三仙姑到小二黑家和他妈打架的一节时说:"三仙姑见二诸葛老婆已经不顾了命,自己先胆怯了几分,不敢恋战……"这"恋战"二字用得多好,然而却是从旧小说中学来的。

一篇小说如果仅仅有故事情节,而没有突出人物的性格,这种小说不能算成功的,因为读过之后不能给读者留下深刻的印象,人物活不在读者心中。而描写人物,也有各种描写方法,西洋小说不少主要是通过作家对人物的面貌、衣著的细致介绍以及对人物的行动来描绘各种人物的。中国的优秀小说却不在面貌、衣著等方面多费笔墨,而是随着人物行动的发展非常重视人物的对话,即通过性格化的语言和所作所为来突出人物的性格。如《红楼梦》中的林黛玉、薛宝钗、王熙凤、贾母、刘姥姥……只要听到她们的对话,就能令读者猜出此人是谁。曹雪芹能使这些人物活在读者心中,性格化的语言和对话,是起了很大作用的。鲁迅的小说继承了这一优良传统。赵树理也是继承了这一刻画人物性格的传统方法的。他曾说:"我是喜欢用语言来表现人物的性格的。我之善于描写农民,是借助于语言,通过性格化的语言来表达他们对待事物的不同态度";"什么人说什么话,对象不同有所不同。我写糊涂涂,要他说糊涂涂话,写常有理,要她说'常有理'的话。"

看过《小二黑结婚》的人,只要听听以下这一段话,就不难知道是谁的口吻:"唉!我知道这几天要出事啦:前天早上我上地去,才上到岭上,碰上个骑驴媳妇,穿了一身孝,我就知道坏了。我今年是罗喉星照运,要谨防带孝的冲了运气,因此哪里也不敢去,谁知躲也躲不过?昨天晚上二黑他娘梦见庙里唱戏。今天早上一个老鸦落在东房上叫了十几声……

唉!反正是时运,躲也躲不过。"

　　这段话不仅写出了二诸葛的思想感情,而且也深深地打上了时代的烙印。我读着这样的小说,既为他们的愚昧无知而悲哀,也为他们的一再出丑而可笑,但同时也为他们背着因袭的精神重负而深表同情。

　　中国现代小说中的人物,能像古典小说中的孙悟空、猪八戒、武松等流传民间、活在广大人民心中的,实在不多,鲁迅小说中的阿Q,在知识分子中是时常引用的,而赵树理小说中的三仙姑却已像猪八戒一样在民间广为流行,在人们的日常生活中经常引用。这正说明他的作品受到了农民的极大欢迎,已深入人心。

　　中国古代文艺(包括民间文艺在内),当描写美女俊男时有两种方法,一种是正面描写法,如所谓"柳叶眉、杏子眼、樱桃小口一点点"之类,其实正面描绘是画家的本事,小说家再正面描写得好,人物的肖像也还不可能像图画那样具体而成为可视的形象。另一种是"烘云托月法",当古乐府诗《陌上桑》描写美人罗敷时即用的这一方法,诗中说:"耕者忘其耕,锄者忘其锄;来归相怨怒,但坐观罗敷。"山西民间盲人在说书中描写美人白秀英时也曾有"放羊的见了白秀英圪抵骚胡认不清"之句。赵树理描写小芹、小二黑等人物时也采用了"烘云托月"法。如说小芹的漂亮时写道:"小芹去洗衣服,马上青年们也都去洗;小芹上树采野菜,马上青年们也去采。"这是一箭双雕的描写方法,既描写了小芹的美貌迷住了村里的一群小伙子们,又描写了小芹作为劳动人民的本色。他对小二黑的描写也是采用的同一方法。显然,这比正面描写的方法要好得多,前者不能给予读者以想象的余地,后者则能使读者对美人产生再创造的效果。

中外小说家中能使他的描写引人发笑而具有幽默感的不多,俄罗斯的伟大作家果戈理的小说是最有幽默感的,中国小说《红楼梦》和鲁迅的作品都有这种可贵之处。而赵树理也是不可多得的幽默家,别的不说,单以他有名的《小二黑结婚》就有说不尽的幽默之处。在《李有才板话》中一开头就有"吃饱了一家不饥,锁住门不怕饿死小板凳"以形容他的只身孤单与家贫如洗。

赵树理对农村各方面的知识、民俗、习惯、人情等等的无比熟悉和他对于民间文学说说唱唱等的通晓,无不丰富了他的作品的语言内容。当我们读《李有才板话》中的那些有风趣、有幽默感的快板时,就不能不想到他在年轻时候学会了民歌、快板、小曲等对他后来成为作家的好处。

由于赵树理所处的时代基本上是一个史无前例的革命的新时代,他的世界观又是以马列主义为指导思想的,他对于农村的发展变化,以及各阶层农民的思想脉搏的跳动都了如指掌,因此"他描写了农民的觉醒,农民的斗争和在人民政权下农民生活的新面貌;风趣幽默的性格,明朗乐观的情绪,坚强不屈的斗志,是赵树理笔下农民形象的显著特点。赵树理把农民放在主人翁的地位上,予以热情的歌颂和赞扬"。(引自《赵树理的生平与创作》)赵树理的创作,从有名的《小二黑结婚》发表以来,已有40年的历史了,他的作品对广大人民群众所起的教育和鼓舞作用是无法估量的。对广大文艺青年——尤其是"山药蛋派"的影响,也是极大的。我写这篇《论赵树理的人品和作品》,一方面希图对这位伟大的作家给以应有的评价,同时也是对他含冤去世13年的沉痛的怀念。

发表于1982年《赵树理学术讨论会纪念文集》

《赵树理小说插图展》评介

"赵树理小说插图展"在我省为首创。由于历史之变化，赵树理小说的作风虽一贯，但为小说所作的插图其风格则各异，呈现了万紫千红之景象。

展出作品共148幅。其中绝大多数为小说的插图，但也有作家赵树理的肖像画和雕塑，以及描绘他的生活的作品。就画种而言，有版画、油画和国画，就作者而言，则老中青共济一堂，各显其能。

为小说作插图是艺术家的再创造，但又必须符合于小说人物的性格和当时的历史时代。读者观看插图既是对小说情节的重温，也是对造型艺术的欣赏和评价。

我国古代出版的小说就很重视插图和肖像，既有助于附丽书籍，也有利于引起读者欣赏小说的兴趣，如《金瓶梅》《水浒》《红楼梦》……就都有精细的插图，明版小说插图现已成为收藏家们的珍品了。但这些插图都是一种复制木刻,画者、刻者、印者都难考其姓名,说明了古代社会对于这些艺人之不够重视。这些图画多半是一些概念性的人物,当时的画家尚不注意塑造人物的个性及其思想感情,因此在《红楼梦》插图中,就看不出黛玉和宝钗,晴雯和袭人有什么面貌和性格上的差异。而且当时不同小说的插图似乎其风格也颇相似。

今天的小说插图,已有了很大的发展,单就我们这次展览的作品而论,就不仅看出艺术家非常重视创造个人的独特风格,注意塑造小说人物的不同性格,而且也已形成一种独立的艺术了,既可被出版社选用,也可单独展览,这是和古代插图艺术大相径庭的。李长林为《地板》作的插图为观众所喜爱,他把地主王老三用斧头砍茄子秆、被邻家小刚嘲笑的场面和"三嫂"去马圈权粪的难堪情景描绘得非常动人。

看来艺术家们对为《小二黑结婚》作插图颇感兴趣,所以这类展品较多。但由于有些作者对小说的历史时代不熟悉,因而对小说中的各种人物的塑造就缺乏时代感,这已成为一种通病。比较起来牛林森和孙海青、孙晓农为《小二黑结婚》画的插图是颇引人注意的。牛林森的四幅画很有新意,人物也很生动,构图也大胆,采用了民间年画的鲜明色彩,有特色。四幅画是统一的,富有装饰美感,也有独特的个人风格。可惜的是:金旺的形象看不出是个反面人物。三仙姑似乎太年轻,几乎和小芹相似,没把小说中所说的"老来俏"的味道画出来。至于二诸葛也觉得不够典型。孙海青和孙晓农用大写意为二诸葛、小二黑、小芹、三仙姑造像,类似关良的作品,大有新意,但也未能避免牛林森作品中的缺点,令人感到与小说中的人物并不那么贴切。王建华这次画了12幅人像,看来他并没有用心去表达小说人物应有的神态和个性,而由于感染了目前艺坛上流行的"时髦病",把精力花在"怪诞"上了。他画的李有才像阿Q,愚昧有余,智慧不足。把《登记》中的小飞蛾画得不但很丑,而且和《地板》中的"三嫂"类似。姚天沐和王茂彬用年画形式,所作的《小二黑结婚》四扇屏是花了心血的,画得很细致,今天看来手法虽有些旧,但还是为一般观众所欣赏。

展览会上董其中的《人民作家赵树理》、王金辉的《故乡的怀念》,龙启印的赵树理雕塑都是较好的作品。

1988年1月1日发表于《山西文艺报》

赵树理是三晋人民的光荣

赵树理离开我们已 20 年了,想到他,我的心情很沉痛。如果没有文化大革命,他肯定是不会死的。文化大革命对祖国对人民犯下的罪恶罄竹难书,其中一条罪状就是把我们的作家赵树理给活活迫害致死。因此党中央彻底否定文化大革命我非常拥护。

赵树理是伟大的作家,不论他的人品和作品都值得我们崇拜。他作为一位文学家是最有群众观点的。自从受了 30 年代左翼文艺运动的影响,以鲁迅期望创造能为工农阅读的通俗化、大众化的文学为己任,就孜孜不倦地努力,终于在毛泽东同志《在延安文艺座谈会上的讲话》发表之前,写出了著名的大众化、革命化的小说《小二黑结婚》和《李有才板话》。而我也是参加了三十年代的左翼文艺运动的,当 1933 年开始从事木刻创作时,就曾以"为劳苦大众服务"而标榜,但由于作品的欧化风未能被劳苦大众所喜闻乐见,仅仅在部分知识分子中流行，因此这美好的标榜就未曾兑现。直到参加了延安文艺座谈会，聆听了毛主席的讲话后，我们才注意到向农民喜爱的剪纸、年画学习，从而创作出为工农大众喜闻乐见的美术作品。因此在这一点上，赵树理就大大走在了我们的前面。有的评论家说赵树理是学习了毛主席的《讲话》之后才写出了《小二黑结婚》和《李有才板话》的，这完全不符合历史事实。按历史情况是1942年召开了延安文艺座谈会，1943年10月19日毛主席《在延安文艺座谈会上的讲话》才发表于延安《解放日报》，这天是鲁迅逝世7周年纪念日。而赵树理的《小二黑结婚》则发表于1943年5月，《李有才板话》发表于1943年10月。显然当赵树理创作这两篇小说时还未曾读到毛主席的《讲话》。正因为如此，所以一般文艺家说《讲话》是我们文艺创作道路上的指路明灯，而赵树理却说《讲话》批准了他的文艺方向。作为一个文艺家在毛主席的《讲话》发表之前，就写出完全符合《讲话》精神的作品，这就可以看出赵树理的伟大。

对我来说，参加革命后，一直到1943年延安整风才真正解决了两个观点，其一是群众观点，其二是劳动观点。

建立这两个观点其实不仅是革命文艺工作者的思想课题，而且也是所有革命工作者的重大任务。共产党不但要解放无产阶级，而且要解放全人类，这就是最崇高、最伟大的群众观点。毛主席的《讲话》正是以群众观点为指导思想的。而赵树理也正是以群众观点为其通俗化、大众化的文艺创作的指导思想。因此他的作品在中国文艺史上就闪烁着特别的光芒。

我们马列主义者认为劳动创造了世界。但在中国封建的社会里却是最看不起劳动人民的,把他们看作下等人,因此我们共产主义者的劳动观点就包含着尊重劳动人民和把劳动看作光荣的事。这在赵树理本身和他的作品里都充满了这种思想,不论《福贵》,不论《地板》以及《套不住的手》……无不充满了赵树理的劳动观点。尤其是赵树理本人就是农民的儿子,他自己从小就参加劳动,所以赵树理的劳动观点自幼就建立起来了。而劳动观点和群众观点又常常是互相关联的。因此赵树理的作品里就同时渗透着这两种可贵的观点。

赵树理的小说,采用了农民的口语,却不用方言。他的文字像用筛子筛过的麦粒,既无沙土又无麦鱼。他的语言是非常纯洁的,绝没有在农民中流行的脏语和下流话。他的作品不但让识点字的农民能看得懂,而且要让不识字的农民能听得懂,真是彻底的群众观点。但并不因此就显得他的小说庸俗低下,却能做到雅俗共赏。

赵树理的小说既有趣味性也有教育性,如三仙姑和二诸葛这些被批评的人物对农民就很有教育意义。但如果说赵树理的小说是农民文学,因而也就有农民意识,这就不对了,赵树理是用马克思主义的思想完成了他的创作的。

赵树理的大众化的小说,也并不是一开始就为太行文坛所承认,有的人就认为庸俗而瞧不起来,但自从彭德怀将军给以表扬,又经过毛主席的《讲话》给以"批准",这才引起革命文艺界的肯定与重视。现在他的作品里的人物不但在农村几乎家喻户晓,而且他的艺术道路也形成了山西的"山药蛋派"。他的小说在全世界都有较大的影响。

  我认为我省有赵树理这样的伟大作家,真是我们三晋人民的光荣。

    1991年发表于《山西作家通讯》第一期

评电影《流浪者》

最近,印度拉兹电影公司的《流浪者》在太原的演出,受到了群众的热烈欢迎,看过两三次以上的人就很不少,为什么《流浪者》如此使人喜欢看呢?我想谈谈我对于这部影片的看法。

《流浪者》通过传奇色彩的故事情节和戏剧性的电影结构有力地控诉了资本主义社会的罪恶,并给予流浪者以无比的同情。作为流浪儿拉兹的不幸遭遇及其深刻动人的表演,以及丽达的美丽的仪表和一颗善良的心,紧紧地抓住了我们的心,为他们流下了同情的眼泪。

从《流浪者》的思想性来说,是一部很有社会意义的影片,是一部现实主义和浪漫主义相结合的、扎根于生活而又高于生活的优秀作品。

电影给我们提出了两个重大的社会问题,第一个:"是不是好人的儿子一定是好人,贼的儿子一定是贼?"第二个:怎样解决流浪儿的问题？

关于第一个问题：是不是好人的儿子一定是好人、贼的儿子一定是贼？作者通过法官的儿子拉兹从诞生到成长的过程和社会给他的无情迫害，以及扎克这个人物的唆使，使他终于变成贼，成为罪人，从而有力地批驳了这种唯心论的胡说八道。中国在文化大革命的初期也有过"龙生龙，凤生凤，老鼠的儿子会打洞"的反动论调。这是地主、资本家为了宣扬本阶级高人一等而编出来的骗人鬼话。电影《流浪者》以活生生的生活事实说明了一个善良天真的小拉兹终于变为小偷是饥寒交迫的穷困生活所迫和不良的社会环境使然。决不是什么"血统论"的必然结果。电影作品有力地嘲弄而又鞭挞了持"血统论"的资产阶级法官——拉贡纳克。作者在这一问题上的答案是正确的，它符合于"存在决定意识"这一马列主义的唯物论的观点。

关于第二个怎样解决流浪儿的问题。电影作者虽然提出了这一社会问题，却未能作出正确的答案。流浪儿是资本主义社会土壤的必然产物，因为这个社会存在剥削就必然产生阶级，有阶级就必然有贫富的悬殊，更加上资本主义社会大鱼吃小鱼以及周期性的经济危机，因而工厂的经常减员和倒闭就必然存在永远消灭不了的失业者。于是失业工人的儿童由于饥寒交迫，就难免流为流浪儿。这在旧社会的上海，我是司空见惯了的。上海叫"瘪三"，也就是"三毛"一类的流浪儿童。电影作者以好心肠的丽达的出现，拯救了不幸者拉兹的生命和前程。那么其余的千千万万流浪儿又靠谁来拯救呢？

期望用善心来医治资本主义社会这个癌瘤,是永远也无济于事的。流浪者的产生既和阶级的存在密切相关,那么这一问题就决不可能依靠善心人、慈善家以及社会救济等办法彻底解决,而必须依靠彻底消灭阶级的无产阶级社会主义革命。只有彻底改变了社会制度,流浪儿的存在才能彻底消灭。在这一问题上《流浪者》的作者不幸陷入了唯心论的泥坑。

当然会出现这样的疑问:既然我们中国的无产阶级社会主义革命已经成功,优越的社会主义制度已经建立,为什么还有小说《班主任》里的小流氓宋宝琦一类的人物产生呢?这确是一个应该研究的社会问题。我认为我们中国的社会主义制度绝不是产生流浪者、小流氓、小偷的土壤,其所以出现宋宝琦一类的儿童,是四人帮的法西斯统治、文化大革命时期的无政府主义制造出来的,是旧社会发臭的腐烂残留在新社会里的余毒所发散的影响。

《流浪者》的主人公拉兹虽然是个小偷,但他是一个可爱的人物。他被迫成为流浪者,生活颠簸,一面歌唱着"到处流浪、到处流浪",但并没有一点悲观,也不知道悲伤。始终给我们留下一个乐观者的形象,始终给我们留下一个力求弃恶从善而不可得的善良的心。当他和丽达分别10余年而彼此发现是幼年的老友时,拉兹直言不讳"我是一个小偷"。自始至终令我们确信,拉兹的做坏事都是迫不得已。因此拉兹始终赢得了我们的同情。

《流浪者》中的扎克虽然是一个最坏的家伙,是他唆使而又迫逼拉兹变坏的,我们恨他,但由于他的作恶也是法官拉贡纳达一手创造成的，所以我们也不能不同情他。作为资产阶级的代表人物的拉贡纳达才是《流浪者》中的真正的坏蛋，他是一个"衣冠禽兽"。拉兹虽做坏事而心是善良的，拉贡纳达虽不作小偷，但他的灵魂是肮脏的，是一切罪恶之源。他在法庭上竟把丽达的符合事实的控诉说成是造谣，所以《流浪者》中的法庭上真正受审的不是拉兹而应是拉贡纳达，他是良心法庭上受审的真正罪犯。在这一点上作者的艺术是深刻的。是打准了资本主义社会罪恶的根源的。

《流浪者》塑造了一个理想的人物，这就是美丽善良的丽达。从她的社会生活来说，她是资产阶级，她与作为流氓无产阶级的拉兹不可能搞恋爱，虽然作品很合生活逻辑地使我们相信他们的爱情，但不典型。而在电影《摩登时代》里所描写的卓别林和那个流浪姑娘的恋爱却是典型的，因为他们是一个阶级，有着彼此的真正的了解与同情，真是同生死共命运的一对情侣。

看了《流浪者》，既使我们了解了印度人民的生活，也使我们了解了印度社会存在的尖锐的阶级矛盾。愿我们每一个人都能以国际主义的精神关心印度的被污辱与被损害者；愿我们每个人都不要向肮脏灵魂的拉贡纳达学习；愿我们每一个人都能有一颗丽达的美丽的心。

作于 1982 年

正确评价民间文学的地位

我国的文学家对民间文学的重视,并非自延安文艺座谈会之后才开始,早在"五四"之后,广东省的钟敬文先生就研究民间文学了。但大张旗鼓地成立"中国民间文艺研究会",出版《民间文学》杂志却是自《讲话》问世之后才兴起的。

应该承认在《讲话》发表之前,中国的进步文学家还大都是对西欧文学感兴趣,对于中国的民间文学则较少注意。毛主席在《讲话》中说:"人民生活中本来存在着文学艺术原料的矿藏,这是自然形态的东西,是粗糙的东西,但也是最生动、最丰富、最基本的东西;在这点上说,它们使一切文学艺术相形见绌,它们是一切文学艺术取之不尽,用之不竭的惟一的源泉。"

我想民间的口头文学,包括民间的童话、传说、故事,从广义上说,也应该看做是人民生活中本来存在着的文学艺术原料的矿藏。因为它们虽然已由矿藏加工成童话、传说和故事,但还没有形成文字的东西,所以还可以算作文学的原料。

但不管怎样,《讲话》问世之后,由于毛主席指出源泉的重要性,并要求我们向工农兵学习;所以革命的文学艺术家无不深入到人民生活的源泉中去,去寻找创作的生活原料,同时也重视了民间的童话、传说和故事。例如著名的歌剧《白毛女》就是根据冀中的民间传说在《讲话》发表之后,加工成文学名作的。

据说中国的古典文学《三国演义》、《水浒传》也都是在民间文学——民间传说和故事的基础上加工而成的。就是外国也有很多的例子。如古希腊荷马所作的史诗《伊利亚特》和《奥德赛》,据说也是古代民间口传的文学作品。又如高尔基的有名的处女作《马卡尔楚德拉》就是根据他在多瑙河畔吉卜赛人那里听到的故事创作而成的。伟大的俄罗斯诗人普希金是从保姆那里听了许多民间口头文学之后而受到哺育的。他的著名的《鲁斯兰和柳德米拉》也正是取材于民间故事。我们的伟大作家赵树理也是从民间文学中吸取了很多营养的。李季的名诗《王贵与李香香》则是学习了陕北民歌《信天游》之后的产物。我们的画家和诗人黄永玉说:"我们忘不了,也不应该忘记伟大的民间艺术,它是我们一切艺术的母亲。"其实我们也不应该忘记伟大的民间文学,它也是我们一切文学的母亲。

中国的古典文学《诗经》,它本身就是当时周代的民间文学,由采风而成为诗集的。而《圣经》《旧约》中的美丽的《雅歌》正是希伯莱人民的情歌,也是民间文学。只要想到《诗经》

对历代文学的伟大影响,社会已承认这部民间文学真是我们祖国一切文学的母亲。

然而像我这样的知识分子,艺术家,却在早年并不重视中国的民间艺术、民间文学、民间戏剧,简直采取鄙视的态度。而对于西洋的艺术,西洋的文学,西洋的舞蹈……却非常的崇拜。这种状况直到学习了《讲话》之后,才逐渐转变过来,这里既有个人民的立场问题和爱国主义问题,也有个对于文学艺术的真正理解的问题,到现在不论中国的民间艺术、民间文学、民间戏剧、民间舞蹈……都使我发生了极为浓厚的兴趣,我爱它们有的胜过对于西洋文学艺术的喜爱。因而我才有可能向它们学习到很多东西。现在我已发展成一个蒲剧迷、民歌迷、剪纸迷、民间舞蹈……迷了。例如我省保德县的民间情歌《那是个谁》就使我非常销魂,其词如下:

对坝坝梁上那是一个谁?
那就是要命的二妹妹,
那山上长的十样样草。
十样样我看见妹子九样样好,
哥哥我在圪梁妹妹你在沟,
看中了哥哥妹妹你就摆摆手。

这首民歌中的"我在圪梁你在沟",表现了山西的地方特色,"看中了哥哥妹妹你就摆摆手",却具有时代色彩,因为古时的男女恋爱还不像现在的自由,现在就用不到摆摆手了,男女双方可以直接跑到对方家里去求爱。其中最使我欣赏的是那句"要命的二妹妹"，这比用亲爱的二妹妹不知要热烈多少倍，真切多少倍。而且这是农民的语言，令我们感到既新颖又通俗。

鲁迅对于民间文学是非常爱好的，他把公元前四世纪到二世纪记载古代民间传说和神话的《山海经》看做是"最为心爱的宝贵书"。而且大为歌颂"刑天舞干戚，猛志固常在"的顽强斗争精神。据说这刑天对他以后的思想和创作产生过深刻的影响。

鲁迅对于原属民间的东西，后被士大夫所夺取非常恼火，他在《略论梅兰芳及其他》一文中说："士大夫是常要夺取民间的东西的，将竹枝词改成文言，将小家碧玉作为姨太，但一沾着他们的手，这东西也就跟着他们灭亡。"论到梅兰芳时他说："他们将他从俗众中提出，罩上玻璃罩，做起紫檀架子来……雅是雅了，但多数人看不懂，不要看，还觉得自己不配看了。"但对于梅兰芳还属民间所有时，却说："他未经士大夫帮忙时候所做的戏，自然是俗的，甚至于猥下，肮脏，但是泼辣，有生气。"

我想我们向民间文学艺术学习，正是要学习这种"泼辣，有生气"。

我们是应该感谢我省的《民间文学》杂志的，这多年来，它认真坚持了《讲话》的教导，采集，整理，提高，推广了新旧民间文学，既保存了祖国的文化，也满足了群众的需要，同时为有志于向民间文学学习的作家提供了资料，功德无量。民间文学既来源于人民之中，又为广大民众所热爱，《民间文学》拥有百万的订户就最有力地说明了这点。

　　愿我国的青年作家学习西欧文学的同时，也能更多地学习点祖国的民间文学。

1987年发表于山西省民间文艺家协会所编之
《重温与实践》专辑中

漫谈童话兼评《红宝石公寓》

很抱歉，我还是第一次阅读著名童话作家郑渊洁的作品，而且他的大名也是初次入目，竟像法国人不知道拿破仑，美国人不知道华盛顿似的，我竟不知道中国有这么一位有才华的童话作家——郑渊洁，据说他的祖籍还是我们山西省浮山县，真是太孤陋寡闻了。

童话虽说是写给儿童看的，但好的童话大人也喜欢看，正像好的动画片。例如《大闹天宫》这部动画片吧，我就为它有趣的故事性和动人的艺术性所惊倒了，不时发出儿童般的天真的笑，然而我已是年过古稀的老人了。《西游记》既是一部杰出的童话，而根据《西游记》再创造的动画片也竟成了稀古之作。

我也非常喜欢俄罗斯伟大诗人普希金的童话《渔夫和金鱼的故事》，写得多么的美，它歌颂了善良的渔夫和金鱼，批判了凶恶而又贪得无厌的老太婆，给人留下深刻的印象。

童话通常总是在人生的现实生活的土壤中生长出来的想象和幻想的奇葩；然而她虽然是童话家虚构的离奇产物，却大都有好的寓意，能对现实给以无情的讽刺，令人悟到人生的哲理，使读者在童话糖衣的内心中感到人生的苦味和悲哀，使你哭笑不得，自然也得到了乐趣。例如伟大的丹麦童话作家安徒生，他在19世纪写的令人深感荒唐的《皇帝的新衣》竟对20世纪六七十年代的社会主义中国还有不朽的现实意义。请想想，在大跃进时代，当我们面对那些亩产万斤之类的"皇帝的新衣"，敢像那个小孩子似的说真话吗？谁说了谁"右倾"，谁说了谁倒霉，即使像彭德怀那样的功臣，因为在庐山会议上说了关于大跃进的真话，也不得好报，始而罢官，终至含冤而死。

我们是多么不幸曾经生活在一个《皇帝的新衣》的可悲时代呵！

宋朝的女诗人李清照曾有"生当作人杰，死亦为鬼雄"的诗句，只有敢于在那个可悲的时代说出真话的彭德怀和文革期间说出真话的张志新才配得上称为人杰和鬼雄。

敢于在黑暗的时代说真话的彭德怀和张志新都是伟大的，而创造了《皇帝的新衣》，无情地讽刺了说谎、虚伪、自私……的童话家安徒生也是伟大的。

我们需要社会主义时代的中国的安徒生。

郑渊洁是一位具有幽默、讽刺才华又善于想象的童话作家，我读了他在《火花》杂志上发表的《红宝石公寓》，深感他作为童话作家的这些可贵的品格。当然光有这些品格还不够,还应有热爱人民,热爱真善美,憎恨假丑恶的高尚心灵。这些高尚心灵郑渊洁也是有的。

发表在《火花》1987年2月号上的《红宝石公寓》是以现实主义和浪漫主义相结合而构成的一篇童话,一个悲剧。作者反映了目前中国城市居民住房不足的困境与痛苦。是一篇为住房困难户代言的呼吁书。文章的一开头就写道:"吴三全家六口生活在八平方米的空间里……你呼出来的二氧化碳我吸进去,我吐出来的烟雾你吸进去,一支香烟全家抽,利用率堪称国际一流水平。"多么风趣而又辛辣的文笔。

当描写到家里的摆设时,"吴三家除了床以外,就只有一张桌子了,这张桌子的功能堪称世界之最:吃饭时是饭桌,妻子做活儿时是缝纫桌,女儿写作业是写字台,儿子听收音机上电大是课桌,老爷子用它放烟具,老太太拿它当梳妆台,夜里全家用它放尿盆。"

还有一段是专门描写吴三的性苦闷的。孟子曰:"饮食男女","食色性也"。关于这方面当然也是人生的一个重要的组成部分,然而吴三由于三代同房,"各式各样的床封锁得严严实实",他不是不能"人道",而是无法"人道"。请看看吴三的处境吧:"吴三颇羡慕同事老张。虽说老张夫妻两地分居,可每年有两个月的探亲假呀!吴三虽然同老婆睡在一张床上,可足足有五年没干那事了。你想想,上有视此事为异端的儿女,侧有生身之父母,吴三夫妻是四面楚歌。再加上那张床稍一动就发出'吱吱呀呀'的声响,五年来,吴三对那事一直不敢问津。记得有一夜,吴三实在耐不住了,他悄悄把手伸进老婆的被窝,序幕还未拉开,只听上铺发出一声咳嗽,吓得吴三忙把手缩回来,心'嗵嗵'直跳,就像调戏妇女险些被人抓住一样。次日早上,吴三连儿子的眼睛都没敢看。

"吴三结婚快二十年了,他清清楚楚地记得有数的那几次。吴三就像长期饿肚子的人一样产生了变态心理,为人处世很怪。"

这段文字说的虽是有关性生活的事,但绝非有意渲染色情,如果我们设身处地地想想,怎能不感到难过。

市民住房缺少形成了紧张局势,是一个世界问题,中国也不例外。新建住房也不少,看来问题就在于分配不公,有的凭权势,凭亲戚朋友关系或送礼求情竟分到了新房好房(当然也有分配的合理公道的),而真真困难的老实人却长期分不到。作品中的主人翁吴三就是这么一位可怜人。每次分房都轮不上他,而"论住房面积,吴三最少,所以他从来不去找房管科王科长'活动',自以为每次准有他。不错,每次分房前两榜都赫然写着吴三的大名,只是到了关键的第三榜时,吴三的名字无一例外地名落孙山了"。有人劝他对王科长巴结巴结送上点礼物,并告他送礼应送"人家没有的","要是送人家已经有的东西,说不定给你交到纪律检查委员会去",这说明给领导送礼也是大有风险的。结果这个傻瓜因不明王科长儿子需要什么玩具,竟在王科长开分房会之际推门进去,说:

"你儿子缺什么玩具""我……我想送点儿",结果王科长勃然大怒曰:"搞什么不正之风,都什么时候了,还来这一套!!"为此他的名字又从第三榜上隐退了。

其实王科长真的"清廉"吗?"王科长家的彩电不止一台。"

由此作者以缺房户的希望、理想、幻想通过童话创造了解决住房困难的奇迹般的气功缩身法(把人缩到大头针那么小)及异想天开的"红宝石公寓"。读之令人啼笑皆非。因为这实在是画饼充饥。但我们又不能不佩服童话作家的奇思妙想。真是"山重水复疑无路,柳暗花明又一村",于是作者把我们从现实的痛苦困境中引到了一个令人感到宽松欢乐的理想王国——"红宝石公寓"。在这里由精于木匠工艺的吴三竟创造了建筑模型式的三百间房子,使每一个家庭成员都感到满意。妻子也因再不过守活寡的日子而高兴了,女儿也爆发出内心的激动,大喊"爸爸万岁"了。因为全家人都被豪华富丽的陈设惊得目瞪口呆。

尤其是"吴三躺在自己卧室宽大的席梦思床上,眼睛直勾勾地盯着浴室的门,妻子正在里边沐浴。

"水流声停止了。吴三的心怦怦跳起来,新婚之夜他也没有这般激动和紧张过,原始的能量在他的躯体里积储了数年之久。偌长时期以来,他头一次意识自己是男人。

"浴室的门打开了,吴三的眼睛瞪得溜圆。

"一位皮肤白皙的中年女子披着浴巾从浴室里走出来,她的一只线条柔美的胳膊裸露在浴巾外边。在她移动脚步时,浴巾的下摆若即若离,时隐时现露出两条健美的大腿……吴三的血液凝固了,他不相信这就是他那在街道工厂糊火柴盒的妻子。这明明是天使,是仙女……"

这段幻想的幸福生活的描写,和吴三痛苦的现实生活相对照,一方面令我们感到了作者的好心,但同时也真使我们啼笑皆非。因为幻想到底不能代替现实。

然而即使如此也好梦不长,终于这建筑模型似的"红宝石公寓"在吴三外出时,不幸被王科长为他的"儿皇帝"儿子拿走,连用气功法缩小身体的全家老少,也全浸在澡盆里淹死了。

这一情节的出现,一方面令人感到作者的无情与残酷,另一方面也为他的构思的奇特而令人欣赏。是的,在这当儿虽然王科长发了慈悲给吴三分了两室一厅的新房子,并且为了儿子取走建筑模型还要赔偿一台彩电,吴三也不感兴趣了。

想想看,全家都葬身水中了,还有什么心思要新房要彩电。当不知死活的老张对吴三说:"听我的,他的彩电咱要了!过几天把家搬了,让嫂子炒几个菜,咱哥儿几个聚聚,喝几盅儿,也让两位老人高兴高兴。他们活了大半辈子,没住过有两扇门的房子。"接着又是班主任来电话,问女儿今天怎么没上学?

此时此刻吴三是什么滋味!而我们也真要为他流泪了。

郑渊洁是一位多能作家,他既能写童话,小说,也能写诗,然而他的诗和小说,其实也颇类似童话,而不论童话也好,不论诗也好,到处都感到跳动着一颗善良的心。

应该说《红宝石公寓》是写得成功的,作者丰富的想象,故事的曲折,人物的刻画,人物的描写的风趣幽默,都使我感兴趣。但如果吹毛求疵的话,我认为关于"国会大厦"的描写就有些多余了,至"红宝石公寓增建了舞厅,健身房,室内游泳池,高尔夫球场,网球场……"这红宝石公寓的建设即可停止,因为已经夸张得够厉害了。大胆提出以上意见,和作者商讨。

愿郑渊洁这篇用善良的心谱写的《红宝石公寓》能让掌管建房和分房大权的同志一读,也许会使他们的心有所感动的吧。

1987 年发表于《火花》第 5 期

略评《喜事》

中国妇女的不幸和悲剧，大都产生于家庭贫困、父母主婚、买卖婚姻和封建礼教、社会旧习对她们的无情的折磨和迫害。因此妇女是否解放，首先就看她们是否有婚姻的自主权。中国古今的文学家描写妇女的文艺作品，就有不少是牵涉到以上这些问题的。从汉代古诗《为焦仲卿妻作》到民间文学的《梁山伯与祝英台》；从《红楼梦》到《小二黑结婚》都涉及到妇女在婚姻问题上的不自由。不过由于时代的不同，有的无可奈何地听从命运的摆布，有的忍受着内心的悲痛含泪而死，有的表示了坚决的反抗；有的经过抗争得到了胜利。兰芝和焦仲卿是被残酷的婆婆拆散了的一对恩爱夫妻，回到娘家的兰芝又被父母逼迫而和焦仲卿同归于尽。林黛玉、祝英台都因不能和所爱的人结合而含泪于九泉之下，只有小芹由于处在共产党领导之下，所以经过抗争而得到了胜利。

从小芹开始直到今天，历 40 余载，虽然中国妇女都处在共产党领导之下,但还不能说在婚姻问题上已得到了完全的自由,足见我国封建思想和旧道德习俗之根深蒂固难于根除。不过今天的表现形式似乎又有了些新花样,目前自由婚姻的主要障碍好像是繁重的彩礼。总之男女双方还是不能顺利地和心爱的人结合。因此在婚姻问题上继续和旧的封建思想、旧的习惯势力作斗争以求移风易俗也还是文学艺术家不可忽视的重要主题。

作家西戎在40年前写的《喜事》,就是根据这一时代要求及切身感受而创作的。其中的女主人翁小秀是小芹一类的人物,所处的时代都是在共产党领导之下。但小秀既没有小芹和母亲斗争之激烈,也未曾遭受像金旺似的坏蛋从中捣乱,也没有向对方索取彩礼,虽和母亲有点争执,但由于人们的思想都有了一定的觉悟,总算顺利而幸福地和她的所爱——海娃结婚了。形成了一幕令人高兴的喜剧。也就是对新社会青年男女在婚姻问题上树立了一个榜样。

高尔基说:"艺术就其实质讲来是拥护什么或反对什么的斗争。"西戎同志的《喜事》所要拥护的就是自由恋爱,婚姻自主。而所要反对的就是买卖婚姻,父母主婚。小说一开头就通过小秀之所见批评了父母主婚给女儿带来的痛苦——"村里女子们出嫁,前两天就饭不吃,门不出,坐在炕角里哭鼻子,想象着自己未来的生活,和没有见过一次面的陌生的丈夫,心里感到恐惧和不安。"当小秀向她妈提出抗议时也说:"旧社会把妇女当牲口卖,这阵新社会不能啦!"村主任也说:"旧社会里,婚姻不合理……花上银钱,还不知道是哑子、是麻子、是拐子、是爬子,到结了婚,两口都不如意,今天吵,明天闹,你看糟糕不糟糕?"而小秀的妈则有些羡慕地说:"如今这世道,就是好活了你们这一把子年轻人了!"所有这些描写,都是要说明旧社会的父母主婚买卖婚姻给儿女们带来的无穷痛苦,新社会婚姻自主给儿女们带来了幸福。

除此之外,这篇小说也宣传了新式结婚仪式,提倡鞠躬行礼,反对磕头旧习,以求移风易俗。

西戎的《喜事》创作于1946年的晋绥边区,由于它产生于毛主席《在延安文艺座谈会上讲话》发表之后,所以不论主题思想和语言风格都力求使工农兵喜闻乐见,并具有巨大的社会效益,虽然小秀这样的人物,在当时晋绥边区的农村还不普遍,但已开始出现,并将日多,因为当时的农民在共产党领导下,经济上翻了身,政治上获得了民主自由,因而婚姻上要求自由,敢于和旧制度、旧风俗、旧传统进行斗争已成必然趋势,她们意识到,在斗争中不是孤立无援的,而是有共产党作后盾。因此小秀就敢于对她母亲说:"没有经我同意,就是不行。"这是在新的历史条件下,产生的新女性的新性格。而这也正是典型环境中的典型人物。作家就应该在生活中发现这种人物,歌颂这种具有反抗性的性格,从而去影响整个农村,启迪人们在婚姻问题上的彻底觉悟。

这篇不到三千字的现实主义小说,其特色是主题明确,富有思想性;形式短小精练,语言通俗明朗,是一篇早期的"山药蛋"派的佳作。它来源于生活,而又饱含着作家的热情和对新生活的希望。但由于篇幅的过于简短,也就难免令人有单薄之感。而这和40年前西戎初登文坛、羽毛未丰不无关系。但在当时要求文艺为政治服务的口号之下作者未曾囿于故事叙述,政策图解,而能从生活出发塑造了小秀和村主任这些可爱的人物,就是可贵的。读着这样的作品,我得到了美感,也分享了小秀的愉快。

现在重读《喜事》,感到对于目前在资产阶级自由化思潮影响之下,要求文学远离生活,淡化主题的那些歪风邪气,正是一个有力的挑战;同时对今天的社会来说,《喜事》也仍有其不可轻视的现实意义。

1987年8月3日发表于《太原日报》"双塔"副刊

我与作家的对话

一

那天夜里下着雨,雨点子又急又猛,结满树冠的如豆苦杏被纷纷打落。我姑母窑屋的那扇被岁月浸染的乌黑的门被一只手轻轻挪开。姑母那时半睡半醒,浑身躁热,突然觉得有两只手在她身上摸索颤抖。

"谁?"姑母恐怖惊叫,猛然坐起。

"我是谷贵!"

"干啥?"

"姑姑……"

姑母点亮菜籽油灯,血一下子涌到脸上,她看到了活在人间最不应该看到的东西,干恶起来。

"我是你姑!"姑母在那一刹间悟透了一个光棍心理上的苦涩!明白了一个孤独无偶的男人是怎么回事,也明白了谷贵在草垛上丑恶对话的内涵。

"走吧,谷贵!"姑母说,浑身颤抖却异常冷静,"你走吧!"

"我只想你一个人,姑!"

"你是牲口,谷贵!"

"……"

"出去!"

"姑,行不行!"

谷贵半脱着裤子跪在放米的莜麦笸箩上。外边雨声阵阵。"谷贵,媳妇要慢慢等。"姑母早已是一片哽咽。

"我三十八啦……我完啦,一个工八分钱,他妈×,×都让狗×去啦……"回答姑母的只是越走越远的回声……谷贵在雨中走远,不一会儿又在雨声中走回来,浑身精湿,踩得泥水"咕吱""咕吱"响。姑母在窑里孤坐着,听见那去而复还的脚步声停在窗外,不禁心惊肉跳。

"谷贵,我喊啦!"

"……"

"你是不是牲口!"

外面的回声像一根硬邦邦的草茎一下子戳进窗纸,干冷而令人颤栗。

"我把那个割了,姑姑!"

说完脚步声又响起。

"谷贵!"姑母在窑里喊。

"没用!"谷贵的声音越走越远,"留着没用!"

以上是今年2月号《山西文学》在首篇刊载的青年作家王祥夫的小说《永不回归的姑母》中描写的一段。读着这样的乱伦的故事,使我不由地联想到《人民文学》曾经发表过的那篇小说《亮出你的舌苔或空空荡荡》。

我近来除了读这篇《永不回归的姑母》外,还读了前些时《火花》也是在首篇刊载的作家张石山的小说《官碓》以及轰动一时的《山西文学》上发表过的李锐的小说《厚土》。

单看标题我不清楚《官碓》是什么东西,后来读完了小说才知道,"碓"者,就是将它想象或者象征为一个女人的生殖器。我不明白为什么社会主义时代的中国作家中,有些人总喜欢在"女人的生殖器"上大做文章;而有些刊物对这种有关女人生殖器的文章竟那么感兴趣。这难道正是所谓的一种"时代精神"?但却可以肯定,这是中国文艺上的一种时髦病。当这样想的时候,我也难免要想到"作家是人类灵魂工程师"的光荣称号。

《厚土》中曾有一篇描写两个农民把自己"女人的生殖器"作为彼此交换享乐的礼物,而我上面所引的《永不回归的姑母》中的这一段,描写的却是侄儿觊觎姑母的"女人生殖器"未逞而竟把自己的生殖器割掉的荒唐事。在这之前这侄儿就曾在草垛上不怀好意地调戏过比他小三岁的姑母,不知道手里拿着什么,问姑姑:"像不像狗鸡巴?"

二

《永不回归的姑母》中,开头不久就描写道:"院门里是一堆微绿半黄的胡麻秸,有鸡在上边舞蹈,鸡冠硕大如绶带辉煌动人,是公的,正舞蹈给另一只母的看。这表演只持续了一会儿,那公的便伏到母鸡背上去。"

随后又写道:"我看见来货队长突然站住,面朝布满刻痕古老的土板墙,身子一缩,极有气势地'哗哗哗哗'对着墙尿了起来,尿水在阳光里闪光奔腾。跟在他背后的那女的也站住,在他背后小声问:'我今天干啥活?''去南朝坡锄山药去吧。'来货队长说。

"把黑布裤裆一捏一捏转过身来。又一捏一捏,继续走。留下长长的尿痕在土板墙下曲曲弯弯像古老文字令人费解。"

……

"我清清楚楚看见他在那黑暗汗臭的屋里半夜起来提起那只炕头下铮亮的夜壶撒尿,而那夜壶却'砰'然四碎,如地雷飞炸!一只肥硕的癞蛤蟆一下咬住他的阳物,在尿水飞溅中他拔脚狂逃,村里便响彻他恐怖的喊叫和光脚在卵石上发出的响声,从此他小便失禁,异于常人"……

"据说我这个大爷的阳物上从此便长了厚厚的癞皮,成为家族史上的耻辱,被一切女人厌弃!"

"我看见姑母那健壮美丽的裸体在老屋里仰卧横陈,窑里是一片贯珠般的水声。'我累啦。'她说,身子在暗中辗转挪动。

"'我不来了。'另一个黑色裸体在炕另一头。没有光亮,那暗中肉体仿佛自己会发光,一尊动人的肉体。在暗中那肉体慢慢动了起来,无声无息如一头蓝花豹子,猛然落在姑母身上,喘息而兴奋,但这人又猛然不见。我姑母依然恍惚仰躺,暗中泪水迷蒙"……"我终于认出那健壮的裸体是我的姑夫。"

从以上所引,能令我们感到作家的视野和兴趣,不是鸡的交配就是人的小便,或者就是癞蛤蟆咬住了大爷的生殖器,或者是姑母和姑夫的性交。我实在不能理解,这些让读者闻着尿臭味的丑恶描写和我们豪迈的四化建设和我们的庄严的改革有什么关系?和建设高度的社会主义精神文明又有什么关联?给读者又提供了什么美的享受?

三

其实《永不回归的姑母》其描写的重点是公社的李主任打了姑母的主意。这李主任以权谋私道德败坏,竟以三万斤救济粮作代价,换取姑母的"女人的生殖器"。而整个窑地村除了姑母也没有一个好人,他们以大爷为首给"亲妹下跪求她去干那事,去让人操!"真是伤风败俗,不如禽兽。而为了他把亲妹子献给李主任,换取了三万斤救济粮,队上给这位立了功的大爷记了一年工。关于李主任的恶行,小说中如此描写道：

"我望见了那间顶上堆着黑树枝的窑。里面睡着那个女人，浑身汗津津的，她就是我姑母。……她用手遮住了半个脸。可那李主任汗津津的身子在暗中起伏有声。"

《永不回归的姑母》中所描写的愚昧、贫困、落后，色情和性心理变态……绝不是目前中国文学上的孤立现象。前面提的《厚土》《官碓》就都有类似的内容。而在日本得奖的电影《老井》不是就曾有一位孙立峰的在《文论报》上说："这种集中国人愚昧、贫困、落后、性心理变态之大成的创新，那是令人困惑的。"从而提出：《老井》的获奖究竟是中国人的荣誉还是耻辱？

如果一位外国记者来到中国，把目光和兴趣专门放在中国人民的愚昧、落后、贫穷、野蛮等方面，显然，是一种不怀好意和不友好的行为。而今我们的作家却尽情描写这类败坏祖国人民声誉的作品，有的还在外国获奖，也真值得我们深思。这种自我作践的行为，试问还有多少爱国主义？

四

人民的生活是十分多样的，人民的语言也有良莠之分，由于作家的兴趣和文艺观的不同，而对生活素材和语言就有不同的选择和处理。高尔基说："文学的第一个要素就是语言，语言是文学的主要工具。"因此对于一个作家来说，对人民当中自然形态的语言，进行选择、提炼、净化、提高，都是艺术加工的必要任务。我们对于文学的语言首先应要求具有纯洁性,而不应以自然主义的态度对待。因为文学语言的美和丑对读者都会产生影响。然而《永不回归的姑母》中的语言,有很多不能不令人感到龌龊。有的已经在上文中引用过了,有的还没引。例如:"天上掉下个×!毯们的好运气!让毯们吃去吧!""正面那窑里,从东北贩驴而来,梳着大辫子的细眼睛祖爷第一次和祖母温柔鲁莽欢乐而痛苦的交媾诞生了我们这一支血缘的队伍。"……

赵树理是最熟悉农民的,而他接触的农民也不可能没有些龌龊的语言,然而赵树理的小说却保持了文学语言的纯洁性。在《小二黑结婚里》,即使对于坏蛋金旺和兴旺也没有让他们说些下流的话。因为赵树理明白,作品中的语言也应该比实际生活中的语言更高、更理想、更美,而不应与实际生活的语言划等号。

五

邓小平同志在1979年召开的中国文学艺术工作者第四次代表大会上的祝词中说:"我们的文艺,应当在描写和培养社会主义新人方面,付出更大的努力,取得更丰硕的成果。要塑造四个现代化建设的创业者,表现他们那种有革命理想和科学态度,有高尚情操和创造能力,有宽阔眼界和求实精神的崭新面貌,要通过这些新人的形象,来激发广大群众的社会主义积极性,推动他们从事四个现代化建设的历史性创造活动。"又说:"要恢复和发扬我们党和人民的革命传统,培养和树立优良的道德风尚,为建设高度发展的社会主义精神文明,做出积极贡献。"并要求"努力用社会主义思想教育人民,给他们以积极进取,奋发图强的精神"。此外还要求"认真严肃地考虑自己作品的社会效果,力求把最好的精神食粮贡献给人民"。

如果用《祝词》的要求来衡量小说《永不回归的姑母》和《官碓》这类作品,我们将作何感想呢?

从理论上讲,我们社会主义的大陆文学理应比自由世界的台湾文学格调高昂一些,至少应该在作品的思想性方面比台湾文学领先,因为我们前有毛泽东的《在延安文艺座谈会上的讲话》,后有邓小平同志代表党中央的《祝词》,这都是指导我们的文学比台湾文学至少在思想性方面要高的根据。

但实际却不尽然,当我读着《永不回归的姑母》等小说时,就不由地想到了台湾女作家三毛的小说《哭泣的骆驼》,她在这一作品中赞美了殖民地人民反抗殖民者的英雄人物和他们的英勇斗争。我为这篇作品所感动时,也就不能不为《永不回归的姑母》等作品感到羞耻,为我们的文学的堕落而感到悲哀!

我想我们的部分文学作品走着这种令人悲哀的道路,首先是由于作家脱离人民,脱离现实的必然结果。脱离人民就必然对人民失掉了责任心,脱离人民也就必然失掉人民生活中的生动的、能够提高人民精神境界的创作素材。其次是由于脱离了人民也就失掉了抵抗世界上资产阶级各种丑恶文学病菌的能力，因而感染了流行性的资产阶级的文学病毒。为此，我向有责任感的作家们呼吁：认真严肃地考虑自己作品的社会效果，力求把最好的精神食粮贡献给人民。

1988年3月30日发表于《山西日报》"黄河"副刊

读《心儿,在飞扬》有感

我带着一颗激动的老人的心,一口气读完了朦胧的处女作《心儿,在飞扬》(《火花》第 4 期)。感谢编者向我们推荐了这篇小说。我为我们的 18 岁的农村少女能写出这样感人的作品而高兴。

这篇小说以真实的感情,生动有趣的描写而吸引了我;洋溢着新农村的生活气息,揭示了正气和歪风之间的矛盾,新思想和旧传统观念的抗争,令人感到了时代脉搏的跳动。

作者塑造了三个善良纯洁的姑娘,其共同点是三人都不幸失学了,有的是因为高考落榜,有的是因为母亲去世。不同的命运使她们各有各的烦恼。她们不满于重男轻女的封建思想作祟,不满于招生考试中的权力与地位之争,敢于不顾逆风和冷嘲而坚定地走自己的路。

对一个初学写作的姑娘来说,敢于在作品里同时描写三个不同的少女,应该说是难度较大的,因为既要写好三人之间的关系、交往,又要在结构上对三人的出场有较好的安排,还要尽可能写出三人不同的命运和性格。但就《心儿,在飞扬》所达到的成就看,还是比较令人满意的。

小说的一开头就展开了关于男娃好还是女娃好的争论,初读,会以为是姑娘们信口回答的,细读就知道答案都和自己的身世有关。例如小雅就认为男娃好,她说:"男娃不想上学,家里逼着上,我们想上却不能上。还有,男娃虽然干的活重些,但不操心。你看我们女娃,做针线、做饭、还得上地,真够劳心的!"这里所说的女娃,却正是小雅自身的写照。而敏娟的答案其实也和自己的处境相关。这说明朦胧描写这三个姑娘,既有深厚的生活基础,又有写作的严密性。

当朦胧描写春鹿眼中的妈妈生了气的脸色时用的比喻很精彩。如:"她发现了妈妈那乌云翻滚的脸,才知道一定出了什么不好的事,光看那脸色,不下雹子也准是狂风暴雨。"

妈妈终于开口了:

"我说不让你考吧,你还难受得不得了!"

作者接着描写道:

"铜钱大的雨点开始往下砸"……类似的生动描写还很多,就不一一举出了。

我特别欣赏敏娟相亲的一段。寥寥几笔把敏娟的对象刻画得凸出纸上。作者描写道:

"她陌生而大胆地打量他——高高的身材,白净的皮肤,英俊的脸庞,羞怯而深情的眼睛。他矜持地站在门口边,脸上绯红,微低着头不敢正眼打量她,仿佛一个俊俏羞涩的大姑娘。"这之后,当敏娟和小伙子对话时,作者又描写小伙子:"……像做了见不得人的事,脸涨得更红了,头垂得更低了,手也不知往哪儿放。"

这描写一面突出了小伙子在异性面前有如大姑娘的性格,同时也就更衬托出敏娟这姑娘的"假小子"的姿态,她真是"一个天不怕,地不怕,爱说爱笑,敢想敢做的'现代派'小姐",是一个新时代的女性。

我感到小说中的对话也是写得真实动人的,如春鹿妈和春鹿的一场争执,以及敏娟和她妈的一场唇枪舌剑。这些对话,一方面能使读者身临其境,感到情节的紧张,同时也揭示了新旧思想的矛盾。说实在的,小说如果没有矛盾,读起来就不会使人感到兴趣,就缺乏吸引力。而生活本身就是充满了矛盾的,就看作家是否善于描写。而朦胧是描写得动人的。归根到底,从以上所说的对话,也看出作者对于生活的熟悉。

小雅是小说中最令人同情的姑娘。朦胧对小雅的处境和她爹要给她"找个新妈"时父女的对话虽然很简单,却很感人,从而给我留下深刻印象。

总之朦胧的文笔我是很欣赏的,她不像王安忆的过于繁琐,有自然主义倾向;也不像老一辈作家赵树理的偏重于口语化。她有她自己的风格。

我现在深感:一些无名的初登文坛的新手,倒往往写出了感人的好作品,而有些有名的作家(即使是文坛元老)有时写出的作品却使人读了感到失望,其所以如此,就因为那些初登文坛的作家具有丰富的生活,而某些成名的作家其写作源泉已枯竭而又不肯深入生活,于是写出来的东西就难免淡而无味。例如我曾读了人民文学出版社1980年出版的《短篇小说选》,其中一篇不大有名的作家李惠薪写的《老处女》就使我深为感动,而鼎鼎大名的已故老作家茅盾的一篇《一个理想碰了壁》却不能感动我。其原因就因为《老处女》是作者的实感,而《一个理想碰了壁》其素材可能是道听途说。这样讲绝没有要贬低茅盾之意,他曾写过轰动一时的三部曲和《子夜》,在社会上赢得了很高的威望。然而单就《一个理想碰了壁》来说,却是相当无力的。

因此要写出好的动人的小说,真还需要"长期地无条件地全心全意地"到人民群众的生活中去。马烽同志作为人大代表最近在接受中外记者采访时说:希望作家"投身到改革开放的火热斗争中去",不要"坐在家里去写那些与广大群众无关痛痒的题材,在所谓技巧上玩弄花样"。他的这些话我非常欣赏。愿我们的新老作家能在这些重要问题上沉思。

愿朦胧沿着自己的路走下去而不动摇。

1988年发表于《火花》第8期

把美的情操奉献给人民

——从谢俊杰的小说谈开去

一

谢俊杰同志是山西省的一位很有才华的中年作家,也是一位多产作家。他从事文学工作30年来,除写了50多篇小说外,还写了40余篇报告文学和几部电视剧本,此外还写了散文和儿童文学。最可贵的是他一直沿着毛泽东同志《在延安文艺座谈会上的讲话》所指引的道路前进。他热爱人民,热爱我们的社会主义社会,作为一个作家并具有从事创作的极为深厚的生活基础和极为丰富的生活知识。从而写了很多歌颂社会主义的光明和歌颂社会主义时代英雄人物的佳作。而且他写的生活面很广,描绘了很多不同类型的人物,而大多数都具有美好的心灵和高尚的情操。从而产生了良好的社会效果,给予读者以教育和鼓舞。他所采用的是革命现实主义的创作方法,作品重故事性,并能出色地运用从民间语言中汲取来的很多生动新颖而又有趣的语汇。既重视作品的主题思想,也重视作品的通俗性和语言的纯洁性。基本上属于我省的山药蛋派作家,深受群众的喜爱。

谢俊杰善于发现日常生活中的光彩以及普通人的心灵美,从而表现在他的作品中,使我读了感到生活的美好和人民的可爱。他有好几篇歌颂山区人民的忠厚、善良、诚挚等美德的作品,他描写了即使面孔是丑陋的但心灵是美好的人物。

谢俊杰不像有些作家认为写光明就是"假大空",就是"瞒"和"骗",就是贻误国家与人民的"伪"爱国主义,"伪"人民性。因此他们就只写我们社会的黑暗、愚昧、贫困、落后,甚至写色情……。而谢俊杰却能用一分为二的方法看我们的社会,既看到黑暗面,也看到了光明面,并把光明面作为新社会的主要矛盾方面。他给我的来信中说:"我觉得,在我们的生活中有丑恶的现象,这是应该予以揭露和鞭挞的,但生活中更有光明和充满生机的一面,我们有责任光大这一面,使人民群众充满前进的信心,给他们鼓劲而不是泄气。"他曾在一篇回忆的文章中说:"我是喝党的奶汁长大的,有些灰色的与党和人民格格不入的情绪,在我感情的筛子上是通不过的。如果不能把美的情操奉献给人民,宁可搁笔。"所以他就努力发掘生活中美的东西、高尚的东西而加以赞美歌颂。不论他的小说,不论他的报告文学和散文,都体现了他的心愿。

我总认为作为一个作家更应有正确的世界观,如果把我们的社会看作法国作家莫泊桑写《羊脂球》的时代背景,看作鲁迅写《祝福》和《故乡》的黑暗时代,显然是不正确的。虽然我们的社会也有黑暗面,但这是不能相提并论的。这无疑是一个立场问题。

其实写光明与黑暗并不是一个新问题。早在抗日战争的延安时代,毛泽东同志就反对光明与黑暗的"一半对一半"论,他在《讲话》中说:"苏联在社会主义建设时期的文学就是以写光明为主,他们也写工作中的缺点,也写反面人物,但是这种描写只能成为整个光明的陪衬,并不是所谓'一半对一半'"。而今我们有些作家连"一半对一半"也没有了,而认为我们的社会是一片黑暗,多么严重!

谢俊杰的文字是经得起推敲的,既不繁琐累赘,也不单调乏味,令人读起来感到自然洗红练,津津有味。似乎他继承了鲁迅文学的优良传统。

谢俊杰的文学作品,是山西新作家中我最满意的之一。论文学技巧,论文学的艺术性,达到他的水平的作家大有人在,然而评价文学创作,可以单看技巧的好坏和艺术性的高低而不看思想性的强弱吗?我想我们社会主义的文艺应该要求形式和内容的高度统一,不仅看它的形式的新颖,描写的动人,还应看它是否有良好的社会效果以及对人民的教育作用。也就是还要看它是否为建设高度发展的社会主义精神文明做出积极的贡献。而谢俊杰的作品则既有可贵的主题思想,也有感人的艺术魅力,我读他的作品总感到有一种能提高人的精神境界的力量,并感到是一种美的享受。

由于资产阶级自由化思潮在我国文学艺术界的泛滥,有的作家竟否定毛泽东同志的《讲话》,否定我国文学艺术的民族传统,盲目学习西欧现代派,诸如意识流、心理分析、魔幻、象征、纯写意象等文学作品都在我国文坛出现,还有人提倡极端主观的高扬个体的文学艺术,有的人推销无主题无情节无典型的作品,有的写身边琐事,有的写性生活。这些文学作品不但大都脱离广大人民群众,危害读者,而且也败坏了我国崇高的社会主义文学艺术事业。谢俊杰处在这样的不良文学思潮中,却不赶时髦,不迎合那些低级趣味,不追求那种廉价的掌声,始终如一地走一条毛泽东文艺思想所指引的正确道路,是很应受到表扬的。

在这种气候中,我们的《山西文学》能于1987年和1988年为谢俊杰的小说《悠悠桃河》和《缘分》先后颁发一等奖,真是令人十分高兴的事。我读了这两篇获奖的优秀作品,并读了他早些年写的小说集《桃花雪》,高兴之余,写下了我对于它们的评价,以就教于同仁。

《缘分》是一篇主要歌颂关心人民疾苦的县委书记的小说。整个作品以贫困无能的王七成为主线,以是否关怀他,如何关心他成为围绕共产党干部之间的话题和行动,从而展开了有趣的故事情节,突出了作品的主题思想。这是一个很难写的题材,但作者却写得生动自然,有声有色,富有说服力。

这篇小说能够在《山西文学》获奖,既说明评委们很有眼力,也说明评委们的艺术观点的正确。因为当时国内的文学艺术界正处于资产阶级自由化思潮泛滥的时期,沿着毛泽东文艺思想创作的好作品很不被人重视。因此《缘分》之能够获奖，就使我觉得难能可贵，正像《缘分》本身的产生难能可贵一样。

我说《缘分》的主要人物县委王书记是个好党员，并不仅仅因为他朴实无华，平易近人，当七成找上门来时，他写了条子给乡长使七成领到救济粮，而且他居然和乡长一同上门来看七成，从而解决了四个孩子的上学问题，"而且过一段时间，他就要去看看王七成"。由于他对王七成关怀备至，竟招来了说他是七成的表哥的流言。作者把这流言插入小说中，不但使作品的故事情节丰富增辉，而且也使主题思想更加鲜明突出。县委书记之所以对王七成有缘分，就因为他确实脑子不够成，而且老婆比他还少一成，由此而导致他最穷最弱，这就更需要党和政府对他特殊照顾。

由于我国农村的发展不平衡，以及农民个人承包责任制政策实施后难免有些人一时还不适应，所以出现了王七成这样的不能自理的农民也是很自然的。围绕着王七成，作者一共写了五个共产党员，王书记是阶级觉悟最高的，是密切联系群众的好典型，他时刻把群众的疾苦挂在心上，尽心尽力帮助七成解除痛苦，正如王七成所说的"你才是真共产党哩，我今天可算寻对了"。当王七成说这话时"眼泪花儿都冒出来了"。而我读到这里时也感动得流了泪。其次是刘乡长，也还算一个好党员，他在处理七成的问题上颇令人感动。他竟出主意让村长刘全先把自己的便宜牛让给七成，而且说："共产党员，就要有点吃亏精神嘛！"这话说得很对。而且当七成受骗以牛换下敲掉牙的老驴时,他对刘全说:"你别说这些了好不好,不管你知道不知道,王七成出了事儿,就是咱们的责任没尽到。"第三个是村长刘全,虽说这个党员的觉悟不高,责任心不强,一切好事都是被动干的,或者是怕挨批评干的,但当上级指出他工作失职后,他还是能认识改正,他没有阳奉阴违,没有做坏事,就是他对七成说的"不是我不管,我这村长还不是挂着空牌牌,早不是我当队长的时候了,要钱没钱,要粮没粮,我拿甚管你?"这也是实话。这种共产党员在农村非常多,说好不好,说坏不坏,谓之中流。第四个是书记的夫人——民政局长,也不能算坏党员,虽然为救济七成的事和丈夫开了个不应开的玩笑挨了一顿批,但毕竟书记的批示她还是很好完成了。真正坏的共产党员是大陈村的村支委陈小蛋,就是他用敲掉牙的老毛驴骗走了七成的小母牛。但这人的"良心毕竟还未泯灭",当王书记在全县的电话会上将王七成受骗事广播之后,过了三天,知罪的陈小蛋终于在天黑之后悄悄溜进王七成家的墙豁口,把骗去的小母牛送回来了,而且还贴了十块钱的配种费。这样的坏党员虽然坑骗了王七成令人可恨,但一想到他送回了牛又为此而有十元钱的损失,也就使人消气了。

现在想来,如果谢俊杰写五个共产党员都是好的,没有差别,那就谓之不真实;如果都写成坏蛋,也不符客观实际。而作者现在这样处理我认为是很真实的。这一点必须肯定。

谢俊杰的小说,是很重视故事性的,《缘分》也不例外,但他在处理小说的结构时,既非平铺直叙显得单调,又不是头绪乱杂令人难读。有穿插而很自然,有倒叙而很顺情。当王七成在小说中出场时,仅说他袖着两手,并没有紧跟着就描绘他的模样,而是当他出现在县委大院,通过门房老头从小窗里探出脑袋来细细端详他时,作者才详细地描绘了王七成在老头眼里是怎么样的一副寒酸相。其次关于王七成家里的贫穷状况,作者也没像有些小说似的一开头就向读者介绍,而是推迟到等王书记要和刘全、刘乡长"一起去他家里看看"时才通过王书记的眼睛向读者介绍的。这种处理就显然比一开头由作者介绍要好得多,既顺情又自然,这都显示了作者在文学描写上的匠心。

特别要指出的是《缘分》中的对话都写得生动有趣,既突出了人物的性格,又符合他们的身份。因此当我一开始阅读就紧紧地把我抓住了。请看看刘乡长和刘全的一段对话,一上手刘乡长就批评刘全说:"你糊涂油蒙住心啦!你身为村长,共产党员,对群众大撒手不管,做下有理事啦!你还鼓动七成去找王书记,怎不让他去找邓小平去,你呀你,算替咱全乡把锅灰抹美了!"直到刘全说:"好我的乡长大人哩,那便宜事还能天天碰上?"写得真有味。这些生动有趣的对话,说明作者对乡村干部多么熟悉。此外再看看在市场上以驴换牛的那段交易,把个陈小蛋骗人的言谈描绘得多么有声有色,作者对这种人物多么了解!

他很善于运用群众的语汇使文章放射光彩,例如当描写到刘乡长向王书记汇报王七成的情况时说:"夫妻俩头脑笨,倒不误生娃,颗颗蛋蛋一气儿养了五个……"这"颗颗蛋蛋"

就实在用得新颖而又形象。还有,当"县委王书记和刘乡长从车上走下来。刘全心里不由格登一跳"。这"格登"二字也用得动人。

从艺术上来说《缘分》最成功的地方是创造了一个性格鲜明的王七成的形象,而陈小蛋的性格也写得突出。在思想性方面来说,则表现王七成对于共产党的信任和作为共产党的王书记对于人民疾苦的关怀,都是很感人的。作者成功地塑造了一个值得所有党员干部学习的王书记。他对王七成这样的人也没有丑化,而是充满了同情心。就是刘全这个人物也写得令人觉得可爱。总的来说,我感到《缘分》这篇小说很有现实意义,而从文学的见地来说也是非常成功的。所以它发表之后不但获得一等奖,而且接着就为《新华文摘》和《作品与争鸣》所转载,后又被黑龙江电视制作中心拍摄成电视剧。我为谢俊杰同志能写出这样好的小说而高兴。

二

《悠悠桃河》是一篇用泪水写成的中篇小说,从一个噩梦开始,而又以噩梦似的苦难生活展开了故事情节。对作者来说《悠悠桃河》的内容是他的笔从未涉及过的生活领域。因为他从一开始走上文坛就是以描写社会主义时代的人民的新生活为小说题材的,而这里所描绘的,虽然是解放战争结束、正当历史新旧时代交替的当儿,但实际还全然是旧中国的社会景象。因为社会内在的改变比起政权的交替要慢得多。和作者以往的作品比较，这一篇小说写的生活更广更深，有血有肉。在他过去的小说中还从来没有写过如此悲苦凄惨的人生。

《悠悠桃河》无疑是基于作者童年的见闻创作的，其中的苦难生活说不定都是作者切身的感受，所以能写得如此情真意切，倍加感人。

故事是以悲剧人物姣姣小姨作为中心而开始的，但又同时和另一个苦命的人物——小三三他妈纠缠在一起，用两根苦藤交织成一幅旧时代人生的悲惨图卷。

作品涉及的生活面很广，写到了张财主的被土匪拷打折磨，剥死人衣服的"六十"老光棍背着三三陪他母亲到阳泉看望病夫，一群天真的孩子们拉响了顽固军的地雷，三三父亲的死，没良心的刘叔叔狠心骗财，母亲带着姐姐和哥哥背炭，全家在火车隧道里寻遗失的钱包，姣姣小姨让傻子强奸后又被迫和他成亲，以及姣姣和石桂哥的偷情，最后写姣姣的跳崖自杀终于被钉在"白皮棺材"里作为收场，如果不是一位成熟的作家已经获得丰富的创作经验，要把以上复杂的生活情节揉成一篇完整无缺的作品，也实在是件难事；如果不是作者对这些生活有特殊的熟悉，要写得如此感人也是不可能的。然而谢俊杰以《悠悠桃河》为题竟写成了一个成功的中篇，从而获得1989年《山西文学》颁发的一等奖，令人高兴。

在我看来，小说最精彩的地方是描写姣姣小姨和石桂哥通过小三三作为桥梁的恋爱故事。姣姣小姨是小说中最善良最值得同情的一个姑娘。她给予了三三的妈妈以无私的帮助,有如三三家庭里的一名成员。她曾用凤仙花染红三三的小指甲盖使三三妈欢喜。她最不满意史奶奶强加给她的那个傻子,然而人总是要有个爱情寄托的,于是她私交了放羊娃石桂哥,究竟他们何时相爱的,作者没说,但可以知道他们久已有了爱情关系了。小说中描写小三三摸姣姣小姨的奶"摸着摸着她又失起神来"。忽然想起了石桂哥,可以猜想石桂哥已经常摸她的奶,而且有时悄悄让小三三告诉姣姣小姨"明天晌午,在老地方"。也说明他们的幽会已非初次了。而且姣姣的怀孕也很难说就不是石桂子的孩子。作者写他们恋爱关系的含蓄、隐晦,真够耐人寻味的。姣姣这种行为既是对史奶奶强迫她和傻子成亲的抗议,也是对于封建枷锁的挑战,而同时也正是她生活中的惟一有的幸福。然而她又只能偷偷摸摸进行,这就因为姣姣小姨还生活在一个妇女没有得到解放的毫无婚姻自由的可诅咒的历史时代。然而这场处于"地下"的爱情生活,终于成为了一局令人痛心的悲剧——无辜的石桂哥为野狼剖腹残害了,怀孕的姣姣小姨也在舍生崖跳崖自杀了,最后还像耶稣被钉在十字架上似的用长钉把她钉在白皮棺材里。石桂子的惨死,姣姣的自杀,以及对她的尸体的十分残忍的处理,都是作者对封建社会的有力的揭发和控拆。

作者描写当骗子刘叔叔为三三母亲热情接待,给他吃鸡蛋和葱花油饼时,引得经常吃糠面饼的三三姐弟们产生那种难忍的馋状,写得十分动人。到后来全家到火车隧道里持灯寻钱包的一段也给我留下深刻的印象。作者不仅对隧道的一石一水和火车来时的情景那么熟悉,从而描写得真切惊心,而且描绘母亲痛不欲生的情景也令人十分动心。

作者所描写的三三的妈妈也真够命苦的,死了丈夫一个人要抚养三个嗷嗷待哺的雏儿,本来就够她难于忍受的了,接着又被那无情无义的刘叔叔把她所有的金银首饰全部骗走,弄得她不得不和儿女去背炭,忍受那牛马似的痛苦,之后又在火车隧道里丢失了她好不容易积攒下的钱。她一直挣扎在不幸的命运中,遇到过坏人,也得到好心人"六十"光棍和姣姣小姨的同情和帮助,既为三个雏儿而辛劳,也为他们而奋斗,并从他们那里得到安慰,使她不能不活下去。这么一个泡在苦水中的妈妈能够顶住生活中的一切不幸,也算一个坚强的女人。这是中国贫苦女性的一个典型,而同时也是我们苦难民族的象征。

读了《悠悠桃河》,不能不使我对谢俊杰的生活经历之广,感受之深,以及文学描写才能之高深而钦佩。

三

小说《在新开的小吃部里》是《桃花雪》这个集子中的一篇富于矛盾斗争的作品。其中描写了黑暗面,也描写了光明面,而最终光明战胜了黑暗,正义战胜了邪恶。我非常欣赏这篇有力地干预了生活的小说。

这篇作品一共写了四个人物,都性格鲜明,其中张老太太是代表黑暗面的,她虽然是一个共产党干部,却真像一个旧社会的国民党的地痞。她作为市场管理员,由于其丈夫是工商管理局的副局长,有后台,于是就以权谋私,称王称霸,到处贪吃多占,因此外号叫"大嘴神"。由于她有权,所以谁也不敢不巴结她,否则可以让你的小吃店关了门。在秦岗大队新开设的小吃部里有以三种不同态度对付"大嘴神"的人,女会计叶叶就是不买"大嘴神"的账,敢于和这种黑暗势力针锋相对,进行斗争;而管理小吃部的明山老汉却是个老好人,对这种恶势力一味妥协迁就,像敬神似的把"大嘴神"供奉起来,于是叶叶和他就产生了矛盾。至于炸油条的王师傅却是一个只管埋头干自己的营生不管明山老汉和叶叶争论的人。但事到临头,也还是和明山老汉一鼻孔出气的。当叶叶不按明山老汉平日的章程去满足"大嘴神"的贪吃,从而得罪了这位神神,特来小吃部查账,意欲从鸡蛋里找点骨头进行报复时,却不料查的结果倒把自己三个月来多吃的四十斤粮食查出来了。于是让叶叶战胜了这位"大嘴神",使她"像害了热病似的,慢吞吞向门口走去"。这时,王师傅却说了几句很有教育意义的话:"明山哥,我说句实话,你那法儿呀,不如叶叶的灵验,我胆小了一辈子,今天算长了见识。这神鬼之事,越信越多,越敬越厉害。就像解放前,不知立了多少神像,解放后大家一齐心,庙拆了,泥胎搬了,神神鬼鬼也都不见了!"而这也正是这篇小说的主题思想。

叶叶是一个非常可爱的姑娘,她单纯,能干,敢于斗争,善于斗争,是我们这个社会的脊梁骨。

中国的小说,最善于通过人物的对话,表现人物的性格、《红楼梦》是最好的榜样。而谢俊杰在这篇小说中也以对话表现了不同人物的性格。最成功的是叶叶和明山老汉,他们的对话,不仅表现出自己的思想性格,而且他们所说的话也非常切合他们的身份和所处的环境, 即使叶叶是个初中毕业生,也没有较多知识分子腔。由于她生长在农村,所以她的话就讲了很多农民群众的语汇。例如叶叶说明山老汉"烧得纸多,惹得鬼多,不这么烧纸,这股邪风还刮不起来呢!"又如她说"大嘴神""到北京也要把理说清,我不信她个夜蝙蝠敢晒太阳!"

虽然这篇小说描写的黑暗势力不过是个小小的市场管理员,还不是什么大官,然而她在这小小的市场上就是太上皇,别人就是怕她,就要巴结她。但叶叶说得好:"不做亏心事,不怕鬼叫门,咱没剥削群众,我不信她能把白的说成黑的,现在可不是'四人帮'在的时候了,有理没处说。"

问题在于不管代表邪恶势力的官大官小,就是需要叶叶这样的代表正义的人敢和他们做针锋相对的斗争。小说不但有力地打击了"大嘴神",而且也批评了东郭先生似的明山老汉。因此说这篇小说是很有教育意义的。

《洁白的脚印》是《桃花雪》小说集子中一篇具有高度思想性的作品。作者所塑造的青凤这个品德高尚的姑娘,真使我们肃然起敬。在我们的社会里,能像青凤似的甘心牺牲个人利益、而不作原则交换去违反国家政策的青年实在不多,正因为如此,作家才有责任歌颂这样的崇高灵魂,歌颂这样的真正的社会精英。故事的梗概是这样的:有一个姑娘,名叫青凤,由于她不愿像别人似的给掌管街道招工工作大权的邻居杨克明副主任送礼求情,反而在院里高声骂他吃黑心食,所以五年来就从街道办事处的杨副主任那里得不到一个招工指标。因此她就只好跑到矿山当临时修路工。而这工作却实在不是姑娘家干的,"且不说整天夹在一群赤臂露膀的小伙子中间干活不方便,单是抬那一二百斤的石头,抡那簸箕一样的大铁锹,她就吃不消。半个月过去,一双细长的嫩手打满了血泡,胳膊肿得抬不起来,但她不低头,咬着牙干下去"。她继承了被"四人帮"折腾死的"爸爸留给她的耿直秉性"做人。可是有一天她收工回来,就收到妈妈的信,一是说嫂嫂生了双胞胎——一对孪生男孩,二是说杨副主任给了个化验员指标,要她快回去填写招工登记表,准备报到。

待青凤辞了矿山临时工高兴地回到家里,始知这个指标的得来代价太大,虽非送礼而比送礼还严重。事情是杨克明的儿媳已经生过两个女孩,为了想再生个男孩,现在又肚大了。可是杨克明身为领导,不能不执行计划生育的规定,于是一面明里宣传她儿媳已在太原引产了,从而得到计划生育办公室的表扬,一面暗里了解到青凤的嫂嫂产期和他儿媳同时,并碰巧两人后来都生下个男孩。于是就来了个瞒天过海,征得青凤妈同意,白天放在青凤嫂嫂家里,伪称她生了个双胞胎都是男孩,因抚养不过来,情愿将一个孩子于满月后送给杨的儿媳。这样一来杨克明就孙子也抱上了,计划生育模范也当上了,好比婊子也做了、牌坊也立了。因此就给了青凤一个指标。而青凤是一个有骨气有原则性的姑娘,一听说她成为了这笔肮脏交易的交换品就感到:一个堂堂正正的青年,竟落到这等可怜田地,令她伤心悲愤。于是向她妈表白:"……别说给一个招工指标,就是给一座金銮宝殿,我也不干,死也不干。"她多么地坚决,多么的高尚。

自然,青凤下此决心,也不是没有为难之处的,因为"她妈还不到50岁,已经是满头白发了,天知道有多少头发是为自己愁白了的,能看着妈妈再为自己受折磨吗?再说,自己已经25岁了,往后怎么办,工作、婚事还能再拖么?……"但当她又想到"自己竟要去扮演这么个可耻可悲的角色!工作是找到了,人格却丢尽了,如此,她将在人前抬不起头来,犯罪的阴影将会笼罩她一辈子"时,最后就在妈妈认可的情况下,把招工登记表撕了个粉碎,又回矿山修路去了。"在晶莹洁白的雪地上,她的头巾是那样鲜红耀眼,身后留下一串深深的洁白的脚印。"象征着青凤有一个晶莹洁白的人品和晶莹洁白的心灵。

从小说的艺术性来说,就在于作者描写青凤回到家里,由于妈妈深知自己女儿的耿直秉性,所以不敢把真情告她。但因为事情本身存在着真伪的矛盾,因此必然要使细心的青凤在生活接触中萌生疑惑,从发现双胞胎长得不像,以至终于识破这个骗局。其发展过程有如剥包谷皮似的,母女间的一次一次的问答,一层一层的细致描绘,既显示了作者对生活的熟悉,也显示了作者的文学才华。可骗局的真相大白却变成了对于青凤人格的一个重大考验。而青凤是经得起考验的,虽然她付出了内心痛苦的代价,但她终于完成了自己的高尚的人格。既显示了她对革命队伍里的蛀虫和不正之风的憎恶,也显示了她的富贵不能淫、贫贱不能移的高尚品质。

我想,青凤的高尚人格的完成,也正是作者对于人生的态度和评价。应该肯定,具有渺小灵魂的作家是不可能写出高大灵魂的人物的。

在《桃花雪》里除了以上谈到的两篇富有教育意义的好作品外,作者在《石墩子和他的助手》中还塑造了一个高大的形象——石墩子。然而这样好的干部却还有人在背后说他的坏话。但他不怕任何毁谤,总是埋头实干,真是勤劳勇敢的中国农民中的一个典型。这也同样是一篇有深刻教育意义的好作品。一面教育我们做人就应像石墩子那样热爱社会主义事业,老老实实从事社会主义建设,不尚空谈;一面也教育我们凡事不要偏听偏信、要经过实地调查研究认识真理。由于记者老曹同志经过实地考察,了解到石墩子是个好干部,因此大有感慨地说:"在广大农村,有多少这样的党支部书记,有多少这样的生产队长呵。正是他们,顶着我们社会主义大厦的墙基。"

其实类似石墩子的人物谢俊杰还写了不少,他在《下乡日记》里塑造了可敬的忠于人民的水利技术权威李民,在《老宋这个人》里塑造了对编辑工作一丝不苟的老宋,他们也都是石墩子一类的顶着社会主义大厦的可贵墙基。

此外,作者在《爬上阳台的青藤》里描写了一个品德高尚能够以德报怨的苗青,在《山道弯弯》里描绘了一个一心助人的善良的大柱,在《扎根》里塑造了一个善于耐心教育玲玲姑娘的党支书云山老汉,在《回乡记》里塑造了一个热爱集体乐于帮助别人的兰花嫂,在《故乡的小路》里塑造了那么一个具有伟大情怀的家庭妇女菊枝,竟令我感动得流了眼泪。

早些年,有人写关于谢俊杰的评论文章时,就曾说他的作品"似乎平平,但在悠悠自然、朴实无华的形式下,蕴含着闪光的思想,像一盏灯,一把火,照亮了读者的心灵"。这话说得非常之好。

1991年1月5日发表于《文艺报》第7版

赞美工人阶级的歌手——贺小虎
——《我们工厂的三个女人》读后

我特别喜欢贺小虎歌颂女工的短篇小说《我们工厂的三个女人》。作品的主人公不是叱咤风云的人物,作者正是从对凡人小事的开掘中显示出自己的创作功力和艺术追求。

这篇小说塑造了三个女工形象。

英鸾是北京天桥拉板车工人的女儿,1968年从北京下放到山西黄土高原的一个小山沟沟里,县里组织修大寨田,英鸾架起拉土车敢和男人比高低,她被选为县上的铁姑娘标兵。她真不愧是劳动人民的女儿,既不讲究穿,也不怕干活累。只是有个女人的通病,好哭,然而这哭却既是她的弱点,可也是她的优点,她的武器。

第一次哭,是当她回到北京低声告诉爸爸说:她找了个对象是放羊工时,爸爸拍着膝盖直叹气,说:"好姑奶奶,咱们倒不攀高结贵,但你也得找个有饭碗的主儿哇!"这一来竟气得英鸾哭了三天。

第二次哭是当1977年上面下来政策,说下乡知青配偶在农村的可以转出户口安排工作。于是英鸾跑了四十里到县落实政策办公室办理男人转户口事,可是县里拖了三个月办不了。英鸾一气之下,背上孩子坐了二百里的火车来到地区,一见地委书记就呜呜地哭起来,哭得书记说:"你先回去……十天内县里给你解决不了,你再找我,行不行?"终于这一哭办成了事。十天后县里来了通知,说她的问题批准解决了。工友们说英鸾有办法,一眶泪水逼出地委书记一道"命令"。

英鸾的这两次哭,都为私事。

第三次哭是当英鸾来到哈尔滨电机厂,由于全国来这里取线棒的人太多,有的竟等了半个多月没取上,当她向老业务员诉说了她的苦情后,结果得到的回答是"来这的都是急事,给了你,别人怎么办?"英鸾听了,"哇"的一声哭了,而且是嚎啕大哭,哭得好伤心。英鸾想:自己坐火车坐飞机就花了二百多,办不成事,连飞机也对不住,便哭得更厉害了。然而却终于像"刘备哭荆州",竟哭出了科长的批示:"因女哭可供。"她胜利了,拿到了提货单。

"实心眼"是英鸾作为工人的一种最可贵的品质。其实她一向是以"实心眼"对待社会主义社会的工作的,如果不是"实心眼",她也不会当年在农村架起拉土车敢和男人比高低,竟被选为县上的铁姑娘标兵。而由于这"实心眼"取回了线棒,却也正是裁员时没裁掉的原因。

作者就是这样通过一个好哭的英鸾歌颂了工人阶级。她流的眼泪既折射出我们时代的现实,也突出了她的性格和她的高贵品质。那眼泪和"实心眼"也是分不开的。那单纯、质朴、善良的性格多么美好。短短三千来字,写的有声有色,生动有趣。既显示了作者对于工人生活的熟悉,也显示了作者在文学上的才华。关于女电焊工月芳,作者写了她和照明班李凯的非常别致的爱情关系。

贺小虎写月芳也写得非常俏皮,富有魅力。

月芳是有了对象的,在太原电视台搞灯光,靠书信来往谈爱情。

正在这时发生了一件意外的事,这就是她让一个男工搂了一回,还让他摸了奶头,亲了嘴。

事情是非常偶然的,一天月芳在公路边的暖气锅炉房里焊汽包,汽包呈椭圆形,尾部有个圆孔,俗称"人门",月芳刚刚能钻进去。汽包里弧光闪烁,她在里面汗流满面地"嘟嘟"地焊着。突然灯灭了。正好这时公路上走来李凯,李凯为了给月芳解决问题,也钻进了汽包,而汽包又刚能容得下两个爬动的人体。在工作中,月芳不小心身体顺着弧度向下一滑,她丰满的乳房正压在李凯的肩胛上,这时月芳看见李凯的手有几分慌乱……忍不住笑了一下。事情就坏在这一笑,李凯仿佛是得到了默契,猛虎一般一下翻过身,把月芳紧紧搂住,亲着月芳的脸颊、嘴唇。

我作为一个读者,从来不喜欢作家在小说中特意渲染色情场面,然而对于这里所描写的在特定环境中李凯的不轨举动,不但对他毫无责备之意,而且倒颇为欣赏。因为李凯既非流氓，又非草木。而月芳既没有对这事感到有所陶醉，但也没有感到是受了污辱，实际就是作者为未来更加惊人的故事的高潮做了伏笔。

但这一事件的发生毕竟对于一个一向正派纯洁的姑娘不能不有所教训，因此她眼泪扑落，不能不打听一下那个揉搓了她的乳房的电工到底是谁，她终于在厂门口的光荣栏里见到了他的照片，知道此人名叫李凯，是个技校生，有时在路上也能碰到对方，李凯见了她，便神色尴尬，脸通红，匆匆而过，月芳又产生几分怜悯。此外在澡堂里她曾听照明班的几个老娘们说"李凯给他们做的小孩车比商店卖的都好，说谁找到这样的女婿准享大福，月芳心里莫名其妙有种得意感"。所有这些描写都为了故事的高潮的突然出现减少一些突然感，也就是意味着为事物的突变增加些量变的因素。

这之后的故事进程是：由于电视台那个对象得不到爱情的满足，而又无能力把她调回太原，终于吹了。月芳虽然为此而哭了一场，但这也为她在爱情上"改弦更辙"铺平了道路。

一天，李凯要结婚了，他来给月芳送请柬，李凯结婚那天，月芳果然去了，还带了外国壁毯作为礼物。可在这喜庆关头，新娘临阵变卦了。原因是"她舅舅是省军区一个什么处长，昨晚赶来，拿着一份入伍通知书，说只要新娘到他那个军区学校教书，可算副连级待遇，只是不能结婚"。这么一来，新娘就不来了。

这可咋办哩，弄得李凯下不了台，介绍人也不知如何是好。这时在场的月芳想起自己收到电视台男朋友最后一封信时的心情,心想,李凯此刻的心情大约要比自己那一刻悲伤几百倍,她心里充满同情。她终于说话了,表示愿意嫁给李凯……

这样,仅仅十分钟后,婚礼就开始了……

婚礼后的几天,前来送礼恭贺的人还络绎不绝,在众多的礼品中,有一个一米多长的精致水磨金漆画分外引人注目,漆画上端写着:

"献给最伟大的女性。"

这句话虽然是送礼品人的贺辞,但却也实在是关于月芳这篇小说的主题思想。作者是用这句贺辞来歌颂工人阶级的美德的。不管对于月芳结婚的描写算现实主义还是浪漫主义,总归使我读了非常感动,感到作为女工的月芳的可爱可敬。月芳才是真正思想彻底解放了的新时代的先进女性。在她身上找不出任何封建思想或小资产阶级的为金钱、地位在爱情上的干扰。

另一个女性亚妮,由于她有胆量,敢和工厂的一切不正之风宣战,有如大破天门阵的穆桂英,所以赢得了一个光荣的外号叫"核武器"。

我读《亚妮》这段小说,确实对于这个一尘不染的穆桂英肃然起敬,深感我们的社会多么需要更多的"核武器"。

亚妮第一场战斗是和工厂的福利科,因为同是水泵修理工,却只给县长的女儿"特供"大衣,别人没门,于是亚妮带头领了三四个不怕事的年轻人和福利科长按劳保条例说理,结果大获全胜,水泵修理工每人穿上一件帆布大衣。

其实厂里这时还不知道她是北京国务院副部长的"千金"。待厂长在职工大会上把这个秘密一泄漏，人们有不平事就找她，而常常奏效，因而落了个"核武器"的外号。

父亲想把亚妮调回北京工作，但她不干，这样，有的人就说她"犯了傻"。

不久亚妮和一个又黑又高又大的管锅炉的工人大刚结婚了。厂长出于对亚妮父亲的巴结，让招待所以优惠价格备好十八道菜的婚筵，厂里惟一的"皇冠"轿车挂上红喜字，专接新娘。结果亚妮死活不上"皇冠"，公家的便宜一点不沾，招待所的酒席该出多钱就出多钱。

我觉得像《亚妮》这样富有教育意义的小说实在不可多得。我已说过，我们的社会多么需要亚妮这样的顶天立地一尘不染的人物。但如果说这段小说还有缺点，那就是应该写几笔她能一尘不染的原因，受过什么思想教育？有过什么思想影响？因为总不能她生来就是个"核武器"。但即使如此，我还是真喜欢这篇《亚妮》的。

我期待贺小虎有更多的好小说问世。

发表于 1991 年 5 月 18 日《文艺报》

再读三毛的《哭泣的骆驼》

台湾女作家三毛自杀了,近来大陆报纸上发表了不少怀念她的文章。说明她的作品在大陆的读者中是颇有影响的。当 1988 年我在《山西日报》发表《我与作家的对话》一文时,就曾在文中说:"当我读着《永不回归的姑母》等小说时,就不由地想到了台湾女作家三毛的小说《哭泣的骆驼》。她在这一作品中赞美了殖民地人民反抗殖民者的英雄人物和他们的英勇斗争。"可接着就遭到一位因天安门事件现已逃到美国的山西作家对三毛的奚落。这就因为我批评了他而赞扬了三毛。但想贬低三毛是徒劳的,大陆人民对她的怀念就肯定了三毛作品的价值。

三毛离开我们了,我也很难过,于是就又读了一次她在大陆已很流行的代表作《哭泣的骆驼》。这第二次阅读,比第一次还使我感动,愈加感到她的文学才华在作品中的闪烁。

三毛以丰富的情感,全心的爱和同情浸注于她所歌颂的善良人物——沙伊达。沙伊达是撒哈拉人中的高级知识分子，出色的助产士，无比美丽。她的思想很先进，然而就因为这"美丽"为流氓所妒恨，就因为思想"先进"为落后的社会所不容，终于在宗教的矛盾和民族的危难时刻和自己参加游击队的革命丈夫巴西里先后惨遭杀害而以悲剧结局。

非洲的撒哈拉是西班牙的属地，西班牙人是殖民者，三毛是西班牙人荷西的妻子，因此一个不懂事的小孩哈里法就面对三毛说："游击队来……杀荷西，杀三毛。"使三毛哭笑不得。这说明撒哈拉人对于西班牙人是多么的仇视。然而他们又哪里知道三毛和荷西都是站在他们一边的；又哪里知道荷西和三毛都是撒哈拉游击队领袖巴西里一家的好朋友。问题就是这么复杂。

三毛以倒叙的手法，用漫不经心的笔描写了撒哈拉人与人之间的复杂关系，写了撒哈拉和西班牙殖民者的对立和斗争，也描写了撒哈拉先进与落后思想的矛盾。提起小说中的主要人物——沙伊达，一些不识世的女孩子竟骂她是"婊子"，这使三毛很气愤。有的诅咒说："她不信回教，信天主教，这种人，死了要下地狱的。"

然而，当三毛在小说里介绍沙伊达的出场时，却用了无比赞美的词说："沙伊达是开通大方的女子。""瘦削的线条，像一件无懈可击的塑像那么的优美，目光无意识地转了一个角度，沉静地微笑着，就像一轮初升的明月，突然笼罩了一室的光华，众人不知不觉地失去了神态，连我，也在那一瞬间，被她的光芒震得呆住了。""这么美，这么美的女人，世上真会有的,不是神话。"后来又写道:"沙伊达第一次来家里的那个晚上,惊鸿一瞥,留给大家地震似的感动,话题竟舍不得从她的身上转开去,连我也从来没有那么的为一个绝色的女子如痴如醉过。"

三毛不用开门见山,却用含而不露,欲显却隐的手法描绘了沙伊达和鲁阿以及游击队的领袖人物巴西里之间的关系。这就使她的作品以含蓄的艺术魅力赢得了读者。当鲁阿想让三毛和荷西与他的二哥巴西里相会时,也真是描绘了一场神秘的戏剧。当鲁阿的二哥在帐篷外重重的握住了三毛的手,悄悄地说:"三毛,谢谢你照顾沙伊达。""她,是我的妻,再重托你了。"这时她虽然似乎识破了一个秘密,但其实只识了秘密的一半,因为虽然感到和她握手的汉子"只有这样的男人,才配得上那个沙伊达,天底下竟也有配得上她的沙哈拉人"。接着又描写道:"他的步伐、气度和大方,竟似一个王子似的出众抢眼,谈话有礼温和,反应相当快,破旧的制服,罩不住他自然发散着的光芒,眼神专注尖锐,几乎让人不敢正视,成熟的脸孔竟是撒哈拉人里从来没见过的英俊脱俗。"然而她还不知道这英俊的人物就是鼎鼎大名的游击队首领巴西里。而是离开巴西里后,在路上,鲁阿才告诉她的。于是三毛用了惊讶的和赞美的词句写道:"'巴西里!你二哥是巴西里?'我尖叫了起来,全身的血液哗哗地乱流着,这几年来,神出鬼没,声东击西,凶猛无比的游击队领袖,撒哈拉人的灵魂,竟是刚刚那个叫着沙伊达名字握着我手的人。"直到这时才算把全部秘密揭开。写得多么具有神秘感和艺术的魅惑力。

其实三毛在文章中是有好几处有所暗示的,例如,当一次她和沙伊达闲聊时,三毛说了一句"你知道镇上抓游击队?"沙伊达心事重重地点点头,站起来拍了拍衣服,眼眶突然湿了。其实三毛这时也不知道这眼眶的"突然湿"就意味着她是为丈夫巴西里担心的。写得多么含蓄动人。

撒哈拉人民的日子是不好过的,即使西班牙总督给予自决权,而邻国摩洛哥却虎视眈眈,一心要吞并这片土地。这都成了三毛和荷西为之焦虑的话题。然而撒哈拉人民的要求是坚决的,一夜之间在镇上的墙上所写的血红的标语就说明了一切,"西班牙强盗!强盗!凶手!""不要摩洛哥,不要西班牙,民族自决万岁。""我们爱巴西里,西班牙滚出去。"然而荷西是可爱的,当一个西班牙殖民主义者看了标语大喊要用机关枪把七万多撒哈拉人民都扫死时,他跳起来,一拍桌子,要去揪那人打架。并对三毛说:"这个疯子乱说什么,你还叫我走?不受异族统治的人,照他说,就该像苍蝇一样一批一批死掉,你们台湾当年怎么抗日的?你知道吗?"

我真感谢三毛,她写的《哭泣的骆驼》不仅让我对非洲地图上从来不关心的撒哈拉有所了解,有所同情,在那里发生的悲剧使我痛心。而且也使我知道西班牙殖民者当中还有像荷西那样的具有正义感的值得尊敬的好人。

由于三毛写出这样好的小说,因此她的自杀怎能不使我难过。我为我们炎黄子孙有这样出色的女作家而感到骄傲。

1991年6月3日发表于《太原日报》副刊

一见钟情
——评珍尔女士的诗

当回忆录《我的艺术生涯》的文稿交到北岳文艺出版社一位中年女士手里时,我作为她不相识的作者,她作为我不相识的编辑,从此就有了交往,并知道她的姓名为李建华。但绝没有想到她竟是一位女诗人,这消息忘记是哪位朋友告我的了。而我这个老年问津于现代诗苑之门的人,竟然没有读过她的诗。于是就在电话里向她求诗。她答应给我诗集了,却又姗姗来迟,直到春节后,女诗人登门拜年,并送来两本她的别致的诗集,其一是情诗《爱的花环》,其二是杂诗《飘零岁月》。在意外的高兴中,才知道女诗人的笔名为"珍尔"。

我的心情像往日时代的新郎于洞房花烛夜,想急于揭起盖头看看从未见面的新娘的模样似的,想知道是标致还是难看,是喜欢还是失望?我提着一颗忐忑不安的心情捧起《爱的花环》,深怕它是一本读之如吃苦酒似的流行诗。

上帝啊！我真没想到它竟是一位如花似玉的新娘,不啻是仙女下凡。

如果可以把钟情二字用在文艺上,那么我要说,我对于珍尔女士的诗真是一见钟情了,它真像仙女似的美丽,它真像水仙花似的芳菲。

我一拿上《爱的花环》就放不下了,内心里除了爱好还有钦慕,她的诗不像某些流行诗的苦涩难读,而是明丽易懂,然而又绝不因此感到像一杯淡而无味的白开水。不,它是一杯甜美的葡萄酒。正如李旦初先生所评,"晶莹如朝露,明澈似流泉,诵之有诗味、有美感。"

我要说,对珍尔女士的诗,我真有迟读之憾。

我想,我为什么如此爱好珍尔女士的诗章呢？自然,首先是因为她的诗基本上易懂,其次是她的诗大都洋溢着诗的芳馨,而又有新意；其构思之奇巧独创令人折服。既有耐人寻味的内容,也有音韵的形式美；更能让我透过美的诗句读到诗人的一颗美丽的心,是纯洁的心,是坦城的心,是崇高的心。

请听,诗人在《遗产》一诗中对父亲说:"我什么也不要／我只要属于我的良心、义务、责任感／还有你对革命后代的期望和嘱咐／——一个老八路最贵重的精神遗产。"

在《我是路边的一朵小花》中写道:"不要摘我！我不是展览青春／不要摘我！我不是供人玩赏／我愿在与风暴的抗争中默默倒下／不愿在舒适的花瓶里磨损韶光。"

在《我愿》一诗中写道:"夏天,我愿做天空中的一朵白云,把一天的酷暑扛在肩上。／为了给劳作的人们送一片清爽,／宁愿自己被烤得汗水流淌。"

以上都摘自《飘零岁月》,从这些诗句里不难看出珍尔诗人有一颗什么样的心。

诗人在《爱的花环》中描写游华山的"摘星石"时写道:"金色的晚霞,染红了西岳莲峰／我们坐在摘星石上,远眺落日西沉／肩并肩哟,第一次挨着这样近／默默无语,相互听得见心跳的声音／远望西天,晚霞抖开了五彩的云锦／俯瞰脚下,大地翻滚着苍茫的烟云／莫非我们身在天宫仙境?好静寂／连呼吸都像穿越林间的飓风／金红的夕阳,好像是我们燃烧的心／情感的烈焰,把整个宇宙烧得通红／满天彩霞,仿佛是我们的誓言／将忠贞和信念,写满广阔的大地长空／我们望着、望着／却不知落日是怎样西沉／我们坐着、坐着／却不知星星何时上升／呵!让这永恒的一幕／在记忆的荧屏上永远闪现吧／摘星石上,我们是怎样摘下了第一颗爱之星辰……"

我感到这是一首情景如水乳交融的美的诗篇,既是初恋少女的真实心境的写照,也是对金色的晚霞和西岳风光的抒怀;既是诗画像云雾难分的美的画卷,也是诗人才华和文彩的交相生辉。

珍尔在一首组诗《母亲的歌》中描写《孕育》时写道:"明知道腹中／蠕动着一次劫难／却还是忍不住／颤栗着喜欢／明知道腹中／孕育着一个喜欢／却总是战兢兢等待着劫难／眼看着／一个浑圆的梦／渐渐隆起／半是羞涩半是甘甜"

接着在描写《受难》时写道:"地球开裂了／石灰岩在咔咔作响／岩浆汹涌着／向四面奔突冲撞／灵魂颤栗着／漂浮在汹涌的海上／这一刻／甚至企盼着死亡／终于挨到了盼到了／撕心裂肺的那一瞬间／她,汗淋淋望着自己的杰作笑了／整个世界红光闪闪"

这既是女诗人的对惊心动魄的分娩的自我写照,也是一篇动人的"创世纪"。读着这壮丽的诗篇多么的感动,心想自己的母亲生我时也是如此吧。然而这既是大胆的描写,又是含蓄的诗篇。

当我读着这组诗的最后一节《乳浆》时,就为之惊呆了!女诗人写道:"一座是喜马拉雅／一座是珠穆朗玛／世界上最高的山峰／比不上母亲的乳房"。

李白在《秋浦歌》中描写到人的头发时曾有"白发三千丈"的诗句,就够夸张的了,而我们的女诗人却把两个乳房认为连喜马拉雅山和珠穆朗玛峰也不能相比,这是多么大胆的夸张,多么有气派的描写!诗人接着写道:"把鲜红的血抽出来／把馥郁的爱捧出来／聚成一泓洁白的汪洋／还要敲着自己的骨头／榨出油来／不顾巨大的痛楚／疼出泪来／这,就是母亲呵"!母亲多伟大!

作为《母亲的歌》的姊妹篇——《滚烫的六月风》,女诗人大胆地描写了受孕,也是一首意味深长的壮丽的诗篇,她写道:"六月,鼓起腮帮／吹来滚滚的热带风／一粒透明的种子／落在母性荒原／长成一条／美丽的娃娃鱼／快乐地游动／神秘之海退潮时／隆隆崛起来／一座新的山峰／整个世界／汹涌在怀中／像太阳一样辉煌地笑／眼泪，也被染成／粒粒黄金"。

在另一首也是《母亲的歌》的姊妹篇——《给孩子》的组诗中，以《小水手》为题，诗人写道："浑圆的海／突掀九级风浪／小水手，你在妈妈腹中／焦躁地挥拳蹬腿／是想急着奔出港口／开始生命的远航？"

这些诗篇，珍尔用象征的手笔，以诗的夸张的语言和生动的艺术形象表述了女性难于启口的、羞涩的，关于受孕、分娩的庄严痛苦和崇高的欢乐，这是多么大胆而又真实感人的诗章和动人的画面呵！我还从来没有读过描写有关婴儿临盆前后作为母亲的切身感受的诗。当我读着组诗《母亲的歌》和它的姊妹篇时，非常感动，诗人以女性特有的经历和感受写下了我们男性永远也难于理解的作为母亲在怀孕、分娩时的内心秘密。我读着它们既是对女性的理解、同情和尊敬，也是对女诗人以苦乐的心绪织成的美的诗锦的一种美的享受。

任何文学艺术都有一个共同的成功的秘密，这就是感受之愈深，爱之愈切，则成功的可能性就愈大。因此珍尔关于母亲怀孕、婴儿分娩等题材的诗作，就最有感人的魅力。

世界上所有的男人都是女人生的，不管你是孔子或华盛顿，然而有多少男人能真正理解女人呢？例如孔子就不能正确理解女人，至少他的理解颇有片面性，他说："惟女子与小人难养也，近之则不逊，远之则怨"。因此伤痛了很多女人的心。

所以珍尔女诗人在《爱的花环》的代序一文中说："也许，

男人永远也无法全部理解这些。"

但珍尔作为一个女人,却很有自信而骄傲地说:"女人的生命,本身就是一首诗,一首庄严、圣洁、充满神奇创造力的诗,一首值得全人类都为之歌唱的诗。"

是的,我现在就在情不自禁地歌唱作为诗的伟大的女人,同时也在歌唱由女人写的美丽的诗。

读了珍尔的诗,感到诗人像画家似的对于她所感兴趣的事物真够观察得细致入微,描写得真实动人,例如她对黄山的松写道:"近水的堤岸／让给翠柳红桃／向阳的山坡／留给野花小鸟／你的选择——／峭拔巍峨的黄山峰顶／从紫色的岩缝里／艰难地挺起了腰。"这"艰难地挺起了腰"形容得多好。

还有她在《蓝天花絮》一诗中描写飞机窗外的白云时写道:"人间的动物园搬到这里了吗?／这威武的狮、虎,还有猴子、大象……／它们身披着厚厚的白雪／在风中奔跑、追逐,变幻着模样……"我们坐过飞机的人对机舱外的白云都有这种感觉,但写不成珍尔这样有趣的诗。

读了以上珍尔女士的诗,令人感到诗人对事物有一种独特的敏感,并善于用诗的语言赋予它们以生动的形象和诗的想象,从而创造出动人的诗篇,达到美的意境。

五四时代我们山西曾出现过一位著名的女诗人,她的名字叫石评梅,然而她前期的美丽的诗却大都浸透着悲观和忧郁,如她在一首《残夜的雨声》里表白她的心境时写道:"花下映出我影儿的彷徨／黯淡的月光——／照出我心中的凄凉。

／树缝里落下的雨珠儿，／慢慢地向身上洒，／那时：／夜莺奏着深秋的挽歌！"而我们的珍尔女诗人的诗却大都洋溢着对生活的爱和乐观的情绪，使人感到人间的温暖和美好。她在歌颂《空中小姐》的诗中写道：

"仿佛是飘进机舱的一朵朵白云，／她们袅娜的身姿多么轻盈，端来一盘盘温馨的微笑，／捧上一杯杯浓香的深情。／是谁说"琼楼玉宇，高处不胜寒？"／蓝天上同样有人间温暖／瞧，那云空里一道道银色的航线，／不正是她们谱写的闪光诗篇？"

珍尔真了不起，好像她有点石成金之神力，能从极为平凡的生活现象中发现诗情，如睡觉的木床、讲台、课桌、钢笔、试卷……都写成了有味的诗。而其中《木床小唱》正是在描写她的诗作的"摇篮"。她的这些描写平凡事物的诗绝不是文字的游戏，而是都内涵着诗人的真挚的感情和美的诗味的。例如，诗人歌咏"讲台"时说："一眼永不干涸的知识甘泉，／四季潺潺不断，浇灌着块块心田，／哺育了智慧的幼苗／染绿了生命的春天。"这是多么美的诗篇。

也许正如女诗人所说："我是路边的一朵小花"，所以时下还不像公园里的玉兰和牡丹那样引人注目。然而我发现了这朵不平凡的"路边小花"，我爱她，因此我要赞美她，歌颂她，让她得到广大群众的青睐，让她迎来荣誉的桂冠。

发表于《九州诗文》1997年第1期

漫谈散文兼评温暖的《乐园寻梦录》

我们中国在文学史上曾经产生过很多伟大的散文作家和他们的很多流芳百世的佳作,如唐宋八大家的作品,我从小学到中学就能背诵他们的很多名篇,尤其是韩愈和柳宗元以及苏轼的古文,读得最多。

"五四"之后产生了白话散文,也曾出现了很多脍炙人口的佳作,如鲁迅、朱自清、谢冰心等人的散文作品。读起来都感到很有美的魅力。但目前小学和中学的学生是否能够背诵他们的作品,我就不清楚了。

建国以来,我国的散文园地也不断有新的作家出现,虽然还没有见到鼎鼎大名如韩愈、柳宗元或鲁迅、朱自清者,但总是"后继有人"的。不是说"群山出高峰"吗?我相信迟早总会由历史评定出高峰来的。但首先不要否定不是高峰的群山。

好的散文也像美的诗词一样,读起来有如品尝一种美酒似的,真是一种享受,古代的有名的散文就不用说了,全国解放后出现的散文如吴伯萧的《记一辆纺车》真是百读不厌。

吴伯萧我们在延安时就认识了,纺车我也使用过,就是说我也会纺线,而我却写不出这样的美文。他能够写出《记一辆纺车》,写得那么好,既真实又有感情,我想主要是因为作者对纺线的劳动很熟悉,有切身的感受,而又对纺车有深厚的革命感情,再加上他对文学有很好的修养以及出众的文学才华,所以才产生了这一名篇。

散文也和小说、诗歌一样,每一位作家都有他自己的风格。我最近读了温暖的散文集《乐园寻梦录》——也是群山之一吧,感到他的散文就颇有古赋味,大概他读的古诗文多,所以在他的散文里其用字用词就多从古诗文中来,并喜欢以对偶句装饰他的篇章。如在《石宝山心态》之三《石钟寺夜宿》一文中有:"深山藏古寺,嵌于岩头;奇石为巨钟,紧卧寺旁;"又在《延安梦》一文中有:"一曲信天游,常使我游入滔滔延河;一朵山丹丹,常使我走近巍巍宝塔";又如在《梅园自有梅格在》一文中有:"江北赤子走天涯,中华处处有我家,梅园自有梅格在,何须放眼寻梅花!"这种行文造句既美化了散文,也使文章生辉,有如宝石之嵌于王冠,锦绣之镶于衣边。

除此之外,生感慨发议论也是温暖散文的特色之一。如在《药园踏青掠记》一文中其描写与小议就很得体,既未喧宾夺主,也有助于读者通过了解一些药用植物的功能而产生联想。自然,多发议论固然有时能丰富作品的内涵,但议论太多也可能破坏了读者的情绪。

当作家西戎为《乐园寻梦录》写序时,其中也说:温暖的散文在手法上,着重"情中有议,议而生情,物我聚合,情景交融"。因此应该说"情中有议"正是温暖散文的一个特色。

鲁迅先生说:"能憎能爱才能文。"自然也包括散文在内。我把《乐园寻梦录》全部读完之后,令我特别喜爱而为之感动的首推《母爱篇》,它既是对母亲的赞美,也是对已逝的母亲的怀念,这篇散文实在是一首很动人的散文诗。我读了几遍都感到很有文学的魅力,是一篇成功的作品。这就因为作者对母亲既熟悉,而又具有深厚的爱的缘故吧。作者既塑造了一位作为劳动妇女的母亲的崇高形象,也充满了动人的母子之情。

《母爱篇》共分五节,每节有一个小标题,第一节以《你和我》为题,一开头就说:

"你是造就我的一方土地,我是你留给人类社会的一份遗产,你曾是我的蓝天丽日,你曾是我避风的港湾,你曾是我背后的一株银杏,一座泰山。"……"你是我永远讲不完的温热而又依恋的故事。"

第二节以《针针线线》为题,其中有:

"在如萤的油灯下,在昏黄的纸窗前,在灰淡冷漠或利箭穿心的阳光下。钢针细细儿的,棉线长长儿的,""缝不完的春夏秋冬,缝不完的天地日月,缝不完的苦乐辛酸。针线穿引了你的一生,我的一生。"

"那铜铸的'顶针'也许就是你的戒指吧,常年箍在你枯瘦的一个手指上。那上面密密麻麻的力点,有情无情地被一个个顶破了,顶穿了。钢针常常扎在你的手指上,引出一滴滴鲜红鲜红的泪。可你总不以为然,用口吮吮,用手揉揉,尔后又针针线线地吟咏起来。

"钢针果然刺不到你的心上么?

"可那比脐带更长的棉线何以被岁月的风尘剪断了,却又剪不断,而永远地处于断与不断之间呢?

"于是,我常常又觉得,那钢针倒是扎到我的心上了……"

第三节以《院畔雕像》为题,其中有:

"你两臂相交,托伏院畔(注),像一尊雕像,常常呆呆地凝视着远方。

"披着晨曦,顶着烈日,映着晚霞。院畔承载着你的思念,你的想象,你的担忧,你的祈祷。

"儿子一些日子回不来时,你又是这样呆立在院畔,凝望着那条小路,端详着小路上走进村来的每一个人。渴望、欣望、盼望、望眼欲穿。于是,便有如愿以偿,也有更多的失望。"

"随着岁月的衰老,你渐渐经不住那院畔的寒风酷日了。你只能通过窗纸上那瞭望口似的一方与院畔同一高度的玻璃,凝望着那条小路,端详着每一个走进村来的人们,或送走我这个一步三回头的儿子。你依然在计算着他应该回来的日子,依然不倦地编织着一个又一个轰轰烈烈或甜甜蜜蜜的梦。"

第四节以《布机声声》为题,其中的:

"你把早已梳理好的经线装结妥当,然后坐在机前,并用手眼腿脚,专心致志,像在反复做一个舞蹈动作,一梭一梭地左右传递、一根一根地把那细细的纬线,匀匀地交织其中。于是,一片带着春阳的白云,一条温暖可人的小溪,便渐渐从你的手下缓缓飘出缓缓流泻。白云飘在我的身上。小溪流在我的心上。一股股暖意也还溢向山乡的友谊,溢向远方的悲壮。"

"织下了纯正的清白,织下了惨淡的惬意,织下了五千年长河中的一小节文明。"

第五节以《手的记忆》为题,其中有:

"圆突的指节,痼积了多少艰苦!宽大的指缝,漏去了多少阳光!那粗糙皱折的皮层下还有多少温热!那扭曲变形手指中还有多少能量!可你的两只手仍在不停地梳理日月,弹奏着生活,虽然节奏和韵律已渐慢渐弱。"

"……在那收秋季节的黄土高坡上,你一手挥着镰刀,一手握着苗株。一垄一垄,一片一片,一天一天。由于你身体的两个支点被礼教缠裹得太小太小,你不得不坐在土里,跪在土里,以便两手更加自如。镰刀的锋刃给你的手上一次次留下了鲜红的记忆。"

也许是由于温暖是我的小同乡,也许是由于我对于家乡像《母爱篇》中的母亲似的劳动妇女及其生活、环境太熟悉,也许是由于作家对于母亲描写的太有感情了,致使我读《母爱篇》时竟那么感到亲切,那么感动不已,因此就不由自主地摘录了以上这么多醉人的诗一般的断章。

我认为《母爱篇》既是温暖散文中的精华,也是他的代表作。但奇怪的是好发议论的温暖在这篇散文中反倒全没有议论了,而只有用感情描写母亲的动人的诗行。

他以极为精练的篇章,浓缩了母子之情,压缩了生活的岁岁月月,升华为心灵之歌,使《母爱篇》更富有诗的品格。

而在《母爱篇》的五个小节中,我更认为又以《院畔雕像》写得最富有形象感而又最为动人。世界上人人都有母亲,但未必所有的母亲都如《院畔雕像》。世界上人人都是母亲所生,但像温暖这样能够把母亲的万般深情如此表述者并不是为数很多的。

温暖虽然描写的是自己的母亲,但同时也是在赞美所有黄土高原上那些勤劳、善良并与儿子相依为命的在贫寒中挣扎的劳动妇女。

这首《母爱篇》像经过筛选的颗颗如珠的麦粒,既无麦衣和麦鱼,也不掺杂砂粒和草籽,就是说写的既无废话,也没有败笔,真是一首优美动人的散文诗。

我含着动情的泪,读着那些简而精的诗化了的篇章,犹如品尝到了伟大母爱的温暖和甜美。读这样的散文能不感到是一种美的享受吗?

在这本散文集里,我读到很多游记,我真羡慕温暖能游览祖国那么多的名山胜景。他的这些游记大都不仅仅写了各地的风光景物,而且还写了它们的历史和传说,看来他每到一处都和他平常下乡一样总要细心地进行调查研究,所以读他的游记就不仅仅是对文章本身的欣赏,而且情同身受地分享着大自然的美的同时,还增长了很多知识。

我还非常欣赏一篇《读怪诞诗札记》,作者早在 80 年代初就代表了广大读者对流行的那些所谓朦胧诗提出了自己的看法,讲出了我们大家的心里话。

如他说:"怪诞诗如果是作者自我欣赏,也许是一种乐趣,要是通过编辑发表到刊物上,却苦了许多读者。"

"乏味的诗尚能催人入睡;怪诞诗常常使人生气。"

"有人说'隔雾看花'也是一种美;可这种雾一旦过于浓重,你还能看到什么呢?"

"写怪诞诗似乎是'诗人'自己的权利;发表怪诞诗似乎也是编辑部的'权利';但读者读不读,订不订,买不买账却是读者的权利。"

读完温暖的《乐园寻梦录》,总觉得他的作品作为散文群山中的一峰是无愧的,我期待着他写出更多的有如《母爱篇》的佳作。

注:"院畔"像一个大的"阳台"。我的家乡在砖砌的窑洞上面,有的又建了窑洞,形成了两层楼似的窑群,下面窑洞的窑背(即窑顶)便是上面窑洞的院子,其边缘有砖栏,这就是所谓之"院畔"(力群注)。

发表于 1997 年 5 月 1 日《山西文学》

论《抉择》的杰出成就和巨大的社会意义

我是中年作家张平小说的一个忠实读者,其所以爱读他的作品,就因为在他的笔下,既不描写那些无聊的男女恩怨,也不描写那些社会的闲情淡事,他的笔始终关注着最底层人民的生活命运,读了感人肺腑,催人泪下。《法撼汾西》如此,《孤儿泪》也是如此。

最近先后读了他的《天网》和《抉择》,感到它们的一个共同特点就是:作家以现实主义的动人文笔描绘了中国当今社会的光明和黑暗的较量,经过你死我活的矛盾斗争,最后由于作品的中心人物,站在人民一边的一个领导干部,一个真正的共产党员,其立场坚定,坚持正义,终于使光明战胜了黑暗,从而使读者增强了对社会主义事业的信心,对共产党领导的信任。

而由于作家的感情热烈,爱憎分明,同情苦难中的老百姓,以及作品矛盾情节的紧张,所以不论《天网》、不论《抉择》都能使读者一旦开卷就欲罢不能,使你的心紧紧地为作品中的情节和人物所振动,必欲一口气把它读完,以晓作品展开的一场有关老百姓命运的搏斗最后鹿死谁手。这既是张平作品的艺术魅力所致,也是我读张平小说的心情。而这也正是作品在思想性和艺术性方面取得的胜利。

读了张平的作品,不能不令人感到他是当今中国的作家中,最关注时代和现实,最关注最底层人民的一位有写作才华的中年作家。

我感到对张平来说,由他所熟悉的农村生活跳到他并不熟悉工厂生活,由《天网》到《抉择》,不啻是他在文学创作上的一个大的飞跃,不仅题材和主题的社会意义更重大了,而且《抉择》比起《天网》来,不论作品所描写的场面,所描写的领导人物,以及受难者的数目,不论作品和改革时代的关系以及矛盾斗争的复杂性和艰巨性都要大得多。如果说《天网》不过是在一条小河上筑坝,那么《抉择》就好比在长江上搞三峡水利工程。这既需要作家的勇气和胆略,更需要作家对创作中所面临的艰巨有足够的挑战毅力。而这一飞跃就更能反映我们伟大的时代精神,更能表现我们国家腾飞的主旋律。

《天网》在创作上属于纪实文学,作家只要忠实于作品中具体的中心人物,忠实于刘郁瑞这个县委书记的言行,通过艺术加工和情节的编织就塑造出这个值得歌颂的共产党人了。而《抉择》中的典型人物市长李高成,生活中却并无其人,而需要作者经过对省市一级的领导人物进行调查研究、熟悉、感受，然后才能通过集中概括去创造。在《天网》中作者面对的被污辱与损害者仅仅是汾西县花峪村的一个告状无门、三十年蒙冤的农民李荣才。而在《抉择》中所面临的却是国有大型企业中阳纺织厂以女工夏玉莲所代表的两万多饥寒交迫的工人。在《天网》中的主要斗争对象不过是花峪村的一个无恶不作的支部书记贾仁贵以及为虎作伥助纣为虐的行署专员顾加辰，而在《抉择》中展开的一场改革中的反腐败斗争，所面临的对立面却是曾被李高成提拔而变成腐败分子的总经理郭中姚、副总经理冯敏杰和党委书记陈永明，以及自己的美貌爱妻吴爱珍和作为提拔了自己的所谓"恩人"省委常务副书记严阵。这就使这场反腐败斗争具有了非常的复杂性和艰巨性，从而使李高成这位省会的市长在斗争中犹豫、徘徊、疑虑而难于抉择，显得有些手软，下不了决心。但又由于他没有脱离在苦难中的广大工人，也没有脱离善良的女工——他家的奶妈夏玉莲，从而给予了他力量。是他们影响了他作为共产党员的良心，而使他最终立场坚定起来，下定决心，明确了抉择，终于在省委书记万永年和市委书记杨诚的支持下最后赢得这场斗争的胜利。但所有这些也就对共产党员李高成形成了一个严重的考验，看你最终能否站在受苦受难的工人一边，能否站在党性的立场上和国家的利益上无所顾忌。而《抉择》之可贵就在于作者终于塑造了一位可敬的经得起考验的典型人物——共产党员市长李高成。

  由于张平在《天网》中揭露和鞭挞了一个小县的一些黑暗势力，从而引起一场对张平起诉的丰台官司，那么张平在

《抉择》中揭露和鞭挞了一个省委副书记严阵之流的贪污受贿罪行,会不会刺痛我们社会现实中大大小小的严阵,从而使张平冒更大的风险?那也有可能,然而这也没有什么可怕,因为万一出了什么问题,全国人民都会做张平的后盾的。

伟大文豪高尔基曾说:作家为了创造一个商人的典型,就应该去了解一百个商人(大意),我们的文艺理论家王朝闻也说,为了作品能"以一当十",就必须首先做到"以十当一"。为此我们的作家张平为了描写虚构的国有企业中阳纺织公司,他就历五月之久走遍了北京、天津、太原等地的四十多个大大小小的国有企业,去了解其中的工人和干部,走进他们的家室和他们交心,从而塑造了《抉择》中由于失业为了生活,不得不在厕所旁摆钉鞋小摊的中纺优秀高级技工胡辉中的形象,塑造了夏玉莲有如狗窝的小家以及她目前所工作的那个"昌隆服装纺织厂"的肮脏恶臭的车间,为了描写"青苹果娱乐城",作者像曹禺创作《日出》而走进妓院似的,他也不得不走进北京一家最大的歌舞厅。为了塑造李高成和严阵的形象,他曾和一位离休了的副省长交谈了三天。所有这些都说明了作家张平为了把不熟悉的工厂生活变成熟悉的生活,为了创作《抉择》所经历的艰辛,所付出的代价。

有了关于工厂的生活,有了创作素材,有了创造人物的生活原型,又了解到当前国有企业中存在的严重问题后,张平又经过约三年之久的苦心构思、编织情节,塑造典型人物,饱尝创作的甘苦,终于写出了动人心弦的关系着时代的《抉择》。它的主题思想就是要歌颂敢于和腐败作斗争,不怕牺牲个人利益的优秀共产党员市长李高成,歌颂代表光明的市委书记杨诚和省委书记万永年;同时也是为了揭发和鞭挞那些腐败分子严阵、郭中姚、冯敏杰、陈永明之流以昭示国人。由于反腐败的成功,使宣告了死刑的中阳纺织公司能够起死回生,从而拯救了这个国有企业,并拯救了处于饥寒交迫中的两万多工人。但必须指出这场反腐败斗争之能够取得胜利,正是以万永年、杨诚、李高成等代表的共产党员紧紧依靠了工人和干部群众而取得的,工人和离休干部提供郭中姚等人腐败多端的资料才引起李高成他们的重视的。因此《抉择》就成为一部关心国家前途,关心人民命运,关心国企困境的警世力作。

现在的社会,特别值得我们重视的,就是不论在《天网》中,不论在《抉择》中所反映的那些代表黑暗势力的败类,恰恰都是一些有权有势的蜕化变质了的共产党员,他们背叛了党,背叛了人民,成为社会主义大厦的白蚁、蛀虫、正是他们在人民中败坏了党的崇高声誉,变成了改革中的最大阻力。因此江泽民总书记在中国共产党第十五次代表大会的报告中特别强调地说:"反对腐败是关系党和国家生死存亡的严重政治斗争。""如果腐败得不到有效的惩治,党就会丧失人民群众的支持和信任。""要把反腐败斗争同纯洁党的组织结合起来,在党内决不允许腐败分子有藏身之地。"这正是代表了广大党员和人民的呼声。

由于李高成关心工人,关心夏玉莲,没有想到当他走进夏玉莲所在的"昌隆服装纺织厂"的车间去看望夏玉莲时竟遭遇到一个凶相毕露的家伙对他的辱骂和殴打，接着是像拖死猪似的把他拖到一个花天酒地的楼上，正像《天网》中刘郁瑞去花峪村看望李荣才时遭到一个满脸杀气的汉子的辱骂一样。是谁给这些家伙们的权力让他们敢于如此逞凶？还是所谓的共产党员。令人感到这些地方好像已经不是共产党员的天下，而是国民党的天下似的令人气愤。真没想到中国的局部地方竟有如此可怕的黑暗！我想这绝不是作家张平凭空捏造，他一定是有所根据的。真是使人读之心痛。

就《抉择》的整体来说，我认为作为作家的张平，在我们面前所展示的社会现实是符合实际的，既没有扩大黑暗令人对今天的社会今天的党悲观失望，也没有扩大光明而令人丧失警惕盲目乐观。

作者让我们跟随着李高成的行动走进了工人的破败贫寒的住宅，又走进了老女工夏玉莲的像狗窝似的住处和她正在工作的非人的劳动车间，后来又领我们走进了总经理郭中姚住的"美舒雅"超豪华型的别墅，并看到他的妖艳的姘妇。好像从地狱出来走进了天堂。同样是共产党员，但一想到李高成和郭中姚的所作所为，就使我想起鲁迅曾经引用过的爱伦堡文中的一句话："一方面是庄严的工作，另一方面却是荒淫与无耻。"但我也随着李高成的爱憎对工人有所同情对郭中姚之流有所憎恨。我真没想到在改革开放的时代，中国人的生活竟发生了如此大的悬殊，如此大的两极分化。自然，社会主义时代的工人生活也有好的，我曾经访问过大庆工人的居室，看到家里摆着沙发、彩电、冰箱等现代化的设备，我真为他们的美满生活而高兴。但真没想到在社会主义时代《抉择》中所反映的我们中纺工人的生活竟和旧社会没有两样，怎能不令人气愤，怎能不对置工人的死活于不顾的那些新的暴发户、新的资产阶级咬牙切齿地恨！

如果说作家张平所塑造的李高成这个典型人物和《天网》作品中的中心人物刘郁瑞在描写上有什么不同，那就是他用了很多笔墨来描写李高成的内心独白，这独白既展现了人物的矛盾心理，也有助于形成和突出人物的性格，使读者洞悉他在这场斗争中的内心痛苦，内心的疑虑、揣测、以及患得患失、前怕狼后怕虎。但这也是合情合理的，因为这场斗争牵涉到自己的爱妻、上级和曾经信任过的部下。对他们如何处理，这就真要下决心抉择了。

在抗日战争和解放战争年代，我们所面对的是壁垒分明的敌人，而今这场反腐败的斗争，所面对的却是隐蔽在共产党内部的看不到壁垒的敌方，甚至还有睡在自己身边的妻子，因此这场斗争也就真够艰巨真够棘手的了。而这也正是《抉择》之所以能够抓住读者之心的艺术魅力之所在。

令读者高兴的是李高成经过一场痛苦的自我内心的斗争之后，终于在抉择中选取了党性，选取了工人和国家的利益，从而完成了他作为一个共产党员的崇高品质和可敬的性格。

但也不能否认李高成的内心独白正如有的论者所指："亦有'过度'之处，这就带来较多的内容重复，显出冗赘之弊。"对此，我也很有同感。

当有人评论到李高成时,特别强调了他是一个有良心的人,是的,他作为书中的正面人物,是很有良心的,但我想与其说他是有良心的,倒不如说他的心中始终有工人,始终没有忘记自己是一个共产党员,因而能对工人阶级具有真诚的爱,所以才能关心他们的生活,关心他们的命运,因此他也就能始终以工人的思想为思想,以工人的立场为立场,他的良心的基础就是工人们对党对国家的良心。如果你心中离开了工人,也就离开了党,那也就必然失掉了良心。

《抉择》的一开头,当市长李高成接到中阳纺织集团公司工人要闹事的消息时,他拨通总经理郭中姚的手机,要他迅速办好几件事,其中就有:"公司所有的干部,包括公司公安人员,一律要打不还手,骂不还口。……若要是有哪个工人受到伤害和出了什么事,一定要严肃查处,从严惩治。"又说:"但不管是什么人,也不管是领头的还是被别人鼓动的,凡是参与了这次活动的人,也不管是什么目的,市委市政府保证不会追究责任,更不会秋后算账,揪辫子,穿小鞋。一定要解除群众的后顾之忧,绝不要把群众人为地往'梁山'上逼……"当我读到市长李高成的这些指示时,就非常感动,这不仅是一种高姿态的指示,而且从字里行间能感到李高成对工人的爱。而这种爱也就最终决定了李高成这场反腐败的斗争中能毅然抉择站在工人一边。

而在《抉择》中作为反腐败斗争中的反面人物严阵又是怎样看待工人的呢?当一次深夜里大家在万书记的办公室内开紧急会议时,万书记一提到中纺的工人要上访,严阵马上就口气很严厉地插话说:"事实上就是要闹事,而且要把事情闹得很大。他们闹事的目的也很明确,就是要把中纺的整个班子都赶走……"可是万书记并不这么看,他打断了严阵的话说:"不,我们必须要申明一点,今后凡是领导干部,不管是省里的还是市里的领导干部,对工人的一些举动不要一开口就说是闹事。这么一说,不就等于已经给人家定了性质?工人们有这样的举动,作为一级政府,我们更多地应该从工人的角度去考虑。……还有,听说中纺工人现在处境并不好。离退休职工干部已有四个月没发工资了,在职职工的干部有的已经近十个月都没有发工资了。而且就是在现在,中纺居然没电没暖气,整个工区连电话都没了!你说说,像这种情况,工人能没意见?工人能不上访?如果说这是闹事,让我看,那也闹得对,闹得有理!放到你们身上你们闹不闹?放到我身上我也得闹,不闹我没法子活呀!"请看,在工人的上访问题上万永年书记和严阵的立场多么泾渭分明,一面是站在中纺的"整个班子"方面而恨工人,一面是站在工人方面同情他们的处境,因为郭中姚他们已经是严阵腐败"圈子里"的人了,所以他很自然地就流露出对于那个"班子"的同情。

在我看来在《抉择》中李高成和万永年的立场,实际也就是作家张平的立场,张平的爱憎,因为张平心里始终有老百姓,始终有工农,因而他也就始终有良心。在《天网》中是如此,在《抉择》中也是如此。因此,一个作家能不能写出为工农喜爱的感动工人和农民的伟大作品,关键也就看你心中有没有工农,对他们有没有爱心,关心不关心他们的生活和苦难。

由于你不忘记工人,关心他们,给他们做了好事,所以工人也不会忘记你。对李高成是如此,对作家张平也是如此。因此当李高成病倒时,竟有几千工人聚集在医院的大门口守望,要见他,这就是很好的说明。而作家张平为了《天网》和《法撼汾西》吃官司时,竟有几个临汾的老农千里迢迢地赶到北京丰台法院来声援他,令人多么感动。

《抉择》的社会价值就在于它对当前在经济战线和政治岗位上的党员干部所富有的教育意义,因此我认为它是党员干部的一本必读的课本。希望那些在经济的海洋中游泳的干部能不为金钱的大浪所淹没;而手中握有权力的政治干部也应防止腐败分子用金钱来诱惑收买让你犯罪,应像李高成那样经得起考验。为此就要心中有老百姓,有党纪国法,而不为糖衣炮弹所击毙。

毛泽东同志曾说过:"金无足赤,人无完人。"那么即使是一部扛鼎之作,也难免白玉有瑕。对于《抉择》,除已提过的关于李高成的内心独白较多内容重复,显出冗赘之弊外,有的评论家还指出夏玉莲最后上到八层高的商业中心楼顶,准备跳楼一节,"似乎有些画蛇添足之感",我也有同感,虽然显示了好心的夏玉莲要以死来保护李高成,并引出省委书记万永年向广场上的工人讲话,使广大工人相信了省委反腐的决定不是假的,但即使如此从《抉择》的整体艺术结果来看,总觉得这一情节的出现很不自然,似乎不是故事发展的自然的逻辑。

有的论者认为李高成这个人物对自己的妻子的犯罪、内侄的犯罪、下属的犯罪竟一点都没有发觉,不可理解,而我倒有不同看法。首先由于他对爱妻和郭中姚等人的过于信任,加以他和吴爱珍每天都忙于上班下班,晚上回家经常都在十点钟之后,而且还不经常同房,这就缺少了了解她的机会。再加上他自从当上市长以来,要解决市民的住房问题,要兴建市内二环路三环路和拓宽市中心大街,还要兴建六座市内立交桥,在这些工程上他要花费多少心血多少精力,再加上兴建中既要迎接上百家"钉子户"的示威告状,还要顶住集体企业组成的上千人在市政府门口的静坐示威,在这种情况下,他哪里还有时间还有心思去考虑吴爱珍会变质,郭中姚会犯罪。正像一个人由于太相信自己的体质了,等到一旦在医院检查身体时竟发现已经是癌症第三期,也是常有的。因此李高成对妻子,内侄和下属的犯罪一点也没有发现并不是不可理解的。

读完了《抉择》,虽然感到有些微瑕,但瑕不掩瑜,我为张平在创作上的新的杰出的成就表示衷心的庆贺。

1998年4月4日发表于《山西日报》文化副刊

·歌舞及书法评论·

难忘的一次美的享受

——民族舞剧《丝路花雨》观后

能再次欣赏甘肃省歌舞团演出的民族舞剧《丝路花雨》，实在是一种莫大的幸运。我作为一个画家，从美术的角度来观看，从头到尾陶醉在美的享受之中。

第四次全国文代会期间，我就在北京初次欣赏了甘肃省歌舞团演出的民族舞剧《丝路花雨》，感到它是我国舞蹈艺术的新发展，是发掘民族舞蹈优秀遗产，古为今用方面的一大收获。而今我又高兴地在太原再次欣赏《丝》剧，觉得这个舞剧不论在舞蹈方面，服装和舞台美术方面都大大提高了，舞蹈动作更加纯熟了，整个舞剧更加完整了。在台下观看，真是一次难得的享受。

我是既在丝绸之路跋涉过，又在敦煌的石窟壁画中赞叹过古代画家创造性的艰苦劳动的，因此，欣赏《丝路花雨》就感到倍加亲切。

《丝》剧的主题思想,既是对英娘和神笔张的不幸遭遇的同情,也是对父女俩善良品质和共同创造敦煌壁画艺术的赞歌;既是对市令之流破坏中外人民友谊的鞭挞,也是对神笔张和英娘同波斯商人伊努思建立深厚友谊的赞颂。

《丝》剧之赢得广大观众的赞美,不只是在剧情的传奇性和英娘等舞姿的优美吸引了观众,而且在音乐的民族色彩和动听,舞台美术和服装的美观方面,也使观众为之陶醉。

作为舞蹈艺术,不论芭蕾舞、西班牙舞、吉卜赛舞、印度舞、朝鲜舞……我都是喜欢的,但比较起来我更爱好东方舞。《丝》剧中英娘等人的舞蹈,既不似芭蕾舞的在脚尖上见功夫,动作跨度大,又不似西班牙舞的多为刚健豪放。它是东方的,其基调虽来源于敦煌壁画中的舞蹈动作,但壁画对于我们的舞蹈艺术家们则只能是一种启示,可喜的是他们终于能在这种启示中经过艰苦的研究和探索创造出新的民族舞剧。看了整个舞蹈,使人感到亲切,因为它除了有敦煌壁画中所保存的我国唐代舞姿外,也还具有戏曲中的舞蹈风格,看了令人感到自豪,因为它的基调是中国作风、中国气派,拿到世界上足以为我国争光。

《丝》剧使人有一气呵成之感,不论英娘新颖的反弹琵琶伎乐天,或波斯马铃舞、印度舞,以及我国唐代优美的霓裳羽衣舞……舞种虽多,但能达到多样统一,浑然一体,令人感到丰富多彩,完整无缺。

我特别喜欢在波斯庭园中的一场舞蹈,舞女们的淡绿色衣服与庭下葡萄绿叶相辉映，紫衣舞女与紫色葡萄相呼应。英娘着重色图案的唐代舞衣，有如轻云蝶飘起舞，优美抒情，与同样抒情的波斯长衣女的舞姿织成了诗一般的协奏曲。整个舞台是以绿色为基调的一幅美的图画，背景上衬以波斯式的雕柱与在蓝色天幕中显现的白色清真寺的富有单纯美感的建筑。这幅美丽的舞台画面，给我留下了极为难忘的印象。

总的说来，我国的舞蹈工作者，近些年来在表演上是很有成绩的，如陈爱莲的《春江花月夜》以及由云南的《春树屯》改编的《孔雀恋歌》……都是很美的，也是具有民族特色的。但也不能否认，有的舞蹈由于对芭蕾舞的生吞活剥，不适当地向外来艺术学习而未能溶化于自己的作品中，形成了舞蹈艺术上与民族风格的不统一；有的又由于自然主义地照搬生活，缺乏通过创造性的舞蹈语言表达思想感情而形成了哑剧化。无疑，这些舞蹈都是不为群众感兴趣的。

而《丝》剧虽也吸收了中亚、西亚各地的舞蹈艺术优点，但不因此而减弱了它的民族特色，整个舞剧还是完整的，体现着东方舞姿的优美；虽也有生活实感，但没有照搬生活，丝毫没有自然主义的痕迹，而给人以艺术真实的美感。舞蹈艺术也和其他艺术品种一样，它的创作也是一个严肃的工作，绝不允许发展低级趣味。

《丝》剧在太原的演出，正是我省舞蹈工作者学习的一个很好机会。

发表于1981年10月11日《山西日报》第四版

富有泥土芳香的歌舞奇葩

近10年来,我有幸欣赏了两台成功的舞蹈,真是莫大的艺术享受。一是甘肃省歌舞团的民族舞剧《丝路花雨》,二是山西省歌舞剧院的民歌舞蹈《黄河儿女情》。《丝路花雨》是舞剧,具有传奇性的剧情,而《黄河儿女情》则由46首山西民歌和舞蹈组成,像用46枝缤纷灿烂的花朵组成的花篮。不论其中的歌伴舞或舞伴歌,都具山西地方特色。它的成功如果离开民族、民间的浓烈色彩,将是不可思议的。

《黄河儿女情》的出现是我久久盼望的,如久旱之逢春雨。1982年我曾发表过一篇《门外舞谈》,其中说:"目前舞蹈存在的严重问题是对芭蕾舞的生吞活剥的抄袭,搞得一个舞蹈有如'杂交高粱',缺乏向民间舞蹈学习,难于形成富有民族新风格的舞蹈。现在,中国舞蹈家协会山西分会想大大提倡一下民间歌舞,我作为一个舞蹈爱好者,是举手欢迎,衷心拥护的。愿在这种努力中,一方面把山西舞蹈加以汇集、整理、提高；同时也在向民间舞蹈研究学习的过程中创造出具有山西特色的新作品，正像《白毛女》之来源于河北民间传说，《丝路花雨》之来源于敦煌壁画的启示一样。"我认为："一个人民的舞蹈艺术家要像杰出的音乐家冼星海重视民歌一样，重视民间舞蹈。正值建设社会主义精神文明之际，舞蹈艺术要在广大人民群众中生根、发芽、开花，离开对民间舞蹈的提倡和研究，想推陈出新恐怕是难于找出其他更好的捷径。"而在山西民歌和民间舞蹈的摇篮中成长的《黄河儿女情》，正是应我的希望生产的，我怎能不为之欢欣庆贺。

我童年时就听过母亲唱《绣荷包》，在延安鲁艺时曾听过民歌手张鲁唱晋南《扁担歌》，山西民歌之对于我，正像山西农村的窗花和皮影戏使我喜爱一样。"亲不亲故乡的人，美不美故乡的水"，作为一个山西人，又怎能不为充满了故乡情味的《黄河儿女情》所迷恋！

周总理生前谈到文艺问题时曾说："在中外关系上，我们是中国人，总要以自己的东西为主。"并说："吸收外国的东西要加以溶化，要使它们不知不觉地和我们民族的文化溶合在一起。这种溶合是化学的化合，不是物理的混合，不是把中国的东西和外国的东西'焊接'在一起"。我认为这段话，正是对"洋为中用"的最精辟的注释，而《黄河儿女情》之所以成功，就在于它继承了山西民间歌舞，却非硬搬，它学习了西洋舞蹈，却是以我为主，是较好的溶合。

《黄河儿女情》以三个段落组成，即劳动赞歌、情歌和表现生活的欢乐三个部分。并以山西民歌和情味谐调起来，构成了《黄河儿女情》的统一体。

在"劳动赞歌"一段里,我欣赏《扁担歌》,它既是抒情的诗,又是优美的画,引起我对故乡麦收盛况的回味。在"情歌"一段里,《送情郎》是特殊的乐章,它基于剪纸和皮影造型。如果说雕塑是静止的舞蹈,那么舞蹈就是活动的雕塑。这里展示了美术与舞蹈的密切关系。《送情郎》的剪影式画面却又是雕塑的平面而非立体,然而却有如皮影戏的活动,使我既好似在欣赏美术,又确实在观赏舞蹈。离别三景使人动情,美的动作使我愉悦。那情人依依难舍的慢镜头,有利于作为美术来欣赏,而平面人物的夸张动作又使我陶醉于美的享受中,它既是高原剪纸的奇异升华,又是三晋歌舞艺术的非凡创新。在"生活的欢乐"一段中,《看秧歌》是最富有生活情趣的。她们的喜、忧、惊、羞……表现了少女们特有的纯真,我为舞蹈的家乡味而迷醉。

"冰冻三尺决非一日之寒",《黄河儿女情》的成功,绝不是偶然的,它基于编导和演员对山西民歌和山西民间舞蹈的长期积累和深情,也有他们对于黄土高原人民的熟悉和热爱,创作的成功既是必然和偶然的统一,也是生活感受和艺术灵感的结合。历代的山西劳动人民既为《黄河儿女情》的产生创造了丰富的民歌和民间舞蹈的肥沃土壤,山西省歌舞剧院的艺术家们又有可贵的艺术劳动,在这片肥沃土壤中培育出散发着泥土芬香的新歌舞奇葩。邓小平同志说:人民是文艺工作者的母亲,人民需要艺术,艺术更需要人民。《黄河儿女情》的问世再次说明了这一真理。"山西是民间舞蹈的故乡,民歌的海洋",那么《黄河儿女情》的产生,就不应是山西歌舞奇葩出土的终结,而是开端。我等待着山西新歌舞的"柳暗花明又一村"。

1988年发表于北京《舞蹈》杂志第7期

《马岱宗书法艺术》前言

文学艺术的好坏既有公论,也有偏爱,这是正常现象。但也有这样的情况:知名度过高而名不副实;或者知名度不算很高,但其作品却高于同时代的画家。在艺术上我认为林风眠先生就属于后者,因为林是一个埋头作画的真正的艺术家,不善于自我宣传,也没有一班吹鼓手。而与他同时代的另一位大画家却大有名不副实之感。但这也没关系,因为真正懂艺术的人心目中自有一杆秤,谁高谁低他自有看法,绝不会跟上知名度的高低而随声看势的。自然,最好是名副其实,不高不低,但这也就很难了。

在书法上桂林的书法家马岱宗先生也属于实比名高的一位。

我认为他在书法上的成就是很高的。

1996年的初秋,一个偶然的机会使我认识了马岱宗先生。那天,他在中国美术馆正筹备举办他和女婿青年画家罗健的书画展览,马的女儿忙于搬运展品资料,没有抱好,竟把一些字帖掉在美术馆门前的地上,正好我的外甥女路过,就帮她从地上拾起字帖,放在她怀里。这么一来,马岱宗的女儿就送给我的外甥女一本字帖。我当时正住在美术馆对面民盟招待所里,当我从外甥女手里看到一本由马岱宗写的名为《行书佳联选》的字帖时,就深感其中带魏碑味的行书不同凡响。决定放下其他事,先到展览厅观看马岱宗的书法展览。后来,听说马岱宗先生知道我一连三次看他的书法展览后,竟感动得流了泪。这样,就好像俞伯牙会到钟子期似的,我们从此就相识而成为他的知音了。后来当我在北京劳动大厦做客时,看到大厦领导很重视书画,书画作品挂满大厦的走廊,随即把马岱宗推荐给梁增俊副经理。于是梁副经理决定把马岱宗及其女婿请来,为大厦作书作画。当我今年在劳动大厦的礼堂墙壁上看到裱好后悬挂起来的马岱宗丈二宽的横幅大作时,不胜动情,深以此引以为荣,有如见到埋在地下的明珠出土露光。

古人对于书画的要求有句名言,谓之"远看势近看质",而马岱宗的书法之为我所欣赏,感到他的作品是有势有质的。当今中国的书画是很讲究创新的,这我很拥护,但以怪为新则不敢苟同。我认为绘画雕塑应首先以造型之美取胜,书法则首先以功力拿人,而马岱宗的书法则气势雄强,功力出众,为我所心服。目前在中国书坛还有一种死学古人的人,如某书法家一看就是不折不扣的颜体,这我也不以为然,我想,我们从事艺术的人既不应做洋人的奴隶,也不应做古人的仆从，而应有自己的独立人格，有志者应广涉各体，自成一家。马岱宗正是这种不赶时髦，善于博采众花之精酿造自己的艺术之蜜的书法家。

　　我已说过对于艺术总难免有不同的看法，但愿我对于马岱宗先生书法的这些评价不是偏爱，而能与艺坛有识之士共鉴共赏。我也相信马岱宗这颗明珠定会在他日为华夏众多书法爱好者所称道。

1997 年 12 月

编后记

　　我这一生，一共出版了三本美术评论集。第一本名《力群美术论文选集》，于1958年由北京人民美术出版社出版；第二本是《梅花香自苦寒来》，于1985年由四川美术出版社出版；连上这一本，共三本。所不同的是前两本都是评论美术方面的，只有这一本收集了不少关于文学方面的评论文章。

　　我是从事版画创作的版画家。为什么竟写了这么多美术评论文章呢？就因为我有十年之久担任《美术》杂志的副主编，由于工作上的需要我就写了不少有关美术的评论文章。写这些文章既有一种责任感，而也是一种乐趣。这时，我就成为一个业余的版画创作工作者了。

　　由于我爱好文学，从1985年起，成为中国作家协会的会员，这就使我更加关心山西的文学事业了（因为我这时已离开北京回到山西）。于是就写了不少有关山西文学方面的评论文章。因此这第三本评论集就载入了不少评论文学方面的作品。

在这本集子里,在美术评论方面有属于纪念"延安文艺座谈会"的。有一些关于美术问题的,还有一些是有关版画、中国画、油画、剪纸等方面的。大都是应社会的要求而作。

在文学方面,有关于鲁迅和赵树理的,也有关于山西青年作家的,这都是由于我一时的兴趣而写的。关于舞蹈我不敢说是内行,而由于一时的爱好,也写了两篇。

但不论是关于哪一方面的评论,都是以毛泽东《在延安文艺座谈会上的讲话》为根据,以革命现实主义为论点的。

关于文章的排列顺序,则是以写作年代的先后为序的。有利于读者看出时代背景,看到中国艺术文学的部分历史发展情况。

董其中同志下了功夫为此书认真地写了序文,我在此表示衷心的感谢。这篇序文既肯定了我立论的观点,又面面俱到地作了非常详尽的介绍;而同时也正是对此书的一篇很好的评论。

1998 年 10 月 10 日

图版目次

1.《母与子》(陈铁耕作) ……………………… 635
2.《怒吼吧中国》(李桦作) …………………… 636
3.《一个人的受难》之一(麦绥莱勒作) ……… 637
4.《卢那察尔斯基像》(曹白作) ……………… 638
5.《北方九月》(晁楣作) ……………………… 639
6.《欢乐的藏族儿童》(牛文作) ……………… 640
7.《鸣泉》(董其中作) ………………………… 641
8.《林间》(力群作) …………………………… 642
9.《当敌人搜山的时候》(彦涵作) …………… 643
10.《满院春光》(姚天沐作) …………………… 644
11.《池趣》(赵宁安作) ………………………… 645
12.《悄悄话》(王有政作) ……………………… 646
13.《听壁脚》(陈白一作) ……………………… 647

14.《仕女》(林风眠作) ………………………… 648

15.《大理花》(林风眠作) ……………………… 649

16.《墨竹》(裴文奎作) ………………………… 650

17.《江南水乡》(李可染作) …………………… 651

18.《慈母手中线》(陈光健作) ………………… 652

19.《梅品》(张思淮作) ………………………… 653

20.《千里迢迢》(路巨鼎作) …………………… 654

21.《拾玉镯》(谢玉翠作) ……………………… 655

22.《彷徨》封面(陶元庆作) …………………… 656

23.《天歌》(李志正作) ………………………… 657

24.壁画《西夏魂》局部(韩惠民作) …………… 658

1 母与子　　　　　　　　　　　　陈铁耕（1933 作）

2 怒吼吧中国　　　　　　　　　　　李　桦（1935 作）

3《一个人的受难》之一　　　　　　麦绥莱勒（1933 作）

4 卢那察尔斯基像　　　　　　　　　　　曹　白（1935 作）

5 北方九月　　　　　　　　　　　觅 食（1935 作）

6 欢乐的藏族儿童　　　　　　　　　　　牛　文（1959 作）

7 鸣泉　　　　　　　　　　　　　　　董其中（1981 作）

8 林间 　　　　　　　　　力　群（1980 作）

9 当敌人搜山的时候　　　　　　　　　彦　涵（1943 作）

10 满院春光　　　　　　　　　　　　姚天沐（1980 作）

11 池趣　　　　　　　　　　　　　　　　赵宁安(1985 作)

12 悄悄话　　　　　　　　　　　　　　　　王有政(1979 作)

13 听壁脚 陈白一（1989 作）

14 仕女　　　　　　　　　　　林风眠　作

15 大理花　　　　　　　　　　林风眠　作

16 墨竹　　　　　　　　　　裴文奎（1991 作）

17 江南水乡　　　　　　　　　　李可染　作

18 慈母手中线　　　　　　　　　　陈光健(1994 作)

19 梅品　　　　　　　　　　　　　　　张思维（1992 作）

20 千里迢迢　　　　　　　　　　　路巨鼎（1982 作）

21 拾玉镯 　　　　　　　　山西新绛　谢玉翠剪

22《彷徨》封面　　　　　　　　　　陶元庆（1926作）

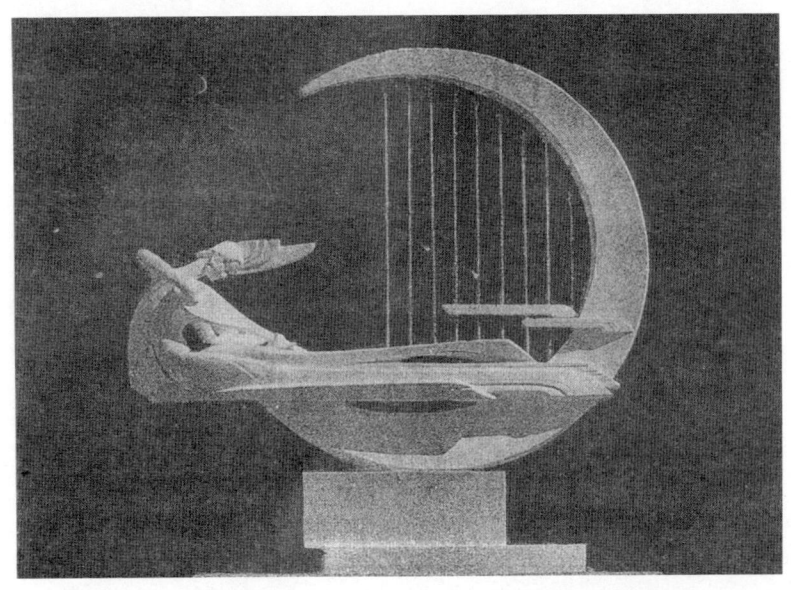

23 天歌　　　　　　　　　　李志正（1984 作）

24 壁画《西夏魂》局部 韩惠民（1988 作）